李建中 主编

中国文学批评史

高等院校中文专业创新性学习系列教材

北京大学出版社
PEKING UNIVERSITY PRESS

图书在版编目(CIP)数据

中国文学批评史/李建中主编. —北京:北京大学出版社,2009.9
(高等院校中文专业创新性学习系列教材)
ISBN 978-7-301-15556-1

Ⅰ.中… Ⅱ.李… Ⅲ.文学批评史-中国-高等学校-教材 Ⅳ.I206.09

中国版本图书馆 CIP 数据核字(2009)第 127571 号

书　　　名	中国文学批评史 ZHONGGUO WENXUE PIPENSHI
著作责任者	李建中　主编
责任编辑	艾　英
封面设计	奇文云海
标准书号	ISBN 978-7-301-15556-1
出版者	北京大学出版社
地　　　址	北京市海淀区成府路 205 号　100871
网　　　址	http://www.pup.cn　新浪微博:@北京大学出版社
电子邮箱	编辑部 wsz@ pup.cn　总编室 zpup@ pup.cn
电　　　话	邮购部 010-62752015　发行部 010-62750672　编辑部 010-62756467
印刷者	北京虎彩文化传播有限公司
经销者	新华书店
	650 毫米×980 毫米　16 开本　22.5 印张　385 千字 2009 年 9 月第 1 版　2024 年 12 月第 8 次印刷
定　　　价	69.00 元

未经许可,不得以任何方式复制或抄袭本书之部分或全部内容。
版权所有,侵权必究
举报电话:010-62752024　电子邮箱:fd@pup.cn
图书如有印装质量问题,请与出版部联系,电话:010-62756370

《高等院校中文专业创新性学习系列教材》
总编委会

主任委员：赵世举　刘礼堂

副主任委员：涂险峰　於可训　尚永亮

委员（按姓氏音序排列）：

陈国恩　陈文新　樊　星　冯学锋　李建中　卢烈红
王兆鹏　萧国政　张　杰　张荣翼　张思齐　赵小琪

《高等院校中文专业创新性学习系列教材》总序

一

这套系列教材的酝酿已有七个年头儿了。2002年我受命担任武汉大学中文系副主任,分管本科教学工作。正值新世纪之初,经济全球化进程日益加快,我国现代化建设全面推进,高等教育也随之迎来了新的机遇和挑战。面对新的形势,如何更好地培养适应时代要求的高素质人才?这已是摆在我们高等教育工作者面前的不得不思考、不能不应对的当务之急。正是在这一背景之下,为了适应人才观和教育理念的发展变化,我与时任系主任的龙泉明教授策划,以汉语言文学专业为试点,从修订培养方案入手,全方位地开展本科教学改革。举措之一,就是大刀阔斧地调整课程体系,压缩通史性、概论性课程,增加原典研读课程和实践性课程,旨在强化学生素质和能力的培养。与此相应,计划编写配套的教材。起初,为了加大原典阅读的力度,配合新培养方案增设的语言文学名著导读系列课程,我们首先组编了《高等学校语言文学名著导读系列教材》,2003年正式出版。与此同时,也酝酿编写一套适应新需要、具有新理念的基础课教材。从那时起便开始思考、调研、与同仁切磋。经过几年的准备,2006年开始系统谋划和全面设计,2007年正式组建了编委会,启动了编写工作。经过众多同仁的不懈努力,今天终于有了结果,令人欣慰。

这套教材是针对现行一些教材存在的问题,根据当今社会对人才的新要求,为培养高素质、创新型、国际化人才而设计编写的。旨在引导学生进行自主学习、创新性学习,养成勤于思考的习惯,强化不断探索的意识,增添勇于质疑的胆略,培育大胆创新的精神。这也是我们把这套教材命名为"创新性学习系列教材"的用意。全套教材共有12种,基本上涵盖了中文类本科专业的基础课和主干课。

客观地说,现有本科基础课教材已是铺天盖地,其中也不乏特色鲜明、质量上乘之作,但从总体上看,适应新时代新需求的优质教材品种不多,相当多的教材由于时代和条件的限制或受过去教育理念的影响,相对于当今人才培养的新需求而言,还存在着一定的局限性和薄弱点。很多同仁感到不少教材存在的比较突出的问题是:

1. 重知识传授而轻思维启迪和素质能力培育,主要着眼于将基本知识传授给学生。这恰恰顺应了学生从中学沿袭下来的应试性学习的习惯,容易导致学生只是重视背记教材上的知识要点,仅仅满足于对一些知识的记忆,而缺乏能动思考、深入探究和自我训练,不能很好地消化吸收,内化为素质和能力。

2. 习惯于"定于一",兼收并蓄不够,吸收新成果不多,较少提供启发学生思考和进行思想碰撞的不同学术视角、观点、立场和方法的内容,启发性、研讨性、学术性不足,不利于培养学生的思辨意识、研究能力和创新精神。

3. 内容封闭,功能单一,较少对学生课外自主研习、实践训练、拓展提高给予足够的引导,更未能对具有较大的学术潜能、更多的学识追求以及创新意识的使用者提供必要的帮助。即使学生有进一步阅读、训练、思考、探索的愿望,在学习了教材之后仍往往茫然不知所措。因此教材的有效使用对象也仅限于较为固定、单一、一般的层次。

显然这些问题与当代人才培养的需要是不相适应的。社会的发展呼唤知识基础好、综合素质高、实践能力强、富于创新精神的人才,而不需要只会死记硬背的书呆子。因此,着眼时代需要,转变教育理念,吸收新的教学成果、学术成果和现有教材的经验,进行教材编写的新探索,是完全必要的,也是必需的。

二

我们这套教材正是针对上述问题,根据时代的需要所做的一种新尝试:在重视知识传授的同时,更加注重引导学生思考,帮助学生拓展,强化学生训练,指导学生探究,激发学生创新,着力将传授知识与提高素质、培养能力、启发智慧融为一体,充分发挥教材的综合功能。

正是从上述理念出发,这套教材的编写主要致力于体现如下特色:

1. 注重基础与拓展的有机结合。即在浓缩现行教材重要的基本知识体系的基础上,增加拓展性的内容,给学生提供进一步拓展提高的空间、路径和条件。

2.体现将知识传授与素质提高、能力培养、智慧启迪融为一体的理念。在教材中增加探究性内容和训练性环节,以促使学生发挥能动性和主动性,激发学生积极思考,深入钻研,注重训练,敢于质疑,勇于创新,从而使学生获得能力的锻炼、知识的积累、素质的提高、情感的熏陶和思想的升华。

3.贯彻课内外一体的精神,将课堂内外整体设计,注重课内和课外学习的有机衔接,加强对学生课外学习和训练的指导。除了提供课堂教学所需要的内容之外,还增加了指导学生课外自主学习、自我研讨和自我训练的内容,将教学延伸至课外,实现课内课外的有机结合和优势互补,帮助学生有效地利用课余时间。

4.引导学生改变被动学习、简单记忆的惯性,培养学生进行自主学习、创新性学习的能力和习惯。尽量多给学生一些启发,少给一点成说,把较多的空间留给学生,让学生自己研读,自己咀嚼,自己品味,自己感悟,自我训练。努力构建以学生为主体,以教师为主导,全面调动学生学习积极性和能动性的师生有机互动的新型教学模式。

5.强化文本研读。即浓缩概论性、通史性内容,加大经典原著阅读阐释比重,促使学生扎扎实实地读原典,把学习落到实处,从而夯实专业基础,汲取各方面的营养,获得全面提高。

6.构建立体化教学资源系统。除了纸质教材之外,我们还将研制与之配套的辅助性多媒体教学资源,如适应学生自主学习的电子文献库、专题资料数据库、习题与训练项目库、自我检测系统、多媒体课件、网络课程、师生互动学习平台等,为学生提供形式多样、方便适用、全方位的学习服务。

此外,本套教材也与我们已经编辑出版的《高等学校语言文学名著导读系列教材》互为补充、相得益彰。

本套教材在基本结构上,每章都由以下四个板块组成:

1. 基础知识

根据国家有关部门和组织颁布的以及现在通行的各门课程要求,参照全国有影响的各种教材的做法,精选基础性教学内容。本着"守正出新"的原则,去粗取精,提纲挈领,注重点面结合。一方面重视知识的系统性、普适性和知识结构的完整性、科学性,另一方面突出重点问题,深入讲解,并努力吸收较成熟的最新学术成果。此外我们还尽量注意,对于中学讲授过的和其他相关课程有所涉及的内容,一般只作简要归纳和适当拓展与深化,不作重复性铺陈。

2. 导学训练

就本章的课内外学习和训练提出指导性意见，引导学生抓住关键，掌握方法，自主研习，创新学习。主要包括以下内容：

(1) 导学。对本章的学习提出意见和建议，必要时也对主要内容进行归纳，对疑难问题和关键点进行阐释。

(2) 思考题。努力避免简单的知识性题目，着重要求学生从不同角度、不同层面对本章的内容进行爬梳、归纳、提炼和发挥，或就一些问题进行理论思考。

(3) 实践训练。设计了一些让学生自己动手动口动脑的实践性项目，要求学生联系学过的知识去验证、训练、研讨、演绎、发挥。

3. 研讨平台

就本章涉及的若干重要内容或有争议的问题、热点问题提出讨论，旨在强化、深化学生对这些问题的认识，培养学生的问题意识、质疑精神，提高学生的思辨能力和研究能力。主要包括两方面的内容：

(1) 问题概述。就要研讨的问题作引导性的简单概述，包括适当介绍相关的学术史尤其是最新进展，为学生思考提供背景知识，指点方向、路径。

(2) 资料选辑。围绕要研讨的问题选辑一些重要著作和论文中的重要片段，包括立场、观点、视角、方法各不相同的材料和最新学术前沿信息，供学生学习、思考，以丰富学生知识，开拓学生视野，启发学生思维。

4. 拓展指南

介绍有助于本章学习理解的文献资料和有助于进一步深化提高或开展专题研讨的文献资料，不仅包括纸本文献，也包括各类电子文献、数据库和网络资源等，以引导学生广泛而有效地利用各种相关资源进行深入学习和探究。主要包括两方面的内容：

(1) 重要文献资料介绍。选择与本章内容有关的若干种重要文献进行简要介绍，以便学生有针对性地学习。

(2) 其他相关文献资料目录与线索。

以上四个板块中，"基础知识"和"导学训练"是基础部分，主要提供本科生应该掌握的最基本、最重要的系统知识，培养本科生应该具备的素质和能力；"研讨平台"和"拓展指南"两个板块是提高部分，一方面是对基础部分的提高和深化，另一方面也是为进一步学习和研究做好铺垫，指点路径和方法，在程度上注意了与研究生阶段的区别与衔接。主旨是从各科教学入手，引导学生学会怎样自主学习、思考问题、分析问题和解决问题，培养学生的综合素质、研究能力和创新精神。简而言之,提高部分的主要作用是:激发学生兴趣,促使学生学会思考、掌握方法,提高素质和能力。

三

这套教材的编写,是我们整体教学改革的有机组成部分。几年来我们一直慎重其事,不仅注重相关的理论思考,而且努力进行实践探索,同时还积极学习借鉴兄弟院校的经验,不断丰富我们的想法。为了保证编写质量,2007年我正式拿出编写方案之后,多次召开会议进行专题研讨;各部教材也都分头召开了编委会,反复研究具体编写方案,不断深化认识、完善思路、优化设计。因此这套教材是集体智慧的结晶,也是我们教学改革的成果之一。

在编写队伍方面,我们约请了本院和其他部属重点大学的学术带头人或知名教授担任各书主编和主要撰稿人,并组建了总编委会,负责总体把关,各科教材则采取主编负责制,以确保编写质量。

十分感谢北京大学、北京师范大学、中国人民大学、清华大学、复旦大学、南京大学、四川大学、中山大学、厦门大学、西北大学、西南大学、华东师范大学、华中师范大学、暨南大学、华中科技大学、湖南大学、华南理工大学、中国社会科学院研究生院以及上海师范大学、南京师范大学、首都师范大学、华南师范大学、湖南师范大学、新疆大学、北京第二外国语言大学(随机列举)等校同仁的大力支持和积极参与,他们为这套教材的编写奉献了智慧,付出了汗水,增添了光辉。

北京大学出版社为这套教材倾注了极大的热情,鼎力支持,尤其是责任编辑艾英小姐参与了很多具体工作,尽心尽力,令我们感动,在此谨致谢忱!

古言道:"苟日新,日日新,又日新。"教材建设是一个需要根据社会发展的要求不断与时俱进的常青事业,探索创新是永恒的。我们编写这套教材,无非是应时代之需,在责任和义务的驱动下,为这项永恒的事业做一份努力。毋庸讳言,作为一种新的探索,肯定还有不少需要改进的地方,我们真诚希望使用本教材的老师和同学提出宝贵的意见,帮助我们不断改进和完善,使之更加适应高素质、创新型人才培养的需要。

赵世举
2009年7月于珞珈山麓东湖之滨

本书编委会

主　编：李建中
副主编：高文强
编撰者（以姓氏笔画为序）：
王宏林　王毓红　李建中
李金坤　单永军　杨青芝
杨遇青　胡　海　高文强
张利群　樊宝英

编委会：
卢永璘（北京大学）
张海明（清华大学）
袁济喜（中国人民大学）
孙蓉蓉（南京大学）
朱志荣（华东师范大学）
刘绍瑾（暨南大学）
普　慧（西北大学）
尚永亮（武汉大学）
陈水云（武汉大学）

目 录

《高等院校中文专业创新性学习系列教材》总序 …………… (1)

导 论 ……………………………………………………………… (1)

    一、中国文学批评的文化背景 …………………………… (1)
    二、中国文学批评的理论特征 …………………………… (9)
    三、中国文学批评的文体形态 …………………………… (19)

第一章　先秦文学批评 ………………………………………… (32)

    第一节　儒道文化的创生与诗骚传统的形成 …………… (32)
    第二节　先秦文学批评的理论成就和时代特征 ………… (39)
    第三节　孔子、孟子和荀子的文学批评 ………………… (47)
    第四节　《老子》、《庄子》和《周易》中的文学批评思想 …… (55)

    [导学训练] …………………………………………………… (62)
        一、学习建议 …………………………………………… (62)
        二、关键词释义 ………………………………………… (62)
        三、思考题 ……………………………………………… (65)
        四、可供进一步研讨的学术选题 ……………………… (65)
    [研讨平台] …………………………………………………… (65)
        一、诗言志 ……………………………………………… (65)
        二、兴观群怨 …………………………………………… (67)
        三、以意逆志 …………………………………………… (68)
        四、言意之辩 …………………………………………… (69)
    [拓展指南] …………………………………………………… (71)
        一、先秦文学批评重要研究资料简介 ………………… (71)
        二、其他重要研究资料索引 …………………………… (72)

第二章　两汉文学批评 …… (74)

　　第一节　经学时代的文化一统 …… (74)
　　第二节　两汉的《诗经》批评和《楚辞》批评 …… (77)
　　第三节　《淮南子》和司马迁的文学批评 …… (86)
　　第四节　班固、王充和王逸的文学批评 …… (91)

　　[导学训练] …… (97)
　　　一、学习建议 …… (97)
　　　二、关键词释义 …… (97)
　　　三、思考题 …… (98)
　　　四、可供进一步研讨的学术选题 …… (99)
　　[研讨平台] …… (99)
　　　一、发愤著书说 …… (99)
　　　二、诗歌教化说 …… (100)
　　　三、诗无达诂说 …… (103)
　　[拓展指南] …… (105)
　　　一、两汉文学批评重要研究资料简介 …… (105)
　　　二、其他重要研究资料索引 …… (105)

第三章　魏晋南北朝文学批评 …… (107)

　　第一节　玄学兴盛与佛学东渐 …… (107)
　　第二节　魏晋南北朝文学批评的突出成就 …… (109)
　　第三节　曹丕《典论·论文》和陆机《文赋》 …… (112)
　　第四节　刘勰《文心雕龙》和钟嵘《诗品》 …… (119)

　　[导学训练] …… (129)
　　　一、学习建议 …… (129)
　　　二、关键词释义 …… (130)
　　　三、思考题 …… (131)
　　　四、可供进一步研讨的学术选题 …… (131)
　　[研讨平台] …… (132)
　　　一、文气 …… (132)
　　　二、应感 …… (133)
　　　三、风骨 …… (135)
　　　四、滋味 …… (137)

[拓展指南] ……………………………………………………（139）
　一、魏晋南北朝文学批评重要研究资料简介 …………（139）
　二、其他重要研究资料索引 ……………………………（139）

第四章　隋唐文学批评 ……………………………………（141）

　第一节　儒、释、道文化的并立与融合 ………………（142）
　第二节　唐代论诗诗、选本与诗格 ……………………（155）
　第三节　韩愈和柳宗元的古文理论 ……………………（175）
　第四节　皎然和司空图的诗歌理论 ……………………（181）

[导学训练] ……………………………………………………（190）
　一、学习建议 ……………………………………………（190）
　二、关键词释义 …………………………………………（191）
　三、思考题 ………………………………………………（193）
　四、可供进一步研讨的学术选题 ………………………（193）
[研讨平台] ……………………………………………………（194）
　一、"兴"论 ……………………………………………（194）
　二、"道"论 ……………………………………………（196）
　三、"境"论 ……………………………………………（199）
[拓展指南] ……………………………………………………（201）
　一、隋唐文学批评重要研究资料简介 …………………（201）
　二、其他重要研究资料索引 ……………………………（201）

第五章　宋金元文学批评 …………………………………（203）

　第一节　儒学复兴与两宋理学的发展 …………………（203）
　第二节　苏轼、黄庭坚及江西诗派 ……………………（214）
　第三节　严羽《沧浪诗话》和元好问《论诗三十首》 …（220）
　第四节　李清照《论词》和张炎《词源》 ……………（226）

[导学训练] ……………………………………………………（231）
　一、学习建议 ……………………………………………（231）
　二、关键词释义 …………………………………………（231）
　三、思考题 ………………………………………………（233）
　四、可供进一步研讨的学术选题 ………………………（233）
[研讨平台] ……………………………………………………（233）

一、诗穷而后工 …………………………………………（233）
　　二、点铁成金 ……………………………………………（234）
　　三、以禅喻诗 ……………………………………………（236）
　　四、词别是一家 …………………………………………（237）
　[拓展指南]
　　一、宋金元文学批评重要研究资料简介 ………………（238）
　　二、其他重要研究资料索引 ……………………………（239）

第六章　明代文学批评 ……………………………………（240）

　第一节　从程朱理学到阳明心学 …………………………（240）
　第二节　前后七子与公安三袁 ……………………………（243）
　第三节　李贽的"童心说"与《水浒传》评点 …………（250）
　第四节　汤沈之争与王骥德《曲律》 ……………………（256）

　[导学训练] …………………………………………………（262）
　　一、学习建议 ……………………………………………（262）
　　二、关键词释义 …………………………………………（262）
　　三、思考题 ………………………………………………（264）
　　四、可供进一步研讨的学术选题 ………………………（264）
　[研讨平台] …………………………………………………（265）
　　一、格调 …………………………………………………（265）
　　二、性灵 …………………………………………………（266）
　　三、童心 …………………………………………………（268）
　　四、本色 …………………………………………………（270）
　[拓展指南] …………………………………………………（271）
　　一、明代文学批评重要研究资料简介 …………………（271）
　　二、其他重要研究资料索引 ……………………………（272）

第七章　清代文学批评 ……………………………………（273）

　第一节　经世之学与文化的总结 …………………………（273）
　第二节　王夫之、叶燮的诗论 ……………………………（276）
　第三节　桐城派的古文理论 ………………………………（281）
　第四节　金圣叹与清代小说评点 …………………………（286）
　第五节　李渔与清代戏曲理论 ……………………………（292）

[导学训练] (296)
  一、学习建议 (296)
  二、关键词释义 (296)
  三、思考题 (298)
  四、可供进一步研讨的学术选题 (298)
[研讨平台] (299)
  一、情景论 (299)
  二、义法说 (300)
  三、才胆识力 (302)
  四、结构第一 (303)
[拓展指南] (305)
  一、清代文学批评重要研究资料简介 (305)
  二、其他重要研究资料索引 (305)

第八章　近代文学批评 (307)

第一节　西学东渐与文化转型 (307)
第二节　刘熙载《艺概》和陈廷焯《白雨斋词话》 (311)
第三节　梁启超的文学革命理论 (318)
第四节　王国维与传统文论的现代转型 (324)

[导学训练] (331)
  一、学习建议 (331)
  二、关键词释义 (331)
  三、思考题 (332)
  四、可供进一步研讨的学术选题 (332)
[研讨平台] (333)
  一、沉郁说 (333)
  二、小说界革命 (335)
  三、境界说 (337)
[拓展指南] (339)
  一、近代文学批评重要研究资料简介 (339)
  二、其他重要研究资料索引 (339)

后　记 (341)

导 论

"文学"这个词最早出现于《论语·先进》,意谓文献之学。这种大文学观念使"文学"从滥觞之时就深深地扎根于"文化"之中,同时也使得中国文学批评从一开始就寄生于文化文本之中,成为中国文化的重要组成部分。中国文学批评的发生、发展及演变以儒道释文化为思想背景和精神资源,在思维方式、范畴术语、理论形态等方面都受到中国传统文化的深刻影响。因此,文学批评与古代文化血肉相联的"史"、"论"事实以及文学批评的诗性言说方式是中国文学批评史教学中的重要内容。遗憾的是,已有的文学批评史教材对这些内容有不同程度的忽略。本书力图在前人不够重视的地方有所突破,其创新之处在于:一是紧紧扣住古代文学批评与儒道释文化的关系,在古代文化的思想背景和精神源流中,把握并阐释文学批评的演进脉络和理论精粹;二是注重从批评文体即言说方式的角度,重新清理中国文学批评史,不仅注重中国文学批评"说什么",而且关注其"怎么说"。

一、中国文学批评的文化背景

"文化"是一个合成词,由"文"与"化"组合而成。《说文·文部》说:"文,错画也,象交文。凡文之属皆从文。"《周易·系辞下》说"物相杂,故曰文",《礼记·乐记》说"五色成文而不乱"。可见作为名词的"文"有两个特征:一是交错相杂,一是多样统一。"化"指事物形态或性质的改变,如《庄子·逍遥游》说"化而为鸟,其名曰鹏",《周易·系辞下》说"男女构精,万物化生",《礼记·中庸》说:"可以赞天地之化育"等等。"文"与"化"并联使用,最早似见于《周易·贲卦·彖传》:"观乎天文,以察时变;观乎人文,以化成天下。""人文"与"化成天下"紧密相联,使得"文化"一词具备了它的基本内涵,就是"文明教化"或"以文教化",这其间隐含了"文化"与"文学"的天然联系。

"文化"有广义和狭义之分。广义的"文化"是指人的价值观念在社会实践中对象化的过程与结果,它包括了物质制造(技术体系)和精神创造

(价值体系)两大部分;而狭义的"文化"则仅指人类精神活动的过程及其结果。① 人类精神创造的主要载体就是"文",也就是刘勰《文心雕龙·原道》篇所说的"心生而言立,言立而文明"的"人之文"。上古时期所谓的"文学"泛指一切见之于"文"的东西,与狭义的"文化"恰好是重合的。因此"文学"与"文化"存在天然的联系,这种联系在我们今天所说的纯文学之中也依然存在。

从文学批评来看,先秦文学批评所寄生的文献典籍既是"文学"文本,也是文化的组成部分,当时的"文学家"同时也是"文化人",他们的文化思想必然灌注于文学批评理论,文学批评理论又必然涵泳于文化思想。中国文学批评从一开始就生长在文化的母体之中,与文化有密切的血缘关系,而这种血缘关系又突出表现在儒道释三个不同的领域,儒道释文化共同构成中国文学批评的思想文化背景。本节分述如下。

(一) 儒家文化与中国文学批评

许慎《说文解字》说"儒,术士之称",胡适称儒为"殷民族的教士"。最早的"儒"是以相礼治丧为职业的文化人,他们的主要任务是在仪式中完成人与神的沟通。在"百家争鸣"的春秋战国时代,儒成了一个重要的学派,其标志性特征就是以孔子为宗师,以孔子学说为宗旨。儒家的起源有神秘色彩,到了孔子创立的文化学派宣扬"仁"学,就消褪了神学色彩。汉代"罢黜百家,独尊儒术"之后,儒家文化成为中华民族的主流文化。儒家文化对中国文学批评的影响可概括为三大主义:人格主义、功利主义和经学中心主义。

第一,人格主义。中国真正意义上的文学批评是从孔子对《诗经》的批评开始的。儒家文化最根本的一个目的就是按照自己的文化标准来塑造人格,因此孔子也把文学看做一种人格塑造的工具。他教弟子们学习《诗经》是为了塑造学生人格,他对《诗经》的批评也是为人格服务的。《论语》记载孔子对诗的评论:

> 子贡曰:"贫而无谄,富而不骄,何如?"子曰:"可也;未若贫而乐,富而好礼者也。"子贡曰:"诗云:'如切如磋,如琢如磨。'其斯之谓与?"子曰:"赐也,始可与言诗已矣,告诸往而知来者。"

---

① 关于"文化"的定义,请参见:冯天瑜《中国文化史纲》,北京:北京语言文化大学出版社1994年版,第2页;李建中主编《中国文化概论》,武汉:武汉大学出版社2005年版,第3页。

> 子夏问曰:"'巧笑倩兮,美目盼兮,素以为绚兮。'何谓也?"子曰:"绘事后素。"曰:"礼后乎?"子曰:"起予者商也!始可与言诗已矣。"

用装饰品的打磨来比喻人格修炼过程,用人的漂亮需要先天素质和后天修饰结合来比喻仁和礼在人格培养方面的顺序。朱自清《诗言志辨》把前者叫做"因事及诗",后者称为"因诗及事",虽然方向相反,但最后都指向了人格修养之事。这种把诗歌当做教化工具的思想后来发展成"文以载道",成为中国文学批评一个很重要的思想。

人格主义的文化取向对中国文学批评的影响是多方面的。从积极的方面来说,一是在批评中强调文学创作主体的人格形象。王国维说,有高尚伟大之人格者,必有高尚伟大之文学。最好的文学,是从人格中流出来的。如杜甫,他那些忧国忧民的诗歌和他忧国忧民的思想是共存的。二是形成"知人论世"的批评方式。注重对作者的身世、经历、思想、情感、人品,以及所处的时代环境和文化背景的了解。通过了解作者来解读作品,成为我国文学批评的一种优良的传统。三是采用比德的言语方式。比德就是用自然物比喻道德,如用"岁寒,然后知松柏之后凋也"来比喻人的坚贞不屈,用莲花的"出淤泥而不染"来比喻人的高洁。中国文学批评常常运用与比德相关的比兴方式,如刘勰给"神思"下定义说:"形在江海之上,心存魏阙之下。"讲风骨,把有风骨但缺乏文采比喻成"鸷集翰林";有文采但缺乏风骨比喻成"雉窜文囿"。这种言说方式在司空图的《二十四诗品》中达到了极致和完美。从负面的影响来说,这种"人格主义"用一种道德的批评来代替文本的解读,来评价文学作品的优劣高低,这样会导致对作者的道德苛求,从而遮蔽文学作品的审美价值。同时,人格主义强调道德形象,某种文化流派的道德不是永恒的道德,而是具体时空中的道德,一旦将其视为超时空的东西,就会对文学形成一种束缚。

第二,功利主义。功利主义是指把文学当做一种手段和工具。从"诗言志"开始,儒家文化就强调文学对于人格修炼和社会政治的功用。孔子论述诗在社会生活中的作用,是将它与礼乐教化联系在一起的。《论语·泰伯》说:"兴于诗,立于礼,成于乐。"《论语·季氏》说:"不学诗,无以言……不学礼,无以立。"前文所引孔子用诗,既是一种人格主义,也是一种功利主义。孔子认为,只有像子夏、子贡那样明白学《诗》是为了修炼道德、推行教化的道理之后,才"始可与言诗"。可见,孔子高度重视诗歌的实用价值和社会作用。《论语·阳货》说:"小子何莫学乎诗?诗可以兴,可以观,可以群,可以怨。迩之事父,远之事君,多识于鸟兽草木之名。"历代学者对兴、观、群、怨的解释存在争议,但是对于这句话表明了孔子的文学功能观则是没有异议的。儒家的文学功利主义影响深远,历朝历代均有文学批评家提出文学为政治教化服务的理论观念。

功利主义的文学观也是利弊共存。利的一面表现在,它强调文学的社会责任和审美教育功用,强调文学对现实社会和现实人生的积极作用,强调文学为人生的一面,在一些特殊的历史时期,比如外族入侵、民族存亡的时刻,是有意义和价值的。如果我们将"功利"一词的外延扩大,包括社会的、政治的、心理的、情感的、伦理的、知识的等等各个领域各个方面的功用,那么所谓"功利主义"对于文学来说是必要的。功利主义的弊端表现在,一旦把文学当做工具,就难免被专制的统治者所利用,统治者以它作为压制老百姓的工具,历朝历代都不鲜见。"文化大革命"中,将文学当做阶级斗争、权力争夺的工具成为最流行的观念,完全忽视了文学的审美特质,对文学的发展造成了很大的破坏。

第三,经学中心主义。《左传》讲"三不朽",儒家文化的三大理想就是立德、立功和立言。立德是人格主义,立功是功利主义,立言就是经学中心主义,因为这个"言"就是以经学为中心的语言。儒家经典的言说一旦成为经典,就先在地具有真理性,只能去信奉、阐释而不能去怀疑、批评。先秦儒家看重语言,首先是因为他们看重名分,儒家把人分为很多等级,不同的等级有不同的称谓或名分,而这些称谓必须依靠语言来表述,所谓名不正则言不顺。语言是为了正名,看重语言是因为看重社会等级和社会秩序。这种经学中心主义到了文学批评里面就造成语言中心主义。杜甫有两句非常著名的论诗诗:"为人性耽僻佳句,语不惊人死不休。"对语言完美的追求到了一种无以复加的地步。很多古代诗人为了推敲一个字而寝食不安,"吟安一个字,捻断数茎须"(卢延让《苦吟》),可见语言的创造是多么的痛苦,又是多么的重要。由此就不难理解,刘勰的《文心雕龙》为什么要用整整十篇的篇幅专门讨论文学创作的语言问题。

经学中心主义对文学批评也有很大的影响。一方面,文学是语言的艺术,文学家必须依靠语言才能存在,一个没有出色的语言能力的人是不可能成为文学家的。从这个角度看,语言中心主义是有道理的。另一方面,儒家文化看重语言,就常常忽略语言之外的东西,而文学的要义和真谛,文学的最高境界,是超越语言之外的。正是在这一点上,道家的"得意忘言"和"言外之意"救了儒家之弊。而且,过分看重语言还会产生另一种弊端,就是为语言所展示的表面所迷惑,而看不到语言背后真实的东西。当一个人的语言和行为差别太大,形成悖论时,这种名与实、言与行的悖离,常常和儒家的人格主义产生一种矛盾。

(二)道家文化与中国文学批评

"道",本义是"道路",引申为"道理"。道家的"道"出自《老子》,《老子》一书又名《道德经》,所以道家最初也被称为"道德家"。《老子》中提出了以"道"为核心的思想体系,用"道"来说明宇宙万物的本质、构成、变化和本原,主张道法自然、清静无为。庄子发展了原始道家的思想,更强调"道"的从无生有、变化莫测的性质,认为万物都是相对的,提出"齐物"论,倡导一种"天地与我并生,而万物与我为一"的精神境界。与事功、有为的儒家文化不同,道家文化是超迈、无为的。在文学批评领域,道家文化以不同于儒家的方式和旨趣塑造着一种超功利的艺术人格。道家文化对中国文学批评的影响主要有三方面:虚静其心,法天贵真,言外之意。

第一,虚静其心。和儒家一样,道家也注重人格修养,但所关注的侧重点不同。儒家的人格形象是外在的,是个体的人在社会公众中的形象,如"小人"和"君子"是社会公众对人格主体的评价。道家关注的是人的内心,老子、庄子都强调虚静其心,要求排除各种名利和杂念的堵塞和遮避,从而达成一种清澈空灵的心境。道家用这种虚静其心来解构儒家的人格主义,重建道家的人格。儒家人格的名号是"君子",是内圣外王,是要建功立业的。道家的人格名号是"隐者",不去争名夺利,远离功业利禄。心斋坐忘,清静无为,安静地生活,安静地思考自己的存在。

虚静论是老庄的一个重要的哲学—心理学思想,对文学创作和创作主体有很大的影响。中国的文学家,在社会生活中是一个儒者,要建功立业;在精神生活中是一个隐者,要返回内心,返回自我,要在宁静当中体悟生命的真意,在归途中找到自己的精神家园。从这个意义上讲,真正对中国文学家和中国文学批评家有深刻影响的不是儒家的人格主义,而是道家的虚静其心。苏轼《送参廖师》:"欲令诗语妙,无厌空且静。静故了群动,空故纳万境。"也就是说,要想领悟诗的妙处,内心深处必须空灵和寂静。只有当我们内心空且静的时候,才能把握各种各样的动,才能接纳各种各样的境。可见苏轼把作家内心是否虚静视为创作能否成功的前提条件。在道家思想的影响下,中国作家特别强调内心的宁静,强调用这种宁静来应对万物。艺术精神与现实功利的东西常常存在冲突,道家文化的虚静其心,从人格修炼的角度对儒家的人格主义产生了一种补充或修正作用,同时又因其鲜明的审美特征,深刻地影响了中国文学家的创作心理。

第二,法天贵真。《老子》二十五章说:"人法地,地法天,天法道,道法自然。"在老子看来,道就是自然,道就是天,而人最终要以自然为法则。自然的法则就是真实而自然,那么我们就要以真为贵。《老子》中有三次提到"真",都是表述事物及人的一种自然真实的状态。二十一章"其精甚真,其中有信",认为物无"真"便无"信";四十一章"质真若渝",认为质地纯真的东西毫不向外炫耀;五十四章"修之身,其德乃真",认为个人品德修养要达到纯真的境界。到了庄子,贵真的思想就明确提出来了,《庄子·渔夫》:

> 孔子愀然曰:"请问何谓真?"客曰:"真者,精诚之至也。不精不诚,不能动人,故强哭者虽悲不哀,强怒者虽严不威,强亲者虽笑不和。真悲无声而哀,真怒未发而威,真亲未笑而和。真在内者,神动于外,是所以贵真也。"

真就是精诚,精诚才能动人。真正的悲伤即使不哭、即使没有声音也是令人悲戚的,真正的愤怒在爆发出来之前就已经很威严了,真正的亲和即使不笑也让人感到亲热。

老子和庄子这种以自然为法则、以真为贵的思想对中国文学批评有很大影响。东汉的王充在《论衡》中已经开始用"真"来评论文章。唐代司空图的《二十四诗品》中屡次出现"真"字,发挥庄子"真在内者,神动与外"的思想,将"真"纳入美学领域。明代李贽的"童心说"更是高扬"真"的旗帜。童心就是真心,李贽将"童心"作为评价一部文学作品好坏的标准,这就是贵真。道家这种法天贵真的思想是非功利主义的,因此比儒家更为真实。徐复观《中国艺术精神》主要就讲庄子思想对中国文学艺术的影响,指出道家文化滋润了中国文学的想象力,滋养了中国文学的同情心具有一种和自然同样永恒的对真实情感的追求,同样也滋润了中国文学和文学批评的意境。

第三,言外之意。孔子说"辞达而已",儒家以语言为中心,认为辞是能够达意的。道家则认为言语是不能达意的,老子说"知者不言,言者不知",这里的"知"就是"智"的意思。庄子在《天道》篇中也说:"语之所贵者意也,意有所随。意之所随者,不可以言传者。"道家不看重语言,看重的是语言之外的意义,这一点正好与中国文学的特征相契合。中国古典诗歌的特点就是语言少而意义丰富,诗的内涵是几十个字本身无法包纳的,要在字里行间去寻找。不仅诗歌,小说也讲言外之意,《红楼梦》写黛玉临死的时候说了这样一句话:"宝玉,你好……"此时此刻,黛玉对宝玉的感情是非常复杂的，无论多少语言都无法表达黛玉此时的感情，所以最好的方法就是不说。西方哲学家维特根斯坦说过，对于我们不能言说的东西，我们只能保持沉默。冯友兰也说做学问有三个阶段：第一个是"照着说"；第二个是"接着说"；最后是"不说"。三种状态分别对应哲学的初级、中级、最高阶段。哲学的最高境界是不能言说的，文学也如此，对于文学的最高境界我们只能像陶渊明那样："此中有真意，欲辨已忘言。"

言外之意对中国文学批评有重要影响。王弼在《周易略例·明象》中提出"得意忘言"；陆机在《文赋》中提出解决语言表意局限的方法是"课虚无以责有，叩寂寞而求音"；刘勰《文心雕龙·神思》对言意关系的论述是"意翻空而易奇，言征实而难巧"；钟嵘《诗品》说："言在耳目之内，情寄八荒之表。""意在言外"成为创作中的一种自觉追求，并在理论上不断得到充实，唐代皎然提出"境生象外"，至晚唐司空图大力倡导文学创作中的"韵外之致"、"味外之旨"、"象外之象"和"景外之景"，并将"不著一字，尽得风流"作为创作的最高境界，力求摆脱语言的束缚，尽情抒写寄诸言外的情理。宋代欧阳修的"状难写之景如在目前，含不尽之意见于言外"，严羽《沧浪诗话·诗辨》的"如空中之音，相中之色，水中之月，镜中之象，言有尽而意无穷"，一直到清代王士禛所提倡的"神韵"说，无一不具有"意在言外"的味道。

（三）佛教文化与中国文学批评

"佛"的本义是"悟"，在梵语中是一个泛指，后来成了释迦牟尼的尊称，佛教就是释迦牟尼开创的宗教。印度佛教在东汉初年传入中国，与中国本土的儒、道文化相互融合，六朝时得到发展，隋唐达到鼎盛，形成天台、华严、唯识、禅宗、净土、密宗等具有中国特色的许多宗派。佛教文化中，对中国文学批评影响最大的是禅宗，其影响表现在三个方面：吾性本真、熟参妙悟、境界至上。

第一，吾性本真。佛教既是宗教也是哲学，它的最终目的是要使人摆脱尘世的痛苦，进入彼岸的极乐世界。这个彼岸世界就在人心之中，是人心中最本真的东西。只要领悟了这种最本真的东西，我们就摆脱了苦海，进入彼岸世界，因此"吾性本真"是一种心灵的真实感。

儒家强调历史的真实，道家注重自然的真实。与儒、道强调客观生活的真实不同，佛教强调心灵的真实。佛教认为万事皆空，我们所能看到的东西并不都是真实的。什么才是真实的呢？只有当一个东西能说明它为什么存在，它才是真实的。各种物体是不真实的，因为它们不能够说明它们为什么存在，只有人是真实的，因为人能够解释他的行为。这种真实观和文艺的真实观是相同的。它是一种心灵的真实，一种情感的真实，一种艺术和审美的真实。

儒家所强调的历史真实在文学批评方面有很广泛的影响，中国文学史上不乏用历史真实来要求文学作品的人，早期的如班固对《离骚》中羿、浇、少康、二姚描写的斥责，王充对《诗经》中周朝旱灾描写的批评，一直到晚清的纪晓岚，还在批评蒲松龄的《聊斋志异》缺乏史官文化的真实。《聊斋志异》写人和鬼在密室里面结为百年之好，双方会发誓说一些天知、地知、你知、我知的话，纪晓岚就质疑蒲松龄是如何知道这些话的。佛教的真实观逐渐改变了儒家的真实观，大大刺激了中国文学的想象力。中国的四大名著中都有佛教的影子：《红楼梦》一开头就是一僧一道；《西游记》本身就是讲佛、道的故事；在《三国演义》这样很真实的作品里面，也有诸葛亮借东风之类的鬼神故事。这种真实观的影响之一就是消解了生与死的界限。传奇中经常写人死后还魂、人和鬼见面、人和鬼相恋等等，都是受到了佛教真实观的影响。

第二，熟参妙悟。"佛"的本义是"悟"，释迦牟尼因悟而成佛，在中国影响最大的禅宗也重"悟"。禅宗有两句很有名的话："拈花之妙悟，非树之奇想。"前一句是说佛主在灵山说法时拈花示众，摩诃伽叶顿时领悟其间微妙至深的禅境。后一句话是说六祖慧能在五祖寺发出"菩提亦非树"的奇想，创立了南宗顿悟之教。从思维方式的角度而论，"悟"属于直觉性思维。直觉，又叫感性直观或感性直觉，是人的思维直接把握事物本质的一种内在直观认识，朱光潜将"直觉"的心理学特征表述为："见到一个事物，心中只领会那事物的形相或意象，不假思索，不生分别，不审意义，不立名言。"[①]禅宗的妙悟是最为典型的直觉思维，严羽以禅喻诗，《沧浪诗话》的"诗道亦在妙悟"取自"禅道惟在妙悟"，其实质是将中国佛学的思维方式引入诗歌理论和批评。

妙悟的前提是熟参。佛教成佛的过程是一个熟参的过程，就是通过熟练的阅读、观察和思考而达到一种对佛心的领悟。这种领悟是很微妙的，突然发生的。文学创作中主体的积累、灵感和佛教的熟参相类似。文学需要积累，即阅读前人作品，观察生活，观察人，思考社会；同时文学更需要灵感，

---

① 克罗齐：《美学原理》，北京：作家出版社1958年版，第140页。引文为朱光潜对"直觉"的注释。

经过大量阅读、写作实践和长期的思考,进入一种创造能力特别强的状态。灵感突如其来,转瞬即失,对于作家的创作具有重要的作用。中国文学批评家既强调读前人作品即熟参,同时也对突如其来的灵感即妙悟,有深刻的认识和独到的见解。比如陆机《文赋》谈到灵感到来时动静相济的状态和特征,又如严羽谈到熟参是妙悟的必要前提。

第三,境界至上。境界是一个佛教术语,佛教有六根六境之说,六根就是人的全部感觉和知觉——眼、耳、鼻、舌、触、知,六境是指六根所感知的客观对象。六根六境包括了物质和精神的东西,佛教的"六根清净"就是放弃对物质的追求,达到心灵的平静,进入一种无欲的境界。因此佛教的"境界"是超越了感官世界的一种形而上的东西,是我们说的佛性、吾心,是存在于人的此岸世界之外的彼岸世界,也就是人内心的一种真如本性。一般来说,人的生活分为三个层面,一个是物质的层面,一个是精神的层面,一个是灵魂的层面。儒家有物质的层面和精神的层面,道家有精神的层面,在佛教看来,物质的层面和精神的层面都要上升到灵魂的层面,因此佛教的境界是灵魂的境界。

佛教的境界理论被文学批评家们借鉴、发挥,形成文学批评中的境界说。文学批评里面谈的境界,既含有佛教境界观那种灵魂的层面,也包含可以感知的层面,也就是通过具体的意象来表现灵魂层面的境界。六朝书论、画论中已经使用"境"的概念,殷璠《河岳英灵集》中也用"境"评诗,但都不是从佛教境界那种灵魂的层面论述的。文学批评中最早论述境界问题的是皎然,他在《诗式》中借鉴佛家理论,提出"取境"。"取境"即文学家主观选择事物意象,创造出自己需要的境界。这种说法强调了作家在创作中的主观能动性,得到不少人的赞同,此后在中、晚唐,以境界论诗成为风气。

二、中国文学批评的理论特征

中国文学批评的产生、发展,受到中国文学发展演变特点的影响,也和中国古代的文化背景、思维方式、审美情趣等因素紧密相连。因此,中国文学批评呈现出自己独特的理论特征,具体包括诗性的思维方式、注重创作主体的批评方法和经验归纳性质的批评范畴。

(一) 思维方式的诗性特征

思维方式是人类文化的核心之所在,它与人类文化是同步产生的。按照意大利人类学家维柯的说法,全人类的思维方式在史前时代(即原始社会)是相同的,大体上都是以一种诗意性、想象性、以己度物和以象喻义的方式来看待并思考这个世界。与文明时代人类的分析性、思辨性、逻辑性思维相区别,维柯将史前社会人类的思维方式称为"诗性智慧"。在文学批评的思维方式方面,中西方都有着共同的"诗性智慧"之源。但自雅斯贝尔所说的"轴心时代"(即公元前 8 世纪至公元前 3 世纪之间)起,中西方文学批评的思维方式却走上了不同的道路:西方文学理论批评从柏拉图和亚里士多德开始,其思维方式愈来愈逻辑化、哲学化;中国文学批评受先秦原始儒、道的影响,其思维方式既有着形而上的、思辨的特征,同时也保持了诗性的特征。这种思维方式的"诗性智慧"影响了几千年的中国文学批评,成为中国文学批评区别于西方的重要特征之一。中国古代文学批评诗性的思维方式,大体上可以概括为类比推理、整体观照和直觉感悟。

第一,以己度物的类比式思维。以己度物是指人类在原始时代,遇到自己所不能理解不能解释的事物,便习惯于以自身为衡量标准来推想、类比外物。这种类比式思维在人类进入文明时代后继续发展,不仅继续以己度物,而且反过来取物喻人,以自然外物来类比人自身。孔孟取自然之物来类比君子人格,老庄取自然之物来推论自然之道,禅宗取外境来示喻吾心,用的都是类比思维。

先秦文化中,类比推理作为一种思维方式普遍存在。《易传》中的"立象以尽意"就有类比的意味:"意"仅靠"言"是无法表现的,须借助于"象";而一旦引进"象",就有了类比,《易传·系辞》云"引而伸之,触类而长之",即是说类比思维的功能是由一而多,由简单而复杂,遇到同类则扩大其象征,凡触类处即可引申,可见类比思维具有较强的象征性、启发性和暗示性。因为有了类比思维,《易经》才可以用天、地、山、水、风、火、雷、泽八大自然物象来尽其哲学、伦理、美学、文学之意。用象(自然、人事等等)来类比所要阐明的对象或道理,这也是"引而伸之,触类而长之"的意思。此后,这种思维方式得到更为广泛的应用。汉代儒学完全依赖天与人之间广泛的类比推理来建构其全部的哲学体系,在某种意义上说,董仲舒的"天人合一"是建立在"天人类比"的思维基础之上的。《春秋繁露》中不仅以自然类比人之身体及情感,还以自然事物类比社会政治生活。在董学的天人类比之中,天和人已不是抽象的概念,而是基于直观、类比所树立的感性形象,即便是阴阳这类普遍存在的东西也具有喜怒哀乐之情而与人相类。显然,这种类比推理之中保存着原始思维"万物有情"、"万物同形"的思维特征。

既然天(自然)与人相副相类,那么自然的特征及变化与人的情感的特征及变化也是有着对应关系的,这就是刘勰《文心雕龙·物色》说的"岁有其物,物有其容;情以物迁,词以情发",吾情与外物之间可以相互感应,相互赠答。中国文学批评的以己度人包括"生命化"和"人格化"两个方面,前者是以人的生命有机体的部分和整体来命名或指代文学艺术的部分和整体,从而构成古代文论一组常用的基本概念和范畴,如形神、风骨、气韵、血脉、主脑、肌肤、眉目等;后者则是以某一类人的人格形象来类比并体貌文学艺术的某一种风格,如《二十四诗品》用"美人"、"佳士"分别类比、体貌诗歌风格的"纤秾"和"典雅",用"畸人"、"壮士"类比、体貌"高古"、"悲慨"等,司空图的二十四种诗歌风格说到底就是二十四种人格形象。从《易传》的"近取诸身"到康有为的"书若人然",中国古代文论的生命化和人格化成为一以贯之的思维传统。

第二,物我同一的整体性思维。以己度物或以物比人走向极致就是物我一体,就是打破"此心"与"彼物"的界域,使"我"变成了物,也使物变成了"我",正如庄子梦蝶的寓言,使庄周变成了蝴蝶,也使蝴蝶变成了庄周。既然外物与"我"一样是有感觉有情欲有喜怒哀乐的生命实体,那么用"我"所拥有的一切(身体、生命、情感、人格等)来理解并表述外物,就是最自然、最合理也是最方便的了。与类比推理一样,天人合一、物我一体的整体性思维方式也源于人类远古社会的"万物有生"、"万物同情"和"神人以和"。

中国传统文化的"天人合一"遍涉儒道释三家。陈鼓应《老子注释及评介》说:"形而上的道,落实到物界,作用于人生,便可称它为德。"反过来说,人须遵循于"道"才能有所"得"(即"德")。《老子》二十五章:"人法地,地法天,天法道,道法自然",从逻辑上讲,人最终要取法于自然(即天道);《论语·泰伯》:"唯天为大,唯尧则之",孔子认为尧的伟大正在于他能以天为准则。虽然老子和孔子对"天"的理解不尽相同,但这里讲的都是以人合天、天人合一。禅宗作为佛教中国化的代表,主张"从于自心顿现真如本性",消解彼岸与此岸、梵天与俗众的差别,在思维方式上也表现出物我一体、天人合一的特征。

中国传统文化之中,天人合一、物我一体既是以"我"观"物"的基本方式,同时也是"物"呈现于"我"的和谐状态。先秦儒、道两家都极为推崇"和"之境界,老子视"和"为自然之道的根本性特征,所谓"万物负阴而抱阳,冲气以为和";孔子则将"和"由"天道"引入"人道",讲"君子和而不同",并将"中和"或"中庸"视为道德和人格的最高境界:"中庸之为德也,其至矣乎!民鲜久矣。"(《论语·雍也》)孔子以"中和"及"中庸"的方式观照文学,提出"尽善尽美"、"文质彬彬"、"乐而不淫,哀而不伤"等具有综合性和统一性特征的观点。

以"和"的方式思考文学,则必然将"和谐"视为文学美的最高境界,同时也必然会用"中和"(或综合)的方式来辨析文学批评的诸多范畴和术语。《文心雕龙·序志》篇有"擘肌分理,惟务折衷",刘勰"惟务折衷"的思维方式直接来源于孔儒的中和(中庸)思想,是对孔儒"和而不同"的整体性弘扬和创造性解读。刘勰所处的时代,文学和文论已经发展到这样一个程度:要求对文学思想作出总体性描绘和总结性论述。刘勰舍弃"铨序一文"之易而担当起"弥纶群言"之难,面对文学思想的"前论"和"旧谈",既不刻意地标新立异,亦不轻率地雷同一响。刘勰要总结前人首先要超越前人,集众说之精华,纳百川入大海。欲完成这一使命,最佳的思维方式和研究方法便是"擘肌分理,惟务折衷"。

刘勰之前的文学思想家,虽说在理论上各有建树且各具特色,但他们常常又是"各照隅隙,鲜观衢路","各执一隅之解,欲拟万端之变",所谓"东面而望,不见西墙",因而有着不同程度的片面、偏颇和局限;而刘勰的高明之处正在于他将孔儒"和而不同"的思维方式引入文学批评理论研究,从而将前人视为相互对立或互不相关的许多命题、范畴和概念,通过剖析辩证,找到它们之间互相关联着的某种共同性,从而建立起一种更深刻的关于统一的看法。刘勰"惟务折衷"的整体性思维贯穿《文心雕龙》全书,涉及诸多命题、范畴和概念,比如属于玄学范畴的"才性"、"言意"、"哀乐",属于儒学范畴的"心物"、"通变"、"文质",具有佛学意味的"奇正",以及"情采"、"华实"、"比兴"、"隐秀"这类较为纯粹的文论术语,大多染上了"中和"的色彩,或者说就是"折衷"的产物,充分地表现出整体性思维的综合性和统一性。

第三,直寻妙悟的直觉式思维。直觉思维属于"诗性智慧",是文学创作中最常见的思维方式,也是中国文学批评中常见的思维方式。中国文学批评最常见的文本样式是诗话、词话、曲话、小说评点,或者干脆就是诗、赋、骈文。当古代文论家用文学的形式言说理论问题时,他们不可避免地要以感悟的、直觉的、艺术的、审美的方式来思维。中国文学批评中,直觉思维主要表现在"直寻"和"妙悟"两个方面。

其一,"古今胜语,皆由直寻"。钟嵘《诗品》被称为诗话之首,其品诗论诗,用的就是直觉式思维。钟嵘在《诗品》中提出诗歌创作的"直寻说",主张"寓目辄书",在直观感悟中,心与物直接对话而无须以逻辑推理作中介。在具体作家作品的分析中,钟嵘或比较或比喻或知人论事或形象喻示,均为诗性言说而无理性分析。比如评范云、丘迟:"范诗清便宛转,如流风回雪;丘诗点缀映媚,似落花依草。"两个比喻加两个形容词,"用自己创造的新的'批评形象'沟通原来的'诗歌形象'",使人读后"有一种妙不可言的领悟,感受到甚至比定性分析更清晰的内容"。①

其二,"诗道亦在妙悟"。禅宗的妙悟是最为典型的直觉思维,严羽以禅喻诗,其实质是将这种直觉思维方式引入诗歌理论和批评。禅宗公案多为直觉、感悟式对话,问者深藏机锋,答者奇显妙悟,以一种"问非求答,答非诣问"的超语言方式,直奔惯常的、逻辑的语言所无法企及的思维层面,最终使对话者"惑"落而"悟"起。把这种思维方式引入文学批评,就是要在鉴赏中通过对上乘之作的遍参、熟参与活参,达到第一义之悟;在创作中对前人佳构转宜多师烂熟于心,通过"读书破万卷"之"参",达到"下笔如有神"之"悟"。

诗歌创作的第一义之悟,则为别材别趣,它与"读书穷理"既相关又有别。作诗之悟非凭空而起,也有赖于对前人作品的遍参、熟参和活参,所以诗人要多读书多穷理。但诗歌的最佳境界,有如禅宗的真如本性,不在彼岸而在此岸,不在外物而在吾心,是由吾心之兴发所产生的一种情趣,其不可言喻、不可凑泊,恰似严羽所言的"空中之音,相中之色,水中之月,镜中之象"。严羽以禅喻诗而独标"妙悟"与"兴趣",其思维特征是"不涉理路,不落言筌","羚羊挂角,无迹可求","透彻玲珑,不可凑泊"……更进一步说,禅是一种思维方式也是一种生存方式,或者说是二者的统一,参禅者通过直觉式的妙悟去体验那个形而上的终极境界,进入一种诗意的此在。在这一点上,中国文学批评与禅是相通的。批评家品诗论文,其意并不在诗亦非在文,而在于这种诗意化和个性化的生存方式。"逢人问道归何处,笑指船儿是此家",诗之舟是心灵的栖所,是精神的家园。

(二) 批评意识的主体性倾向

与西方文学创作、文学批评的高度职业化不同,中国古代文学创作与批评始终只是士大夫在仕宦之外的风雅余事,既没有文学家以文学创作为终身职业,也没有批评家以文学批评为终身职业。中国的文学批评家经常是兼作家、批评家和官僚于一身,这就使他们在批评中既富有理性思考,又具有实际创作经验,往往是理论批评与实际批评相结合,注重自我创作经验的

---

① 曹旭:《诗品研究》,上海:上海古籍出版社1998年版,第166页。

总结。

　　中国文学批评中批评家与作家身份的同一，使中国文学批评不是像西方那样站在客观的立场上对作家作品进行比较公正的裁判，而是从自己切身的创作体验出发去总结经验。在这种经验总结的过程中，批评家很容易将影响创作的因素归诸己身，充分认识到创作主体的作用。如庄子为了追求艺术至境而提出的"心斋"，"若一志，无听之以耳而听之以心，无听之以心而听之以气，听止于耳，心止于符。气也者，虚而待物者也。唯道集虚"（《庄子·人间世》），实际上强调的是主体通过心灵感悟能力，对外物进行观照，达到主体的自我实现。后来曹丕《典论·论文》以气质才性论文、刘勰《文心雕龙·才略》篇对作家才气的强调，都认为作家个人的修养是决定文学创作成败的重要因素。这种观点在历代文学批评中不断得到发展，如唐代梁肃《常州刺史独孤及集后序》"操道德为根本，总礼乐为冠带……每申之话言，必先道德而后文学"，朱熹《答杨宋卿》"然则诗者，岂复有工拙哉？亦视其志之所向者高下如何耳。是以古之君子，德足以求其志"，叶燮《原诗》"大凡人无才，则心思不出"，一致对作家才、德进行强调。王士禛《师友诗传录》："作诗，学力与性情，必兼而后愉快。愚以为学力深，始能见性情。"注重作家通过阅读大量作品而逐渐培养起来的艺术修养。

　　批评意识的主体性倾向成为中国文学批评的一个特色，使中国文学批评中不仅出现了大量作家论的探讨，而且在作家批评的内容、形式技巧方面也具有独特之处。内容方面主要体现为对作家人品、才能的强调，形式方面主要表现为比喻的应用。

　　中国古代文学批评特别重视作家人品，孔子最早把"德"引入文学批评领域，《论语·宪问》说："有德者必有言，有言者不必有德。"孔子的"文"、"德"思想被后来的汉儒发扬光大。《毛诗序》说："诗者，志之所之也。在心为志，发言为诗。"认为个人的合乎礼义的"志"，用语言的形式表现出来便是诗歌，这种诗歌具有"经夫妇，成孝敬，厚人伦，美教化，移风俗"的社会道德教化作用。这种道德修养决定文学创作的理论，对后代文学批评产生了深远的影响。司马迁在《史记·屈原贾生列传》中认为屈原高洁的品格影响了《离骚》的创作，"其文约，其辞微，其志洁，其行廉"。朱熹在《王梅溪文集序》里，以诸葛亮、杜甫、颜真卿、韩愈、范仲淹等五人为例："此五君子，其所遭不同，所立亦异，然求其心，则皆所谓光明正大，疏畅洞达，磊磊落落而不掩者也。其见于功业文章，下至字画之微，盖可以望之而得其为人。"首先是光明磊落之人，然后写出了表达这种胸怀的文章，这才是好文章。陆游在《给辛给事书》中认为"爝火不能为日月之明,瓦釜不能为金石之声,潢污不能为江海之涛澜,犬羊不能为虎豹之炳蔚",因此只有君子才能写出好文章。明代宋濂的《文说赠王生黼》说:"身之不修,而欲修其辞,心之不和,而欲和其声,是犹击破缶而求合乎宫商,吹折苇而冀同乎有虞氏之箫韶也,决不可致矣。"认为同文学修养比起来,作家自身的人品修养更为重要。因为重视作家的人品,所以在文学批评中贬斥那些道德有疵的作家作品,刘勰《文心雕龙·程器》篇对司马相如、扬雄等作家的"瑕累"进行讥评,朱熹更因为扬雄曾奉事王莽而贬低其作品,沈德潜在《古诗源》中评价潘岳说:"人品如此,诗安得佳,其诗如剪彩为花,绝少生韵也。"因人品而否定作品。刘熙载《诗概》提出"诗品出于人品",王国维《静庵文集续编·文学小言》中说"无高尚伟大之人格,而有高尚伟大之文学者,殆未之有也",则为重创作主体之人格人品的批评意识作了一次总结。

曹丕《典论·论文》中所说"虽在父兄,不能以移子弟"的"气"、刘勰《文心雕龙》所说的"才略",主要指作家的创作才能。对作家才能的强调在叶燮《原诗》中表述得最为明确。叶燮在谈到文学创作的主观条件时说:"曰才,曰胆,曰识,曰力,此四言者,所以穷尽此心之神明。凡形形色色,音声状貌,无不待于此而为之发宣昭著。此举在我者而为言,而无一不如此心以出之者也。""才"是指作者所具有的把思想感情表达出来的才能,也就是"诸法之蕴隆发现处";"胆"是指敢于发表意见,能打破束缚的精神,即叶燮所说"昔贤有言:成事在胆。文章千古事,苟无胆,何以能千古乎";"识"是指对客观事物的理、事、情和一般艺术技巧的鉴别能力,"今夫诗,彼无识者,既不能知古来作者之意,并不自知其何所兴感触发而为诗";"力"是指概括各种事物与独自成家的笔力,《原诗》说:"吾尝观古之才人,合诗与文而论之,如左丘明、司马迁、贾谊、李白、杜甫、韩愈、苏轼之徒,天地万物皆递开辟于其笔端……如是之才,必有其力以载之。"作为诗人的主体条件,才、胆、识、力四者是紧密联系的,"大约才、胆、识、力,四者交相为济。苟一有所歉,则不可登作者之坛……唯有识,则能知所从,知所奋,知所决,而后才与胆力皆确然有以自信;举世非之,举世誉之,而不为其所摇"。"才、胆、识、力"说既强调作者的创作才能,也是叶燮所提倡的作者之"胸襟"的具体体现。"胸襟"指作家的思想境界和精神情操,这就把创作能力与创作主体的人品联系起来了。

中国文学批评重视创作主体,不仅大多数批评家都从德、才两方面对作家进行评论,而且重视作家批评的方法,其中最具特色的是比喻的运用。以比喻论人与汉魏时期的人物品评有密切联系，《世说新语》中有大量这类例子，如谓李元礼"谡谡如劲松下风"，山巨源"如璞玉浑金"（《世说新语·赏誉》），严仲弼如"九皋之鸣鹤"，嵇康"岩岩若孤松之独立"（《世说新语·容止》）……钟嵘《诗品》评曹植"譬人伦之有周孔，鳞羽之有龙凤，音乐之有琴笙，女工之有黼黻"，通过具体的形象传达出对解释对象的审美理解。这种方法后来被广泛采用，其中最有名的是宋敖陶孙《臞翁诗评》评二十九位诗人：

> 魏武帝如幽燕老将，气韵沉雄；曹子建如三河少年，风流自赏；鲍明远如饥鹰独出，奇矫无前；谢康乐如东海扬帆，风日流丽；陶彭泽如绛云在霄，舒卷自如；王右丞如秋水芙蕖，倚风自笑；韦苏州如园客独茧，暗合音徽；孟浩然如洞庭始波，木叶微脱；杜牧之如铜丸走板，骏马注坡；白乐天如山东父老课农桑，言言皆实；元微之如李龟年说《天宝遗事》，貌悴而神不伤；刘梦得如镂冰雕琼，流光自照；李太白如刘安鸡犬，遗响白云，核其归存，恍无定处；韩退之如囊沙背水，惟韩信独能；李长吉如武帝食露盘，无补多欲；孟东野如埋泉断剑，卧壑寒松；张籍如优工行乡饮，酬献秩如，时有诙气；柳子厚如高秋独眺，霁晚孤吹；李义山如百宝流苏，千丝铁网，绮密瑰妍，要非适用。本朝苏东坡如屈注天潢，倒连沧海，变眩百怪，终归雄浑；欧公如四瑚八琏，止可施之宗庙；荆公如邓艾缒兵入蜀，要以险绝为功；山谷如陶弘景祇诏入宫，析理谈玄，而松风之梦故在；梅圣俞如关河放溜，瞬息无声；秦少游如时女步春，终伤婉弱；后山如九皋独唳，深林孤芳，冲寂自妍，不求识赏；韩子苍如梨园按乐，排比得伦；吕居仁如散圣安禅，自能奇逸。其他作者，未易殚陈。独唐杜工部，如周公制作，后世莫能拟议。

通过一连串诗意盎然、取境丰富的比喻，描绘出一系列生动而有性灵的诗人形象，直观地呈现出评论对象的内在韵味，给读者留下了广阔的思维空间。

（三）范畴建构的经验归纳性质

"范畴"一词语出《尚书·洪范》："天乃锡禹洪范九畴。"孔颖达疏曰："畴是辈类之名，故为类也，言其每事自相类者有九。"辈，亦可释为"类"或"等等"。可见"范畴"一词的本义，是将同类的事物归纳起来而作为典范，所谓归"畴"（类）为"范"是也。无论是科学、哲学、神学还是诗学，每一门学科都必须有自己特定的范畴，离开了这些范畴，理论便无以言说自身，更不可能得到理解。与西方文论中的典型、形象、情节、艺术真实、移情等理性化的范畴不同,中国古代文论中的范畴多取自人自身以及日常生活经验,比如风骨、体性、神采、韵味、格调、肌理等。所归之"畴"与自然人事相关,具有经验性和形象性;归后之"范"则是归纳、抽象的结果,具有典范性和概括性。

中国文学批评理论范畴的经验归纳性质,与中华民族的文化心理背景有直接关系。如上节所说,儒家的人格主义和道家的法天贵真,都具有将各种抽象意义和具体的人及自然界客观事物联系起来解释的倾向。先秦时期,哲人们对于抽象意义的表达大多是从具体的感性对象入手,并借助感性对象本身的某些特点使人领悟其所要表达的抽象内涵。远古的八卦就是现象直观的产物,《周易·系辞下》说:"易者,象也;象也者,像也。""夫乾,确然示人易矣;夫坤,聩然示人简矣。爻也者,效此者也;象也者,像此者也。"通过在观象中对"象"之"像"的抽象,实现对"象"的模拟,如《系辞上》所说:"圣人有以见天下之赜,而拟诸其形容,象其物宜,是故谓之象。"老子认为"道"是无法用语言来界定的,因此借助于具体物象之"无"来使人体会"道"的特点:"三十辐共一毂,当其无,有车之用。埏埴以为器,当其无,有器之用;凿户牖以为室,当其无,有室之用。"先秦哲人这种在现象中直观本质的思维方式对中国人的文化心理产生了很大影响。与这种文化心理相关,中国的文学批评家常用直观取象的方式,从自己的人生经验中提取范畴,借助于感性对象的突出特点使人们领悟其所要表达的审美内涵。而以己度物的类比推理则直接将文章人化了,使中国文学批评中出现了众多取自人本身的范畴。魏晋时期,批评家们把人物品评的术语应用到文学批评上来,导致大量以人为喻的批评范畴的出现,中国文学批评中普遍采用的志、才、气、性、情、骨、神、脉、文心、肌理、神韵、主脑等术语都是"近取诸身"、以人为喻的产物。

以"风骨"这一范畴为例,"风骨"之"骨",其原初释义也是经验性和实体性的,指人之体骨、骨体、骨干、骨植等。因为"骨"有着支撑、构架之功能和坚挺、奇崛之属性,于是从人物品鉴之用语衍生为文学批评之范畴。品诗论文,作品结构的整体一贯被誉为"四肢百骸,连合具体"(庞垲:《诗义固说》卷下),而作品风格的柔弱无力则被描述为"若瘠义肥辞,繁杂失统,则无骨之征也"(《文心雕龙·风骨》),或褒或贬,全以"骨"之有无立论。"骨"这一范畴在文学和艺术批评中的使用,其范围之广、频率之高,充分显示出由经验归纳所得之中国文学批评的理论范畴有着强大的生命力。

中国文学批评理论范畴的经验归纳性质,决定了其诗性灵动与逻辑抽象的统一。因为是归纳出来的文学批评术语,所以这些范畴必然可以在一定程度上揭示文学本体、创作、鉴赏等方面的规律,具有理论言说的逻辑性。因为是从日常生活经验中提取的,所以这些范畴的提出者并没有对之作出明确界说,只是用这些词来表达自己审美理解中的感受印象,而后来的使用者也只是根据自己的理解来使用这些词,没有根据上下文来推断提出者所要表达的理论含义。这就使得同一个范畴在文学批评中往往存在不同层次、不同角度的多种含义,导致了中国文学批评范畴的模糊性、具象性和多义性特点。如中国文学批评中的核心范畴"味",就具有这一特点。《论语·述而》"子在齐闻《韶》,三月不知肉味",使用的还是其饮食方面的本来意义,但是已经和听觉联系起来了。《老子》六十三章"味无味"中的"味"是指一种审美体验方式。魏晋南北朝时,批评家将"味"引入诗文批评中,用来表述文学的审美特点。陆机在《文赋》中说:"阙大羹之遗味,同朱弦之清泛。"用白煮的肉汁比喻文章缺乏必要的修饰而乏味。《文心雕龙》中多处用"味","味"已转变成专门的文学批评术语:"深文隐蔚,余味曲包"(《隐秀》);"儒雅彬彬,信有遗味"(《史传》);"繁采寡情,味之必厌"(《情采》);"物色虽繁,而析辞尚简,使味飘飘而轻举"(《物色》)。到了钟嵘《诗品》,"味"特指诗歌的艺术性:"五言居文词之要,是众作之有滋味者也";晋代玄言诗"理过其辞,淡乎寡味"。唐代《文镜秘府论》:"诗一向言意,则不清及无味;一向言景,亦无味。事须景与意相兼始好。"这里的"味"显然是指情景交融产生的抒情诗特有的艺术韵味。晚唐司空图进一步提出"味外之旨"、"韵外之致","味"又成为超乎言意之表的文学韵致。宋代苏轼明确提出"寄至味于淡泊"的观点,将平淡之美作为诗之高格,将"诗味论"推向一个新的高度。

中国文学批评范畴所具有的诗性灵动与逻辑抽象统一之特点,以完全不同于西方批评范畴的民族特性,为范畴的理论阐释及其在文学批评中的具体操作提供了更广阔的空间和更灵活多样的手法。一方面,这种直观取象形成的范畴,如风神、骨格、气象等,缺乏明确定义,因其模糊性而在文学鉴赏等方面具有传达不尽之意的特殊功效;另一方面,这种取自日常生活经验的范畴,使作家更容易介入批评领域,从直观感受方面对文学批评进行阐释,如《石林诗话》卷下说:"古今论诗者多矣,吾独爱汤惠休称谢灵运为'初日芙蕖',沈约称王筠为'弹丸脱手',两语最当人意。'初日芙蕖',非人力所能为,而精彩华妙之意,自然见于造化之妙,灵运诸诗,可以当此者亦无几。'弹丸脱手',虽是输写便利,动无留碍,然其精圆快速,发之在手,筠亦未能尽也。"钱锺书《管锥编》在谈到古代诗文批评的"人化"特征时,曾引用李廌《济南集》论文章之"体、志、气、韵"的一段话。李廌如何阐释并使用这四个范畴?他充分利用这一组范畴的经验归纳性质,选取经验世界中的种种意象,既形象生动而又层次分明地阐述每一个范畴的含义及价值。李廌的具体方法是从"有"与"无"两个完全对立的角度立论,大谈如果"无体(志、气、韵)"则如何如何,"有体(志、气、韵)"又如何如何。比如"韵",文章之无韵,则"譬之壮夫,其躯干枵然,骨强气盛,而神色昏懵,言动凡浊,则庸俗鄙人而已";文章之有韵,则"如金石之有声,而玉之声清越;如草木之有华,而兰之臭芬香;如鸡鹜之间而有鹤,清而不群;如犬羊之间而有麟,仁而不猛;如登培塿之丘,以观崇山峻岭之秀色;涉潢污之泽,以观寒溪澄潭之清流;如朱弦之有余音,太羹之有余味者,韵也"。① 关于"有韵"或"无韵"的"如何如何",全部取喻于经验世界的自然和人事,在形象化的类比中,将"韵"之内涵及外延的一系列规定性表述得非常清楚。

三、中国文学批评的文体形态

文体形态,指文学批评的言说方式,用中国文学批评固有的术语来表述,可分为体制、体式和体貌三大方面:体制也就是我们今天所说的体裁,即文本样式;体式指语言表达方式,也可以称之为语体;体貌指特定批评文本的特定风格,也可以表述为体性或体势。中国文学批评的文体问题与文学批评是同时诞生的,较之西方文学批评所说的"体裁"和"风格",有着更为复杂丰富的内涵。曹丕《典论·论文》"文非一体,鲜能备善"说的是体裁,"气之清浊有体"说的是风格,而"唯通才能备其体"的雅、理、实、丽则兼有风格与语体之义。不同文体的囿别区分,说到底是一个"怎么说"即"言说方式"的问题:选择何种体制(体裁),采用何种体式(语体),彰显何种体貌(风格)。注重对历朝历代批评文体的阐释和介绍,是本书的一大特色。本书在每一章的概述部分专门辟出一个小节,全面介绍该时期批评文体在体制、体式和体貌诸层面的特征,并据此概括出此一时代区别于其前后时代的独特性。以下则对中国古代文学批评文体之源头、发展流变之过程、话语方式之特征等作一个总体性介绍。

(一)中国文学批评文体形态的源头

宋人赵彦卫《云麓漫钞》称唐传奇"文备众体,可以见史才、诗笔、议

---

① 钱锺书:《管锥编》第四册,北京:中华书局1986年版,第1357—1358页。

论";宋人真德秀《文章正宗》将文体分为辞令、议论、叙事、诗赋,明人彭时称"天下之文,诚无出此四者,可谓备且精矣"。真氏的"四分法"若去掉应用性的"辞令",则与赵氏"三分法"相合。就"体"的文体学释义(体制、体式、体貌)而言,"文备众体"、"备且精矣"既是古代文学又是文学批评的重要特征。中国文学批评从先秦两汉的诸子、诗赋和史传文体中,秉承议论、诗笔(诗赋)和史才(叙事),其文体形态的源头主要有三个方面。

第一,源于《易经》的议论体。刘勰寻根溯源,宗经征圣,《文心雕龙·宗经》篇将后世各体文章的源头溯至五经,其中"论、说、辞、序,则《易》统其首",可见议论体的文体之源是《易经》。从《易经》到诸子,先秦论体对中国文学批评文体的影响,用《文心雕龙·诸子》篇的话说,是"标心于万古之上,而送怀于千载之下,金石靡矣,声其销乎"!

"论"是文学批评主要的言说方式,《文心雕龙·论说》释"论"之名,认为先秦典籍之中最先以"论"名篇的是《论语》,所谓"群论立名,始于兹(《论语》)矣。自《论语》已前,经无论字";又说"庄周《齐物》,以论为名"。同为"论体",《论语》之"论"与《齐物论》之"论"又有所不同:前者强调的是"论体"的条理性即逻辑性,所谓"论者,伦也"、"伦理无爽";后者强调的是"论体"的辩证性即思辨性,所谓"辨正然否"、"迹坚求通,钩深取极"。二者合起来,便为"论体"之释义:"论也者,弥纶群言,而研精一理者也。"早在刘勰之前,汉代刘熙《释名·释典艺》已将《论语》的"论"训为"伦":"论,伦也,有伦理也","《论语》,记孔子与弟子所语之言也"。伦,次序、条理,即朱熹所言"伦,义理之次弟也"。《论语》所录孔子语录以及孔子与门徒的对话,既是言之有物更是言之有序的,如《卫灵公》所记孔子关于君子与小人的议论,从各个不同的层面,依次比较君子与小人的区别。又如《季氏》关于君子人格修养的"三友"、"三乐"、"三愆"、"三戒"、"三畏"、"九思",构成一个次第有序的系列。这些地方,均表现出《论语》在讨论问题时的条理性即逻辑性。

《论语》之"论"是"伦理无爽",《齐物》之"论"则是"锋颖精密"。虽说整部《庄子》是"寓言十九",寓言体言说占了很大比重,但《齐物论》一篇则可以说是"辨言十九",纯粹的思辨性言说占了绝大部分。其中著名的段落有:齐学派之争的"大知闲闲,小知间间;大言炎炎,小言詹詹",齐彼我(此)之分的"非彼无我,非我无所取"、"物无非彼,物无非是(此)",齐是非之别的"彼亦一是非,此亦一是非"、"是亦一无穷,非亦一无穷"……物之分别肇始于论之分别,故齐物先须齐论,哲学家庄子在形而上层面,对诸论之分别

(大小、彼此、是非以及梦觉、生死、有无等)一一齐同之。在这些段落中,没有寓言,也没有重言,有的只是"通道为一"、"得其环中"的辩言或论言。不惟《齐物论》,《庄子》内篇的其他六篇亦可见此类思辨性言说。

包括《论语》和《庄子》在内的先秦诸子,无论是体制(体裁)、体式(语体)还是体貌(风格),均对后世文学批评的书写产生了巨大影响,或者说成为中国文学批评文体的重要理论资源。《文心雕龙·诸子》篇所论及的诸子百家之体貌体势,如《孟子》《荀子》的"理懿辞雅"、《管子》《晏子》的"事覈言练"、《列子》的"气伟采奇"、《邹子》的"心奢辞壮"、《墨子》的"意显语质"、《韩非子》的"博喻之富"等等,已成为中国文学批评言说方式的重要组成部分。

第二,源于《诗经》的诗赋体。"诗言志"被称为中国文论开山的纲领,而"诗言志"一语对于中国文学批评文体的诗赋体而言,有着双重内涵。诗所言之志,既可以是关乎家愁乡怨、国痛民瘼的,亦可以是关乎创作宗旨和诗学理论的。也就是说,《诗经》所言之志,既有个性化的情感之"志",亦有普适性的诗学之"志"。此其一。就"诗学之志"而言,《诗三百》中的诗论之句,主要讲讽与颂。此其二。郭绍虞《中国历代文论选》先秦部分有《诗经》选录,其"说明"指出:"在这三〇五篇诗歌里,有少数作品已经谈到了作诗的目的。在比较明确的十一条中,八例为讽,三例为颂。但不论是讽是颂,实际上都是'诗言志'的具体发展和运用。"①

孔子说"诗可以观"。我们从《诗》中所"观"到的不仅有《生民》、《公刘》式的颂与《民劳》、《板》、《荡》式的怨,而且有关于此颂此怨的诗性抒写与理性议论。《中国历代文论选》所选《诗经》十一例,大体上有着相似的言说方式:主体部分抒写诗人或讽或颂之意,卒章则显其诗学之旨。如首例《魏风·葛屦》,上下两章对比式地写出"缝之者贱且苦"与"服之者贵且乐",末章最后两句议论式地点明"为刺"之旨:"维是偏心,是以为刺。"又如最后一例《大雅·烝民》,乃尹吉甫送别仲山甫的诗,全诗颂仲山甫之德以及仲山甫辅佐周宣王之盛况。这首长篇颂诗的最末四句为"吉甫作颂,穆如清风。仲山甫永怀,以慰其心",全诗之创作意旨、艺术风格、心理功能、情感效应等诗学内涵,尽在这四句之中。

有学者指出,《大雅·烝民》在《诗三百》中以说理见长,"以理语起",

---

① 郭绍虞主编:《中国历代文论选》第一册,上海:上海古籍出版社1979年版,第12页。

"以理趣胜","哲理性和概括性都很强"①,清代刘熙载甚至借用该诗的"穆如清风"来概括整部《诗经》的艺术风格,其《艺概·诗概》说:"'穆如清风','肃雍和鸣',《雅》、《颂》之懿,两言可蔽。"《大雅·烝民》虽然不是论诗诗,但它的"理语"、"理趣"实开后世论诗诗体貌、体势之先。《诗经》之后,用四言诗体讨论文学理论和文学批评问题,前有刘勰《文心雕龙》五十篇"赞曰",后有司空图二十四首"诗品",二者在文体上沾溉《诗经》之风,其体貌典雅润泽,其体势兼综诗性隐喻与理性归纳,实为《诗经》以诗论诗之流调余韵。

以诗论诗,在中国文学批评史上是一种重要的言说方式;而这种言说方式在先秦时代尚未独立成体,而是零散或片断地寄生于非文论文体(如《诗经》)之中。后诗经时代,中国文学批评的"以诗论诗"以两种方式呈现:一是段落式地成为文学批评论著不可分割的一个部分,如《文心雕龙》的"赞曰";一是独立地成为批评文体,如《二十四诗品》以及唐以后大量出现的论诗诗。无论是哪一种方式,其文体之源都在《诗经》,都在《诗经》以诗论诗的体式、体貌之中。

第三,源于《尚书》、《春秋》的叙事体。中国文学批评既哲理地说、诗意地说,同时也历史地说、叙事地说,后者的文体源头可追溯至五经中的《尚书》和《春秋》。《文心雕龙·史传》溯史传体之源,称古者左史记事,右史记言,"言经则《尚书》,事经则《春秋》"。刘知几《史通·叙事》讨论史官文化的叙事传统及叙事原则,亦视《尚书》、《春秋》为权舆:"历观自古,作者权舆,《尚书》发踪,所载务于寡要;《春秋》变体,其言贵于省文。"《尚书》是最早的历史文献汇编,《春秋》是最早的编年体国别史,而"务于寡要"、"贵于省文"则是它们的语体特征,这也就是《文心雕龙》反复论及的《尚书》辞尚体要、《春秋》一字褒贬。《尚书》、《春秋》的体式和体貌,构成中国史官文化的叙事之源。

《文心雕龙·史传》篇在谈到孔子修《春秋》之后,即称"丘明同时,实得微言。乃原始要终,创为传体",并称《左传》为"圣文之羽翮,记籍之冠冕"。《左传》用史实释《春秋》,叙事简洁,描写生动,语言精炼含蓄。刘知几对《左传》评价甚高:"盖左氏为书,叙事之最。自晋已降,景慕者多。"就对中国文学批评言说方式的影响而言,《尚书》与《左传》关于"诗(乐)言志"的记载,实为文学批评叙事性言说之滥觞。语出《尚书》的"诗言志"和语出

---

① 参见程俊英、蒋见元:《诗经注析》下册,上海:上海古籍出版社1991年版,第896页。

《左传》的"季札观乐",都是在历史叙事的语境中出场的。《尚书·尧典》对"诗言志"的记载,有人物(舜与夔),有事件(舜命夔典乐),有场景(祭祀乐舞),有对话(舜诏示而夔应诺),叙事所须具备的元素一应俱全。《左传·襄公二十九年》的"吴公子札来聘"实为"乐言志",与舜帝的"诗言志"相映成趣。季札观乐而明"乐言志",也是在历史叙事中生成的。

由《尚书》、《春秋》及《左传》所开创的历史叙事传统,在"史才"(叙事性言说)层面深刻地影响了中国文学批评;而这一影响大体上又可以分为两种类型:实录与说话。前者属于正史系列,是"究天人之际,通古今之变"的宏大叙事,其良史之才、信史之德,施之于文学批评叙事,便铸成中国文学批评的用世品质、批判精神,以及尚简、尚质的语言风格;后者则是对正史的民间性或私人性讲述,亦可称为"讲史"或"演义",虽然也有宏大叙事,但更多地是闲适于文、游憩于艺的微小叙事,而正是在"闲适"或"游憩"这一点上,"说话"类史才对中国文学批评的叙事性言说产生了更大的影响。欧阳修撰《新五代史》和《新唐书》,虽说是以私家身份修改正史,但仍然属于经世致用的宏大叙事;而当他晚年"退居汝阴",在琴、棋、书、醇之间集诗话"以资闲谈"时,秉承的是"说话"类的微小叙事的传统。欧阳修之后,司马光也同样兼营"实录"与"说话"两类叙事:前者有《资治通鉴》,后者有《温公续诗话》。

中国古代文化历来有"说"(叙事)的传统,经史子集四库,经部有历史叙事(如书经和春秋经),史部与子部则兼有历史叙事与文学叙事。而正是经史、子部的文史叙事传统,孕育了集部的文学批评叙事(如"诗文评"、"词话"以及别集、总集中的文论著作)。尤其是子部中的小说家类与杂家类,成为文学批评叙事的直接来源。比如宋代以后大量涌现的诗话,是中国文学批评叙事的最为常见的文体。"诗话"之体远肇六朝志人小说,而"诗话"之名却近取唐末宋初之"说话"或"平话"。"说话"是小说,是文学文体;"诗话"是文学批评,是批评文体。但既然都是"话",就有一个"说"的方式问题:"民间说话之'说',是故事,文士诗话之'说',也一样是故事;二者所不同者,只是所'说'的客观对象不同而已。"[①]"说话"与"诗话",虽然叙事内容有别,但叙事方式却是相同的。当然,"说话"(文学叙事)可以完全虚构,"诗话"(文论叙事)则以纪事为主,后者与中国史官文化的信史传统及

---

① 顾易生、蒋凡、刘明今:《宋金元文学批评史》下册,上海:上海古籍出版社1996年版,第462页。

实录精神血脉相联。

(二) 中国文学批评文体形态的发展演变

中国文学批评文体形态的发展具有清晰的脉络,表现出一种在继承和创新中不断丰富的进程。先秦时期,文学批评以一种无文体的形态,即"语录"或"要言"的样式,寄生于文化典籍的诸种文体之中。对后世文学批评产生重大影响的《论语》和《孟子》都不是纯粹的文学批评文本,事实上在孔子和孟子的时代我们找不到纯粹的文学批评。《庄子》在先秦诸子中是最具文学性的,但它也不是纯粹的文学批评。然而,作为承载儒道两家文学思想的经典文献,《论语》、《孟子》和《庄子》不仅为后人准备了丰富而深刻的理论,而且为后来的批评文体奠定了一个文学性基础。

一时代有一时代之文学,一时代也有一时代之批评。两汉的批评文体,最具代表性的已不是对话(语录)体,而是序跋体和书信体,如《毛诗序》、《太史公自序》、《两都赋序》、《楚辞章句序》、《报任少卿书》等。"跋"之称,始见于北宋;而汉代的"序"多置于全书之后,其位置与后来的"跋"相同。两汉的"序"又可分为两类,一类是诗文评点,如《诗》之大、小序,又如王逸《楚辞章句》的总序和分序,其评诗论赋、知人论世,既承续了先秦对话体的简洁明快,又为后来的诗话乃至小说评点提供了言说方式及文本样式。另一类是自序,多为作者在作品完成之后追述写作动机,自叙生平际遇。司马迁的《太史公自序》记叙了他世为史官的家世和他自己的坎坷命途,从老太史公执迁手而泣曰"命也夫",到太史公遭李陵祸而喟叹"身毁不用",司马迁在悲怆、惨痛的悲剧气氛中,喊出"发愤著书"而震撼千古!同为阐述"发愤著书说"的《报任少卿书》,更是字字血、声声泪,其情真切、其意悲远,读来更像是一篇悲情散文,或者说是一篇最为典型的文学化的批评文本。汉代以后,文学批评家多用书信体来言说文论,经典之作如曹丕《与吴质书》、曹植《与杨德祖书》、白居易《与元九书》、柳宗原《答韦中立论师道书》等,都有着太史公情真意切之体貌。

魏晋南北朝是中国文学批评史上最为辉煌的时代,也是批评文体之文学化最为彻底的时代,因为此时期最具代表性的文学批评巨著《文心雕龙》和创作论专篇《文赋》,干脆采取了纯粹的文学样式:骈文和赋。值得注意的是,陆机著有《辨亡论》,刘勰著有《灭惑论》;《文心雕龙》还辟有"论说篇","释"论说"之名,敷"论说"之理,品历代"论说"之佳构。这两位深谙"论说"之道、擅长"论说"之体的文学批评家,在讨论文学理论问题时,却舍"论说"而取"骈"、"赋"。陆机和刘勰的这种选择既非个别亦非偶然,而是文学自觉时代的文学批评家对批评文体文学化的自觉体认。

当然,这一时期也有以"论"名篇的批评文体,如曹丕《典论·论文》和挚虞《文章流别论》。但前者基本上是一篇散文,而后者的所谓"论","大概是原附于《集》,又摘出别行"①。倒是后来宋代李清照那篇很短的《词论》更像一篇论文,不过这类论文在唐宋并不多见。唐宋两代的文学批评家,大多承续了刘勰和陆机的传统,如韩愈、柳宗元和苏轼,用"论"去讨论政治社会问题,却用文学文体来讨论文学问题。韩愈有《师说》、《讳辨》,柳宗元有《封建论》,苏轼有《留侯论》,但他们的文学批评篇什却大多是书信体、序跋体和赠序体,或者干脆就是诗体,如韩愈的《调张籍》、《荐士》、《醉赠张秘书》等。

中国文学批评最常见的批评文体是诗话,虽然"诗话"之名始见于北宋,但诗话的源头却在六朝:一是钟嵘《诗品》,二是《世说新语》。《诗品》之品评对象(诗人诗作)与品评方法(溯流别、第高下、直寻、味诗、意象评点等),均开后世诗话之先河;而《世说新语》中随处可见的诗人轶事、诗坛掌故、诗文赏析之类,若将之另辑成集,就已经是典型的"诗话"了。有论者称,六朝之后的诗话"继承钟嵘《诗品》的论诗方法,接过笔记小说的体制,形成了以谈诗论艺为主要内容的笔记体批评样式"②,是颇有见地的。历代诗话的文体源头是六朝笔记小说,故诗话这一批评文体的"血缘"是文学的而非理论的。

唐代的批评文体,除了上面已经提到的书信、序跋和赠序诸体之外,较为流行的是论诗诗。中国是诗的国度,唐代是诗的王朝,唐人以"诗"这一文体来说诗论诗,则是真正的"文变染乎世情"。以诗论诗始于杜甫,继之者为白居易、韩愈诸人。杜诗中谈艺论文的颇多,最为著名的自然是《戏为六绝句》和《解闷五首》,还有讲"文章千古事,得失寸心知"的《偶题》和赞叹"白也诗无敌,飘然思不群"的《春日忆李白》等。白居易作为新乐府运动的倡导者,其主要文学观念既见于书信体的《与元九书》,亦见于论诗诗,后者如《读张籍古乐府》称"风雅比兴外,未尝著空文",又如《寄唐生》称"惟歌生民病,愿得天子知"。韩愈的论诗诗数量多,诗语奇,如《调张籍》用一系列奇崛的比喻来状写李、杜诗风的弘阔和雄怪,读来惊心动魄。

---

① 郭绍虞主编:《中国历代文论选》第一册,上海:上海古籍出版社1979年版,第193页。
② 赖力行:《中国古代文学批评学》,武汉:华中师范大学出版社1991年版,第197页。

以诗论诗,"一经杜、韩倡导,就为论诗开创了一种新的形式"①。而唐代文论家用这种"新的形式",不仅一般性地品评诗人诗作、泛议诗意诗境,还集中地、系统地专论某一个较为重要的诗歌理论问题,如司空图《二十四诗品》,用二十四首四言诗论述二十四种诗歌风格和意境。《四库全书总目提要》称"是书深解诗理,凡分二十四品……各以韵语十二句体貌之。所列诸体毕备,不主一格"。"体貌"一词,深得司空图品诗之旨。本来,讨论诗歌的艺术风格,完全可以采用"论说"之体并驱遣"叙理"之辞而层次谨严地研讨众品,但司空图取"四言"之体、"体貌"之法,用诗的文体、诗的语言去体貌诗歌的艺术风格和美学意境。《二十四诗品》是中国文学批评的诗眼和画境,对后世批评文体产生了深刻而长久的影响。它在中国文学批评史上的独特地位,很大程度上是由其批评文体的文学化所铸成的。

论诗诗在两宋辽金继续盛行,如吴可、陆游、王若虚、元好问等,都有论诗诗。不过,宋代的批评文体中真正蔚为大观的不是论诗诗而是诗话。何文焕《历代诗话》所辑宋人之作,从欧阳修到严羽,共有十五种之多。丁福保《历代诗话续编》所辑宋金元诗话又有十六种之多,明清两代诗话更多,"至清代而登峰造极。清人诗话约有三四百种,不特数量远较前代繁富,而评述之精当亦超越前人"②。《六一诗话》为历代诗话之创体,欧阳修开章明义,自云"居士退居汝阴,而集以资闲谈也",这就为后来的诗话定了一个轻松随意的文体基调。章学诚对此颇为不满,称诗话之作是"人尽可能"、"惟意所欲"而"不能名家"。③ 郭绍虞却不同意章说,他在为《历代诗话》所作的"前言"中写道:"由形式言,则'惟意所欲','人尽可能',似为论诗开了个方便法门;而由内容言,则在轻松平凡的形式中正可看出作者的学殖与见解,那么可深可浅,又何尝不可以名家呢?"郭绍虞所陈述的诗话的长处,也正是批评文体之文学化的长处。

元明清是小说和戏曲的时代,故批评文体除了诗话之外,又新起小说戏曲评点。谓其"新",是因为它所批评的对象(小说戏曲)是新兴的文学样式;但小说戏曲评点作为一种批评文体,其实是对前代诸种批评文体的综合。评点小说戏曲者,一般前有总评(或总序),后有各章回(折)之分评,这颇似诗歌批评中的大、小序;小说戏曲评点有即兴而作的眉批、侧批、夹批、

---

① 郭绍虞主编:《中国历代文论选》第二册,上海:上海古籍出版社1979年版,第132页。
② 郭绍虞选编,富寿荪校点:《清诗话续编》上册,上海:上海古籍出版社1983年版,第1页。
③ 章学诚著,叶英校注:《文史通义校注》上册,北京:中华书局1985年版,第560页。

读法、述语、发凡等等,这又与随笔式的诗话相仿。就其批评功能而言,小说评点与前代的序跋体、诗话体更是有共通之处:既有鸟瞰亦有细读,既实现了作者与读者的沟通亦申发了品评者独到的艺术感受和理论见解。

近代文学批评受西学影响,出现不少带"论"的批评文体,但它们的价值却并不比传统的文学化的批评文体(如诗话、词话、小说戏曲评点)高。以王国维为例,笔者曾在一篇文章中称王国维为中国文学批评史上"但丁式"的人物,他的《红楼梦评论》和《人间词话》,既是传统文论的终结,又是现代文论的肇始。① 就文体样式而言,《红楼梦评论》是标准的论著体,而《人间词话》则是典型的文学化文体。衡其对后世的影响和生命力之久长,《人间词话》却胜过《红楼梦评论》。这其中的原因固然很复杂,但批评文体的因素不容忽略。

(三) 中国文学批评文体的话语方式特征

按照西方近现代学术"分科治学"的规则,文学是文学,批评是批评,文学不能是批评,正如批评不能是文学。但是,在中国文学理论批评文本之中,"批评"可能是"文学的"或具有"文学性(诗性)","文学"可能是"批评的"或具有"理论性"。前者如钟嵘《诗品》,自觉的批评意识和独到而深刻的批评见解,凭藉着极具文学性的文字出场,其想象之丰富、取譬之奇妙、性情之率真、语句之优美,完全可以作文学性散文读。后者如司空图《二十四诗品》,分明是二十四首四言诗,既有《诗经》四言的方正典雅,又有汉魏五言的自然清丽,还有晚唐七言的哀婉幽深,诗中有画,画中有诗。而司空图的"诗画"或"画诗"其实是在深刻而系统地言说着一个重要的文学理论问题:文学的风格和意境。中国文学批评将文学性的"诗笔"、"史才"与理论性的"议论"融为一体,表现出诗性与逻辑性相生相济的话语方式特征。

中国文学批评诗性与逻辑性相生相济的言说方式,源于先秦文化典籍。刘勰说"论",视儒家的《论语》和道家的《庄子》为"议论"之始;而《论语》和《庄子》却并不乏"诗笔",其言说方式表现为诗性与逻辑性的统一。《论语》之"论",可训为"伦",是次第有序、逻辑明晰;《论语》之"语",是语录,是对话,"对话在文学体裁上属于柏拉图所说的'直接叙述'一类,在希腊史诗和戏剧里已是一个重要的组成部分"②。而且,我们从《论语》的对话中是能见出说话人的个性和身份的,借用李贽评《水浒》的话说,是"各有派头,

---

① 李建中:《王国维的人格悲剧与人格理论》,《中南民族学院学报》2000 年第 1 期。
② 柏拉图:《文艺对话集》,朱光潜译,北京:人民文学出版社 1963 年版,第 334—335 页。

各有光景,各有家数,各有身份"。次第有序的理论性与显其个性的文学性,形成《论语》言说方式逻辑性与诗性的统一。《庄子》的"三言",其"寓言十九"为隐喻体、"重言十七"为对话体、"卮言日出"为顺任自然、因物随变之语言风格,是典型的文学性言说;但若从整体上把握《庄子》,则可以见出,其思想体系(如道论、心论、物论)、篇章结构(如内七篇)、论证过程(如齐物之论)等等,均具有较高的思辨性和逻辑性,代表了先秦诸子议论体的最高水准。

以《论语》、《庄子》为代表的这种"诗"与"思"相生相济的言说方式,为中国文学批评文体开辟了一条"诗径"与"理路"相汇相通的坦途。先秦时期,尚无文学理论批评专著或专篇,其文学批评言说寄生于非文论典籍之中,既诗性地说(如《诗经》以诗论诗的语句)也思辨地说(如《周易》关于言象意的论辨),既叙事地说(如《尚书》、《左传》的文论叙事)也逻辑地说(如《墨子》、《荀子》中的文学观点),既漫无端涯地说(如《庄子》的卮言)也有的放矢地说(如《孟子》的辩言)……两汉之后,有了独立成体的文学理论批评,其言说方式承续了先秦文学批评诗性与逻辑性相融合的特征,无论是两汉的史传体、序跋体,还是六朝的诗赋体、骈俪体,以及隋唐以后的诗论体、诗话体、评点体等等,均不同程度地表现出诗性与逻辑性的统一。

"诗"与"思"相融合的言说方式,既是中国文学批评的总体性特征,又是其经典文本的标志性特色。以《文心雕龙》为例。就体制而论,《文心雕龙》是骈俪体,属于文学体裁;就体式而言,无论是总体结构、篇章次第,还是论证过程、辩说方式,都可以说是典型的议论,属于理论型语体。以偶言丽辞擘肌分理,藉隐喻比兴识深鉴奥,在调钟唇吻、玉润双流之际笼圈条贯、弥纶群言,骈俪体制与论说体式的完美融合,最终铸成《文心雕龙》诗与思相交融的独特体貌。这一体貌既见于《文心雕龙》全书,亦见于每一篇的篇末"赞曰"。五十篇"赞曰",五十首四言诗,其典雅润泽、铺叙比兴,已沾溉商周篇什六义之神;其敷理举统、精微圆通,又涵泳周秦诸子论辩之力。

议论以逻辑性为要,其立言之体须完整、系统;诗笔以文学性为根,其行文之方常常是即兴的随意的,吉光片羽,弥足珍贵。中国文学批评言说方式之诗性与逻辑性的统一,表现在文体的结撰方式上,则是片断性与整体性的统一。

郭绍虞《中国历代文论选》先秦部分选了八家,或是文学作品,或是史书,或是子书。与后代文学批评(如《诗大序》、《典论·论文》、《文赋》、《诗品》、《文心雕龙》等)相比,先秦文学批评尚未独立成体,不能够集中系统地讨论文学理论和文学批评问题,只能片断地说、随意地说。当然,所谓"随意"并非随心所欲或随随便便,而是指先秦文学批评的批评者"随"自己或儒或墨或道或法的文化思想之"意",旁及文学批评话题。比如《论语》所录孔子师徒的"因事及诗"和"因诗及事",在孔子的诸多话题中是两个小片断,但在孔子的诗学理论中却是不可或缺的组成部分,看似随意,实则用心。

先秦文学批评这种片断与整体相契、随意与用心相合的言说方式,成为后世批评文体的一个重要特征。漫长的中国文学批评史上,像刘勰《文心雕龙》、叶燮《原诗》这样自成体系且体大思精的宏篇巨制毕竟是少数,就是像钟嵘《诗品》、严羽《沧浪诗话》这样有一定的整体性和层次感的著作亦不多见,大量的文学批评著述都是以片断、零散、即兴、随意为语体特色。但是,在这种片断、随意的背后,却包蕴着整合、结体之用心。以宋代诗话为例。今存宋人编辑的诗话总集,最为著名的有阮阅《诗话总龟》、胡仔《苕溪渔隐丛话》和魏庆之《诗人玉屑》,"玉屑"与"总龟",形象地道出这三部诗话片断性与整体性相契合的"丛话"特色。

《诗话总龟》以类编排,沿袭《世说新语》分门旧例;《苕溪渔隐丛话》以人为纲,习染钟嵘《诗品》品藻遗风;《诗人玉屑》则兼采二体:前十一卷次之以"类",后十卷第之以"人"。《总龟》以材料见长,引书一百多种,"遗篇旧事,采摭颇详"[1],广收诸家,排比异说,录事录诗,兼收并蓄;《丛话》"取元祐以来诸公诗话,及史传小说所载事实,可以发明诗句,及增益见闻者,纂为一集"[2],依次评点自"国风"至"本朝"(南宋)诸多诗人,尤为推重开元之李杜、元祐之苏黄,其中关于杜甫、苏轼的篇幅超过全书的四分之一;《玉屑》"用辑录体的形式,编录了两宋诸家论诗的短札和谈片,也可以说是宋人诗话的集成性选编"[3],研精诗理诗法在前,识鉴古今人物于后。可见三部诗话形散而神聚、语碎而意全,其体势体貌的共同特征为片断之联缀、玉屑之总龟。

诗性与逻辑性的统一是中国文学批评言说方式的总体特征,而逻辑性是任何批评文本的应有之体,因此诗性便成为中国文论特有的文体传统。在中国文学批评的诗性(文学性)言说之中,叙事与抒情(亦即史才与诗笔)又是统一的。

---

[1] [宋]阮阅编,周本淳校点:《诗话总龟前集》,北京:人民文学出版社1998年版,第3页。
[2] [宋]胡仔纂集,廖德明校点:《苕溪渔隐丛话》,北京:人民文学出版社1984年版,第1页。
[3] [宋]魏庆之编:《诗人玉屑》,上海:上海古籍出版社1979年版,第1页。

先秦文学批评的片断性言说已是叙事(如《尚书》、《左传》)与抒情(如《诗经》)并存,而隋唐以后诗话体之叙事与论诗诗之抒情的并存,则是对先秦文学批评的一种"青出于蓝而胜于蓝"的回响。在这之间,两汉文学批评的史传体和书信体擅长在叙事之中抒情,六朝的骈俪体和辞赋体则擅长在抒情之中叙事。比如唐代司空图《二十四诗品》以情、景、人、境言说诗歌风格,在绘景写情中塑造出幽人、美人、畸人、琴客、剑士、樵夫,采用的就是将抒情与叙事融为一体的言说方式。

司马迁的历史叙事中包含着生动、深刻的文学批评理论叙事,而他的批评理论叙事又伴随着丰富、强烈的情感。《报任安书》向老友任安详细地叙述李陵之祸以及由此而酿成的缧绁之囚、宫刑之辱和身心之痛,可谓字字血、声声泪。"悲夫!悲夫!""尚何言哉!尚何言哉!"……司马迁的叙事,其情悲远、凄切,在一种叙事与抒情相交融的悲剧性语境中提出"发愤著书"的理论命题。司马迁的"发愤著书",不是书斋里的玄思妙想,亦非哲理思辨或逻辑推演,而是身世之感、切肤之痛,是徘徊于地狱之门的叙事者面对苍天的悲情诉求。在某种意义上说,正因为"发愤著书"形成于叙事、抒情(而非推理、论证)过程,才会有如此强烈的震撼力和如此恒久的生命力。

白居易《与元九书》的诸多批评命题及批评观念也是在叙事与抒情中出场的,他在痛陈"诗道崩坏"时感叹:"嗟夫!事有大谬者,又不可一二而言,然亦不能不粗陈于左右。"然后开始叙述"家贫多故"之身世及"诗人多蹇"之命途,抒发"时之所重,仆之所轻"的苦闷、孤寂之情。白居易正是在这种"一二而言"的叙事、抒情之中,建构起新乐府运动的诗歌纲领及理论主张。与白居易在向好友倾诉时之不来、人不我知的窘困时建构起新乐府运动的理论纲领一样,韩愈亦在送别即将役使江南的苦寒诗人孟郊时,讲出"不平则鸣"的文学批评道理……钱谦益列诸贤之诗,作《列朝诗集小传》,自谓"使后之观者,有百年世事之悲,不独论诗而已"[①]。文学批评家们在叙事中明理,也在叙事中抒情,其事可悲,其情可哀,其理可信。这一类于诗性叙事中出场的文学批评思想,在它们以理服人之前,已经先行地以情动人了。中国文学批评言说方式的独特魅力,正在于诗性与逻辑性、片断性与整体性以及叙事性与抒情性的统一之中。

---

① [清]钱谦益:《列朝诗集小传》,上海:上海古籍出版社1983年版,第1页。

思考题：

1. 何为"文学"？何为"文化"？二者关系何在？
2. 儒、道两家文化对中国文学批评的影响是互斥、互补还是兼而有之？试举例说明。
3. 从思维方式的层面谈谈中国文学批评史的诗性特征。
4. 何为"批评文体"？中国古代文学批评文体的主要特征有哪些？
5. 试从"批评文体"的角度概述中国文学批评史的演变历程。

第一章　先秦文学批评

先秦是中国文化的创生期,也是中国文学批评的发端期。诸子百家思想汇流为儒家和道家这两大文化主脉,《诗经》、《楚辞》分别开创了现实主义与浪漫主义的文学道路。这一时期还谈不上现代意义上的文学理论与批评,"文学"是文化学术的总称。不过,思想家们在论述各类政治、伦理及文化学术问题时提出的许多观念、方法、范畴、命题,从不同角度和层面涉及文学的本质特性、价值与功用、内容与形式、接受与发展等基本问题。老子、孔子、庄子、孟子、荀子等等自然不是文学家,但当时整个文化思想是一体化的,一切现象和问题均在思想家们的视阈,因此,可以说他们的言论中包含了文学理论与批评的"颗粒"。《尚书》、《周易》等古老典籍自然也不是文学批评著作,但其中也不乏美学与文学理论的"元素"。我们既要认识到先秦文学批评不是现代意义上的,更要充分开掘与阐发这些"颗粒"与"元素"。

第一节　儒道文化的创生与诗骚传统的形成

先秦文化学术的特征是诸子立说、百家争鸣,其中只有儒、道是贯穿整个中国文化的主脉。其他学派思想自然不是被压倒、淹没,而是其中具有合理性的思想因子被儒、道吸收。各家各派思想所面对的现实问题大同小异,彼此间本无绝对界限,存在汇流的可能,只是因为立场、视角、思想方法等有所不同而各执一端。孔子的"中庸"思维决定了儒家思想体系具有兼收并蓄的功能。老子高屋建瓴的本体视野,决定了道家思想体系是虚怀若谷的。因而二者能够吸收诸家学说中的合理因子,弥补自身局限,成为中国文化的两大主流。

《诗经》不仅是众多作者的思想情感结晶,还是众多接受者选择的结果,在采风的"行人"那里会有所取舍,还可能经过孔子的删订,较之屈原的个人创作,社会性多于个体性,理性多于感性,生活真实多于艺术想象,现实精神多于理想意志,格调平和、温柔敦厚,而非忿怼、哀伤、"褒贬任声,抑扬过实"(《文心雕龙·辨骚》)。这些区别,也就是现实主义与浪漫主义的区别。而"浪漫主义"(Romantic)一词,源自西方,本含感伤之意,这种感伤又与作者的理想主义有关,就是不能直面现实,或者无法容忍现实。汉儒说诗,乃是因为儒家精神的特征就是现实主义。老庄著作则有理想主义的成分,尤其庄子,因为理想主义,所以逃避现实,或者因为无法改变现实,只有沉浸在自己营造的哲学意境中。在佛教传入前,儒道文化分别对应诗骚传统,这是认识先秦文学的一个基本思路,先秦文学批评不仅要结合诗骚作品的实际,也要紧扣儒道文化来探寻其理论渊源。

一、儒道文化在百家争鸣中创生

儒家思想是一个历史的动态系统,先秦儒家学派只能说是其创生阶段。道家思想也是如此。即便创生阶段也非一蹴而就,而是在与其他学派的多维对话中逐渐形成其基本内核。

西周的灭亡促使人们更多地思考天下兴亡的问题,"庶人不议"的观念被打破,"处士横议"的风气盛行。东周时期,王室衰微,诸侯争霸,为思想多元化提供了社会条件;而维护封建宗法等级制度的周礼遭到极大破坏,社会处于动荡之中,这就要求知识分子对社会和人事万象进行广泛探讨,尤其是如何治理国家、教化民众成为主题。代表不同阶级利益的"诸子"——思想家们应运而生,纷纷著书立说,提出解决社会现实问题的办法,形成了各种不同的学派,此之谓"诸子百家"。当时比较显赫的学派有儒家、道家、阴阳家、法家、名家、墨家、杂家、农家、兵家、小说家、纵横家。儒家、道家乃"求道"派,思考治国、治民和治心的根本之道,其他诸家则是"求术"派,是为一时之用。

儒家和道家影响中国文化最为深远之处在于以人为本的价值观。但是二者又有区别而形成互补。

具体来说,儒家在天人关系上以人为本,因此注重社会问题的解决,强调人的群体性;在社会关系上以大众为本,表述为政府与民众关系就是以民为本。孔子主张以礼治国,以德服人,以乐化人,"礼乐"、"仁义"、"忠恕"、"中庸"、"德治"、"仁政"等核心词,反映了儒家创始人的价值观和治国理念。孔子非常注重教育的普及,主张"有教无类",内容上以六艺为法,继承一切传统知识与技艺,也表明了一种兼收并蓄的开放态度。尤为重要的是,孔子明确了教育的根本地位,认为重教化、轻刑罚是国家长治久安的根本。

显然，这比法家头痛医头脚痛医脚的思路要高明得多。孟子的"性善论"表明道德教育的可能，荀子的"性恶论"强调道德教化的必要。"性恶论"不仅要求教育，也要求一定的强制手段，与法家思想不谋而合。因此，在汉武帝独尊儒术以后，法家尽管几乎销声匿迹，但是其严刑峻法的治术还是在以儒为宗的各个朝代显耀其威慑力。

儒家的教育也是"以人为本"的，强调教育的效果，而不只是传授本身。我们从《论语》中能够看到孔子的循循善诱，能够看到他的"不言之教"。孟子和荀子在说理时也是大量运用事例。《诗经》作为当时一个内容丰富、语言比较平易、知识性和趣味性兼备的文本，自然就成为了重要的教科书。孔子论《诗经》，自然不是今天意义上的文学批评，而是表述他的价值观、经世致用的教化目的与理念，当然其中也包括了审美教育与艺术素养在内。后世文学一直强调现实主义精神、人民性，强调认识、教育和审美作用的统一，这是从孔子就开始了的。

道家思想可以被阐释得很复杂，不过如果抓住其根本的价值观和思维方法，也可以解说得比较简明。老庄以人为本，是以人的精神生命为本，而非以外物为本，是以个体心灵为本，而非以社会观念为本。春秋战国是纷争不已的时代，一切动乱和痛苦的根源，虽然有物质生产不足的原因，但人无限的贪欲更是主要的。由此形成了一种锱铢必较和争权夺利、无限度竞争的价值观。老子何至于希望文明倒退呢？绝圣弃智，是希望人们平息计较和争斗的心态；小国寡民，是希望君王不要醉心于开疆拓土。"使民重生"，是要让民众珍惜生命本身，而不要让他们去以生命换取功名利禄。君王鼓励臣民建功立业，家长鼓励子女光宗耀祖，吃苦中苦为人上人，甚至不惜以生命为代价来谋取个人、家族、国家的利益与荣耀。这种价值观已经根深蒂固，因此老子要倡导一种至高的"道"来消解人们的价值观。千万不要试图解说"道"是什么，这样哲学家和文论家们会把读者导入歧途，大家一起混乱。重要的是老子想要通过"道"来言说什么，针对什么，消解什么。老子想告诉人们，你们所执著的道不是至道，是有相对性的，是有局限的，是可以放弃的。他言说"道"，其实就是在不断地阐说各种具体观念、现象的局限性，只是因为具体现象与观念都不可穷举，广大地域无数的人在现在及将来有无限的情形，因此老子只能够通过有限的消解来提示人们，至道永恒，对所有你认定的具体的思想观念都需要保持反思和批判，不要过于执著，更不要执迷不悟。

庄子沿着这个思路，列举更多具体事例与现象来说明一切都是相对的。

他并非消解一切,而是消解人们对一切的执著与认定。应该说,在一定的时期,在有限的人生,是可以认定一些什么的,因此有些人对庄子不以为然,但更主要的是,人们不到万不得已,是无法主动放弃的,因此对庄子不屑,置之不理。这就显示出了老庄的理想主义,想当然、自以为是、个体主义。我们可以说老庄具有非理性主义的特征,并非他们没有理性地思考问题,而是因为他们超越了当时的社会理性,相对而言是非理性的、反理性的。

老庄的观念与思路,很难为大众和官方接受,只在少数文人学士那里有共鸣。道家思想在汉代被加以实用主义的解释与改造,如黄老之术,是以老子之道糅合法家思想,后来成为董仲舒"外儒内法"政治思想体系的构成要素。又如道教,与阴阳五行学说结合来解释自然、社会与人体精神的结构及变化,或成为反政府组织的思想武器,或成为个人养生的"科学"理论。文人学士主要取其超越传统价值观、普遍理性、主流意识形态的方面,来发泄自己的不满与失意,保持批判与反思;又取其达观的思维,在积极入世之余保持逍遥自适的心态。显然,道家思想就其核心价值观和思维方式而言,是不适用于政治实践领域的,哲学与文艺领域才是其广阔天地。后世文人,总体上是取儒家积极入世的态度,但是在世道不平、遭际不顺或者临老之际,便会借道家思想来述志遣怀。

总之,诸子百家思想那些经世致用的成分,为积极入世的儒家所整合;那些具有批判与超越性的内容,为道家所发挥。儒道文化,因此成为中国文化的显在与潜在主线,相反相成。中国文人,要么试图以文章为经国之大业、不朽之盛事,参与到社会历史的主潮中去,要么以文学艺术的方式来排遣发泄,替代性地满足自己的理想,在审美王国里忘物忘我。

二、诗骚作为文学道路和批评传统

由孔子删诗说以及孔子的"《诗三百》,一言以蔽之,思无邪"、"小子何莫学夫诗"等言论,我们可以看到儒家文化与现实主义文学的密切联系,而《楚辞》和庄子作品的某些相似性,则可见出道家文化与浪漫主义文学的内在关联。诗骚作为批评传统,是要分别结合儒道文化来阐说的。

《诗经》内容丰赡,形式多样,其中也有感伤浪漫,也有想象虚构,并不都是现实主义创作。之所以说它是现实主义文学的源头,乃是因为,儒家解释者着重阐发其现实主义的精神内涵,既开辟了现实主义的文学道路,也开创了现实主义的批评传统。

《诗经》最初是以其篇章为乐章的一部分,配以乐舞,使之合乎统治阶级的"礼乐之治";另一方面又通过诗来"观风"、"观志"、泄导民情、补察时政。礼乐制度是中国奴隶制时代一项十分重要的政治制度。西周至春秋时代,无论是在祭祀典礼和朝聘之礼中,还是在诸侯大夫的日常宴会之礼中,都有严格的礼乐规定。《诗经》作为乐章的一部分,与"乐"是互为表里、相互依存的关系,诗乐一体,但最初"乐"占据着主导地位。到春秋时期,用《诗》的场合、用《诗》的目的、用《诗》的规模随着社会的剧烈变动而悄然发生变化。在礼崩乐坏的局面下,《诗》作为一个独立的文本继续发挥其辅弼时政的作用。春秋时期诸侯卿大夫在各种场合"赋诗言志",用整章或部分诗句来表达自己的观点、意愿,诗不仅是巧妙的外交辞令,也是上层贵族互相祝愿的婉语,还是诸子唇枪舌剑的理论武器。

孔子注重教育,而《诗经》内容丰富、思想纯正、格调温和、语言平易生动,显然是当时最合适的教科书。因此孔子非常看重《诗经》服务于政教的作用。他的"兴观群怨"说就是指:由读《诗》、学《诗》受到感发,悟出修身之道;由《诗》看到政治得失与风俗兴衰;《诗》能够帮助人们互相研讨,疑义相与析,同时密切人际关系;用《诗》委婉地进行讽谏,批评政治。孔子说"《诗三百》,一言以蔽之,思无邪。"与其说《诗经》本身思想纯正,不如说孔子要求思想纯正,也从此立场出发对《诗经》进行阐释。

总之,儒家强调诗的政治伦理功用和教育功能,形成了先秦时期以政教为中心的诗歌理论。通过诗歌创作和运用,把诗和政治紧密联系起来,积极干预生活,或讽刺丑恶的事物,或颂扬美好的事物。尤其是"刺"或"讽喻",表征着关怀民众的精神和为民请愿的勇气,因此成为贯穿整个中国古代社会、甚至延续到当代社会的文学核心理念。这一核心理念影响着历代进步诗人,他们创作出大量的讽刺现实的讽喻诗。这一核心理念也推动着现实主义诗论的发展。从荀子提出"天下不治,请陈佹诗"(《荀子·赋篇》),到司马迁"发愤著书"、刘勰"风雅之兴,志思蓄愤,而吟咏情性,以讽其上,此为情而造文也"(《文心雕龙·情采》),再到北宋欧阳修的"诗穷而后工",清楚地显示了现实主义诗论的展开过程。

屈原的个人创作代表着一种与《诗经》不同的文学道路。不同的创作必然会带来文学理论与批评方面的新思考,只不过,屈原这样的人太特殊,当时的人们并不能完全理解,也难以接受,因此先秦罕见有关屈原创作的批评。汉代儒学独尊,人们多以儒家思想为尺度来衡量作品,五经被奉为圭臬,批评家们多是从儒家角度看待屈骚的。班固说屈原"露才扬己"以致"忿怼不容,沈江而死"(《离骚序》),就是看不惯这种个人主义的偏激行为。司马迁比较同情屈原,在解释他作《离骚》的心理动因时说:"正道直行,竭忠尽智,以事其君,谗人间之,可谓穷矣。信而见疑,忠而被谤,能无怨乎?屈平之作《离骚》,盖自怨生也。"(《史记·屈原贾生列传》)《离骚》中当然会有儒家思想的影响,屈原的美政理想可以说就是儒家的"仁政"——"彼尧舜之耿介兮,既遵道而得路。何桀纣之猖披兮,夫唯捷径以窘步"。但是,儒家思想并不只是一种政治理想,而是对这种理想的坚持,甚至为这种理想"知其不可为而为之",这才是儒家赋予中国主流文化的最有光彩之处。而屈原呢,当他遇到挫折,为祖国前途忧心忡忡之际,他选择的是逃避,不相信任何人,标榜自己的独醒,沉湎于顾影自怜的情绪中,痴迷于远古的乌托邦、神话的幻境,最后一死了之。因此,他的思想和人生态度,和道家是非常相似的。班固说屈原"多称昆仑冥婚宓妃虚无之语,皆非法度之政,经义所载",但说《离骚》"其文弘博丽雅,为辞赋宗"(《离骚序》),从屈原开启了新的艺术传统来肯定之;这和刘勰说纬书"无益经典,而有助文章"差不多。

不过,在尊儒的主潮下,有些同情、敬重屈原的评论家就将他往儒家正统思想上"挂靠",如王逸《楚辞章句序》中就说"夫《离骚》之文,依托五经以立义焉"。人的精神是多姿多彩的,屈原作为庙堂中人,思想中当然首先会有合乎儒家理性精神的一面。但是当其自身遭际发生重大变故时,个人情绪的表现就会占了主流,这种表现形态就是文艺作品,思想和理性不是作品的主要因素。中国古代批评家不是从文艺角度看待屈骚,因此未直接由屈骚批评衍生出一种文艺思想体系,与儒家文艺批评分庭抗礼的文艺思想体系是由《庄子》解释中衍生出来的。屈骚对于儒家文学批评观念的冲击是显而易见的,刘勰历数它"异乎经典"的四方面表现,是按照儒家经典的标准。我们认为,《楚辞》所激发的文学思想,更接近道家文学批评观念,可以结合《庄子》解释来说明,屈骚开启的是一种属于文学本身的批评传统。早期的《诗经》批评可谓社会历史批评,而屈骚开启的是美学批评和形式批评。

《庄子》的作品,刘勰按照宗经思路,很难将其归类,只好以"庄周述道以翱翔"一语带过。按说,《庄子》与儒家思想针锋相对,此"道"非彼"道",那么可以按照《辨骚》的方式,指出其合乎经典与不合经典的方面,又如《正纬》那样着重从"有助文章"的角度去肯定。但是《庄子》并非文学作品,而是哲学著作,而其思想之深、思维之缜密、语言之汪洋恣肆,有一种震慑力,几乎让读者敢疑不敢言,刘勰也就不便将其与屈原的作品等量齐观。事实上,庄子著作的文学性很强,相反,其思想性则是深刻的偏颇。说其深刻,是庄子发扬了老子的本体思路,将一切既定认识和价值观置于无限的视野而否定之。比如说"少仲尼之闻而轻伯夷之义",孔子的见闻相对于现在来说可谓孤陋寡闻,可相对于当时人来说确实是博闻强识。伯夷不食周粟既可谓愚忠,不过其意义在于高扬了"忠"的伦理精神本身。因此,庄子的话既可谓偏颇亦可谓深刻。再说庄子的话语方式,既是高度理性与逻辑的结合,又是反理性和非逻辑的。比如他说小虫春生秋死,大树可活数千年,人以彭祖为高寿是为可笑。这是在本体的视野中说明,一切我们所追求的都可以消解。但是话又说回来,人和植物、动物怎么能够相提并论?人要自我设定意义,而不是自我消解。庄子违背逻辑,显得强词夺理,又因为不合惯常逻辑,所以发人深省。庄子的独特见解和话语方式既有助于人们打破常规思维,解放思想,激发想象力和创造力,也容易让人们放纵自己的偏见和狭隘情感,脱离社会与时代。庄子以精神自我为本的价值观、非历史非逻辑非理性的思维方式,不适用于现实社会,但是在文艺创作与批评领域有其特殊价值。

屈原的生卒年大约是公元前340至公元前277年,庄子的生卒年大约是公元前369年至公元前286年,二人几乎生活在同一时代。庄子属于没落贵族,据任继愈考证,是"余子",而当时贵族为了确保家族地位,财产主要由长子继承,官爵当然也是如此。"余子"离富贵如此之近,又如此之远,非常无奈,心中不平,于是庄子自我调节心态,从哲理和文学两方面来劝慰自己,一方面是消解传统价值观,让自己对功名利禄不以为然,就如《红楼梦》中《好了歌》所唱;另一方面是编些故事来自我陶醉,比如说楚王要来请自己做相,而他毫不买账。他的故事,之所以不被视为文学作品,乃是因为他有阐明自己人生观的理论意图,摆出的是说理论道的架势;但其实完全可以视作文学作品。屈原呢,说他受宠于楚王,并无可靠依据,真正受宠的话,不至于轻易为谗言所伤。有人说他是个文学弄臣,话是刻薄了些,只会舞文弄墨的人也不会有什么地位。文人不会做人,不能自律,如李白,是要被驱逐的。屈原生平不详,大致可以这样推断。他离君王一度如此之近,荣光无限,遭放逐后,自然心气难平。于是文学成为他排遣的手段。儒家作为思想的正统,也是每个知识分子的基点,屈骚的典诰之体、规讽之旨、比兴之义、忠怨之辞,都是合乎经典的。但是,我们不能停留于共性,更要看其特性。诡异之辞、谲怪之谈、狷狭之志、荒淫之意,才是屈骚的特性,也是文学的特性。庄子对儒家极尽攻讦之能事,只是指出其相对性和局限性,保持一种反思与批判,并非真正的解构,甚至可以说,庄子如此激烈地反对儒家,还是将孔子当老虎而非病猫的,内心有一种敬畏,才大张旗鼓口诛笔伐。屈原的两面性体现为"依经立义"而又"异乎经典",从儒家理想出发,而走向个人情绪的宣泄,最后逃避到道家那种"独与天地精神相往来"的文学世界——其实是独与自己精神相往来,是独语、自娱、自慰。

出入于儒道之间,这是中国文人的整体状况。达则兼济天下,穷则独善其身,逐渐成为古代文人的整体共识。知其不可为而为之是令人钦佩的,这样的儒家知识分子往往是实干型的人,而且是在其位,或者还有机会谋其政。但是儒道文化共同影响下的文人,尤其是迁客骚人,属于知识分子中自认生不逢时而又坚定性不足的一批人,他们有时积极入世,有时消极避世,处于矛盾之中。

从老子的"小国寡民",庄子的梦世界、寓言世界,屈原的神话境界,到陶渊明的桃花源,这是道家理想与文学创作的结合。孟浩然的《过故人庄》和陆游的《游山西村》中也有世外桃源,甚至郁达夫、沈从文的笔下都有"上古"图景的再现。个人主义的感伤与偏激,逃避在山水田园,营构桃花源式的精神避难所,这就是中国文学史的一大类别——浪漫主义。而从《硕鼠》《伐檀》到杜甫的三吏三别、白居易的讽喻诗,这是"文章合为时而著、歌诗合为事而作"、直面现实、干预现实的另一大类别——现实主义。相应地,文学批评也就有坚持以大众为本、坚持社会使命、运用生活和历史的创作原则和批评标准的一类,和以自我心灵为本、追求逍遥自适、注重理想与想象、注重艺术形式的一类。诗骚传统,就是这样相辅相成的文学道路和批评传统,它们与似乎相反其实相成的儒道文化构成了密切的对应关系。

第二节 先秦文学批评的理论成就和时代特征

先秦时期的"文学"是文化学术的总称,现代意义上的文学批评还处于萌芽期,散见于诸子百家著述中的文化学术见解,集中体现于思想家们有关诗和礼乐的言论。诸子在谈论各类社会问题和文化学术问题时,对诗、乐、舞、语言、文章等问题发表了一些见解,提出了或者可以由之阐发出一些根本的文学批评原理,主要是审美与功利的关系、寓教于乐的原则、文艺的"自然"法则,还具体探讨了一些诗学基本原理,如诗的实用价值、诗的政治功用、诗的教育价值、诗的接受方法、诗从言志到缘情的本质认识等等。

一、探讨了审美与功利关系的基本命题

先秦时代,审美与功利的二律背反是一个最令人困惑的问题,即便是今

天,二者也是既相冲突又相联系,各有其合理性和片面性。比如说,玩物丧志,但是有人玩成了艺术家,有人虽然无志向无成就,却也玩得开心,一生自得其乐。其实这里并无绝对的正确与错误可言,只是特定时代有特定要求,还有一个度的把握问题。在知识、物质贫乏的先秦,思想家们当然更关注功利而轻审美。他们关于审美与功利关系的认识具体包含在文与质、言意心、内容与形式等命题的探讨中,总体上说重质、重心重意、重内容,但是也并非简单地否定另一面。

老子认为"五色令人目盲,五音令人耳聋,五味令人口爽,驰骋畋猎令人心发狂,难得之货令人行妨"(十二章),反对过度追求审美和享乐,理想的音乐和文艺是"大方无隅,大器晚成,大音希声,大象无形"(四十一章),只有体味到如此至美之境才有益于社会和谐与人们的身心和谐,因此他追求素朴清淡的生活方式,回到小国寡民的社会,"邻国相望,鸡犬之声相闻,民至老死不相往来"(八十章),"涤除玄览"(十章),以一种虚静的心态排除世间的诱惑,使每个人复归于婴儿般纯朴的状态,使社会回归于天道自然,使"德"回归于"道"。他是重质轻文的,"信言不美,美言不信","善者不辨,辩者不善","知者不博,博者不知"(八十一章),强调实际的价值,反对表面的文饰。我们不能由此得出老子排斥文学艺术的结论,因为老子在此针对的是贵族阶级不顾下层人民生活困苦而沉迷歌舞的实际。将此观点运用到文艺领域,就是内容与形式的关系问题,反对形式主义,反对华而不实。这是中国文学的一贯主张,也是文学批评的基本要求。

墨家认为"食必常饱,然后求美;衣必常暖,然后求丽;居必常安,然后求乐"(《说苑·反质篇》)。歌乐舞占用了大量的劳动力,这些人不去生产,却又消耗美食、华服,所以墨家针对儒家提倡礼乐的观点主张"非乐"。墨子针对王公大人们奢侈浪费的现象而提倡节用,但一味地节俭并不能发展经济。墨子为了强调他的主张,说话有点过头,将乐说成是有百害而无一利的东西,连下层人民的"瓴缶之乐"也主张加以抛弃。只有把喜、怒、哀、乐、悲等情感都抛弃,才能成为圣人,这是个理想要求,不合实际,反而失去劝导的效果,自己也有"狭隘功利主义"之嫌。

集法家思想之大成的韩非,对文和质的关系有很鲜明的态度:"礼为情貌者也,文为质饰者也。夫君子取情而去貌,好质而恶饰。夫恃貌而论情者,其情恶也;须饰而论质者,其质衰也。何以论之?和氏之璧不饰以五采,隋侯之珠,不饰以银黄,其质至美,物不足以饰之。夫物之待饰而后行者,其质不美也。"(《解老篇》)他把"文"看做是"质"的装饰,是"质"的附属物。

至美之物不需要装饰,像和氏璧与隋侯珠就不需要装饰;而靠装饰的东西往往其质不美。这和文质彬彬、言之无文行而不远的观点相较是偏颇的。不过他在《显学篇》中又认为:"善毛嫱、西施之美,无益吾面,用脂泽粉黛则倍其初",质不仅有待文来表现,并且可以倍增其效果。即使美如和氏之璧也需要玉工的琢磨加工才能成为天子之宝。那么我们可以说,韩非强调的是对待文与质的理性态度,要重质,而不要买椟还珠。文质是一个矛盾统一体。以科学小品文为例,固然有利于普通读者接受,但是为了追求文学性,会导致科学道理本身不甚明了。以文学作品来阐明革命道理,很多读者看到了故事,并未领会到道理。对于文艺作品来说,可以不追求功利而偏重审美,那么这时的文质问题,就不是功利与审美的矛盾,而是内容与形式的矛盾,将韩非的观点运用于文学,那么就是应该注重内容而非形式。他的偏颇性,在文艺领域就是没有注意到形式本身的审美价值。

韩非坚持文"以功用为之彀",文艺作品无助于法治而应废弃。所以法家一向不看好文学。《商君书·勒令》将《诗》《书》视为造成国家贫弱的六种害虫之一:"六虱:曰礼、乐;曰《诗》、《书》;曰修善,曰孝弟,曰诚信,曰贞廉;曰仁、义;曰非兵,曰羞战。"韩非继承了商鞅的观点,说:"儒以文乱法……文学者非所用,用之则乱法。"(《五蠹》)所以他主张"息文学而明法度"(《八说》),这同商鞅要"燔《诗》《书》而明法令"(《和氏》)是一样的。法家奖励耕战,战士凭战功得到赏赐,而文学之士则是多余的,他们既不去打仗,也不去耕田,如果国家提倡文学,耕田和打仗的人就少了,国家就会陷于贫弱。由此可见,这里的问题不是单纯的审美与功利关系,而是一个立场和角度问题。从政治法律角度来看,文学没有实际用途,又不很适合主流意识形态的传播,不利于道德理性的培养,有时甚至是迎合人性中非理性的部分,所以政治家总是轻视文学。但是从丰富人民的精神生活来讲,在安定富足的年代,文学又有其价值。

另外,这里也有一个文章与文学分流的问题。文章是可以成为经国之大业的,但是审美性的文章,在贫弱的古代社会,自然不会入法家的法眼。不过随着社会发展,审美之文也应该有一定的生存与发展空间。虽然文学作品是以审美为主的,但即使不能够很有效地传播政教,起码也要避免负面作用。

二、明确了寓教于乐的原则

儒家在探讨礼乐制度时,已经确立了寓教于乐的原则,以"中"的辩证思维很好地解决了审美与功用的关系问题。孔子在探讨哲学、政治问题时，经常涉及诗和乐，诗乐都是服务于礼的，以诗乐为阐说和传播礼制观念的手段，以礼治人，以乐化人。

儒家学派之前，贵族和自由民通过"师"和"儒"接受传统的六德（智、信、圣、仁、义、忠）、六行（孝、友、睦、姻、任、恤）、六艺（礼、乐、射、御、书、术）的社会化教育。孔子打破统治阶级垄断教育的局面，变"学在官府"为"有教无类"，使传统文化教育播及整个民族。诸侯争霸的局面，颠覆了尧舜禅让、周民怨而不怒哀而不伤的和谐价值观。孔子重视礼，是因为这种形式凝结着传统的君民和睦、父慈子孝、夫妇朋友兄弟相敬爱的伦理精神。亚里士多德和康德都指出过伦理是一种心理习惯，这种习惯可以通过外在的形式来强化，比如说古代迎娶新娘的仪式，能够从心理上给予夫妻以及周围人一种爱情婚姻神圣的感觉，这种心理会使婚姻有一个良好的导向。这种习惯还可以通过文学作品的熏陶感染来养成。因此，孔子的礼，是手段与目的的统一，主要是成为建构政治伦理制度的目标；而乐，在很多场合是配合礼仪程序的，孔子看到诗乐舞化人于不觉间的力量，所以虽然主要是手段，但也是手段与目的的统一。诗从乐中独立出来之后，因为诗是文字形态的，语言联系着思维，联系着理性，因此孔子就非常注重以诗为教化手段，从说诗、用诗这个角度来建构礼乐文明。

赵敏俐指出，《诗经》在先秦主要体现为礼乐的实用价值。① 这种价值是政教价值与审美方式的统一，由礼乐价值看待文学的功用，就是认识作用、教育作用和审美作用的统一。这是先秦时期文学理论的首要成就，也是中国文学贯彻至今的原则。

三、高扬文艺的"自然"法则

儒家在处理审美与功利关系问题时体现的是中庸之道，但还是偏重于政教。老子也是偏重于功用，只不过方式是顺其自然、回归素朴的"大道"。《庄子》发挥了自然之道，而偏重于审美。他也和老子一样激烈地反对礼乐文明，说："擢乱六律，铄绝竽瑟，塞瞽旷之耳，而天下始人含其聪矣。灭文章，散五采，胶离朱之目，而天下始人含其明矣。毁绝钩绳，而弃规矩，攦工倕之指，而天下始人有其巧矣。"（《胠箧》）这些偏激的话，是以矫枉过正的

---

① 赵敏俐：《略论〈诗经〉的乐歌性质及其认识价值》，《陕西师范大学学报》（哲学社会科学版）2004年第1期，第55—59页。

激烈方式来扭转人们的观念,让人们认识到文明有更高的层次,不能够轻易立下万世不变的法则。庄子并非反对文明本身,我们也决不能轻易将老庄这样卓然超群的古代思想家简单地解释为保守主义者和相对主义者而否定之。庄子推崇和追求的是那种"进乎技"的境界。老子说"道法自然",这种自然并非倒退式的返璞归真,而是否定之否定基础上的极致追求;庄子的自然观,也就是他关于人生、社会和艺术的理想。这种理想是不可能成为现实的,它导引人类进入这一无限追溯的过程,不断地修正自身的局限。

但是,在实践领域,在有限的人生,在特定的时代,人类总是需要相对确定一些观念与制度。甚至在艺术领域,也不可避免受到外部要求的支配。因此,自然原则,一是更适合于哲学领域的形而上追求和文艺领域的自由创造,二是,即便在艺术领域,也不可能自行其是、唯我独尊,而只是代表一种趣向、一种方式,与政教价值观、寓教于乐原则并行不悖、相反相成。有时候崇尚自然的艺术观与实践要求会有冲突,不得不屈从于后者,有时候则是对文艺过于为政教外律所束缚的一种矫正和补偿。总的来说,文学艺术是一个独特的领域,是人类精神自由的空间,有其自身的发展规律和独特价值。但是从整个文化视野来看,没有哪一个领域不受时代主题影响,文艺也不能超然物外。所以,文艺创作必然会附加许多非本质的因素,不可能是"童心"和"真性情"的天地。"自然"作为一种价值理念,与儒家的价值观没有是非优劣之分,永远是矛盾的统一。

自然原则还是一种艺术方式,指向一种自由的精神境界。庄子不屑于"落马首,穿牛鼻"式的违反天然的文艺,追求自然天真的美,抛弃一切形式的束缚,营造出"乘天地之正,而御六气之辨"的"逍遥游"境界,这是一种摆脱世俗观念束缚、独与天地精神相往来的境界。在文艺方式上,他推崇备至的是以虚静的心境求得天人合一、物我合一,像庖丁解牛那样游刃有余。他看到语言的局限性,强调要摆脱语言的束缚,以直觉体悟至道,进入与道合一的至境。庄子的得意忘言说对我国古代文学创作产生深远影响,启发人们去追求文艺的意境、象外之象、韵外之旨,这是中国文学批评史上历久弥新的话题。

四、诗学基本理论

先秦文学批评虽然主要是在政治、哲学等外部问题的探讨中触及文学的基本原理,但是《诗经》作为一部现代意义上的文学作品,则集中了文学自身的议题,先秦诗学也是对文学创作目的、价值、本质特征、功用、接受等基本问题的初步探讨。

（一）诗言志——创作目的

周初分封诸侯之后,需要考察各国的政令民情,以维护、巩固天下的宗法统治。集于王廷的诗,有些被选出来进行音乐加工,这些配乐之诗一是用于典礼,二是用于谏和颂。当天子之政有失的时候,乐官可以选择相关的诗诵于天子之前,以为讽谏。《尚书·尧典》说:"诗言志,歌永言,声依永,律和声。"在诗乐舞一体的时代,统治者重乐,他们利用言志之诗配乐来教育人,影响人,对人加强道德规范。《诗经》中就有不少诗篇透露出美或刺的创作意图。可见文学的社会功用意识是早就萌生了的。

《国语·晋语六》记载范文子对赵文子说:"古之言,王者政德既成,又听于民。于是乎使工诵谏于朝,在列者献诗……有邪而正之。"《国语·周语上》记载厉王"得卫巫,使监谤者。以告,则杀之"。召公劝谏厉王说:"天子听政,使公卿至于列士献诗,瞽献曲,史献书,师箴,瞍赋,矇诵,百工谏,庶人传语,近臣尽规,亲戚补察,瞽史教诲,耆艾修之,而后王斟酌焉,是以事行而不悖。"从这两段记载来看,献诗者都是公卿列士,献诗是表达自己的志,目的是希望"王"对"邪"能"正之",让王来斟酌所施之政,从而"事行而不悖"。这实际上就是公卿列士以诗来对统治者提出意见。

（二）赋诗言志——《诗》的实用价值

春秋时期,诗乐分离之后,人们更注重《诗》本义。诸侯在盟会或进行外交活动时,借用或引申《诗经》中的某些篇章来暗示自己的某种政教怀抱。如《左传·襄公二十七年》赵文子对叔向所说:"诗以言志。"又如《左传·襄公二十八年》卢蒲癸回答庆舍之士所说的:"赋诗断章,余取所求焉。"就是断章取义,在外交场合出于酬酢需要,不顾及诗的原意是什么,只是借诗的某一章或某一部分来委婉巧妙地表达自己的意旨或态度,或者颂美对方。

赋诗言志在《左传》中多有记载。如《左传·襄公二十七年》记载郑伯享赵孟于垂陇时,郑国七子应赵孟之请,除伯有外,都志在赞美赵孟,以结晋郑两国之好。赵孟对于这些颂美之诗,有的是谦而不敢受,有的是回敬几句好话。只有伯有因为和郑伯关系不好,所赋的诗里有"人之无良,我以为君",是在借机会骂郑伯。所以范文子说他"志诬其上而公怨之"。也有在外交场合用诗来进行交涉的。如《左传·文公十三年》记载郑伯背晋降楚后,又欲归服于晋,正赶上鲁文公从晋回鲁,郑伯在半路上与鲁侯相会,请他代为向晋说情。郑大夫子家赋《小雅·鸿雁》,取其"之子于征,劬劳于野。爰及矜人,哀此鳏寡",一边对刚从晋国回来的鲁公道辛苦,一边还是希望鲁国帮助弱小的郑国,请他再到晋国走一遭代郑向晋国说情。鲁季文子答赋《小雅·四月》,取其"四月维夏,六月徂暑。先祖匪人,胡宁忍予",意即我们在路上走的时间太长了,还需要回国祭祀,表示拒绝,不愿再为郑国往晋国跑一趟。郑国子家又赋《载驰》,取其"控于大邦,谁因谁极"等语,意指小国有急,希望大国来救助。鲁季文子又答赋《小雅·采薇》,取其"岂敢定居,一月三捷",表示鲁国过意不去,只得答应为郑国到晋国求和,不敢安居。郑人赋诗,在颂美鲁国的同时提出请求,表明态度;鲁人赋诗,是先婉拒而后答应。郑、鲁两国就是用《诗》来传达自己的思想,表达自己的期望,双方在彬彬有礼的优雅交谈中完成重要的政治使命。

(三)观政——《诗》的政治功用

通过诗来考察政治得失,既是作者所求,也是统治者的要求,反映了民本价值观。

《礼记·王制》:"天子五年一巡守。岁二月,东巡守,至于岱宗,柴而望祀山川,问百年者就见之。命大师陈诗,以观民风。"郑玄注:"陈诗谓采其诗而视之。"孔颖达疏:"此谓王巡守见诸侯毕,乃命其方诸侯大师(掌乐之官)各陈其国风之诗,以观其政令之善恶,若政善诗辞亦善,政恶则诗辞亦恶。"

又《左传·襄公十四年》载师旷语:"天子有公,诸侯有卿,卿置侧室,大夫有贰宗,士有朋友,庶人、工、商、皂、隶、牧、圉皆有亲暱,以相辅佐也。善则赏之,过则匡之,患则救之,失则革之。自王以下,各有父兄子弟以补察其政。史为书,瞽为诗,工诵箴谏,大夫规诲,士传言,庶人谤,商旅于市,百工献艺。故《夏书》曰:'遒人以木铎徇于路,官师相规,工执艺事以谏。'"杜预注"瞽为诗"谓"瞽盲者为诗以风刺";注"遒人"句谓"遒人,行人之官也,木铎,木舌金铃。徇于路,求歌谣之言"。又《汉书·艺文志》:"古有采诗之官,王者所以观风俗,知得失,自考正也。"《春秋公羊传·宣公十五年》何休注:"从十月尽正月,正男女有所怨恨,相从而歌,饥者歌其食,劳者歌其事。男年六十、女年五十无子者,官衣食之,使之民间求诗,乡移于邑,邑移于国,国以闻于天子。故王者不出牖户,尽知天下所苦;不下堂,而知四方。"

这些记载所反映的,大约是西周前期礼乐制度逐步形成过程中的部分情况。当然,一些言政教之美的诗,也可以用于对天子的歌功颂德。

统治者重视诗的美刺作用,所以就有热心的作者去写诗、献诗,并在创作中自觉贯彻这一主观目的——就是鲁迅所谓听主将号令的意思。文学艺术,绝非是作者总想自由,而统治者非要强加外在目的。文学不是单纯的个人行为,在古代,统治者的鼓励是文艺繁荣的重要条件,而政治要求和文学创作意图也经常比较密切地结合在一起。

(四) 群居相切磋——《诗》的教育价值

诗因其政治功用而得到天子和整个贵族集团的极大重视,逐渐成为贵族从政的一项基本素质,诗歌教学便成为贵族教育的一项重要内容。据《周礼·春官·宗伯》记载,"礼官之属"有大司乐、大师、小师、瞽矇等职,大司乐掌"以乐语教国子",大师掌乐,也负责"教六诗",瞽矇掌弦歌等事,也掌"讽诵诗"。由此也可见当时诗歌的使用和诗歌教育的情况。

《诗经》是众多作者智慧的集合,所以不仅可以观风观志,抒泄怨愤,歌颂美好事物、人情和社会现象,还可以用于阐发道理,成为群居相切磋的教科书、疑义相与析的对话平台、激发和生成思想的源文本。

孔子将《诗》视为一个包含了深刻道理、可以激发丰富思想的文本。《论语·学而》记载:

> 子贡曰:"贫而无谄,富而无骄,何如?"子曰:"可也;未若贫而乐,富而好礼也。"子贡曰:"《诗》云:'如切如磋,如琢如磨,其斯之谓也?'"子曰:"赐也,始可与言《诗》已矣,告诸往而知来者。"

又《论语·八佾》载:

> 子夏问曰:"'巧笑倩兮,美目盼兮,素以为绚兮。'何谓也?"子曰:"绘事后素。"曰:"礼后乎?"子曰:"起予者商也!始可与言《诗》已矣。"

我们今天的语文教科书也是大量选用文学作品,可以借此"多识鸟兽草木之名","兴观群怨",进行道德与人生观教育。《诗经》就是这样的教科书。如果我们觉得这样说是贬低了《诗经》,那乃是因为今天的教科书应该但却没有达到"经"的水平。

(五) 以意逆志——《诗》的接受方法

孟子的"以意逆志"存在理解上的分歧,这个我们在第三节第二部分再专门谈。这种分歧正好表明"以意逆志"说具有丰富的理论蕴涵。

古今学者关于以意逆志有三种理解,都是理解与解释文学作品的方式。设身处地,以自己的心意去逆料、体会作者的心灵,使自己的思想情感与诗人的心灵契合,这相当于解释学上的客观解释,与立普斯的移情说有相近的意思,但更强调共鸣。"以古人之意求古人之志,乃就诗论诗",这是强调立足文本,是常见的探求主旨之法,也是客观解释,力避移情,也不求共鸣;至于"以己意己志推作诗之志",所谓"志"都是献诗陈志的"志",乃是主观解释,是六经注我,为我所用。那么,断章取义并无不可。这不是严谨的文学批评,不过,如果文学批评是服务于某些外在目的,则未尝不可。比如说,弗洛伊德为了说明杀父娶母的潜意识,需要举例说明,那么用文学中广为人知的例子,有助于说明问题——是说明不是证明,是有助于理解,而单凭此并不能让人信服。

(六) 从言志到缘情——文学本质认识的进展

战国中期以后,诗歌的抒情特点逐渐得到重视,屈原在《离骚》中所说"屈心而抑志","抑志而弭节",这个"志"的内容虽然还是以屈原的政治理想抱负为主,但显然也包含了因政治理想抱负不能实现而产生的愤激之情及对谗佞小人的痛恨之情。至于他在《怀沙》中所说"抚情效志兮,冤屈而志抑","定心广志,余何畏惧兮",这里的"志"就指的是他内心的整个思想、意愿、感情。因此,先秦"诗言志"命题的具体内涵是有发展变化的。

由于"志"本身内容的丰富及个人的理解和取舍不同,就导致后世诗论中"言志"和"缘情"的对立。言志派强调诗歌应反映现实,为政教服务,重视社会作用,这里的志,就是与外在价值目标相应的主观追求了;缘情派则要求诗歌应感物吟志,情景交融,突出其抒情性。

第三节 孔子、孟子和荀子的文学批评

一、孔子的文学批评

孔子(前551—前479),名丘,字仲尼,鲁国陬邑(今山东曲阜)人。他是春秋时期伟大的思想家、教育家和政治家,记载他的生平活动和言论的《论语》中包含了许多文学见解,对于中国文学批评有深远影响。

(一) 兴观群怨

孔子论诗,主要是从政治和教育目标着眼。在《论语·泰伯》中,孔子提出"兴于诗,立于礼,成于乐"。何晏《论语集解》引包咸注:"兴,起也。言修身当先学诗。"修身是齐家、治国、平天下的基础。他告诫他的儿子伯鱼

说:"不学诗,无以言。"(《季氏》)又说:"女为《周南》《召南》矣乎?人而不为《周南》《召南》,其犹正墙面而立也与!"(《阳货》)点明学诗与道德修养有非常密切的关系。他还强调:"诵诗三百,授之以政,不达;使于四方,不能专对;虽多,亦奚以为?"(《子路》)这是说《诗》在处理行政和外交事务方面的重要性。对此,《汉书·艺文志》说得很明白:"古者,诸侯卿大夫交接邻国,以微言相感,当揖让之时,必称诗以喻其志,盖以别贤不肖而观盛衰焉。"

孔子对诗的功用有很高的期待。他的诗学价值观,体现于其"兴观群怨"说:"小子何莫学夫《诗》?《诗》可以兴,可以观,可以群,可以怨。迩之事父,远之事君;多识于鸟兽草木之名。"(《阳货》)

所谓"兴",就是由《诗》引发联想,得到启发。孔安国注"兴"为"引譬连类",朱熹注为"感发志意",就是因为诗能够激发人的志向和对社会现象的思考。用诗来启发学生,加深对礼和仁的理解,是孔子教育学生常用的方法。孔子提出"兴",重点是教育学生学会灵活运用诗,注重从诗中把握社会人生道理,也说明他意识到诗更容易打动人的心灵、影响人的思想,这是文学的特殊力量。

所谓"观",郑玄注为"观风俗之盛衰",朱熹解为"考见得失"。诗表现人的理想、怀抱,人的理想怀抱总是与社会生活有关,对于贵族知识分子来说,政治影响尤其最大,因此,从诗中就可以观政。《礼记·乐记》中言:"凡音者,生人心者也。情动于中,故形于声;声成文,谓之音。是故治世之音安以乐,其政和;乱世之音怨以怒,其政乖;亡国之音哀以思,其民困。声音之道与政通矣。""是故审声以知音,审音以知乐,审乐以知政,而治道备焉。"诗乐最初一体,由乐观政在很大程度上是与诗歌的意义关联着。孔子提出"观",就是看到诗之考见政治得失、风俗盛衰的功能。清代诗论家王夫之更是在"观"中融入"兴"的感发作用,使人感受到美的感染:"于所兴而可观,其兴也深;于所观而可兴,其观也审。"(《姜斋诗话》卷一)

所谓"群",孔安国解作"群居相切磋"。《诗经》在孔子那里是学生切磋、学者交流对话的平台。这个"群"也有协调、促进团结的意思。孔子认为"君子和而不同"(《子路》),也就是意见不要求完全统一,但应该彼此协调,而引诗就是在不同意见中起到和谐的作用,所以朱熹称之为"和而不流"(《四书集注》)。

所谓"怨",孔安国注为"怨刺上政",就是通过引诗批评政治,表达民情。孔子认为事君之道是"勿欺也,而犯之"(《宪问》),也就是对国君不能欺骗,但可以通过引诗来讽谏,言者无罪,闻者足戒,所以朱熹称之为"怨而不怒"。

"迩之事父,远之事君"说明孔子把"兴观群怨"最终归结到诗为礼治服务。因为这种价值功能是外加的,并非文学作品的本质所在,那么在借助诗来谈政治、伦理及其他学术问题时,难免断章取义,借题发挥,阐说的对象和原诗的本意常是风马牛不相及,开了后来经学家任意曲解诗义的先河。

(二) 文质彬彬

孔子是中国古代第一个把论文和论人结合起来的人,他赞扬音乐的尽善尽美,追求君子外表与精神的统一、言论或著述的文采和内容统一。《宪问》中说:

> 子路问成人。子曰:"若臧武仲之知,公绰之不欲,卞庄子之勇,冉求之艺,文之以礼乐,亦可以成人矣。"

孔子认为一个完备的人不仅仅需要智慧、勇敢、清心寡欲和多才多艺,同样也需要礼乐成就他的文采。这才是文质兼备的人。他还说:"质胜文则野,文胜质则史。文质彬彬,然后君子。"(《雍也》)如果只偏重于质朴的内容就显得粗野,如果只偏重于文采的形式就显得虚浮,"文犹质也,质犹文也,虎豹之鞟犹犬羊之鞟"(《颜渊》)。只有把这两方面结合起来,才是最完美的理想君子。这是孔子的理想人格追求。

孔子对于言辞和文章也是这样辩证的态度。他说过"言之无文,行而不远"(《左传·襄公二十五年》引)。他称赞郑国公文的起草说:"为命,裨谌草创之,世叔讨论之,行人子羽修饰之,东里子产润色之。"(《宪问》)这是在赞美子产善于修饰辞命,使之有文采,在政治和外交上取得良好的效果,也就是他讲的"情欲信,辞欲巧"(《礼记·表记》)。他也说过"辞达而已矣",是反对过分地修饰,这主要是就应用文而言,能用准确的语言表达作品的内容已经足够,不需要多余的辞采。对于文学作品,语言也要服从于表达的需要,不要炫耀记忆库中的华丽词句。

孔子重视言辞及对言辞的修饰,但更重视德。"有德者必有言,有言者不必有德。"(《宪问》)德行和言语比较起来,德行第一,言语第二。他说:"是故恶夫佞者。"(《先进》)"恶利口之覆邦家者。"(《阳货》)"巧言令色,鲜矣仁。"(《学而》)并且"巧言、令色、足恭,左丘明耻之,丘亦耻之;匿怨而友其人,左丘明耻之,丘亦耻之"(《公冶长》)。他反对言行不一,"古者言之不出,耻躬之不逮也"(《里仁》),"君子耻其言而过其行"(《宪问》)。这和君子"耻有其辞而无其德,耻有其德而无其行"(《礼记·表记》)是一致的。

孔子对音乐的看法也体现了内容和形式的统一。他论《韶》乐和《武》乐:"谓《韶》:'尽美矣,又尽善也。'谓《武》:'尽美矣,未尽善也。'"(《八佾》)美是指艺术形式,善是指政教内容。孔子之所以赞美《韶》乐尽善尽美,《武》乐尽美不尽善,孔安国说:"《韶》,舜乐名也。谓以圣德受禅,故曰尽善也。《武》,武王乐也。以征伐取天下,故曰未尽善也。"(何晏《论语集解》引)这说明孔子评价艺术作品从政治角度着眼,以礼治思想为基础,把艺术和治国治民联系起来,在治国和艺术方面都以"德"为最高标准,而《武》乐歌颂武王以武力征伐取天下,就不能认为是尽善了。

(三)"中和"和"思无邪"

"中和"是孔子礼治思想中的一条重要原则。"中"是不偏不倚,不走极端,即"过犹不及"。而"和",孔子之前郑国的史伯就讲过。《国语·郑语》载,史伯同郑桓公谈论西周末年的政局时,提出"和实生物,同则不继"的思想,指出西周行将灭亡,原因是周王"去和而取同",即远离直言进谏的正直之臣,而信任与自己苟同的小人。史伯第一次区别了"和"与"同"的概念。他说:"以他平他谓之和,故能丰长而物归之,以同裨同,尽乃弃矣",认为不同的事物互相结合才能产生百物,如果同上加同,不仅不能产生新的事物,而且世界的一切也就变得平淡无味,没有生气了。"和实生物、同则不继",事物就是在对立中求得和谐,求得平衡,发展为一个新的统一体。他提出"同则不继"、"以同裨同、尽乃弃矣",即所谓"声一无听,物一无文,味一无果,物一不讲"。统治者只能调节矛盾求"和",而不是强制求"同"。《左传·昭公二十年》中载,齐国的晏婴对齐景公说,美味的佳肴是各种味道配合而成,悦耳的音乐是各种声音协调而成,治理国家也是这样,应该"心平德和"。孔子继承了这种思想,提出:"君子和而不同,小人同而不和。"(《子路》)把它运用于礼治之中,就是"礼之用,和为贵。……小大由之,有所不行。知和而和,不以礼节之,亦不可行也"(《学而》)。所以汉儒解释说:"中正无邪,礼之质也。""乐道极和,礼道极中"(《礼记·乐记》)礼乐正是以其典型的中和功能培植人的中和品行,从而赢得了人际和谐、社会有序。

与此相应,孔子推崇的批评标准就是"思无邪"。他说:"《诗三百》,一言以蔽之,曰:思无邪。"(《为政》)《诗经》当然不都是"思无邪"的。但孔子都从这方面来理解与解释。他说"《关雎》乐而不淫,哀而不伤"(《八佾》)。

孔安国解释这两句说："乐不至淫,哀不至伤,言其和也。"(何晏《论语集解》引)像吴公子季札在鲁国观乐时所说的"忧而不困"、"乐而不淫"、"哀而不愁",可以说是孔子"思无邪"观念的前驱,而刘安说"《国风》好色而不淫,《小雅》怨诽而不乱",则是孔子"思无邪"观念的后继。

孔子认为"郑声淫",与雅乐的中和之美背道而驰,所以要"放郑声"。《礼记·乐记》载:"魏文侯问于子夏曰:'吾端冕而听古乐,则唯恐卧;听郑、卫之音,则不知倦。敢问古乐之如彼,何也?新乐之如此,何也?'"子夏说古乐是以前圣人创造的定天下的音乐,听了这种音乐有助于修身齐家平天下。子夏认为"郑音好滥淫志,宋音燕女溺志,卫音趋数烦志,齐音敖辟乔志"。这四种音乐"害于德",祭祀都不用这些音乐。儒家强调正统,对待不合雅乐的郑声,本身态度就有失"中和"了。

二、孟子的文学批评

孟子(约前 372—约前 289),名轲,战国时邹(今山东邹县)人。他继承并发展了孔子的学说,是战国时代儒家学派中一个重要的代表人物。他游说齐、梁等诸侯,终不见用,退而与弟子万章等人作《孟子》七篇。在孟子的诗论中,对后世影响较大的是他提出的"以意逆志"说、"知人论世"说和"知言养气"说。

(一) 以意逆志说

"以意逆志"见于《孟子·万章上》。咸丘蒙看到《诗》中说"普天之下,莫非王土;率土之滨,莫非王臣"。舜做了天子,他的父亲瞽瞍又不是他的臣民,这不和诗中所说相矛盾了吗?孟子回答说,《小雅·北山》的意思是说诗人为王事尽力,别人做得少,自己做得多,因而不得事养父母,是表现诗人对劳逸不均的不满情绪,主旨不在于"普天之下"这几句话,所以对诗句的理解要"不以文害辞,不以辞害志。以意逆志,是为得之"。如果像咸丘蒙那样理解诗,《云汉》诗中说"周余黎民,靡有孑遗",岂不是要理解为周代没有一个人了?

孟子的以意逆志说在后世有不同的理解。赵岐注为"以己意逆诗人之志",朱熹《四书集注》中说:"当以己意逆取作者之志,乃可得之。"朱东润《中国文学批评史大纲》认为是"挟数百年后之意,求数百年前之志"。李壮鹰从古时"逆"为"迎"之义认为,"意"是读者的"意",也就是说,读者在读诗的时候,要想透过外表的言辞而得诗人之本心,就要设身处地,以自己的心意去逆料,体会诗人的心,使自己的心灵与诗人的心灵达到契合。① 他们都是在强调读诗之人必须全面地领会诗篇之含义,有了正确的认识方可得作者之志。这是第一种说法。第二种说法是清吴淇《六朝选诗定论》中,把"意"讲成诗人之意,"以古人之意求古人之志,乃就诗论诗"。第三种说法是朱自清《诗言志辨》:"以意逆志"是以己意己志推作诗之志;而所谓"志"都是献诗陈志的"志",是全篇的意义,不是断章的意义。

孟子的本意如何无法认定。以上三种理解,作为不同的解释方法,都是有其合理性的。读者对诗的理解总是带有主观性的,不可能完全和作者一致。但一般来说,解读作品,应该有对作者的尊重、对历史和传统的尊重,即使需要借题发挥,也应该是在尽可能客观理解文本原意的基础上。六经注我是可以的,但是不要望文生义,尤其别不懂乱说。

(二) 知人论世说

"知人论世"说见于《孟子·万章下》:"一乡之善士斯友一乡之善士,一国之善士斯友一国之善士,天下之善士斯友天下之善士。以友天下之善士为未足,又尚论古之人。颂其诗,读其书,不知其人,可乎?是以论其世也。是尚友也。"孟子认为,要客观准确地理解和把握文学作品的思想内容,首先要从作品本身出发,"颂其诗,读其书",同时还要"知其人,论其世",即了解作者的生活思想和写作的时代背景。孟子和公孙丑讨论《小弁》、《凯风》时就是用的这种方法。

孟子的"知人论世"说涉及作品(诗、书)、作者(人)和时代(世)三者的关系,也就是要联系作者的思想和生平、作者所处的时代环境来考察具体的作品。文学作品是一定时代的社会生活在作者头脑里反映的产物,离开了作者和时代,就很难对作品作出正确的评价。知人论世是一种具体的历史的批评原则,可以说是中国古代文学批评的主要原则,现在的文学史教材基本上都是循此原则。

孟子的"以意逆志"和"知人论世"虽然是分而言之,但后世文论家往往把它们联系在一起。如清顾镇《以意逆志说》:"正惟有世可以论,有人可求,故吾之意有所措,而彼之志有可通。……不论其世,欲知其人,不得也;不知其人,欲逆其志,亦不得也。"(焦循《孟子正义》引)王国维《玉溪生诗年谱会笺序》:"是故由其世以知其人,由其人以逆其志,则古诗虽有不能解

---

① 李壮鹰:《以意逆志辨》,见《古代文学理论研究》第12辑,上海:上海古籍出版社1987年版,第128—140页。

者寡矣。"①

(三) 知言养气说

"知言养气"说见于《孟子·公孙丑上》。公孙丑问孟子最擅长什么,孟子说:"我知言,我善养吾浩然之气。"即说他善于分析别人的言辞,也善于培养"浩然之气"。作者只有具备内在的精神品格之美,养成"浩然之气",才能有美而正的言辞。孟子的这种思想运用于文学创作,就是强调作家要加强自己的人格修养,然后才能写出好的文学作品。孟子提出的养气说被后人在文论中广泛引用,形成了中国文论史上以气论文的悠久传统,对中国的文学创作和文学批评都产生了巨大影响。

三、荀子的文学批评

荀子名况,字卿,亦称孙卿,战国末期赵国人,是和孟子同一时代的另一位儒家思想家。生卒年不详,他的政治、学术活动约在公元前298年至公元前238年间。他曾三度担任齐国稷下学宫的祭酒。后来到楚国,做过兰陵令,晚年定居于兰陵著书。现存《荀子》三十二篇。

荀子主张礼治,同时重视人的物质需求,主张发展经济和礼治法治相结合;他肯定自然规律是不以人的意志转移的,提出人定胜天的思想;他否认天赋的道德观念,提出"性恶论",强调后天环境和教育对人的影响,尤其强调"学"的重要性;他反对孟子法先王的政治和伦理主张,而提倡"法后王,一制度"。荀子是一个比较严肃的学者,其文艺观也是比较"严肃"的,强调礼乐之用。

(一) 文艺与礼

荀子的文论从"性恶论"开始。他认为人的自然本性是恶的,"妻子具而孝衰于亲,嗜欲得而信衰于友,爵禄盈而忠衰于君"(《性恶论》)。所以他强调只有通过后天的教育,学习圣人之言,才能节制不合乎礼义的各种欲望,使人们去恶从善,培养礼义,逐步成长为君子。如《性恶论》所言:

> 从人之性,顺人之情,必出于争夺,合于犯分乱理而归于暴。故必将有师法之化,礼义之道,然后出于辞让,合于文理,而归于治。

荀子认为,经过日积月累的学习,经过老师的教育和文化的熏陶,即使出身

---

① 王国维:《王国维文集》第一卷,北京:中国文史出版社1997年版,第76页。

低贱的人也能成为君子:

> 虽庶人之子孙也,积文学,正身行,能属于礼义,则归之卿相士大夫。(《王制篇》)

> 人之于文学也,犹玉之于琢磨也。诗曰:"如切如磋,如琢如磨",谓学问也。和氏之璧,井里之厥也,玉人琢之,为天下宝。子贡、子路,故鄙人也,被文学,服礼义,为天下列士。(《大略》)

因此,荀子非常重视作为教师的圣人和作为教科书的经典。他说:"圣人也者,道之管也;天下之道管是矣,百王之道一是矣。故诗书礼乐之道归是矣。《诗》言是其志也,《书》言是其事也,《礼》言是其行也,《乐》言是其和也,《春秋》言是其微也。故《风》之所以为不逐者,取是以节之也,《小雅》之所以为小雅者,取是而文之也,《大雅》之所以为大雅者,取是而光之也;《颂》之所以为至者,取是而通之也。天下之道毕是矣。"他认为,从宇宙到人世间的所有基本道理都归集于圣人,包含在五经中,效法圣人、学习经典有助于礼义的实现和纲纪的规范。荀子初步提出原道、征圣、宗经三位一体的文艺观,后来在扬雄和刘勰那里得到发扬。

(二) 音乐与礼

荀子倡导礼治,同时也十分重视乐教。他在《乐论》中鲜明地提出了"乐合同,礼别异"的文艺主张,礼在于强化秩序意识,乐在于感化人心。荀子强调了乐对礼的依附,乐是实现礼的有效手段。这是儒家学说中关于礼乐一体的重要命题,也是当代文学理论中寓教于乐说的渊源。

在《乐论》中,他针对墨家"非乐"的主张,指出音乐是必然产生的:

> 夫乐者,乐也,人情之所必不免也。故人不能无乐,乐则必发于声音,形于动静;而人之道,声音动静,性术之变尽是矣。

这段话指出音乐产生的原因和人们对音乐的需要。古代音乐的"乐"和快乐的"乐"同音,荀子利用这一点,指出"乐"不单指快乐,而是包括了喜、怒、哀、乐等各种感情,他称之为"天情"(《天论》),即人天生具有的感情;既然是天生的,就不应该加以遏制,而是要"养其天情",让它发泄出来。而音乐正是人们表达感情的一种方式,通过音乐可以看到时代的特征:"乱世之征,其声乐险,其文章匿而采。"

《乐论》非常重视音乐对人所起的作用,它指出不同的音乐可以使人产生不同的心理反应:"故齐衰之服,哭泣之声,使人之心悲。带甲婴胄,歌于行伍,使人之心伤;姚冶之容,郑卫之音,使人之心淫;绅端章甫,舞韶歌武,使人之心庄。"不仅如此,音乐还能影响整个社会的风俗甚至是国家的兴衰:"夫声乐之入人也深,其化人也速,故先王谨为之文。乐中平则民和而不流,乐肃庄则民齐而不乱。民和齐则兵劲城固,敌国不敢婴也。……乐姚冶以险,则民流僈鄙贱矣;流僈则乱,鄙贱则争;乱争则兵弱城犯,敌国危之。"因此统治者就可以通过音乐来引导和影响人的感情,作为教化的强有力的工具:"故人不能不乐,乐则不能无形,形而不为道,则不能无乱。先王恶其乱也,故制雅颂之声以道之,使其声足以乐而不流,使其文足以辨而不諰,使其曲直繁省廉肉节奏,足以感动人之善心,使夫邪污之气无由得接焉。""乐者,圣王之所乐也,而可以善民心,其感人深,其移风易俗。故先王导之以礼乐,而民和睦。夫民有好恶之情,而无喜怒之应则乱;先王恶其乱也,故修其行,正其乐,而天下顺焉。"荀子还指出:"且乐也者,和之不可变者也;礼也者,理之不可易者也。乐合同,礼别异,礼乐之统,管乎人心矣。"音乐"合同"的功能要和礼"别异"的功能紧密结合起来,才能取得感化和征服人心的效果。

孔子注意到诗的社会作用,"不学诗,无以言",学诗是要事父、事君,这就是诗教;荀子则注意到音乐既反映又感化人们心灵的巨大作用,将其与礼统一起来,这就是乐教。乐教其实也是荀子明道、征圣、宗经在音乐领域中的表现。由此可见儒家思想的内在一贯性。

第四节 《老子》、《庄子》和《周易》中的文学批评思想

一、老子的文学批评

老子是春秋时期道家学派的创始人。关于他的生平,司马迁在《史记》中也语焉不详,多采传说。后世学者多认为老子即老聃,曾任周王室的柱下史,也就是国家图书馆馆长,著有《道德经》,即《老子》。班固《汉书·艺文志》说:"道家者流,盖出于史官,历记成败存亡祸福古今之道,然后知秉要执本,清虚以自守,卑弱以自持,此君人南面之术也。"老子身为史官,读书很多,对社会繁荣与衰败的根源看得很清楚,因而能够提出最为根本的措施。不过,这是理想主义的,或者只是理论上的。因为世人各谋其利,并不介意国家兴亡,也不在乎他人生死。老子思想作为人生哲学,就是韬光养晦、卑弱自持。这恐怕也只适用于那些有一定实力的人,能争而不争,别人也惹不了他们。因此,老子的思想对于社会和人生都没有什么实际价值,而

在哲学领域显示出其深刻性,在文学艺术领域彰显其人道主义精神和理想意境之美。

老子哲学中最高的范畴是"道",符合道的就是美的、善的,否则就是假的、丑的。道作为一种精神性的本体,是"无状之状,无物之物",不能用语言和概念概括和表现。老子把"道"归结为自然,即"道法自然"(二十五章)。"自然"的特点是相对于"人为"的无为,用于社会政治就是"无为而治","是以圣人处无为之事,行不言之教"(二章)。"无为"有两层意思,一是完全顺应自然规律,不妄为,不强为,不做违反自然规律的事情;二是凡合乎自然规律的事则必须去做,在做的过程中也要遵循自然规律。这样既可以成功地实现目标,也不过分地表现自己,即"生而不有,为而不恃,功成而弗居"。

自然之道用于艺术上,就是老子所提倡的一种浑然天成的大美境界,"大方无隅,大器晚成,大音希声,大象无形"(四十一章),"听之不闻名曰希"(十四章),这种境界微妙无形,需要调动所有的心理和感情才能体会到。这种审美之境对后世颇有影响。魏晋时的阮籍在《清思赋》中说:"余以为形之可见,非色之美;音之可闻,非声之善。""微妙无形,寂寞无听,然后乃可以睹窈窕而闻淑清。"嵇康在《声无哀乐论》中也指出"和声无象,哀心有主"。萧统《陶渊明传》说:"渊明不解音律,而蓄无弦琴一张,每酒适,辄抚弄以寄其意。"阮籍、嵇康、陶渊明这些人所追求的就是这种如大道般微妙无言的意境。

自然之道用于文学创作就是素朴,就是真实,不过分地加以文饰。老子歌颂"赤子"的品格:"含德之厚,比于赤子。毒虫不螫,猛兽不据,攫鸟不搏。骨弱筋柔而握固。未知牝牡之合而全作,精之至也。终日号而不嗄,和之至也。"他鼓倡无欲、无待的婴儿境界:"载营魄抱一,能无离乎?专气致柔,能如婴儿乎?涤除玄览,能无疵乎?爱国治民,能无知乎?"推崇真诚纯净、自然天成的艺术境界。

二、庄子的文学批评

庄子(约前369年—前286年),名周,战国时宋国蒙(今安徽省蒙城县,又说今河南省商丘县东北)人,道家学派的代表人物。他继承和发展了老子的哲学思想,后世将他与老子并称为"老庄"。现存《庄子》,一般认为《内篇》七篇为庄子所作,《外篇》和《杂篇》是庄子后学所作,有不少地方与庄子思想不合,但总体上与庄子的思想是一致的。

(一) 自然天真之美

庄子最重要的美学思想就是崇尚自然、反对人为,摆脱一切束缚和形式,追求人生自由。他说:"天地有大美而不言,四时有明法而不议,万物有成理而不说。"(《知北游》)可见庄子心中的"道"是天地之大美,是自然之道。自然是一切生命的自由栖居之所。所谓大美,就是这种没有任何名利私心束缚的"忘我"的境界。他以"坐忘"来解除人心一切桎梏,达到道的境界。要超越自我,达到自然的境界,就必须消解生死、寿夭、穷达、贵贱之间的差别,抛弃一切形式的束缚。他用了许多寓言来说明这一道理,如:"南海之帝为儵,北海之帝为忽,中央之帝为浑沌。儵与忽时相与遇于浑沌之地,浑沌待之甚善。儵与忽谋报浑沌之德,曰:'人皆有七窍以视听食息,此独无有,尝试凿之。'日凿一窍,七日而浑沌死。"(《应帝王》)清静无为才是达到大美境界的方法。而有为即违反自然和人的本性,就等于强行扭曲了人性。庄子认为圣人的教化就像儵与忽为浑沌凿七窍一样,重圣人教化天下,就是重利于盗跖,齐国田成子之流不仅盗窃国家,连"圣人之法"也一并盗去,"窃国者为诸侯"就是圣人之过。这些观点当然是偏激的。不过,从审美角度讲,过多的人为确实破坏了美。不人为是不可能的,但是人要尽可能地让文艺创作如同自然天成。

(二) 得意忘言

庄子认为能用语言表达出来的只是事物的表象,而事物的真谛却是语言所无法捕捉到的,只能以意来论;精粗都是有形的东西,道是无形的,不可言说也不能以意致。他认为言和意有区别,而且意比言重要,"语之所贵者,意也","筌者所以在鱼,得鱼而忘筌,蹄者所以在兔,得兔而忘蹄,言者所以在意,得意而忘言"。庄子在《天道》篇借轮扁之口说明至高的、合于大道的技艺是无法言传的:"斫轮,徐则甘而不固,疾则苦而不入,不徐不疾,得之于手而应于心,口不能言,有数存乎其间。臣不能以喻臣之子,臣之子亦不能受之于臣,是以行年七十而老斫轮。古之人与其不可传也死矣,然则君之所读者,古人之糟粕已夫!"斫轮技艺只能是得之于心,应之以手,却无法用语言表达出来传授给自己的儿子;圣人的大道也是这样,它无法用语言表达出来,后人从圣人经典中看到的只是糟粕。言和意是既矛盾又统一的关系,言可以传达意,但又不能完全地表达意。文学创作不仅表达思想认识,更表达情感和体悟,有许多不可言传之处。文学创作也是一种难以口传的技艺、难以重复和介绍的过程,因此文学批评要充分注意到这个特点。作者要尽可能地用言去捕捉意,读者和批评家则要注意"得意忘言",不要过分地拘泥于语言本身。

言不尽意和得意忘言对后世文论影响很大,尤其成为魏晋玄学主要议题之一。陆机在《文赋》中自谓"恒患意不称物,文不逮意"。刘勰在《神思篇》中进一步分析:"方其搦翰,气倍辞前,暨乎篇成,半折心始。何则?意翻空而易奇,言徵实而难巧也。"钟嵘《诗品序》中说:"文已尽而意有余,兴也。"他已不再追求言意吻合,而要求言尽而意不尽,"兴"这种手法正是通过言意矛盾产生的张力来增强文学表现力。北宋梅尧臣也追求"含不尽之意见于言外"①的理想境界。文学创作及文学理论关于言意之辨的话题都可以说是以庄子为源头的。

(三) 虚静与物化

庄子哲学思想中直接涉及文学创作心理的两个范畴是虚静与物化。

"虚静"是由老子的"致虚极,守静笃"而来,庄子继承发展了老子的"虚静"思想,认为它是进入精神绝对自由之境时所必须具备的一种精神状态。庄子借"孔子问道于老聃"的寓言指出,要想体验到最高的道,获得最大的美,必须要"斋戒,疏瀹而心,澡雪而精神,掊击而知"。也就是要斋戒静处,虚心静气,疏通内心,洗涤精神,摒弃智慧,才能与道合为一体,体验到大道之美。抵达"虚静"境界的方式是"坐忘"。《庄子·大宗师》说:"堕肢体,黜聪明,离形去知,同于大通,此谓坐忘。""坐忘"就是忘掉一切存在,也忘掉自己的存在,抛弃一切知识,达到与道合一的境界。

庄子的"虚静"思想运用到艺术创作中就是创作主体要有比较纯净的心态,不能杂念丛生,不能有太强的功利目的。庄子认为必须绝学弃智才能达到虚静境界。对于真正的艺术创作而言,确实如此,只有暂时摒弃了逻辑思考,摒弃了功利目的,摒弃了知识,才能自由地进行审美观照,艺术创造力才最为旺盛,才能创作出和造化天工完全一致的作品。文学创作如果是一个比较长的过程,理智难免介入,但是这个过程中必然有一些灵感勃发、激情澎湃的阶段。

庄子由一个寓言故事"梓庆削木为鐻(音'句')"说明了艺术创作的特殊心理过程:

> 梓庆削木为鐻,鐻成,见者惊犹鬼神。鲁侯见而问焉,曰:"子何术

---

① 欧阳修:《六一诗话》。

以为焉?"对曰:"臣工人,何术之有?虽然,有一焉。臣将为镰,未尝敢以耗气也,必齐以静心。齐三日,而不敢怀庆赏爵禄;齐五日,不敢怀非誉巧拙;齐七日,辄然忘吾有四枝形体也。当是时也,无公朝,其巧专而外骨消。然后入山林,观天性,形躯至矣,然后成见镰,然后加手焉;不然则已,则以天合天,器之所以疑神者,其是与!"(《达生》)

梓庆经过三个步骤依次淡忘了利、名、我,我的自然本性和木的自然本性应合,如此才做出了鬼斧神工的镰。这也说明,只有心中排除一切功名利禄的诱惑,排除一切世俗观念的干扰,于虚静中体悟物性,体悟整个世界,才能够创造出理想的艺术作品。

艺术创作必须有自由无待、超越功利的心态。庄子还讲了一个绘画方面的故事:

宋元君将画图,众史皆至,受揖而立,舐笔和墨,在外者半。有一史后至者,儃儃然不趋,受揖不立,因之舍。公使人视之,则解衣盘礴,裸袖握管。君曰:"可矣,是真画者也。"(《田子方》)

那些先来的画师面对一国之君,心中先被患得患失所占据,以此功利之心怎能妙笔生花呢?后来的这位画师旁若无人,心中无挂无碍,无得失之心,无功利之缚,所以在宋元君看来才是真正的画师,其他至多只是画匠而已。

在《天地》篇中,庄子借抱瓮老人斥责子贡教他用桔槔时说:"有机械者必有机事,有机事者必有机心。机心存于胸中,则纯白不备,纯白不备,则神生不定;神生不定者,道之所不载也。吾非不知,羞而不为也。"庄子认为,人一旦有巧诈机心,就会导致心神失准,心神失准会引发人性的堕落,使人的素朴本性丧失,素朴本性丧失就与大道精神不相容了。所以有道之人虽知道机械之利而不用它,就是为了保持人和自然的合一。

"痀偻丈人"和"庖丁解牛"的寓言则说明出神入化的境界需要修炼:

仲尼适楚,出于林中,见痀偻者承蜩,犹掇之也。仲尼曰:"子巧乎!有道邪?"曰:"我有道也。五六月累丸二而不坠,则失者锱铢;累三而不坠,则失者十一;累五而不坠,犹掇之也。吾处身也,若厥株拘;吾执臂也,若槁木之枝;虽天地之大,万物之多,而唯蜩翼之知。吾不反不侧,不以万物易蜩之翼,何为而不得!"孔子顾谓弟子曰:"用志不分,乃凝于神,其痀偻丈人之谓乎!"(《达生》)

臣之所好者,道也;进乎技矣。始臣之解牛之时,所见无非牛者;三年之后,未尝见全牛也。方今之时,臣以神遇而不以目视,官知目而神欲行。依乎天理,批大卻,导大窾,因其固然,技经肯綮之未尝,而况大軱乎!良庖岁更刀,割也;族庖月更刀,折也。今臣之刀十九年矣,所解数千牛矣,而刀刃若新发于硎。彼节者有间,而刀刃者无厚;以无厚入有间,恢恢乎其于游刃必有余地矣!是以十九年而刀刃若新发于硎。(《养生主》)

"用志不分,乃凝于神"、"未尝敢以耗气也""不敢怀庆赏爵禄"、"不敢怀非誉巧拙",这种境界是需要长期修炼的。庖丁解牛"十九年而刀刃若新发于硎"、痀偻丈人练到"累五而不坠",这样他们才能进入虚静状态,"目无所见,耳无所闻,心无所知","恢恢乎其于游刃有余"。

物化是人们以虚静的心灵顺应自然时所进入的一种物我合一、心与物化的境界。这种境界能使人忘掉一切存在,也忘掉自我存在,抛弃一切知识,达到与道合一。《齐物论》中说:"昔者庄周梦为胡蝶,栩栩然胡蝶也。自喻适志与!不知周也。俄然觉,则蘧蘧然周也。不知周之梦为胡蝶与?胡蝶之梦为周与?周与胡蝶则必有分矣,此之谓物化。"庄子借助这个可能是虚构的梦境来说明生和死、醒与梦,以及世上一切事物和现象之间的差别都是相对的,都是由"道"变化而来的不同物象,在根本上是一致的。所以不需要追究生死差别,也不需要进行彼我区分,就像没有必要去搞清楚究竟是庄周梦为蝴蝶,还是蝴蝶梦为庄周一样。庄子就是从根本上取消了万物间的差别与对立,任之自然、随物变化,进入"物化"的境界。

"物化"昭示了文艺创作主客体浑然一体的境界。如果说虚静是作家审美创造前就要具备的心理状态,物化则是审美创造达到高潮时的心理境界。

三、《周易》中的文学批评思想

《周易》包括《易经》和《易传》。《易经》是一部占筮书,由六十四卦象及卦爻辞组成。《易传》是对《经》的解释,包括《文言》、《彖传》上下、《象传》上下、《系辞传》上下、《说卦传》、《序卦传》、《杂卦传》,共七种十篇,称之为"十翼"。《周易》糅合了儒道两家和其他各家的思想,企图对自然、社会和精神现象作出总结性的宏观论述。它提出了一系列的命题和范畴,如天地人三才的关系、天人合一、阴阳、刚柔以及神、感、象、意等,成为中国古代思想的宝库,对中国古代文学批评与美学产生了很大的影响。我们选择其中对文学批评有重大影响的两个命题予以介绍。

(一) 意、象、言

庄子谈到过意、象、言三者之间的关系，提出了著名的"得意忘言"命题。中国文学批评史中的言意之辨，另外还以《周易》为重要源头。

《易传·系辞上》说："子曰：书不尽言，言不尽意。然则圣人之意其不可见乎？子曰：圣人立象以尽意，设卦以尽情伪，系辞焉以尽其言。变而通之以尽利，鼓之舞之以尽神。"结合魏代王弼的《周易略例·明象》来看，可以这样理解：象，是用来表现意的，言，是说明象的，象和言都是表达和领会"意"的工具。"书不尽言，言不尽意"，学术文献的书面语言不能尽达圣人之意，那么圣人之意能不能得到呢？首先应该说能。圣人通过立"象"的方式来表意，以卦爻的变动来表征人世万象，用卦爻辞来说出想说的话。读者通过卦爻辞可以理解圣人已经明白说出的意思。但从另一面说又不能。卦象表征了天地万象，象背后的"意"是无穷的，因此，《系辞》中那些简短的话是不可能穷尽圣人之意的。如果限于这些简短解释，文字背后的圣人之意、万事万物本身所包含的无限道理就被缩小了。因此，应该通过卦爻的变动来理解天地万物变化不居的特性，通过卦象来理解圣人虽已表达、但未能穷尽的意蕴与奥秘，努力透过语言和象去看到人类对世界无穷无尽的理解。圣人之意是无限丰富的，应该在把握其精神主旨的基础上去无限追寻，不断发展对圣人的理解与解释。得到了意，就可以忘言忘象，只有不断摆脱言和象的束缚，才能够不断得到丰富的意。

我们不妨也用得意忘言之法来理解，可以很简明地表述为：语言和象都是符号。符号是表意的，如果意本身清楚，那么语言符号当然可以尽意。但是意既是无限的，也经常是不清楚的，那么，我们就不能够人云亦云，而要越过语言符号去追溯万事万象本身，在圣人之言导引下不断生成自己的思想。

认识是不断发展的。单就认识的一个阶段来说，语言是可以表达认识的。那么这个时候，言不尽意的情形有两种，一是语言符号本身不够发达，这就需要发展语言符号；二是此意本身就不清楚，尤其它是不可以确切传达的意。文学作品就是这样，作者的意思本身就不一定清楚，读者也难以确切理解作者之意。这对文学批评有极大启示。文学作品要有含蓄、有回味，追求"味外之旨"，"不着一字，尽得风流"；而文学接受就要追求言外之意，要讲"妙悟"，而不是一味傻呵呵地归纳主题。

在语言系统越来越机制化乃至构成一种压倒具体经验和现实感知的强权的今天，"得意忘言"的方法把我们的文学思维推向了本体论的更高层次，促使我们去反思文化传统，反思语言本身，去追求更为深层和本真的东西。文学,无疑是人类灵魂探险的一种方式。

(二) 通变

"变"贯穿于《周易》的始终。《易经》的六十四卦就是用阳爻"—"和阴爻"--"按照一定规律分别组合而成,用以说明天地自然社会变化不居的特性。《易传》对变的阐述尤为突出。"《易》之为书也不可远,为道也屡迁,变动不居,周流六虚,上下无常,刚柔相易,不可为典要,唯变所适。"它对《易经》的基本原理进行了创造性的阐述和发挥,认为"一阴一阳之谓道";它把中国古代早已有之的阴阳观念,发展成为一个系统的世界观,通过阴阳、乾坤、刚柔的对立统一来解释宇宙万物和人类社会的变化规律。

"易"字就包含了变化的含义。六十四卦,都由一阴一阳构成,没有阴阳的对立统一,就没有《周易》。它用阴阳的变化来强调宇宙变化生生不已的性质,说"天地之大德曰生","生生之谓易",又提出"穷则变,变则通,通则久",发挥了"物极必反"的思想,强调"居安思危"的忧患意识。它认为:"天地革而四时成。汤武革命,顺乎天而应乎人。革之时大矣哉!"(《革·彖》)肯定了变革的重要意义,主张自强不息,通过变革以完成功业。

《周易》就是强调通过天地之间万物的动态变化达到自然和社会的平衡。"天地之道,恒久而不已也。……日月得天,而能久照,四时变化,而能久成,圣人久於其道,而天下化成;观其所恒,而天地万物之情可见矣!"(《彖》)

通变观念对后世文论影响很大。刘勰就是用"通变"来建立自己的文学发展观的。他在《文心雕龙》中专列《通变》一文,来论述文章古今的变化。文章和文学的变化,是与天地万物变化、社会历史发展息息相关的,所以我们除了考察文学与学术的自身传统,更要在世界、作家、作品、读者的动态系统中来考察文学的发展演变。

【导学训练】

一、学习建议

学习本章的文学批评理论应结合先秦时期哲学、历史文化的大背景,来理解各个学派的哲学观点中蕴涵的文学理论内涵及其产生的影响。其中重点是孔子和庄子的文学思想。对这一时期文论中的一系列关键词应能理解并记忆。

二、关键词释义

诗言志:这一命题关涉诗的文学本质。《诗经》因有功利的和非功利的两种创作意图,产生之初就具有言志和抒情的两种本质。春秋时期人们只是把《诗经》作为一种政治和语言交际的工具,重视《诗经》的实用功能和礼乐价值。孔子、孟子、荀子变用诗人之志为作诗人之志,发掘了志中含情的本质属性。但是儒家重视诗的伦理色彩甚于情感色彩。到屈原的个人创作才凸显"发愤以抒情"的文学性写作,才激发了诗歌批评正视情感的新理路。

兴观群怨:是《论语·阳货》里提出来的关于文学功用的说法。兴,指诗歌有感染人的作用,激发人的思想;观,指诗歌真实地反映社会政治和道德风尚状况,因而能让人从中观察出政治的得失和风俗的盛衰;群,是诗歌可以作为思想对话的平台、交流感情的媒介;怨,是指文学作品有抒泄情绪、干预现实、批评社会的作用。孔子的"兴观群怨"说是现实主义的文学批评理论的源头,对后世文学批评和创作产生了非常积极的影响。

思无邪:《论语·为政》篇说:"《诗三百》,一言以蔽之,曰:思无邪。""思无邪"的批评标准从艺术上说,就是提倡一种"中和"之美。《诗三百》中的作品起初不仅关涉内容(歌词),而且与音乐有紧密的关系。因此,从音乐上讲,"思无邪"就是提倡音乐的乐曲要中正平和,要"乐而不淫,哀而不伤";从文学作品上讲,则要求作品从思想内容到语言都不要过分激烈,应当做到委婉曲折,而不要过于直露。

辞达说:孔子说"辞,达而已"是就一般文章而言,尤其是应用文,能用准确的语言表达自己的意思就可以了,不需要过多的辞采;但并非不讲修辞技巧,不注重形式,因为这是"达"的基本条件。对于文学作品来说,这个要求还是远远不够的。

文质彬彬:《论语·雍也》说:"质胜文则野,文胜质则史,文质彬彬,然后君子。"即认为人的道德修养与文化修养要和谐地结合在一起。"文质彬彬"后来被运用到文学创作中,即要求文学作品的内容与形式完美统一,文采与思想感情相得益彰。

尽善尽美:语出《论语·八佾》:"子谓《韶》,'尽美矣,又尽善也';谓《武》,'尽美矣,未尽善也'",这是孔子对《韶》、《武》这两部大型乐舞所作的评价。旧注有两种解释:一是以为《韶》乐赞美舜因有圣德受禅于尧,且《韶》乐是在天下太平时所作,所以尽善;而《武》乐是歌颂周武王以征伐取天下,天下未至太平时所作,所以未尽善。汉代的郑玄、清代的焦循等主张这样解释。另一种解释也是认为舜因圣德受禅于尧,所以尽善;而《武》乐表现的是周武王以暴力推翻殷纣王的事迹,所以未尽善。汉代的孔安国、宋代的朱熹都采取这种解释。孔子从为政以德和君臣之义的角度出发,对《武》的评价有所保留。第二种解释较符合孔子"仁"的主张。"尽善尽美"就是要求文艺作品达到完善的政治内容和完美的艺术形式相统一。

以意逆志:孟子在《孟子·万章上》中说:"故说诗者,不以文害辞,不以辞害志,以意逆志,是为得之。"所谓"以意逆志",赵岐和朱熹等人认为"以己意逆诗人之志",清吴淇认为是"以古人之意求古人之志,乃就诗论诗",朱自清认为是以己意己志推作诗之志。这几种解释都有其合理性。读者总是带有一定的主观性去理解诗,不可能完全和作者一致。这就要求我们解读作品时应该尊重作者和历史及传统,即使需要借题发挥,也应该是在尽可能客观理解文本原意的基础上。

知人论世:"知人论世"说是孟子在《孟子·万章下》中提出来的说法:"颂其诗,读其书,不知其人,可乎?是以论其世也。是尚友也。"其意为,读者阅读文学作品应该了解作者的生平经历和作品写作的时代背景,这样才能站在作者的立场上,与作者为友,体验作者的思想感情,准确把握作者的写作意图和正确理解作品的思想内涵。

知言养气:这是孟子在《孟子·公孙丑上》中提出来的:"我知言,我善养吾浩然之气。"孟子认为必须首先使作者具有内在的精神品格之美,养成"浩然之气"(具有高尚道德品质而形成的一种崇高的精神气质蕴涵),才能有美而正的言辞。这种思想影响到文学创作,就特别强调作家要加强自己的人格修养,然后才能写出好的文学作品。孟子的"知言养气"说抓住了人的最本质的人格蕴涵,被后世文学批评广泛引用,形成了中国文论史上以气论文的悠久传统,对中国的文学创作和文学批评都产生了巨大影响。

言不尽意:这是古代哲学家与文论家对言意(即语言与思维、语言与意义)关系的看法。在庄子看来,言是不能完全表达意思的,即言不尽意。他说:"语之所贵者,意也。意之所随者,不可以言传也。"(《天道》)庄子强调语言文字的局限性,指出它不可能把人复杂的思维内容充分地表达出来,这种认识在一定程度上符合人的认识实践的实际情况,但也有明显的局限性。《庄子·外物》篇说:"筌者所以在鱼,得鱼而忘筌;蹄者所以在兔,得兔而忘蹄;言者所以在意,得意而忘言。"庄子以言不尽意为根据的"得意忘言"说对文艺创作影响深远。文学作品要求含蓄,有回味,往往要求以少总多,追求"味外之旨"、"言外之意",而庄子的"得意忘言"说恰恰道出了文学创作中言、意关系的奥秘。这对文学理论和文学批评产生了巨大影响,在魏晋以后被直接引入文学理论,形成了中国古代文学注重"意在言外"的传统,并且为意境说的产生和发展奠定了理论基础。

虚静说:这是中国古代有关创作构思的理论,出自《道德经》:"致虚极,守静笃"。庄子极大地发展了老子的"虚静"说,认为它是进入道的境界时所必须具备的一种精神状态。庄子借"孔子问道于老聃"的寓言指出,要想体验到最高的道,获得最大的美,必须要斋戒静处,虚心静气,疏通内心,洗涤精神,摒弃智慧,才能与道合为一体,体验到大道之美。抵达"虚静"境界的方式是"坐忘"。"坐忘"就是忘掉一切存在,也忘掉自己的存在,抛弃一切知识,达到与道合一的境界。庄子的"虚静"思想运用到艺术创作中就是创作主体要有比较纯净的心态,不能杂念丛生,不能有太强的功利目的,必须绝学弃智才能对客观世界有最全面最深刻的认识,才能自由地进行审美观照,艺术创造力才最为旺盛,才能创作出和造化天工完全一致的作品。

物化说:庄子的"物化"说是人们以虚静的心灵顺应自然时所进入的一种物我合一、心与物化的境界。他从根本上取消了万物间的差别与对立。运用于文学创作就是要求一种主客体浑然一体的境界。

三、思考题

1. 试述"诗可以怨"的含义及其理论影响。
2. 试述孟子的文论思想与人格理想之关系。
3. 试述荀子的"性恶论"与其文论观之间的关系。
4. 《周易》对中国古代文论有哪些影响?
5. 试探庄子思想与屈骚的关系。

四、可供进一步研讨的学术选题

1. 诸子美学思想的共性。

提示:学界比较注重诸子思想的差异,本书谈到了其共性。诸子处于相同的文化背景中,面对大同小异的问题,因此其美学思想有很多核心上的共同点,只是立论的角度或者话语方式不同。

2. 诗骚传统比较。

提示:以前,学界以《诗经》和《楚辞》分别为现实主义和浪漫主义文学的源头,而浪漫主义又是依附于现实主义的,因此主要从形式方面论《诗经》和《楚辞》的差异,但事实上,二者代表着不同的价值取向。

3. 以意逆志与文学解释学。

提示:借鉴文学解释学,可以充分阐发以意逆志的理论内涵。

4. 言意之辨。

提示:首先,言意之辨并非一个文学命题,因此,要区分它在哲学上的探讨与文学上的探讨。其次,言意之辨应该结合现代语言学来谈,比如能指与所指的关系,还要结合解释学来谈,比如文本的空白性、召唤结构。

5. 养气说的哲学渊源与文学意义。

提示:气,是万物构成的原质,精神也是由气而生,这里就是指精神。善养气者就是指有"精神",主要是胸襟、气魄、境界,当然也离不开学养、见识、才华这些精神的基质。文学创作可以"气弱",但是好作品应该有深刻的、普遍性的、前瞻性的思想和崇高、神圣的情怀。

【研讨平台】

一、诗言志

提示:"诗言志"是我国古代文论家对诗歌本质特征的认识。朱自清先生认为它是中国历代诗论的"开山的纲领"(《诗言志辨序》),并将诗言志分为献诗言志、赋诗明志、教诗明志、作诗明志,认为志指怀抱,与政教有关,但是志也关乎情,于是引出诗缘情论。

1.《尚书·尧典》(选注)

帝(指舜)曰:"夔(人名),命女典乐(主管音乐),教胄子(长子)。直(直率)而温(谦恭有礼),宽而栗(宽厚而又坚持原则),刚而无虐(刚强而不暴戾),简(大,指志大)而无傲(此句意为心高而不气傲)。诗言志,歌永言(歌咏唱诗),声(五声,宫、商、角、徵、羽)依永(这句意思是五声服务于歌唱的需要),律(律吕,六律六吕,六律指黄钟、太簇、姑洗、蕤宾、夷则、无射;六吕指大吕、应钟、南吕、林钟、中吕、夹钟)和声(律吕使声调协调),八音(《周礼·春官·大师》:八音指金、石、土、革、丝、木、匏、竹)克谐(八音彼此都和谐),无相夺伦(伦指次序,这句意思是互不干扰),神人以和(以之相和,神和人通过音乐互相交流与应和)。"夔曰:"於(音"乌",语气词,相当于"好")!予击石拊石(敲击石磬),百兽率(都)舞。"

2.《汉书·艺文志》(节选)

《书》曰:"诗言志,歌咏言。"故哀乐之心感,而歌咏之声发。诵其言谓之诗,咏其声谓之歌。故古有采诗之官,王者所以观风俗,知得失,自考正也。

3. 朱自清《诗言志辨》(节选)

献诗言志:

闻一多先生在《歌与诗》里说:"志有三个意义:一,记忆;二,记录;三,怀抱。"从这里出发,他证明了"志与诗原来是一个字"。但是到了"诗言志"和"诗以言志"这两句话,"志"已经指"怀抱"了。……这种志,这种怀抱是与"礼"分不开的,也就是与政治、教化分不开的。

赋诗言志:

在赋诗的人,诗所以"言志",在听诗的人,诗所以"观志""知志"。

……

不过就是酬酢的赋诗,一面言一国之志,一面也还流露着赋诗人之志,他自己的为人。……春秋以来很注重观人,而"观人以言"(《非相篇》)更多见于记载。"言"自然不限于赋诗,但"诗以言志","志以定言",以赋诗"观人"也是顺理成章。如此论诗,"言志"便引申了表德一义,不止于献诗陈志那样简单了。

教诗明志:

教诗明志,诗以读为主,以义为用;论诗的渐渐意识到作诗人的存在。他们虽还不承认"诗缘情"的本身价值,却已发现了诗的这种作用,并且以为"王者"可以由这种"缘情"的诗"观风俗,知得失,自考正"。那么"缘情"作诗竟与"陈志"献诗殊途同归了。

作诗言志

诗不合乐,人们便只能读,只能揣摩文辞,作诗人的名字倒有了出现的机会,作诗人的地位因此也渐渐显著。但真正开始歌咏自己的还得推"骚人",便是辞赋家。辞赋家原称所作为"诗",而且是"言志"的"诗"。

……

"贤人失志"而作赋,用意仍在乎"风",这是确有依据的。不过荀、屈两家并不相同。荀子的《成相辞》和《赋篇》还只是讽,屈原的《离骚》《九章》,以及传为他所作的《卜居》《渔父》,虽也歌咏一己之志,却以一己的穷通出处为主,因而"抒中情"的地方占了重要的地位——宋玉的《九辩》更其如此。这是一个大转变,"诗言志"的意义不得不再加申引了;《诗大序》所以必须换言"吟咏情志",大概就是因为看到了这种情形。

(朱自清《诗言志辨》,北京:古籍出版社1956年版,第1—42页)

二、兴观群怨

提示:孔子提出的"兴观群怨"指出了《诗经》的多方面功用。《诗经》既是一般的文化经典,又是文学作品。文学作品具有多方面价值,但审美价值是文学作品的独特价值,这是孔子没有特别指出的。并且,诗的认识和教育作用,是通过特殊的形式来实现,这点孔子也没有指出。这是因为孔子是思想家但并非文学理论家和批评家。还需注意"兴观群怨"之"兴"和"赋比兴"之"兴"是不同的,前者是诗的接受方法,后者是写诗手法。

1. 《论语·阳货》(选注)

子曰:"小子何莫(何不)学夫《诗》?《诗》可以兴(指启发、鼓舞、感染的作用),可以观(指认识社会现实的作用),可以群(指相互提高、相互砥砺的作用),可以怨(指委婉地批评时政的作用)。迩(近)之事父,远之事君;多识于鸟兽草木之名。"

2. [清]王夫之《诗绎》(节选)

"诗可以兴,可以观,可以群,可以怨。"尽矣。辨汉、魏、唐、宋之雅俗得失以此,读三百篇者必此也。可以云者,随所以而皆可也。于所兴而可观,其兴也深;于所观而可兴,其观也审。以其群者而怨,怨愈不忘;以其怨者而群,群乃益挚。出于四情之外,以生起四情;游于四情之中,情无所窒。作者用一致之思,读者各以其情而自得。

3. 钱锺书《诗可以怨》(节选)

《论语·阳货》讲:"诗可以兴,可以观,可以群,可以怨。""怨"只是四个作用里的一个,而且是末了一个。《诗·大序》并举"治世之音安以乐"、"乱世之音怨以怒"、"亡国之音哀以思",没有侧重或倾向哪一种"音"。《汉书·艺文志》申说"诗言志",也不偏不倚:"故哀乐之心感,而歌咏之声发。"司马迁也许是最早两面不兼顾的人。《报任少卿书》和《史记·自序》历数古来的大著作,指出有的是坐了牢写的,有的是贬了官写的,有的是落了难写的,有的是身体残废后写的;一句话,都是遭贫困、疾病以致刑罚磨折的倒霉人的产物。他把《周易》打头,《诗三百篇》收梢,总结说:"大抵圣贤发愤之所为作也。"还补充一句:"此人皆意有所郁结。"那就是撇开了"乐",只强调《诗》的"怨"或"哀"了;作《诗》者都是"有所郁结"的伤心人或不得志之士,诗歌也"大抵"是"发愤"的叹息或呼喊了。

……

司马迁举了一系列"发愤"的著作,有的说理,有的记事,最后把《诗三百篇》笼统都归于"怨",也作为一个例子。钟嵘单就诗歌而论,对这个意思加以具体发挥。《诗品·序》里有一节话,我们一向没有好好留心。"嘉会寄诗以亲,离群托诗以怨。至于楚臣去境,汉妾辞宫;或骨横朔野,魂逐飞蓬;或负戈外戍,杀气雄边,塞客衣单,孀闺泪尽;或士有解佩出朝,一去忘反,女有扬娥入宠,再盼倾国。凡斯种种,感荡心灵,非陈诗何以展其义?非长歌何以骋其情?故曰:'诗可以群,可以怨。'使穷贱易安,幽居靡闷,莫尚于诗矣!"

(钱锺书《七缀集》,北京:三联书店2001年版,第134—153页)

三、以意逆志

提示:孟子的"以意逆志"说是诗的接受方法,可以与当代文学接受理论、解释学方法论结合起来理解。前人对这一命题有不同理解,这正表明孟子诗论具有理论激发意义。

1.《孟子·万章》(选注)

咸丘蒙(孟子的弟子)曰:"《诗》云:'普天之下,莫非王土;率土之滨,莫非王臣。'而舜既为天子矣,敢问瞽瞍(舜的父亲)之非臣,如何?"曰:"是诗也,非是之谓也;劳于王事而不得养父母也。曰:'此莫非王事,我独贤劳(贤劳即勤劳)也。'故说《诗》者,不以文害辞(指割裂诗句断章取义而曲解辞句),不以辞害志(指理解辞句的表面含义而曲解诗的原意)。以意逆(迎)志,是为得之。如以辞而已矣,《云汉》之诗曰:'周余黎民(众民),靡有孑遗(没有一个留存下来)。'信斯言也,是周无遗民也。"

一乡之善士斯友一乡之善士,一国之善士斯友一国之善士,天下之善士斯友天下之善士。以友天下之善士为未足,又尚论古之人(追论古代人物)。颂(诵)其诗,读其书,不知其人,可乎?是以论其世也。是尚(通"上")友也。

2. 王国维《玉谿生诗年谱会笺序》(节选)

善哉,孟子之言诗也,曰:"说《诗》者,不以文害辞,不以辞害志。以意逆志,是为得之。"顾意逆在我,志在古人,果何修而能使我之所意,不失古人之志乎?此其术,孟子亦言之曰:"诵其诗,读其书,不知其人,可乎?是以论其世也。"是故由其世以知其人,由其人以逆其志,则古诗虽有不能解者,寡矣。

3. 李壮鹰《以意逆志辨》(节选)

如何理解"以意逆志"？具体地说，所谓用来"逆志"的"意"究竟指诗人自己的"意"还是指读者的"意"？要解决这个问题并不困难，只要留心一下"以意逆志"中"逆"字的含义就够了。古时讲"逆"，是"迎"的意思，《周礼·司仪》"车逆拜辱"；《国语·周语》"上卿逆于境"；《国语·齐语》"桓公亲逆于郊"，如此等等，都是这个意思。而"迎"义之成立，必须有两个东西作为条件：一个东西从那边过来，另一个东西从这边过去，期于半路相碰，这才叫"迎"。吴淇把"意"讲成诗人之意，是没有详察"逆"的含义。照他的讲法，"意"也好，"志"也好，都是诗人一方的东西，只有一方而没有另一方，不知怎么个"逆"法！基此，"以意逆志"的"意"，只能指读者的"意"，赵岐注为"以己意逆诗人之志"，是正确的。就是说，读者在读诗的时候，要想透过外表的言辞而得诗人之本心，就要设身处地，以自己的心意去逆料，体会诗人的心，使自己的心灵与诗人的心灵达到契合，讲得明白一点，就是"将心比心"。

……

"知人论世"与"以意逆志"二说之间有着密切的联系，清人顾镇曾经说过："不论世，欲知其人不得也；不知其人，欲逆其志，亦不得也。"(《以意逆志说》)指出"知人论世"是"以意逆志"的基础。但这只是二者之间的表面联系，至于那深一层的联系，顾镇没有看出来。实际上，孟子此二说的最根本的联系，是它们都建筑在孟子的所谓"心同"的理论基石上。孟子指出，"善士"之间要彼此了解，须要互相交友，而与活着的"善士"交友还不够，还要与已死之古人交朋友。"颂其诗，读其书"，就是与古人交友的方式，清人叶燮说读诗是"我与古人交为知己也"(《原诗》)，说的正是孟子的意思。既然是交友，则须"以心知心"、"心心相印"，高适诗云："乃知古之人，亦有如我者"，正是他读古人的诗时，与古人心心相印的感受。而为了达到与古人心心相印，所以才要"知其人、论其世"。换言之，读者对古人之所以要"知人论世"，只是为了在阅读古人作品时更好地设身处地、推己及人而已。

(《古代文学理论研究》第十二辑，上海：上海古籍出版社1987年版，第133—136页)

四、言意之辩

提示：庄子论道时接触到言意之间的关系。从表达者的角度说，要考虑到"言不尽意"；从接受者的角度说，要注意到"得意忘言"。这可以结合西方语言学、文本理论来理解。

1.《庄子·天道》(选注)

世之所贵道者书也(指世人所珍贵的道见于书本)，书不过语，语有贵也(语言有它的可贵之处)。语之所贵者意也，意有所随(指向)。意之所随者，不可以言传也(意义所指向的,却不能用语言来表达),而世因贵言传书(世人因为珍贵语言,从而传诵其书)。世虽贵之,我犹不足贵也,为其贵非其贵也。故视而可见者,形与色也;听而可闻也,名与声也。悲夫,世人以形色名声为足以得彼(指道,事物的规律)之情(实情)!夫形色名声果(终究)不足以得彼之情,则知者不言,言者不知(知道的人不说,说的人并不知道),而世岂识(了解)之哉!

2.《庄子·外物》(选注)

荃(鱼笱,即捕鱼具)者所以在鱼,得鱼而忘荃;蹄(兔网)者所以在兔,得兔而忘蹄;言者所以在意,得意而忘言。吾安得夫忘言之人而与之言哉?

3. [魏]王弼《周易略例·明象》(节选)

夫象者,出意者也,言者,明象者也,尽意莫若象,尽象莫若言。言生于象,故可寻言以观象;象生于意,故可寻象以观意。意以象尽,象以言著。故言者所以明象,得象而忘言;象者所以存意,得意而忘象,犹蹄者所以在兔,得兔而忘蹄;荃者所以在鱼,得鱼而忘荃也。然则,言者,象之蹄也;象者,意之荃也。是故,存言者,非得象者也;存象者,非得意者也。象生于意而存象焉,则所存者乃非其象也;言生于象而存言焉,则所存者乃非其言也。然则,忘象者,乃得意者也;忘言者,乃得象者也。得意在忘象,得象在忘言。故立象以尽意,而象可忘也;重画以尽情,而画可忘也。

4. 李泽厚《漫述庄禅》(节选)

慧能是不识文字却能"悟道"的开山典范。他的主要教义之一便是"不立文字",即不在思辨推理中去作"知解宗徒"。因为在他看来,任何语言、文字,只是人为的枷锁,它不仅是有限的、片面的、僵死的、外在的东西,不能使人去真正把握那真实的本体,而且正是由于执著于这种思辨、认识、语言,反而束缚了、阻碍了人们去把握。由上述可知,这种思想中国早已有之,但禅宗把它进一步发展了。因为无论是庄子或玄学,还总是通过语言概念的思辨、讨论和推理来表达和论述的。尽管庄子有时用的是比喻、寓言,玄学用的是精巧的抽象,它们仍不脱语言、文字、概念、思维。禅宗后来要求连这些也彻底抛开,干脆用种种形象直觉的方式来表达和传递那些被认为本不可以表达和传递的东西。这种表达和传递既然不是任何约定的语言、符号,结果就变成一种特殊的主观示意了。

……

有无、圣凡等等都只是用概念语言所分割的有限性,它们远非真实,所以要故意用概念语言的尖锐矛盾和直接冲突来打破这种执著。问无偏说有,问有偏说无。只有打破和超越任何区分和限定(不管是人为的概念、抽象的思辨,或者是道德的善恶、心理的爱憎、本体的空有……)才能真正体会和领悟到那个所谓真实的绝对本体。它在任何语音、思维之前、之上、之外,所以是不可称道,不可言说、不可思议的。束缚在言语、概念、逻辑、思辨和理论里，如同束缚于有限的现实事物中一样，便根本不可能"悟道"。

……

可见，禅宗的这一套比玄学中的"言不尽意"、"得意忘言"又推进了一大步。它不只是"忘言"或"言不尽意"，而是干脆指出那个本体常常只有通过与语言、思辨的冲突或隔绝才能领会或把握。……

如上所说，不可言说毕竟又要言说，不可表达却还要表达；既不能落入平常的思辨、理性和语言，又得传达、表示某种意蕴。这就不但把日常语言的多义性、不确定性、含混性作了充分的展开和运用，而且也使得禅宗的语言和传道非常主观任意，完全不符合日常的逻辑和一般的规范。……

"不立文字"的另一层含义在于，文字（语言、概念和思辨）都是公共交通的传达工具，有群体所共同遵守的普遍规则，禅宗认为要真正到达或把握本体，依靠这种共同的东西是不可能的，只有凭个体自己的亲身感受、领悟、体会才有可能。因为"悟道"既不是知识或认识，而是个体对人生谜、生死关的参悟，当然就不是通过普遍的律则和共同的规范所能传授，而只有靠个体去亲身体验才能获得。这种感悟，既然不依靠语言文字或思辨，它便完全可以也必须在日常生活活动中、在普通的行为中和实践中通过具有个体独特性的直觉方式去获得。

（《中国社会科学》1985年第1期，第137—140页）

【拓展指南】

一、先秦文学批评重要研究资料简介

1. 顾易生、蒋凡：《中国文学批评通史·先秦两汉卷》，上海：上海古籍出版社1996年版。

简介：《中国文学批评通史》共七卷，是目前中国文学批评史研究的代表性著作。本书是其中第一卷，特点是描述历史全面，文献资料翔实，理论分析透彻，是全面了解先秦两汉文学批评理论状况的重要资料。

2. 蔡钟翔、黄保真、成复旺：《中国文学理论史》（一），北京：北京出版社1987年版。

简介：《中国文学理论史》共五卷，是20世纪80年代观点较新的古代文论教材。本书是其中第一卷，着重于评述古人的文学理论，对先秦时期儒、道两家的文学思想给予了充分、透彻的分析，特别是对老、庄的文学思想和影响作了不同于前人的新评价。

3. 张少康、卢永璘编选：《先秦两汉文论选》，北京：人民文学出版社1996年版。

简介：本书先秦部分是这一时期文学理论文章的选集，比较全面地反映出这一时期文学批评的原始面貌，是了解先秦两汉文学批评原始文献的重要资料。

4. 袁济喜：《新编中国文学批评发展史》，北京：中国人民大学出版社2006年版。

简介：这是一部富有创意、推陈出新的中国文学批评史教材。此书先秦部分集中论述诸子对礼乐文化的不同看法，从而表现出中国古代思想家从政治与文化一体化的思

维去探讨文学理论问题的特点。

5. 李泽厚、刘纲纪:《中国美学史》(第一卷 先秦两汉编),北京:中国社会科学出版社1984年版。

简介:本书第一卷分绪论、先秦、两汉三个部分。依据人的社会实践是美产生的根源这一基本观点,论述中国美学的基本特征和发展线索,确立中国美学史的对象、任务和方法;认为在禅宗诞生之前,中国美学以儒、道、楚骚美学思想为三大主题。

二、其他重要研究资料索引

(一) 著作

1. 任继愈主编:《中国哲学发展史》(先秦卷),北京:人民出版社1983年版。
2. 侯外庐、赵纪彬、杜国庠:《中国思想通史》,北京:人民出版社1957年版。
3. 熊铁基、马良怀、刘韶军:《中国老学史》,福州:福建人民出版社1995年版。
4. 王钧林:《中国儒学史:先秦卷》,广州:广东教育出版社1998年版。
5. 刘耘华:《诠释学与先秦儒家之意义生成》,上海:上海译文出版社,2002年版。
6. 赵敏俐:《周汉诗歌综论》,北京:学苑出版社2002年版。
7. 李炳海、张庆利:《先秦诗歌史论》,长春:吉林教育出版社1995年版。
8. 陈桐生:《〈孔子诗论〉研究》,北京:中华书局2004年版。
9. 刘绍瑾:《庄子与中国美学》,长沙:岳麓书社2007年版。
10. 郭维森:《屈原评传》,南京:南京大学出版社2002年版。

(二) 论文

1. 王乙:《老子"言""辩"之美及其对后世文论的影响》,《四川师范大学学报》(社会科学版)1986年第4期。
2. 王启兴:《孔子文艺观评价中的几个问题》,《中国文学研究》1987年第4期。
3. 陶东风:《言不尽意与美感体验的特殊性》,《文学评论》1988年第6期。
4. 易先林:《孔子与庄子的自然美观》,《中国文学研究》1989年第1期。
5. 林明华:《论〈庄子〉对自然美的描绘》,《中国文学研究》1993年第2期。
6. 蒋凡、张小平:《周易对古典美学和文论批评的影响》,《内蒙古师大学报》(哲学社会科学版)1994年第1期。
7. 鲁洪生、邸艳姝:《孔子〈诗〉说研究——兼论孔子〈诗〉说对儒家诗论的影响》,《首都师范大学学报》(社会科学版)1997年第4期。
8. 黄震云:《二十世纪楚辞学研究述评》,《文学评论》2000年第2期。
9. 姚小鸥:《〈孔子诗论〉与先秦诗学》,《文艺研究》2002年第2期。
10. 曹道衡:《读战国楚竹书〈孔子诗论〉》,《北京大学学报》(哲学社会科学版)2002年第3期。
11. 曹道衡:《关于〈诗经〉研究的几个问题》,《中国诗歌研究》2004。
12. 李建中:《反(返)者道之动——古代文论研究的文化人类学视野》,《文学评论》2004 年第 4 期。

13. 傅道彬:《"诗可以观"——春秋时代的观诗风尚及诗学意义》,《文学评论》2004 年第 5 期。
14. 马银琴:《论孔子的诗教主张及其思想渊源》,《文学评论》2004 年第 5 期。
15. 王卫东:《论孔子的忧患意识及其美学表现》,《文学评论》2004 年第 5 期。
16. 程勇:《内圣外王之道与儒家文论话语构建的原初向度》,《广州大学学报》(社会科学版)2006 年第 12 期。
17. 章必功、李健:《中国古代审美创造"物化"论》,《文学评论》2007 年第 1 期。
18. 易小斌:《老子及其思想辨正》,《中国文学研究》2008 年第 1 期。
19. 马银琴:《孟子诗学思想二题》,《文学遗产》2008 年第 4 期。
20. 赵辉:《"言之无文,行而不远"辨》,《文学遗产》2008 年第 6 期。

第二章 两汉文学批评

文学批评的特定性质在于它所评述的对象的特定性质。人文学科的一体化导致了先秦时期文学作品的缺乏、文学批评与其他学术著作混杂在一起,所以,严格说来,先秦时期相对独立的文学批评并不存在。两汉时期,文人及其创作的大量涌现,相对独立批评文本的出现,人们对文学性质和价值的认识,以及对作家及其创作和作品的品评,等等,这些都标志着中国文学批评的真正兴起。

第一节 经学时代的文化一统

秦始皇灭六国后,以秦国原有的政治制度为基础,同时采用了其他国家的制度和礼仪,建立了中国历史上第一个专制的中央集权的行政新体制①,实现了政治、文化的统一。尽管昙花一现,秦朝却成功把一套国家官僚机器的制度传给了汉代的政治继承者。为了进一步加强并巩固中央集权制度,汉代统治者采用了改革政治体制、建立侍从军和禁卫军、改革财政等一系列政策,其中包括统一思想的政策。西汉前期,社会上诸子百家思想活跃,董仲舒认为这不利于统一思想。他认为:"《春秋》大一统者,天地之常经,古今之通谊也。今师异道,人异论,百家殊方,指意不同,是以上无以持统一,法制数变,下不知所守。"因此,他建议:"诸不在六艺之科孔子之术者,皆绝其道,勿使并进";"邪辟之说息灭,然后纪统可一而法度可明,民知所从矣"。② 汉武帝采纳了董仲舒的这一建议,给儒家以独尊的地位。从此,儒家学说逐步成为西汉中后期的统治思想。

公元前136年,汉武帝改变官方任命博士的制度,只给"五经"设立教职。公元前124年,他设立太学,"法定的课程自此只限于'五经',许多有

---

① 司马迁:《史记》,北京:中华书局1959年版,第3288页。
② 以上引文均出自《汉书·董仲舒传》。

抱负的学者的注意力便逐渐集中于这些经书。于是开始了儒家历史中的另一篇章:对每一种经书的各种不同的解说的传统逐渐确立"。① 汉代儒家各派更确切地说都是经学研究的诸学派。其中最著名的就是古文学派和今文学派。前者得名是由于它声称拥有秦始皇焚书坑儒之前秘藏的用古文字体书写的经书;后者得名则是由于其所使用的经书是用汉代通行的隶书书写的。

今文学派重"六经","皆以其为孔子所传,微言大义所在,非以其为古代之典籍也"②。由于重经文的"大义",今文学派"不思多闻阙疑之义,而务碎义逃难,便辞巧说,破坏形体。说五字之文,至于二三万言"③。他们或者用繁琐的史事附会经义,或者强释经义附会政治。今文学派的代表人物是董仲舒。董仲舒是博士,专治名为公羊高的《春秋》之学,著有《春秋繁露》。他声称他的学说和思想都是从《春秋》这部经典中所发现的原理推导出来的。与孔子一样,董仲舒重视伦理道德教育,提倡礼、乐。《春秋繁露·玉杯》云:"君子知在位者之不能以恶服人也,是故简六艺以赡养之。《诗》、《书》序其志,《礼》、《乐》纯其美,《易》、《春秋》明其知。六学之大,而各有所长。《诗》道志,故长于质;《礼》制节,故长于文;《乐》咏德,故长于风;《书》著功,故长于事;《易》本天地,故长于数。《春秋》正是非,故长于治人。"但是,董仲舒对儒家思想的接受是与他对古代传统的自然主义的解释联系在一起的。在《春秋繁露》里,他明显受邹衍学说的影响,推崇阴阳五行学说,总结并发展了先秦时期天人感应的思想,指出:"天有阴阳,人亦有阴阳";"以类合之,天人一也";"帝王之将兴也,其美祥亦先见,其将亡也,妖孽亦先见"。不唯如此,他还进一步以这种整体论宇宙观解说圣人和经书,赋予它们神圣的地位,认为"元者为万物之本","惟圣人能属万物于一,而系之元也";"《春秋》之道,奉天而法古",其"修本末之义,达变故之应,通生死之志,遂人道之极者也"。④ 因此,董仲舒在继承以孔子为代表的儒家思想的同时,赋予了它形而上学的至高无上性。

东汉后期,董仲舒为代表的今文学派对圣人和经书的这种神谕、预言式的训解与阐述受到了以王充为代表的古文学派的反对。此时,外戚宦官相

---

① 崔瑞德、鲁惟一:《剑桥中国秦汉史》,北京:中国社会科学出版社1992年版,第811页。
② 吕思勉:《先秦学术概论》,北京:东方出版中心1985年版,第52页。
③ 班固:《汉书》,北京:中华书局1962年版,第1723页。
④ 以上引《春秋繁露》之文,均出自苏舆撰《春秋繁露义证》,北京:中华书局1992年版。

继专政,豪强兼并割据,农民起义纷起。皇室对社会各个方面的控制力量日益削弱。原本一统意识形态领域的儒家思想受到了颠覆,名家、道家、佛家等思想找到了适合自己生存的土壤,并迅速传播起来。一时间,思想文化领域多种思想并存,论辩清谈风气盛行。人们思想活跃,敢于怀疑和否定旧有传统的思想价值体系。与今文学派相反,古文学派"轻微言大义而重考古"①。为了反对今文经派根据隶书经典穿凿附会,曲解经义,他们大多采用训诂方法,按字的形、音、义解经,力图恢复经的本义,不作任意阐发。古文学派的扬雄和王充都反对虚妄之言,认为君子之言必有征验。扬雄在《法言》中明确指出:"君子之言幽必有验乎明,远必有验乎近,大必有验乎小,微必有验乎著。无验而言之谓妄。"②王充认为学问之法,"核道实义,证定是非也"。而汉代今文学派的"儒者说五经,多失其实。前儒不见本末,空生虚说;后儒信前师之言,随旧述故,滑习辞语,苟名一师之学,趋为师教授,及时蚤仕,汲汲竞进,不暇留精用心,考实根核。故虚说传而不绝,实事没而不见,五经并失其实"(《论衡·正说》)。因此,在《论衡》里,王充旗帜鲜明地以道家的自然主义和大量历史事实披露了天人感应说的妄诞,指出:"夫天道,自然也,无为。如谴告人,是有为,非自然也";"六经之文,圣人之语,动言'天'者,欲化无道,惧愚者"。③ 这里,疾伪、尚实的王充对圣人及"六经"的神圣性也提出了质疑。与王充、扬雄不同,东汉后期古文学派的马融、郑玄等人打破门户之见,兼采今文经说和古文经说,遍注群经,从而使今、古文两派之间的矛盾对立得到了一定程度的调和。

其实,无论是今文学派还是古文学派,两汉时期的儒学研究在当时社会意识形态的形成过程中起着决定性的作用。儒家是作为早期王官之学的传统的保存者和流传者,而不是作为诸子百家中的一个派别而受到人们的推崇。尽管存在着很大的差异,但是,今文和古文学派的学者大都赋予经书形而上学的性质,把《诗》、《书》、《礼》、《乐》和《春秋》这五本古书视作与道同一的经典文本。近代学者章太炎曾说:"经字原意只是一经一纬的经,即是一根线,所谓经书只是一种线装书罢了。"④然而,荀子最早明确把这种书写的文本视作一种至高无上的道的存在者。他说:"圣人也者,道之管也。天

---

① 吕思勉:《先秦学术概论》,北京:东方出版中心1985年版,第53页。
② 汪荣宝:《法言义疏》,北京:中华书局1987年版,第159页。
③ 以上引王充《论衡》中语,均出自黄晖《论衡校释》,北京:中华书局1990年版。
④ 章太炎:《国学概论》,成都:巴蜀书社1987年版,第9页。

下之道管是矣,百王之道一是矣,故《诗》《书》礼乐之归是矣。《诗》言是其志也,《书》言是其事也,礼言是其行也,乐言是其和也,《春秋》言是其微也。故《风》之所以为不逐者,取是以节之也;《小雅》之所以为小雅者,取是而文之也;《颂》之所以为至者,取是而通之也,天下之道毕是矣。"[1]汉代经学家们继承并发展了荀子道、圣人、经书三位一体的思想。董仲舒所说的"道"即是"天道"。在他看来,天是世界的主宰,是有意志的至高无上的神,能法天而立道的是圣人。《春秋繁露·玉杯》云:"圣者法天,贤者法圣。"而圣人之旨在于经书,法圣就是法经书。古文学派的扬雄亦说:"圣人之材,天地也";"天地简易而圣人法之";"圣人之言,远如天"。[2] 因此,在汉代,经书普遍被视为具有强大功能的"恒久之至道,不刊之鸿教"(《文心雕龙·宗经》)。人们用它统摄一切,权衡一切文学现象。其中最典型的莫过于汉代的《诗经》批评和《楚辞》批评。

第二节 两汉的《诗经》批评和《楚辞》批评

严格来说,《诗》、《书》、《礼》、《乐》和《春秋》这五经当中,真正能称得上是文学作品的只有《诗经》。因此,就文学批评而言,经学时代的文化一统,客观上使两汉时期的文学批评与先秦时期一样,都非常重视对《诗经》的批评。

一、《诗经》批评

(一) 先秦时期的《诗经》批评

先秦时期,文学并没有从哲学、历史等其他学科中独立出来。人文学科的一体化导致了先秦时期独立成篇的文学作品很少。它们基本上包括在当时的哲学和史书中,有的甚至就是哲学书。《诗经》和《楚辞》是此时主要的文学作品,但就现存的主要典籍来看,人们很少谈到《楚辞》,相反却大量提及《诗经》。可以说,如果此时存在着文学批评的话,那也基本上是对《诗经》的批评。纵观先秦时期,人们主要是在以下两种意义上提及《诗经》:

第一,用《诗》。从接受者的角度来看,《诗经》及其诗句在先秦特别是周代可谓家喻户晓,其使用范围之广、使用频率之高,非中国古代其他文学

---

[1] 荀况:《荀子》,上海:上海古籍出版社 1996 年版,第 63 页。
[2] 以上引扬雄语,均出自其《法言》,见韩敬《法言注》,北京:中华书局 1992 年版。

作品所能与之媲美。人们在日常生活中频繁地借用它们表达自己的意见和思想。从《左传》中的有关记载可以看出：春秋鲁定公以前，各国君臣在相互见面时，往往不把想说的话直接说出，而用歌《诗》或者奏《诗》来代替言语。古史学家顾颉刚曾把周代人的用《诗》归为典礼、讽谏、赋诗和言语四种。他认为：典礼与讽谏是对《诗》本身固有的应用，赋诗与言语则是引申出来的应用。凡是引申出来的应用，只要传达出用《诗》人的意思，并不希望应合于作诗人的意思，所以可以随便乱用。① 然而，先秦时期，人们用《诗》并不这么随便。他们往往或者为了说明事理，或者为了增强语言的说服力而有目的地引《诗》，如《荀子·礼论篇》曰："天能生物，不能辨物也；地能载人，不能治人也。宇中万物、生人之属，待圣人然后分也。《诗》曰：'怀柔百神，及河乔岳。'此之谓也。"②这里，荀子引《诗经》周颂里的时迈篇，意在比喻圣人能并治之，从而进一步阐明了自己的思想。除文章外，人们在日常生活中也经常用《诗》。据《吕氏春秋·知分》记载：晏子曾与崔杼盟，后来晏子反悔，崔杼欲置他于死地，"直兵造胸，句兵钩颈"。正在这时，晏子曰："崔子，子独不为夫《诗》乎？《诗》曰：'莫莫葛藟，延于条枚。凯弟君子，求福不回。'婴且可以回而求福乎？子惟之矣！"崔杼曰："此贤者，不可杀也。"罢兵而去。③ 显然，晏子在紧急关头引《诗》句的目的不仅仅是达意，更主要的是为了增强语言的说服力。正是在此意义上正确、恰当的引用，使晏子免去了杀身之祸。

第二，评《诗》。从语义学上来说，对《诗经》的使用和援引，并不能称为"批评"。"批评"必须有所分析、判断。在先秦古籍中，这种批评是存在的。先秦时期人们在"学问"的意义上把包括《诗》在内的一切书写文献都称为"文学"。文学与其他学科是一体的。司马迁在《史记·太史公自序》中把此时的学问分为阴阳、儒、墨、名、法、道德六家。班固在《汉书·艺文志》里又补充了纵横、杂、农、小说四家，并认为此"诸子十家，其可观者，九家而已"。然而，这九家中涉及文学批评(基本上是《诗经》批评)的并不多，最多的要数儒家，且零星地散布在各处。从第一章里的有关论述我们已经知道：以孔子为代表的儒家非常注重《诗经》的道德价值。《大学》、《中庸》、《论语》和《孟子》这些儒家典籍中有关《诗经》的言论表明：儒家不是简单地引

---

① 顾颉刚：《古史辨》第一册，上海：上海古籍出版社1982年版，第54页。
② 荀况：《荀子》，上海：上海古籍出版社1996年版，第205—206页。
③ 《吕氏春秋》，上海：上海古籍出版社1996年版，第369页。

用《诗》,而是把《诗》视作一种包裹在特殊形式里的"思想",并用以"仁"为核心的道德标准权衡它,注重《诗经》的效用。

因此,无论是用《诗》还是评《诗》,人们都不仅仅是在文学作品的意义上提及《诗经》。事实上,先秦时期,人们主要在以下三种意义上使用《诗经》:

第一,教科书。这是《诗经》之所以拥有众多读者的主要原因之一。据《国语·卷十七》记载:楚庄王曾让士亹辅导太子箴,士亹就如何教一事询问申叔时,申叔时说:"教之《春秋》,而为之耸善而抑恶焉,以戒劝其心;教之世,而为之昭明德而废幽昏焉,以休惧其动;教之《诗》,而为之导广显德,以耀明其志;教之《礼》,使知上下之则;教之《乐》,以疏其秽而镇其浮。"①《史记·孔子世家》亦曰:"孔子以《诗》、《书》、《礼》、《乐》教,弟子盖三千焉,身通六艺者七十有二人。"②

第二,史书。先秦时期,"诗言志"是人们的共识③。据闻一多先生考证:"志"与"诗"原来是一个字,"志"有三个意义:记忆、记录和怀抱。"志"的本义是停止在心上,停在心上亦可以说是藏在心里。④ 故《荀子·解蔽篇》曰:"志也者藏也。"藏在心即记忆,故"志"又训"记",即记忆、记录之义。《管子·山权数篇》云:"诗者,所以记物也。……《诗》记人无失辞,行蝉道无失义。"孟子亦认为《诗》是与《春秋》一脉相承的记事史书。《孟子·离娄》云:"王者之迹熄而《诗》亡。《诗》亡,然后《春秋》作。晋之《乘》,楚之《梼杌》,鲁之《春秋》,一也:其事则齐桓、晋文,其文则史。"⑤

第三,经书。先秦时期,人们也把《诗》等书称为"经"。据《庄子·天运》篇记载:孔子曾对老子说:"丘治《诗》、《书》、《礼》、《乐》、《易》、《春秋》六经,自以为久矣。"老子亦云:"幸矣,子之不遇治世之君也!夫六经,先王之陈迹也,岂其所以迹哉?"⑥《左传》明确把"六经"同作为宇宙万物本原的"道"联系在一起。其云:"夫《礼》,天之经也,地之义也,民之行也。天地之经,而民实则之,则天之明。"杜预注"天之经也"句曰:"经者道之常,义者利

---

① 《国语》,上海:上海古籍出版社 1988 年版,第 528 页。
② 司马迁:《史记》,北京:中华书局,第 1038 页。
③ 譬如:《尚书·舜典》曰"诗言志",《左传·襄公二十七年》曰"诗以言志",《庄子·天运篇》曰"诗以道志",《荀子·儒效》曰"诗言是其志"。
④ 闻一多:《歌与诗》,见《神话与诗》,上海:华东师范大学出版社 1997 版,第 201 页。
⑤ 《孟子》,见朱熹《四书》,上海:上海古籍出版社 1995 年版,第 342 页。
⑥ 《庄子》,上海:上海古籍出版社 1995 年版,第 172 页。

之宜。"孔颖达疏此句曰:"正义曰'覆而无外高而在上,运行不息,日月星辰,温凉寒暑,皆是天之道也';训经为常,故言道之常也,载而无弃,物无不殖。"可见,《诗》之所以被冠以"经"之名是因为它是道的显现者。

由以上可以推断:正由于《诗》是史书、经书,它才被作为教科书、作为放之四海而皆准的真理而被人们广泛援引,作为最高道德价值的取向而为人们所效仿。因此,与其说先秦时期人们把《诗经》视作文学作品,不如说视为至高无上的圣经。

(二) 两汉时期的《诗经》批评

汉代,人们继续在先秦时期用《诗》、评《诗》的意义上谈及《诗经》。与先秦时期一样,此时人们也把《诗经》作为一种不证自明的公理,在文章、著作中大量引用。例如,刘向《说苑》和贾谊《新书》里大量援引《诗》句,以进一步说明或论证自己的观点。统治者也只是在用《诗》。班固在《汉书·艺文志》里指出:"《书》曰:'诗言志,歌咏言。'故哀乐之心感,而歌咏之声发。诵其言谓之诗,咏其声谓之歌。故古有采诗之官,王者所以观风俗,知得失,自考正也。"当然,汉代最独特的一点是把《诗经》作为一门学问全方位地进行研究,并形成了齐、鲁、韩三家今文学派,以及属于古文学派的"毛公之学"。《汉书·艺文志》云:"《诗经》二十八卷,鲁、齐、韩三家。""孔子纯取周诗,上采殷,下取鲁,凡三百五篇,遭秦而全者,以其讽诵,不独在竹帛故也。汉兴,鲁申公为《诗》训故,而齐辕固、燕韩生皆为之传。或取《春秋》,采杂说,咸非其本义。与不得已,鲁最为近之。三家皆列于学官。又有毛公之学,自谓子夏所传,而河间献王好之,未得立。"尽管三家对《诗经》的解说存在着一定的差异,但是,它们所说的《诗》之大义基本相同。这集中体现在现存《诗大序》里,其"总说诗义处,实取诸三家"。①

这篇以"序"的形式出现的专门评论《诗经》的文章,把先秦时期儒家的《诗》教说推向了极端。它旗帜鲜明地指出:"风,风也,教也。风以动之,教以化之";"先王以是经夫妇,成孝敬,厚人伦,美教化,移风俗"。② 因此,《诗大序》完全从政治教化的立场对《诗》进行了分类性的价值判断,其云:

> 故诗有六义焉:一曰风,二曰赋,三曰比,四曰兴,五曰雅,六曰颂。上以风化下,下以风刺上,主文而谲谏,言之者无罪,闻之者足以戒,故

---

① 吕思勉:《先秦学术概论》,北京:东方出版中心1985年版,第53页。
② 郑氏笺《毛诗序》,见萧统编《文选》第5册,上海:上海古籍出版社1986年版,第2029页。

曰风。至于王道衰,礼义废,政教失,国异政,家殊俗,而变风、变雅作矣。国史明乎得失之迹,伤人伦之废,哀刑政之苛,吟詠情性,以风其上,达于事变而怀其旧俗者也。故变风发乎情,止乎礼义。发乎情,民之性也;止乎礼义,先王之泽也。是以一国之事,系一人之本,谓之风;言天下之事,形四方之风,谓之雅。雅者,正也,言王政之所由废兴也。政有小大,故有小雅焉,有大雅焉。颂者,美盛德之形容,以其成功告于神明者也。

这里,《诗大序》明确提出了《诗经》的"六义",并解释了其中的风、雅、颂之义。"风"即"风化"、"风刺"和"讽谏"之义,目的是使"言之者无罪,闻之者足以戒";"雅者,正也,言王政之所由废兴";"颂者,美盛德之形容,以其成功告于神明者"。显然,风、雅、颂都是就《诗经》而言的。在《诗大序》看来,《诗经》反映现实,针砭时事,教化民众。至于赋、比、兴,《诗大序》没有明确的解释。宋代朱熹认为风、雅、颂是"三经",是"做诗的骨子",赋、比、兴是"里面横串的""三纬"(《朱子语类》)。后人大多采用朱熹的这种说法,认为风、雅、颂是《诗》的种类,赋、比、兴是《诗》的表现手法。

在结合时代变迁分析《诗经》的内容时,《诗大序》特别强调其"发乎情,止乎礼义"的特点。这与孔子"《关雎》乐而不淫,哀而不伤"(《论语·八佾》)同出一辙,都是强调诗歌内容要"不害于和","不失其正"。[①] 只不过与先秦时期相比,汉代人们更明确地从实用尤其是道德教化的观点批评《诗经》,赋予它强大的社会功能。如《诗大序》断言:"故正得失,动天地,感鬼神,莫近于诗。"在这种思想的指导下,即便是像《关雎》这样的爱情诗,也被《诗大序》解释为咏后妃之德的教化诗。而著有研究《诗经》的《毛诗笺》二十卷、《毛诗谱》三卷,以及评论《诗经》的单篇文章《诗谱序》和《六艺论》的后汉经学家郑玄,则明确指出讽谕是人们创作《诗经》的直接动机。《六艺论》曰:"诗者弦歌讽谕之声也。自书契之兴,朴略尚质,面称不为谄,目谏不为谤。君臣之接,如朋友然,在于恳诚而已。斯道稍衰,奸伪以生,上下相犯,及其制礼,尊君卑臣,君道刚严,臣道柔顺。于是箴谏者希,情志不通,故作诗者以诵其美而讥其过。"因此,在《诗谱序》里,郑玄明确声称:"诗之道"即在于"论功颂德,所以将顺其美;刺过讥失,所以匡救其恶"[②]也。

《诗经》之所以能成为一种道德教化的经典,是因为它是道的体现者。

[①] 朱熹:《四书集注》,上海:上海古籍出版社 1995 年版,第 82 页。
[②] 以上所引郑玄语,均出自严可均辑《全后汉文》下,北京:商务印书馆 1999 年版。

西汉陆贾《新语》云:"仁者道之纪","《诗》以仁义存亡"。① 贾谊则明确指出道是德的根本。依他之见:"德之有也,以道为本","德者,道之泽也。道虽神,必载于德"。而德则见于经书:"《书》者,著德之理于竹帛而陈之令人观焉,以著所从事,故曰:'《书》者,此之著者也';《诗》者,志德之理而明其指,令人缘之以自成也,故曰'《诗》者,此之志者也'。"② 班固《汉书·儒林传》也指出:包括《诗》在内的"六经"自古就是"王教之典籍,先圣所以明天道,正人伦,致至治之成法也"。这一能"明天道"、"正人伦"的《诗经》即是一种永恒不变的、放之四海而皆准的真理。汉代人们因此也把它作为文学批评的终极价值标准,用它权衡一切文学作品。这突出体现在汉代的《楚辞》批评上。

二、《楚辞》批评

在文化一统的经学时代,"诗以为刺"③的思想深入人心。汉代人们不仅以讽喻、教化解说《诗经》,也以此评论其他文人及其作品。如具有独立精神的王充旗帜鲜明地提出劝善惩恶是文人的职责。他在《论衡·佚文》篇自问自答道:"夫文人文岂徒调墨弄笔,为美丽之观哉?""文人之笔,劝善惩恶也。"④ 东汉后期进步的思想家王符也以有无道德功用作为评判当时以赋为主的文学创作的标准。他说:"今学问之士,好语虚无之事,争著彫丽之文,以求见异于世,品人鲜识,从而高之,此伤道德之实,而或曚大之大者也。诗赋者,所以颂善丑之德,泄哀乐之情也。故温雅以广义,兴喻以尽意。今赋颂之徒,苟为饶辩屈骛之辞,竞陈诬罔无然之事,以索见怪于世;愚夫戆士,从而奇之,此悖核孩童之思,而长不诚之言者也。"⑤ 不唯如此,人们甚至直接把其他文人的作品与《诗经》相比附,一切依《诗经》立义。

除《诗经》外,汉代文学批评的主要内容就是屈原及其作品。由于汉朝开国皇帝刘邦是楚人,西汉的几代统治者都爱好《楚辞》。据《汉书·淮南王传》记载:汉武帝时,"淮南王安入朝,献所作,《内篇》新出,上爱秘之。使为《离骚传》,且受诏,日食时上"。刘勰《文心雕龙·辨骚》亦有"昔汉武爱

---

① 王利器:《新语校注》,北京:中华书局1986年版,第30页。
② 以上所引贾谊《新书》语,均出自《贾谊集校注》,北京:人民文学出版社1996年版。
③ 司马迁《史记》、班固《汉书·艺文志》都声称"诗以为刺"。
④ 黄晖:《论衡校释》,北京:中华书局1990年版,第869页。
⑤ 汪继培:《潜夫论笺校正》,北京:中华书局1985年版,第19页。

《骚》,而淮南作传"①之说。汉代很多文人或者撰文缅怀屈原,诸如贾谊《吊屈原文》、刘向《九叹》、王褒《九怀》和王逸《九思》等;或者引屈原及其作品解说、评论之,如对屈原作品《天问》,"太史公口论道之","刘向、扬雄,援引传记以解说之"。②

尽管对未经圣人之手的《楚辞》,人们的评价褒贬不一,但有一点是肯定的:即他们都不约而同地把《楚辞》与《诗经》相比附,且把《诗经》作为评价楚辞的最高价值尺度。据《汉书·王褒传》记载:汉宣帝曾经明确把《楚辞》与《诗经》相类比,认为《楚辞》与《诗经》"同义",且"有仁义风谕,鸟兽草木多闻之观,贤于倡优博弈远矣"。纵观两汉时期文学批评,撰有专文直接评论屈原及其作品的主要有四人,即西汉淮南王刘安与扬雄、东汉班固与王逸。淮南王刘安直接把屈原及其作品与《诗经》比附而作《离骚传》。司马迁《史记·屈原贾生列传》载其序曰:

> 《国风》好色而不淫,《小雅》怨诽而不乱。若《离骚》者,可谓兼之矣。上称帝喾,下道齐桓,中述汤、武,以刺世事。明道德之广崇,治乱之条贯,靡不毕见。其文约,其辞微,其志洁,其行廉,其称文小而其指极大,举类迩而见义远。其志洁,故其称物芳。其行廉,故死而不容。自疏濯淖汙泥之中,蝉蜕于浊秽,以浮游尘埃之外,不获世之滋垢,皭然泥而不滓者也,推此志也,虽与日月争光可也③。

这里,刘安一方面从内容与形式两方面充分肯定了屈原的作品,认为《离骚》可与《诗经》相媲美:"其文约,其辞微","以刺世事";另一方面,高度赞扬了屈原贞节的品质,认为其"与日月争光可也"。

刘安对屈原及其作品的这种评价受到了以司马迁为代表的许多汉人的认同。但也有人提出了一些相反的观点。譬如,扬雄囿于儒家明哲保身的观点,不赞赏屈原投江而死的行为。他以孔子的行为为例明确指出:"夫圣哲之不遭兮,固时命之所有;虽增欷以于邑兮,吾恐灵修之不累改。昔仲尼之去鲁兮,斐斐迟迟而周迈,终回复乎旧都兮,何必湘渊与涛濑!混渔父之铺歠兮,洁沐浴之振衣,弃由、聃之所珍兮,跖彭咸之所遗!"④然而,总体来

---

① 黄叔琳:《文心雕龙辑注》,北京:中华书局1957年版,第14页。
② 王逸:《离骚经·天问》,见严可均辑《全后汉文》下,北京:商务印书馆1999年版,第586页。
③ 司马迁:《史记》,北京:中华书局1959年版,第2482页。
④ 扬雄:《反离骚》,见严可均辑《全汉文》,北京:商务印书馆1999年版,第530页。

看,扬雄对屈原本人及其作品还是肯定的。他曾以自问自答的口吻说:"或问:'屈原智乎?'曰:'如玉如莹,爰变丹青。如其智!'"①班固在《汉书·扬雄传》里也指出:扬雄敬仰屈原,他一方面"怪屈原文过相如","悲其文,读之未尝不流涕也",故作《反离骚》文以吊屈原;另一方面又"旁《离骚》作重一篇,名曰《广骚》,又旁《惜诵》以下至《怀沙》一卷,名曰《畔牢愁》"。因此,关于屈原及其作品,刘勰认为"扬雄讽味,亦言体同《诗》雅"。②

其实,对刘安有关屈原及其作品的评价明确提出质疑的是东汉史学家、文学家班固。他在《离骚序》里指出:屈原"其文弘博雅丽,为辞赋宗,后世莫不斟酌其英华,则象其从容。自宋玉、唐勒、景差之徒,汉兴枚乘、司马相如、刘向、扬雄,骋极文辞,好而悲之,自谓不能及也。虽非明智之器,可谓妙才者也"。尽管如此,班固认为刘安说屈原"与日月争光可也","斯论似过其真"。其《离骚序》云:"昔在孝武,淮南王安《叙离骚传》,以'《国风》好色而不淫,《小雅》怨悱而不乱,若《离骚》者,可谓兼之。蝉蜕浊秽之中,浮游尘埃之外,皭然泥而不滓,推此志,与日月争光可也'。斯论似过其真。又说五子以失家巷,谓五子胥也。及至羿、浇、少康、贰姚、有娀佚女,皆各以所识有所增损,然犹未得其正也。"③事实上,针对刘安的观点,在《离骚序》这篇文章里,班固主要表明了自己对屈原及其作品的不满。这集中体现在以下两个方面:

第一,班固援引《诗经》言语指责屈原"露才扬己"的行为。他说:"《关雎》哀周道而不伤,蘧瑗持可怀之智,宁武保如愚之性,咸以全命避害,不受世患。故《大雅》曰:'既明且哲,以保其身。'斯为贵矣。今若屈原,露才扬己,竞乎危国群小之间,以离谗贼。然责数怀王,怨恶椒兰,愁神苦思,非其人忿怼不容,沈江而死,亦贬絜狂狷景行之士。"

第二,班固以经书为准绳,批评屈原作品中大量借神话传说抒发情感、增加想象力的行为,指出:屈原作品中"多称昆仑、冥婚、宓妃虚无之语,皆非法度之政,经义所载,谓之兼《诗·风》《雅》,而与日月争光,过矣"!

班固对屈原及其作品的这种贬抑,遭到了后汉王逸的强烈反对。他的《楚辞章句》是现存最早的《楚辞》注本。在《楚辞章句叙》里,他与班固针锋相对,指出屈原有"绝世之行,俊彦之英也。而班固谓之露才扬己,竞于

---

① 扬雄:《法言》,见汪荣宝《法言义疏》上,北京:中华书局1987年版,第57页。
② 刘勰:《文心雕龙·辨骚》,见黄叔琳《文心雕龙辑注》,北京:中华书局1957年版,第15页。
③ 所引班固《离骚序》,均出自严可均辑《全后汉文》上册,北京:商务印书馆1999年版。

群小之中,怨恨怀王,讥刺椒兰,苟欲求进,强非其人;不见容纳,忿恚自沈,是亏其高明,而损其清洁者也。昔伯夷、叔齐让国守分,不食周粟,遂饿而死,岂可复谓有求于世而怨望哉!且诗人怨主刺上,曰:'呜呼小子,未知臧否,匪面命之,言提其耳。'风谏之语,于斯为切。然仲尼论之,以为大雅。引此比彼,屈原之词,优游婉顺,宁以其君不智之故,欲提携其耳乎?而论者以为露才扬己,怨刺其上,强非其人,殆失厥中矣。"至如屈原的《离骚》,王逸指出:其"依托《五经》以立义焉。'帝高阳之苗裔',则厥初生民,时惟姜嫄也。'纫秋兰以为佩',则将翱将翔,佩玉琼琚也。'夕揽洲之宿莽',则《易》潜龙勿用也。'驷玉虬而乘鹥',则时乘六龙以御天也。'就重华而陈词',则《尚书》咎繇之谋谟也。'登昆仑而涉流沙',则《禹贡》之敷土也"。因此,王逸认为屈原的作品与《诗经》一样,是文人们心摹手追的范本。《楚辞章句叙》云:"屈原之词,诚博远矣。自终没以来,名儒博达之士,著造词赋,莫不拟则其仪表,祖式其模范,取其要妙,窃其华藻。"其实,若仅就批评文章的数量而言,汉代对屈原评论最多的人就是王逸。除《楚辞章句叙》外,他还著有《离骚经》。在这篇长文章里,他结合屈原当时的处境,对其作品一一作了点评,更进一步明确指出了屈原作品与《诗经》之间的相似之处。他说:"《离骚》之文,依《诗》取兴","《九歌》之曲,上陈事神之敬,下见己之冤结,托之以风谏"。①

由以上论述可以看出:无论是高度赞赏屈原及其作品的汉宣帝、淮南王刘安、王逸,还是对其不同程度地有所贬抑的扬雄、班固,都是依《诗》批评。这种把经书视作至高无上的话语权力,以是否合经书之义为尺度的文学批评原则贯穿整个中国古代文学批评史。南北朝时期刘勰的原道、征圣、宗经和唐代的文以载道、文以明道思想,南宋朱熹"文便是道"②与明代李东阳"后之文皆出诸经"③的论断,以及清代顾炎武、朱彝尊的文人须识经术④、"文章不离乎经术"⑤之说,都是从不同角度强调文要本乎道,师乎经。

---

① 以上引王逸《楚辞章句叙》和《离骚经》中语,均出自严可均辑《全后汉文》下,北京:商务印书馆 1999 年版。
② 朱熹:《朱子语类》第八册,北京:中华书局 1986 年版,第 3319 页。
③ 李东阳:《李东阳集》第二卷,长沙:岳麓书社 1984 年版,第 115 页。
④ 顾炎武:《日知录集释》中册,上海:上海古籍出版社 1985 年版,第 1453 页。
⑤ 朱彝尊:《与李武曾论文书》,见王运熙、顾易生主编《清代文论选》上册,北京:人民文学出版社 1999 年版,第 280 页。

第三节 《淮南子》和司马迁的文学批评

一、《淮南子》的文学批评

《淮南子》原名《鸿烈》,是西汉淮南王刘安组织他的宾客集体编撰的一部牢笼天地、博极古今的哲学著作。它产生在儒家还未取得独尊地位,学术风气比较自由的两汉初期。全书共有二十篇,内容驳杂,兼采道、儒、法、阴阳等各家思想,"所以纪纲道德,经纬人事,上考之天,下揆之地,中通诸理"(《淮南子·要略》)。两汉时期,人们就对它评价很高。如后汉高诱《淮南子叙》认为《淮南子》:"言其大也,则焘天载地;说其细也,则沦于无垠,及古今治乱、存亡祸福,世间诡异瑰奇之事。其义也著,其文也富,物事具类,无所不载,然其大较归之于道。号曰'鸿烈'。鸿,大也;烈,明也,以为大明道之言也。故夫学者不论《淮南》,则不知大道之深也。是以先贤通儒述作之士,莫不援采以验经传。"[1]即使现在看来,《淮南子》也是先秦以来中国学术文化思想的集大成之作。尽管《淮南子》里没有专门的文学批评篇章,也很少涉及除《诗经》以外的其他文学现象,但它的很多思想对后来的中国古代文学创作及其文学批评、文学理论产生了深远的影响。其中最重要的有形神气论、虚静说以及天人感应说。

关于形、神、气,《淮南子》有非常详尽的论述。在论述过程中,它往往把"形"、"神"、"气"与"志"并提,并结合虚静理论进行阐释。如《淮南子·原道》篇一方面认为形、神、气之间是相互依赖、彼此共存的,"夫形者,生之舍也;气者,生之充也;神者,生之制也。一失位,则三者伤矣";另一方面又指出三者之中神为根本,云:"以神为主者,形从而利,以形为制者,神从而害。"依《淮南子·原道》之见,人们应该使其形、神、气"各处其位,守其职,而不得相干也";否则,"形者非其所安也而处之则废,气不当其所充而用之则泄,神非其所宜而行之则昧"。因此,为了慎守形、神、气,《淮南子·原道》篇明确提出了安形、养神、和气的贵虚、守静之说。其云:"贵虚者以毫末为宅也。""夫精神气志者,静而日充者以壮,躁而日耗者以老。是故圣人将养其神,和弱其气,平夷其形,而与道沉浮俯仰,恬然则纵之,迫则用之。"

至如《诗经》,与先秦两汉其他著作一样,《淮南子》主要是在用《诗》。它或者直接援引《诗经》里的诗句说明事理,或者在阐述其他事理时零星地

---

[1] 严可均:《全后汉文》下册,北京:商务印书馆1999年版,第883页。

点评到《诗经》。如《淮南子·泰族》这样引用《诗》论证天人感应的思想："《诗》曰：'正月繁霜，我心忧伤。'天之与人，有以相通也。故国危亡而天文变，世惑乱而虹霓见，万物有以相连，精祲有以相荡也。"《淮南子·本经》亦曰："故博学多闻而不免于惑。《诗》云：'不敢暴虎，不敢冯河。人知其一，莫知其他。'此之谓也。"所以，对《淮南子》来说，与其说《诗经》是一部文学作品，不如说它是一部穷道通意的经典。在行文中，《淮南子》常把《诗经》与其他"五经"并提，一方面强调它的认知功能，如《淮南子·泰族》云"人皆多以无用害有用，故智不博而日不足。以凿观池之力耕，则田野必辟矣；以积土山之高修堤防，则水用必足矣；以食狗马鸿雁之费养士，则名誉必荣矣；以弋猎博弈之日诵《诗》读《书》，闻识必博矣。故不学之与学也，犹喑聋之比于人也"，《淮南子·修务》也有"诵《诗》、《书》者期于通道略物"之说；另一方面认为它具有道德教化功能，如《淮南子·泰族》云"圣人天覆地载"，"故能法天"，"五行异气，而皆适调；六艺异科，而皆同道。温、惠、柔、良者，《诗》之风也；淳庞敦厚者，《书》之教也；清明条达者，《易》之义也；恭俭尊让者，《礼》之为也；宽裕简易者，《乐》之化也；刺几辩义者，《春秋》之靡也"。由此可见：在强调《诗经》的认识和教化作用方面，《淮南子》与孔子为代表的先秦儒家诗教说一脉相承。

如果说注重《诗经》的社会功能是《淮南子》与先秦儒家《诗经》批评的共同之处的话，那么，对《诗经》产生原因的探讨则是《淮南子》的独特之处。首先，《淮南子》用各个时代社会生活的变迁解释《诗经》产生的社会原因，明确提出了"王道缺而《诗》作"、《诗》《春秋》"皆衰世之造也"的观点。《淮南子·氾论》篇论证道："百川异源而皆归于海，百家殊业而皆务于治。王道缺而《诗》作，周室废、礼义坏而《春秋》作。《诗》、《春秋》，学之美者也，皆衰世之造也。"其次，《淮南子》从作家创作的角度既解释了《诗经》等文学作品、音乐的创作动因，又说明了它们之所以能产生一定社会作用的原因。《淮南子·泰族》云："今夫《雅》、《颂》之声，皆发于词，本于情，故君臣以睦，父子以亲。故《韶》、《夏》之乐也，声浸乎金石，润乎草木。今取怨思之气，岂所谓乐哉！赵王迁流于房陵，思故乡，作为《山水》之讴，闻者莫不殒涕。荆轲西刺秦王，高渐离、宋意为击筑，而歌于易水之上，闻者莫不瞋目裂眦，发植穿冠。"这段话明确指出了创作中情感的重要性。依《淮南子》之见，正因为《雅》、《颂》"皆发于词，本于情"，所以它们才具有感化人心的教化作用；正因为创作者们有真情实感，所以他们才能创作出令"闻者莫不殒涕"、"莫不瞋目裂眦，发植穿冠"的艺术作品。

总之,就文学批评(严格说是《诗经》批评)而言,《淮南子》承前启后,既在一定程度上继承了先秦儒家的《诗》教说,又开启了关注文学产生、文学创作问题的新篇章。

二、司马迁的文学批评

先秦时期,文学批评局限于作品本身,文学批评实质上是对《诗经》的批评。汉代文人自觉的文学创作的大量涌现,诗、赋、论、碑、铭、诔、赞、书、上疏等文学种类渐多。班固《两都赋序》云:"若司马相如、虞丘寿王、东方朔、枚皋、王褒、刘向之属,朝夕论思,日月献纳。而公卿大臣御史大夫儿宽、太常孔臧、大中大夫董仲舒、宗正刘德、太子太傅萧望之等,时时间作。或以抒下情而通讽谕,或以宣上德而尽忠孝,雍容揄扬,著于后嗣,抑亦《雅》《颂》之亚也,故孝成之世,论而录之。盖奏御者千有余篇,而后大汉之文章,炳焉与三代同风。"[①]据《汉书·艺文志》统计:汉兴以来"凡诗赋百六家,千三百一十八篇"、"歌诗二十八家,三百一十四篇"。

文学创作的自觉与兴盛带来了主要以评论文人及其作品为己任的文学批评的大量出现。汉代文学批评的对象较之先秦时期广泛。除《诗经》外,对屈原、贾谊、司马相如等个别文人及其文章的关注是此时文学批评的显著特征。而文学批评的焦点亦从作品逐渐过渡到写作者个人,尤其是注重探讨作家生平及其创作动机。除《毛诗序》外,两汉时期的文学批评主要是以传记的形式出现在史书中。史学家在叙述作家一生经历时,往往全文引用、介绍和评价他的主要文学作品。我们今天所说的两汉时期的主要作家,在当时就已被人们广泛批评,诸如陆贾、贾谊、司马相如、枚乘等。司马迁就是此类史学家里最杰出的代表。在《史记》中,他开创了中国古代文学批评中品人与评文结合起来的批评模式。这种批评通过对作家生平、写作背景的描述,着重探讨作家创作个性及其创作之间的关系。譬如,关于屈原及其作品,司马迁论述道:

> 屈平疾王听之不聪也,谗谄之蔽明也,邪曲之害公也,方正之不容也,故忧愁幽思而作《离骚》。离骚者,犹离忧也。夫天者,人之始也;父母者,人之本也。人穷则反本,故劳苦倦极,未尝不呼天也;疾痛惨怛,未尝不呼父母也。屈平正道直行,竭忠尽智以事其君,谗人间之,可

---

① 班固:《两都赋序》,见《全后汉文》上册,北京:商务印书馆1999年版,第235页。

谓穷矣。信而见疑,忠而被谤,能无怨乎?屈平之作《离骚》,盖自怨生也。《国风》好色而不淫,《小雅》怨诽而不乱。若《离骚》者,可谓兼之矣。上称帝喾,下道齐桓,中述汤武,以刺世事。明道德之广崇,治乱之条贯,靡不毕见。其文约,其辞微,其志洁,其行廉,其称文小而其指极大,举类迩而见义远。其志洁,故其称物芳。其行廉,故死而不容。自疏濯淖汙泥之中,蝉蜕于浊秽,以浮游尘埃之外,不获世之滋垢,皭然泥而不滓者也。推此志也,虽与日月争光可也。

这里,司马迁并不只是把作家、作品作为一般历史事实进行叙述、评定。他不仅大量引用淮南王刘安的观点,依《诗经》从整体上对屈原及其作品进行了评述,而且还探讨了其作品创作的内在的、主观方面的原因。依他之见,文学创作直接内在的动因是作家的个性,作家的生活经历及其情感决定着创作。在《史记·太史公自序》里,他旁征博引明确提出了"发愤著书"说,指出:"夫《诗》、《书》隐约者,欲遂其志之思也。昔西伯拘羑里,演《周易》;孔子厄陈、蔡,作《春秋》;屈原放逐,著《离骚》;左丘失明,厥有《国语》;孙子膑脚,而论兵法;不韦迁蜀,世传《吕览》;韩非囚秦,《说难》、《孤愤》;《诗》三百篇,大抵贤圣发愤之所为作也。此人皆意有所郁结,不得通其道也,故述往事,思来者。"① 此处所说的"愤"含有"怨愤"之意。《史记·屈原贾生列传》亦有"屈平之所《离骚》,盖自怨生也"之说。可见,通过历数历史上一些著名的人物及其著作,司马迁试图说明身处逆境,"意有所郁结"而发奋图强是人们创作的内在动力。

除此之外,结合对音乐、诗歌问题的探讨,司马迁还沿用《礼记·乐论》的说法,明确提出了物感说和情动说,进一步深入探讨了"人心之动"的原因。《史记·乐书》云:"诗以为歌,协于宗庙",而"凡音之起,由人心生也。人心之动,物使之然也。感于物而动,故形于声;声相应,故生变;变成方,谓之音;比音而乐之,及干戚羽旄,谓之乐也。乐者,音之所由生也,其本在人心感于物也"。② 此处的"物"指外境、外事也,外有喜怒哀乐和善恶之事来触于心,则应触而动,故云"物使之然也"。"物"是引发人们创作欲望的最初原因,也是决定作品风格的根本原因。司马迁紧接着说:"是故其哀心感者,其声噍以杀;其乐心感者,其声啴以缓;其喜心感者,其声发以散;其怒心感者,其声粗以厉;其敬心感者,其声直以廉;其爱心感者,其声和以柔。六

---

① 司马迁:《史记》第 10 册,北京:中华书局 1959 年版,第 3300 页。
② 司马迁:《史语》第 4 册,北京:中华书局 1959 年版,第 1178—1179 页。

者非性也,感于物而后动。"

然而,无论如何,"物"只是引发人心而动的客观的、外在的原因,人心之所以动的根本原因是人内在的情感。因此,在论述完物感说之后,司马迁又紧承上文明确提出了情动说。《史记·乐书》云:

> 凡音者,生人心者也。情动于中,故形于声,声成文谓之音。是故治世之音安以乐,其政和;乱世之音怨以怒,其正乖;亡国之音哀以思,其民困。声音之道,与正通矣。宫为君,商为臣,角为民,徵为事,羽为物。五者不乱,则无怗滞之音矣。宫乱则荒,其君骄;商乱则搥,其臣坏;角乱则忧,其民怨;徵乱则哀,其事勤;羽乱则危,其财匮。五者皆乱,迭相陵,谓之慢。如此则国之灭亡无日矣。

这里,司马迁一方面从创作者的角度指出了"情动"是"声成文"的关键;另一方面从接受者的角度指出了各种不同声音所具有的独特的社会作用。依司马迁之见,正是由于声音里蕴藏着创作者的情感,所以,声音才能打动人心,从而起到教化乃至治理国家的巨大作用。这段话之后,司马迁又结合历史事实进一步阐述了创作者、接受者"情动"之于创作和接受的意义。

司马迁对创作动因的这种探讨在汉代文学批评中具有相当大的普遍性。汉代史学家刘向既直接采用了司马迁《史记·乐书》里的物感说,又进一步论述了"本于心"、"情深"对于诗歌创作的意义,《说苑·修文》云:"诗言典志,歌咏其声,舞动其容,三者本于心……是故情深而文明,气盛而化神。和顺积中,而英华发外。"[①]《诗大序》则公开倡导情动说,云:"诗者,志之所之也,在心为志,发言为诗。情动于中而形于言。"此外,刘向还提出了思积说,《说苑·贵德》云:"是故后世思而歌铄之。善之故言之,言之不足,故嗟叹之,嗟叹之不足,故歌咏之。夫诗,思然后积,积然后满,满然后发,发由其道,而致典位焉。"[②]这里的"思然后积,积然后满,满然后发"之说显然与司马迁所说的"意有所郁结"、"发愤之所为作"异辞而义同。

其实,无论是发愤著书说、物感说、情动说,还是思积说,其关涉的核心话题都是创作主体,是创作主体如何创作出作品。这表明两点:一是批评者不再遵循实用批评的范式,把伦理道德作为文学批评的唯一价值尺度,只注重文学在现实生活中的教化和认识作用;二是他们的文学批评不再只是从

---

① 向宗鲁:《说苑校证》,北京:中华书局1987年版,第505—506页。
② 同上书,第94、95页。

文学作品中寻找可用的事实或思想,也不再是单纯依经立义,以儒家思想文化价值评定作家及其作品,而是把文学批评的目光聚焦于创作主体自身,关注作家的情感世界。这对人们深入认识文学的本质属性有着重要的意义。

第四节 班固、王充和王逸的文学批评

班固、王充和王逸是后汉三个重要的文学批评家。班固《离骚序》和《离骚赞序》、王逸《楚辞章句叙》和《离骚经》都是专门批评屈原及其作品的文章。班固《两都赋序》、《汉书》、《汉书·艺文志》和王充《论衡》中的不少内容也关涉文学批评。若从这些文章和著作来看,除上述所谈到的有关屈原及其作品的批评外,班固、王充和王逸的文学批评还主要体现在以下三个方面:

一、对文人及其作品的认识

我们今天所说的"文学"一词限指文学艺术,其"本质最清楚地显现在文学所涉猎的范畴中。文学艺术的中心显然是在抒情诗、史诗和戏剧等传统的文学类型上。它们处理的都是一个虚构的世界、想象的世界"[①]。然而,综观现存先秦时期的典籍,"文学"一词含有学问或文物、文献的意思。人们不仅把哲学、历史和文学等书面著作都统称为"文学",而且还把礼乐制度、个人的威仪等称为"文章"。汉代,人们继续沿用先秦时期的文学观念。他们所说的"诗人"一词,专指《诗经》作者。如王充《论衡·须颂》云:"是故《周颂》三十一,《殷颂》五,《鲁颂》四,凡《颂》四十篇,诗人所以嘉上也。""文学"一词指称我们今天所说的"学术"、"学问"。如《史记·田敬仲完世家》曰:"宣工喜文学游说之士,自如邹衍、淳于髡、田骈、接予、慎到、环渊之徒七十六人,皆赐列第,为上大夫,不治而议论。"《史记·三王世家》亦有"幸得以文学为侍郎,好览观太史公之列传"之句。

除"文学"外,汉代人们还经常使用"文章"一词。它主要有以下四种含义:(1)礼乐法度。汉初这种用法较多,如贾谊《新书·容经》曰:"古者圣王居有法则,动有文章,位执戒辅,鸣玉以行。"[②](2)书籍。如《汉书·艺文志》曰:"战国纵横,真伪分争,诸子之言纷然殽乱。至秦患之,乃燔灭文章,

---

[①] 雷·韦勒克、奥·沃伦:《文学理论》,北京:三联书店1984年版,第13页。
[②] 《贾谊集校注》,北京:人民文学出版社1996年版,第237页。

以愚黔首。……及秦燔书,而《易》为筮卜之事,传者不绝。"(3)文辞。如《史记·儒林列传》曰:"文章尔雅,训辞深厚。"(4)一切书写下来的文本,包括书和单篇作品。如《论衡·书解》曰:"汉世文章之徒,陆贾、司马迁、刘子政、扬子云,其材能若奇,其称不由人。""文章"的这层意义汉代也用"文"指称。如《论衡·佚文》曰:"贤圣定意于笔,笔集成文,文具情显","文王之文,传在孔子,孔子为汉制文,传在汉也。受天之文,文人宜遵《五经》、六艺为文,诸子传书为文,造论著说为文,上书奏记为文,文德之操为文。立五文在世,皆当贤也。造论著说之文,尤宜劳焉"。

与先秦时期相比,汉代人们大多是在第四种含义上使用"文章"一词。但也有人在此基础上又进一步把著作之人与文人区分开来。譬如,在《论衡·超奇》篇里,王充明确把连篇成书的人称为鸿儒,把写单篇文章的人称为文人。他断言:"采掇传书以上书奏记者为文人,能精思著文连接篇章者为鸿儒","唐勒、宋玉,亦楚文人也,竹帛不纪者,屈原在其上也"。王充认为这样的文人汉代大量存在,他进一步举例指出:"文章之人,滋茂汉朝者,乃夫汉家炽盛之瑞也。天晏,列宿焕炳。阴雨,日月蔽匿。方今文人并出见者,乃夫汉朝明明之验也。高祖读陆贾之书,叹称万岁,徐乐、主父偃上疏,征拜郎中:方今未闻。"

文人阶层的兴起和大量文学作品的存在,给依附于它们存在的文学批评提供了生长的空间,也使得人们对文学自身的性质有了一定的了解。在《论衡·定贤》篇中,王充不赞赏"敏于赋颂,为弘丽之文"的司马相如和扬雄,指出他们"文丽而务巨,言眇而趋深,然而不能处定是非,辩然否之实。虽文如锦绣,深如河汉,民不觉知是非之分,无益于弥为崇实之化"。显然,王充更强调文章的内容和实用功能。在《论衡·书解》篇中,他因此提出了"文德"说。《周礼·地官·师氏》曰:"敏德以为行本。"郑玄注云:"德行,内外之称,在心为德,施之为行。"从王充提出此说的上下文语境来看,他所说的"德"指的是事物内在的内容;"文"指称的是其外在的呈现形式,所谓"物以文为表"。两者之间一方面相互依存,相得益彰,"德"藉"文"而显,"文"藉"德"而立。王充打比喻说"文德"犹如人有文质、物有华实,假如"山无林,则为土山;地无毛,则为泻土;人无文,则为仆人。土山无麋鹿,泻土无五谷。人无文德,不为圣贤"。另一方面"德"决定着"文"。王充论辩道:"《易》曰:'圣人之情见乎辞。'出口为言,集札为文,文辞施设,实情敷烈。夫文德,世服也。空书为文,实行为德,著之于衣为服。故曰:'德弥盛者文弥缛,德弥彰者文弥明。'"可见,就文学作品而言,王充"文德"里的

"文"指的就是"文辞","德"指的就是其所附载的思想内容。依王充之见,两者一方面相互依存,缺一不可,"文辞施设,实情敷烈";另一方面"德"决定"文","德弥盛者文弥缛,德弥彰者文弥明"。

二、文学批评对象的扩大

尽管先秦时期,中国文学史上已经出现了诗、赋、奏等文学样式,但是,此时文学批评的对象主要局限在《诗经》上。两汉以后,随着文人创作的兴盛,多种类型的文章不断涌现。人们往往以具体作品类型的名称评价作家的创作。譬如,王逸《楚辞章句叙》云:"屈原之词,优游婉顺,宁以其君不智之故,欲提携其耳乎?"这里,王逸以"词"称屈原为代表的楚辞,而不笼统地冠之以"文章"、"文"之名,表明他已经意识到了楚辞与其他类型文章之间的区别。王充则在《论衡》里比较集中地谈到了几种类型的文章。如《超奇》篇曰:"纪著行事,若司马子长、刘子政之徒,累积篇第,文以万数,其过子云、子高远矣。……若夫陆贾、董仲舒论说世事,由意而出,不假取于外,然而浅露易见,观读之者犹曰传记。"而在《对作》篇中,结合具体作家、作品,通过与其他类型文章的比较,王充明确地界定了"论"。他说:"论者,述之次也。五经之兴,可谓作矣。太史公书、刘子政序、班叔皮传,可谓述矣。恒山君新论、邹伯奇检论,可谓论矣。"此外,王充还追述了"书"这种文体名称的演变历史,他认为:"上书奏记,陈列便宜,皆欲辅政。今作书者,犹书奏记,说发胸臆,文成手中,其实一也。夫上书谓之奏,奏记转易其名谓之书。建初孟年,中州颇歉,颍川、汝南民流四散,圣主忧怀,诏书数至。《论衡》之人,奏记郡守,宜禁奢侈,以备困乏。言不纳用,退题记草,名曰《备乏》。酒糜五谷,生起盗贼,沉湎饮酒,盗贼不绝,奏记郡守,禁民酒。退题记草,名曰《禁酒》。由此言之,夫作书者,上书奏记之文也。记谓之造作,上书奏记是作也?"①

纵观两汉文学批评,在所谈及的文体中,人们议论最多的是赋。从现有资料来看,他们对赋的批评模式基本上与《诗》相同,即非常关注作品所表现的内容,并对其进行道德教化式的评论。在《法言·吾子》里,扬雄在指出古诗之作皆以发乎情止乎礼义为美的同时,指责后代辞人之赋以形容过度为美的行为。他说:"或问:'景差、唐勒、宋玉、枚乘之赋也,益乎?'曰:'必也淫。''淫、则奈何?'曰:'诗人之赋丽以则,辞人之赋丽以淫。如孔氏

---

① 黄晖:《论衡校释》,北京:中华书局1990年版,第1182页。

之门用赋也,则贾谊升堂,相如入室矣。如其不用何?'"①因此,采用同样的对话问答方式,扬雄在《法言·吾子》里明确指出:"或问'吾子少而好赋'。曰:'然。童子彫虫篆刻。'俄而,曰:'壮夫不为也。'或曰:'赋可以讽乎?'曰:'讽乎!讽则已,不已,吾恐不免于劝也。'"②显然,在扬雄看来,赋与《诗经》一样要具有讽喻功能。《汉书·司马相如传》赞云:"扬雄以为靡丽之赋,劝百而讽一,犹骋《郑》、《卫》之声,曲终而奏雅。"《汉书·扬雄传》亦有"雄以为赋者,将以风也"之语。

与扬雄一样,班固也以是否具有讽喻价值来权衡赋。在《汉书·艺文志》里,他一方面认为以屈原为代表的楚人失志之时,"皆作赋以风";另一方面批评其后宋玉、枚乘、司马相如等人,指出他们的赋"竞为侈丽闳衍之词,没甚风谕之义"。然而,与扬雄直接对赋进行道德批评不同,班固是在考察赋这种文体的产生、发展演变过程中,表明自己上述观点的。《汉书·艺文志》云:

> 《书》曰:"诗言志,歌咏言。"故哀乐之心感,而歌咏之声发。诵其言谓之诗,咏其声谓之歌。……传曰"不歌而诵谓之赋,登高能赋可以为大夫"。言感物造耑而,材知深美,可与图事,故可以为列大夫也。古者诸侯卿大夫交接邻国,以微言相感,当揖让之时,必称《诗》以谕其志,盖以别贤不肖而观盛衰焉。故孔子曰:"不学《诗》,无以言"也。春秋之后,周道浸坏,聘问歌咏不行于列国,学《诗》之士逸在布衣,而贤人失志之赋作矣。大儒孙卿及楚臣屈原离谗忧国,皆作赋以风,咸有恻隐古诗之义。其后宋玉、唐勒;汉兴,枚乘,司马相如,下及扬子云,竞为侈俪闳衍之词,没其风谕之义。是以扬子悔之,曰:"诗人之赋丽以则,辞人之赋丽以淫。如孔氏之门人用赋也,则贾谊登堂,相如入室矣,如其不用何!"自孝武立乐府而采歌谣,于是有代赵之讴,秦楚之风,皆感于哀乐,缘事而发,亦可以观风俗,知薄厚云。序诗赋为五种。

这里,班固考镜源流,沿着历史时代的脉络,在与诗的历史比较中,梳理了赋这种文体的历史。依他之见,尽管《诗》与赋都是在一定社会文化语境中经过长时间约定俗成的,彼此之间存在着千丝万缕的联系,但是,它们是各有特点的两种不同的文学种类。在具体论述过程中,班固融评论于历时性的

---

① 汪荣宝:《法言义疏》上册,北京:中华书局1987年版,第45—51页。
② 以上所引扬雄《法言》中语,均出自汪荣宝《法言义疏》上册,北京:中华书局1987年版。

叙述之中,主要通过点评历史上一些主要赋家及其作品阐明了赋与诗的关系。诗学创始人亚里士多德的《诗学》告诉我们:作为文学种类的文体是诗学的出发点,文体在文艺学中具有特别重要的意义。以班固为代表的汉代人对文体问题的关注,表明此时人们在一定程度上避免了从文学作品中寻求社会文献价值的倾向,意识到了文学的特殊性。这一点也表现在他们对文学创作问题的探讨上。

三、文学创作论

与司马迁一样,班固、王逸往往结合作家心理及其生平经历探讨其作品的成因,这突出表现在他们对屈原的评价上。班固《离骚赞序》云:"《离骚》者,屈原之所作也。屈原初事怀王,甚见信任。同列上官大夫妒害其宠,谗之王,王怒而疏屈原。屈原以忠信见疑,忧愁幽思而作《离骚》。离,犹遭也;骚,忧也。明己遭忧作辞也。是时周室已灭,七国并争,屈原痛君不明,信用群小,国将危亡,忠诚之情,怀不能已,故作《离骚》。"①王逸《离骚经》和《楚辞章句叙》中有关屈原创作《离骚》的论述几乎与班固相同。《离骚经》云:"《离骚经》者,屈原之所作也。屈原与楚同姓,仕于怀王,为三闾大夫。三闾之职,掌王族三姓,曰昭、屈、景。屈原序其谱属,率其贤良,以厉国士。入则与王图议政事,决定嫌疑;出则监察群下,应对诸侯。谋行职修,王甚珍之。同列大夫上官靳尚妒害其能,共谮毁之。王乃疏屈原。屈原执履忠贞而被谗邪,忧心烦乱,不知所诉,乃作《离骚经》。"《楚辞章句叙》也有"而屈原履忠被谮,忧悲愁思,独依诗人之义而作《离骚》,上以讽谏,下以自慰。遭时暗乱,不见省纳,不胜愤懑,遂复作《九歌》以下凡二十五篇"之句。② 由此可见,在紧密结合作家生平事迹评价其作品时,班固和王逸都直接继承了司马迁有关屈原作品成因的观点,均认为"忧愁幽思"、"忧悲愁思"和"不胜愤懑",以及"忧心烦乱,不知所诉"的需要是屈原创作的直接内在动因。王逸有时也以"愁思沸郁"、"忧心愁悴"、"愁懑山泽"(《离骚经》)等词解说之。

此外,由于"《诗》以为刺"的思想深入人心,因此,汉代人们也常常从创作目的解说文人创作的动因。事实上,司马迁、班固和王逸在以"忧愁幽

---

① 严可均:《全后汉文》上册,北京:商务印书馆1999年版,第250页。
② 严可均:《全后汉文》下册,北京:商务印书馆1999年版,第583页。

思"解释屈原的创作时,都同时分别提到了其"以刺世事"、"赋以风谏"①和"以风谏君也"②的创作动机。如在《离骚经》里,王逸一方面指出"《九辩》者,楚大夫宋玉之所也。辩者,变也,谓陈道德以变说君也。九者,阳之数,道之纲纪也";另一方面又认为宋玉是由于"怜哀屈原"、"闵惜其师忠而放逐","故作《九辩》以述其志"。同样,王逸也以"忠心愁思"、"讽谏"君王解释屈原的《离骚》,《离骚经》云:"离,别也;骚,愁也;经,径也。言已放逐离别,忠心愁思,独依道径,以讽谏君也。故上述唐、虞、三后之制,下序桀、纣、羿、浇之败,冀君觉悟,反于正道而还已也。"

当然,在解释其他文人或者文学作品的创作活动时,人们有时也会把"忧愁幽思"和"以刺世事"分开来说。譬如,在同一篇《离骚经》里,王逸以"盖刺怀王有始而无终也"解释贾谊《惜誓》的创作。班固也如此,他仅仅以讽谏的需要解说《诗经》的创作。《汉书·艺文志》云:"雊雉登鼎,武丁为宗。然惑者不稽诸躬,而忌訞之见,是以《诗》刺'召彼故老,讯之占梦',伤其舍本而忧末,不能胜凶咎也。"而在《汉书·李夫人传》中,班固也只以"相思悲感"解释汉武帝为已亡故的李夫人作诗的原因。他说:"上愈益相思悲感,为作诗曰:'是邪,非邪?立而望之,偏何姗姗其来迟!'令乐府诸音家弦歌之。上又自为作赋。"

除"忧愁幽思"、"赋以风谏"外,班固和王充还分别提出了"求文章成名于后世"和感事而发之说。在解释扬雄写作的原因时,班固明确指出扬雄"实好古而乐道,其意欲求文章成名于后世,以为经莫大于《易》,故作《太玄》;传莫大于《论语》,作《法言》;史篇莫善于《仓颉》,作《训纂》;箴莫善于《虞箴》,作《州箴》;赋莫深于《离骚》,反而广之;辞莫丽于相如,作四赋;皆斟酌其本,相均放依而驰骋云。用心于内,不求于外,于时人皆忽之;唯刘歆及范逡敬焉,而桓谭以为绝伦"(《汉书·扬雄传赞》)。显然,在班固看来,扬雄的创作活动是与他渴望借助于文章永垂不朽的愿望分不开的。在《论衡·书解》篇中,王充则认为文人的创作都是有感于时事而发的,而非"积闲暇之思",居幽而作。他举例论述道:"文王日昃不暇食,此谓演《易》而益卦。周公一沐三握发,为周改法而制。周道不弊,孔子不作,休思虑间也,周法阔疏,可不因也。夫禀天地之文,发于胸臆,岂为间作不暇日哉?感伪起妄,源流气烝。管仲相桓公,致于九合;商鞅相孝公,为秦开帝业,然而二子

---

① 班固:《离骚赞序》,见严可均《全后汉文》上册,北京:商务印书馆1999年版,第251页。
② 王逸:《离骚经》,见严可均《全后汉文》下册,北京:商务印书馆1999年版,第585页。

之书,篇章数十。长卿、子云,二子之伦也。俱感,故才并;才同,故业钧。皆士而各著,不以思虑间也。问事弥多而见弥博,官弥剧而识弥泥。"依王充之见,文人只有关注社会苍生,感于时事,才能创作出优秀的文学作品。

由以上论述可以看出,无论是就文学批评的对象还是就内容而言,班固、王充和王逸的文学批评都比较广泛。从作家及其作品出发,他们既对文人、文学的性质和价值以及文学创作的动因问题作了比较全面而深入的分析和阐释,也对诗、赋等文体的特点作了初步的比较探讨。这一切都充分表明了中国文学批评在汉代的自觉与真正的兴起。

【导学训练】

一、学习建议

学习本章文学批评理论应注意结合经学一统的文化背景和文人阶层、文人创作的兴起这一时代背景,来理解各个时期各种文论观点的理论内涵、形成原因以及产生的影响。其中重点学习《诗大序》、《淮南子》、司马迁、班固、王充和王逸的文论思想及理论成就,对这一时期文学批评中的一些关键词应能理解并记忆。

二、关键词释义

教化说:《诗大序》对先秦儒家有关《诗经》社会作用的思想进行了比较全面的理论总结,并在此基础上明确提出了"风以动之,教以化之","上以风化下,下以风刺上"的教化说,指出《诗经》不仅可以"经夫妇,成孝敬,厚人伦,美教化,移风俗",而且可以"正得失,动天地,感鬼神"。这种说法把先秦儒家的《诗》教说推向了极端,对后代儒家文论影响深远。

情动说:汉代关于诗歌创作动因的一种说法,以司马迁、《诗大序》为代表。这种说法对先秦时期的"诗言志"说作了进一步的阐发。它一方面把情与志联系起来,认为诗表现的是诗人内在的志意和怀抱,而促使诗人这种表现欲望的则是情感;另一方面把诗与音乐、舞蹈联系在一起,认为作者"情动"也是音乐和舞蹈创作的内在驱动力。

六义说:《诗大序》认为诗有六义,即风、雅、颂、赋、比、兴。前三者指述的是诗歌的分类,也即体裁,后三者是表现手法。孔颖达《毛诗正义》卷一云:"风、雅、颂者,《诗》篇之异体;赋、比、兴者,《诗》文之异辞耳。""赋、比、兴是《诗》之所用,风、雅、颂是《诗》之成形。用彼三事,成此三事,是故同称为义。"按朱熹《诗集传序》的说法:"赋,敷陈其事而直言之者也";"比者,以彼物比此物也";"兴者,先言他物以引起所咏之词也。"《诗大序》的六义说在中国古代文论史上占有重要地位。之后,刘勰、钟嵘、陈子昂、白居易等都不同程度地对它作了进一步的阐发。

《春秋》义法：司马迁在继承古代史官秉笔直书的基础上，以《春秋》为例，结合自己的实践经验，为纪传文学的写作创设了《春秋》义法（后人也称之为《春秋》笔法）。"义"是就作品内容而言，司马迁认为"《春秋》以道义，拨乱世，反之正"，"采善贬恶，推三代之德，褒周室，非独刺讥而已也"（《太史公自序》）。"法"是就作品内容的表现方式而言，司马迁认为孔子作《春秋》，"上记隐，下至哀之获麟，约其辞文，去其烦重，以制义法"（《十二诸侯年表》）。清人方苞因此指出：司马迁《春秋》义法里所说的"'义'，即《易》之所谓'言有物'也；'法'，即《易》之所谓'言有序'也。'义'以为经，而法纬之，然后为体之文"（《又书货殖列传后》）。司马迁《春秋》义法从内容及其表现形式上对写作所作的这种规范，成为后来我国古代历史和散文写作中遵循的一个法则。

发愤著述说：司马迁关于创作动因的一种说法。在《太史公自序》里，司马迁明确指出：历史上包括《诗》三百篇在内的很多著作"大抵圣贤发愤之所为作也"。司马迁这种既结合创作者的生活经历，又从其内在的心理感受出发对创作动因所作的全面而深入的探讨，具有很高的认识和方法论价值。

《诗大序》：汉代传授古《诗》的有鲁（申公所传）、齐（辕固生所传）、韩（韩婴所传）三家，都立于学官，属于今文学派。赵人毛苌传诗，称为毛诗，未立学官，属于古文学派。毛诗于古《诗》三百篇均有小序，介绍作者及写作背景、评论《诗》的思想内容及其创作意图，分析具体诗的表现手法等。国风《周南·关雎》的小序后面，有一段比较长的文字，被人称为《毛诗大序》，后又因三家诗序都失传而被简称为《诗大序》。这是现存中国古代最早的一篇相对独立的批评文本，它概括了先秦以来儒家有关《诗经》、音乐的理论，同时在某些方面又有所补充和发展，是先秦两汉时期儒家《诗》论的集大成之作。

《史记》：西汉司马迁著，我国最早的通史。它开创了纪传体史书的形式，其间蕴藏着丰富的文学和文学批评史料。司马迁结合作家的生平评论他们的作品，既表现了他对文学、作家及其创作的认识，又开创了中国文学批评史上品人与评文相结合的批评模式。

《汉书》：东汉班固著。它开创了包举一代的断代史体例，其间蕴藏着丰富的文学和文学批评史料。尤其是《汉书·艺文志》统计整理了先秦特别是两汉文人的创作数量，集中体现了班固的文学思想，对后代文学批评及其理论产生了深远的影响。

三、思考题

1. 试述司马迁"发愤著书说"的内涵及其意义。
2. 试述《诗大序》的主要内容及其意义。
3. 试述《淮南子》在中国文学批评史上的地位。
4. 试述经学文化一统对两汉文学批评的影响。
5. 试述王充文学批评的主要内容及其意义。
6. 试述两汉时期的《楚辞》批评。

四、可供进一步研究的学术选题

1. 先秦、两汉时期的《诗经》批评比较。

提示:先秦两汉时期,人们或者大量使用《诗经》,或者突出强调《诗经》的社会作用。可结合具体批评文本,比较两个时期《诗经》批评的异同。

2. 汉代关于创作动因的主要说法。

提示:发愤著书说、物感说、情动说和讽谕说等是其中最具代表性的。可通过比较分析它们,说明汉代文学批评的特点。

3. 司马迁与班固的作家批评比较。

提示:《史记·屈原贾生列传》、《司马相如列传》与《汉书·司马迁传》、《扬雄传》等,不仅表现了司马迁、班固对文学的认识,而且开创了中国古代结合作家生平事迹、以人论文的传统批评模式。

4. 从刘安、扬雄、班固和王逸看两汉时期的《楚辞》批评。

提示:刘安、扬雄、班固和王逸虽然对屈原及《楚辞》的看法有所不同,但是,他们是依经立义,以《诗经》为最高价值尺度,评价《楚辞》的创作。

【研讨平台】

一、发愤著书说

提示:先秦时期,文学批评的目光基本锁定在《诗经》上,人们批评的重心是《诗经》的思想内容及其社会作用。至于《诗经》是如何创作出来的,则鲜有人问津。两汉文人阶层及其创作的蜂起,使得汉代文学批评的对象有了一个鲜明的转向,这就是人们更加关注作家,关注文学作品得以产生的内在动因。司马迁的发愤著书说就是其中最典型的代表。

1. [汉]司马迁《太史公自序》(选注)

七年(天汉三年)而太史公遭李陵之祸,幽于缧绁(缧 léi,古时拘系犯人的大索;绁 xiè,缚罪人的绳索。缧绁,拘系犯人的绳索,引申为囚禁)。乃喟然而叹曰:"是余之罪也夫!是余之罪也夫!身毁不用矣。"退而深惟曰:"夫《诗》《书》隐约者(谓其以隐微而言约也),欲遂其志之思也。昔西伯拘羑里(在汤阴),演《周易》;孔子戹(厄的异体字,意即遭遇困境)陈、蔡,作《春秋》;屈原放逐,著《离骚》;左丘失明,厥有《国语》;孙子膑(bìn,古代一种剔掉膝盖骨的酷刑)脚,而论兵法;不韦迁蜀,世传《吕览》(即《吕氏春秋》也);韩非囚秦,《说难》、《孤愤》;《诗》三百篇,大抵贤圣发愤之所为作也。此人皆意有所郁结,不得通其道也,故述往事,思来者。"于是卒述陶唐以来,至于麟止(武帝获白麟,而铸金作麟足形,故云"麟止"),自黄帝始。

2. [明]李贽《忠义水浒传序》(节选)

太史公曰:"《说难》《孤愤》,贤圣发愤之所作也。由此观之,古之贤圣,不愤则不作矣。不愤而作,譬如不寒而颤,不病而呻吟也,虽作何观乎?《水浒传》者,发愤之所作也。盖自宋室不竞,冠履倒施,大贤处下,不肖处上。驯致夷狄处上,中原处下,一时君相犹然处堂燕鹊,纳币称臣,甘心屈膝于犬羊已矣。施、罗二公身在元,心在宋;虽生元日,实愤宋事。是故愤二帝之北狩,则称大破辽以泄其愤;愤南渡之苟安,则称灭方腊以泄其愤。敢问泄愤者谁乎?则前日啸聚水浒之强人也,欲不谓之忠义不可也。是故施、罗二公传《水浒》而复以忠义名其传焉。……此书之所为发愤矣。"

3. 李建中《司马迁悲剧心理探幽》(节选)

司马迁"发愤著书",其"愤"来自"李陵之祸"——这些已成定论。若细读《太史公自序》和《报任安书》,又会发现:在"愤"这一情感现象后面,有着更深层次的心理内涵。

氏族的后世中衰,家庭的穷困窘迫,宦途的苟合取与,个人的孤寂寂寞,尤其是身遭腐刑的奇耻大辱——这一切,在司马迁的心灵深处组成一个剪不断理还乱的自卑情结。当他沉湎其间时,自卑不仅默化为浓郁的悲剧意识,而且发酵成强烈的创作欲望,以至于他最终得以超越自卑之上而未陷溺其中。

《史记》先黄老、进奸雄、羞贱贫,以及传畸人,若从正统儒家的眼光看,确乎有些"是非颇谬于圣人";但若以心理学的眼光看,这正是作者肉体受摧残、心灵被伤害、情感遭压抑的悲剧效应,是作者将满腔悲愤移情于传记写作的必然结果。明白了这一点,当我们读司马迁的传记作品时,就不会只用儒家道德的标尺量其"所蔽"而不用悲剧欣赏的眼光睹其"所长"了。

《史记》既是一部纪传体通史,也是一部灵魂史,太史公在整部《史记》(而不仅仅是《自序》和《报任安书》)之中塑造了"司马迁"这一悲剧人物。他不知所终,未留下任何遗言,但他留下了一部"发于情,肆于心"的"史家之绝唱,无韵之《离骚》",从而使得作为悲剧形象的他具有一种惊心动魄的崇高感——《史记》的悲剧心理学价值,正在于斯。

(《李建中自选集》,华中理工大学出版社 1999 年 9 月版)

二、诗歌教化说

提示:先秦时期儒家对《诗经》批评的突出特征是把它作为阐释其哲学思想的工具,他们依据哲学的标准,也即《诗经》所吸收的道德价值的多少、大小来判断它的优劣。汉代更把儒家的这种诗教说推向了极端,其中最典型的就是《诗大序》(也称为《毛诗序》)。

1.《诗大序》

《关雎》(《诗经·国风·周南》首篇的篇名),后妃之德(后妃,天子之妻)也,风(读去声,教化的意思)之始也,所以风天下,而正(纠正,使……正)夫妇也。故用之乡人焉,用之邦国焉。风,风也,教也。风以动(感动)之,教以化(感化)之。诗者,志(志意、怀抱)之所之(所往、所向)也。在心为志,发言为诗。情动于中而形(表现)于言,言之不足(指发言之后,意犹未足),故嗟叹之;嗟叹之不足,故永(长)歌之;永歌之不足,不知手之舞之、足之蹈之也。情发(犹见也)于声(谓宫商角徵羽也),声成文(宫商上下相应也)谓之音。治世之音安以乐,其政和;乱世之音怨以怒,其政乖(乖戾、反常);亡国之音哀以思,其民困。故正得失,动天地,感鬼神,莫近(莫过)于诗。先王以(用)是经(常道,这里作动词用。经夫妇,谓使夫妇之道入于正常)夫妇,成孝敬,厚("厚"当作"序")人伦,美教化,移风俗。故诗有六义焉:一曰风(据下文的解释是指风化、风刺),二曰赋(用作动词,含有铺陈直叙之意),三曰比(比喻),四曰兴(起的意思。兼有发端和比喻的双重作用),五曰雅(据下文的解释,雅是正的意思,谈王政的兴废),六曰颂(周王朝和鲁、宋二国在祭祀时用以赞神的舞歌,它的本义是形容,也就是借着舞蹈表现诗歌的情态)。

上以风化下,下以风刺上,主文而谲谏(朱熹解为"主于文辞而托之以谏",谲 jué 谏,用隐约的言辞谏劝而不直言),言之者无罪,闻之者足以戒,故曰风("风化"、"风刺",皆谓譬喻,不斥言也)。至于王道衰,礼义废,政教失,国异政,家殊俗,而变风变雅作矣。国史(王室的史官)明乎得失之迹,伤人伦之废,哀刑政之苛,吟咏情性,以风其上,达于事变,而怀其旧俗者也。故变风发乎情,止乎礼义。发乎情,民之性也;止乎礼义,先王之泽也。是以一国之事,系一人之本,谓之风;言天下之事,形四方之风,谓之雅。雅者,正也,言王政之所由废兴也。政有大小,故有《小雅》焉,有《大雅》焉。颂者,美盛德之形容,以其成功告于神明者也。是谓四始(始者,谓王道兴衰之所由也),诗之至也。

然则《关雎》、《麟趾》之化,王者之风,故系之周公。南,言化自北而南也(自,从也。从北而南,谓其化从岐周被江、汉之域)。《鹊巢》、《驺虞》之德,诸侯之风也,先王(太王、王季、文王)之所以教,故系之召公。《周南》、《召南》,正始之道,王化之基。是以《关雎》乐得淑女以配君子,忧在进贤,不淫其色,哀("哀"当为"衷",谓中心念恕之也,无伤善之心,谓好仇也)窈窕(善良美好的意思),思贤才,而无伤善之心焉,是《关雎》之义也。

2. [宋]朱熹《诗集传序》(节选)

诗者,人心之感物而形于言之余也。心之所感有邪正,故言之所形有是非。惟圣人在上,则其所感者无不正,而其言皆足以为教。其或感之之杂,而所发不能无可择者,则上之人必思所以自反,而因有以劝惩之,是亦所以为教也。

孔子生于其时,既不得位,无以行劝惩黜陟之政,于是特举其籍而讨论之,去其重复,正其纷乱,而其善之不足以为法,恶之不足以为戒者,则亦刊而去之,以从简约,示久远,使夫学者即是而有以考其得失,善者师之而恶者改焉。是以其政虽不足以行于一时,而其教实被于万世,是则诗之所以为教者然也。

吾闻之,凡诗之所谓风者,多出于里巷歌谣之作,所谓男女相与咏歌,各言其情者也。惟周南召南亲被文王之化以成德,而人皆有以得其性情之正,故其发于言者,乐而不过于淫,哀而不及于伤,是以二篇独为风诗之正经。自邶而下,则其国之治乱不同,人之贤否亦异,其所感而发者,有邪正是非之不齐,而所谓先王之风者,于此焉变矣。若夫雅颂之篇,则皆成周之世,朝廷郊庙乐歌之辞,其语和而庄,其义宽而密,其作者往往圣人之徒,固所以为万世法程而不可易者也。至于雅之变者,亦皆一时贤人君子,闵时病俗之所为,而圣人取之,其忠厚恻怛之心,陈善闭邪之意,尤非后世能言之士所能及之。此诗之为经,所以人事浃于下,天道备于上,而无一理之不具也。

3. 罗根泽《卫宏〈毛诗序〉》(节选)

《大序》说诗可分此下三点:(一)诗言志……这自然是《虞书》说诗的演绎。不过此种演绎,不始于《毛诗序》,而始于《礼记》中的《乐记》。《乐记》云:"诗,言其志也;歌,咏其声也;舞,动其容也。三者本于心,然后乐器从之。"

(二)诗与政教的关系……这种说法,亦本于《乐记》。《乐记》云:"情动于中,故形于声,声成文谓之音。是故治世之音安以乐,其政和;乱世之音怨以怒,其政乖;亡国之音哀以思,其民困。"与此如出一口。不过彼以论乐,此则由乐渡之于诗而已。此种社会的历史的批解,自是本孟子所谓"论世。"但孟子所谓"世"如何,未加申说,其范围极广漠而游移,此则鲜明的指出世教王化。既然诗与世教王化有关,当然先王要"以是经夫妇,成孝敬,厚人伦,美教化,移风俗",而诗便纯为圣道王功而作了。

(三)诗的六义四始。……六义之说,也并不始于《毛诗序》,《周礼·春官》已云:"大师掌……教六诗:曰风,曰赋,曰比,曰兴,曰雅,曰颂。"虽然《周礼》不是"周公致太平之书",但决不会在《毛诗序》之后,"风""雅""颂"是诗的分类,"赋""比""兴"是诗的作法。"风""雅""颂"的区分是很古的;不过古代好像不止"风""雅""颂"三种,还有一种叫"南"的。所以《小雅·鼓钟》云:"以雅以南";孔子也尝说:"人而不为《周南·召南》,其犹正墙面而立与?"但到荀子时代似乎便已经将"南"忘掉了,已经将"南"附在"风"里了,所以他提到诗时,只说"风""雅""颂",没有说"南"。

"南"、"风"、"雅"、"颂"之先后次序,有没有意义在内,我们无从知道。释诗者总以为是有很大的道理吧?汉代有所谓"四始"之说,论理应当是"南"、"风"、"雅"、"颂"四诗的各类首篇。但是不然,他们已经不知道有"南"了,所以他们的"四始"没有"南",而分大小"雅"为二。由此知古代似乎亦有"四始"之说,以故汉代虽因忘了"南"而只剩了"风"、"雅"、"颂"三种,仍要凑成四种。《史记·孔子世家》云:"《关雎》之乱,以为'风'始,《鹿鸣》为《小雅》始,《文王》为《大雅》始,《清庙》为'颂'始。"《毛诗序》所谓"四始",大概也就是这样了。

《毛诗序》只解释"风"、"雅"、"颂",未解赋、比、兴。齐、鲁、韩有无解释不可考。郑玄注《周礼》云:"赋之言铺,直铺陈今之政教善恶;比见今之失,不敢斥言,取比类以言之;兴见今之类,嫌于媚谀,取善事以劝喻之。"又引郑司农云:"比者,比方于物也;兴者,托事于物。"这是否合《毛诗》的意思不可知,是否合齐、鲁、韩三家更不可知,可知者这是汉人的说法而已。依郑司农的说法,比是比方,兴是托事;依郑玄的说法,则比用于刺恶,兴用于劝善,二郑已经不同。

（罗根泽:《中国文学批评史》,上海:上海书店出版社2003年版）

三、诗无达诂说

提示:先秦时期普遍的用《诗》风尚,以及两汉经学研究,开创了中国解说《诗经》和其他经文的传统。在试图创立和维护经书的各种学派传统中,人们最关注两个问题:一是经文的正确传授,一是正确的注释。中国早期有关解释学方面的理论由此形成,其中最著名的就是"诗无达诂"说。

1. [汉]董仲舒《春秋繁露·精华》(选注)

《春秋》慎辞,谨于名伦等物(因伦之贵贱而名之,因物之大小而等之,故曰名伦等物)者也。是故小夷(平定)言伐而不得言战,大夷言战而不得言获,中国言获而不得言执,各有辞也。有小夷避大夷而不得言战,大夷避中国而不得言获,中国避天子而不得言执,名伦弗予,嫌于相臣之辞也。是故大小不逾等,贵贱如其伦,义之正也。

难晋事者曰:《春秋》之法,未逾年之君称子,盖人心之正(孝子心不忍当,故曰正)也。至里克杀奚齐,避此正辞而称君之子,何也？曰:所闻《诗》无达(亦通也,意思是普通、一般)诂(古也,古今异言,解之使人知也),《易》无达占,《春秋》无达辞,从变从义,而一以奉人(盖事若可贯,以义一其归;例所难拘,以变通其滞。两者兼存,而一以奉天为主)。仁人录其同姓之祸,固宜异操。晋,《春秋》之同姓也。骊姬一谋而三君(申生、奚齐、卓子)死之,天下之所共痛也。本其所为为之者,蔽于所欲得位而不见其难也。《春秋》疾其所蔽,故去其正辞,从言君之子而已。若谓奚齐曰:嘻嘻！为大国君之子,富贵足矣,何必以兄之位为欲居之,以至此乎云尔。录所痛之辞也。故痛之中有痛,无罪而受其死者,申生、奚齐、卓子是也。恶之中有恶者,已立之,已杀之,不得如他臣之弑君者,齐公子商人是也。故晋祸痛而齐祸重。《春秋》伤痛而敦重,是以夺晋子继位之辞与齐子成君之号,详见之也。

古之有言曰:不知来,视诸往。今《春秋》之为学也,道往而明来者也。然而,其辞体天之微,故难知也(天不言而四时行,圣人体天立言,而不能尽其意,所谓心之精微,口不能言,言之微眇,书不能文也。读《春秋》者,窥其微以验其著,庶几得仿佛耳)。弗能察,寂若无;能察之,无物不在。是故为《春秋》者,得一端而多连之,见一空而博贯之,则天下尽矣。

2. [清]劳孝舆《春秋诗话》卷一(节选)

风诗之变,多春秋间人之所作,而列国名卿皆作赋才也。然作者不名,述者不作,何欤？盖当时只有诗,无诗人。古人所作,今人可援为己诗;彼人之诗,此人可庚为自作。期于言志而止。人无定诗,诗无定指。以故可名不名,不作而作也。记曰:诗言志。在心为志,发言为诗。春秋之赋诗者具在,可以观志,可以观诗矣。

季文子如宋致女,复命。公享之,赋韩奕之五章。穆姜出于房,再拜曰:大夫勤辱,不忘先君,以及嗣君,施及未亡人,先君犹有望也。敢拜大夫之重勤,又赋绿衣之卒章而入。韩奕,取其事之切;绿衣,略其事而取其意。同时共赋,而各不同。古人不执泥如此,可为诗法。

穆叔如晋,晋侯享之。金奏肆夏之三,不拜。歌文王之三,又不拜,歌鹿鸣之三,拜。韩献子使行人问之曰:子以君命,辱于敝邑,先君之礼,藉之以乐,以辱吾子。吾子舍其大而重拜其细,何也?对曰:三夏,天子所以享元侯也,使臣弗敢与闻;文王,两君相见之乐也,臣不敢及。鹿鸣,君所以嘉寡君也,敢不拜嘉。四牡,君所以劳使臣也,敢不重拜。皇皇者华,君教使臣曰:必谘于周。臣闻之,访问于善为咨,咨亲为询,咨礼为度,咨事为诹,咨难为谋。臣获五善,敢不重拜。意本宁武,而属词婉至娓娓动人,不亢不谄,自是对大国之体,可见古人之善脱化处。至其训诂之精细,直是汉儒玉律金科。

3. 蒋凡《诗无达诂》(节选)

"诗无达诂"之"诗",原专指《诗》,此语最早见于董仲舒《春秋繁露·精华》:"所闻《诗》无达诂,《易》无达占,《春秋》无达辞。"刘向《说苑》称引时"达"作"通"。"通"与"达"都是明白、晓畅之意;"诂",以今言释古语,引申为解释或理解。所谓《诗》无达诂",原是用来作为解释周《诗》的一个方法或原则。董仲舒既然说是"所闻",这话的发明权当属前人,可能是指先秦时人而言。也就是说,"《诗》无达诂"理论观念的产生,由来已久。它首先是根据春秋以来各诸侯国之间,在政治、外交场合中赋《诗》言志时断章取义的情况而提出的理论。

为了自由表达意志,人们可以毫不顾及原诗题旨而加以断章取义地引用。这样的"人无定诗,诗无定指",是时代的产物,成为《诗》无达诂"说的重要根据。这一诗歌批评方法的运用,在汉代某些经生儒者手中,曾产生很大流弊,他们据以说诗,往往远离或根本违背原诗意旨,主观穿凿,随意附会,以合其"教化"理论的需要,结果把一篇古诗肢解、歪曲得面目全非。这就容易导致文学批评与美学欣赏的盲目性和随意性,从而破坏了正常的文学审美活动。

其实,董氏的"《诗》无达诂"说更可能是受到庄子"意……不可以言传"(《庄子·天道》)说法的无形影响。作者作品之意,其精微奥妙处常是语言文字所难以表达的,高明的作家因势利导,为作品留下了"空白点",让读者有发挥想象的回旋余地。因此,文学批评和欣赏应超越单纯训诂文字的领域,主要涉足于诗歌的意象和境界,并把它放到特定条件中去作灵活的理解。诗歌的艺术特点不同于一般的作品。董仲舒虽然没有继续就此作具体的理论发挥,但却一语中的地启发了后代有识之士,推动人们根据诗歌创作的艺术思维特点,教人不要只看到语言文字与事物之间有形的直接联系,更要看到它们之间无形的间接联系——即作者和读者在创作与欣赏是相互启迪的自由思维活动。

(《中国文学批评通史·先秦两汉卷》,上海:上海古籍出版社1996年版,第467—469页)

【拓展指南】

一、两汉文学批评重要研究资料简介

1. 章太炎:《国学讲演录》,上海:华东师范大学出版社1995年版。

简介:该书录有章太炎关于国学的主要方面的研究。其中的"经学略说"、"文学略说"都涉及两汉文学批评方面的内容,尤其是"经学略说"对经书的来源、汉代经学及其演变发展都有精到的解说,是学习研究两汉经学的重要参考资料。

2. 郭绍虞:《中国文学批评史》,上海:上海古籍出版社1979年版。

简介:该书是教育部确定的高校文科教材之一。作者从古籍中搜罗别抉,融会贯通,清晰地勾勒并概述了自纪元前至清代中叶中国文学批评的历史,是了解中国文学批评史的重要参考资料。

3. 罗根泽:《中国文学批评史》,上海:上海书店出版社2003年版。

简介:该书共四册。第一册是"周秦两汉文学批评史",其中列有专篇"两汉文学批评史"。该部分资料丰富,是学习两汉文学批评史的重要参考资料。

4. 蒋凡、杨明、邬国平:《中国文学批评通史·先秦两汉文学批评史》,上海:上海古籍出版社1996年版。

简介:该书第二编"两汉文学批评"详尽描述分析了两汉时期的文学批评,内容丰富,资料充实,是进一步学习两汉文学批评史的重要参考资料。

5. 郭绍虞主编:《中国历代文论选》,上海:上海古籍出版社1979、1981年版。

简介:有四卷本和一卷本,两种版本编写的指导思想是一致的,只有繁简详略的差别。该书上自先秦下至近代,比较系统而全面地遴选了历代主要的文学批评文本,是学习中国文学批评史的重要参考资料。

二、其他重要研究资料索引

(一)著作

1. 凌稚隆:《史记评林》,明万历五年刻本。
2. 凌稚隆:《汉书评林》,明万历九年凌稚隆刻本。
3. 唐晏:《两汉三国学案》,北京:中华书局1986年版。
4. 鲁迅:《汉文学史纲要》,北京:人民文学出版社1981年版。
5. 陈引池:《刘师培中古文学论集》,北京:中国社会科学出版社1997年版。
6. 刘若愚:《中国的文学理论》,田守亮、饶曙光译,成都:四川人民出版社1987年版。
7. 徐复观:《两汉思想史》,台北:学生书局1985年版。
8. 李道显:《王充文学批评及其影响》,台北:文史哲出版社1984年版。
9. 王晓华等编:《国外中国古典文论研究》,南京:江苏教育出版社1998年版。

10. 中国人民大学古代文论资料编选组:《中国古代文论研究论文集》,上海:上海古籍出版社1989年版。

(二) 论文

1. 钱锺书:《诗可以怨》,《七缀集》,北京:三联书店2001年版。
2. 郭绍虞:《论比兴》,《文学评论》1978年第4期。
3. 顾易生:《司马迁的李陵之祸与发愤著书说》,《复旦学报》1980年第2期。
4. 张文勋:《〈淮南鸿烈〉中的几个美学理论命题》,《思想战线》1986年第3期。
5. 党圣元:《中国古代文论的范畴和体系》,《文学评论》1997年第1期。
6. 罗宗强:《近百年中国古代文论之研究》,《文学评论》1997年第2期。
7. 刘文忠:《班固的文学思想与文学批评》,《历代著名文论家评传》上,郑州:中州古籍出版社1988年版。
8. 邱世友:《"温柔敦厚"辨》,《学术研究》1983年第5期。
9. 蒋凡:《班固的文学思想》,《复旦学报》1985年第2期。
10. 詹福瑞:《从汉代人对屈原的批评看汉代文学的自觉》,《文艺理论研究》2000年第5期。
11. 李建中:《王充文艺心理学思想初探》,《社会科学研究》1990年第2期。
12. 卢盛江:《礼与先秦两汉文学观念》,《天津师范大学学报》2007年第4期。
13. 张国庆:《论儒家诗教的思想性质》,《思想战线》1999年第5期。
14. 袁济喜:《两汉文学批评与心理体验》,《文学评论》2007年第2期。
15. 张利群:《论汉代作者批评中文人意识的强化》,《广西师范大学学报》2003年第2期。
16. 程世和:《先秦两汉士人"从周"、"崇汉"文学主题之演进及其意义》,《陕西师范大学学报》2006年第3期。
17. 许结:《论王逸楚辞学的时代新义》,《江汉论坛》1991年第3期。
18. 王毓红:《从批评客体的接受看先秦两汉时期的文学批评》,《宁夏社会科学》2005年第4期。
19. 冷卫国:《赋中论赋的汉代赋学批评的另一种形式》,《文学遗产》2008年第3期。
20. 毛宣国:《汉代〈诗经〉历史化解读的诗学意义》,《文学评论》2007年第3期。

第三章　魏晋南北朝文学批评

中国文学史的黄金时代在唐宋,而批评史的黄金时代则提前到来:中国文学批评史发展到魏晋南北朝即形成高潮,其标志性成果是刘勰的《文心雕龙》。此时期著名的文学批评家,刘勰之前有曹丕、曹植、陆机、挚虞等,与刘勰同时的有钟嵘、沈约、萧统、颜之推等。就传统文化与文学批评的关系而言,魏晋时期表现为玄学对文学批评的影响,南北朝时期表现为佛学对文学批评的影响,而在刘勰身上则表现为儒道释三家文化对文学批评的影响。

第一节　玄学兴盛与佛学东渐

从汉武帝"罢黜百家,独尊儒术"开始,儒学便由先秦诸子的百家"之一",逐渐演变为汉代文化哲学及意识形态之"唯一"。孔子的儒学是将具有神学特征的上古巫祝文化人学化,而以董仲舒为代表的汉代儒学的天人感应和君权神授则将先秦儒学重新神学化。用阴阳五行学说来表达儒家伦常政治,是一种充满神秘主义色彩的理论体系,到后来发展而为以制造宗教预言为能事的谶纬之学。时至东汉,古文经学家相继起来攻击董仲舒今文经学的天人感应、谶纬符命之学,从儒学内部酿成董仲舒之学的蹇剥命运。等到黄巾起义以及继之而起的天下大乱,大一统帝国摇摇欲坠,作为汉帝国之精神支撑的汉代儒学也是岌岌可危了。

东汉桓、灵二帝时期,宦官专权,先后制造两次"党锢之祸"。本来,儒家的忠君忧道是汉代士大夫安身立命的精神支柱,东汉党人的言行举止突出地表现出儒家人格的行义忧道、殉义殉道。比如范滂,对朝廷一片忠诚却并不为朝廷所理解,反遭党锢之祸,临刑前给儿子留下的遗训是"吾欲使汝为恶,则恶不可为;使汝为善,则我不为恶"(《后汉书·党锢列传》)。以生命为代价来实践儒家理想人格的东汉党人,却在临终时显露出"善恶不为"的道家人格倾向,可见儒家式微、庄学复兴、玄学诞生已是不可避免的了。

闻一多曾以诗人的激情描述庄学在魏晋的复兴:"像魔术似的,庄子突然占据了那个时代的身心,他们的生活、思想、文艺——整个文明的核心是庄子。他们说'三日不读《老》、《庄》,则舌本间强'。尤其是《庄子》,竟是清谈家的灵感的泉源。从此以后,中国人的文化上永远留着《庄子》的烙印。"①老庄道家的自然无为原则和抽象思辨风格,是汉魏晋之际思想家反对汉儒天人感应目的论和谶纬神学的思想武器,因而成为魏晋玄学的思想渊源。

身处乱世的魏晋士人,从老庄哲学中发现了新的精神世界和精神支撑。老庄哲学的最高概念既非天帝亦非鬼神,而是作为"天地之始"、"众妙之门"的"道"或"自然"。道家宇宙本体论以其对汉儒神学论的挑战而受到魏晋士人的重视。老庄的社会政治思想是顺其自然而清静无为,是否定儒家纲常伦理,这对于见惯了儒学"名教"之虚伪的魏晋士人来说,无疑具有极大的吸引力。庄子极度鄙视尘世间的沽名逐利、尔虞我诈,主张心斋、坐忘、游心于虚,在清静无为的精神世界作无待之游。道家的这种人生哲学,对于乱世魏晋人真可谓是久旱之泉、久寒之炭。汉魏之际,严重的社会动荡,造成时人的生死无常、得失骤变。时代的苦痛酿造出心灵的痛苦,人生与人心同受煎熬。心理焦虑需要消释,人格冲突需要化解,个体企盼着从社会与心灵的双重苦难中解脱出来,在玄学的形而上的空间重建逍遥之游。正是在这种思想文化背景下,老庄道家思想满足了魏晋文人士大夫的心理需求,满足了魏晋人重择生存方式、重铸才性范型的理论需求。

汉魏之际儒家经学向魏晋玄学的转化表现出以道释儒、儒道兼综的特征。三国时荆州学派王肃伪作之《孔子家语》,带有明显的儒道兼综的思想倾向。②《孔子家语》杜撰出孔子如何拜老子为师,西周社会如何用道家的原则治理天下等,表明王肃要用老庄之"道"重释孔子之"道"的理论愿望。当然,在王肃那里,儒学是本而道家是末,以道释儒最终是为了补充、证实并挽救儒学。到了正始年间,道家思想复兴,玄学思潮兴起,才将儒道之本末、主次关系颠倒过来,以道家思想为本而以儒家思想为末。正始玄学领袖王弼作《论语释疑》,直接用老庄道家的观念和方法重释儒家经典。王弼注孔子"老于道"一语,称"道者,无之称也,无不通也,无不由也。况之曰道,寂然无体,不可为象。是道不可体,故但志慕而已",这样一来,王弼将孔子的"道"释为"无"的代称,从而将儒学玄学化。由正始玄学所开创的这种以道

---

① 闻一多:《闻一多全集》,北京:三联书店1982年版,第279—280页。
② 许杭生等:《魏晋玄学史》,西安:陕西师范大学出版社1989年版,第22—27页。

释儒、儒道兼综的哲学风习,一直延续到东晋乃至南朝。

如上所述,魏晋玄学的发展大体上经历了从"道学复兴"到"儒道兼综"的阶段;而东晋以后,由于佛教的传播和兴盛,"儒道兼综"又发展为"三教合流"。学术界一般认为,佛教正式传入中国在后汉明帝永平年间。作为一种外来的宗教,佛教要想在中国生根开花结果,必须要与中国本土固有的思想文化结合起来,才能为人们所接受和信仰。所以佛教在汉代刚传入中国时,常常与中国传统的神仙方术思想相结合,宣扬无为无欲、精灵起灭,中国人也常常视佛如仙,视佛法如道术。在中国佛学史上,汉代佛教被称为"佛学方术化"时期;与此相衔接的,则是魏晋佛教的"佛学玄学化"时期。

佛学在魏晋时期的玄学化,其基本特征就是佛教徒在盛极一时的玄学思想影响下,用玄学思想来解释和宣扬佛教的般若空学,从而使得佛教大乘空宗的思想得到了极大的发展。魏晋玄学始于何、王,而何、王又继承和发展了老子的贵无哲学,认为世界的本体是"无",现象世界("有")只是本体世界("无")的外部表现。而这种崇无的哲学,正好与佛教的大乘般若空学所主张的"一切皆空"的空宗思想相类似,正如刘勰《文心雕龙·论说篇》在谈到玄学"贵无论"时所指出的:"动极神源,其般若之绝境乎!"玄智之"无"与般若之"空"的会通,是玄学与佛学之融合在理论形态上的重要表现。

从汉魏之际儒学式微、庄学复兴,到玄学三期以道释儒、儒道兼综,到东晋南朝玄佛双修、三教合流,魏晋南北朝文化的发展演变特征对这一时期的文学批评产生了巨大的影响。曹丕"文气说"专论作家个性气质而忽略儒家德性标准,陆机探讨为文之用心而主张"课虚无"、"叩寂寞",钟嵘品评五言诗重"直寻"、重"滋味",尤其是刘勰分别以道、儒、释作文学的本体论、方法论和系统论之阐述,均可视为玄学兴盛、三教合流之文化特征在文学批评上的具体体现。

第二节 魏晋南北朝文学批评的突出成就

魏晋南北朝文学批评的理论成熟,具体表现在创作理论的革新、鉴赏理论的完备和作家理论的深入三个方面。

一、创作理论的革新

与汉代文学相比,魏晋南北朝的文学创作不再以取悦皇帝或巩固皇权为旨归,而以个体的精神追求与情感愉悦为目的;不再看重政教伦理性之"言志",而看重感性生命以及个性化之"缘情"。文学创作的新面貌新主题,直接酿成文学批评的新观念新思想,其中缘情说、心物交融说和动静相济说均表现了那个时代所特有的新意。

"诗言志"是中国文学批评所固有的传统,而汉代儒家将"志"伦理道德化,将文学视为美刺讽谕的工具。时至儒学式微的魏晋,"'缘情'的五言诗发展了,'言志'以外迫切地需要一个新目标。于是陆机《文赋》第一次铸成'诗缘情而绮靡'这个新语"①。"诗缘情"确立了创作主体之情感在创作中的重要地位,开启了中国古代文论"重情"的传统。与先秦"言志说"相比较,魏晋南北朝的"缘情说"有三大新意:一是既强调外物对主体情感的感召或摇动,又强调主体情感在整个创作过程中的主导作用;二是强调"摇荡性情"之"物",不仅指"春风春鸟,秋月秋蝉"之类的自然世界,同时也指"塞客衣单,孀闺泪尽"之类的社会现象;三是强调悲哀之情在创作发生中的重要意义。

关于创作过程中的心物关系,魏晋之前主要有三派:《乐记》的物感说,《庄子》的心造说,《荀子》的精合感应说。魏晋南北朝文学批评讨论心物关系,既注重"心"在感"物"之中的主导作用,又看到"物"对"心"的制约、决定作用,形成独具特色的心物交融说。一方面,作家将一己之情主动赠与自然外物,使物"与心而徘徊",使"物以情观"、"辞与情发";另一方面,被作家所观照之物又来回答情的馈赠,使心"随物而宛转",使"情以物迁"、"神与物游"。通过这种心物之间的赠答或交融,最终达到"情理同致"的境界,写出"情貌无遗"的作品。② 心物交融说将各执一端的"物感"与"心造"辩证地融合为一体,从总体上描绘出创作过程中心物交感的特征,经中国文学批评的创作理论注入了新的思想。

创作过程的基本特征是"故哀乐之心感,而歌咏之声发"(《汉书·艺文志》),主体之心由"感"到"发"当然是以"动"为主,这可以说是中国古代创作论的一般规律,而这个"一般规律"在魏晋南北朝时期却表现出它的特殊性。汉魏之交庄学复兴,正始年间玄学兴盛,东晋以降玄佛合流。庄学以"虚静"、"淡泊"为本,玄学讲"玄对"、"玄览",佛教则主"清空"、"寂寞"。大体而言,道、玄、佛都是以"静"为主要特征。在这种文化和哲学思想的影

---

① 朱自清:《朱自清古典文学论文集》上册,上海:上海古籍出版社1981年版,第223页。
② 以上引文均出自《文心雕龙》。

响之下,魏晋南北朝文学批评的创作论具有一种"动静相济"的内涵。陆机《文赋》论创作灵感(应感之会),既讲"天机骏利"之动,也讲"六情底滞"之静;刘勰《文心雕龙·神思篇》主张"陶钧文思,贵在虚静","寂然凝虑,思接千载",前者是动前之静,后者是动中之静;宗炳《画山水序》提出"澄怀味象",则是主张以静养动,以静促动。

二、鉴赏理论的完备

魏晋南北朝的鉴赏论受玄学清议(即人物品评)影响,将品人与品文融为一体。这一时期,不仅出现了中国文学批评史上第一篇鉴赏论专篇(刘勰《文心雕龙·知音篇》)和第一部诗歌品评的专著(钟嵘《诗品》),还出现了各种艺术种类的识鉴与品藻(如谢赫《古画品录》、姚最《续画品》、庾肩吾《书品》等)。与先秦两汉相比,魏晋南北朝文学批评的鉴赏理论具有了完备的体系。这一体系可以分为两大块:鉴赏才性论与鉴赏方法论。

创作需要才性,鉴赏也需要才性,《文心雕龙·知音篇》论鉴赏者的才能,提出"圆照之象,务先博观"和"将阅文情,先标六观",前者指鉴赏者要有丰富的鉴赏经历和公允、通脱的鉴赏眼光,后者指鉴赏者对文学作品从内容到形式的深识鉴奥。关于鉴赏者的性情,魏晋南北朝文论家多从否定的方面言及,如曹丕《典论·论文》指责的"文人相轻"、"崇己抑人",葛洪《抱朴子·钧世》论及的"贵古贱今"、"贵远贱近",以及《文心雕龙·知音篇》所批评的"信伪迷真"、"深废浅售"等。魏晋南北朝文论家常用的鉴赏品评方法是"味诗法"和"意象法"。钟嵘《诗品序》称五言诗"是众作之有滋味者也",作诗者,诗要作得有味;赏诗者,则要会心味诗,体悟诗之味,意会诗之妙,所谓"味之者无极,闻之者动心",在味诗之中获得极大的心理快感与审美愉悦。味诗的过程及其结果需要用文字来表达,而钟嵘《诗品》对诗人及其作品的评价,对一己之鉴赏心得的传达,用的大多不是概念化语言,而是意象性描述:将鉴赏者之"意"蕴于生动、具体的形象之中,使意与象会、心与物谐,以意象来记录味诗的结果。

三、作家理论的深入

魏晋南北朝时期,出现了中国文学批评史上第一部作家论专篇(曹丕《典论·论文》)和系统的作家论专章(刘勰《文心雕龙》的《程器篇》和《才略篇》)。这一时期的文学批评家,以"才性四本"为中心,提出了不少有新意有创见的理论观点,从而使得作家论走向深入。

此时期作家理论的深入表现在两个方面。一是开始认识到文学创作需要特殊的才能,非常看重并系统研究这种才能。有人请曹植润饰文章,植曰"仆自以为才不过若人,辞不为也"(《与杨德祖书》);《世说新语·文学篇》称"殷仲文天才宏赡";《颜氏家训·文章篇》认为创作需要特殊的"才思","必乏天才,勿强操笔";钟嵘选入《诗品》的122位诗人都是有才的,所谓"预此宗流者,便称才子",并讽称那些政论型、应用型文体的作者是"虽谢天才,且表学问";《文心雕龙》除了作家论专章之外,还有"神思"、"熔裁"、"夸饰"、"练字"、"养气"等篇章,着重讨论创作才能的意义、特征及其培养方法。二是强调作家才性的差异性。刘劭《人物志》将才能和性格各分为十二种类型;葛洪《抱朴子·辞义》称"才有清浊,思有修短,虽并属文,参差万品";钟嵘品诗,所依据的也是诗人才性的差异;刘勰更是从作家的个性、才能与创作风格的关系,社会、时代和地域环境对创作的影响等不同角度,系统讨论了作家才性的差异性,得出"才性异区"、"各师成心,其异如面"(《文心雕龙·体性》)的结论。

第三节 曹丕《典论·论文》和陆机《文赋》

一、曹丕《典论·论文》

曹丕(187—266),字子桓,曹操次子,沛国谯(今安徽亳具)人。三国时创立魏国,史称魏文帝。有后人所辑的《魏文帝集》。《典论》一书,乃曹丕所精心结撰,全书已佚,清严可均辑其佚文入《全三国文》卷八,《论文》便是佚文中的一篇。据《文选》附蔡邕《典引注》:"典者,常也,法也。"《典论》,按作者原意即是讨论各种文体的法则,但《论文》这一篇既讨论文体,也评论作家,既阐发文气、才性之论,也高扬文学的文化价值和社会作用,是中国文学批评史上现存的第一篇文学理论专论。当然,曹丕之前亦有专篇的文学论文,如《诗大序》、班固《离骚序》和《两都赋序》、王逸《楚辞章句序》等。但这些文章所论述的对象,或者是一部(篇)作品,或者是一种文体,或者是一位作家,而《典论·论文》则讨论多种文体和评论多位作家,并以"才性—文气"为中心,涉及一些重要的文学批评问题。

才性论是魏晋玄学清谈的主要话题之一,魏晋才性论的重才能轻德性和标举创作个性,表现出那个时代的精神特质。曹丕《典论·论文》名曰论"文",实为论"文人(作家)"。而曹丕之论作家受魏晋玄学的影响,表现出忽略儒家礼教而推崇创作个性及才能的理论倾向,在中国文学批评史上第一次将才性之"性"阐释为气质、个性,并深入探讨了作家气质、个性与文学文体及风格的关系。

汉魏之际,文学繁荣,不仅文学种类、文学作品的数量增多,而且那些有名有姓的作品,能有声有色地展示出创作主体不同的个性气质。同为诗人,王粲与刘桢各异;同作章表书记,陈琳与阮瑀有别;甚至父子诗风不同(如曹操与曹丕、曹植)、兄弟文气相殊(如曹丕与曹植)。文学创作的彬彬之盛,文学风格的其异如面,既为这一时期文学批评的发展提供了丰富的思想资料及例证,同时也对这一时期的文学批评的研究提出了更高的理论要求:不再是品评某一位作家或某一种文体,而是要铨衡群彦,品藻诸家,析才性之精微,探文气之奥秘——曹丕的《典论·论文》便担当起了这一历史重任。

《典论·论文》从针砭"文人相轻"、推崇"审己度人"入手,借助对建安七子创作风格及个性的分析,提出了"文以气为主"的文气说、"文本同而末异"的文体论、"文章经国之大业"的文章论和反对"文人相轻"的作家论。

(一) 文气说

以"气"论文和文人(作家),是曹丕《典论·论文》最为突出的理论贡献。汉魏之际,人物品藻之风盛行,而"气"是品人用语中最常见的词之一,如称道人物纯正美好的品质和智慧才能,有"纯和之气"、"淑灵之气"、"玄妙之气"、"清明之气"、"休懿之气"等,称道人物坚定果敢的品质和性格特征,则有"忠烈之气"、"刚强之气"、"沉勇之气"、"猛气"等[1],可见当时用于人物品藻的"气",其含义是很宽泛的,它包括了人的道德品质、个性气质、才能智慧等各个方面。除此之外,汉魏之际还用"气"来形容音乐与言辞。在这种文化背景下,曹丕以"气"论文和文人,以"文气"说表述作家气质个性与文章风格体貌的关系。

曹丕"文气"说的要义有三。一是曹丕所言之"气",是指表现在文学作品中的作家的自然禀赋、个性气质,属于生理和心理范畴,全然没有伦理道德色彩,完全不同于孟子所倡言的"吾养吾浩然之气"。二是曹丕将"文气"大致上分为"清"与"浊"两大类,清为阳刚之气,浊为阴柔之气。人禀阴阳二气而生,表现在文学作品之中,则有文气的或清或浊之别,如曹丕在《典论·论文》和《与吴质书》中所谈到的"逸气"与"齐气"。曹丕的文气二分

---

[1] 王运熙、顾易生:《中国文学批评通史·魏晋南北朝卷》,上海:上海古籍出版社1996年版,第26—27页。

法,实际上开后世以阳刚之美、阴柔之美论文学风格的先河。三是曹丕论为文之气,尤其强调创作个性的独特性及不可改变性,他认为文气的不同是因人的天赋禀性不同,因而无法以人力来改变,亦无法以人为的方式来授受。曹丕的这一观点,强调作家的独特个性对于作品风格的决定性意义,表现出魏晋时期"人的自觉"及"文的独立"的时代精神。

(二) 文体论

《典论·论文》有"文本同而末异"之句,这里的"本"与"末",分别就文学的本质特征与文体特征而言,属于文体论。无论哪一种文体,都是用语言文字来表达思想情感,其"本"相同;而不同的文体,在表现形态、语言形式、体貌风格等方面各有不同,其"末"相异。先秦两汉的儒家文论,一向以"德"为本,以"文"为末。而曹丕论文章之"本末",已经没有多少儒学内涵,更多地是表现出玄学思辨和文学自觉的时代精神。

曹丕将文体分为四科八种,大体上说,奏议书论属无韵之笔,铭诔诗赋属有韵之文;"末异"中的四类,"雅"和"丽"偏重于语言形式,"实"和"理"偏重于思想内容,而作为对不同文体的界定,这四类都属于风格体貌。可见曹丕的"文本同而末异",讨论的是文体与风格的关系。奏议之类的公文,经常用于朝廷和军国大事,其言语风格应该典雅。子书和论文的写作,谈玄原道,辨名析理,应当以理为主,不应仅以言辞求胜,否则就会枝蔓诡异。碑诔之作历来有溢美失实、徒事华辞之习,曹丕反对谀墓之风,主张铭诔之作应朴实无华。诗歌和辞赋属纯文学,其语言形式当与前面几种应用型文体有别,曹丕用"丽"来概述诗赋的风格特征,较为准确地标示出文学与非文学在语言风格上的区别,表明他对文学作品的审美特征已有了初步的认识。后来陆机《文赋》提出"诗缘情而绮靡,赋体物而浏亮",萧统《文选序》将"综缉辞采"、"错比文华"视为选文之标准,从中都可以看到曹丕"诗赋欲丽"的影响。

(三) 文章论

曹丕《典论·论文》将文章的价值和作用概括为两句话:"经国之大业,不朽之盛事。"看他的第一句,似乎与儒家文学观没有多大区别。其实不然。儒家讲三不朽,"立言"次于"立德"、"立功"而居于最末,而且"立言"是为"立德"、"立功"服务的,文学只是政治教化之工具。从《典论·论文》的上下文来看,曹丕对文章价值及作用的体认,最后落脚到成就个体生命及声名之不朽,落脚到个体人格的完善与美好。作为个体的"人",其生命的价值不是追逐富贵逸乐,而是"寄身于翰墨,见意于篇籍";其人格及声名的不朽"不假良史之辞,不托飞驰之势",而是要藉愤而著书,藉"文章之无穷"。

与正统儒家文论相比,曹丕的文学价值论有两点独特之处。一是将文学不朽的价值落实到个体的人格与生命,表现出那个时代的文人士大夫欲借文章以垂世不朽的强烈愿望。曹丕自己有很高的政治地位,却依然看重自己的文章和文才,不仅说明他对文学的高度重视,而且说明他的价值观与正统儒家的价值观已有很大的区别。二是曹丕所极力推崇的文章之中,包括了为汉儒所轻视的辞赋、诗歌。汉魏之际的五言诗和抒情小赋,或发抒作者胸中的慷慨磊落之气,或咏诵个体之感性生命及男女私情,并无汉儒所念兹在兹的美刺讽谕、礼义教化。将这一类的"文章"也包括在"不朽之盛事"中,足见曹丕的文学价值观已经摆脱了儒家思想的束缚,代表了那个时代的新精神新风貌,所以鲁迅先生要说"用近代的文学眼光看来,曹丕的一个时代可以说是'文学的自觉时代'"[①]。

(四) 作家论

前面谈到"文气说"其实也是文学批评中的作家论。曹丕的作家论,除了讨论作家的文气与才性之外,还讨论了作家评论中几种常见的弊端:文人相轻、贵古贱近和贵远贱近。他认为,一方面,不同的作家,有不同的气质个性,在作品中又表现为不同的体貌风格;另一方面,不同的作家,偏爱或擅长不同的文体,只有极少数的"通才"才能"备其体"。本来,文学创作中作家们各禀其性、各擅其体是很正常的;但在文学批评中作家们却常常"各以所长,相轻所短","暗于自见,谓己为贤"。曹丕《典论·论文》反复针砭这种"文人相轻"的弊端,主张"君子审己以度人"。而曹丕所批评的"贵远贱近,向声背实"也是另一种形式的文人相轻,其中还包含了复古守旧的思想。后来葛洪发扬曹丕的这一观点,在《抱朴子》的《钧世》、《尚博》等篇中,对"贵远贱近"作了更深入的批评。

作家品藻及文学批评中的文人相轻与贵远贱近,也是汉魏之际人物品评中常见的弊端。与曹丕同时代的刘劭,在《人物志·接识》中指出,大多数人的才性各有偏至,他们对于才性与自己相近者的优点尚能认识,而对于才性与自己相异者的优点则会视而不见,于是相互非难辩驳,不肯承认对方

[①] 鲁迅:《魏晋风度及文章与药及酒之关系》,见《鲁迅全集》第3卷,北京:人民文学出版社1981年版,第504页。

的长处。《人物志·七缪》还指出,一般人鉴察人物之所以常有失误,还因为他们"信耳而不敢信目",人云亦云,人否亦否。显然,曹丕对"文人相轻"、"贵远贱近"的批评,与刘劭《人物志》的一些观点是相通的,其思想特色是儒学内蕴极淡而玄学味道渐浓,从文学理论的特定角度反映出由两汉经学向魏晋玄学转型的文化特征。

二、陆机《文赋》

陆机(261—303),字士衡,吴郡吴县(今江苏苏州)人。西晋著名文学家,与潘岳并喻为"陆海潘江",钟嵘《诗品》称其为"太康之英"。陆机出身东吴名门,祖父陆逊为东吴丞相,父亲陆抗为东吴大司马,伯父陆绩则是汉末著名经学大师。吴亡后,与弟陆云闭门勤学十年,于晋武帝太康末年入洛,曾官太傅祭酒、太子洗马、尚书中兵郎、著作郎、中书郎、平原内史等职。太安二年(303)奉成都王司马颖之命征讨长沙王司马乂,兵败被谗,与弟及二子同为颖所杀。有《陆平原集》(一名《陆士衡集》)。其文学思想主要表现于《文赋》一文之中。

《文赋》的主要内容,是谈如何创作文章的问题。陆机在《文赋》的序言中指出,写作之难主要在于"意不称物,文不逮意",他写《文赋》就是要通过总结前人的创作经验,探寻文章写作的规律,以解决这个问题。陆机在《文赋》中比较详细地描述了创作构思的过程,仔细分析了文章的利病得失,并指出了写作中应注意的一系列问题。在陆机之前,还没有一篇文章如此详尽地讨论创作规律。因此,在中国文学批评史上,《文赋》常被视为是第一篇比较完整、深入论述创作的文章,对后世文学批评有着深远影响,刘勰作《文心雕龙》便深受《文赋》启发,许多观点都承自于《文赋》,故清代章学诚说:"刘勰氏出,本陆机氏说而昌论文心。"(《文史通义·文德》)

(一)论创作心理

关于创作心理问题的讨论,是陆机《文赋》最为突出的理论贡献。《文赋》的创作心理理论主要包括三个方面。

首先是创作发生理论。《文赋》指出,作家创作冲动的发生来自两方面因素:其一是"玄览中区",即由自然景物、四时迁移触发作者情感而引起创作冲动;其二是"颐情典坟",即由阅读前人作品引发作者感慨而产生创作冲动。感物而动情,情动而文生,本是文艺创作之起点,前人对此早有论述。如《乐记·乐本》云:"凡音之起,由人心生也。人心之动,物使之然也。"东汉王延寿《鲁灵光殿赋并序》云:"诗人之兴,感物而作。"不过,前人论感物多强调社会景物,陆机所论与前人不同之处在于更侧重于自然景物。此外,将前人作品作为创作冲动来源之一,也是陆机提出的一个新观点。

其次是创作构思理论。陆机在《文赋》中为我们详细描述了作家构思活动的过程及其思维特点。《文赋》描述的构思过程,包括了展开想象活动、形成艺术形象和运用语言传达三个阶段。当作家准备进入构思活动时,需要"收视反听,耽思傍讯",集中精神,心境清明。构思活动一展开,便进入丰富的艺术想象活动之中,想象的范围超越时空限制,可"精骛八极,心游万仞",而作家的艺术想象活动又始终伴随着强烈的情感。"情曈昽而弥鲜,物昭晰而互进",主体情感与客观物象在想象活动中不断交融,艺术形象也逐渐构成。艺术形象形成之后,就需要用语言将其传达出来;而用语言将构思活动中的艺术形象传达出来并非易事,要想找到恰当的传达辞语,就须广泛求索,"倾群言之沥液,漱六艺之芳润"。只有这样,创作出来的文章才能做到"谢朝华于已披,启夕秀于未振",具有独特之个性。

最后是创作灵感理论。陆机注意到,作家在创作过程中的思维活动有时阻滞,有时流畅,而文思通塞之关键则在于灵感之有无。当灵感涌现时,则"思风发于胸臆,言泉流于唇齿。纷葳蕤以馺遝,唯毫素之所拟。文徽徽以溢目,音泠泠而盈耳";而当灵感未发时,则"六情底滞,志往神留,兀若枯木,豁若涸流。揽营魂以探赜,顿精爽而自求。理翳翳而愈伏,思轧轧其若抽"。可见,灵感在创作中起着至关重要的作用。不过,陆机也认识到,灵感的有无并非作家自身所能控制,所以他说:"应感之会,通塞之纪,来不可遏,去不可止。藏若景灭,行犹响起。"正因为如此,陆机将灵感视为"天机",作家若欲得之,只能顺其自然。

陆机对创作心理特征的论述,是前人未曾涉及的理论领域,对后世有着重要影响。《文心雕龙·神思》便明显受到陆机观点的影响。

(二) 论文体风格

在《文赋》之前,曹丕的《典论·论文》曾将八种文体分为四科,并分别概括了它们的风格特征。陆机在此基础上,对文体风格作了更为详尽的阐述。

陆机在《文赋》中列举了诗、赋、碑、诔、铭、箴、颂、论、奏、说十类文体,并对每一种文体的风格特征作了具体概括。其中最值得注意的是他对诗歌文体风格的概括。陆机说:"诗缘情而绮靡。""诗缘情"的意思是说诗歌是因情感触发而作。"绮靡"则指美好之意,既包含诗歌形式的美学,也包含诗歌内容的美好,即总体风貌上给人美好的感觉。《文赋》"诗缘情"的主张与《诗大序》中提出的"吟咏情性"观点实际上是一脉相承的。不过,《诗大序》虽然揭示了诗歌抒发情志的特征,但又强调须"止乎礼义",因此诗歌的抒情往往只被作为一种手段,其目的是要美刺,是要为政教服务。陆机在《文赋》中只讲缘情而不谈礼义,使诗歌的抒情不再受儒家政教目的的束缚,而回归情感本身,其观点确有"开一代风气的重大意义"[1]。

陆机对赋文体风格的概括也值得关注,因为它和诗代表了当时最主要的纯文学文体,而陆机所论也颇有新意。"赋体物而浏亮"是指赋以描写具体物象为主要特征,其风格以浏亮为主。文学作品本有表现情感和描绘外物两大功能,陆机对诗和赋的文体风格的区分是就其主要功能而言,其实诗也有"体物"的功能,赋也有"缘情"的功能,只不过诗歌的抒情性更为突出,赋的体物性更为明显罢了。

对于文体风格的多样性差异,陆机认为与文学作品描写对象本身的复杂性有关。《文赋》云:"体有万殊,物无一量,纷纭挥霍,形难为状。"万物纷纭繁复,形状各异,因此用文学来描写它们自然也不可一成不变,故"其为物也多姿,其为体也屡迁",由此造成不同文体的风格差异。当然,一部文学作品的风格不仅仅与文体有关,《文赋》中还提到作者个性和审美爱好的不同也会造成作品风格的多样性。

(三) 论审美标准

《文赋》既然是一篇探讨如何写作的文章,自然会提出自己的审美标准。如何才算是一篇好的文章呢?陆机认为应达到应、和、悲、雅、艳五个标准。

所谓"应",就是要求文学作品从内容到形式都要丰富多彩,交相呼应,使文章有丰赡之美,而应避免"偏弦独张",文小事寡。所谓"和",是指文学作品不仅要有丰富的内容,同时还要注意将它们和谐搭配,否则便会"混妍蚩而成体,累良质而为瑕"。所谓"悲",就是要求文学作品充分体现鲜明动人的真实情感,而不应"言寡情而鲜爱,辞浮漂而不归"。所谓"雅",是要求文学作品应有高雅的情趣,而不应"或奔放以谐合,务嘈囋而妖冶"。所谓"艳",是要求文学作品的文采应艳丽,这与提倡诗歌须"绮靡"的观点是完全一致的。陆机在提出五个审美标准的同时,还对不符标准的创作方式提出了批评。如"托言于短韵"、"寄辞于瘁音"、"遗理以存异"、"奔放以谐

---

[1] 张少康、刘三富:《中国文学理论批评发展史》上册,北京:北京大学出版社1995年版,第190页。

合"、"清虚以婉约"等,它们或"清唱而靡应",或"虽应而不和",或"虽和而不悲",或"虽悲而不雅",或"既雅而不艳"。

除上述五个审美标准外,陆机在艺术技巧方面还提出过几个重要原则,从中也可以看出他对文章审美标准的其他一些看法。他说:"其会意也尚巧,其遣言也贵妍。暨音声之迭代,若五色之相宣。"陆机在此指出:文章构思应该巧妙,遣词造句应该妍丽,声韵配合应该和谐。这三方面是魏晋南北朝时期文学创作非常重视的问题,特别是陆机首次明确提出对文辞声韵之美的要求,对后来文学声韵理论的进一步发展起到重要的促进作用。

第四节 刘勰《文心雕龙》和钟嵘《诗品》

《文心雕龙》和《诗品》是魏晋南北朝时期最为重要的两部文学批评著作,代表了这一时期文论与诗论的主要成就。正如清章学诚所云:"《诗品》之于论诗,视《文心雕龙》之于论文,皆专门名家,勒为成书之初祖也。《文心》体大而虑周,《诗品》思深而意远,盖《文心》笼罩群言,而《诗品》深从六艺溯流别也。"(《文史通义·诗话》)

一、刘勰《文心雕龙》

刘勰(469—521),字彦和,东莞莒县(今山东莒县)人,西晋末年永嘉之乱时其祖先由北方迁至江南,世居京口(今江苏镇江)。刘勰早年丧父,家贫未娶,奋发好学,博通经史。二十余岁时入定林寺(在今南京紫金山)依沙门僧祐,帮助其整理佛经,凡十余年之久,《文心雕龙》正是在这段时间创作出来的。梁初开始步入仕途,先后任临川王萧宏记室、车骑仓曹参军、太末令、步兵校尉兼东宫通事舍人等职,深受昭明太子萧统敬重。后受梁武帝之命,再入定林寺编定佛经,完稿后即削发为僧,法名慧地。出家后不到一年便去世了。除《文心雕龙》外,其著作今尚存《灭惑论》、《梁建安王造石城寺石像碑》两文。

刘勰所处的时代,正是儒道释思想并立与融合的时代,他的思想深受三者的影响。刘勰在《文心雕龙》中便明确指出他是以儒家思想为指导来论文的,而在书中不少地方,我们又可以看到玄学、佛学影响的痕迹。如《论说》篇中便有赞美何晏、王弼等人的玄学文章,称为"师心独见,锋颖精密"。特别是《文心雕龙》向以"体大而虑周"闻名于后世,现代学者一般认为,《文心雕龙》全书完整的体系、严密的论证当是受到佛教经论启发所得①。刘勰曾长期从事佛经整理工作,有着很高的佛学修养,史载其"为文长于佛理,京师寺塔及名僧碑志,必请勰制文"(《梁书·刘勰传》)。因此,《文心雕龙》的结构体系和论证方式受到佛教影响是完全可能的。

尤其值得称道的是,刘勰在《文心雕龙》中自觉地建构起了一套相当完整的理论体系。对这一体系结构,刘勰自己在《序志》篇中有详细介绍。他对全书的结构有着周密安排,各部分都有较强的逻辑性,且内容彼此互相呼应配合,基本思想在各部分中都表现得非常明确。像刘勰这样自觉建立起如此严谨的逻辑理论架构,在中国文学批评史上是比较罕见的。

(一)《文心雕龙》的理论体系

刘勰创作《文心雕龙》的目的,是为了指导文章的写作。从这一目的出发,刘勰对全书结构的安排,除作为序言的《序志》篇外,分为"文之枢纽"、"论文叙笔"和"剖情析采"三部分。

1. 文之枢纽

刘勰在《序志》中说:"盖《文心》之作也,本乎道,师乎圣,体乎经,酌乎纬,变乎骚;文之枢纽,亦云极矣。"所谓"文之枢纽",是指导文章写作的总原则。刘勰将这一原则表现于《原道》、《征圣》、《宗经》、《正纬》、《辨骚》起始五篇之中。这五篇又可以分为两个层次,前三篇为第一层次,后两篇为第二层次。在第一层中刘勰提出了写作的根本标准是什么,在第二层中刘勰则进一步提出了写作发展的基本方向。

刘勰在《原道》篇中首先指出,道是文章的本源,文章的根本内容就是对道的表现,而其表现形式则是文。道表现于天地万物之中,而天地万物又表现出不同的文,天有天文,人有人文,万物之文为人心所感发转而为语言文章,正所谓"心生而言立,言立而文明",刘勰认为这是"自然之道",即自然而然形成的,都是对道的表现。其次刘勰进一步指出了道、圣、文三者的关系,即"道沿圣以垂文,圣因文以明道",说明圣人之文章乃体道心、通神理之文章,并以之来立教化。在《征圣》和《宗经》篇中刘勰指出,正因为圣人体道制文,因此"征之周孔,则文有师矣"(《征圣》);而圣人体道之文集

---

① 如郭绍虞《中国文学批评史》论《文心雕龙》持论之缜密的原因,认为这与刘勰"深受佛学影响"有关。朱东润《中国文学批评史大纲》也认为"勰究心佛典,故长于持论"。张少康《中国文学理论批评发展史》也认为"论述方法和全书严密的逻辑体系方面则又表现了佛学思想的明显影响"。

中表现在《六经》之中，因此师《六经》即师圣人矣。也就是说，文章写作当以《六经》为标准。那么，《六经》为后世文章树立了怎样的标准呢？刘勰指出，一方面《六经》为文章的思想和艺术树立了标准，他将之归纳为"六义"："一则情深而不诡，二则风清而不杂，三则事信而不诞，四则义直而不回，五则体约而不芜，六则文丽而不淫。"（《宗经》）另一方面《六经》也是后世各种文体的渊源，它为后世各体文章树立了风格标准："故论说辞序，则《易》统其首；诏策章奏，则《书》发其源；赋颂歌颂，则《诗》立其本；铭诔箴祝，则《礼》总其端；纪传盟檄，则《春秋》为根：并穷高以树表，极远以启疆，所以百家腾跃，终入环内者也。"（《宗经》）在这一层里，刘勰阐明了文章的起源和写作的标准等根本问题。

在第二层中刘勰指出，深为南朝文人重视的纬书，虽然内容荒诞，不同于《六经》雅正传统，但对文章写作却是有帮助的，因为其"事丰奇伟，辞富膏腴"（《正纬》），故题材文辞均有可取。刘勰借对纬书的评价提出了一个问题：从文章创作的实际来看是"时运交移，质文代变"（《时序》），"奇"、"华"的成分是在不断增加，这必然与《六经》之雅正标准产生矛盾，那么，如何处理"奇"与"正"之间的关系呢？在《辨骚》篇中，刘勰通过对《楚辞》的分析评价，指明了写作发展的基本方向。他指出，《楚辞》是对《六经》文风的一次发展，它虽"异乎经典"，但却能"取镕经旨，自铸伟辞"，是一次创造性的发展，因此能和儒家经典一样成为后世写作取法的对象。正如《定势》篇所说："模经为式者，自入典雅之懿；效骚命篇者，必归艳逸之华。"刘勰将这一发展方向归纳为"酌奇而不失其贞，玩华而不坠其实"，其基本原则就是"执正驭奇"。这是贯穿《文心雕龙》全书的一个基本原则。

2. 论文叙笔

刘勰在《序志》中云："若乃论文叙笔，则囿别区分，原始以表末，释名以章义，选文以定篇，敷理以举统；上篇以上，纲领明矣。"在这一部分刘勰论述的是不同文体的写作问题，包括《明诗》至《书记》共二十篇，共涉及三十三种文体。所谓"论文叙笔"，明确指出刘勰论文体是以"文"、"笔"进行分类的，其中前十篇论有韵之文，包括诗、乐府、赋、铭、诔等；后十篇论无韵之笔，包括史传、诸子、论说等。

刘勰论文体具有自觉的方法论意识，他将自己的方法概括为"原始以表末，释名以章义，选文以定篇，敷理以举统"四项，也就是叙述文体源流、解释名称性质、评述代表作品、归纳创作要求四方面，其"论文叙笔"二十篇基本都贯穿了这一论述方法。这四项以"敷理以举统"最为关键，前三个方面的论述都是为它服务的,都是为了最终归纳总结出各种文体的创作要求,以达到指导写作的根本目的。如《明诗》篇最后总结四言诗和五言诗的写作要求时云:"若夫四言正体,则雅润为本;五言流调,则清丽居宗。华实异用,惟才所安。"这被刘勰称为"纲领之要"。因此,刘勰认为上述四项若都已阐明,则文章写作"纲领明矣"。不过,从刘勰所论三十三种文体来看,不仅包括《文选》不收的经、史、子等专门著作,还包括了谱籍簿录、方术占式、律令法制、符契券疏、关刺解谍、状列辞谚等,大大超出了曹丕、陆机、挚虞等人所论范围,显然刘勰心目中的文学范围是很广泛的。

3. 剖情析采

刘勰在《序志》中云:"至于剖情析采,笼圈条贯,摛神性,图风势,苞会通,阅声字,崇替于《时序》,褒贬于《才略》,怊怅于《知音》,耿介于《程器》,长怀《序志》,以驭群篇:下篇以下,毛目显矣。"刘勰指出,《文心雕龙》上二十五篇是论"纲领",而下二十四篇则将论"毛目",也就是要论述文章从"情"到"采"的各种具体写作方法。刘勰在这一部分广泛讨论了创作中的各种具体问题,包括构思与布局、用辞与练字、风格与体裁、鉴赏与批评、文章与才性、文学与时代等等。从今天的理论视角来看,大致可以归为创作论与批评论两大块。这是《文心雕龙》中最具理论价值的一部分,我们将在下面作详细介绍。

(二)《文心雕龙》的创作批评论

《文心雕龙》的"剖情析采"部分包含《神思》至《程器》共二十四篇。一般来说,从《神思》到《总术》十九篇可归为创作论范围,从《时序》到《程器》五篇可归为批评论范围。

1. 创作论

在"论文叙笔"部分刘勰曾归纳过各种文体的写作要求,而在这一部分,刘勰则是从创作的一般规律角度来探讨创作的具体方法。刘勰所论,涉及创作过程的方方面面,讨论问题的广度和深度都大大超越了前人。其所论创作问题,可大致归纳为以下三大方面。

第一,论创作构思。创作过程开始,首先面对的就是构思问题,刘勰在《神思》篇中集中探讨了这一问题。他首先指出,构思是一个充满艺术想象活动的过程。艺术想象活动不受形骸束缚,超越时间和空间,而在想象活动中主体情感又始终是与客观物象结伴而行的,刘勰将艺术想象的这一特征归纳为"神与物游"。其次指出,在充满想象活动的艺术构思过程中又必须保持一份虚静的精神状态。刘勰认为："陶钧文思,贵在虚静,疏瀹五藏,澡雪精神。"虚静可以使构思时精神集中,不受主客观因素干扰,从而获得好的艺术效果。刘勰在《养气》篇中还指出,构思活动中虚静精神状态的保持需要"养气",即要"养"成一种自然从容的心态,如此方可"水停以鉴,火静而朗。无扰文虑,郁此精爽"。最后,刘勰提出了艺术构思中的语言传达问题。他说:"是以意授于思,言授于意,密则无际,疏则千里。或理在方寸而求之域表,或义在咫尺而思隔山河。"刘勰指出,构思中欲用语言将绚丽多姿的想象完全捕捉住是很困难的。要解决这个问题,他认为一方面要"积学储宝",即作家在理论知识与实践经验方面要不断积累,以获得丰富的语言传达才能;另一方面要"笔固知止",即要认识到语言传达的有限性,而将至微之意留在文外。刘勰对构思过程的描述,以及对言不尽意的肯定,明显受到陆机《文赋》的影响。

第二,论结构风格。神思之后是布局谋篇,刘勰在《镕裁》、《附会》、《章句》等篇中讨论了创作中的布局结构问题,在《体性》、《定势》、《风骨》等篇中讨论了文章风格问题,这两方面决定了文章的整体风貌。首先是布局,刘勰在《镕裁》中云:"是以草创鸿笔,先标三准:履端于始,则设情以位体;举正于中,则酌事以取类;归馀于终,则撮辞以举要。"即要设定体制、选取材料、树立文骨,以为进一步创作作准备。其次是结构,《附会》云:"夫才量学文,宜正体制:必以情志为神明,事义为骨髓,辞采为肌肤,宫商为声气。"刘勰将文章的整体结构分为情志、事义、辞采和宫商四个部分,并以神明、骨髓、肌肤和声气为喻,指出了它们在文章中的主次地位及相互关系。在《章句》篇中刘勰还谈到了文章结构中部分与整体的关系,提出"搜句忌于颠倒,裁章贵于顺序"的原则。最后是风格,刘勰认为文章的风格与作家的个性和文章的体裁关。他在《体性》篇中指出,文章的风格是作家才性(即才、气、学、习)的直接体现,其基本类型主要有典雅、远奥、精约、显附、繁缛、壮丽、新奇和轻靡八种。他在《定势》篇中又指出,文章的不同体制也表现出不同的风格特征来,如"章表奏议,则准的乎典雅;赋颂诗歌,则羽仪乎清丽;符檄书移,则楷式于明断;史论序注,则师范于核要;箴铭碑诔,则体制于弘深;连珠七辞,则从事于巧艳"等。然后,刘勰在《风骨》篇中提出了他对文章风格的一个普遍性要求,即要有风骨,也就是要求文章具有爽朗刚健的艺术风貌。

第三,论练字造句。布局谋篇之后便是运词用句来完成文章,刘勰在《情采》、《声律》、《章句》、《丽辞》、《比兴》、《夸饰》、《事类》、《练字》、《隐秀》、《指瑕》等篇中详尽论述了写作中文辞运用的各种技巧。刘勰首先指出,文章文辞运用要与文章内容、结构和风格协调一致,不能片面追求字句的华丽。他说:"情者,文之经;辞者,理之纬。经正而后纬成,理定然后辞畅:此立文之本源也。"(《情采》)因此,他强调"执术驭篇","务先大体",要"为情造文",而不要"为文造情";要"文丽而不淫","体约而不芜"。其次具体论述了文辞运用的各种技巧,包括声律、骈偶、用典、比兴、夸张等修辞手法的运用技巧,以及练字练句的具体方法,充分体现了他对文章文辞美的重视。刘勰对这些艺术技巧的重视,显然是与当时以骈丽文风为主的创作实际相适应的。最后他列举了文辞运用中应避免的若干问题。如在文辞内容方面常有用词不当、违反孝道、尊卑不分、比拟不伦四种毛病;在文辞运用方面常有"依希其旨"、"率多猜忌"、"掠人美辞"三种问题;在注解方面则有"谬于研求"、"率意而断"两种毛病。这些都是写作中应当尽量避免的,因为"丹青初炳而后渝,文章岁久而弥光,若能隐括于一朝,可以无惭于千载也"(《指瑕》),显示了刘勰对文章写作的严格要求。

 2. 批评论

《文心雕龙》"剖情析采"部分虽以论文章写作的一般规律为主,但其中一些篇目却涉及文学批评问题。归纳起来,主要涉及以下三方面内容。

第一,论文学与现实。刘勰在《物色》与《时序》两篇中的论述涉及文学与现实的关系问题,《物色》篇主要涉及的是文学与自然的关系,《时序》篇则主要论述了文学与时代的关系。

刘勰在《物色》篇中说:"春秋代序,阴阳惨舒,物色之动,心亦摇焉。""岁有其物,物有其容;情以物迁,辞以情发。"他指出,自然景物的变化,触发了人们心中的情感,而这正是文学作品产生的一个重要原因。刘勰曾在其他篇目中多次表达了这一观点。如《明诗》:"人禀七情,应物斯感。感物吟志,莫非自然。"《诠赋》:"原夫登高之旨,盖睹物兴情。情以物兴,故义必明雅;物以情睹,故辞必巧丽。"根据自然景物与文学的这一关系,刘勰进一步总结出"以少总多"的创作原则,并强调文学创作应该注重利用"江山之助",到大自然中去吸取营养。

刘勰在《时序》篇中首先提出"时运交移,质文代变"的观点。他认为,随着时代的发展,文学也在不断地发生着变化,其整体风貌大体是在质朴与华艳之间游移,但总体来说是在不断走向华艳。而就文章写作而言,他更倡导"斟酌于质文之间,而隐括于雅俗之际"(《通变》)的风貌。其次他提出"文变染乎世情,兴废系乎时序"的观点。他认为,文学风貌特征的变化,是与时代社会状况紧密联系在一起的,这其中包括政治兴衰与社会治乱、学术思潮之面貌、统治阶级的倡导等因素,这些都会影响到文学风貌的形成和转变。正所谓"歌谣文理,与世推移,风动于上,而波震于下者也"(《时序》)。

第二,论作家之才性。刘勰在《才略》与《程器》两篇中主要论述了作家的才性问题。在《才略》篇中刘勰以文学才气为标准评论了历代作家的主要成就,并同时提出作家成就高低除了与主观才气有关外,还与客观条件有关,因此他强调作家还应"贵乎时"。在《程器》篇中刘勰又以儒家道德观为标准批评了历代作家的德性缺点,并指出自己理想中的作家应是有文有质、德才并茂之士,应能"穷则独善以垂文,达则奉时以骋绩"。结合《才略》与《程器》两篇可以看出,刘勰论作家才性基本是持才性离异的观点,虽然他认为理想的作家应是德才兼备者,但是他并没有因为一些作家有品德缺点而贬低他们的文学成就,而是从文学才气的角度给予他们客观的评价。这也是自曹丕《典论·论文》以来六朝学者在才性问题上的普遍认识。

第三,论批评之方法。刘勰在《知音》篇中专门讨论了文学批评的方法问题。他开篇便提出了"音实难知,知实观逢"的问题,指出文学批评之难。"知音"之所以难,他认为主要原因是批评者常犯"贵古贱今"、"崇己抑人"、"信伪迷真"的毛病。那么,如何才能做到客观公正的批评呢?刘勰认为首先要有端正的态度,即要抛开前面提及的几种毛病,做到"无私于轻重,不偏于憎爱"。其次要有充分的准备,即要加强个人修养,以提高批评水平,因为"观千曲而后晓声,观千剑而后识器"。最后从"六观"入手进行具体批评。所谓"六观",其一观位体,考察的是作品所采取的体制;其二观置辞,考察的是作品运用辞采的状况;其三观通变,考察的是作品中的因革情况,看有何创新;其四观奇正,考察的是作品中的奇正关系,看如何"以正驭奇";其五观事义,考察的是作品中的用典情况;其六观宫商,考察的是作品中的声律问题。刘勰提倡"六观"之法,并不是说文学批评仅"观"这六个方面,正如刘勰所说:"将阅文情,先标六观。""夫缀文者情动而辞发,观文者披文以入情。沿波讨源,虽幽必显。世远莫见其面,觇文辄见其心。"(《知音》)显然,刘勰是将"六观"作为沿波讨源的入手处,由此去探得作者的思想与情感。

从上面分析可以看出,《文心雕龙》虽是一部指导写作之书,但它在全方位论述文章写作之道的同时,也系统论述了文学理论的一些重要问题,并且全面评述了文学的历史发展,评价了许多重要作家作品,因此,使《文心雕龙》在客观上成为一部文学理论批评巨著,从而在中国文学批评史上占据了最为重要的地位。

二、钟嵘《诗品》

钟嵘(468—518),字伟长,颍川长社(今河南长葛)人。钟氏为颍川望族,永嘉之乱时徙居江南。南齐永明年间,钟嵘进太学做国子生,因通《周易》为国子祭酒王俭所重。南齐时历官抚军参军、安国令、司徒行参军等职;梁时历官临川王行参军、衡阳王宁朔记室、西中郎晋安王记室等职,世称钟记室。《诗品》是钟嵘今存的唯一一部著作。

《诗品》在《梁书·钟嵘传》中被称为《诗评》,《隋书·经籍志》亦云:"《诗评》三卷,钟嵘撰,或曰《诗品》。"可知此书原有两名,只是后来才通行《诗品》一名。钟嵘虽与刘勰生活于同一时代,但《诗品》完成于钟嵘晚年,要晚于《文心雕龙》的成书时间。《诗品》是我国现存最早的一部诗论专著,它对汉魏至齐梁时期的五言诗作了系统的论述,很多精辟的见解对后代诗论产生较大影响,被后世誉为"百代诗话之祖"。

(一) 基本内容

《诗品》全书分为序文与正文两部分。序文是全书的总论,主要论及诗歌的本质和特征、评诗的标准和方法等问题,提出了一些重要的理论观念,《诗品》的文学思想便主要表现在总论之中。正文则是对诗人的具体品评。这里将主要介绍正文的基本内容。

1. 止乎五言

与刘勰《文心雕龙》论文之广泛不同,《诗品》所论对象要纯粹得多。钟嵘在《诗品序》中云:"嵘今所录,止乎五言。"指出所论对象不仅只限于诗这一种文体,而且仅限于诗中的五言体。钟嵘的这一选择与当时诗坛"五言腾踊"的背景有关。

五言诗源于汉代乐府民歌,至建安时期,文人五言诗开始蓬勃发展,至南北朝达到空前繁荣的局面,产生了许多优秀的诗人和作品。不过,由于受《诗经》正体成见的影响,人们一般还是重四言而轻五言,正如挚虞《文章流别论》所云:"雅音之韵,四言为正,其余虽备曲折之体,而非音之正也。"刘勰在《文心雕龙》中亦曾云:"四言正体,则雅润为本;五言流调,则清丽居宗。"钟嵘针对这一现状,对五言诗的发展历史和艺术特色进行了较为全面的阐释,对五言诗人的艺术成就进行了较为全面的品评,并对五言诗的艺术表现力给予了极高的评价,视其为"众作之有滋味者也"。钟嵘所论表现出能够正视诗歌形式发展的历史事实而不为儒家经典束缚的进步观点。

2. 分品论诗

《诗品》正文共评述了由汉至梁的122位诗人(另有古诗一类),并将他们按成就高低分为上、中、下三品,全文由此分为上、中、下三卷。其中上品11人加古诗一类,中品39人,下品72人。在每一品中,钟嵘都着重指出了诗人作品的体制风貌与优劣得失。钟嵘分品论诗的方法为后世文学批评开创了一种全新的批评方式。这一方法的运用,受到了当时文化风尚的影响。

钟嵘在《诗品序》中曾云:"昔九品论人,《七略》裁士,校以宾实,诚多未值。"指出班固《汉书·古今人表》和刘歆《七略》都曾以品类论人。至魏晋以降,随着清淡之风的盛行,以及九品中正制的实行,在人物品藻中以品第论人遂成社会之风气,并广泛影响到文学艺术领域,南齐谢赫有《古画品录》分画家为六品,梁庾肩吾有《书品论》分书法家为九品,可以说都受到这一风气的影响。钟嵘《诗品》亦不例外。正如宗白华先生所说:"中国艺术和文学批评的名著,谢赫的《画品》,袁昂、庾肩吾的《画品》、钟嵘的《诗品》、刘勰的《文心雕龙》,都产生在这热闹的品藻人物的空气中。"①

3. 推源溯流

《诗品》在分品论诗的同时,还比较重视追溯诗人的风格渊源。如评"古诗"云:"其体源出于《国风》。"评阮籍诗云:"其源出于《小雅》。"评李陵诗云:"其源出于《楚辞》。"评刘桢诗云:"其源出于古诗。"评魏文帝诗云:"其源出于李陵。"等等。《国风》、《小雅》、《楚辞》是钟嵘对五言诗人风格追源溯流的三大源头,以此为基础,他论述了众多重要诗人的风格渊源。《四库提要》评《诗品》之溯源方法时曾云:"惟其论某人源出某人,若一一亲见其师承者,则不免附会耳。"②当然,一位诗人作品风格的形成会受到多方面因素影响,《诗品》常常只说某家源于某家,所论的确显得过于简单片面。不过,钟嵘推源溯流的原意应该只是说明某家风格的基本倾向和过去某家类似,从这一角度看,钟嵘所论还是有一定意义的。

(二) 文学思想

《诗品》的文学思想主要见于序文之中。钟嵘在序文中主要论述了诗

---

① 宗白华:《美学散步》,上海:上海人民出版社1981年版,第210页。
② 四库全书研究所:《钦定四库全书总目》,北京:中华书局1997年版,第2738页。

歌性质、艺术特色与评价标准等问题,并对五言诗的发展历史、写作《诗品》的缘起及其体例一一作了说明。就所表现的文学思想而言,可概括为以下几个方面。

1. 诗歌性质——吟咏情性

钟嵘在《诗品序》开篇即云:"气之动物,物之感人,故摇荡性情,形诸舞咏。"指出诗歌是人们性情摇荡的产物,而激发人们性情摇荡者则是外在之事物。钟嵘对此外在之事物有详细描述:"若乃春风春鸟,秋月秋蝉,夏云暑雨,冬月祁寒,斯四候之感诸诗者也。嘉会寄诗以亲,离群托诗以怨。至于楚臣去境,汉妾辞宫;或骨横朔野,魂逐飞蓬;或负戈外戍,杀气雄边;塞客衣单,孀闺泪尽;或士有解佩出朝,一去忘返;女有扬蛾入宠,再盼倾国。凡斯种种,感荡心灵,非陈诗何以展其义?非长歌何以骋其情?故曰:'《诗》可以群,可以怨。'"也就是说,激发人们性情产生的既有自然之景物,也有人生之遭际,而诗歌的本质就是吟咏由它们生发的情性。

对诗歌吟咏情性性质的揭示自《诗大序》以来已有不少论述,钟嵘与前人略有不同之处在于他特别强调对"怨"情的抒发,这从上面引文中他所举的人生遭际之例便可看出。因此,他特别强调了孔子"诗可以怨"的观点,并指出"使穷贱易安,幽居靡闷者,莫尚於诗矣"。而且这也成为他评价诗人作品的一个重要标准。如评曹植:"情兼雅怨,体被文质。"评古诗:"多哀怨。"评李陵:"文多凄怆,怨者之流。"评左思:"文典以怨,颇为精切。"等等。

2. 创作原则——自然直寻

钟嵘非常重视诗歌的自然美,在《诗品序》中他称之为"自然英旨",并且指出,表现这种"自然英旨"的方法是"直寻"。他说:"若乃经国文符,应资博古,撰德驳奏。宜穷往烈。至乎吟咏情性,亦何贵於用事?……观古今胜语,多非补假,皆由直寻。"所谓"直寻",是指用直接可感的形象来描绘诗人的感于外界事物所激起的感情。[①] 钟嵘从诗歌"吟咏情性"的性质出发,指出诗歌创作应直写情之所感、眼之所见,而无须借助于用典。因此,他对任昉、王融等人大量用典的创作给予了严厉批评:"大明、泰始中,文章殆同书抄。近任昉、王元长等,词不贵奇,竞须新事,尔来作者,浸以成俗。遂乃句无虚语,语无虚字,拘挛补衲,蠹文已甚。但自然英旨,罕值其人。"

---

① 张少康、刘三富:《中国文学理论批评发展史》上册,北京:北京大学出版社1995年版,第268页。

从"自然直寻"的创作原则出发,钟嵘对沈约、王融等人倡导的声律论也提出了严厉批评:"故使文多拘忌,伤其真美。余谓文制,本须讽读,不可蹇碍,但令清浊通流,口吻调利,斯为足矣。至平上去入,则余病未能;蜂腰鹤膝,闾里已具。"钟嵘并不反对诗歌的自然声律之美,他反对的是过分琐碎的人为声律,认为这样会影响到情感的自然表达,而失去"自然英旨"。不过,钟嵘对沈约诸人的批评不免有些过分,沈约等人自觉地发现和利用声韵规律来构制语言的音乐美,对诗歌格律化所起的积极作用是不应被忽视的。

3. 审美旨趣——滋味有余

钟嵘认为,五言诗最重要的审美特征在于其有"滋味"。他说:"五言居文词之要,是众作之有滋味者也,故云会於流俗。"其之以有"滋味",在于"指事造形,穷情写物,最为详切"。诗歌创作中,"指事"是经过"造形"来达到的,"穷情"是借助"写物"来实现的,它愈是"详切"就愈有"滋味"。那么,如何才能使诗的审美旨趣有滋味呢?钟嵘指出:"故诗有三义焉:一曰兴,二曰比,三曰赋。文已尽而意有余,兴也;因物喻志,比也;直书其事,寓言写物,赋也。宏斯三义,酌而用之,干之以风力,润之以丹彩,使味之者无极,闻之者动心,是诗之至也。"他认为首先要综合运用兴、比、赋三种艺术方法,其中又犹以"兴"最为重要,也就是强调诗应写得含蓄有余味,耐人寻绎;其次要将"风力"与"丹彩"结合起来,"风力"即"风骨","丹采"指华美的文辞。钟嵘认为,运用赋比兴三种艺术方法,使风力与丹采相结合,才能较好地表现作者激动深厚的情感,而这正是使诗歌具有最佳滋味即强烈的艺术感染力的主要条件。

此外,钟嵘《诗品》喜以形象化的语言来论诗,如评范云和丘迟:"范诗清便宛转,如流风回雪;丘诗点缀映媚,似落花依草。"评潘岳和陆机:"潘诗烂若舒锦,无处不佳;陆文如披沙简金,往往见宝。"这种形象化的论诗方式开批评史上"意象批评"之传统,对后世诗话、词话及其他文艺评论产生了深远影响。

【导学训练】

一、学习建议

学习本章应注意结合儒学式微、玄学兴盛、佛学东渐的文化背景和文的自觉这一创作背景,来理解各时期各种文论观点的理论内涵、形成原因以及产生的影响。其中重点学习曹丕《典论·论文》、陆机《文赋》、刘勰《文心雕龙》和钟嵘《诗品》的文论思想及理论成就。对这一时期文学理论中的一系列关键词应能理解并记忆。

二、关键词释义

文气说：曹丕《典论·论文》提出，其要义有三：气，指表现在文学作品中的作家的自然禀赋、个性气质；文气大致上分为"清"与"浊"两大类，清为阳刚之气，浊为阴柔之气。人禀阴阳二气而生，表现在文学作品之中，则有文气的或清或浊之别；曹丕论为文之气，尤其强调创作个性的独特性及其对作品风格的决定性意义，表现出魏晋时期"人的自觉"及"文的独立"的时代精神。

缘情说：语出陆机《文赋》"诗缘情而绮靡"。"诗缘情"有两层含义：一是诗歌创作因情感而发生，二是诗歌作品因情感而绮靡（文辞华丽）。朱自清《诗言志辨》说："'缘情'的五言诗发展了，'言志'以外迫切地需要一个新标目。于是陆机《文赋》第一次铸成'诗缘情而绮靡'这个新语。"

惟务折衷：刘勰在《文心雕龙·序志》篇中提出，是贯穿《文心雕龙》全书的批评方法。刘勰认为，在他之前的文学思想家，虽说在理论上各有建树且各具特色，但有着不同程度的偏颇和局限。因此他在《文心雕龙》中创造性地将儒家中庸思想运用于文学批评之中，将前人视为相互对立或互不相关的许多命题、范畴和概念，通过剖析辨证，找到它们之间互相关联的某种共同性，从而建立起一种更深刻的统一的看法。如对"才性"、"言意"、"心物"、"文质"、"奇正"、"情采"、"隐秀"等术语的讨论，都运用了"惟务折衷"的方法。

文笔说：魏晋南北朝时期的文论家将文体分为"文"和"笔"两大类，但区分的标准却并未统一。《文心雕龙·总术》篇从形式上划分"文"和"笔"："今之常言，有文有笔，以为无韵者笔也，有韵者文也。""文""笔"之分，是中国文学批评史发展过程中的一件大事。从秦汉以前的文史哲不分，到魏晋以来文学创作的大发展，关于文体的辨析越来越精，关于文学作品与非文学作品的区别越来越明确，"文""笔"之辨，可以说是这一认识发展中的一个重要里程碑。

神思：刘勰关于创作构思和艺术想象的理论观点。《神思》篇为《文心雕龙》创作论之首，亦为创作论之总纲。刘勰认为，创作构思的过程是一个从物到情到辞令的过程，此过程的总体特征是"神与物游"，亦即"内心与外境相接也"（黄侃《文心雕龙札记》）。作家之"神"既与外物共游，又与辞令交融；既能思接千载，又能视通万里。而创作构思的难处则在于处理"物—情—辞"三者的关系，刘勰提出三点：一是陶钧文思，贵在虚静；二是以博见馈贫，以贯一拯乱；三是积学储宝，酌理富才，研阅穷照，驯致怿辞。

体性：刘勰关于作家个性与作品风格之关系的论述，其《文心雕龙》有《体性》专篇。体，指文章的体貌，即作品的风格；性，即性情，指作家的个性。刘勰认为作品的风格是由作家的个性决定的，且文如其面，"表里必符"。这里所讲的作家个性，包括先天的才能、气质和后天的学力工夫、习染兴趣。刘勰的"体性"说对后代文学风格论的研究具有开创意义,诸如对唐代李峤《评诗格》、皎然《诗式》、司空图《二十四诗品》,对宋代严羽《沧浪诗话》,以及对清代姚鼐等关于诗歌风格的研究,都有着深刻的影响。

六观:刘勰关于文学鉴赏、文学批评的方法。其《文心雕龙·知音》云:"是以将阅文情,先标六观:一观位体、二观置辞、三观通变、四观奇正、五观事义、六观宫商。斯术既形,则优劣见矣。"在这六观中,一三五项属作品的内容;二四六项属作品的形式。上述六观,就是从六个方面"披文入情""沿波讨源",从形式到内容对文学作品进行全面赏析和评价的方法。"六观"说对中国文学批评有着深远的影响。

三品论诗:钟嵘《诗品》的论诗方法。《诗品》评述了自汉魏至齐梁的122位诗人,分为上、中、下三品,每品一卷。每品中都对诗人创作特色和渊源流变作了评论。

滋味:钟嵘用以表述诗歌特殊艺术效果的一个重要概念。借"味"来谈文学,并非始于钟嵘。晋代陆机在《文赋》中就已讲到,略早于钟嵘的刘勰在《文心雕龙》中也多次言"味"。然而直到钟嵘,才开始自觉地将"滋味"视为诗歌的基本审美特征。《诗品》所谓的"滋味",大体是形容诗歌深远悠长的艺术效果。钟嵘对"滋味"极为重视,有无"滋味",是他衡量诗歌作品优劣的首要标准。此外,钟嵘还具体地阐发了诗歌"滋味"生成的必要条件。钟嵘所倡导的"滋味"说,在诗论史上一直产生着积极的影响,后人多承其旨,特别是晚唐司空图,进一步提出诗要有"味外之旨",将诗"味"与诗歌意境联系起来。

直寻:钟嵘论诗歌创作的重要概念。所谓"直寻"是强调诗歌创作应以"自然"为上,要在感物兴情的基础上,直书所见,以景寓情。"直寻"的真谛,就在于能自然地传达出真情实感。与倡导"直寻"相联系,钟嵘反对竞相"用事"之流俗,认为在诗歌作品中堆砌典故有伤"自然英旨"。钟嵘重视"直寻",体现了对《诗经》以来"感兴"传统的继承和发扬。中国古典诗歌情景交融的特色,正是从"感兴"、"直寻"的创作实践中逐步形成的。

三、思考题

1. 试述玄学言意之辨对魏晋南北朝文学批评的主要影响。
2. 试述曹丕"文气说"的理论内涵及历史价值。
3. 试述陆机创作心理理论的主要内容及其影响。
4. 试述《文心雕龙》中"文之枢纽"的理论逻辑。
5. 试述《诗品》中"自然直寻"观的思维特征。

四、可供进一步研究的学术选题

1. 论人物品鉴对魏晋南北朝文学批评方法的影响。

提示:魏晋人物品鉴在人物价值定位、察鉴人物方式以及语言表达方式等方面都有不少独特的方法,其中有不少方法对文学批评影响很大。

2. 论曹丕"文气说"的理论渊源。

提示："文气说"在理论上主要受到传统之"气"观念和汉魏之"才性"观念影响，可从这两方面论述"文气说"的理论渊源，以及曹丕的创新之处。

3. 陆机与刘勰的诗赋文体观比较。

提示：陆机认为"诗缘情而绮靡，赋体物而浏亮"，刘勰在《明诗》和《诠赋》中对诗赋的文体特征也进行了阐释，可结合各自的文化背景比较他们观点的异同及其原因。

4. 刘勰与钟嵘论"兴"之异同。

提示：钟嵘论"兴"为"言已尽而意有余"，刘勰在《比兴》篇中对"兴"的特征也进行了阐释，可结合他们各自的文化背景比较他们观点的异同及其原因。

5. 论钟嵘诗歌评论的言说方式特征。

提示：钟嵘的诗歌评论方法常被称为"意象式批评"，可分析这一方法在言说方式上有何具体特征，这些特征在批评中起到何种作用，以及这种言说方式形成的原因。

【研讨平台】

一、文气

提示：以"气"论文是《典论·论文》最具代表性的理论贡献。但是前人亦有论"气"之言，如孟子云"我善养吾浩然之气"（《孟子·公孙丑上》），庄子云"无听之以心而听之以气"（《庄子·人间世》），等等。因此，与前人所论比较异同，是认识"文气"的创新之处及其独特价值的基础。

1. [魏]曹丕《典论·论文》(选注)

王粲长于辞赋，徐幹时有齐气(齐俗舒缓，故齐气为舒缓之气，与逸气相对)，然粲之匹(对手)也。如粲之《初征》、《登楼》、《槐赋》、《征思》，幹之《玄猿》、《漏卮》、《圆扇》、《橘赋》，虽张、蔡(张衡、蔡邕，均善辞赋)不过也。然于他文，未能称是(如辞赋一样好)。琳、瑀之章表书记(章表是臣属上皇帝的书，书记指一般公文和应用文)，今之隽(才华出众)也。应玚和而不壮，刘桢壮而不密。孔融体气高妙，有过人者，然不能持(阐发)论(观点)，理不胜辞，以至乎杂以嘲戏。及其所善，扬、班(扬雄、班固)俦(同类)也。

常人贵远贱近，向(崇尚)声(虚名)背(偏离)实(实际)，又患暗于自见，谓己为贤。夫文本同而末异，盖奏议宜雅(典雅)，书论宜理(条理清晰)，铭诔尚实(真实)，诗赋欲丽(辞藻华丽)。此四科不同，故能之者偏(偏重某一文体)也；唯通才能备其体。

文以气为主，气之清浊有体，不可力强而致。譬诸音乐，曲度(曲谱)虽均(同)，节奏同检(法度)；至于引(运用)气不齐，巧拙有(存在于)素(本身的条件)，虽在父兄，不能以移子弟。

2. [清]尚镕《书典论论文后》

自古文人相轻，一由相尚殊，一由相习久，一由相越远，一由相形切。相尚殊则王彝谓扬雄维桢为文妖，相习久则杜审言谓文厌宋之问，相越远则元稹谓张祜玷风教，相形切则杨畏谓苏辙不知文体。而少陵、香山独能去四者之弊，崇公允之风，易相轻而为相推，斯千古所希矣。少陵于李白、元结、王、孟、高、岑，无不推重。香山于张籍之古淡，韩昌黎之雄奥，李义山之精丽，无不推重，若元稹与之同道，不足异也。夫才学兼众人之长，斯赏识忘一己之美。然而洛、蜀尚有朋党，朱、陆尚有异同，况文人乎？

我朝渔洋山人，其诗以风调为主，而荔裳爽健，愚山温醇，竹垞典雅，初白明畅，皆推之不遗余力，亦近代所希者。故赵秋谷虽作《谈龙录》诋之，而亦推为大家也。适来学未半袁豹，而季绪诋呵者何多与？然而不足算矣。

3. 涂光社《原创在气》(节选)

在曹丕文论中，"气"既指作家的主观精神和个性，又指这种精神、个性在作品中的表现，二者虽有同一性，侧重点显然在作家主观方面。其后重"气"的文论家，却大致分为两种倾向：

一种仍以作家论为中心，"气"依然指作家的主观精神及其正大秀杰的力量和气势，沈约《宋书·谢灵运传论》的"禀气怀灵"、"以气质为体"，陈子昂《修竹篇序》的"骨气端翔"，殷璠《河岳英灵集序》的"文有神来、气来、情来"，以及柳宗元不以"昏气"、"矜气"出之都属此类。这一派还包括注重思想精神修养和营卫的"养气"论者在内。是"文气"说的主流。在他们的论中，"气"常与"神"、"志"、"意"、"情"并举或连用，表明对创作主体的剖析进一步细致深入。曹丕将"气"分为清、浊二体，清是俊爽超迈的阳刚之气，浊是凝重沉郁的阴柔之气。可是历来的鉴赏批评所及，大多是指"俊爽超迈"之气，似乎精神耿介、风格豪放劲健者方可言气。钟嵘《诗品》说刘桢"仗气爱奇"，陆机"气少于公干，文劣于仲宣"；"刘越石仗清刚之气"，"善为凄戾之词，自有清拔之气"；郭泰机等"气调警拔"；皎然《诗式》云："风情耿介曰气。"《二十四诗品》论"劲健"曰："行神如空，行气如虹"；论"精神"曰："生气远出，不著死灰。"

……

古人很早就发现声响由"气激而成"，语言音响也不例外。因此，另一种论"气"的着眼点偏于文学语言的结构和作品展开的方式方面，其中的"气"尽管或多或少与主体因素有所联系，而重点显然已经转移到艺术形式上，譬如韩愈的"气盛言宜"，李德裕的"以气贯文"，以及刘大櫆的"以字句、音节求神气"之类即是。欣赏上也有人提出过"因声求气"的主张。古代散文家特别讲求字句的精警挺拔、行文气势的畅达闳通、声调音节的抑扬铿锵，将气的贯注和行止敛蓄、起伏跌宕的安排作为一种艺术手段用以谋求理想的传达效果。韩愈和刘大櫆都是有影响的散文作家，他们在自己的创作实践中也贯彻了这样的理论主张。

(南昌：百花洲文艺出版社 2001 年版，第 97—100 页)

二、应感

提示："应感"是《文赋》所论创作过程中的一个重要环节。那么，在陆机看来，"应感"在整个创作活动到底处于一个什么样的地位?它是如何发生的?受到哪些方面的制约?这些问题应重点认识。

1. [晋]陆机《文赋》(选注)

若夫应感之会,通塞之纪(际会),来不可遏,去不可止。藏若景(影)灭,行犹响起(突然而来)。方天机(灵感)之骏利(流利通畅),夫何纷(纷杂)而不理(理清)。思(文思)风(风一样迅疾)发于胸臆,言(文辞)泉(泉一样喷出)流于唇齿。纷(众多)葳蕤(wēi ruí,茂盛)以馺遝(sà tà,前后相继),唯毫素(笔和纸)之所拟(描写)。文徽徽(华美)以溢目(充满目前),音泠泠(líng,声音清脆)而盈耳。及其六情(喜、怒、哀、乐、好、恶,此指文思)底滞(阻滞),志往神留,兀(wù,茫然无知)若枯木,豁(空洞)若涸(干枯)流,览营魂(集中心力)以探赜(深奥的道理),顿(振作)精爽(心神)而自求。理翳翳(yì,阴暗不明)而愈伏,思轧轧(yà yà,难出的样子)其若抽。是故或竭(耗尽)情而多悔,或率意而寡尤(毛病)。虽兹物(所作文章)之在我,非余力之所戮(尽力)。故时抚空怀而自惋(叹息),吾未识夫开塞(文思通畅和阻塞)之所由也。

2. [清]顾施祯《昭明文选六臣汇注疏解》(节选)

赋言文之利害,尤视乎思之通塞。若夫心与物感应之会,心与理通塞之纪,思之开而通也,来不可遏而拒之,去不可止而留之。其藏也,若影之灭而无迹;其行也,犹响之起而忽震。所以乘其会析其纪者,至神而精。方天机骏利之时,夫何纷不理耶?既昭晰于一心,则思也如风之发起于胸臆,随在疾驰;言也如泉流涌于唇齿,任机奔赴。故纷然风泉相激,葳蕤而盛,馺遝而多,唯濡毫伸素之所拟,靡不可立就也。文之既成,则文采徽徽而溢满于目,奇韵泠泠而充盈于耳,其通之时如此。及其六情底著而滞废,锐进之志已往,久发之神倏留。兀然不思,若枯木之无情;豁然已竭,若涸之靡余。当其无可若何之际,揽收其能思之营魂,以探理物之烦颐;顿蓄其内昭之精爽,反而自求,或冀其有得,内外思之,亦极其苦矣。宜其机少动也,乃理则翳翳然其暗,逾伏而不可发明;思则轧轧然其难,苦抽而不得即出也。何能有风发泉流之乐,溢目盈耳之盛哉。其塞之时如此。是以作者或竭情以求之,塞而不能通也,则多悔;或率意以为之,通而无少塞也,则寡尤。虽兹通塞之在我,非有外至,然自有天机,非余所获勤力自主者也。文之机难得,故时抚空怀而自惋,吾亦究未识夫或开或塞之所由来果何在矣。则文有利害亦俟乎机,不可强作耳。

3. 张少康《文赋集释》(节选)

所谓"应感之会",就是指灵感冲动,而"通塞"即是说的灵感有没有的问题。陆机对灵感来和不来的两种状况作了十分生动的描绘。他指出,作家必须重视灵感,善于在灵感涌现时,抓住时机进行创作。后来不少人受《文赋》启发,很重视这个问题。例如苏轼就很注意在灵感爆发时捕捉形象,他说:"作诗火急追亡逋,清景一失后难摹。"(《腊日游孤山访惠勤惠思二僧》)他讲文与可画竹时说,当胸中构思成熟,竹的形象在脑子里栩栩如生地展现出来时,就要立刻"急起从之,振笔直遂,以追其所见,如兔起鹘落,少纵即逝矣。"(《文与可画筼筜偃竹记》)由于创作灵感具有"来不可遏,去不可止。藏若景灭,行犹响起"的特点,因此,如果不抓住灵感涌现时捕捉形象,就很难创作出形象生动、有声有色的好作品来。苏轼曾说:"求物之妙,如系风捕影。"(《答谢民师书》)良机一失,难能再得。王夫之在《夕堂永日绪论内编》中也说:"以神理相取,在远近之间,才着手便然,一放手又飘忽去,如物在人亡无见期,捉煞了也。"我国古代文学理论很重视创作灵感的作用。在六朝像刘勰、沈约、颜之推等都有不少和陆机类似的论述,并且,在《文赋》的基础上还有所发展。

(北京:人民文学出版社2002年版,第258—259页)

三、风骨

提示:何谓"风骨"?自来言人人殊。刘勰以"风骨"论文其实深受魏晋人物品鉴之风的影响,因此,理解其所论"风骨"之内涵应注意结合这一文化背景。

1. [梁]刘勰《文心雕龙·风骨》(选注)

《诗》总六义,风冠其首,斯乃化感(感化)之本源,志气之符契(指与风一致)也。是以怊(chāo)怅(悲恨)述情,必始乎风;沈吟铺辞,莫先于骨。故辞之待骨,如体之树骸(胫骨);情之含风,犹形之包气(气质)。结言端直,则文骨成焉;意气骏爽(高而明),则文风清焉。若丰藻克(能)赡,风骨不飞,则振采失鲜,负声(声调音节)无力。是以缀虑(构思)裁篇,务盈(充满)守气,刚健既实,辉光乃新。其为文用(作用),譬征鸟(指猛禽)之使翼也。故练(熟悉)于骨者,析辞必精;深乎风者,述情必显。捶字坚而难移,结响(反响)凝而不滞,此风骨之力也。若瘠(jí,不丰)义肥辞,繁杂失统(条理),则无骨之征也。思不环周(全面),牵课(勉强)乏气,则无风之验也。昔潘勖(xù)《锡魏》,思摹经典,群才韬(隐藏)笔,乃其骨髓峻也;相如赋《仙》,气号"凌云",蔚为辞宗,乃其风力遒(qiú,强劲有力)也。能鉴(察看)斯要,可以定文,兹术或违,无务繁采。

故魏文称:"文以气为主,气之清浊有体,不可力强而致。"故其论孔融,则云"体气高妙",论徐干,则云"时有齐气",论刘桢,则云"有逸气"。公干亦云:"孔氏卓卓(优越),信(的确)含异气;笔墨之性,殆不可胜。"并重气之旨也。夫翚(huī,五采的野鸡)翟(dí,长尾的山鸡)备色,而翾翥(xuānzhù,小飞)百步,肌丰而力沈也;鹰隼乏采,而翰(高)飞戾(到)天,骨劲而气猛也。文章才力,有似于此。若风骨乏采,则鸷(zhì,猛禽)集翰林;采乏风骨,则雉窜文囿(文坛);唯藻耀而高翔,固文笔之鸣凤也。若夫熔铸(学习)经典之范,翔集子史之术,洞晓情变,曲昭(详尽明白)文体,然后能孚甲(萌芽新生)新意,雕画奇辞。昭体,故意新而不乱,晓变,故辞奇而不黩(dú,污点)。若骨采未圆,风辞未练,而跨略旧规,驰骛(疾驰)新作,虽获巧意,危败亦多,岂空结奇字,纰缪(pīmiù,错误)而成经矣?《周书》云:"辞尚体要,弗惟好异。"盖防文滥也。然文术多门,各适所好,明者弗授,学者弗师。于是习华随侈,流遁(恣意所为)忘反。若能确乎正式,使文明以健,则风清骨峻,篇体光华。能研诸虑,何远之有哉!

赞曰：情与气偕,辞共体并。文明以健,珪璋(珍贵玉器)乃聘。蔚(盛大)彼风力,严此骨鲠(指文句骨力)。才锋峻立,符采(指风骨统一)克炳(光明)。

2. [梁]刘勰《文心雕龙·体性》

夫情动而言形,理发而文见,盖沿隐以至显,因内而符外者也。然才有庸俊,气有刚柔,学有浅深,习有雅郑,并情性所铄,陶染所凝,是以笔区云谲,文苑波诡者矣。故辞理庸俊,莫能翻其才；风趣刚柔,宁或改其气；事义浅深,未闻乖其学；体式雅郑,鲜有反其习；各师成心,其异如面。若总其归途,则数穷八体：一曰典雅,二曰远奥,三曰精约,四曰显附,五曰繁缛,六曰壮丽,七曰新奇,八曰轻靡。典雅者,熔式经诰,方轨儒门者也；远奥者,馥采曲文,经理玄宗者也；精约者,核字省句,剖析毫厘者也；显附者,辞直义畅,切理厌心者也；繁缛者,博喻酿采,炜烨枝派者也；壮丽者,高论宏裁,卓烁异采者也；新奇者,摈古竞今,危侧趣诡者也；轻靡者,浮文弱植,缥缈附俗者也。故雅与奇反,奥与显殊,繁与约舛,壮与轻乖,文辞根叶,苑囿其中矣。

若夫八体屡迁,功以学成,才力居中,肇自血气；气以实志,志以定言,吐纳英华,莫非情性。是以贾生俊发,故文洁而体清；长卿傲诞,故理侈而辞溢；子云沈寂,故志隐而味深；子政简易,故趣昭而事博；孟坚雅懿,故裁密而思靡；平子淹通,故虑周而藻密；仲宣躁锐,故颖出而才果；公干气褊,故言壮而情骇；嗣宗俶傥,故响逸而调远；叔夜俊侠,故兴高而采烈；安仁轻敏,故锋发而韵流；士衡矜重,故情繁而辞隐。触类以推,表里必符,岂非自然之恒资,才气之大略哉!

夫才由天资,学慎始习,斫梓染丝,功在初化,器成采定,难可翻移。故童子雕琢,必先雅制,沿根讨叶,思转自圆。八体虽殊,会通合数,得其环中,则辐辏相成。故宜摹体以定习,因性以练才,文之司南,用此道也。

赞曰：才性异区,文体繁诡。辞为肌肤,志实骨髓。雅丽黼黻,淫巧朱紫。习亦凝真,功沿渐靡。

3. 汪涌豪《风骨的意味》(节选)

对于刘勰所论"风骨"的含义,自来言人人殊。黄侃《文心雕龙札记》认为,"风"与"骨"两者"皆假于物以为喻。文之有意,所以宣达思理,纲维全篇,譬之于物,则犹风也；文之有辞,所以摅写中怀,显明条贯,譬之于物,则犹骨也。必知风即文章,骨即文辞,然后不蹈空虚之弊"。此后论者大多围绕黄说展开讨论,或谓"风"指气韵生动,"骨"指思想感情；或谓"风"指情志,其要求在情怀沉挚,"骨"指事义,其要求在义理昭明；或谓"风"、"骨"均指内容而无关形式。

其实,作为美学范畴,"风骨"是一个统一体,尽管在《文心雕龙·风骨》篇中,刘勰多析言两者以求论说的具体入微,但统观整篇,他大致是依循先分说后总说的原则展开具体分析的。如"怊怅述情,必始乎风；沉吟铺辞,莫先于骨"等句是分说,紧接着"若丰藻克赡,风骨不飞,则振采失鲜,负声无力"是总说。由此,"故练于骨者,析辞必精；深乎风者,述情必显"再分说,然后以"此风骨之力也"为收煞,又总说。其间两层意思—先果后因,一先因后果,相辅相成。行文至此,"风骨"之义注释已尽,故底下由论"气"明"风骨"之所从生,再及"风骨"与"藻采"的关系,最后详欲成"风骨"之所待。在这个过程中,刘勰始终浑言风骨,"风情骨峻"是如此,"若风骨乏采"、"采乏风骨"更是如此。至于"若骨采未圆,风辞未练"一句,显然是用互文见义法,因此也是总说。有鉴于此,任何支离"风骨"这一范畴而得到的解释,从理论的终极点而言,都不能不说是难合刘勰原义的。当然,说"风骨"是一个整体,并不等于不能对之作两部分的语义辨析,事实上,刘勰本人为畅论"风骨"之旨已这样做了。这里,在展开对"风骨"范畴的理论分析之前,提出这一点,无非是强调这种辨析必须以承认"风骨"为整一的美学范畴作前提,这样才能使所论有一个总的逻辑归向和理论上的落脚点,才有助今人在展开深入研究时,有可能借助科学理论的烛照,导引出这一美学范畴的确切内涵。

(南昌:百花洲文艺出版社 2001 年版,第 124—127 页)

四、滋味

提示:六朝是五言诗盛行的时代。刘勰在《文心雕龙·明诗》中曾说:"四言正体,雅润为本;五言流调,清丽居中。"钟嵘为何视"流调"之五言为最有滋味者?从五言诗之特征入手,将有利于理解钟嵘"滋味"说的内涵以及提出"滋味"说的原因。

1. [梁]钟嵘《诗品序》(选注)

夫四言,文约意广,取效《风》、《骚》,便可多得。每苦文繁而意少,故世罕习(很少写作)焉。五言居文词之要(枢要),是众作之有滋味者也,故云会(适合)于流俗(世人之口味)。岂不以指事造形(指表现事物),穷情写物,最为详切(详明贴切)者耶?故诗有三义焉:一曰兴,二曰比,三曰赋。文已尽而意有余,兴也;因物喻志,比也;直书其事,寓言写物,赋也。宏(光大)斯三义,酌而用之,干(主干)之以风力(风骨),润(润饰)之以丹彩(词藻文采),使味之者无极(回味无穷),闻之者动心,是诗之至(极致)也。若专用比兴,患在意深,意深则词踬(zhì,不顺畅)。若但用赋体,患在意浮,意浮则文散,嬉成流移(油滑),文无止泊(bó,停止),有芜漫(杂乱)之累矣。

2. 前人集评

胡应麟《诗薮》内编卷二:

四言简质,句短而调未舒;七言浮靡,文繁而声易杂。折繁简之衷,居文质之要,盖莫尚于五言。

杨慎《升庵诗话》卷三:

刘彦和云:"四言正体,雅润为本;五言流调,清丽居宗。"钟嵘云:"四言文约易广,取效《风》、《骚》,便可多得,每苦文繁而意少,故世罕习焉。"刘潜夫云:"四言尤难,《三百篇》在前故也。"叶水心云:"五言而上,世人往往极其才之所至,而四言诗,虽文辞巨伯,辄不能工。"合数公之说论之,所谓易者,易成也;所谓难者,难工也。

宋长白《柳亭诗话》卷六:

钟嵘曰:"五言居文辞之要,是众作之有滋味者也。"后生轻诋前人,总是未尝滋味耳。

马星翼《东泉诗话》卷一:

钟记室谓五言为诗之有滋味者,此语最佳。

汪师韩《诗学纂闻·三有》:

钟嵘《诗品序》论赋、比、兴之义曰:"文已尽而意有余,兴也;因物喻志,比也;直书其事,赋也。"论"兴"字别为一解,似似以去声之"兴"字,解为平声之"兴"字矣。

刘熙载《艺概》卷三《赋概》:

《风诗》中赋事,往往兼寓比兴之意。钟嵘《诗品》所由竟以寓言写物为赋也。赋兼比兴,则以言内之实事,写言外之重旨。故古之君子上下交际,不必有言也,以赋相示而已。不然,赋物必此物,其为用也几何?

陈衍《钟嵘诗品平议》卷上:

案钟记室以文已尽而意有余为兴,殊与诗人因所见而起兴之旨不合。既以赋为直书其事,又以寓言属之,殊为非是,寓言属于比兴矣。专用比兴患意深,意深者,意晦也。但用赋体患意浮,意浮者,无著之谓。然赋体有自表命意在者,谓之太露则可,不可概谓之浮。

3. 郁沅《钟嵘〈诗品〉滋味解》(节选)

钟嵘从文学进化的历史观出发,认为五言诗在形式上比四言诗灵活,更能自由地表达思想感情,更能生动具体地描写事物,所以"是众作之有滋味者也"。钟嵘不但提出了"滋味"说,而且论述了"滋味"的构成和由来,形成了以"滋味"说为中心的创作理论。概括起来,主要有三个方面。

第一个方面,便是"指事造形,穷情写物",也就是要描写具体事物,构成诗歌的艺术形象。

……

赋、比、兴是达到情感与形象、主观与客观融合统一的艺术手段和方法。运用赋、比、兴的艺术手法,是构成诗歌"滋味"的第二方面因素。

……

钟嵘在《诗品序》中还谈到,诗歌创作要"干之以风力,润之以丹采",也就是说,要以"风力"作为文章的骨干,用美丽的文采来加以修饰,才能"使味之者无极,闻之者动心",具有无穷之味和强烈的艺术感染力。所以,"风力"与"丹采"的统一,是构成诗歌"滋味"的第三方面因素。……要作到"丹采"与"风力"的统一,也就是健康的情感内容与瑰丽的艺术形式的统一。

(《江汉论坛》1983 年第 2 期)

【拓展指南】

一、魏晋南北朝文学批评重要研究资料简介

1. 罗宗强:《魏晋南北朝文学思想史》,北京:中华书局1996年版。

简介:本书是研究魏晋南北朝文学批评的代表著作之一。全书详尽勾勒了魏晋南北朝近四百年间文学思想的发展脉络,深入剖析了这一时期文学思想嬗变的内外原因,清晰归纳了各时期文学思想的主要特征,是了解魏晋南北朝文学批评发展状况的重要资料。

2. 蒋凡、杨明:《中国文学批评通史·魏晋南北朝卷》,上海:上海古籍出版社1996年版。

简介:《中国文学批评史》共七卷,是目前中国文学批评史研究的代表性著作,本书是其中第三卷。本书的特点是描述历史全面,文献资料翔实,理论分析透彻,是全面了解魏晋南北朝文学批评理论状况的重要资料。

3. 郁沅、张明高:《魏晋南北朝文论选》,北京:人民文学出版社1996年版。

简介:本书是魏晋南北朝文学理论文章的选集,比较全面地反映出这一时期文学批评的原始面貌,是了解魏晋南北朝文学批评原始文献的重要资料。

4. 王元化:《文心雕龙讲疏》,上海:上海古籍出版社1992年版。

简介:本书是对《文心雕龙》进行理论阐释的代表性著作,特别是对《文心雕龙》的创作理论进行了相当深入的分析,是了解《文心雕龙》理论内涵的重要资料。

5. 张柏伟:《钟嵘诗品研究》,南京:南京大学出版社1999年版。

简介:本书以问题为主轴,对《诗品》中的若干重要问题进行了深入研究,是了解《诗品》研究状况的重要资料。

二、其他重要研究资料索引

（一）著作

1. 张少康:《文赋集释》,北京:人民文学出版社2002年版。
2. 周振甫:《文心雕龙注释》,北京:人民文学出版社1981年版。
3. 李建中:《文心雕龙讲演录》,桂林:广西师范大学出版社2008年版。
4. 曹旭:《诗品集注》,上海:上海古籍出版社1994年版。
5. 曹旭:《诗品研究》,上海:上海古籍出版社1998年版。
6. 袁济喜:《六朝美学》,北京:北京大学出版社1999年版。
7. 李泽厚、刘纲纪:《中国美学史》(魏晋南北朝卷),合肥:安徽文艺出版社1999年版。
8. 余敦康:《魏晋玄学史》,北京:北京大学出版社2004年版。
9. 汤用彤:《两汉魏晋南北朝佛教史》,北京:北京大学出版社1997年版。
10. 葛兆光:《七世纪前中国的知识、思想与信仰世界》,北京:复旦大学出版社1998年版。

(二) 论文

1. 牟世金：《〈文心雕龙〉的总论及其理论体系》，《中国社会科学》1981年第2期。
2. 张少康：《刘勰为什么要"依沙门僧祐"》，《北京大学学报》1981年第6期。
3. 张文勋：《论六朝文学理论发达的原因》，《社会科学战线》1982年第2期。
4. 蔡钟翔：《〈典论·论文〉与文学自觉》，《文学评论》1983年第5期。
5. 张少康：《应、和、悲、雅、艳——陆机〈文赋〉美学思想琐议》，《文艺理论研究》1984年第1期。
6. 萧华荣：《钟嵘〈诗品〉的诗歌批评体系》，《文学评论》1985年第4期。
7. 张伯伟：《钟嵘〈诗品〉的批评方法论》，《中国社会科学》1986年第3期。
8. 王运熙：《钟嵘诗论与刘勰诗论的比较》，《文学评论》1988年第4期。
9. 陈良运：《"诗缘情"诗学意义新识》，《文艺理论研究》1990年第4期。
10. 李建中：《心物：汉魏六朝文艺心理学之纲》，《学术月刊》1991年第1期。
11. 清水凯夫：《〈诗品〉是否以"滋味说"为中心——对近年来中国〈诗品〉研究的商榷》，《文学遗产》1993年第4期。
12. 蒋述卓：《说文气》，《中国文学研究》1995年第4期。
13. 张海明：《玄学本体论与魏晋六朝诗学》，《文学评论》1997年第2期。
14. 詹福瑞：《"文"、"文章"与"丽"》，《文艺理论研究》1999年第5期。
15. 傅刚：《汉魏六朝文体辨析的学术渊源》，《中国社会科学》2000年第1期。
16. 袁行霈：《魏晋玄学中的言意之辨与中国古代文艺理论》，《古代文学理论研究》第1辑。
17. 詹锳：《文心雕龙的文体风格论》，《古代文学理论研究》第2、3辑。
18. 陈伯海：《曹丕的文学批评标准及有关问题》，《古代文学理论研究》第3辑。
19. 王锺陵：《关于"言、意之辨"》，《古代文学理论研究》第8辑。
20. 周勋初：《刘勰的主要研究方法——"折衷"说述评》，《古代文学理论研究》第11辑。

第四章　隋唐文学批评

中国古代文学批评演进至隋唐,尤其是唐代,已呈现一派欣欣向荣、万象更新的发展形势。士族制度的衰微,科举制度的完善,使大批出身寒微、长期压抑的士人们有了进身之阶,建功立业成了人们普遍追求的美好理想。经学大师孔颖达奉敕编撰的《五经正义》在全国的颁行,使得经学受到广泛重视。而儒、释、道三教并存交融的思想文化形态,使得士人们既有弘"道"治国、立身处世的规范行为,又有张扬个性、独抒性灵的自由精神。表现在文学创作与文学批评方面,则具有重视诗教、经世致用、情采并茂、文质彬彬、讲求诗艺、崇尚意境的百花齐放的审美气象。

隋代历史短暂,其文学批评主要承继北朝的思想观念。隋文帝杨坚采纳御史李谔的建议,力排六朝浮靡文风之余绪;但思想偏于保守,过分强调文学事业的政教功能,而忽略了文学自身所固有的艺术规律与审美倾向,如此遂自然被唐代文学批评所取代。

唐代文学批评主要表现在诗歌与散文两大领域,其成果之丰硕、成分之多元,景象颇为喜人。其文学批评理论的鲜明特征主要有两点:

第一,诗论与文论的分道扬镳。唐以前多为诗文等多种文体合论,表现为一种杂文学观念。唐代则出现了大量的论诗、论文的专门诗文著作。论诗方面,如:陈子昂《与东方左史虬修竹篇序》,殷璠《河岳英灵集序》,元结《箧中集序》,元稹《乐府古题序》,白居易《与元九书》,释皎然《诗式》,韩愈《金针诗格》,李白《古风》(其一),杜甫《戏为六绝句》,王昌龄《诗格》、《送孟东野序》,皮日休《文薮序》,杜牧《李贺集序》,司空图《与极浦书》、《二十四诗品》,孟棨《本事诗》等,贾岛《二南密旨》,姚合《诗例》,张为《诗人主客图》,或序,或书,或著,或论诗歌内容,或评诗歌艺术,或讲诗歌作法,或析诗歌流派,或话诗人轶事,蔚然成为诗学批评的山阴美景。论文方面,如:王通《中说·天地篇》,刘知己《史通·叙事》,萧颖士《赠韦司业书》,李华《扬州功曹萧颖士文集序》,梁肃《常州刺史独孤及集后》,柳冕《答衢州郑使君论文书》,韩愈《答李翊书》、《送孟东野序》,柳宗元《答韦中立论师道书》、《杨评事文集后序》,李翱《答朱载言书》,皇甫湜《答李生第一书》,杜牧《答庄充书》,李商隐《上崔华州书》等,这些古文理论的共同特征是,都主张艺术方面的"奇",都强调在复古基础上的创新。

第二,政教中心论与审美中心论两大文学思想流别的对立与统一。这两大流别主要表现在:一是重兴寄,主风骨;二是重兴象,主神韵。前者属于儒家学派,主张为人而艺术,强调诗教的社会功能。从陈子昂、殷璠、杜甫到元稹、白居易至晚唐的皮日休等,以儒家诗教为本,继承《诗经》与汉乐府的现实主义精神传统,注重诗文的思想内容、教化功能与社会价值,"汉魏风骨"便成为他们诗歌创作的旗帜。后者缘于佛老哲学,主张为艺术而艺术。从王昌龄到释皎然,再到晚唐司空图等人,提倡诗歌艺术之美,偏重于研究诗歌自身的艺术规律,强调"韵外之致"与"味外之旨",追求意境之空灵、风格之含蕴,与《离骚》浪漫主义精神传统一脉相承。这两大文学思想流别相辅相成,和谐地统一在唐人的文学观念与审美情趣之中,有利于唐诗创作之繁荣与诗学批评健康地向前发展。

第一节 儒、释、道文化的并立与融合

一、隋唐儒学的复兴

隋唐对后世最有影响的学术思想派别是佛教,儒学虽然也得到隋唐统治者的支持,但其发展却坎坷曲折。隋文帝统一全国后,为了巩固政权,建立新的社会秩序,曾多次下诏提倡儒学。如开皇九年(589)诏书云:"丧乱以来,缅将十载,君无君德,臣失臣道,父有不慈,子有不孝,兄弟之情或薄,夫妇之义或违,长幼失序,尊卑错乱。"又云:"儒学之道,训教生人,识父子君臣之义,知尊卑长幼之序,升之于朝,任之以职,故能赞理时务,弘益风范。朕抚临天下,思弘德教,延集学徒,崇建庠序,开进仕之路,伫贤隽之人。"(《隋书》卷二)因此,他下令设立学校,开展儒学教育,进行科举考试,广泛选拔延揽人才。同时,经学著作的整理与研究开始兴盛,如牛弘著《五礼》一百卷,刘焯著《稽极》、《历书》和《五经述义》等书,刘炫著《五经正名》、《春秋述义》、《尚书述义》、《论语述义》等书,王通著《中说》等,仿《论语》而倡导儒学。

到了唐朝,统治者支持儒学的力度比隋朝更大。唐高祖李渊、唐太宗李世民等特别注意吸取隋朝覆亡之教训,十分强调社会生活秩序的稳定,故对倡导儒学尤为重视。正是由于朝廷的大力提倡,儒学在唐代复兴之局面甚

为可观。"贞观二年，诏停周公为先圣，始立孔子庙堂于国学，稽式旧典，以仲尼为先圣，颜子为先师，两边俎豆干戚之容，始备于兹矣。是岁大收天下儒士，赐帛给传，令诣京师，优以吏职，布廊庙者甚众。学生通一大经已上，咸得署吏。于国学造舍四百间，国子、大学、四门、俊士亦增置生员。其书、算各置博士、学生，以备众艺。自玄武门屯营飞骑亦给博士，授以经业，有能通经者听预贡举。而吐蕃及高昌、高丽、新罗等夷酋长，亦谴子弟请入于学以百数。国学之内，鼓箧而升讲筵者，几至万人。儒学之兴，前古未之闻也。"(《贞观政要》卷七)

　　唐代儒学之复兴，主要表现在两大方面：一是经学的兴盛，二是儒学与佛教的抗争鼎立之势。唐太宗于开国之初就敕命经学大师颜师古考定五经，整理版本，统一体例，以颁行天下。继而又命大儒孔颖达主撰《五经正义》，使其成为全国科举普遍使用的教材，有利于学子们更好地理解和掌握经典的思想与文化意义。此外，经学家陆德明著《经典释文》，与《五经正义》一起颁行于世。隋代建立的科举制度到唐朝得以完善。"唐制：取士之科，多因隋旧。然其大要有三：由学馆者曰生徒，由州县者曰乡贡，皆升于有司而进退之。其科之目有秀才、有明经、有俊士、有进士、有明法、有明字、有明算、有一史、有三史、有《开元礼》、有道举、有童子。而明经之别，有五经、有三经、有二经、有学究一经、有三《礼》、有三《传》、有史科，此岁举之常选也。其天子自诏者曰制举，所以待非常之才焉。"(《新唐书》卷四十四) 上列诸种取士名目中，最主要者则为明经与进士二科；而进士科最为重要，它是众多士子们渴望跻身仕途的关键通道。科举考试的内容主要是儒家的内容和经典，就取士名目的不同而决定考试内容的差异。"凡秀才，试方略策五道，以文理通粗为上上、上中、上下、中上凡四等为及第。凡明经，先帖文，然后口试，经问大义十条，答时务策三道，亦为四等。凡《开元礼》，通大义百条，策三道者，超资与官；义通七十，策通二者，及第；散、试官能通者，依正员。凡三传科，《左氏传》问大义五十条，《公羊》、《谷梁》三十条，策皆三道，义通七以上、策通二以上为第……凡童子科，十岁以下能通一经及《孝经》、《论语》，卷诵文十，通者予官；通七，予出身。凡进士，试时务策五道，帖一大经，经、策全通为甲第；策通四、帖过四以上为乙第。"(《新唐书》卷四十四) 在诸经文中，《礼记》、《春秋左氏传》为大经；《毛诗》、《周礼》、《仪礼》为中经；《周易》、《尚书》、《春秋公羊传》、《穀梁传》为小经。所谓"通四经"，就是要通两部大经、中小各一经；"通二经"，就是要大小各通一经或者通两部中经。毋庸置疑，科举考试内容限定为儒家经学典籍，这对促使唐代儒学的恢复与发展起到了十分重要的作用。

隋唐时期的佛教承袭南朝佛教之薪火，呈现出取代儒学的繁盛态势。因此，儒学对佛教的抗衡与批判亦就势在必行。不管佛教宣称其学术如何高明神通，如何涵括儒学与道家的思想，但有一个不争的事实，即佛教主张出世修行，超越现实生活，与经邦济世无涉。因此，佛教虽然香火兴旺，但它始终无法成为社会的统治思想。治国安邦，维护社会和谐秩序，不能不依靠中国本土的儒家学说。所以，隋唐时期，始终有一大批有识之士坚持儒家的"道统"观念，倡导"文以载道"的主张，强调儒学经邦济世的正统地位。从隋代王通《中说》对"今言政而不及化，是天下无礼也；言声而不及雅，是天下无乐也；言文而不及理，是天下无文也。王道从何而兴乎？吾所以忧也"（《王道篇》）的哀叹，李谔《上隋高祖革文华书》对"至如羲皇、舜、禹之典，伊、傅、周、孔之说，不复关心，何尝入耳"的焦虑，到唐代魏徵《群书治要序》对"竞采浮艳之词，争驰迂诞之说，骋末学之博闻，饰雕虫之小伎"浮艳文风的斥责，王勃《上吏部裴侍郎启》对"周公孔氏之教，存之而行于代，天下之文靡不坏矣"的担忧，令狐德棻《周书·王褒庾信传论》对"考其殿最，定其区域，摭六经百氏之英华，探屈、宋、卿、云之秘奥，其调也尚远，其旨也在深，其理也贵当，其辞也欲巧"的呼吁，刘知几《史通·载文》"夫观乎人文，以化成天下；观乎国风，以察兴亡。是知文之为用，远矣大矣"的论断，陈子昂《与东方左史虬修竹篇序》对"齐梁间诗，彩丽竞繁，而兴寄都绝，每以永叹。思古人常恐逶迤颓靡，风雅不作，以耿耿也"的忧患，李白《古风》其一"大雅久不作，吾衰竟谁陈？……自从建安来，绮丽不足珍。……文质相炳焕，众星罗秋旻"的呐喊，杜甫《戏为六绝句》"不薄今人爱古人，清词丽句必为邻。窃攀屈宋宜方驾，恐与齐梁作后尘"、"别裁伪体亲风雅，转益多师是汝师"的忠告，殷璠《河岳英灵集序》"既闲新声，复晓古体。文质半取，风骚两挟。言气骨则建安为传，论宫商则太康不逮，将来秀士，无致深惑"的赞美，元结《箧中集序》"近世作者，更相沿袭拘限声病，喜尚形似，且以流宕为辞，不知丧于雅正"的伤感，元稹《唐故工部员外郎杜君墓系铭并序》对杜甫之诗"上薄风骚，下该沈、宋，古傍苏、李，气夺曹、刘，掩颜、谢之孤高，杂徐、庾之流丽，尽得古今之体势，而兼人人之所独专矣"的高评，白居易《与元九书》"文章合为时而著，歌诗合为事而作"、《寄唐生》"非求宫律高，不务文字奇，惟歌生民病，愿得天子知"的主张，韩愈《答李翊书》"非三代两汉之书不敢观，非圣人之志不敢存……惟陈言之务去"、《送孟东野序》"大凡物不得其平则鸣"的观点，柳宗元《答韦中立论师道书》"文者以明道"、"文之用，辞令褒贬,导扬讽谕"的体悟,刘禹锡《唐故柳州刺史柳君集论》"八音与政通,而文章与时高下"的见解,皇甫湜《答李生第二书》"文为贵者非他,文则远,无文即不远也。以非常之文,通至正之理,是所以不朽也"的明识,杜牧《答庄充书》"凡为文以意为主,以气为辅,以词彩章句为之兵卫"的论说,李商隐《献侍郎钜鹿公启》"况属词之工,言志为最"的思想,皮日休《正乐府序》"诗之美也,闻之足以观乎功;诗之刺也,闻之足以成乎政"的首肯,司空图《与李生论诗书》"近而不浮,远而不尽,然后可以言韵外之致"的论定,等等,诸如此类,皆表明了唐人对儒学传统诗教观鲜明而可贵的维护与坚守之立场,从而使得贯穿整个唐代的现实主义创作之潮流奔腾汹涌,永不枯竭。

唐人坚守儒学阵地,还体现在对佛教的抗争方面。这种抗争行为有时还得到统治者的支持,而有时甚至是统治者直接发起的。李唐立国不久,高祖武德七年(624)太史令傅奕有感于佛教对社会的危害,向高祖皇帝上疏,要求清除佛法。他说:"佛在西域,言妖路远,汉译胡书,恣其假托。故使不忠不孝,削发而揖君亲;游手游食,易服以逃租赋。演其妖书,述其邪法,伪起三途,谬张六道,恐吓愚夫,诈欺庸品,凡百黎庶,通积者稀,不察根源,信其矫诈。乃追既往之罪,虚规将来之福。布施一钱,希万倍之报;持斋一日,冀百日之粮。遂使愚迷,妄求功德,不惮科禁,轻犯宪章……且生死寿夭,由于自然;刑德威福,关之人主,乃谓贫富贵贱,功业所招,而愚僧矫诈,皆云由佛。窃人主之权,擅造化之力,其为害政,良可悲矣。"(《旧唐书》卷七十九)从对人们的欺骗性、对社会生活的干扰性与对政治经济的破坏性方面对佛教进行了深刻揭露,简直是一篇声讨佛法的战斗檄文。群臣激烈讨论,不久高祖李渊颁布了《沙汰僧道诏》。后来,反佛者代不乏人,影响较大者有武则天时的狄仁杰,中宗时的韦嗣立和辛替否等,玄宗时的姚崇,德宗时的张镐等。而在唐代的反佛斗争中,影响最大、学术价值最突出并最能代表儒佛之争者就是韩愈。

元和十四年(819),唐宪宗敕从凤翔法门寺迎奉佛指骨舍利,先在宫中供养三天,然后送京城各寺礼敬。这样一来,全国的宗教狂热再度掀起。"凤翔法门寺有护国真身塔,塔内有释迦文佛指骨一节。其书本传法,三十年一开,开则岁丰人泰。十四年正月,上令中使杜英奇押宫人三十人,持香花赴临皋驿迎佛骨。自光顺门入大内,留禁中三日,乃送诸寺。王公士庶,奔走舍施,唯恐在后。百姓有废业破产、烧顶灼臂而求供养者。"(《旧唐书》卷一百六十)韩愈素不喜佛,对宪宗此举甚为不满,遂即上奏《论佛骨表》。此表先述汉明帝、梁武帝信佛而灭国的历史教训,得出"事佛求福,乃更得祸"的结论。次论宪宗迎佛骨所带来的"伤风败俗,传笑四方"的危害之大,并强烈要求将佛之"枯朽之骨,凶秽之余""投之水火,永绝根本",以此来"断天下之疑,绝后代之惑",从而"使天下之人,知大圣人之所作为,出于寻常万万也,岂不盛哉!岂不快哉!"最后,作者表示甘愿承担由他谏佛而引起的"凡有殃咎,宜加臣身"(《韩昌黎文集》卷三十九)的后果,体现了大无畏的抗争精神。与此前反佛者有所不同的是,韩愈是坚定地站在儒学的"道统"立场上来反对佛教之"法统"的。其《原道》篇认为,"道统"是由尧舜开始的,"尧以是传之舜,舜以是传之禹,禹以是传之汤,汤以是传之文武周公,文武周公传之孔子,孔子传之孟轲,轲之死不得其传焉"(《韩昌黎文集》卷十一)。主张以孔孟之道来批判佛教:"不塞不流,不止不行。人其人,火其书,庐其居,明先王之道以道之,鳏寡孤独废疾者有养也,其亦庶乎其可也。"(《韩昌黎文集》卷十一)韩愈《论佛骨表》的直言谏说,触怒了龙颜,宪宗要将其处死,后经宰相裴度、崔群等人的劝说才免于一死,却被贬为潮州刺史。其《左迁至蓝关示侄孙湘》诗云:"一封朝奏九重天,夕贬潮州路八千。欲为圣明除弊事,肯将衰朽惜残年!"表达了作者虽遭贬谪而不甘罢休的坚定意志。韩愈上奏《论佛骨表》虽未奏效而遭祸患,但他反佛的斗争行为却直接打击并动摇了佛教的统治,具有积极意义。

二、隋唐佛学的鼎盛

佛教是由汉代从印度传入中国的一种外来文化,经过数百年的发展,至隋唐已臻鼎盛之势,主要表现在以下几个方面:

其一,唐代统治者大力提倡佛教。唐代帝王继承了陈、隋朝廷思想文化传统,礼僧敬佛,支持佛教。唐太宗李世民虽然并不迷信佛教,但他在围攻王世充时,曾获得少林寺和尚的援助。其即位后颁发的《佛遗教经》云:"如来灭后,以末代浇浮,付嘱国王、大臣,护持佛法。"(《全唐文》卷九)显然以护法国主自任。玄奘从天竺取经返回长安,唐太宗委托尚书佐仆射房玄龄等组织官员与市民隆重欢迎玄奘大师归来。同时,唐太宗支持玄奘完成工程浩大的译经事业。武则天篡唐称帝后,出于政治目的,沙门怀义、法明等撰《大云经疏》,盛言女主受命之事,结果"释教开革命之阶"(《资治通鉴》卷二〇四)。唐代统治者还按例举行大规模的迎奉佛骨仪式。据《法苑珠林》记载,当时中国有舍利塔17所。按唐制,皇帝每十三年迎奉佛骨一次。从唐太宗贞观五年(631)至唐懿宗咸通十四年(873),共举行迎佛骨仪式7次。如前所述,韩愈就因向宪宗进奉《论佛骨表》而被贬潮州。穆、敬、文三朝也都循例礼佛做法事。唐代统治者对佛教所体现出来的这种呵护与钟情的态度，便自然促使整个唐代崇佛风气的形成。

其二，佛事繁兴，宗派林立。杜牧《江南春绝句》云："南朝四百八十寺，多少楼台烟雨中。"在杜牧时代，唐朝寺院遍布全国，仅首都长安就有一百多座，佛像数以万计。佛教翻译之事十分兴盛，仅玄奘一生就翻译佛经1335卷。隋唐佛教，宗派名目繁多。以地域分，则有天台宗；以经典分，则有华严宗；以学术分，则有法相宗；以修行分，则有禅宗。此外，尚有三论宗、唯识宗、律宗、密宗、净土宗等。其中影响最大的是天台宗、华严宗、唯识宗和禅宗。而天台、华严和禅宗乃是中国化的佛教宗派。宗派林立，便形成了独特的佛教宗派思想体系，尤其值得注意的是禅宗之崛起，使得佛教禅宗日趋中国化，成为具有中国特色的禅宗文化。

其三，高僧仰仗朝廷，士僧交游广泛。唐代许多高僧都与朝廷保持着密切关系。如武则天生产，玄奘四次上表祝贺。不少高僧凭借与朝廷非同寻常的关系，热衷干预朝廷政治、科举考试等事务。最著名的当推"玄武门事变"，李世民与兄长李建成争夺皇位继承权时，僧侣法琳支持太子李建成和齐王李元吉而惨遭失败，法琳被降为庶民。其他如"甘露之变"、"牛李党争"等重大政治事件，均有僧人参与其中。由此开创了佛教干预时政的政治文化传统。在唐代，士与僧由于政治利益链的关系，形成了一种"僧借士而扬名"和"士借僧以自梯"的互为依附、互相提携的特殊伦理现象。检索《全唐诗》，可见士与僧交往诗多达2273首。① 这种现象，对佛教思想的传播起到了一定的促进作用。

佛教兴盛以至于流行，佛教思想与思维方式必然渗透到文学创作与批评中去，使唐代文学创作与批评呈现出崭新的面貌，具体表现在以下几个方面：

其一，以"境"论诗，开创了独具中国特色的"意境说"之先声。"境"，出于法相宗的"八识"之说，即眼识、耳识、鼻识、舌识、身识、意识、末那识、阿赖耶识。法相宗最根本的观点是万法唯识，即宇宙一切存在及其现象都是唯识所变，"由此应知，实无外境，唯有内识，似外境生"（《成唯识论》卷二）。其中，以"识"（心）为尚，以"阿赖耶"为本，而以前六识所辨别的色、声、香、味等外物为其境界。"境界"一词，最早见于《无量寿经》之"斯义弘深，非我境界"及《诗经·大雅·江汉》郑玄笺之"正其境界，修其分理"。唐

---

① 据袁行霈统计，见《中国文学史》，北京：高等教育出版社1999年版，第207页。

人以"境"论诗,最为卓著者是释皎然与王昌龄。皎然《诗议》论诗标举"境象"。王昌龄《诗格》独标"诗有三境"之说,成为中国文学理论批评史上意境理论的一座里程碑。

其二,形象比喻,论文评诗。禅宗传佛学,多以比喻奏效,这对唐人的文学创作与批评影响甚大。唐人一方面吸收先秦以来中国文学理论批评中的意象批评传统精神,一方面又从佛教象喻中获得新的文学因素而发扬光大,极大地丰富了他们的文学创作与文学批评的内涵,提高了艺术审美品味。唐人皇甫湜《谕业》之论文,司空图《二十四诗品》之论诗等,都是运用象喻进行文学批评的典范之作。到了宋代,又以禅喻诗,以禅论诗,形成一代风尚。

其三,促使了诗僧群体的崛起。唐代是佛教发展的全盛时期,也是中国诗歌登峰造极的黄金时期。在唐诗如此兴盛繁华的文化氛围中,在僧人与诗人们的广泛接触交往中,诞生了一支引人注目的异军——诗僧队伍。据明代胡震亨《唐音癸签》卷三十"方外"条统计,唐代诗僧有集刊行于世者,计三十三家,三百二十四卷。陈士强《佛典精解》中列出诗僧有集行世者主要有:天台山国清寺寒山子的《寒山子诗集》一卷(附同寺沙门丰干、拾得的《丰干、拾得诗》一卷);皎然的《杼山集》十卷(以上见《四库全书总目提要》卷一四九,今存);齐己的《白莲集》十卷;贯休的《禅月集》二十五卷(附《补遗》一卷,见《四库全书总目提要》卷一五一,今存);灵澈的《灵澈诗》一卷;灵一的《灵一诗》二卷;清寒的《清寒诗》二卷;常达的《常达诗》一卷(以上合为《唐四僧诗》六卷,存《四库全书》集部二七一,上海古籍出版社影印)。此外,尚有无可(贾岛从弟)的《无可集》一卷,虚中的《碧云诗》一卷,修睦的《东林集》一卷,尚颜的《供奉集》一卷(以上见《文献通考·经籍考》卷七十,存佚未详),等等。《全唐诗》收诗僧一百一十三家(含仅存逸句者十四家)四十六卷,可谓洋洋大观。

唐代诗僧多出于江南,这与江南独具的优越的山水自然环境是密切相关的。刘禹锡《澈上人文集纪》云:"世之言诗僧多出江左。灵一导其源,护国袭之。清江扬其波,法振沿之。如么弦孤韵,瞥入人耳,非大乐之音。独吴兴画公能备众体,画公后,澈公承之。"(《刘禹锡集》卷一九)值得注意的是,安史之乱后的江南,尤其是吴越地区,僧诗创作极为兴盛。除山水环境优美之外,地方官员好与僧人交往,士人与僧人多有诗歌酬唱之社团组织也是重要原因。赞宁《唐越州焦山大历寺神邕传》云:"倏遇禄山兵乱,东归江湖。……旋居故乡法华寺,殿中侍御史皇甫曾、大理评事张何、金吾卫长史严维、兵曹吕渭、诸暨长丘丹、校书陈允初赋诗往复,卢士式为之序引,以继支、许之游,为邑中故事。"(《宋高僧传》卷一七)在众多的诗僧中,皎然是最具代表性的一位,他是诗人与僧人的复合体人物,"他的诗表现了禅风与诗风的融合,诗境与禅境的交汇"①。"皎然在人们的心目中不只是一位诗僧,他首先是一位高僧。这不仅因为他有精湛的佛学造诣,还因为他有僧人强烈的自我意识,并随时流露于诗中,使读他诗的人总领受到佛性的启迪和禅悦的沐浴。"②钱锺书说得好:"真诗人必不失僧侣心,真僧侣亦必有诗人心。"③以此来衡量唐代诗僧之创作,实为中肯之论。

其四,佛教对唐诗的全面渗透。唐代佛教的兴盛,必然影响到唐诗的创作。唐诗与佛教乃是"剪不断,理还乱"(李煜《相见欢》)的密不可分的关系。张国刚指出:"隋唐时代,佛学在推动文学新体裁的出现,影响文学创作理念和内容等方面,都产生了极大的影响,不论是当时文人的诗作,还是民间文学作品,都折射出佛教的价值观念、生命观念以及生活观念。"④翻检《全唐诗》可以发现,佛教对唐诗的影响主要有以下几个方面:(一)题材的广泛性。如描写读经的内容、佛寺禅院的情况以及与僧人交往酬唱的友谊等。(二)色彩的清淡性。如柳宗元《江雪》、王维《鹿柴》、杜牧《题宣州开元寺水阁阁下宛溪夹溪居人》等诗,一扫初唐浮艳华靡的文风,体现出清寒幽寂、平淡素朴的审美特征。(三)语言的通俗性。受佛典偈颂通俗化的影响,一种如诗似偈的通俗体诗便应运而生,如王梵志、寒山、拾得等人的诗。这不仅在唐代诗僧中广为流行,而且士人亦争相效仿。如王维就写过"梵志体"的诗;中唐"元和体"通俗诗派的代表白居易,其诗歌力求浅俗自然,老妪皆懂,明显受到王梵志和寒山等僧侣通俗诗风的影响。(四)表述的说理性。唐代禅家"绕路说禅"的表现形式,直接影响了诗人们作品的说理性倾向。如白居易《逍遥咏》:"亦莫恋此身,亦莫厌此身。此身何足恋,万劫烦恼恨。此身何足厌,一聚虚空尘。无恋也无厌,始是逍遥人。"又如《读禅经》:"须始诸相皆非相,若住无余却有余。言下忘言一时了,梦中说梦两重虚。空花岂得兼求果,阳炎如何更觅鱼?摄动是禅禅是动,不禅不动即如如。"正是诗人将佛理与诗趣有机地结合了起来,使得诗歌增进了理性精

---

① 沈松勤等:《唐诗研究》,杭州:浙江大学出版社2006年版,第395页。
② 蒋寅:《大历诗人研究》,北京:中华书局1995年版,第362页。
③ 钱锺书:《谈艺录》八八引法国白瑞蒙《诗醇》语,北京:中华书局1984年版,第272页。
④ 张国刚:《佛学与隋唐社会》,保定:河北人民出版社2002年版,第330页。

神,增加了说理的成分。李白、常建、司空图等一大批诗人都写过不少表现禅理的偈颂体诗歌。此外,还有不少诗人往往通过自然、景物的描写,有意识地注入一种人生的感悟与理趣。如韦应物《滁州西涧》:"独怜幽草涧边生,上有黄鹂深树鸣;春潮带雨晚来急,野渡无人舟自横。"常建《题破山寺后禅院》:"清晨入古寺,初日照高林,曲径通幽处,禅房花木深。山光悦鸟性,潭影空人心,万籁此俱寂,唯闻钟磬声。"在这些诗中,自然的哲理与禅意冥合无垠,别具清幽闲适的意境之美,自成一种精光妙理,余味曲包,引人入胜。

三、隋唐道学的繁荣

道教是中国土生土长的传统宗教,它产生于东汉中叶,经过魏晋南北朝长期分裂动荡的社会变革,得到进一步的发展,道学研究成果也逐渐增多。到了隋唐时期,由于统治阶级的大力倡导,道教又迅速形成了颇为兴盛繁荣的局面。

(一) 隋唐道教繁荣之概况

隋朝的开国皇帝杨坚虽因年幼寄养寺庙而信佛,但他即位之后,出于治国安邦的政治需要,对道教采取了重视和保护的政策。他把北周武帝为打击佛教而建的通道观和著名的玄都观合并为一,为道教的发展创设了国家级的研究机构。隋文帝还有意采用道教的神秘年号"开皇"作为自己的年号。隋炀帝杨广继位后,在洛阳建立东都,不惜耗费人力物力,在西苑人造湖修筑蓬莱、方丈、瀛洲等道教仙山,请道士作法;为了保证道教仪式的顺利进行,隋炀帝还专门拨出一定数量的耕地、什物赐给道观,给道教以切实有效的大力支持。

道教之于唐代,以其始祖为老子李耳,唐朝皇帝自李渊始便曾奉老子为皇族祖先。唐高祖对老子祖宗地位的确立,不言而喻,等于是公开向普天下郑重宣告:有唐一代,必将把遵奉道教作为一项基本国策;道教,无疑已成为唐代之国教也。在争强斗争中,唐太宗李世民因道家上清派首领王远知率徒支持而大获全胜,为了进一步提高道教的地位,他发布诏书,明文规定道教位居佛教之先。虽然这样的排序为武则天所改变,但唐玄宗即位后又很快恢复了。唐高宗封老子为"玄元皇帝",唐玄宗又给老子追加尊号,称老子为"大圣主玄元皇帝",并下令各州普遍建立玄元皇帝庙,制作玄元皇帝图像,颁布天下各地;同时他还确认道士为宗亲,并组织注疏《道德经》,列为众经之首,增设"崇玄馆",置"玄学博士"。即使在安史之乱中奔命的穷途末日,他还白日梦见老君骑白马而过,示意收拿安禄山。就在其爱妃"悠悠生死别经年,魂魄不曾来入梦"的时候,唐玄宗特别迷信"临邛道士鸿都客,能以精诚致魂魄",因此,"遂教方士殷勤觅。排空驭气奔如电,升天入地求之遍"(白居易《长恨歌》)。足见他对道教信仰之深。

安史之乱以后,宪宗、穆宗、敬宗、武宗和宣宗等帝王继续履行前朝既定的崇道政策,热衷于道教神仙之事,他们不断给道教上层人物封官晋爵,馈赠钱物,甚至诏请道士入宫,举行规模宏大的斋醮仪式,并亲受"法箓",以道士为师,广修宫观,鼓励创作道书,使得战乱后的道教重又复兴与发展起来。

唐代重视道教,主要体现在历代帝王的大力推崇与敬仰方面。他们十分沉迷于道家长生久视的方术。据赵翼《廿二史札记》统计,唐代皇帝中有七人服食丹药,其中六人之死皆与盲目食用丹药有关。唐代道教理论集中地体现在对《老子》这部道经的阐释上。唐人注《老》,或强调内炼长生、得道成仙,或强调修身治国、实现价值,尽管侧重点不同,但都倡导以静为根、以心为本和返本复性。与唐代诗人与佛教徒交往甚密的情况一样,唐代诗人与道士的交往亦十分突出。继"初唐四杰"之后,随着道教的发展,诗人与道士的关系日趋密切。从沈佺期到宋之问,从孟浩然到张九龄,从高适到李欣,无论是宫体诗人,还是山水田园诗人,抑或边塞诗人,都与道士有着千丝万缕的关系。他们之间的交往形式,多种多样,不拘一格:或互赠诗书、相互酬唱;或登门拜访、联络感情;或磋商道法、增进学问;或送往迎来、热情周到;或凭吊怀念、铭记友谊,等等。这样,道教思想对诗人们的渗透便是自然而然、潜移默化的。唐代道教史上,尚有一种独特而鲜明的现象,即道姑群体的兴旺发达。龚自珍《上清真人碑书后》指出:"唐世武曌、杨玉环,皆为女道士,而至真公主奉张真人为尊师。一代妃主凡为女道士可考于传记者四十余人。"[①]这些道姑们,堪称是擅长作诗者。如《全唐诗》卷八百六十三所收"女仙"诗以及卷八百六十四、卷八百六十五所收"神鬼"诗中,多有道姑所作者。唐代道教的盛行,形成了特有的时代风貌。林庚分析这种现象时指出:"道教盛行在唐代原也不是偶然的事情。在唐代之前就是南北朝佛教最盛的时期,佛教是讲来世的,道教是讲现世的;佛教是虚无的圆寂的,道教是要求鹤发童颜长生不老的。唐代是一个解放的年轻时代,在宗教上自然这返老还童的、本土而带有浪漫气质的神仙,便代替了那老僧入定的、

---

① 龚自珍:《定庵文集》第3册,《四部丛刊》本,第3页。

外来的、四大皆空的佛祖。中唐以来,佛教又极盛,这都说明道教的盛行于盛唐,也还代表了一定的时代风貌,便成了李白漫游的凭藉。"①

(二) 道教对唐代文学创作与文学批评的影响

据《唐才子传》统计,诗人与道家道教有缘者计有113人之多,约占全书立传才子的百分之四十,其中吴筠、李冶、吉中孚、施肩吾、韩湘、任藩、方干、灵一、陈陶、曹唐、李建勋、吕岩、陈抟等皆是著名道士。李白好道访仙炼丹,云游四方,任性随情,道心与诗心合一,是唐代诗人中受道教影响最深的典型代表。他所享有的"诗仙"之美称,委实是对他崇道之诚、学道之深的最为精当的概括。唐刘全白《唐故翰林学士李君碣记》评说李白:"浪迹天下,以诗酒自适,又志尚道术,谓神仙可致,不求小官;以当世之务自负,流离辗轲,竟无所成名。"②当李白遭放逐以后,求道成仙之思想更为突出,其《大鹏赋序》云:"余昔于江陵见天台司马子微,谓余有仙风道骨,可与神游八极之表。因著《大鹏遇希有鸟赋》以自广。"③李白崇尚并自比大鹏,正体现了他追求自然、逍遥飘逸的天真浪漫、放荡不羁的性格特征。皮日休《七爱诗》序云:"负逸气者必有真放,以李翰林为真放焉。"《七爱诗》称李白是:"口吐天上言,迹作人间客。"(《皮子文薮》卷一)其中的"真放"与"口吐天上言",都充分说明了李白受道教思想影响之深的事实。李白《古风》第十九首,简直就把自己写成一个飘然云游的神仙:"西上莲花山,迢迢见明星。素手把芙蓉,虚步蹑太清。霓裳曳广带,飘拂升天行。邀我登云台,高揖卫叔卿。恍恍与之去,驾鸿凌紫冥。"又如《庐山谣寄卢侍御虚舟》、《蜀道难》、《梦游天姥吟留别》、《游泰山六首》、《赠孟浩然》、《独坐敬亭山》、《山中问答》,等等,诗中无不充满浓郁的道教神仙思想色彩,真可谓:诗人与仙人共舞,诗心与道心齐飞。此外,与李白合称"三李"的李贺、李商隐也都是受道教思想影响很深的诗人。孙昌武曾将李贺与李白的道教思想观念进行对比,从而突出了李贺神仙诗的实质内涵。他指出:"从所表达的思想观念看,如果说生活在盛唐时期的李白主要是在神仙幻想里寄托了解脱现实羁束、实现意志自由的超逸高妙的理想,那么处在积衰积弊的环境与困顿之中的年轻的李贺,更多的是通过神仙境界,也不管他把仙界及其人物描写得多么美好动人,作品形象的真实底蕴却常常是幻想失落的深刻哀恸。他不是

---

① 林庚:《诗人李白》,北京:人民文学出版社2000年版,第48页。
② 王琦:《李太白全集》附录,北京:中华书局1977年版,第1460页。
③ 同上书,第2页。

在宣扬神仙,更不是在鼓动求仙,他是通过自己所创造的神仙境界来述说心迹。"①简而言之,李贺的这些游仙诗,只不过是诗人借他人酒杯以浇自家胸中块垒的借题发挥的一种智慧巧妙的抒情方式而已。至于李商隐,鉴于他年轻时的崇道经历及其与女冠的特殊关系等因素,其诗中所体现出来的飘渺灵幻的神仙境界就更为突出。其诗多用道家语言来表现缠绵悱恻的情感,由此营造"香雾空蒙月转廊"(苏轼《海棠》)的艺术境界。如《锦瑟》:"庄生晓梦迷蝴蝶,望帝春心托杜鹃。"《无题》:"刘郎已恨蓬山远,更隔蓬山一万重。"《无题二首》:"神女生涯原是梦,小姑居处本无郎。"《无题》:"紫府仙人号宝灯,云浆未饮结成冰。如何雪月交光夜,更在瑶台十二层。"《辛未七夕》:"恐是仙家好别离,故教迢递是佳期。由来碧落银河畔,可要金风玉露时?"《碧城三首》其一:"碧城十二曲阑干,犀辟尘埃玉辟寒。阆苑有书多附鹤,女床无树不栖鸾。"唐代"三李"诗中浓郁的道教思想意识的体现,正是道教影响唐代诗人的鲜明表征。值得注意的是,由于晚唐社会日薄西山的昏暗动乱之现实,诗人们的崇道之风更盛,因此,大量的游仙诗便应运而生了。曹唐堪称这一时期游仙诗创作的代表作家。据李乃龙统计,曹唐的游仙诗现存 121 首,这些游仙诗在创作题材、结构、情调与表现手法等方面,较之诗人以前的作品,都呈现出了新的风貌。

道教偏重于追求人的灵与肉的永恒与愉悦,更多地采取地合的方法,在迷狂中求得宣泄,在虚幻中获取满足。因此,其诗歌创作表现出想象丰富奇特、意象奇诡瑰丽的特征,注重创造优美的意境。在文学批评方面,则表现为从殷璠、皎然到晚唐司空图,品诗评文力主兴象神韵,崇尚自然朴素,提倡"韵外之致"、"象外之象"、"味外之旨",追求意境之空灵蕴藉,在艺术思维上为中国文学艺术增添了新的因子,从而使之又一次产生了质的飞跃。

四、隋唐儒、释、道文化的融合

隋唐,尤其是唐代,儒、释、道文化都得到了空前的发展,形成鼎立之势。在这样的文化氛围中,诗人们几乎都或多或少同时受到它们的影响,或由儒入道,或佛老并举,呈现出一种并存交融的思想形态。尽管出现唐初重道、武后重佛、中唐儒佛对抗、晚唐排佛重道的此起彼伏的社会思潮,但三教在任何一个时期都并行存在着、发展着,并无一教独霸的垄断现象。这正表明了唐代社会思想多元化的包容性特征。以武后朝为例,她执政期间推行的

---

① 孙昌武:《道教与代唐代文学》,北京:人民文学出版社 2001 年版,第 222—223 页。

是三教并重的政策,圣历二年(699)下诏编撰的大型经典《三教珠英》便是最好的明证。这是一部汇集儒释道三教精义的巨著。该书以《文思博要》为本,"更加佛道二教及亲司,姓名、方域等部"(《唐会要》卷三六)。而《文思博要》则是太宗下诏组织编撰的一部"义出六经,事兼百氏"(《全唐文》卷一三四)的大型典籍,主要以儒家经典为本,兼采百家之说。由《文思博要序》到《三教珠英》,可以看出唐代君主的统治思想并非独尊一家,而是呈现出颇为宽松的并行与交融现象。中唐时期,即使像崇尚儒家、激烈反佛的韩愈、杜牧等人,仍然对佛教具有较深的研究。总的来说,整个唐代儒、释、道三教处在一个对抗、并行而交融的状态之中。这是因为:"儒释道三家的价值观念,构成了中国传统文化价值目标的三维坐标,相互补充,相得益彰。儒家的价值目标指向现实生活,确定了中国古代社会基本的道德秩序与道德观念;道家的价值目标体现了对主体完善的关怀,支撑着个体的精神独立与心理平衡;佛教的价值目标则是对万有本质的追求,揭示出一种终极完善的境界。"①南怀瑾曾就各色人等对儒、释、道的需求情况打过一个极为形象的比喻,他说:"儒家是粮食店,绝不能打。……佛家是百货店……随时可以去逛逛,有钱就选购一些回来,没有钱则观光一番,无人阻拦。……道家则是药店,如果不生病,一生也可以不必去理会它,要是一生病,就非自动找上门去不可。"②所以,儒、释、道多有其存在的价值与需要,对此,唐人似乎尤为清楚。"就唐代思想领域的具体发展形势而言,在南北朝宗教思想泛滥之后,又正在进入一个比较理性的反思时期,这些都使得当时的知识阶层能够以更具批判性的理性眼光来对待宗教现象。而这种宗教信仰性的'蜕化',又使得他们更自由、更主动地对待三教。结果他们普遍地依据个人的理解和需要来接受和运用佛、道二教,'周流三教'从而成为一时风气。在文学领域,这一潮流对作家的思想和生活都产生了相当巨大的影响,并或隐或显地表现在他们的创作之作。"③由于唐代士人出入儒、释、道这种意识形态的多元化特征,促使他们形成了更为广阔的思想空间,极大地焕发出充满活力的艺术创造精神,所谓"盛唐气象",正是这种艺术创造精神发挥到极致的结果。表现在文学批评方面,则呈现出百花齐放春满园的喜人景象。在儒家的影响下,产生了以韩愈为首的"文以载道"的古文运动和以白居易

---

① 张怀承:《中国哲学发展史》,长沙:湖南教育出版社2004年版,第295页。
② 南怀瑾:《老子他说》,北京:国际文化出版公司1991年版,第2页。
③ 孙昌武:《唐代道教与文学》,北京:人民文学出版社2001年版,第472页。

为首的"文章合为时而著,歌诗合为事而作"的新乐府运动,和此前陈子昂高倡"汉魏风骨"与"风雅兴寄"的文学革新精神相呼应,共同构成了贯穿全唐的现实主义诗学精神,很好地发挥了"诗教"的社会功能。在道家的影响下,许多唐代士人在不能实现"达则兼济天下"的美好愿望时,不得不走一条"穷则独善其身"的避世归隐之路,他们遁迹山林,神游云霞,其诗歌想象之丰富奇异、意象之瑰丽神妙、意境之凌虚飘渺,将浪漫主义的诗学精神推向了新的境界。唐代"三李",尤其是受道教影响最深的李白,在其诗歌狂放不羁、信马由缰的浪漫主义风格的统帅下,形成了"清水出芙蓉,天然去雕饰"的崇尚自然的新的诗学批评趋尚。在佛学的影响下,具有中国特色的佛学——禅宗,其"即心即佛"、"无着无住"的随缘任运的思维形式与"当头棒喝"的"顿悟"意念,直接渗透到唐人诗歌艺术的探讨中。如王昌龄《诗格》以佛学的"境"论诗,将诗境分为"物境"、"情境"与"意境";皎然《诗式》中提出以"取境"为中心来论诗;司空图《二十四诗品》中所体现出来的"思与境偕"、"象外之象,景外之景"和"味外之旨"、"不著一字,尽得风流"的诗学思想与审美观念,等等。这些论述正是中国诗学走向成熟的鲜明标志,开启了宋代严羽"以禅喻诗"等诗学思想的不二法门。

第二节 唐代论诗诗、选本与诗格

一、唐代论诗诗

(一)《登幽州台歌》:"风骨"、"兴寄"的无言倡导

陈子昂(659—700),字伯玉,梓州射洪(今四川射洪)人。武后时曾任麟台正字、右拾遗等职,后人因称"陈拾遗"。出身豪族,少任侠,成年后始发愤攻读。胸有大略,关心国事,屡上书议政,皆切中时弊。曾两度从军。政治上屡受挫折,后遭诬陷,冤死狱中。有《陈伯玉文集》。陈子昂"风骨"、"兴寄"的诗歌主张见于《与东方左史虬修竹篇序》,而《感遇》三十八首五言古诗便是其诗歌主张的最好体现。他以鲜明的诗歌主张与积极创作吹响了初唐诗歌革新的号角。

陈子昂并无具体的论诗诗流传下来,但他的千古名篇《登幽州台歌》,便是其"风骨"、"兴寄"诗歌主张的无言倡导。诗云:"前不见古人,后不见来者。念天地之悠悠,独怆然而涕下。"首二句前后两个"不见",极写自己的孤独,暗示《诗经》、汉乐府以来的"风骨"、"兴寄"优良传统后继无人的

断裂现状。后二句联想到宇宙寥阔而自身渺小,忧患意识顿生,悲怆而落泪,强烈地表达了诗人勇于担当承传"风骨"、"兴寄"传统重任的豪迈情怀与时不我待的焦灼情绪两相交错的矛盾状态。陈良运对此有精辟的阐析,他说:"这首仅四句的杰作,几乎将他《感遇》三十八首所表现的俯仰宇宙、出入历史、直面现实、壮志难酬的主旨全部包容在其中了。四句诗中没有具象的描述(仅有最后一句是一个形体动作),但凸出了一个骨气铮铮、独立苍茫的诗人形象,创造了一个格调极高、历史与现实内涵都极为深邃广远的苍凉、悲壮境界,以'兴寄'而'发挥幽郁'可说已臻至极境!这是他十数年'感遇'的瞬间升华,是'骨气端翔,音情顿挫,光英朗练,有金石声'最出色的艺术实践,是有'风骨'的典范之作。较之他之前的初唐诗(包括'四杰'之作),《登幽州台歌》是无可争议的盛唐第一声!"①陈子昂促进唐诗健康发展的开启之功,深得李白、杜甫等人的推崇。韩愈称道之:"国朝盛文章,子昂始高蹈。"(《荐士》)金元好问更是高度评价说:"论功若准平吴例,合著黄金铸子昂。"(《论诗绝句》)

(二)《古风》其一:承传"风骚"传统,崇尚清新自然

李白(701—762)字太白,号青莲居士,祖籍陇西成纪(今甘肃天水)。先世因罪迁中亚碎叶城(今吉尔吉斯斯坦托克马克附近),李白即出生于此。后迁居绵州昌隆(今四川江油)青莲乡。玄宗时,曾任翰林院供奉,因不能"摧眉折腰事权贵"而遭谗放逐。肃宗时,又因受永王之乱牵连,长流夜郎,途中遇赦而归,不久病卒于当涂(今安徽马鞍山)。诗歌多寓"庄"、"骚"遗风,别具"豪放飘逸"之浪漫主义风格,世有"诗仙"之誉。有《李太白集》。

李白深受陈子昂"风骨"、"兴寄"的诗歌主张之影响,他对这位先辈乡贤甚为推崇,其《赠僧行融》诗云:"梁有汤惠休,常从鲍照游。峨嵋史怀一,独映陈公出。卓绝二道人,结交凤与麟。"将陈子昂与鲍照相提并论,称赞为"凤与麟",可见他对慷慨多气、风骨劲健诗风的喜爱与推崇。朱熹评价李白《古风》五十九首云:"多效陈子昂,亦有全用其句处。李白去子昂不远,其尊慕之如此。"②李白论诗诗的代表作《古风》其一,是他集中笔墨论诗的代表作。诗云:

---

① 陈良运:《中国诗学批评史》,南昌:江西人民出版社2001年版,第207页。
② 朱熹:《朱子语类》卷一百四十《论文》下。

大雅久不作,吾衰竟谁陈!王风委蔓草,战国多荆榛。龙虎相啖食,兵戈逮狂秦。正声何微茫,哀怨起骚人。扬马激颓波,开流荡无垠。废兴虽万变,宪章亦已沦。自从建安来,绮丽不足珍。圣代复玄古,垂衣贵清真。群才属休明,乘运共跃麟。文质相炳焕,众星罗秋旻。我志在删述,垂辉映千春。希圣如有立,绝笔于获麟。

此诗主要精神在于竭力推崇《诗经》朴素古雅、风雅比兴与"哀怨起骚人"的《楚辞》发愤以抒情及"建安风骨"的优良传统,以复古进行诗文革新。其中"自从建安来,绮丽不足珍"二句,不是将建安以来的所有诗歌都一笔抹倒,而是有所取舍,分别对待。对于那些一味追求奇艳之美的"绮丽"之作,诗人认为当然是"不足珍"的;而对于"文质相炳焕"的作品,无论古今,都是应当"足珍"的。李白对齐梁、谢朓等诗人的极力推崇便是典型的例子。原因就在于谢朓的许多山水诗情真意切,既有情境交融之美,又有清新自然之美。诗人屡屡称美谢朓及其山水名句,如:"蓬莱文章建安骨,中间小谢又清发"(《宣州谢朓楼饯别校书叔云》),"解道'澄江净如练',令人长忆谢玄晖"(《金陵城西楼月下吟》),"我吟谢朓诗上语,朔风飒飒吹飞雨。谢朓已没青山在,后来继之有殷公"(《酬殷明佐见赠五云裘歌》),"诺谓楚人重,诗传谢朓清"(《送储邕之武昌》),"玄晖难再得,洒酒气填膺"(《秋叶板桥浦泛月独酌怀谢朓》),等等。此外,除推崇小谢外,李白还颇为喜爱"大谢"清新秀美的景物名句,不厌其烦地运用于自己的诗作中。如谢灵运《登池上楼》中"池塘生春草,园柳变鸣禽"这一描写初春美好景色的千古名句,极其耐人寻味,李白在诗歌中曾多次称引或化用之。如:"梦得春草句,将非惠连谁"(《感时留别从兄徐王延年从弟延陵》),"昨梦见惠连,朝吟谢公诗,东风生碧草,不觉生华池"(《书情寄从弟邠州长史昭》),"他日池塘一梦君,应得池塘生春草"(《送舍弟》),等等。这些都表明李白对"清水出芙蓉,天然去雕饰"(《经乱离后天恩流夜郎忆旧游书怀赠江夏韦太守良宰》)的语言风格是何等的青睐与钟爱。而他对于那些雕章琢句、失去天真自然风格的诗篇,则极为反感与排斥。如《古风》其三十五云:

　　　丑女来效颦,还家惊四邻。寿陵失本步,笑杀邯郸人。一曲斐然子,雕虫丧天真。棘刺造沐猴,三年费精神。功成无所用,楚楚且华身。大雅思文王,颂声久崩沦。安得郢中质,一挥成风斤?

李白的观点是极其鲜明的,即:提倡"天真"自然,反对"雕虫"无用,推崇《诗经》传统,体现了复古之中求革新的诗歌主张。此与《古风》第一首互为补充,相得益彰,具有异曲同工之妙。

李白在诗论中对屈骚精神多有褒美与歌颂,如《江上吟》云:"屈平词赋悬日月,楚王台榭空山丘。兴酣落笔摇五岳,诗成笑傲凌沧州。"他在《泽畔吟序》中评价崔成甫学习屈原作品后变得"逸气顿挫,英风激扬,横波遗流,腾薄万古",突出了屈骚强大的影响力,而这也正可作为李白深受屈骚影响的真实写照。

要之,李白的诗论中所表现出来的承传"风骚"及汉魏六朝优良文学传统、崇尚清新自然、反对浮艳绮丽诗风的思想倾向是十分鲜明的,与陈子昂以复古而革新的精神一脉相承。正如其族叔李阳冰《草堂集序》的评价所云:"卢黄门云:'陈拾遗横制颓波,天下质文翕然一变',至今朝诗体,尚有梁、陈宫掖之风。至公大变,扫地并尽。"充分肯定了李白复古以革新的理论与实践的非凡成就。

(三)《戏为六绝句》:别裁伪体亲风骚

杜甫(712—770),字子美,河南巩县(今河南巩义)人。以郡望及迁居地屡变等因素,曾自称"杜陵布衣"、"少陵野老",或世称"杜少陵"、"襄阳杜甫"等。又曾任检校工部员外郎,世称"杜工部"。出生于"奉儒守官"之家,一生正值唐朝由盛转衰的"安史之乱"时期,诗多反映社会动乱与民生疾苦,后人有"诗史"之誉;极重诗歌艺术探索,刻意求工,无体不精,形成"沉郁顿挫"、"律切精深"的诗歌风格,享有"诗圣"之美称。有《杜工部集》。

杜甫的文学思想,继承了陈子昂与李白的诗学理论并有所发展,其代表作为《戏为六绝句》。《戏为六绝句》组诗开创了我国论诗绝句具有诗化色彩的文学批评体式。诗人所题"戏为"二字,并非游戏笔墨,而恰恰是其文学思想与审美观念的真实反映,具有集大成的典型诗学意义。诗云:

> 庾信文章老更成,凌云健笔意纵横。今人嗤点流传赋,不觉前贤畏后生。(其一)
>
> 王杨卢骆当时体,轻薄为文哂未休。尔曹身与名俱灭,不废江河万古流。(其二)
>
> 纵使卢王操翰墨,劣于汉魏近风骚。龙文虎脊皆君驭,历块过都见尔曹。(其三)
>
> 才力应难跨数公,凡今谁是出群雄?或看翡翠兰苕上,未掣鲸鱼碧海中。(其四)

不薄今人爱古人，清词丽句必为邻。窃攀屈宋宜方驾，恐与齐梁作后尘。（其五）
　　　未及前贤更勿疑，递相祖述复先谁？别裁伪体亲风雅，转益多师是汝师。（其六）

上列六首绝句，比较集中地反映了杜甫颇为辩证而公允的文学思想，主要表现在以下几个方面：

　　第一，注重风骚、汉魏创作传统。第一首起首两句就充分肯定了庾信晚期诗文创作的现实主义成就。"庾信文章老成就，凌云健笔纵横"，将庾信由南入北、屈仕敌邦的乡愁国恨、萧瑟苍劲的创作生态高度概括了出来。"今人"只知道"嗤点"庾信前期那些多含有宫体浮艳特征的诗赋，而忽视了他晚年"穷而后工"的诗风巨变，这是偏颇的。杜甫《咏怀古迹五首》其一又云："庾信生平最萧瑟，暮年诗赋动江关。"一再肯定庾信晚年那些怀念乡国而有切肤之痛的"动江关"的"诗赋"，可谓知音之评。杨慎《升庵诗话》云："庾信之诗，为梁之冠绝，启唐之先鞭。史评其诗曰'绮艳'，杜子美称之曰'清新'，又曰'老成'。'绮艳''清新'，人皆知之，而其'老成'，独子美能发其妙。"对于"初唐四杰"那些摆脱齐梁、走出宫廷、放眼边塞沙漠的反映社会现实的"当时体"诗歌，杜甫同样是充分予以肯定的，虽然他们在继承"风骚"、"汉魏"精神方面表现得尚有点弱，但毕竟还是"近""风骚"与"汉魏"精神的，因为他们的诗作已呈现出有别于齐梁柔靡之风的"龙文虎脊"的新雄之象。至于"窃攀屈宋宜方驾"、"别裁伪体亲风雅"等句，则更鲜明地表达了诗人努力继承"风骚"现实主义创作传统的坚决态度。他把一切有违"风雅"精神的作品统统斥为"伪体"，爱憎极为分明。杜甫在其他的诗作中还常常通过评价他人诗歌或直接怀念、崇尚屈宋等《楚辞》作家与作品的方式，体现其一贯而浓厚的"风骚"情结。其《陈拾遗故宅》云："有才继骚雅，哲匠不比肩。公生扬马后，名与日月悬。……终古立忠义，《感遇》有遗篇"，盛赞陈子昂《感遇》三十八首等诗"继骚雅"的精神实质，并高度赞美这些诗"名与日月悬"的不朽地位。《同元使君春陵行》对友人元结的《春陵行》、《贼退示官吏》两首现实性与人文性极强的诗篇给予了极高的评价，称它们是"两章对秋月，一字偕华星"，与颂美陈子昂的"名与日月悬"的高评如出一辙。在此诗的小序中，诗人称颂元结的诗具有"比兴体制，微婉顿挫之词"。这是对《诗经》反映现实、婉而多讽优良传统的最好继承。他在《偶题》中叹息"骚人嗟不见"，自然表达了对《骚》的向往之情。《天末怀李白》云："应共冤魂语，投诗赠汨罗。"认为李白与屈原都是无辜遭冤受害者，同

情之意溢于言表。尤其是他的《咏怀古迹五首》其二,对楚辞大家之一宋玉更是表现出由衷的悲悯与深沉的爱慕之情。诗云:

> 摇落深知宋玉悲,风流儒雅亦吾师。怅望千秋一洒泪,萧条异代不同时。江山古宅空文藻,云雨荒台岂梦思。最是楚宫俱泯灭,舟人指点到今疑。

由杜甫对宋玉如此深切的悲悯与钦慕之情可知,诗人与屈骚精神之间有着怎样的一种浓得化不开来的深挚情结。其他如"风骚共推激"(《夜听许十一诵诗爱而有作》)、"文雅涉风雅"(《题柏大兄弟山居屋壁二首》之一)、"先生有才过屈宋"(《醉时歌》)、"不必伊周地,皆登屈宋才"(《秋日荆南述怀三十韵》)、"若道士无英俊才,何得山有屈原宅"(《最能行》)等等,这些重复不断的描写,都充分表明诗人对"风骚"优良传统念念不忘地继承与发扬的可贵精神。作为享有"诗史"与"诗圣"美誉的杜甫,其全部的诗作皆可谓是风雅、汉魏精神的最为成功的实践。"其实,杜甫在他的诗里,隐藏着《骚》那反复咏叹、回环悲壮的格调。"[①]这正是指出了杜诗深蕴"风骚"传统的精神实质。

第二,择善而从、权衡古今的学习态度。《戏为六绝句》第一首,就点出了时人评价庾信诗赋创作的不良倾向,他们只盯住庾信前期作品浮艳华靡的东西而一味地"嗤点",指手画脚,品头论足,而视而不见他后期诗赋中"凌云健笔"而"老更成"的闪光之所在。因此,杜甫善于以辩证的眼光来评判庾信,充分肯定其后期"动江关"的诗赋杰作。在对待齐梁文学的态度方面,李白显然并不全盘否定齐梁文学,尽管说了"自从建安来,绮丽不足珍"这样的话,但他对谢朓等人的诗歌又呈现出前所未有的钟爱之情。因此,李白对齐梁文学的评价,在理论上还不够旗帜鲜明。杜甫就十分明确地亮出了自己既否定又肯定的辩证立场。他一方面说"恐与齐梁作后尘",即舍弃齐梁文学中卑下、轻艳、柔靡、颓废的东西;一方面又说"清词丽句必为邻",即认真学习那些易于表现诗人情感的"清词丽句",认真吸收其中有价值、有审美意义的艺术经验。诗人认为,不管是古人抑或今人,对于他们的创作的学习与继承态度,都应该做到既有肯定之处,又有否定之点,取其精华,弃其糟粕。对于齐梁等六朝文学中积极的创作因素,杜甫总是不遗余力地推介并加以吸收。《戏为六绝句》第一首就明确表示了对"庾信文章老更成,

---

① 罗宗强:《隋唐五代文学思想史》,北京:中华书局1999年版,第124页。

凌云健笔意纵横"创作风格的由衷喜爱之情。《咏怀古迹五首》表达了同样的感情:"庾信平生最萧瑟,暮年诗赋动江关。"对六朝时期的其他诗人,杜甫也有不少称誉之词,如:"孰知二谢将能事,颇学阴何苦用心"(《解闷》),"李侯有佳句,往往似阴铿"(《与李十二白同寻范十隐居》),"赋诗何必多,往往凌鲍谢"(《遣兴五首》其五),"流传江鲍体"(《赠毕曜》),"清新庾开府,俊逸鲍参军"(《春日忆李白》),"谢朓每篇堪讽诵"(《寄岑嘉州》)等等,这就是诗人对待前人文学遗产的正确的态度。杜甫《宗武生日》诗曾告诫其子说:"诗是吾家事,人传世上情。熟精《文选》理,休觅彩衣轻。"可见,诗人"转益多师"的集成态度是一贯的。这也正是成就其"诗史"与"诗圣"之成就的主要因素之一。很显然,只有经过"别裁伪体"、"转益多师"并且做到"后贤兼旧制,历代各清规"(《偶题》)之后,其文学创作才能够做到"才力""跨数公"、"凡今""出群雄",从而处于"不废江河万古流"的永恒不朽之历史地位。

第三,尊重"清词丽句"与"凌云健笔"的风格。杜甫是一个善于集大成者,其集大成的重要表现之一就在于尊重多种诗歌风格,兼容并包,各呈其美。先看他对"清词丽句"语言风格的喜爱与推崇。《戏为六绝句》其五云:"不薄今人爱古人,清词丽句必为邻。"诗人的态度十分明确,即不管是古人抑或今人,只要是能真切反映社会现实与个人情感的具有"清词丽句"语言风格的诗篇,都必须当做友好的邻居而好好学习。杜甫在其他诗篇中也曾多处论及"清丽"诗句风格的问题,如"诗清立意新"(《奉和严中丞西城晚眺》),"词人取佳句,刻画竟谁传"(《白盐山》),"美名人不及,佳句法如何"(《寄高三十五》),"更得清新否?遥知属对忙"(《寄高适、岑参》),"绮丽元晖拥,"(《八哀诗·张九龄》),"清诗句句尽堪传"(《解闷》),"清诗句句好,应任老夫传"(《赠严武》),"清诗近道要,识子用心苦"(《贻阮隐居》),"最传秀句寰区满"(《解闷》),"清文动哀玉,见道发新硎"(《酬薛十二》),等等。屡屡提及"清"、"清新"、"绮丽"、"佳句"、"秀句"等审美范畴,反映了诗人崇尚"清丽"风格的审美趋向。此外,诗人又有倡导"凌云健笔"、风骨雄壮之审美范式的一面。如果说"清词丽句"是一种阴柔之美的话,那么"凌云健笔"则是一种阳刚之美。"庾信文章老更成",其中的"老"字即苍劲有力之意,是后一句"凌云健笔意纵横"的高度概括。《戏为六绝句》中"龙文虎脊"、"才力""跨数公"、"出群雄"、"鲸鱼碧海"等关键词的不断出现,是诗人推崇雄壮诗风的有意识流露。其他如"子建文笔壮"(《别李义》),"骅骝开道路,鹰隼出风尘"(《寄高适》),"激烈伤雄才"(《陈拾遗学堂》),"雄笔映千古"(《寄贾至》),"意惬关飞动,篇终接混茫"(《寄高、岑》),"文章曹植波澜阔"(《追酬故高蜀州人日见寄》)等,都反映出诗人对风骨遒劲、气象雄阔之诗风的钦羡之情。杜甫还喜欢用"力"字、"老"字来评价诗人雄浑苍劲的诗歌特征。如:"才力应难跨数公"(《戏为六绝句》其四),"才力老益神"(《寄薛璩》),"庾信文章老更成"(《戏为六绝句》其一),"座中薛华善醉歌,歌辞自作风格老。……何刘沈谢力未工,才兼鲍照愁绝倒"(《苏端薛复筵简薛华醉歌》),"毫发无遗憾,波澜独老成"(《敬赠郑谏议》),这些"老"字、"力"字,实质都是"苍劲"、"风力"的代名词,与"慷慨沉雄"、"兴寄壮怀"的"建安风骨"、"左思风力"是一脉相承的,也是杜甫"沉郁顿挫"诗风的具体表现。杜甫在他的许多题画诗中,更多地体现了重"骨气"、"骨力"的审美理想与观点,如称赞曹霸画马是"须臾九重真龙出,一洗万古凡马空"(《丹青引》),崇尚韦偃画松是"绝笔长风起纤末,满堂动色嗟神妙。两株惨烈苔藓皮,屈铁交错映高枝"(《戏为双松图歌》),等等。杜甫在评价李白的诗风时曾云:"清新庾开府,俊逸鲍参军。"(《春日忆李白》)这"清新"即是"清词丽句";这"俊逸",即是"凌云健笔"。可见,杜甫是同时推重阴柔与阳刚之诗歌风格的。

由以上《戏为六绝句》的简要分析,并参考杜甫的相关诗论,他的诗学观大体表现在注重"风骚"与汉魏传统的继承,以及推崇"清词丽句"与"凌云健笔"并举的诗歌风格,这是值得充分肯定的诗学审美观。杜甫的诗学观对于"澄清"初唐以来人们在庾信及"初唐四杰"诗歌创作评价上的偏颇之处与模糊概念,引导唐代诗歌进一步走向繁华与健康发展之路作出了重要贡献。

如前所述,杜甫的诗学观主要体现在《戏为六绝句》中,但有必要特别指出的是,杜甫在其他的有关诗论中十分重视诗歌创作的"传神"意义。诗中之"神",俯拾皆是,如:"诗成觉有神"(《独酌成诗》),"诗兴无不神"(《寄张山人彪》),"才力老益神"(《寄薛璩》),"苍茫兴有神"(《上韦左相》),"诗应有神助"(《游修觉寺》),等等。在他的部分题画诗中,也多有涉及"神"字之处,如:"写此神骏姿,充君眼中物"(《画鹘行》),"将军画马盖有神"(《丹青引》),"国初已来画鞍马,神妙独数江都王"(《韦讽录事宅观曹将军画马图》),"韩干画马,毫端有神"(《画马赞》)。至于怎样才能达到诗中之"神"的美好境界,杜甫结合自己的创作体会郑重指出:"读书破万卷,下笔如有神"(《奉赠韦左丞丈二十二韵》),"为人性僻耽佳句,语不惊人死不休"(《江上值水如海势聊短述》),"孰知二谢将能事,颇学阴何苦用心"(《解闷》)。这里,诗人明确地告诉我们,诗歌要达到传神入化之境,就在于勤学苦读,持之以恒,所谓"腹藏诗书自有神"也。所谓诗之"神",即兴会、灵感及神妙之意。"神"的艺术概念,较早源自于六朝。到了唐代,人们在创作实践中已更注重传神手法的运用,但在理论上如此全面论述诗之"神"的形态作用以及传神之途径者,杜甫当是第一人。

由于杜甫具有辩证思维的诗学眼光、兼采百家的学术心胸,不贵古贱今,也不薄古厚今,转益多师,集思广益,遂成就了杜诗包举万有、挥洒自如的集大成气象。正如元稹《唐故工部员外郎杜君墓系铭并序》所评价的那样:"至于子美,盖所谓上薄风、骚,下该沈、宋,古傍苏、李,气夺曹、刘,掩颜、谢之孤高,杂徐、庾之流丽,尽得古今之体势,而兼人人之所独专矣。"①由此可见,杜甫诗歌之创作成就,乃其《戏为六绝句》诗学思想的最佳体现。

杜甫《戏为六绝句》、《解闷》等以七绝组诗形式来评价作家作品,在中国文学批评史上开创了一种难能可贵的新范式,对后世影响很大。较为著名者有金代元好问的《论诗绝句》三十首,清代王士禛的《戏仿元遗山论诗绝句》三十五首等。

(四)《寄唐生》:唯歌生民病,愿得天子知

白居易(772—846),字乐天,晚年自号香山居士、醉吟先生。下邽(今陕西渭南)人,郡望太原(今属山西)。贞元十六年(800)进士及第,先后任秘书省校书郎、盩厔尉、左拾遗等职,颇具"兼治天下"之怀抱。元和十年(815),因事贬江州司马,此后则以"独善其身"求自保。晚年多以诗酒、山水、释氏为乐。有《白氏长庆集》。

白居易的文学批评思想主要集中于《与元九书》、《新乐府序》、《读张籍古乐府》、《寄唐生》、《策林》等书信、诗序、论诗诗、策论之中。较之于杜甫,更强调"诗教"的社会政治功能,倡导继承《诗经》的风雅比兴传统,要求"文章合为时而著,诗歌合为事而作",十分重视讽谕诗的创作,突出诗文创作的宗旨是"补察时政"、"泄导人情"、"唯歌生民病,愿得天子知",因而享有"广大教化主"之美誉。

《寄唐生》是一首五言乐府诗,在诗中,白居易对唐生"怜君头半白,其志竟不衰"、"所悲忠与义"的关心国家命运的爱国精神表示赞美,同时也表达了自己对讽谕诗的看法。诗云:"我亦君之徒,郁郁何所为,不能发声哭,

---

① 元稹:《元氏长庆集》卷五十六。

转作乐府诗。篇篇无空文,句句必尽规,功高虞人箴,痛甚骚人辞。非求宫律高,不务文字奇,惟歌生民病,愿得天子知。"很显然,诗人已将"唯歌生民病,愿得天子知"作为诗歌最重要的功能来加以强调了。正因为诗具有如此重要的政治功能,所以,诗歌的创作必须是"篇篇无空文,句句必尽规",这样才能具有与"虞人箴"一样的"功高"。也正因为过分强调了诗歌反映现实的政治功能,所以,诗歌的"宫律"与"文字"也就不必一定求其"高"与"奇"了;只要反映了民生疾苦、社会黑暗,就算是尽了诗人的讽谕责任了。应该说,强调诗歌的现实内容,本无可厚非,但完全忽略有助于内容表达的"宫律"、"文字"等方面的艺术形式,无疑是有失偏颇的。而"痛甚骚人辞"的指责,也不符合屈骚的创作实际。屈原在《离骚》等作品中大量运用香草美人的比兴象征意象及华丽的辞藻,是为更好地表达其曲折复杂之思想感情服务的,可谓达到了思想内容与艺术形式完美结合的理想诗歌境界。白居易以"痛甚骚人辞"来否定屈骚的语言成就,显然是不妥的。

白居易在《读张籍古乐府》中高度赞美了张籍乐府诗承继《诗经》风雅比兴传统、努力反映现实的杰出成就。诗云:

> 张君何为者?业文三十春。尤工乐府诗,举代少其伦。为诗意如何?六义互铺陈。风雅比兴外,未尝著空文。读君《学仙》诗,可讽放佚君;读君《董公诗》,可诲贪暴臣;读君《商女》诗,可感悍妇仁;读君《勤齐》诗,可劝薄夫淳;上可裨教化,舒之济万民;下可理情性,卷之善一身。

此诗与《寄唐生》一样,都十分强调讽谕诗的现实作用,突出诗歌"可裨教化"的儒家诗教功能。所不同的是,诗人在这首诗中通过他对张籍具体诗篇的阅读感受来体现其诗的现实意义,较之《寄唐生》更有现实感与说服力。

元和四年(809),白居易曾为自己创作的五十首新乐府诗作《新乐府序》,云:

> 序曰:凡九千二百五十二言,断为十五篇。篇无定句,句无定字;系于意,不系于文。句首标其目,卒章显其志,诗三百之义也。其辞质而径,欲见之者易谕也;其言直而切,欲闻之者深诫也;其事核而实,使采之者传信也;其体顺而肆,可以播于乐章歌曲也。总而言之,为君、为臣、为民、为物、为事而作,不为文而作也。

这可以看做是白居易讽谕理论的总纲领,是他现实主义诗歌理论的核心与精华所在。他在《新乐府》五十篇的最后一篇《采诗官》中,对这种讽谕理论

有更进一步的阐明:

> 采诗官,采诗听歌导人言,言者无罪闻足诫,下流上通上下泰。周灭秦兴至隋氏,十代采诗官不置,郊庙登歌赞君美,乐府艳词悦君意。若求兴谕规刺言,万句千章无一字。不是章句无规刺,渐及朝廷绝讽议。诤臣杜口为冗员,谏鼓高悬作虚器。……君耳唯闻堂上言,君眼不见门前事。贪吏害民无所忌,奸臣蔽君无所畏。君不见厉王、胡亥之末年,群臣有利君无利? 君兮君兮愿听此:欲开壅蔽达人情,先向歌诗求讽刺。

其主要精神与《与元九书》中所论甚为一致:"仆当此日,擢在翰林,身是谏官,手请谏纸,启奏之外,有可以救济人病,裨补时阙,而难与指言者,辄咏歌之,欲稍稍递进闻于上。"(《白氏长庆集》卷四十五)"总而言之,为君、为臣、为民、为物、为事而作,不为文而作也。"(《新乐府序》)

"至此,我们可以清楚地看到,白居易诗歌理论的实质,是完全出于功利的目的。……白居易的这种诗歌主张把前此儒家重功利的诗歌理论发展到了极致。"①结合中唐借文学复古以振兴儒学的文化思潮,我们能够理解白居易"文章合为时而著,歌诗合为事而作"的急切救世的诗文功利观,但是,由于过分强调"诗教"的社会功能,使诗殆同"谏书",这无疑会导致作家个性的淡化、诗歌艺术滋味的消解,不利于诗歌艺术规律的探讨与发展。

二、唐代选本

在中国古代文学批评史上,编选者往往通过某种选本来揭示自己独特的喜好与文学主张,它是推动文学发展的一种内在动力。唐人选唐诗便是如此。据陈尚君统计,唐人选唐诗已有 137 种之多②,现存者十余种,傅璇琮编撰的《唐人选唐诗新编》辑录了《翰林学士集》(许敬宗等撰)、《珠英集》(崔融编)、《丹阳集》(殷璠编)、《河岳英灵集》(殷璠编)、《国秀集》(芮挺章编)、《箧中集》(元结编)、《玉台后集》(李康成编)、《御览诗》(令狐楚编)、《中兴间气集》(高仲武编)、《极玄集》(姚合编)、《又玄集》(韦庄编)、《才调集》(韦縠编)、《搜小玉集》(佚名编)。③ 兹就《河岳英灵集》、《箧中集》、《中兴间气集》三部选本之序论及相关论说作一简析,以见出它们各具

---

① 罗宗强:《隋唐五代文学思想史》,北京:中华书局 1999 年版,第 261 页。
② 陈尚君:《唐人编选诗歌总集叙录》,见蒋寅、张伯伟主编《中国诗学》1992 年第 2 辑。
③ 傅璇琮:《唐人选唐诗新编》,西安:陕西人民教育出版社 1996 年版。

面貌的诗学思想。

(一)《河岳英灵集》：崇尚声律风骨相兼备的新诗风

殷璠,生卒年不详,丹阳(今江苏)人。其《河岳英灵集》是现存唐人选唐诗中最著名的一种,选录了开元、天宝盛唐时期王维、王昌龄、储光羲等24人的228首诗。殷璠在选诗的同时,不仅注重在"序"与"集论"中阐明自己对诗歌发展、特征及选诗标准的具体意见,而且对所选诗人都有切实简当的评价,这是此书的一个创举。三者共同体现了殷璠的诗学思想与审美观念。"殷璠《河岳英灵集》出现于盛唐诗歌的高峰期,它不满足于单纯的选诗,而是对不少还在创作中的诗人加以评论,它是如此切近现实,使得评论与创作同步前进。"①这委实是一部选诗与评诗双赢同辉的选本杰作。殷璠的诗学思想与审美观念主要有以下几点：

第一,"既闲新声,复晓古体。文质半取,风骚两挟"的声律风骨说。

在《河岳英灵集》序言中,殷璠首先对南朝至盛唐的诗歌演进轨迹作了简要勾勒：

> 至如曹、刘诗多直致,语少切对,或五字并侧,或十字俱平,而逸驾终存。然挈瓶肤受之流,责古人不辨宫商,词句质素,耻相师范。于是攻乎异端,妄为穿凿,理则不足,言常有余,都无兴象,但贵轻艳;虽满箧笥,将何用之？自萧氏以还,尤增矫饰。武德初,微波尚在;贞观末,标格渐高;景云中,颇通远调;开元十五年后,声律风骨始备矣。

作者通过对六朝以来"理则不足"(内容干瘪)与"但贵轻艳"(形式华美)弊病的揭示,突出盛唐人力挽弊端而努力开创声律风骨相兼美的新局面。他在《河岳英灵集论》中又对"声律风骨"问题作了进一步的阐明："璠今所集,颇异诸家,既闲新声,复晓古体;文质取半,风骚两挟;言气骨则建安为俦,论宫商则太康不逮。将来秀士,无致深惑。"刘勰《文心雕龙》中专列《风骨》与《声律》两篇,实际上是在强调文学作品要做到"缀虑裁篇,务盈守气,刚健既实,辉光乃新"(《风骨》)与"标情务远,比音则近;吹律胸臆,调钟唇吻"(《声律》)的内容与形式的有机结合,这也就是后来魏征《隋书·文学传序》所追求的"文质斌斌,尽善尽美"(《隋书》卷七十六)的理想境界。而殷璠所论,正与此甚相吻合。

第二,"神来、气来、情来"的"兴象"说。

---

① 李珍华、傅璇琮:《河岳英灵集研究》前记,北京:中华书局1992年版,第19页。

《河岳英灵集序》云:"夫文有神来、气来、情来,有雅体、野体、鄙体、俗体。"前者论文学作品所呈现出来的精神实质之"兴象",后者则是文学作品的外在形式。殷璠在《河岳英灵集》中多次提及"兴象"这个新创名词,如评陶翰的诗为"既多兴象,复备风骨";评孟浩然的诗是"至如'众山遥对酒,孤屿共题诗',无论兴象,兼复故实"。因此,"我们可以肯定,兴象大约是指一种'神来、气来、情来',即情感高涨、风力振举、精神充沛的审美格调,也是一种特定的诗歌形象"①。一般而言,以"兴象"见长的人,大抵都擅长歌吟山水田园等自然景象,如常建、王维、孟浩然等皆是如此。殷璠的"兴象"说,是一个颇具丰富内涵的美学概念,它既包含作家浓郁的情思,又包含外界事物的具体形象,主客相间,情景交融,其内涵之美已接近意境之概念了。"兴象说的提出,标志着唐代的抒情写景诗在过去南北朝基础上又有新的繁荣发展,并在文学理论批评方面获得了相应的反映。"②

第三,求"新"、贵"雅"、重"奇"说。

殷璠评诗特别看重创新之处,善于发现诗人们的新异亮点。如评李白《蜀道难》:"可谓奇之又奇。然自骚人以还,鲜有此体调也";评王维诗:"词秀调雅,意新理惬,在泉为珠,着壁成绘。一句一字,皆出常境";评王季友诗:是"爱奇务险,运出常情之处。……至如《观于舍人西亭壁画山水诗》……甚有新意";评綦毋潜诗:"屹崒峭蒨足佳句,善写方外之情。至如'松覆山殿冷',不可多得;又'塔影挂清汉,钟声和白云',历代未有。荆南分野,数百年来,独秀斯人";评崔国辅诗:"婉娈清楚,深宜讽味。乐府数章,古人不及也"。殷璠还十分推崇"雅"和"奇"。雅指诗风雅正、纯正、清雅。殷璠评王维诗"调雅",评孟浩然诗"半遵雅调",评储光羲诗"挟风雅之迹"。他崇尚"雅体",而不满意"野体、鄙体、俗体",这反映了盛唐许多诗人追摹《诗经》及汉魏古诗雅正诗学传统的时代趋尚与要求。殷璠还对于"奇"之表现形态别有好感,如评刘眘虚诗是"思苦语奇",评高适诗是"甚有奇句",评岑参诗是"语奇体峻",等等。殷璠论诗既求"新",又贵"雅",还重"奇",这一方面比较准确而及时地反映了盛唐诗人有别于前代诗歌的创作新貌,另一方面则体现了殷璠敏锐而新颖的诗学眼光与切合时代实际

---

① 袁济喜:《新编中国文学批评发展史》,北京:中国人民大学出版社2006年版,第173—174页。
② 王运熙、顾易生:《中国文学批评史新编》上卷,上海:复旦大学出版社2007年版,第191页。

的评诗标准,其评论颇为简切精当。五代孙光宪《白莲集序》认为,在唐人选唐诗的十余家中,"惟丹阳殷璠,优劣升黜,咸当其分"。的确如此。

殷璠《河岳英灵集》卷首序论、正文选录作品并间以作家评论的体制模式仿效于钟嵘《诗品》,论诗"雅""奇"兼重亦明显受其影响。然而,钟嵘在以三品评论诗人方面往往存在有失公允之处;而殷璠之评则无此弊,可谓"青出于蓝而胜于蓝"矣。

(二)《箧中集》:身披"诗教"政治功利色彩的曙光

元结(719—722),字次山,自称元子,又号猗玗子、浪士、漫郎、漫叟、聱叟等。先世本鲜卑拓跋氏,北魏孝文帝时改姓元。先居太原(今属山西),后迁居鲁山(今属河南)。天宝十三载(754)登进士第,历任监察御史、水部员外郎、道州刺史等。后病死长安,赠礼部侍郎。有《元次山集》。

《箧中集》是元结编选的较为重要的唐诗选本,录其友人沈千运、王季友、于逖、孟云卿、张彪、赵微明、元季川7人共24首诗。所选诗全是五言古体,风格上都体现出"淳古淡泊、绝去雕饰"(《四库全书总目》卷一八六)的特征,以此来反对当时诗坛脱离现实追求形式的流弊,很好地凸现了作者的文学主张。元结的文学主张主要体现在《箧中集序》中。此序先交代了自己编集的原因,乃在于诗坛"风雅不兴,几及千岁,溺于时者,世无人哉?……近世作者,更相沿袭,拘限声病,喜尚形似;且以流易为辞,不知丧于雅正"。而好友"吴兴沈千运,独挺于流俗之中,强攘于已溺之后,穷老不惑,五十余年。凡所为文,皆与时异"。(《元次山集》卷七)元结所称之"雅正"与"皆于时异",即承继《诗经》风雅比兴的传统,要求诗歌具有美刺内容和质朴的风格,反对流连光景、淳艳雕饰之作,充分发挥诗歌的政教功能。在《文编序》中,元结自言其"所为之文,多退让者,多激发者,多嗟恨者,多伤闵者",旨在"可戒可劝,可安可顺"、"劝之忠孝,诱以仁惠,急于公直,守其节分",以达到"救时劝俗"(《元次山集》卷十)之"诗教"的最终目的。其实,元结早在《二风诗论》中便自述其《二风诗》的创作目的是"极帝王理乱之道,系古人规讽之流"。又在其后的《系乐府十二首序》中表明创作动机是"尽欢怨之声音,可以上感于上,下化于下"。晚年所作的《舂陵行》结尾亦云"何人采国风,吾欲献此辞",等等。总之,元结再三强调的是:承继风雅比兴传统,发挥诗歌的劝诫教化作用。元结这种文学主张在其新乐府名篇《舂陵行》、《贼退示官吏》中都得到了最好的体现,杜甫曾以"两章对秋月,一字偕华星"(《同元使君舂陵行并序》)给予极高的评价。元结极重"诗教"功利色彩之曙光,到后来白居易、元稹的诗论中则氤氲成满天之彩霞矣。

（三）《中兴间气集》:"体状风雅"、"理致清新"的评诗标准

高仲武,生卒年不详,渤海(今河北沧州)人。编有《中兴间气集》,选诗范围自肃宗至德初年至代宗大历末年,选录自钱起至张南史计 26 家 134 首诗。其选诗体例与《河岳英灵集》基本相同,由序论、选诗正文、作家评论组成。《中兴间气集》体现了他主要的文学主张。

其一,强调"体状风雅",继承诗教传统。序中明确表示了自己的选诗标准,即:"诗人之作,本诸于心。心有所感,而形于言,言合典谟,则列于风雅。……古之作者,因事造端,敷弘体要,立义以全其制,因文以寄其心,著王政之兴衰,表国风之善否,岂苟悦权右、取媚薄俗哉!"所谓"典谟"、"风雅"、"国风",就是风雅比兴的诗教传统。在作者看来,只有继承了这样的传统,才能文以寄心,反映国事,实现文学资政之目的。如评朱湾诗云:"诗体幽远,兴用洪深。……'受气何曾异,开花独自迟',所谓'哀而不伤',《国风》之深者也。"比较准确地反映了盛中唐之交诗歌关注现实的创作倾向。

其二,倡导"理致清新"的诗歌风貌。其序云:"今之所收,殆革前弊,但使体状风雅,理致清新,观者易心,听者竦耳,则朝野通取,格律兼收。"此所言之"前弊",即序中所说之"《英华》失之浮游,《玉台》陷于淫靡,《珠英》但纪朝士,《丹阳》止录吴人"四书。前二者弊在浮靡华艳之文风,后二者弊在选录范围狭窄单一,二者都不利于充分发挥诗歌的政教功能。诗人倡导"理致清新",就是强调诗歌要有清新奇特的艺术构思、体格风貌。如评钱起诗"体格奇,理致清赡",评李希仲诗"务为清逸",评张继诗"诗体清迥",评皇甫曾诗"体制清洁,华不胜文",评皇甫冉诗"发调新奇"等,与殷璠求"新""重""奇"的诗学主张颇有相似之处。

三、唐代诗格

诗格是中国古代文学批评中某一类书的名称,其范围包括"诗格"、"诗式"、"诗法"等类型的著作。作为专有名词的"诗格"大约是到唐代才出现的,它是唐人用来探讨诗歌格律法式的诗学入门书,是唐代文学批评的重要形式之一。罗根泽认为:"诗格有两个盛兴的时代,一在初盛唐,一在晚唐五代至宋代的初年。"[①]可见,唐代是诗格的第一个鼎盛时期。

---

① 罗根泽:《中国文学批评史》第二分册,上海:上海古籍出版社 1984 年版,第 186 页。

唐人诗格、诗式、诗例、诗句图之类的诗学入门之作,是唐代文学批评史上颇为特殊的文学批评现象。据南宋陈应行《吟窗杂录》、明胡文焕《诗法统宗》、清顾龙振《诗学指南》等丛书记载,唐代诗格类著作主要有:上官仪《笔札华梁》,元兢《诗髓脑》,王昌龄《诗格》、《诗中密旨》,李峤《评诗格》,崔融《唐朝新定诗格》,王维《诗格》,白居易《金针诗格》、《文苑诗格》,贾岛《二南密旨》,王梦简《诗要格律》,李淑《诗苑类格》,僧保暹《处囊诀》,僧神彧《诗格》,李洪宣《缘情手鉴诗格》,僧淳《诗评》,虚中《流类手鉴》,齐己《风骚旨格》,王睿《诗格》,王玄《诗中旨格》,徐夤《雅道机要》,徐衍《风骚要式》,姚合《诗例》,王起《大中新行诗格》,郑谷《国风正诀》,徐三极《律诗洪范》,徐蜕《律诗文格》,皎然《诗式》,任博《新点化秘书》,阎东叟《风雅格》,张天觉《律诗格》,李邯郸《诗格》,李嗣真《诗品》,倪宥《龟鉴》,司空图《二十四诗品》,张为《诗人主客图》,李商隐《源词人丽句》,李洞《集贾岛诗句图》,日本僧人遍照金刚《文镜秘府论》等。

(一) 初、盛唐诗格

要了解初、盛唐诗格的基本情况,日僧遍照金刚所编六卷本《文镜秘府论》是最好的材料,它是一部集初、盛唐诗格大成的著作。

遍照金刚(774—835),一名空海,日本僧人。俗姓左伯氏,生于赞歧多度郡。幼习儒教,后转信佛法,22岁出家。德宗贞元二十年(804)随遣唐使入唐。宪宗元和元年(806)携内、外典籍数百部返日本。文宗大和九年(835)去世,谥号弘法大师。有文集《遍照发挥性灵集》。

《文镜秘府论》多为删削、整理诸家诗格而成的集编之书。如东卷"论对"云:"余览沈、陆、王、元等诗格、式等,出没不同。今弃其同者,撰其异者,都有二十九种对,具出如后。"①西卷"论病"亦云:"予今载刀之繁,载笔之简,总有二十八种病,列之如左。其名异意同者,各注目下。后之览者,一披总达。"②因此,由《文镜秘府论》切入,便可粗览初、盛唐诗格之大要。

初、盛唐诗格,主要围绕诗歌的声韵、病犯、对偶及体势四方面探讨之。

第一,声韵。在《文镜秘府论》天卷中,主要引用了沈约《四声谱》、崔融《唐朝新定诗格》、王昌龄《诗格》、元兢《诗髓脑》、刘善经《四声指归》等。在内容上多为陈陈相因,庶无发明之处。

第二,病犯。《文镜秘府论》西卷"论病"云:"(周)颙、(沈)约已降,

---

① 王利器:《文镜秘府论校注》,北京:中国社会科学出版社1983年版,第223页。
② 同上书,第396页。

(元)兢、(崔)融以往,声谱之论郁起,病犯之名争兴。家制格、式,人谈疾累。"①可见,"病犯"之名,源自沈约。沈约提出"八病说",至唐人又扩展到二十八病。不过,唐人"病犯"名目虽然扩大了,但避忌的尺度则变得较为宽泛,在声韵上的"病犯"更是如此。如"蜂腰"病下引元兢语曰:"已下四病,但须知之,不必须避。""正纽"病下引元兢语曰:"此病轻重,与傍纽相类,近代咸不以为累,但知之而已。"可见,唐人对病犯的问题不像沈约那样控制甚严,而是更为注重音律与文字的自然灵活而适情达意,像李白等人的诗,以及中唐一些新乐府诗,还有一部分僧诗,都对"病犯"问题有着较为宽松的态度。

第三,对偶。《文镜秘府论》东卷及北卷中的一部分,引有上官仪、元兢、崔融及皎然的对偶说。上官仪的"六对"、"八对"说收录于李淑《诗苑类格》,此著已佚,《诗人玉屑》卷七有所保存。"六对"为:"一曰正名对,'天地''日月'是也。二曰同类对,'花叶''草芽'是也。三曰连珠对,'萧萧''赫赫'是也。四曰双声对,'黄槐''绿柳'是也。五曰迭韵对,'傍徨''放旷'是也。六曰双拟对,'春树''秋池'是也。""八对"为:"一曰的名对,'送酒东南去,迎琴西北来'是也。二曰异类对,'风织池间树,虫穿草上文'是也。三曰双声对,'秋露香佳菊,春风馥丽兰'是也。四曰迭韵对,'放荡千般意,迁延一介心'是也。五曰联绵对,'残河若带,初月如眉'是也。六曰双拟对,'议月眉欺月,论花颊胜花'是也。七曰回文对,'情新因意得,意得逐情新'是也。八曰隔句对,'相思复相忆,夜夜泪沾衣;空叹复空泣,朝朝君未归'是也。"上官仪"六对""八对"说,认真总结了六朝以来诗歌对偶的经验与技巧,从而使之规范化。这对推动唐代律诗的日趋成熟,具有极其重要的意义。此外,还有元兢《诗髓脑》的"六种对",崔融《唐朝新定诗格》的"三种对",皎然《诗议》的"八种对"。从这些有关对偶的理论见解中,大致可窥初、盛唐对偶理论的演进轨迹。

第四,体势。《文镜秘府论》地卷之首曾以"论体势等"四字概括此卷内容。所谓"体势",即诗歌的体式与势气。如王昌龄的《十七势》、崔融的《十体》及《文笔式》中的"八阶"(即八体)。此一问题在初、盛唐的诗格中所占比重不大,而在晚唐的诗格中则成为一大论题。

以上就初、盛唐诗格中有关作法与声韵的问题作了简要介绍,而对于这个时期唐人诗格在诗学理论方面作出重要贡献的王昌龄及其代表作《诗

---

① 王利器:《文镜秘府论校注》,北京:中国社会科学出版社1983年版,第396页。

格》,尚有必要探论之。

王昌龄,生卒年未详。字少伯,京兆万年(今陕西西安)人。曾官江宁(今江苏南京)丞、龙标(今湖南洪江西南)尉,故后人有"王江宁"、"王龙标"之称。玄宗开元十五年(727)进士及第,授秘书省校书郎,后又登博学宏词科,迁汜水尉。安史乱起避于江淮一带,触忤濠州刺史闾丘晓,为之所杀。擅长七绝,明王世贞以为可"与太白争胜毫厘,俱是神品"(《艺苑卮言》卷四),《全唐诗》存诗四卷。

王昌龄《诗格》对诗歌创作的具体技巧与方法及创作理论都有十分具体而独特的见解,兹就其诗歌创作理论三个方面的主要观点略作阐析。

第一,"意高则格高"——立意为一篇首要。其《论文意》云:"凡作诗之体,意是格,声是律。意高则格高,声辨则律清。格律全,然后始有调。用意于古人之上,则天地之境,洞然可观。"①至于如何进行构思与立意,王昌龄自己有深切的体会与感悟。其云:"凡属文之人,常须作意。凝心天海之外,用思元气之前,巧运文词,精练意魄。"所谓"常须作意",即有一种创作的激情与冲动,也就是说要有一种良好的饱满的精神状态。若无好的精神状态,"思若不来,即须放情却宽之,令境生,然后以境照之。……如其境思不来,不可作也"②。又云:"凡神不安,令人不畅无异。无异即任睡,睡大养神。……舟行之后,即须安眠。眠足之后,固多清景,江山满怀,合而生兴。须屏绝事务,专任情兴。因此若有制作,皆奇逸。"③作者非常注重构思立意前人所应具有的精力充足、心神专一的最佳精神状态,认为这样立意才高,文章的境界格调也才高。

第二,"诗有三格"与"三境"——捕捉诗思呈诗境。与上述所论构思立意相关,王昌龄进一步提出了表现诗境前如何运思创造诗境的问题。其云:

> 诗有三格。一曰生思,久用精思,未契意象,力疲智竭,放安神思,心偶照镜,率然而生。二曰感思,寻味前言,吟讽古制,感而生思。三曰取思,搜求于象,心入于境,神会于物,因心而得。④

实际上,这段话讲了三种运思创造诗境之途径:一是由自己内心而成,故曰"生";二是由古贤者而成,故曰"感";三是由自然外物而成,故曰"取"。强

---

① 王利器:《文镜秘府论校注》,北京:中国社会科学出版社1983年版,第278页。
② 同上书,第285页。
③ 同上书,第306页。
④ 同上书,第285页。

调了作者之"心"、贤人之"言"与自然之"象"三者的相辅相成与有机统一。在此基础上,王昌龄又提出了如何表现诗境的"诗有三境"说。其云:

> 诗有三境:一曰物境。欲为山水诗,则张泉石云峰之境,极丽绝秀者,神于心。处身于境,视境于心,莹然掌中,然后用思,了然境象,故得形似。二曰情境。娱乐愁怨,皆张于意而处于身,然后驰思,深得其情。三曰意境。亦张之于意,而思之于心,则得其真矣。①

上列"诗有三境",有一个渐次变化提升的过程,亦即由"心"至"身"再至"物"的三个层面诗境的变化。第一层次"意境",强调作家心灵深处要有真意;第二层次"情境",让"娱乐愁怨"之情"处于身","驰思"酝酿,"深得其情";第三层次"物境","处身于境,视境于心",心物交融,构成新的"境象"。如此"物境",有点类似于后世的"意境"说;而"情境"与"意境",差不多等同于后世"意境"说中的"意"。要之,王昌龄所说的"三格"乃是运思创造诗境的一种途径,而"三境"乃是呈现诗境的三种状况。"三境"说并非就是后世的"意境"说,但其导夫先路的开启之功是有目共睹、毋庸置疑的。

与"三格"、"三境"说相关,王昌龄在情景交融的问题上颇有自己的观点。其《论文意》云:"诗贵销题目中意尽,然看当所见景物与意惬者相兼道。若一向言意,诗中不妙及无味;景语若多,与意相兼不紧,虽理道亦无味。"②在《十七势》中又云:"理入景势者,诗不可一向把理,皆须入景,语始清味。……其景与理不相惬,理通无味。"③"事须景与意相兼始好,凡景语入理语,皆须相惬。"④在王昌龄看来,诗人偏于景与偏于理(意)都"无味",只有"景与意相兼始好",也即"情景交融"才有"味"。而这种"味"须是诗人创造的别具审美意味的诗歌意境。王昌龄虽未直接提出"意境"一词,但他对意境的审美内涵与特质已经有了相当的认识与把握了,堪称是"意境"论的先声。

第三,"诗有学古今势"——诗歌表现方法多。王昌龄谈诗歌创作表现方法的观点主要体现在《十七势》中。其云:

> 诗有学古今势一十七种,具列如后:第一,直把入作势;第二,都商

---

① 王利器:《文镜秘府论校注》,北京:中国社会科学出版社1983年版,第278页。
② 同上书,第305页。
③ 同上书,第131页。
④ 同上书,第132页。

量入作势;第三,直树一句,第二句入作势;第四,直树两句,第三句入作势;第五,直树三句,第四句入作势;第六,比兴入作势;第七,谜比势;第八,下句拂上句势;第九,感兴势;第十,含思落句势;第十一,相分明势;第十二,一句中分势;第十三,一句直比势;第十四,生杀回薄势;第十五,理入景势;第十六,景入理势;第十七,心期落句势。①

在这十七势中,作者就诗歌开篇如何入题、结尾如何收笔、句中文法、比喻及移情之作用、前后照应关系、情景关系等有关诗歌作法之问题不厌其烦、娓娓道来,难免琐屑细碎之嫌,但对学诗者而言,则有较好的指导入门之便及重要的诗学理论价值。

(二)晚唐诗格

到了晚唐,诗格情况较初、盛唐略有变化,除了"体势"所论之情况相同外,还出现了与佛教关系甚为密切的"门"与"物象"的诗格论目。

所谓"门",即类的意思。齐己《风骚旨格》中列"诗有四十门";徐衍《风骚要式》列有"君臣门"、"物象门"、"兴题门"、"创意门"、"琢磨门"五大类。"门"是佛学术语之一。关于"门"的释义,以隋吉藏《净名玄论》卷一所析最为全面,云:"称门凡有五义:一者至妙虚通,常体为门;二欲简别余法,门户各异,今是不二法门,非余门也;三欲引物悟入,故称为门;四通生观智,所以为门;五因理通教,故名为门。"②"门"缘自佛典,基本含义有"通"的意思。徐夤《雅道机要》云:"门者,诗之通也,如入门户,未有出入不由者也。"③其实,"门"就是一种写作范式,也是一种艺术手法。

所谓"物象","就完全是'兴寄'与'兴象'的合流,其特点是通过'象'来表达'寄'。……晚唐五代的诗格,极其重视诗的'物象'。但这种'物象',往往是融合了主客,包括了'意'和'象'两面,而不是通常意义上的客观景物。说得明确一点,他们重视的是由诗中一定的物象所构成的具有暗示作用的意义类型,姑名之曰'物象类型'"④。贾岛《二南密旨》"论总例物象"云:"馨香,此喻君子佳誉也。兰蕙,比喻有德才艺之士也。金玉、珠珍、宝玉、琼瑰,比喻仁义光华也。飘风、若雨、霜雹、波涛,此比国令,又比佞臣

---

① 王利器:《文镜秘府论校注》,北京:中国社会科学出版社1983年版,第114页。
② 高楠顺次郎等:《大正藏》第三十八册,台湾:新文丰出版公司1983年版,第861页。
③ 同上书,第四十六册。
④ 张伯伟:《中国古代文学批评方法研究》,北京:中华书局2002年版,第377页。

也。水深、石磴、石径、怪石,比喻小人当路也。"① 与此相关的,诗格作者们还规定了诗题与寄托的内在联系。如《风骚要式》"兴题门"云:"《病中》,贤人不得志也。《病起》,君子亨通也。"②

值得一提的是张为《诗人主客图》。张为,生卒年不详,闽(今福建)人。尝举进士不第,后来便以游历为务,以诗酒自得。工诗,善品评,《诗人主客图》是其代表作。此著以风格区分诗派,分六主(六派)。先列"主",后列其"入室"、"升堂"、"及门"者,每人名下摘诗句为证。全书所列凡六派84人,其中:白居易一派18人,孟元卿一派16人,李益一派27人,孟郊一派5人,鲍溶一派4人,武元衡一派14人。六派宗主分别为:广大教化主(白居易)、高古奥逸主(孟元卿)、清奇雅正主(李益)、清奇僻苦主(孟郊)、博解宏拔主(鲍溶)、瑰奇美丽主(武元衡)。《诗人主客图》以诗人为对象,以风格类型为标准,专门辨析诗人之间的主客关系,成为后世划分与评论诗歌流派之滥觞。此后仿效者代不乏人,如李洞《集贾岛诗句图》、宋太宗和真宗《御选句图》、僧惟凤《风雅拾翠图》、林逋《句图》三卷等,都无不深受《诗人主客图》的影响,其渊源有自,脉承清晰。

第三节 韩愈和柳宗元的古文理论

韩愈、柳宗元是中唐古文运动的倡导者,他们都是唐宋散文八大家之一,杰出的散文成就实乃他们丰富而深刻的文学理论主张的最直接而又最全面的体现。

一、韩愈的古文理论

韩愈(768—824),字退之,河南河阳(今孟县)人。郡望为河北昌黎,谥号"文",故世有"韩昌黎"、"韩吏部"、"韩文公"之称。贞元八年(792)登进士第,累任检察御史、国子博士、刑部侍郎、潮州刺史、吏部侍郎等职。韩愈一生志在经邦治世,建言献策,多有建树。苏轼曾以"文起八代之衰,而道济天下之溺;忠犯人主之怒,而勇夺三军之帅"(《潮州韩文公庙碑》)对他杰出的文学才华与政治才干给予了高度的评价。有《昌黎先生集》。

韩愈的文学理论主张主要见于《答李翊书》、《送孟东野序》、《荆潭唱和

---

① 张伯伟:《全唐五代诗格汇考》,南京:凤凰出版社2002年版,第380页。
② 同上书,第452页。

诗序》、《答尉迟生书》、《答刘正夫书》、《进学解》等文章中。具体而言,其古文理论主要表现在四个方面。

(一)"志在古道","君子慎其实"

韩愈的思想属于典型的儒家思想。他曾经冒着生命危险力排当时以最高统治者为首的佞佛思潮,以捍卫儒家的正统地位。他努力倡导恢复先秦、两汉那样以散行为主的"古文",是因为"志在古道"(《答陈生书》),而其"所志于古者,不惟其辞之好,好其道焉耳"(《答李秀才书》)。那么,何谓"道"者?韩愈指出:"吾所谓道也,非尔所谓老与佛之道也。尧以是传之舜,舜以是传之禹,禹是以传之汤,汤以是传之文、武、周公,文、武、周公传之孔子,孔子传之孟轲;轲之死不得其传也。"(《原道》)可见,韩愈所传之"道"乃儒家治国安邦、经世致用之道。韩愈是以复兴儒学为历史使命的,所谓"寻坠绪之茫茫,独旁搜而远绍,障百川而东之,回狂澜于既倒,先生之于儒,可谓有劳矣"(《进学解》)。韩愈竭力反对当时盛行的专究辞章、注重形式的骈文,大力提倡文从字顺、行文自如而便于说理的古文,就在于"文以明道",从而以儒道来统一人们的思想,以巩固封建统治秩序,其政治的鲜明性与经世的实用性都是非常突出的。正如他在《答尉迟生书》所强调的:"夫所谓文者,必有诸其中,是故君子慎其实。""慎其实"即注重实用。

(二)"陈言务去","词必己出"

韩愈在要求古文具有充实内容的同时,也要求在语言的表达上具有切合时代精神的创新特征。《答李翊书》云:"唯陈言之务去,戛戛乎其难哉!"《樊绍述墓志铭》评价樊氏之文是:"必出于己,不蹈袭前人一言一句,又何其难也。"又指出:"惟古于词必己出,降而不能乃剽贼。"有关这种创新的论述,在其《答刘正夫书》中则更为集中而鲜明:

> 或问:"为文宜何师?"必谨对曰:"宜师古圣贤人。"曰:"古圣贤人所为书具存,辞皆不同,宜何师?"必谨对曰:"师其意,不师其辞。"……夫百物朝夕所见者,人皆不注视也;及睹其异者,则共观而言之。夫文岂异于是乎?汉朝人莫不能为文,独司马相如、太史公、刘向、扬雄为之最。然则用功深者,其收名也远,若皆与世浮沉,不自树立,虽不为当世所怪,亦必无后世之传也。……若圣人之道,不用文则已,用则必尚其能者。能者非他,能自树立不因循者是也。有文字来,谁不为文,然其存于今者,必其能者也。

韩愈从汉代著名文章家司马相如等的文章传世不朽之事实出发,通过"不自树立"则"必无后世之传"与文之"存于今者,必其能者"的正反对比,强调了"陈言务去"、"词必己出"创新作用的重要意义,这是颇有文艺眼光与现实意义的。人们常以"诗到元和体变新"(白居易《余思未尽加为六韵重寄微之》)来看待中唐时期诗歌革新的局面,这与韩愈所倡导的"能自树立"的创新精神当是有一定关系的。

(三)"不平则鸣","穷苦之言易好"

"不平则鸣"说出自于韩愈《送孟东野序》,它上承《尚书》"诗言志"、屈原"发愤以抒情"、司马迁"发愤著书"等学术思想,进一步揭示出文学创作最为根本的动力源泉。韩愈所说的"不平",侧重指的是有志者在遭遇不幸之后所产生的极其愁苦怨愤之情。潜气内转,情动于衷,而形之于言。这便是"不平则鸣"之本意。其《送孟东野序》云:

> 大凡物不得其平则鸣,草木之无声,风挠之鸣,水之无声,风荡之鸣,其跃也或激之,其趋也或梗之,其沸也或炙之。金石之无声,或击之鸣。人之于言也亦然,有不得已者而后言,其歌也有思,其哭也有怀。凡出乎口而泄于外者也,其皆有弗平者乎!

作者由自然与艺术等在外力作用下而发出声响的现象,层层推衍出"人之于言也亦然"的道理,最后得出"凡出乎口而泄于外者也,其皆有弗平者乎"的"不平则鸣"的结论。这一点,韩愈的创作体会是颇深的。他自称所作"时有感激怨怼奇怪之辞"(《上宰相书》),以诗"舒忧娱悲"(《上兵部李侍郎书》)。可见,"不平则鸣"已成为韩愈创作的一贯自觉行为。

与"不平则鸣"说相关者,还有韩愈所说的"穷苦之言易好"的切身体悟,《荆潭唱和诗序》云:

> 夫和平之音谈薄,而愁思之声要妙;欢愉之辞难工,而穷苦之言易好也。是故文章之作,恒发于羁旅草野。至若王公贵人,气满志得,非性能而好之,则不暇以为。

作者通过安逸与愁苦两种不同环境下创作之效果的对比,突出"穷苦之言易好"的悲剧感染力。韩愈《调张籍》称赞李白、杜甫的诗歌云:"惟此两夫子,家居率荒凉。帝欲长吟哦,故遣起且僵。剪翎送笼中,使看百鸟翔。"也表明了好诗出于穷厄悲苦的道理。杜甫尝云"文章憎命达"(《天末怀李白》),白居易亦云"世所谓文士多数奇,诗人尤命薄"(《序洛诗》),这正体现了韩愈这一文学思想的普遍意义。

韩愈"不平则鸣"与"穷苦之言易好"的文学思想对后世产生了深远的影响。欧阳修《梅圣俞诗集序》云:"诗人少达而多穷","愈穷则愈工。然则非诗之能穷人,殆穷者而后工也"。这"穷而后工"说,正是对韩愈文学思想的直接发挥。对此,后来的李贽、金圣叹、赵翼等人都有程度不同的继承与发展。

(四)"养其根而俟其实,加其膏而希其光"

儒家论文历来注重以德为主、德文兼修的修德进业之道。韩愈《答李翊书》中便以十分精当的切身体会,给"李生"指出了一条"仁义之人,其言蔼如"的锦绣之路。其云:

> 将蕲至于古之立言者,则无望其速成,无诱于势利,养其根而俟其实,加其膏而希其光。根之茂者其实遂,膏之沃者其光晔,仁义之人,其言蔼如也。抑又有难者,愈之所为不自知其至犹未也?虽然,学之二十余年矣。始者非三代两汉之书不敢观,非圣人之志不敢存,处若忘,行若遗,俨乎其若思,茫乎其若迷。……如是者亦有年,然后浩乎其沛然矣。吾又惧其杂也,迎而距之,平心而察之,其皆醇也,然后肆焉。虽然,不可以不养也。行之乎仁义之途,游之乎诗书之源,无迷其途,无绝其源,终吾身而已矣。

这段话所论有三个鲜明的逻辑层次:首先,总述加强仁义道德、"古之立言"学习而产生的理想效果,即:"仁义之人,其言蔼如"。其次,叙述自己几十年如一日如痴如醉"观古文"、"存圣志"的修德进业的历程,最终使自己的文章达到了"醇"而"肆"的德、文皆美的理想境界。最后,表示自己在修德进业之路上"无迷其途,无绝其源"的"终吾身"决心,凸现了一个散文大家的虚怀若谷与超凡境界。这也正是韩愈之所以成为唐宋散文八大家之一的奥秘所在,具有深刻的人生启迪意义。

二、柳宗元的古文理论

柳宗元(773—819),字子厚,郡望河东(今山西永济),后迁长安(今陕西西安),世称"柳河东"。因官终于柳州刺史,又称"柳柳州"。德宗贞元九年(793)登进士第。顺宗时参加了王叔文集团的政治改革活动,败后遭贬,后半生郁郁不得志。有《柳河东集》。

柳宗元与韩愈同为古文运动的倡导者、实践者,并称"韩柳"。其古文理论颇为丰富而深刻,较之韩愈,往往呈现出同中有异、别有新见的理论色彩,主要体现在以下四个方面。

(一)"文以明道"

柳宗元的古文理论虽没有韩愈那样全面而系统,但在某些方面却比韩愈认识得更为明确而深入,如对"文以明道"总纲领的阐析便是如此。其《寄许京兆孟容书》云:"宗元早岁与负罪者亲善,始奇其能,谓可以共立仁义,裨教化,过不自料,勤勤勉勉,惟以忠正信义为志,以兴尧舜孔子之道,利安元元为务。"柳宗元认识到"兴尧舜孔子之道"是何等之重要,而其作文正是为了"明"其"道"。其《答韦中立论师道书》说得更为明确。其云:

> 始吾幼且少,为文章,以辞为工。及长,乃知文者以明道,是固不苟为炳炳烺烺,务采色、夸声音而以为能也。凡吾所陈,皆自谓近道,而不知道之果近乎,远乎?吾子好道而可吾文,或者其于道不远矣。

柳宗元以自身作文之经历,提醒人们不要重蹈自己只重文采而忽略"明道"的覆辙,强调"文以明道"的重要性。不过,柳宗元在对"道"的理解与运用方面,比韩愈宽容一些,不像韩愈那样唯儒是尊而力排佛老,于是,在创作古文时,柳宗元主张吸收百家,使"道"之内涵更为现实而充盈。故其《答韦中立论师道书》又云:

> 本之《书》以求其质,本之《诗》以求其恒,本之《礼》以求其宜,本之《春秋》以求其断,本之《易》以求其动,此吾所以取道之原也。参之《谷梁氏》以厉其气,参之《孟》、《荀》以畅其支,参之《庄》、《老》以肆其端,参之《国语》以博其趣,参之《离骚》以致其幽,参之《太史公》以著其洁,此吾所以旁推交通而以为之文也。

这是一个全方位、开放式的学习古文的"柳氏模式"。如此之文道观要比韩愈更宽泛,也更丰富。他在《报袁君陈秀才避师名书》中又进一步指出,学习古人文章,"当先读《六经》,次《论语》、孟轲书,皆经也。左氏、《国语》、庄周、屈原之辞,稍采取之。谷梁子、太史公甚峻洁,可以出入,余书俟文成,异日讨也"。因此,以经为主,兼容并包,是柳宗元"文以明道"的基本态度与内容。

柳宗元在重视"道"的现实性方面比韩愈更突出,他认为,"文以明道"并非仅仅停留在书本上而已,还必须"及乎物"。其《报崔黯秀才论为文书》即明确指出:"道之及,及乎物而已耳,斯取道之内者也。今世因贵辞而矜书,粉泽以为工,遒密以为能,不亦外乎?吾子之所言道,匪辞而书,其所望于仆,亦匪辞而书,是不亦去及物之道愈以远乎?"所谓"道之及"、"及乎物"者,即运用古代圣贤所阐明的道理,去解决现实生活中的实际问题。他在《答吴武陵论非国语书》中又说:"仆之为文久矣,然心少之,不务也,以为是特博弈之雄耳。故在长安时,不以是取名誉,意欲施之事实,以辅时及物之道。"这些都明显强调了"文以明道"的现实作用,即所谓:"文之用,辞令褒贬,导扬讽谕而已。"(《杨评事文集后序》)

(二)"有乎内"与"饰乎外"

柳宗元为了真正达到"文以明道"的目的,还特别重视文学作品的思想内容与艺术形式的完美结合。其《送豆卢膺秀才南游序》云:

> 君子病无乎内而饰乎外,有乎内而不饰乎外者。无乎内而饰乎外,则是设覆为阱也,祸孰大焉;有乎内而不饰乎外,则是焚梓毁璞也,诟孰甚焉!于是有切磋琢磨,镞砺栝羽之道,圣人以为重。

对于"文以明道"的君子而言,他们是不喜欢只有形式美而无内容美抑或只有内容美而无形式美的文章的。倘若是前者,就像是设立陷阱来坑害读者;倘若是后者,就像是焚梓毁璞一样,不能产生很好的阅读效果,同样也是有害的。所以,只有将内容美与形式美完美结合起来,这样的文章才是"圣人以为重"者,也才能真正发挥"文以明道"的作用。他在《非国语序》中也表达了同样的文学观点:"左氏《国语》,其文深宏杰异,固世之所耽嗜而不已也。而其说多诬淫,不概于圣。余惧世之学者溺其文采而沦于是非,不得由中庸以入尧舜之道,本诸理,作《非国语》。"从反面进一步强调了"有乎内"与"饰乎外"完美统一的重要性。

(三)"以行为本","先诚其中"

柳宗元十分重视人品与文品的统一,力求严谨踏实的创作态度。其《报袁君陈秀才避师名书》云:"大都文以行为本,在先诚其中。"非常注重作家的自身修养,这与韩愈是一致的。但他又特别注重树立一种严肃认真的创作态度。其《答韦中立论师道书》叙说自己创作的心态,便极为感人:"吾每为文章,未尝敢以轻心掉之,惧其剽而不留也;未尝敢以怠心易之,惧其驰而不严也;未尝敢以昏气出之,惧其昧没而杂也;未尝敢以矜气作之,惧其偃蹇而骄也。抑之欲其奥,扬之欲其明,疏之欲其通,廉之欲其节,激而发之欲其清,固而存之欲其重。此吾所以羽翼夫道也。"作者以两"心"(轻心、怠心)、两气(昏气、矜气)、四"惧"来充分表达了自己对作文的敬畏之心与慎重之态,最终目的则在于"所以羽翼夫道",使文章更有效地明道、传道。这委实是令人钦敬的道德文章大家难能可贵的学术精神。

(四)"自古文士之多莫如今"

"文人相轻,自古而然"(曹丕《典论·论文》),然而,作为古文运动领袖之一的柳宗元,则为中唐文坛优秀作家不断涌现之盛况甚感欣慰,竭力举荐他们的出众才华,大有"平生不解藏人善,到处逢人说项斯"(杨敬之《赠项斯》)的重才惜贤之美德。其《与杨京兆凭书》云:

> 自古文士之多莫如今。今之后生为文,希屈、马者,可得数人;希王褒、刘向之徒者,又可得十人;至陆机、潘岳之比,累累相望。若皆为之不已,则文章之大盛,古未有也,后代乃可知之,今之俗耳庸目,无所取信,杰然特异者乃见此耳。……今之文士咸能先理,理不一断于古书、老生,直趣尧舜之道、孔氏之志,明而出之,又古之所难有也。然则文章未必为士之末,独采取何如尔。

作者满怀热情地赞美当今文坛群星璀璨的喜人景象,同时,深为那些断于古书、老生,"直趣尧舜之道,孔氏之志"努力宣扬于文的积极态度与行为而感到极其欣慰。这一点,从柳宗元对韩愈文章特别推重的事实中更可得到验证。其《答韦珩示韩愈相推以文墨事书》云:

> 退之所敬者,司马迁、扬雄。迁于退之固相上下。若雄者如《太玄》、《法言》及《四愁赋》,退之独未作耳;使作之,加恢奇。至他文过扬雄远甚。雄之遣言措意,颇短局滞涩,不若退之猖狂恣睢,肆意有所作。

柳宗元认为韩愈可与司马迁媲美,而较之扬雄则过之,尤其对韩愈"猖狂恣睢,肆意有所作"的文章风格表示由衷的钦佩赞美之情。

第四节 皎然和司空图的诗歌理论

一、皎然的诗歌理论

皎然,生卒年不详。中唐诗僧,原名谢清昼,简称昼,是谢灵运的十世孙,湖州长城(今浙江长兴)人。长于吟咏,有《杼山集》十卷。其五卷本的《诗式》,是现存唐人诗学著作中分量最重的一部。此外,尚有《诗议》一卷,是为残本,堪与《诗式》相互参证。皎然的诗歌理论主要保存在《诗式》等诗学著作中,其诗歌理论大体有以下几个方面。

（一）"缘境"、"取境"

皎然诗论中最重要的是对诗禅合一诗歌意境理论的创造及对其特征的论述，这是为中国诗学理论作出的巨大贡献。

论诗言"境"，主要来源于佛学。佛学认为事物为人所感受者有六，即色、声、香、味、触、法，称之为"六境"；而人所能感受这六种事物的施事者是眼、耳、鼻、舌、身、意，称为"六根"；以六根感受六境所产生的效果则是"眼识、耳识、鼻识、舌识、身识、意识"，称之为"六识"。六境、六根、六识统称为"十八界"，故又单称"境"为"境界"。唐代是佛学极盛期，王昌龄、殷璠等人将佛学之"境"的理论自然而巧妙地移植到诗学中来，皎然在此基础上又有所继承与发展，提出了著名的"缘境"与"取境"之诗学理论。

皎然首次明确了诗歌创作中"境"与"情"的关系，《诗式》卷一"辨体有一十九字"中释"情"云"缘境不尽曰情"，指出了境中含情、情由境发的情境融合关系。他在《秋日遥和卢使君游何山寺宿杨上人房论涅槃经义》诗中亦云："诗情缘境发，法性寄荃空。"这些将"境"作为激发诗思与诗情的本源的认识，甚为有效地丰富了诗歌意境理论的审美内涵与特征。

既然缘境生情、情由境生，那么，诗歌取境便是一个极为重要的过程。诗境不同于单纯客观世界之境，它要求诗人通过形象思维，对外界物境以及社会人生的各种境遇、获得的感觉、印象、情绪、意念等进行加工融合，进而创造出自然真切、情景交融的诗歌艺术境界。其《诗式》卷一"取境"条云：

> 或云：诗不假修饰，任其丑朴。但风韵正，天真全，即名上等。予曰：不然，无盐阙容有德，曷若文王太姒有容而有德乎？又云：不要苦思，苦思则丧自然之质。此亦不然，夫不入虎穴，焉得虎子？取境之时，须至难至险，始见奇句。成篇之后，观其气貌，有似等闲，不思而得，此高手也。有时意静神王，佳句纵横，若不可遏，宛若神助。不然，盖由先积精思，因神王而得乎？

这段话的核心在于强调"取境"的过程是一个"苦思"与"精思"的过程，需通过精深的艺术构思活动，将形象化的艺术境界恰到好处地自心中清晰地呈现出来，从而避免"诗人之锐思初发，取境偏高，则一首举体便高；取境偏逸，则一首举体便逸"（《诗式》卷一）的偏颇现象。可见，"取境"对表达诗人的情感是何等之重要。

（二）"采奇象外"

《文镜秘府论》南卷引皎然《诗议》论及诗歌创作应该做到"绎虑于险

中,采奇于象外。状飞动之句,写冥奥之思"①。《诗式》卷一"重意诗例"条中也有类似的论述:

> 两重意已上,皆文外之旨。若遇高手,如康乐公,览而察之,但见情性,不睹文字,盖诣道之极也。向使此道,尊之于儒,则冠六经之首。贵之于道,则居众妙之门;精之于释,则彻空王之奥。但恐徒挥其斤,而无其质,故伯牙所以叹息也。

所谓"文外之旨"、"但见情性,不睹文字",即指意象背后的深层意蕴,它需要读者结合作者的思想生活背景,诗文本身的比兴象征、暗喻、暗示、衬托等艺术手法,去体会出诗中耐人寻味的妙意。像这种意象的运用,便是"诣道之极"矣。《诗式》卷二"池塘生春草,明月照积雪"条结合具体诗句,很好地阐析了"情在言外"的奥秘:

> 且如"池塘生春草",情在言外;"明月照积雪",旨冥句中。风力虽齐,取兴各别。……情者如康乐公"池塘生春草"是也。抑由情在言外,故其辞似淡而无味,常手览之,无异文侯听古乐哉。

无论是"池塘生春草"的"情在言外"也好,还是"明月照积雪"的"旨冥句中"也罢,都突出了诗歌优美意象的精心选择对表达诗人情感的重要性。含有这些意象的诗句,"其辞似淡而无味",但只要"常手览之",就能细细品味出其中的美妙意蕴。《诗式》卷二在评价鲍照《西城庙中望月》诗"夜移衡汉落,徘徊入户中。归华先委露,别叶早辞风"时指出:"意也,情也。此诗体俚而意在言外。"皎然"象外之奇"、"文外之旨"、"言外之情"、"意在言外"等种种说法,紧紧抓住了借景抒情、托物言志之诗歌意境最本质的艺术审美特征,是盛唐意境理论的深化,后来司空图"不著一字,尽得风流"(《二十四诗品·含蓄》)和严羽"羚羊挂角,无迹可求"(《沧浪诗话·诗辨》)的诗学观点都显然受到皎然的影响。

(三)"诗家之中道"

皎然在诗歌评论方法上提出了"中道"论。这里的"中道",主要是指佛家"中道"的方法论。它要求人们重视事物两个相反的极端,采用一种不偏不倚的观点来分析评论问题;运用到诗学批评上来,就是评论诗歌不能极端化,要恰当适中,达到居中兼融的境界。《文镜秘府论》南卷"论文意"引皎

---

① 王利器:《文镜秘府论校注》,北京:中国社会科学出版社1983年版,第326页。

然《诗义》云：

> 且文章关其本性，识高才劣者，理周而文窒；才多识微者，句佳而味少。是知溺情废语，则语朴情暗；事语轻情，则情阙语淡。巧拙清浊，有以见贤人之志矣。抵而论属于至解，其犹空门证性有中道乎！何者？或虽有态而语嫩，虽有力而意薄，虽正而质，虽直而鄙，可以神会，不可言得，此所谓诗家之中道也。

皎然认为诗歌创作过程中容易产生识与才、理与文、情与语等方面的矛盾，怎样处理好这些矛盾没有固定的模式与公式，需要诗人进行创作的实践与反复探索，最终达到"神会"之最佳效果。皎然的这种"中道"诗学观，是由陆机《文赋》"唱而靡应"等五种文病之说法与《文心雕龙》"唯务折衷"之思想方法承继发展而来的。至于《诗式》卷一中论及的"诗有四不"、"诗有二要"、"诗有二废"、"诗有四离"、"诗有六迷"、"诗有六至"等条目内容，都十分鲜明地体现了皎然诗学批评的"中道"观。此外，皎然还提出诗歌创作要做到"自然"与"作用"（也即"天工"与"人工"）的结合，认为"康乐为文，真于情性，尚于作用，不顾词采，而风流自然"（《诗式》卷一）。在提倡"自然"的同时，也不完全摈弃"人工"之"作用"，这些都是皎然诗学批评"中道"观的体现。

（四）"复古通变"

皎然在《诗式》卷五"复古通变体"中专门阐析了"复"与"变"的关系：

> 作者知复变之道，反古曰复，不滞曰变。若惟复不变，则陷于相似之格。其状如驽骥同厩，非造父不能辨，能知复变之手，亦诗人之造父也。……又复变二门，复忌太过，诗人呼为膏肓之疾，安可治也。……夫变若造微，不忌太过，苟不失正，亦何咎哉！如陈子昂复多而变少，沈、宋复少而变多，今代作者，不能尽举。吾始知复变之道，岂惟文章乎。在儒为权，在文为变，在道为方便。后辈若乏天机，强效复古，反令思扰神沮。何则？夫不工剑术，而欲弹抚干将太阿之铗，必有伤手之患，宜其诫之哉！

皎然拈出"复"与"变"二义，比较透彻地阐析了"作者知复变之道"的重要性，但对如何处理好"复"与"变"二者的关系问题，他认为在注重复古的同时，更应注重创变，在"沈、宋复少而变多"与"陈子昂复多而变少"的对比中更能体现作者的"复""变"观。他在《诗义》中又云："凡诗者，虽以敌古为上,不以写古为能。立意于众人之先,放词于群才之表,独创虽取,使耳目不接,终患依傍之手。"①其中创变求新的意识是甚为鲜明的。其实,早在皎然之前,刘勰《文心雕龙》中便设专篇《通变》、《时序》深入探讨"复"与"变"的问题。萧子显《南齐书·文学传论》亦有"若无新变,不能代雄"(《南齐书》卷五十二)的创新宏论。因此,可以说,皎然"复古通变"的诗学观念,当是刘、萧等人"通变"文学主张的延伸与新的发展。

此外,在诗歌创作的"四深"说、"五格"说以及避俗、诗德等诗学批评方面,皎然都有深刻而全面的见解。总之,皎然的诗学思想与批评理论是丰富而精深的,是一座有待深入探掘的诗学宝藏。

二、司空图的诗歌理论

司空图(837—908),字表圣,自号知非子,又号耐辱居士。祖籍临淮(今安徽泗县东南),故又称"泗水司空氏"、"泗水司空图"。自幼随家迁居河中虞乡(今山西永济东),遂为虞乡人。懿宗咸通十年(869)登进士第,官至知制诰、中书舍人。黄巢军入长安后,隐居于中条山王官谷,日与名僧高士游咏以自遣。朱温代唐后,绝食而死。有《司空表圣文集》、《司空表圣诗集》。

司空图是晚唐时代卓有建树的文学批评理论家,其代表作有:《与李生论诗书》、《与极浦书》、《与王驾评诗书》、《二十四诗品》等。其中所体现出来的文学思想颇为丰富多彩、别开生面,如:"思与境偕"、"韵外之致"、"味外之旨"、"象外之象,景外之景",等等。

(一)"思与境偕"

司空图在《与王驾评诗书》中提出了"思与境偕"的重要诗学思想,这里已经涉及文学创作过程中的主体与客体的关系问题,它是对先贤所论及的心物关系说的进一步讨论。其云:

> 然河汾蟠郁之气,宜继有人。今王生者,寓居其间,浸渍益久,五言所得,长于思与境偕,乃诗家之所尚者。则前所谓必推于其类,岂止神跃色扬哉?经乱索居,得其所录,尚累百篇,其勤亦至矣。

辛文房《唐才子传》卷九《王驾传》云:"驾字大用,蒲中人,自号守素先生。大顺元年,杨赞禹榜登第,授校书郎。弃官嘉遁于别业,与郑谷、司空图为诗

---

① 王利器:《文镜秘府论校注》,北京:中国社会科学出版社1983年版,第321页。

友,才名籍甚。"司空图在给王驾的信中认为,由于"河汾蟠郁之气"对王驾潜移默化的情感心理的影响,因此,"浸渍益久,五言所得,长于思与境偕"。像这样的诗歌,自然为"诗家之所尚"也。

司空图与王驾是好友,对他诗歌的评论是甚中肯綮的,所以,"驾得书,自以誉不虚已"。王驾诗作,《全唐诗》存其6首。从《次韵和卢先辈避难寺居看牡丹》诗大致可窥其"长于思与境偕"的审美意境。诗云:"乱后寄僧居,看花恨有余。香宜闲静立,态似别离初。朵密红相照,栏低画不如。狂风任吹却,最共野人疏。"诗人乱后的怅恨之情与牡丹的孤愁之态甚相吻合,很好地表达了诗人的乱离愁结与寂寞情怀。由此可见,司空图称说王驾诗歌的"思与境偕",指的就是诗人在审美创造的过程中,能将主体与客体、理性与感性、思想与形象很好地融和化合起来,以达到情景交融的审美意境。司空图的"思与境偕"说,是对刘勰"神与物游"(《文心雕龙·神思》)、王昌龄"心入于境,神会于物"(《诗格》)、殷璠"兴象"(《河岳英灵集序》)、皎然"先积精思"而"取境"(《诗式》)诸种文学思想的继承与发展,不过在思与境的契合程度与状态方面,司空图更强调了两者之间的和谐自然的特征,此乃胜蓝寒水之妙处。

(二)"韵外之致"、"味外之旨"

司空图在《与李生论诗书》中,专门论述了诗歌的"韵味"问题:

> 文之难,而诗之难尤难。古今之喻多矣,而愚以为辨于味,而后可以言诗也。江岭之南,凡足资于适口者,若醯,非不酸也,止于酸而已;若鹾,非不咸也,止于咸而已。华之人以充饥而遽辍者,知其咸酸之外,醇美者有所乏耳。彼江岭之人,习之而不辨也,宜哉。……噫!近而不浮,远而不尽,然后可以言韵外之致耳。……今足下之诗,时辈固有难色,倘复以全美为工,即知味外之旨矣。

司空图对自己提出"以为辨于味"而"言诗"的诗学观,颇为自信而得意。这确是他在"古今之喻多"基础上的一个创新与突破。味,本是人的一种生理感受,用它来比喻欣赏文艺作品时所产生的特殊感觉已由来已久。《左传·昭公二十年》记载晏子论音乐时云:"音亦如味……君子听之以平其心,心平德和。"将音乐喻为有味而令人喜悦的东西,具有通感的修辞学意义。到了刘勰,则将"味"的概念直接运用到文学作品中来,其云:"深文隐蔚,余味曲包。"(《文心雕龙·隐秀》)又云:"至根柢槃深,枝叶峻茂,辞约而旨丰,事近而喻远,是以往者虽旧,余味日新。"(《文心雕龙·宗经》)要求文学作品要含蕴深厚,耐人寻味。钟嵘则在《诗品序》中明确提出以"滋味"论诗。至中唐,皎然论诗之"味"云:"夫诗工创心,以情为地,以兴为经,然后清音韵其风律,丽句增其文彩。如杨林积翠之下,翘楚幽花,时时开发。乃知斯文,味益深矣。"(《文镜秘府论·南卷·论文意》)司空图吸收前人的成果,提出了"辨于味而后可以言诗"的诗学主张,与前人相比,有三点明显的进步:一是将"韵"与"味"结合起来论诗,突出韵致对产生诗歌审美意味的重要作用,从而使"韵味"一词成为评价诗文审美意味的一个重要概念;二是将"辨于味"作为衡量诗作者与诗论家审美水平的重要尺度,突出了中国古代诗歌最核心、最显著的审美特征;三是对"韵味"之诗歌美学内涵与特征进行了精当概括,即:"近而不浮,远而不尽。"所谓"近而不浮",就是"言近者远"的意思,也即形象鲜明如在目前,意境含蓄而又深远;所谓"远而不尽",即意境深远而意象脉络相连,其味令人涵泳不尽、齿颊留香。由上可知,"韵外之致",讲诗歌创作的言意关系;"味外之旨",讲诗歌的审美效果。司空图"韵味"说从诗歌创作与鉴赏两方面突出了作为诗歌美学的核心理论,是颇具文艺审美眼光的。

(三)"象外之象,景外之景"

司空图《与极浦书》云:

> 戴容州云:"诗家之景,如蓝田日暖,良玉生烟,可望而不可置于眉睫之前也。"象外之象,景外之景,岂容易可谈哉?然题纪之作,目击可图,体势自别,不可废也。

戴容州,即中唐诗人戴叔伦,曾授容州(广西容县)刺史,故后人称"戴容州"。戴叔伦以"蓝田日暖"与"良玉生烟"两个精美绝伦的比喻,表明"可望而不可置于眉睫之前"的"诗家之景"是若有若无、似实而幻的朦胧美景,突出了"诗家之景"情景交融之后所产生的意蕴丰厚的审美境界。司空图由此进一步概括出"象外之象,景外之景"的诗学思想,委实是巧妙而睿智的借用手法。"象外之象,景外之景",前面的"象"与"景",是指诗人创作中可感可知的现实之"象"之"景";后面的"象"与"景",是由前面的景象暗示或象征出来的景象,它如水中之月、镜中之花,飘纱空灵,可望难即,需要借助于读者的联想和想象去填补其留下的审美空间。这就是司空图在戴叔伦"诗家之景"妙喻的启发下给我们创设的诗境多层次化的诗学理论,较之王昌龄的诗境论、皎然的情境论及刘禹锡的境生象外论的单一情境交融之诗学理论,显然是一大进步。

由此可知,司空图所提出的"思与境偕"、"韵外之致"、"味外之旨"、"象外之象,景外之景"等一系列意境理论,是对于诗歌意境美学的要求,代表了他对诗歌意境理论最基本也是最核心的诗学观点。这些观点,在他的另一部诗学理论名著《二十四诗品》中得到了更为广泛、具体而有实效的运用。

(四)《二十四诗品》:集唐诗风格意境论之大成

在简析《二十四诗品》之前,有必要就其著作权归属的问题作一简要交代。张少康对此有一个较好的说明,他说:"关于司空图《二十四诗品》的真伪问题,是近十年来学术界的热门话题。我对这个问题的认识也有一个过程,原先我觉得陈尚君、汪涌豪两先生《司空图〈二十四诗品〉辨伪》一文提出的问题,是比较有道理的,不过他们说《二十四诗品》不是司空图所作还没有很确切的证据,因此持存疑的态度。但是,经过这些年来学者们的研究和讨论,我自己也作了一些探索,逐渐感到陈、汪两位先生提出大部分根据已经为学者所否定,《二十四诗品》是司空图所作的可能愈来愈大了,所以,我目前比较倾向于肯定《二十四诗品》是司空图所作。"[①]在没有更多的典籍资料与出土文献来否定《二十四诗品》的作者为司空图的情况下,我们还是认定司空图就是《二十四诗品》的作者。

司空图是晚唐著名的诗学理论家,他的一系列诗学思想都在《二十四诗品》中全面而清晰地呈现出来。其诗学理论特征主要有四个方面:

第一,兼容并包的风格意境论。《二十四诗品》将当时所认识与发现的所有诗歌风格意境的种种表现,总计归纳为二十四种,即:雄浑、冲淡、纤秾、沈著、高古、典雅、洗练、劲健、绮丽、自然、含蓄、豪放、精神、慎密、疏野、清奇、委曲、实境、悲慨、形容、超诣、飘逸、旷达、流动。二十四种诗歌风格,如二十四朵奇葩,在司空图眼里,它们皆各美其美、美美与共、平分秋色、不分彼此。《四库全书总目》评价该书是"各以韵语十二句体貌之,所列诸体毕备,不主一格。王士禛但取其'采采流水,蓬蓬远春'二语,又取其'不著一字,尽得风流'二语,以为诗家之极则,其实非图意也"(《四库全书总目》卷一九五)。这正表明司空图对诗歌诸品各有所喜与所赏的诗学观。

第二,揭示诗境创造的奥秘。《二十四诗品》中,司空图对诗歌艺术

[①] 张少康:《司空图及其诗论研究》,北京:学苑出版社2005年版,第139页。

创作方法作了多方面的论述:如"超以象外,得其环中"(《雄浑》),"不著一字,尽得风流"(《含蓄》),着重说明意境创造要充分发挥"虚"的作用,所谓"空故纳万境"(苏轼《送参寥师》)是也;"生气远出,不著死灰","荒荒坤轴,悠悠天枢"(《精神》),指出诗境要表现青春活力和动态之美;"离形得似,庶几其人"(《形容》),"脱有形似,握手已违"(《冲淡》),突出诗境要以传神为务,具有空灵之美;"真予不夺,强得易贫"(《自然》),"妙造自然,伊谁与哉"(《精神》),强调诗境的创造重在自然真实,反对矫揉造作、刻意雕琢之弊;"如矿出金,如铅出银"(《洗练》),"深浅聚散,万取一收"(《含蓄》),注重从社会实践、丰富生活中提炼出如金似银的宝贵的诗歌境界。司空图这些关于诗境创造的种种方法,颇具创作的指导意义。

第三,以实写虚的喻象论诗方法之开拓。《二十四诗品》对每一种诗境风格的论评,皆采用十二句物象比喻的四言诗,将本来抽象的诗境风格等概念十分准确、形象而生动地表现出来,有助于加深读者的理解与把握。如"纤秾"之论:"采采流水,蓬蓬远春;窈窕深谷,时见美人。"通过明媚春色、窈窕美人的形象描写,给人们展示出青春女子服饰艳丽而细腻的画面,因而对"纤秾"诗境就有了形象之认知与直观之感受。再如论"典雅":"玉壶买春,赏雨茅屋。坐中佳士,左右修竹。"以雅致之笔,生动地刻画了一幅茂林修竹环绕的茅屋中,一位雅士正饮酒赏雨的闲雅图景,这正是"典雅"诗境"比物取象,目击道存"(许应芳《二十四诗品跋》)的传神写照。人们在品赏这一幅幅精美形象之画面的时候,司空图所综论的种种"诗品"之神韵便潜移默化于读者心中矣。《二十四诗品》是继杜甫《戏为六绝句》之后第一部具有诗情画意色彩的诗学理论批评著作,在以实写虚的喻象论诗方法的开拓方面厥功甚伟。

第四,"天人合一"的物我相谐之诗歌境界。李金坤认为:"唐代诗人继承《风》《骚》及汉魏六朝文学的自然生态意识,同时受本朝儒、释、道思想的共同影响,以及投笔从戎的边塞生活和贬谪地方的特殊身世等,与自然的关系已达到了物我和谐的空前地步。"① 由于司空图受佛老思想的影响较深,因此,庄子关于"天地与我并生,而万物与我为一"(《齐物论》)的崇尚自然以及与自然、造化相契合的思想,在《二十四诗品》中便得到了全面而深刻的体现。司空图在阐述每一种诗境的诗歌中,皆以大量笔墨描写了山川风月、花木飞鸟等自然景象,简直创造了一个充满生机、温馨和谐的自然生态

---

① 李金坤:《物我谐和的唐诗生态世界》,《江苏大学学报》2008 年第 6 期。

王国,而且都是人与物同写,达到了"思与境偕"的美好境界。如:"饮之太和,独鹤与飞。……阅音修篁,美曰载归"(《冲淡》),"窈窕深谷,时见美人"(《纤秾》),"绿杉野屋,落日气清。脱巾独步,时闻鸟声"(《沉着》),"月出东斗,好风相处。太华夜碧,人闻清钟"(《高古》),"玉壶买春,赏雨茅屋。坐中佳士,左右修竹"(《典雅》),等等。与自然为伍的避世脱俗之情怀是何等超旷悠然!这一方面真实地反映了作者浓挚的自然情结,另一方面也是他形象地反映诗歌风格意境的创作需要。"它们都是老庄的精神境界和理想人格在具有'象外之象,景外之景'的诗歌意境中的体现。两者的高度和谐统一,它和司空图提出的'思与境偕'是一致的,这正是诗家所竭力追求的目标。"①因此,《诗品》的思想主要是体现了隐逸高士的精神情操,这和以陶、王为代表的山水田园诗派是完全一致的。《诗品》中所体现的一些主要审美观念,例如整体的美、自然的美、含蓄的美、传神的美、动态的美,也大都是从山水田园诗中概括出来,虽然这些审美观念本身具有广泛性,并不仅仅只是体现在山水田园诗中,然而,在《诗品》中是以自然景物、山水田园的形态表现出来的"②。像司空图这样用自然山水来形象地表现诗歌之风格意境,不仅在唐代文学批评史上是独一无二的,即使在中国文学批评史上也是罕有其匹的,所以受到历代文人尤其是清代文人的喜爱。王士禛曾摘引《二十四诗品》中的一些名句来阐释其"神韵说",袁枚曾仿作《续诗品》,其他注释本与续补诗品类著作也不断行世。可见,《二十四诗品》的文学魅力与艺术生命力是何等强大。

【导学训练】

一、学习建议

学习本章文学批评理论应注意结合唐代儒、道、释三教并盛与融合的文化思潮背景特征来理解"诗教"论、"自然"论与"意境"论的生态情状。此外,应把握唐代文学理论批评的三个显著特点:一是文学理论批评与文学创作实践的紧密结合;二是诗歌理论与古文理论的分流;三是作家与理论家兼于一身。梳理清楚唐代诗歌意境理论的发展脉络,区分韩、柳古文理论的异同点。重点学习陈子昂《与东方左史虬修竹篇序》,殷璠《河岳英灵集序》、韩愈《答李翊书》,柳宗元《答韦中立论师道书》,王昌龄《诗格》,皎然

---

① 张少康:《司空图及其诗论研究》,北京:学苑出版社 2005 年版,第 125—126 页。
② 同上书,第 138 页。

《诗式》，司空图《与李生论诗书》、《与极浦书》、《二十四诗品》等重要文论著作。对这一时期的文学理论关键词要能理解并记忆。

二、关键词释义

风雅兴寄：出自陈子昂《与东方左史虬修竹篇序》。"风雅"指《诗经》；"兴寄"，即托物起兴，因物寓志，亦即《诗经》的比兴寄托之意。所谓"风雅比兴"，即指《诗经》美刺比兴的优良传统，在作品中寄寓诗人或美或刺的思想感情，以体现关心国事民情的责任感。陈子昂标举"风雅兴寄"，其用意就在于发扬《诗经》美刺的现实主义精神，以反对"齐梁间诗，彩丽竞繁，而兴寄都绝"的弊端，很好地发挥诗歌的社会作用。

汉魏风骨：出自陈子昂《与东方左史虬修竹篇序》。刘勰《文心雕龙·风骨》篇曾设专文探论"风骨"之精义。"风骨"，就是指文学作品所表现出来的充沛饱满、激荡动人的思想感情与结构严整、质朴有力的语言形式相结合的审美特征。"汉魏风骨"，又称"建安风骨"，或称"建安风力"（钟嵘《诗品》序），即指以曹操、曹丕、曹植及孔融、王粲、刘桢等七子为代表的建安诗人，他们作品中既有统一天下的雄心壮志的强烈抒发，又有对社会动乱的真实描写的慷慨悲凉风格，亦即《文心雕龙·时序》所说的"并志深而笔长，故梗概而多气"的建安诗歌特征。陈子昂对东方虬《咏孤桐篇》"骨气端翔，言情顿挫，光英朗练，有金石声"的评价，实际就是"风骨"内涵的精当概括，其精神与汉魏风骨是一致的。陈子昂赞美《咏孤桐篇》，就是借此呼唤汉魏风骨的回归。这与"风雅兴寄"的倡导具有异曲同工之妙。

别裁伪体：语出杜甫的《戏为六绝句》。所谓"伪体"，即偏离诗骚精神而专事因袭模拟之作，这些都是不正之体，要坚决裁弃。而对于那些具有诗骚传统的诗歌，要"转益多师"，广泛学习，为我所用，这就是要"亲风雅"。一个"亲"字，表达了杜甫对诗骚优秀传统的崇敬挚爱之情。"别裁伪体亲风雅，转益多师是汝师"，诗人提出了如何有鉴别、有批判地对待文学遗产的问题，至今仍有现实意义。

兴象：语出殷璠《河岳英灵集序》。"兴象"，一本另作"比兴"。在《河岳英灵集》中，作者多次提到"兴象"这个概念：如序论中"都无兴象，但贵轻艳"，评陶翰诗"既多兴象，复备风骨"，评孟浩然诗"无论兴象，兼复故实"。这种"兴象"，偏重于诗中引发深微的主体情思的审美意象，它能感发接受者的性灵，并由此激发审美情趣。较之于《诗经》之比兴概念，殷璠所论"兴象"，其诗歌之"象"所包蕴的诗人的主体情感内涵更丰富、更深厚了。这对中唐皎然等人的意境理论有较大的影响。

取境：语出皎然《诗式》卷一"取境"，即创造诗歌的意境。皎然认为意境创造是决定诗歌艺术水平高下的关键。《诗式》"辨体有一十九字"中说："夫诗人之锐思初发，取境偏高，则一首举体便高；取境偏逸，则一首举体便远。"对于体现诗人理想的境界，取境颇为重要。在《诗式》卷一"取境"条中，皎然还提出了取境是一个"苦思"与"精思"的过程。这些都表明"取境"在诗歌中的重要作用。

"文气"说：语出韩愈《答李翊书》。所谓"文气"，即指作家创作时构思酝酿成熟后所形成的情感气势，然后用与之相宜的结构篇章将这种情感气势表达出来，这便是"文气",简而言之,即文章之情感力度与气势。韩愈针对骈文一味讲究对偶、声律、辞藻而束缚思想感情自由表达的弊端,提出"文气"说,生动阐述情感气势与文章语言的有机联系,甚具文学创作的指导意义。

"不平则鸣"说:语出韩愈《送孟东野序》。它上承《尚书》"诗言志"、屈原"发愤以抒情"、司马迁"发愤著书"等学术思想,进一步揭示出文学创作最根本的动力源泉。韩愈所说的"不平",侧重指的是有志者在遭遇不幸后所产生的极其愁苦怨愤之情。此乃"不平则鸣"之本意。韩愈这一观点比较符合封建时代文学创作的实际情况,具有普遍意义。

"穷苦之言易好"说:语出韩愈《荆潭唱和诗序》。作者通过安逸与愁苦两种不同环境下创作之效果的对比,突出"穷苦之言易好"的悲剧感染力。在这里,韩愈已初步涉及文学创作心理学层面的理论问题。后来欧阳修的"诗穷而后工"说,便是韩愈这一文学思想的直接发挥。明清时期的李贽、金圣叹、赵翼等人对此也都有程度不同的继承与发展。

"文以明道"说:语出柳宗元《答韦中立论师道书》。所谓"明道",就是探究、阐明圣人之道,主要指儒家传统之道。这一点与韩愈是相通的,但柳宗元更主张"道之及,及于物"(《报崔黯秀才论为文书》),即实行古道要联系事物与社会,要运用古代圣贤所阐明的道理去解决现实生活中的实际问题,强调"文以明道"的现实作用。

诗有四要素:此论出自白居易《与元九书》。其云:"感人心者,莫先乎情,莫始乎言,莫切乎声,莫深乎义。诗者:根情、苗言、华声、实义。"这"情"、"言"、"声"、"义",便是构成诗歌的四大要素。诗人把诗歌喻为果树,而情感是根,语言是叶,声韵是花,意义是果,十分新颖而准确。这四要素实际是三个层次的要求:一是诗人情感的根本因素,二是诗歌形式的表现因素,三是诗歌的意义因素,情感是基础,形式是手段,意义是目的。诗人强调的重点最终还是在"义"上,也就是"文章合为时而著,诗歌合为事而作"(《与元九书》),"为君为臣为民为物为事而作"(《新乐府序》)。这是传统的儒家诗教观在白居易诗论中的鲜明反映,虽然带有浓重的儒家教化色彩,但对诗歌艺术特征和美感作用的探讨还是相当深入而别具理论价值的。

"思与境偕"说:语出司空图《与王驾评诗书》。其云:"长于思与境偕,乃诗家所尚"。"思与境偕"四字,是作者对王驾诗歌意境的评价。其中的"思",即神思,也就是艺术思维活动;"境",则是激发诗人情思并被表现出来的客观境象,"境"与"思"偕往,相互交融,便构成了诗歌的意境世界。这是司空图对刘勰"神与物游"(《河岳英灵集序》)、皎然"取境"(《诗式》)等诸种意境理论的继承与发展。

"韵味"说:语出司空图《与李生论诗书》。作者首先强调"辨于味,而后可以言诗"的重要性。具体而言,这里的"味",突出了诗歌意境丰富多彩的审美韵味。司空图的"韵味"说,在将"味"作为论诗原则与评诗标准以及探寻韵味的深刻内涵方面,较之其所本之钟嵘《诗品》的"滋味"说,有了明显的发展与深化,为中国诗歌意境理论的完善作出了积极贡献。

意境"四外"说：语出司空图的《与李生论诗书》与《与极浦书》。所谓"四外"，即"韵外之致"、"味外之旨"、"象外之象，景外之景"。"韵外之致"，指意境作品表层文字、声韵覆盖下的无尽情致；"味外之旨"，指意境作品所具有的启人深思的理趣；"象外之象，景外之景"，指意境作品在表象外景的实在景象之外，能让读者联想到虚幻朦胧的多元意象。意境"四外"说，对意境的基本特性及内涵要素的探索，对意境审美价值的认识与把握，都是具有重要意义的。

三、思考题

1. 试论唐代儒、释、道三教思想对文学批评理论的影响。
2. 试论殷璠的"兴象"这一诗歌审美范畴的新特征。
3. 试述唐代意境理论的演进之迹。
4. 试论韩愈"不平则鸣"文学主张的价值与意义。
5. 试论司空图《二十四诗品》"思与境偕"的表现特征。

四、可供进一步研讨的学术选题

1. 《河岳英灵集》诗论与盛唐之音的关系

提示：殷璠以敏锐的学术眼光、发展眼光，及时评价当代诗人的创作，其诗论与被评诗人及诗作是第一时间的平行关系，其诗论可谓是盛唐诗坛创作气象与精神的诗性报告文学。他的"既闲新声，复晓古体，文质半取，风骚两挟"与"兴象"等诗学观，皆是对盛唐诗歌的精当概括。

2. 唐代诗坛儒家"诗教"观的演进之迹

提示：儒家"诗教"观贯穿于唐代诗坛，由陈子昂"风雅兴寄"和"汉魏风骨"的倡导、李白"大雅久不作"的悲叹、杜甫"汉魏近风骚"的钦慕，到白居易"文章合为时而著，歌诗合为事而作"的强调、皮日休"元、白之心，本乎立教"的推崇，诗骚的现实主义创作传统代代相传。

3. 韩愈、柳宗元古文理论的异同

提示：韩、柳都主张以恢复先秦两汉古文以进行文学革新，反对骈文，主张"文以明道"，振兴儒家关心国家政治、注重社会伦理之"道"，重视文学的现实作用。但在对"道"的理解与运用方面，柳比韩要宽容一些；在创作古文时，柳主张充分吸收各家思想，韩则大斥佛老；柳为文尚冷峻深沉之美，不求外露，与韩"气盛言宜"有别，等等。

4. 司空图"思与境偕"说的理论渊源

提示：司空图此前的相关论说有：刘勰的"神与物游"，王昌龄的"心入于境，神会于物"、殷璠的"兴象"、皎然的"取境"等，司空图充分吸收前贤理论成果，完善了自己"思与境偕"的诗境学说。

5. 《二十四诗品》的自然生态意识

提示：司空图二十四首论述诗歌风格意境的诗，篇篇充满着山水自然的生动描写，这不仅是诗人以自然之"实"写诗品之"虚"的表达需要，也是诗人崇尚自然、关爱自然佛老思想的真实体现,是晚唐社会思潮的反应,更是诗人自然生态意识的本能表现。此一课题研究,对当下积极倡导的保护环境、关爱自然的时代精神,具有重大意义。

【研讨平台】

一、"兴"论

提示:"兴"原是《诗经》"赋"、"比"、"兴"三种表现手法之一,朱熹释为:"兴者,先言他物以引起所咏之词也。"(《诗集传》)刘勰《文心雕龙·比兴》将"比""兴"对举论述,云:"比则畜(蓄)愤以斥言,兴则环譬以托讽。"钟嵘《诗品》释"兴"为"文已尽而意有余"。陈子昂在《修竹篇序》中提出了"兴寄"的文学主张:"仆尝暇时观齐梁间诗,彩丽竞繁,而兴寄都绝,每以咏叹。"所谓"兴寄"实际上就是诗人寄托自己对社会、对人生的一种真实的感情因素,将个人的深切体验与社会人生意蕴融为一体,以适应特定历史环境中的人生感喟与文学表达。李白、杜甫、白居易等人的诗兴观亦与陈子昂一脉相承。殷璠又提出了"兴象"说,对传统的"比兴"论进行了改造,渗进了情景交融的"意象"之内涵。皎然亦提出了"比兴"说,他论"兴"与"造境"相统一,追求淡远和谐的韵外之致,与晚唐司空图"诗与境偕"等诗学观颇多相合之处。"兴"与"比兴"的概念,在唐代不同的历史时期,其内涵与表现有所变化,这是需要注意的。

1. [唐]陈子昂《与东方左史虬修竹篇序》(选注)

东方公足下:文章道弊五百年矣。汉、魏风骨,晋、宋莫传,然而文献有可征(查考)者。仆尝暇时观齐、梁间诗,彩丽竞繁,而兴寄(比兴)都绝,每以咏叹。思古人常恐逶迤颓靡(文风衰颓),风雅(指《诗经》)不作,以耿耿(心中不安)也。一昨于解三(生平不详,当是陈子昂、东方虬的诗友)处见明公《咏孤桐篇》,骨气端翔(端直飞动,指风骨美)、音情顿挫(抑扬起伏、顿挫有力),光英朗练(光华秀发、明朗皎洁),有金石声(音调铿锵悦耳)。遂用洗心饰视,发挥幽郁。不图正始之音(正始,三国魏齐王芳的年号,正始时期出现了阮籍、嵇康等著名诗人,他们的诗风骨高峻、兴寄遥深),复睹于兹,可使建安作者相视而笑。解君云:"张茂先、何敬祖,东方生与其比肩。"仆亦以为知言也。故感叹雅制,作《修竹诗》一篇,当有知音以传示之。

2. [唐]殷璠《河岳英灵集序》(选注)

叙曰:夫文有神来、气来、情来。有雅体、野体、鄙体、俗体。编纪者能审鉴诸体,委详所来,方可定其优劣,论其取舍。至如曹、刘(指汉魏诗人曹植、刘桢)诗多直语,少切对,或五字并侧(通"仄"),或十字俱平,而逸驾(喻诗格高迈者)终存。然挈瓶肤受(挈瓶,汲水之瓶,喻学识浅薄;肤受,仅得皮毛)之流,责古人不辨宫商徵羽,词句质素,耻相师范。于是攻异端,妄穿凿,理则不足,言常有余,都无兴象,但贵轻艳。虽满箧笥,将何用之?

自萧氏(指萧梁)以还,尤增矫饰。武德初,微波尚在;贞观末,标格渐高;景云中,颇通远调;开元十五年后,声律、风骨始备矣。实由主上恶华好朴,去伪从真,使海内词场,翕然尊古。南风周雅,称阐今日。

3. [唐]卢藏用《右拾遗陈子昂文集序》(节选)

易曰:"物不可以终否,故受之以泰。"道丧五百岁而得陈君。君讳子昂,字伯玉,蜀人也。崛起江汉,虎视函夏,卓立千古,横制颓波,天下翕然,质文一变。非夫岷、峨之精,巫、庐之灵,则何以生此!故其(原作有,据《全唐文》卷二百三十八校改)谏诤之辞,则为政之先也;昭夷之碣,则议论之当也;国殇之文,则大雅之怨也;徐君之议,则刑礼之中也。至于感激顿挫、微显阐幽,庶(原作度,据《全唐文》卷二百三十八校改)几见变化之朕,以接乎天人之际者,则《感遇》之篇存焉。观其逸足骎骎,方将抟扶摇而凌太清,猎遗风而薄嵩、岱。吾见其进,未见其止。惜乎!湮厄当世,道不偶时,委骨巴山,年志俱天,故其文未极也。

4. 徐文茂《陈子昂兴寄说新论》(节选)

陈子昂的"兴寄"说,不仅在于他就兴的问题纵览诗史而予以合理的继承,更在于他对兴的内涵的丰富和发展;不仅在于他横察时诗、时论而予以辩证的把握,更在于他深入艺术的本质特征对审美运动规律的能动运用。这集中表现在"寄"上。

中国诗论史上"兴寄"、"寄兴"、"兴托"等词固然数不胜数,但首先将"兴"与"寄"相连而提出"兴寄"的当推陈子昂,而陈子昂又被众多后人尊为开启中国诗歌史上黄金时代的主要元勋之一,可见这兴寄之论、兴寄之作与唐诗繁荣显然不无内在的紧密关系。如果说"兴"是指审美主客体在特定的具体环境中相互感应、相互扬弃、相互统一的辩证运动,那"寄"则是从突出审美主体的角度来着眼的,是从审美运动中主体经由绪、意、旨,以及如何使旨具体物化为兴象并构成意境的过程来提出的。陈子昂在《洪崖子鸾鸟诗序》中"和墨澹情,洒翰缛意,寄孤兴于露月,沉浮标于山海"的表述即对此有所显现。因此,与"兴"、"兴会"相比较,"兴寄"不仅肯定了审美主客体的辩证运动,而且就主客关系和运动形态,强调了审美主体的自觉性、能动性、创造性,这主要可归结为以下两个方面:

其一是高扬了审美意志,即强化了诗人在审美活动中对自身的认识活动、情感活动、意象孕育、意象物化直至意境形成等全部活动的驱控力和价值导向。

……

其二是"寄"突出了在审美客体之具象经由意象向兴象演变、兴义与兴象的辩证运动的过程中,审美主体的能动作用。

……

正由于"寄"强调了审美主体在客体具象、意象、兴象蜕化过程中的能动作用,因而在陈诗中的兴象可谓广博丰富、琳琅满目。《感遇》二十五系主体感兴于政局的动乱恐怖而作,全诗仅八句,却摄录了白露寒风、玄蝉孤英、瑶台青鸟、玉山木禾、昆仑凤凰、高及云霄之罗网等十个兴象来寄寓避祸远遁、洁身自爱的兴义,类此等等足见陈子昂在兴象的运用上冥搜博览,既使兴象繁富生动而境界寥廓,又使兴象贴切多致而旨义内蕴。因而品味陈诗往往能透过兴象悟悉诗人的骨气端翔的襟怀世界。

(《文学评论》1998 年第 3 期)

二、"道"论

提示:韩愈、柳宗元是唐代古文运动的领袖人物,他们旗帜鲜明地反对内容空洞、形式华靡的骈文,而倡导写作像先秦两汉那样的语体散文,其宗旨乃在言之有物,切用社会,文以明道。所谓"道",即指孔孟儒家的社会政治、伦理道德。文以载道、文以明道,就是要求作家以儒家的修身、齐家、治国、平天下为己任,去大力弘道,为现实服务。韩愈、柳宗元都非常注重自身道德学问的修养,其目的是为了更好地载道、明道。儒家之"道"与道家之"道"具有本质的区别,前者是探求现实人生之"道",后者是揭示自然本原之"道"。二者不能混而为一。

1. [唐]韩愈《答李翊书》(选注)

生所谓立言者是也,生所为者与所期者,甚似而几矣。抑不知生之志,蕲(求)胜于人而取于人耶?将蕲至于古之立言者耶?蕲胜于人而取于人,则固胜于而可取于人矣。将蕲至于古之立言者,则无望其速成,无诱于势利,养其根而俟(等待)其实,加其膏而希其光。根之茂者其实遂,膏之沃者其光晔,仁义之人,其言蔼如(和顺而有内涵)也。

抑又有难者,愈之所为不自知其至犹未也?虽然,学之二十余年矣。始者非三代两汉之书不敢观,非圣人之志不敢存,处若忘,行若遗,俨乎其若思,茫乎其若迷。当其取于心而注于手也,惟陈言之务去,戛戛(很难貌)乎其难哉!其观于人,不知其非笑之为非笑也。如是者亦有年,犹不改,然后识古书之正伪,与虽正而不至焉者,昭昭然白黑分矣,而务去之,乃徐有得也。当其取于心而注于手也,汩汩然(水疾流貌,此形容文思自然畅顺)来矣。其观于人也,笑之则以为喜,誉之则以为忧者大小毕浮,以其犹有人之说者存也。如是者亦有年,然后浩乎其沛然矣。吾又惧其杂也,迎而距之(从相反方向对文章提出诘难、挑剔),平心而察之,其皆醇也,然后肆(放开笔写)焉。虽然,不可以不养也。行之乎仁义之途,游之乎诗书之源,无迷其途,无绝其源,终吾身而已矣。

气,水也;言,浮物也;水大而物之浮。气之与言犹是也,气盛则言之短长与声之高下者皆宜。虽如是,其敢自谓几于成乎!虽几于成,其用于人也奚取焉?虽然,待用于人者,其肖于器邪?用与舍属诸人。君子则不然,处心有道,行已有方,用则施诸人,舍则传诸其徒,垂诸文而为后世法。如是者,其亦足乐乎?其无足乐也?

2. [唐]柳宗元《答韦中立论师道书》(选注)

始吾幼且少,为文章以辞为工。及长,乃知文者以明道,是固不苟为炳炳烺烺(明亮美好)声音而以为能也。凡吾所陈,皆自谓近道,而不知道之果近乎远乎?吾子好道而可吾文,或者其于道不远矣。故吾每为文章,为尝敢以轻心掉之,惧其剽而不留也;未尝敢以怠心易之,惧其弛而不严也;未尝敢以昏气出之,惧其昧没而杂也;未尝敢以矜气作之,惧其偃蹇(狂傲不羁之态)而骄也。抑之欲其奥,扬之欲其明,疏之欲其通,廉之欲其节,激而发之欲其清,固而存之欲其重。此吾所以羽翼夫道(指用文章阐扬"道")也。本之《书》以求其质(文辞质朴),本之《诗》以求其恒(永久),本之《礼》以求其宜(合宜,合规矩,不越轨),本之《春秋》以求其断(明断是非),本之《易》以求其动(变化,变通)。此吾所以取道之原(本原)也。参之谷梁氏以厉其气(激厉文章的清气),参之《孟》、《荀》以畅其支,参之《庄》、《老》以肆其端,参之《国语》以博其趣(趣味),参之《离骚》以致其幽,参之《太史公》以著其洁(指《史记》文章净练,很少浮华文词)。此吾所以旁推交通而以为之文也。凡若此者,果是耶?非耶?有取乎?抑其无取乎?吾子幸观焉,择焉,有余(有空闲时),以告焉。苟亟来以广是道,子不有得焉,则我得矣。又何以师云尔哉?取其实而去其名,无招越、蜀吠怪而为外廷所笑,则幸矣。

3. [清]刘熙载《艺概》(节选)

独孤至之文,抑邪与正,与韩文同。《唐实录》称韩愈师其为文,乃韩则未尝自言,学于韩者复不言;《唐书》本传亦仅言梁肃、高参、崔元翰、陈京、唐次、齐抗师事之,而韩不与焉。要其文之足重,固不系乎韩师之也。

昌黎接孟子知言养气之传,观《答李翊书》学养并言可见。

昌黎谓"仁义之人,其言蔼如"。苏老泉以孟、韩为"温醇",意盖隐合。

说理论事,涉于迁就,便是本领不济。看昌黎文老实说出紧要处,自使用巧骋奇者望之辟易。

韩文起八代之衰,实集八代之成。盖惟善用古者能变古,以无所不包,故能无所不扫也。

八代之衰,其文内竭而外侈;昌黎易之以万怪惶惑、抑遏蔽掩,在当时真为补虚消肿良剂。

昌黎论文曰:"惟其是尔。"余谓"是"字注脚有二:曰正,曰真。

昌黎以"是""异"二字论文,然二者仍须合一。若不异之是,则庸而已;不是之异,则妄而已。

昌黎自言"约《六经》之旨而成文"。"旨"字专以本领言,不必其文之相似。故虽于庄、骚、太史、子云、相如之文博取兼资,其约经旨者自在也。陆傪见李习之《复性书》,曰:"子之言,尼父之心也。"亦不以文似孔子而云然。

昌黎谓柳州文"雄深雅健,似司马子长"。观此评,非独可知柳州,并可知昌黎所得于子长处。

论文或专尚指归,或专尚气格,皆未免著于一偏。《旧唐书·韩愈传》"经、诰之指归,迁、雄之气格"二语,推韩之意以为言,可谓观其备矣。

……

昌黎尚陈言务去。所谓陈言者，非必剿袭古人之说以为已有也，只识见议论落于凡近，未能高出一头，深入一境，自"结撰至思"者观之，皆陈言也。

文或结实，或空灵，虽各有所长，皆不免著于一偏。试观韩文，结实处何尝不空灵，空灵处何尝不结实。

昌黎曰："学所以为道，文所以为理耳。"又曰："愈之所志于古者，不惟其辞之好，好其道焉耳。"东坡称公"文起八代之衰，道济天下之溺"。文与道岂判然两事乎哉！

4. 郭绍虞《中国文学批评史上的"文"与"道"的问题》(节选)

我曾说过："唐人主文以贯道，宋人主文以载道……贯道是道必藉文而显，载道是文须因道而成：轻重之间，区别显然。"(《文学观念与其含义之变迁》)这即是所谓程度上的差异。后来贯道说成为古文家的文论，而载道说则成为道学家的文论，所以这不仅是唐人和宋人文学观之不同，实也是古文家与道学家论点之互异。盖所谓贯道与载道云者，由一方面言，由贯与载的分量上言，固似乎只是程度上轻重的分别；但在另一方面言，道何以能贯，道又何以能载，贯应有可贯之点，载也应有能载之理，则知所贯者与所载者其意义不尽相同，而更有性质上的分别了。

……

韩愈《原道》篇云："尧以是传之舜，舜以是传之禹，禹以是传之汤，汤以是传之文、武、周公，文、武、周公传之孔子，孔子传之孟轲，孟轲之死不得其传焉。"这固是道统说之所本，而也是文统说之所出。盖韩公一生，学道好文，二者兼营(曾国藩《求阙斋读书录》语)，所以斯文斯道一脉之传，便全集在韩愈身上。后来宋代的古文家与道学家则各得其一端，而复建立文统，与文统以相互角胜，此所以壁垒森严，而各不相下也。

不仅如此，韩愈论文虽亦重在明道，但是他所谓道(一)泥于儒家之说，(二)即于儒之之道，亦仅得其粗迹而未阐其精义。所以他于学道好文二者兼之结果，在道学家看来，不免讥之为倒学(《二程遗书》卷十八："退之晚年为文，所得处甚多。学本是修德，有德然后有言。退之却倒学了，因学文日求所未至，遂有所得")。而在古文家说来也不免觉得儒家所言之道无当于行文，遂转变其所谓道的含义了。盖在韩愈以前，其阐明文与道的关系者有两种主张：其一则偏主于道者，如荀卿、扬雄便是。荀之言曰："凡言不合先王，不顺礼义，谓之奸言。"(《非相篇》)扬之言曰："委大圣而好乎诸子者，恶睹其识道也。"(《君子篇》)这些话都是偏重在道的方面，而所谓道又是只局于儒家之说者。其又一，则较偏于文，如刘勰便是。《文心雕龙·原道篇》云："文之为德也大矣，与天地并生者何哉！夫玄黄色杂，方圆体分，日月叠璧，以垂丽天之象，山川焕绮，以铺理地之形，此盖道之文也。"又云："故知道沿圣以垂文，圣因文而明道，旁通而无滞，日用而不匮。《易》曰：'鼓天下之动者存乎辞。'辞之所以能鼓天下者，乃道之文也。"这些话又较重在文的方面，而所谓道又似不囿于儒家之见者。

(《武汉大学文哲季刊》1930年第1卷第1期)

三、"境"论

提示:"境",原本于佛学,指人的意识、感受能力所及的领域。唐代佛学与诗歌双向繁荣,佛学之"境"又被自然引用为诗学之"境"。以"境"论诗,始见于王昌龄《诗格》,他认为:"诗有三境:'一曰物境','二曰情境','三曰意境'。"后来皎然又于《诗式》中提出"缘境不尽曰情"说,明确了"情"与"境"之间相辅相成、密不可分的关系。司空图《二十四诗品》等集唐人诗境论大成,提出了"思与境偕"、"韵外之致"、"味外之旨"、"象外之象,景外之景"等一系列诗学观,最终使"意境"理论趋于定型。唐代意境理论的演进之迹应该明晰把握。

1. [唐]王昌龄《诗格》(选注)

夫作文章,但多立意。令左穿右穴(穴,此处作动词,挖掘;左穿右穴,谓冥搜苦索)苦心竭智,必须忘身,不可拘束。思若不来,即须放情却宽之,令境生。然后以境照之,思则便来,来即作文。如其境思不来,不可作也。

夫置意作诗,即须凝心,目击其物,便以心击之,深穿其境。如登高山绝顶,下临万象,如在掌中。以此见象,心中了见,当此即用。如无有不似,仍以律调之定(还要调节声律,使之谐和),然后书之于纸,会(符合)其题目。山林、日月、风景为真,以歌咏之。犹如水中见日月,文章是景,物色是本,照之须可见其象也。

夫文章兴作,先动气;气生乎心,心发乎言,闻于耳,见于目,录于纸。意须出万人之境,望古人于格下(意谓在立意之品格上超越古人),攒天海于方寸。诗人用心,当于此也。

2. [唐]皎然《诗式》卷一(选注)

评曰:或云:诗不假修饰,任其丑朴,但风韵正,天真全,即名上等。予曰:不然。无盐(指齐国无盐邑女子钟离春,貌丑而德才俱高,被宣王立为王后)阙容而有德,岂若文王太姒(周文王之妻)有容而有德乎?又云:不要苦思,苦思则丧自然之质。此亦不然。夫不入虎穴,焉得虎子。取境之时,须至难至险,始见奇句。成篇之后,观其气(原注:一作风)貌,有似等闲,不思而得,此高手也。有时意静神王(通"旺"),佳句纵横,若不可遏,宛如神助。不然,盖由先积精思,因神王而得乎。

3. [日]遍照金刚《文镜秘府论》(节选)

凡作诗之体,意是格,声是律,意高则格高,声辨则律清,格律全,然后始有调。用意于古人之上,则天地之境,洞焉可观。古文格高,一句见意,则"股肱良哉"是也。其次两句见意,则"关关雎鸠,在河之洲"是也。其次古诗,四句见意,则"青青陵上柏,磊磊涧中石,人生天地间,忽如远行客"是也。又刘公干诗云:"青青陵上松,瑟瑟谷中风,风弦一何盛,松枝一何劲。"此诗从首至尾,唯论一事,以此不如古人也。

诗本志也,在心为志,发言为诗,情动于中,而形于言,然后书之于纸也。高手作势,一句更别起意,其次两句起意,意如涌烟,从地升天,向后渐高,不可阶上也。下手下句弱于上句,不看向背,不立意宗,皆不堪也。

……

夫置意作诗,即须凝心,目击其物,便以心击之,深穿其境。如登高山绝顶,下临万象,如在掌中。以此见象,心中了见,当此即用。如无有不似,仍以律调之定,然后书之于纸。会有题目,山林、日月、风景为真,以歌咏之。犹如水中见日月,文章是景,物色是本,照之须了见其象也。

4. 叶朗《说意境》(节选)

从审美活动(审美感兴)的角度看,所谓"意境",就是超越具体的有限的物象、事件、场景,进入无限的时间和空间,即所谓"胸罗宇宙,思接千古",从而对整个人生、历史、宇宙获得一种哲理性的感受和领悟。一方面超越有限的"象"("取之象外"、"象外之象"),另方面"意"也就从对于某个具体事物、场景的感受上升为对于整个人生的感受。这种带有哲理性的人生感、历史感、宇宙感,就是"意境"的意蕴。我们前面说"意境"除了有"意象"的一般的规定性之外,还有特殊的规定性。这种象外之象所蕴涵的人生感、历史感、宇宙感的意蕴,就是"意境"的特殊的规定性。因此,我们可以说,"意境"是"意象"中最富有形而上意味的一种类型。

……

康德曾经说过,有一种美的东西,人们接触到它的时候,往往感到一种惆怅。意境就是如此。我们前面说过,意境的美感,实际上包含了一种人生感、历史感。正因为如此,它往往使人感到一种惆怅:忽忽若有所失,就像长久居留在外的旅客思念自己的家乡那样一种心境。这种美感,也就是尼采说的那种"形而上的慰藉"。我们前面说过,中国古代诗人喜欢登高远望,这样来引发自己对于人生的哲理性感悟,这种感悟,带给诗人的就是一种惆怅。很多诗人都谈到他们的这种感受。例如清代诗人沈德潜说:"余于登高时,每有今古茫茫之感。"例如南朝诗人何逊有两句诗:"青山不可上,一上一惆怅。"又例如李白有两句诗:"试登高而望远,咸痛骨而伤心。"这些诗都说明,意境给人的美感,往往表现为一种惆怅。大家知道,唐宋词中很多作品很有意境。其中一些大家熟悉的名句,比如像"何处是归程,长亭更短亭",比如像"问君能有几多愁,恰似一江春水向东流",比如像"流光容易把人抛,红了樱桃,绿了芭蕉",我们读这些词,感到的也是一种惆怅,好像旅客思念家乡一样,茫然若失。这种惆怅也是一种诗意和美感。也带给人一种精神的愉悦和满足。在这种美感中,包含了对于整个人生的某种体验和感受,所以我们可以说,这是一种最高的美感。

(《文艺研究》1999 年第 3 期)

【拓展指南】

一、隋唐文学批评重要研究资料简介

1. 罗宗强:《隋唐五代文学思想史》,北京:中华书局1999年版。

简介:本书是研究隋唐五代文学批评的代表作之一。作者详细描述了隋唐五代近380年间文学思想的发展状况和发展规律。作者采用文学批评、文学理论主张与文学创作倾向三结合的研究方法,深入考察各个时期文学思想发展的主要特征与演变轨迹及其历史的与理论的价值,是一部足资参考的研究资料。

2. 王运熙、杨明:《中国文学批评通史·隋唐五代卷》,上海:上海古籍出版社1996年版。

简介:《中国文学批评通史》共七卷,在学界颇具影响力。本书是其中第三卷。全书内容丰富、资料翔实、立论谨慎,是全面了解隋唐五代文学批评理论的重要资料。

3. 肖占鹏主编:《隋唐五代文艺理论汇编评注》,天津:南开大学出版社2002年版。

简介:本书是目前收录隋唐五代文艺理论成果最为齐备的"汇编评注"本,分上、下两册,总字数150余万字。全书将文学理论与艺术理论相结合,反映唐人文艺打通的创作与评论现实;入选作品皆有作者简介、注释与简评,是一部方便而实用的重要资料。

4. 〔日〕遍照金刚:《文镜秘府论》,北京:人民文学出版社1980年版。

简介:本书分天、地、东、南、西、北六卷,是反映初、盛唐诗格基本面貌的最直接的材料,是一部集初、盛唐诗格之大成的著作。全书直接引用文献约18种,其中多为在中国已散佚者,甚有资料价值。书中主要涉及诗文写作的声律、对偶、体势等,是研究初、盛唐诗格的重要资料。

5. 张伯伟:《全唐五代诗格汇考》,长沙:凤凰出版社2004年版。

简介:本书为《全唐五代诗格校考》(西安:陕西人民教育出版社1996年版)的修订本。全书收录五代、宋初诗格19种,首列解题,简介作者、作年、特点及校勘所用版本情况,参考出土文献,广泛参照和吸收域外文献及海外研究成果,资料翔实、考校严谨,是一部研究唐五代诗格的重要资料。

二、其他重要研究资料索引

(一) 著作

1. 王利器:《文镜秘府论校注》,北京:中国社会科学出版社1983年版。
2. 葛兆光:《道教与中国文化》,上海:上海人民出版社1987版。
3. 莫砺锋:《杜甫评传》,南京:南京大学出版社1993年版。
4. 吴功正:《唐代美学史》,西安:陕西师范大学出版社1999年版。
5. 袁济喜:《兴:艺术生命的激活》,南昌:百花洲文艺出版社2001年版。
6. 陈良运:《中国诗学批评史》,南昌:江西人民出版社2001年版。
7. 王步高:《司空图评传》,南京:南京大学出版社2006年版。

8. 张少康:《司空图及其诗论研究》,北京:学苑出版社 2006 年版。
9. 孙昌武:《佛教与中国文学》,上海:上海人民出版社 2007 年版。
10. 许连军:《皎然〈诗式〉研究》,北京:中华书局 2007 年版。

(二) 论文

1. 罗宗强:《论唐代大历至贞元中的文学思想》,《社会科学战线》1983 年第 3 期。
2. 葛晓音:《论初唐盛诗歌革新的基本特征》,《中国社会科学》1985 年第 2 期。
3. 罗宗强:《唐代文学思想发展中的几个理论问题》,《中国社会科学》1984 年第 5 期。
4. 孙昌武:《唐代文学与佛学》,《天津社会科学》1984 年第 5 期。
5. 乔象钟:《李白的诗论及其艺术实践》,《唐代文学论丛》第 1 辑。
6. 张少康:《论意境的美学特征》,《北京大学学报》1983 年第 4 期。
7. 申建中:《中国传统诗学的一座里程碑:皎然意境的初探》,《文艺理论研究》1985 年第 1 期。
8. 严杰:《韩愈"不平则鸣"说渊源新探》,《江海学刊》1988 年第 1 期。
9. 毕万忱:《论陈子昂诗歌理论的传统特质》,《文学遗产》1990 年第 3 期。
10. 汪涌豪:《论唐代风骨范畴的践行》,《文学遗产》1990 年第 1 期。
11. 赵昌平:《意兴、意象、意脉》,《唐代文学研究》第 3 辑。
12. 莫砺锋:《论杜甫的文学史观》,《唐代文学研究》第 5 辑。
13. 刘欢:《刘禹锡意境理论新探》,《西北大学学报》1994 年第 4 期。
14. 王涵:《韩愈的"文统"论》,《北京大学学报》1994 年第 6 期。
15. 张安祖:《韩愈"古文"含义辨析》,《文学遗产》1998 年第 6 期。
16. 张海明:《关于初唐文学思想的几个问题》,《北京师范大学学报》2000 年第 2 期。
17. 李清良:《唐代文论的思维方式及其影响》,《中国文学研究》2000 年第 4 期。
18. 凌郁之:《句图考》,《文学遗产》2000 年第 5 期。
19. 童庆炳:《司空图"韵外之致"新解》,《文艺理论研究》2001 年第 6 期。
20. 徐正英:《先秦至唐比兴说述论》,《西北师范大学学报》2003 年第 1 期。

第五章 宋金元文学批评

宋金元处于封建社会由盛而衰的转折期，宋代儒学复兴与理学兴起对文学及批评的发展产生重大影响。文坛对继承与革新、复古与反复古、理学与反理学、儒道释的分立与融合等重大问题的讨论进一步深化，一批著名文学家以其创作实践为基础介入批评，如范仲淹、欧阳修、王安石、苏轼、黄庭坚、杨万里、李清照等；一批文论批评家以其评论著作影响文学的发展，如吕本中《紫微诗话》与《江西诗社宗派图》、张戒《岁寒堂诗话》、严羽《沧浪诗话》、王灼《碧鸡漫志》、元好问《论诗三十首》、张炎《词源》等，形成宋金元文学批评的基本状态和格局。

第一节 儒学复兴与两宋理学的发展

中国古代儒学经历了先秦子学、汉代经学、魏晋南北朝时儒学与佛学玄学及道家道教之学的碰撞和冲突，至唐代已呈儒道释分立并融合的态势，至宋代儒学复兴并发展为理学。理学是宋学的主导、核心学术潮流，标志着儒学的复兴与转型。陈寅恪认为："佛教经典言：'佛为一大事因缘出现于世。'中国自秦以后，迄于今日，其思想之演变历程，至繁至久。要之，只为一大事因缘，即新儒学之产生，及其传衍而已。"宋代理学作为新儒学，其发生因缘为："故二千年来华夏民族所受儒家学说之影响，最深最巨者，实在制度法律公私生活之方面，而关于学说思想之方面，或转有不如佛道二教者。……凡新儒家之学说，几无不有道教，或与道教有关之佛教为之先导。"① 宋代理学的兴起，无疑既重建和复兴了儒家学说，将儒家以"礼乐"为核心的伦理道德思想推衍为哲学思想，并在融合儒、道、释思想中推进了儒学的发展和转型，形成宋代理学的风貌。

---

① 陈寅恪：《冯友兰〈中国哲学史〉下册审查报告》，见张岱年主编《中国文化的基本文献·哲学卷》，武汉：湖北人民出版社1994年版，第58—59页。

宋代理学兴起的原因主要有三：一是唐至宋为封建社会由盛而衰的转折期，几经宋辽、宋金之间的战乱，宋朝国力衰退，社会动荡，宋代统治者委曲求全，偏安一隅，导致社会风气呈现重文轻武倾向，虽武功士气渐衰，但文化活力日长，科场、书院、学堂兴盛，学术、学问、文学活跃，文人、学士地位升高，国民性情内敛而理性，为儒学复兴与理学兴起提供了社会基础。二是儒学发展虽经汉代董仲舒"罢黜百家，独尊儒术"之后成为社会主流意识形态，但不断受到玄学、佛学、道家和道教学说冲击，尤其在唐代文化开放、政治开明背景下统治者对儒、道、释兼取并蓄，儒家传统日渐失落和混杂，其思想统治地位日趋动摇，尽管韩愈、柳宗元倡导古文运动以图儒学中兴，但毕竟难以力挽狂澜，故而亟需在儒学日渐衰落之势下再图新儒学的振兴。三是儒学自先秦儒家"仁"学的伦理道德内涵发展为汉代董仲舒"天人"之论的"君权神授"的政治内涵，再到魏晋玄学佛学兴起而将儒学内涵儒教化，导致唐代儒、道、释三教分立与合流，使儒学内涵日趋模糊和变异，故而至宋代亟需将儒学思想理性化、学术化、哲学化，形成儒学的新质和理论体系，以确立儒学"义理"的根据，宋代理学兴起就成为必然。

宋代理学的发展有一个逐步推进的过程，有其阶段性和循序性；同时，宋代理学也有不同的学派和观点，有其复杂性和矛盾性。张岱年指出："至北宋而理学兴起。理学兼采了释、老的一些观念归宗于孔子，达到了理论思维的更高水平，恢复了儒学的权威。宋、元、明、清时代，哲学思想主要分为三派：张载以'气化'说明世界，可称为'气本论'（即唯物主义），程（颐）、朱（熹）以'理'为最高实体，可称为'理本论'（即客观唯心主义），陆（九渊）、王（守仁）以为'宇宙即是吾心'，可称为'心本论'（即主观唯心主义）。……从其广义而言，这三派都属于理学。近年以来，有的哲学史家称程朱之学为'理学'，称陆王之学为'心学'。这所谓理学是理学之狭义。"[①]这说明，理学既有统一性，也有复杂性，存在着"气本论"、"理本论"、"心本论"的学术观点的区别和联系；但毕竟殊途同归，理学家都有复兴儒学、发展理学的共同旨归，故而对不同学派、不同阶段的理学思想进行辨析是有必要的。

[①] 张岱年：《前言》，见张岱年主编《中国文化的基本文献·哲学卷》，武汉：湖北人民出版社1994年版，第2页。

一、周敦颐:宋代理学的发端

宋代理学的萌芽发端于周敦颐,他被朱熹称为"道学宗主"。周敦颐(1017—1073),字茂叔,道州营道(今湖南道县)人,曾任国子博士、知南康军等职。因晚年筑室庐山下,名濂溪书堂,后人称濂溪先生,其学为濂学。著作有《太极图说》和《通书》,后人编为《周子全书》。其著名散文《爱莲说》贯穿始终的是儒家正直、廉洁、清高、古雅的人格风尚和道德魅力,与其思想一脉相承。《太极图说》吸取《周易》精神,以无极而太极作为宇宙本体,产生阴阳五行的气化世界和人类社会,从而为圣人以仁义中正建立的"人极",即人生最高标准寻找本体论的支撑,表达了"气本论"的理学观。

(一)"无极而太极"的宇宙本体论

《太极图说》曰:"无极而太极。太极动而生阳,静而生阴,动极而静,静极复动。一动一静,互为其根;分阴分阳,两仪立焉。阳变阴合而生水火木金土,五气顺布,四时行焉。五行一阴阳也,阴阳一太极也,太极本无极也。"①此说"无极"与张载《太和》中所言"气"相似:"太虚无形,气之本体;其聚其散,变化之客形尔。"②周敦颐认为:"五行之生也,各一其性,无极之真,二五之精,妙合而凝。'乾道成男,坤道成女。'二气变感,化生万物,万物生生而变化无穷焉。"③后来经朱熹解释为:无极指"无形"(形而上),太极即"有理",故而"无极而有理"。从而使之作为理学的雏形和萌芽,开启宋代理学之门。

(二)由"太极"推至"人极"

"太极"说的宇宙本体论之所以与理学挂上钩,关键在于由"太极"至"人极",其目的是为了寻求儒家仁义中正的"人极"的合理性。"唯人也得其秀而最灵。形既生矣,神发知矣,五性感动而善恶分,万事出矣。圣人定之以中正仁义(自注:圣人之道,仁义中正而已矣),而主静(自注:无欲故

---

① 周敦颐:《太极图说》,见张岱年主编《中国文化的基本文献·哲学卷》,武汉:湖北人民出版社 1994 年版,第 198 页。
② 张载:《正蒙·太和》,见张岱年主编《中国文化的基本文献·哲学卷》,武汉:湖北人民出版社 1994 年版,第 200 页。
③ 周敦颐:《太极图说》,见张岱年主编《中国文化的基本文献·哲学卷》,武汉:湖北人民出版社 1994 年版,第 198 页。

静),立人极焉。"①可见以"太极"支撑"人极"正是为了说明"太极"化生之"人极"都有贯穿之一理,儒家的中正仁义也就成为"人极"的最高标准。

(三)"一实万分"的化生模式

《太极图说》明确表达"大哉易也,斯其至矣"②的观点,自认其理论学说来源于《周易》,故而才有"一实万分"的太极图化生模式,由太极化合为阴阳,由阴阳化合为五行及其男女,再化合为万物。这说明"一实"指的是"太极"之统一本体,"万分"指的是人类及其万事万物之千差万别。故而"万分"都源于"一实",都具有一理。这"一实万分"的基本思路显然糅合儒、道、释思想,为宋代理学奠定了哲学根基。

二、程颢、程颐:宋代理学的创立

程颢(1032—1085),字伯淳,世称明道先生,河南洛阳人;程颐(1033—1107),字正叔,世称伊川先生,程颢之弟,故世称"二程"。二人长期居住于洛阳讲学著述,由之创立学派称洛学。著作有《二程遗书》、《外书》、《明道文集》、《伊川文集》、《伊川易传》等。自二程始,宋代理学创立并具备理学体系的框架和基本形态。二程标举"天理",如程颢自称:"吾学虽有所授,天理二字却是自家体贴出来。"③这既说明了理学所标举之"理"的性质和特征,又说明了理学的基本思路和观念,从而建构起理学体系。

(一)"理本论"的理学观

《二程遗书》曰:"天理云者,这一个道理,更有甚穷已"④,"万物皆只有一个天理,己何与焉"⑤,"天下物皆可以理照。有物必有则,一物须有一理"⑥等等,这不仅是将理作为宇宙本体论的最高范畴,万事万物终归于理,而且将理视为哲学思想、学术思想的最高范畴,故而"致知""格物"的目的是为"穷理",理可以烛照宇宙万事万物之规律,也可说明人间万象的各种学说和道理。二程以"天理"为核心和基础,建立起其客观唯心主义的理学

---

① 周敦颐:《太极图说》,见张岱年主编《中国文化的基本文献·哲学卷》,武汉:湖北人民出版社1994年版,第198页。
② 同上。
③ 程颢:《语录》,见张岱年主编《中国文化的基本文献·哲学卷》,武汉:湖北人民出版社,1994年版,第207页。
④ 程颢、程颐:《二程遗书》,上海:上海古籍出版社2000年版,第81页。
⑤ 同上书,第80页。
⑥ 同上书,第242页。

体系大厦。

(二) 具有精神本体论与社会最高准则的含义

《二程遗书》曰:"'万物皆备于我',不独人尔,物皆然。都自这里出去,只是物不能推,人则能推之。虽能推之,几时添得一分?不能推之,几时减得一分?百理具在,平铺放着。几时尧尽君道,添得些君道多;舜尽子道,添得些孝道多?元来依旧。"①这一方面充分肯定了孟子"万物皆备于我"的观点,从而强调了"物不能推,人则能推之"的主观能动性,以此说明人能推之理具有精神本体论的含义;但另一方面,他们又承认理不以人的意志为转移的客观性,"百理具在,平铺放之",而并不因人为而增减一分,故而人应循"天理"而推至人理,从而才能使理具有精神本体论的意义,具有放之四海而皆准的最高准则之意义。这样将天与人、义与性、身与心视为一理贯穿,"在天为命,在义为理,在人为性,主于身为心,其实一也"②,都归本于理。

《二程遗书》曰:"理则天下只是一个理,故推至四海而准,须是质诸天地、考诸三王不易之理。"③故而二程最具影响的就是"存天理,灭人欲"的观点,一方面为封建专制社会的伦理道德思想寻找合法性根据,另一方面也将儒家思想扭曲并推向极端。程颐云:"视听言动,非理不为,即是礼。礼即是理也。不是天理便是私欲。人虽有意于为善,亦是非礼。无人欲即皆天理。"④这种"天理"与"人欲"非此即彼的二元对立思维无疑说明了二程理学观的偏颇和失误,不仅对封建专制主义的极端发展造成恶劣影响,而且也对宋代文化和文学发展造成不良影响,遭致此后反理学思潮的不断批判。

(三) 在文道关系上提出"作文害道"的极端之说

《二程遗书》在比较今古学者之区别时曰:"古之学者一,今之学者三,异端不与焉。一曰文章之学,二曰训诂之学,三曰儒者之学。欲趋道,舍儒者之学不可。今之学者有三弊:一溺于文章,二牵于训诂,三惑于异端。苟无此三者,则将何归,必趋于道矣。"⑤也就是说古之学者其学总归于道而不专于文,而今之学者专注于文,故而害道。这固然有批判重形式而轻内容的

---

① 程颢、程颐:《二程遗书》,上海:上海古籍出版社2000年版,第84页。
② 同上书,第254页。
③ 同上书,第89页。
④ 程颐:《语录》,见张岱年主编《中国文化的基本文献·哲学卷》,武汉:湖北人民出版社1994年版,第208页。
⑤ 程颢、程颐:《二程遗书》,上海:上海古籍出版社2000年版,第235页。

形式主义倾向之意,但将文道关系推向极端,由此推得"作文害道"的结论,这不仅对长期以来的文道关系讨论,无论是"文以明道"还是"文以载道",抑或文道统一、文道分立等不同观点进行了否定,而且将文道关系推向对立的极端,显然既不利于文的发展,也不利于道的表达。《二程遗书》曰:"问:'作文害道否?'曰:'害也。凡为文,不专意则不工,若专意则志局于此,又安能与天地同其大也?《书》曰'玩物丧志',为文亦玩物也。"①将文视为"玩物",由此而"丧志"、"害道",这不仅有逻辑推理错误,而且大小前提均有错误,其结论必然错误。当然,"作文害道"之说不仅在当时还是此后都不断受到批判,甚至在理学家中也有质疑或不同观点。

三、朱熹:宋代理学的成熟和集大成

朱熹(1130—1200),字元晦,号晦庵,徽州婺源(今属江西)人,任过知州、秘阁修撰、焕章阁待制兼侍讲等职,因长期讲学于福建,故其创立学派称为"闽学",著作有《四书集注》、《周易本义》、《诗集传》,及著作汇集《朱子语类》、《朱文公文集》、《朱子遗书》等。朱熹继承发展了二程学说,故世称程朱理学或程朱学派。朱熹是宋代理学的集大成者,不仅建构起宋代理学的体系大厦,而且使理学更趋成熟和完善。

(一)在理与气、性、心的关系中扩充了理的含义

首先,他在坚持宇宙万物以"理"为本体和本源的基础上,更多建立起将理与气的联系。《朱子语类》云:"天下未有无理之气,亦未有无气之理"②;"有是理便有是气,但理是本,而今且从理上说气"③。其次,他将理与性联系,认为:"伊川'性即理也',横渠'心统性情',二句颠扑不破。"④理体现于人性上就有"天命之性"与"气质之性",而"气质之性"既将"气"与"性"联系,而且又将理与气、性联系,最终归于理。朱熹认为:"气质之说""此起于张、程,某以为极有功于圣门,有补于后学,读之使人深有感于张、程。前此未曾有人说到此";"孟子说性善,但说得本原处,下面却不曾说得气质之性,所以亦费分疏。诸子说性恶与善恶混,使张、程之说早出,则这许

---

① 程颢、程颐:《二程遗书》,上海:上海古籍出版社2000年版,第290页。
② 朱熹:《朱子语类》,见张岱年主编《中国文化的基本文献·哲学卷》,武汉:湖北人民出版社1994年版,第212页。
③ 同上。
④ 同上书,第215页。

多说话自不用纷争,故张、程之说立,则诸子之说泯矣……且如只说个仁、义、礼、智是性,世间却有生出来便无状底是如何? 只是气禀如此。若不论那气,这道理便不周匝,所以不备。若只论气禀这个善这个恶,却不论那一原处只是这个道理,又却不明"。① 可见,朱熹论理,一方面既联系于具有客观性之气,另一方面也联系于具有主观性之性;论性必追溯本原,由气追根于理,有理便有气,有气便有性。

在理与心的关系上,朱熹从认识论和方法论角度确立"心"主导统摄性情的作用,曰:"心包万理,万理具于一心,不能存得心,不能穷得理;不能穷得理,不能尽得心。"②这既强调了"尽心"与"穷理"的辩证关系,"尽心"才能"穷理","穷理"才能更好地"尽心",心与理据此更好地融合交汇;又强调了"心包万理,万理具于一心"的主宰统摄性情的作用,其理由是"心,主宰之谓也。动静皆主宰,非是静时无所用,及至动时方有主宰也。言主宰,则混然体统自在其中,心统摄性情,非笼统与性情为一物而不分别也"③。心之所以能主宰动静,统摄性情,就在于"心包万理"。这在一定程度上为其认识论和方法论铺垫了基础和条件,也将本体论之"理"与主体论之"心"联系,使"理"落实于"心"及其动静之"气"和人之"性情"上。

(二) 将儒家伦理道德思想视为"天理"

儒家思想不仅是儒家圣人"尽心"、"致知"、"格物"的结果,而且也是理的普遍规律和原则呈现于气和性的结果,故而儒家思想即是理。朱熹针对理、气先后问题讨论认为:"此本无先后之可言,然必欲推其所从来,则须说先有是理,然理又非别为一物,即存乎是气之中。无是气,则是理亦无挂搭处。气则为金、木、水、火,理则为仁、义、礼、智。"④故而儒家思想可谓"天理","凡人之能言语动作,思虑营为,皆气也,而理存焉。故发而为孝悌忠信、仁义礼智,皆理也"⑤;"有是理而后有是气,有是气则必有是理。但禀气

---

① 朱熹:《朱子语类》,见张岱年主编《中国文化的基本文献·哲学卷》,武汉:湖北人民出版社1994年版,第214页。
② 同上书,第215页。
③ 同上书,第212页。
④ 同上。
⑤ 同上书,第213页。

之清者,为圣为贤,如宝珠在清冷水中禀气之浊者,为愚为不肖,如珠在浊水中"①。故而由理和气决定性之差异,"如虎狼之父子,蜂蚁之君臣,豺獭之报本,雎鸠之有别,曰'仁兽',曰'义兽'是也"②。不仅人兽有别,而且禽兽也有别,故而仁、义、礼、智是决定人类社会及万事万物之理。

朱熹针对周敦颐之说发挥曰:"'无极而太极',只是说无形而有理。所谓太极者,只二气五行之理,非别有物为太极也。又云:'以理言之,则不可谓之有;以物言之,则不可谓之无'";"'无极而太极',不是太极之外别有无极,无中自有此理。又不可将无极便做太极"③;"既有理,便有气;既有气,则理又在乎气之中。周子谓:'五殊二实,二本则一。一实万分,万一各正,大小有定。'自下推而上去,五行只是二气,二气又只是一理。自上推而下来,只是此一个理,万物分之以为体,万物之中又各具一理"④,等等。这在"无极"的无形之理与"太极"之有形之实的辩证关系讨论中强调了"一实万分"的观点,对周子学说有所发挥。在《大学或问》中朱熹自称以程子意补《大学》,并针对学生的存疑,将程子有关格物致知的言论收集起来进行系统阐发。《朱子语类》曰:"知行常相须,如目无足不行,足无目不见。论先后,知为先;论轻重,行为重。"⑤《大学·补格物致知传》对程子学说进行了发挥:"所谓'致知在格物'者,言欲致吾之知,在即物而穷其理也。盖人心之灵,莫不有知;而天下之物,莫不有理;惟于理有未穷,故其知有不尽也。是以《大学》始教,必使学者即凡天下之物,莫不因其已知之理而益穷之,以求至乎其极。至于用力之久,而一旦豁然贯通焉,则众物之表里精粗无不到,而吾心之全体大用无不明矣。此谓物格,此谓知之至也。"⑥故而"格物"、"致知"其目的是"穷理",以此建立起理学的认识论、方法论理论基础。

(三) 强调重质轻文的"义理"文学观

朱熹在宋代理学中为喜谈文学者,其文学观的核心是"义理"。《答巩仲至》曰:"抑又闻之,古之圣贤所以教人,不过使之讲明天下之义理,以开

---

① 朱熹:《朱子语类》,见张岱年主编《中国文化的基本文献·哲学卷》,武汉:湖北人民出版社1994年版,第214页。
② 同上书,第215页。
③ 同上书,第215—216页。
④ 同上书,第216页。
⑤ 同上书,第215页。
⑥ 同上书,第742页。

发其心之知识,然后力行固守,以终其身。"①显然对文学本质,他由其"理本论"而归于"义理",认为文学之目的就是认知、修身、践行。《清邃阁论诗》曰:"今人不去讲义理,只去学诗文,已落第二义。"②故而其评论以"义理"作为标准,揭示诗中之"义理"来自诗人之"志"。《答杨宋卿》曰:"熹闻诗者,志之所之,在心为志,发言为诗,然则诗者,岂复有工拙哉?亦视其志之所向者高下如何耳。是以古之君子,德足以求其志,必出于高明纯一之地,其于诗固不学而能之。"③这显然有重质轻文的偏向,认为由德求志足以决定诗的"义理",与诗的文采、声韵、格律、词华无关,这为"作文害道"铺垫了基础。当然,朱熹在具体评论作家作品时不乏精当、公允之论,也有一些独到、新鲜之解,这是他作为宋代大理学家在思想理论体系的深刻性和广博性上对文学发展不无贡献的原因之所在。

四、陆九渊:宋代理学的发展

陆九渊(1139—1193),字子静,抚州金溪(今属江西)人。官至知荆门军,因中年以后曾在贵溪象山居住和讲学,世称象山先生,由他创立的学派称陆学或象山学派。陆九渊提出"心即理"的主观唯心主义"心本论"观,认为"宇宙便是吾心,吾心即是宇宙",表现出与程朱道学相左的心学一派倾向。

(一)"心即理"的心学观

陆九渊是宋代理学的重要代表人物,他所主张的心学秉承孟子"尽心"说,首先强调人的本心具有善和美的道德内质,服从封建伦理道德就是服从自己的本心。他认为:"心只是一个心,某之心,吾友之心,上而千百载圣贤之心,下而千百载复有一圣贤,其心亦只如此。心之体甚大,若能尽我之心,便与天同。"④他在《与李宰书》中曰:"人皆有是心,心皆具有是理,心即理也",从而表现出强烈鲜明的"心本论"主观唯心主义倾向。其次,强调"万物皆备于我"的心生理的作用。《象山语录·下》曰:"请尊兄即今自立,正坐拱手,收拾精神,自作主宰。万物皆备于我,有何欠阙?当恻隐时自然恻

---

① 朱熹:《答巩仲至》,见郭绍虞主编《中国历代文论选》第二册,上海:上海古籍出版社1979年版,第410页。
② 同上书,第413页。
③ 同上书,第406页。
④ 陆九渊:《象山语录》,《象山语录、阳明传习录》,上海:上海古籍出版社2000年版,第71页。

隐,当羞恶时自然羞恶,当宽裕温柔时自然宽裕温柔,当发强刚毅时自然发强刚毅。"①可见,其"心"为"自立"、"自作主宰"的主体、个体之心。再次,强调以吾心统摄宇宙。《象山语录·上》曰:"道在宇宙间,何尝有病,但人自有病。千古圣贤,只去人病,如何增损得道"②;"道理只是眼前道理,虽见到圣人田地,亦只是眼前道理"③。故而认识宇宙只需向认识本心努力而不必向外追求,将"吾心"与"宇宙"合二为一。他不仅以内宇宙观照并代替外宇宙,而且认定内宇宙决定了外宇宙,将外宇宙转化为内宇宙,从而形成以心为本的主观唯心主义思想。这一方面是对孟子强调"内省"、"尽心"、"知性"思想的继承和发展;另一方面也是对宋代理学"心本论"的开创和发展。最后,以心作为宇宙本原和本体,从而将理视为心的表现,心是理的根本,将理、道归于心。他在《敬斋记》中曰:"道,未有外乎其心者";《象山语录·下》云:"心官不可旷职。"④这显然与朱熹的客观唯心主义有所不同而自成宋代理学"心本论"一派,这对明代王阳明"心外无理"、"心外无物"的主观唯心主义影响颇大,故而世称"陆王心学"。

(二) 强调人的主观精神作用

《象山语录·下》曰:"有一段血气,便有一段精神。有此精神,却不能用,反以害之。非是精神能害之,但以此精神,居广居,立正位,行大道"⑤;"人精神在外,至死也劳攘,须收拾作主宰。收得精神在内时,当恻隐即恻隐,当羞恶即羞恶,谁欺得你? 谁瞒得你? 见得端的后,常涵养,是甚次第"⑥;"惟精惟一,须要如此涵养"⑦,等等。陆九渊强调精神的能动作用,实质上也是其"心即理"说的进一步延伸,除带有主观唯心主义色彩之外,也在一定程度上强调了心性和精神的主导作用,从而也强调了人作为主体的作用。

(三) 对天理与人欲之极端对立的批判

《象山语录·下》曰:"天理人欲之言,亦自不是至论。若天是理,人是

---

① 陆九渊:《象山语录》,《象山语录、阳明传习录》,上海:上海古籍出版社2000年版,第83页。
② 同上书,第19页。
③ 同上。
④ 同上书,第63页。
⑤ 同上书,第78页。
⑥ 同上书,第81页。
⑦ 同上书,第82页。

欲,则是天人不同矣"①;"天理人欲之分论极有病,自《礼记》有此言,而后人袭之。《记》曰:'人生而静,天之性也;感于物而动,性之欲也。'若是,则动亦是,静亦是,岂有天理物欲之分?若不是,则静亦不是,岂有动静之间哉?"②显然,陆九渊对程朱理学"存天理,灭人欲"的观点执反对意见,既不赞同天理与人欲的极端对立的划分,也不认同这与先秦儒家学说有联系,甚至认为这并非儒家思想的本质内涵,故而他主张"道塞天地,人以自私之身与道不相入。人能退步自省,自然相入。唐虞三代教化行,习俗美,人无由自私得"③。也就是说,人通过自省内视,将宇宙纳入内心来体认,自然就会消解天理与人欲之别。这显然也是其"心即理"说的必然结果,并以此表明与程朱理学的区别。

综观宋代理学发展全过程,既有贯穿始终的统一性和整体性,又有不同阶段及其所形成的理学不同学派的差异性和特征,大体呈现宋代理学发展的三种形态:一是以周敦颐、张载为代表的"气本论"的唯物主义;二是以程朱为代表的"理本论"的客观唯心主义;三是以陆九渊为代表的"心本论"的主观唯心主义。尽管各自在"气"、"理"、"心"的宇宙观偏向上呈现出差异性,但都贯通了理学的基本思想和理念,构成宋代理学发展的基本格局。归而言之,宋代理学的主要特征为:一是以儒家思想为核心,融汇道家佛家思想构成理学思想体系,这既承接唐代儒、道、释三足鼎立且三教合一的传统,又在此基础上有所创造和发展;二是重建和复兴儒家思想文化传统,建立了以"理"为核心的新儒学理学体系,将儒学伦理政治文化升华为宇宙观本体论的哲学思想,奠定儒学思想发展的理论基础;三是具有一定的复杂性和多样性,从其发展过程的阶段性、理学思想的丰富性、流派分立和观点纷呈的差异性来看,带有众说纷纭的色彩,但又不失理学的本色;四是在丰富和完善先秦儒家思想的同时,创新了理学的基本范畴,从而创立了新的命题和理论,如"天理"、"格物"、"致知"、"知行"等,为中国古代哲学思想和儒学体系发展提供了理论资源,也为宋代文学及其文学理论批评奠定了哲学基础,尤其对宋代诗歌好说理、宋代诗话词话好论辩之风气以及"文以载道"与"文以害道"的论争不无深刻影响。

---

① 陆九渊:《象山语录》,《象山语录、阳明传习录》,上海:上海古籍出版社2000年版,第19页。
② 同上书,第102页。
③ 同上书,第89页。

第二节 苏轼、黄庭坚及江西诗派

一、苏轼的文学批评观

苏轼(1037—1101),字子瞻,号东坡居士,眉山人。嘉祐间进士,官至礼部尚书,有《东坡七集》,与其父苏洵、弟苏辙俱以文名,世称"三苏",并列于"唐宋八大家"中。苏轼的一生是在激烈的政治斗争和文艺论争中度过的,其思想和文学观中既有儒家成分,又有佛老成分。苏轼不仅是著名的文学家,而且是著名的文论批评家,《宋史·苏东坡传》评其文学成就曰:"虽嬉笑怒骂之辞,皆可书而诵之,其体浑涵光芒,雄视百代,有文章以来,盖亦鲜矣。"①此后历代对苏轼诗文好评如潮。

苏轼在北宋诗文革新运动中与欧阳修、梅尧臣、王安石一道反对唐、五代以及西昆体华靡、险怪的文风,强调继承唐代李杜诗歌、韩柳古文的传统,主张以道论文,强调文道统一。但相对于欧阳修而言,苏轼更重视文的地位和特征,从而确立起其在宋代文学和文论批评的重要地位和作用。

(一) 在文道关系上突出文的特征

苏轼继承了韩愈、欧阳修的古文运动传统,他赞扬韩愈"文起八代之衰,而道济天下之溺"②,推崇欧阳修"其学推韩愈、孟子,以达于孔氏,著礼乐仁义之实,以合于大道"③。其所论"道"与宋代理学不同,与欧阳修也有所区别,尤极力反对俗儒论道的弊端:"其蔽始于昔之儒者,求为圣人之道而无所得,于是务为不可知之文,庶几乎后世之以我为深知之也。后之儒者,见其难知,而不知其空虚无有,以为将有所深造乎道者,而自耻其不能,则从而和之曰然。相欺以为高,相习以为深,而圣人之道,日以远矣。"④故而他提出"道可致而不可求"的观点:"故世之言道者,或即其所见而名之,或莫之见而意之,皆求道之过也。然则道卒不可求欤?苏子曰:'道可致而不可求'。"⑤也就是说道不可空求,应该一方面在实践和学习中领悟而致

---

① 《宋史·苏东坡传》,参见邓立勋编校《苏东坡全集》上册,合肥:黄山书社1997年版,第12页。
② 苏轼:《潮州朝文庙碑》,见邓立勋编校《苏东坡全集》中册,合肥:黄册书社1997年版,第360页。
③ 苏轼:《居士集叙》,见邓立勋编校《苏东坡全集》中册,合肥:黄册书社1997年版,第100页。
④ 苏轼:《中庸论上》,见邓立勋编校《苏东坡全集》下册,合肥:黄山书社1997年版,第1页。
⑤ 苏轼:《日喻》,见邓立勋编校《苏东坡全集》中册,合肥:黄山书社1997年版,第107页。

道,"百工居肆,以成其事,君子学以致其道"①;另一方面冷静地观察体悟而致道,"欲令诗语妙,无厌空且静。静故了群动,空故纳万境"②。这源于老庄及刘勰的"虚静"说,虚可容物,静可观物,带有超然物外的审美静观色彩,从而把握了文的特质和特征,对以文致道的观念有了更为深刻的认识。

(二) 崇尚自然与真实

苏轼《答谢民师书》曰:"所示书教及诗赋杂文,观之熟矣。大略如行云流水,初无定质,但常行于所当行,常止于不可不止,文理自然,姿态横生。"③他又自评其文云:"吾文如万斛泉源,不择地而出,在平地滔滔汩汩,虽一日千里无难。及其与山石曲折、随物赋形而不可知也。所可知者,常行于所当行,常止于不可不止,如是而已矣。"④也就是说,作文应任意而发,不加束缚,自然天成,不饰雕凿。故而他以自然为标准论文,无论是评论别人还是自己,都能始终坚持之。

他在《答王庠书》中批评"儒者之病,多空文而少实用"⑤,并在《凫绎先生诗集叙》中提出"先生之诗文,皆有为而作"⑥的观点。"有为"既是言之有物、为情而文之意,也是一种阅世观物有感而发的创作态度。《南行前集叙》曰:"山川之秀美,风俗之朴陋,贤人君子之遗迹,与凡耳目之所接者,杂然有触于中,而发于咏叹。"⑦"有为而作"既是对当时文坛无病呻吟、空洞无物的弊端进行的批判,又是对古文运动和诗文革新运动的倡导和推动。

(三) 在形神关系中强调神似

苏轼常以"妙"评诗文、论书画,《书黄子思诗集后》曰:"予尝论书,以谓钟、王之迹,萧散简远,妙在笔画之外";"闽人黄子思,庆历、皇祐间号能文

---

① 苏轼:《日喻》,见邓立勋编校《苏东坡全集》中册,合肥:黄山书社1997年版,第107页。
② 苏轼:《送参寥师》,见邓立勋编校《苏东坡全集》上册,合肥:黄山书社1997年版,第194页。
③ 苏轼:《答谢民师书》,见邓立勋编校《苏东坡全集》下册,合肥:黄山书社1997年版,第213页。
④ 苏轼:《文说》,见郭绍虞主编校《中国历代文论选》第二册,上海古籍出版社1979年版,第310页。
⑤ 苏轼:《答王庠书》,见邓立勋编校《苏东坡全集》中册,合肥:黄册书社1997年版,第309页。
⑥ 苏轼:《凫绎先生诗集叙》,见邓立勋编校《苏东坡全集》中册,合肥:黄山书社1997年版,第94页。
⑦ 苏轼:《南行前集叙》,见邓立勋编校《苏东坡全集》下册,合肥:黄山书社1997年版,第89页。

者。予尝闻前辈诵其诗,每得佳句妙语,反复数四,乃识其所谓"。此外,他还以"远韵"论诗,"李杜之后,诗人继作,虽间有远韵,而才不逮意";以"至味"论诗,"独韦应物、柳宗元发纤秾于简古,寄至味于淡泊,非余子所及也"①,故而《送参寥师》曰:"咸酸杂众好,中有至味永"。这都集中说明苏轼评论的标准是意、神、韵、味、妙,概而言之,强调"传神","论画以形似,见与儿童邻。赋诗必此诗,定非知诗人"②,明确表示反对形似而主张神似。他还以《传神记》专论"传神"说,以顾恺之"传神写影,都在阿睹中"③为例说明传神之妙在于得意境神韵之所在。

此外,深得文之道的苏轼,对语言、表现方法、艺术风格、艺术技巧等方面的论述颇多,并在论述中表达出深刻的艺术辩证法思想,如:"发纤秾于简古,寄至味于淡泊";"外枯而中膏,似淡而实美";"静故了群动,空故纳万境";"疏淡含精匀";"出新意于法度之外,寄妙理于豪放之中";"口必至于忘声而后能言,手必至于忘笔而后能书";"端庄杂流丽,刚健含婀娜";"为文者非能为之为工,乃不能不为之为工"等。其艺术辩证法将儒、道、释思想糅合为一体,更贴近艺术的特征和规律。

二、黄庭坚的文学批评观

黄庭坚(1045—1105),字鲁直,号山谷,又号涪翁,洪州分宁人。他与秦观、晁补之、张耒同出苏轼门下,称为苏门四学士,著有《山谷集》,为江西诗派创始人。其论多言法度,规摹古人,以杜甫为宗,讲求字眼、句法、格律、用典及体制等,着眼于艺术形式的探讨,提出"点铁成金,夺胎换骨"之论,影响颇大,延至清末。诚如刘克庄在《江西诗派小序》中指出的:"国初诗人,如潘阆、魏野,规规晚唐格调,寸步不敢走作;杨刘则又专为崑体,故优人有扯拽义山之诮,苏梅二子,稍变以平淡、豪俊,而和之者尚寡;至六一、坡公,巍然为大家数,学者宗焉,然二公亦各极其天才笔力之所至而已,非必锻炼勤苦而成也。豫章稍后出,荟萃百家句律之长,穷极历代体制之变,搜猎

---

① 苏轼:《书黄子思诗集后》,见邓立勋编校《苏东坡全集》下册,合肥:黄山书社1997年版,第450页。

② 苏轼:《书鄢陵主簿所画折枝二首》,见邓立勋编校《苏东坡全集》上册,合肥:黄山书社1997年版,第315页。

③ 苏轼:《传神记》,见邓立勋编校《苏东坡全集》中册,合肥:黄山书社1997年版,第62页。

奇书,穿穴异闻,作为古律,自成一家,虽只字半句不轻出,遂为本朝诗家宗祖。"①刘克庄将黄庭坚放置在北宋诗文大背景下来确立其地位和价值,总体而言是准确而公允的,既能揭示出黄庭坚着重于形式技巧以"自成一家"的艺术特征,又能在与诸多诗人的比较中确立其"本朝诗家宗祖"的地位。

(一) 强调创作法度以建立诗法理论

宋人作诗论诗好讲法度,由此宋代讨论诗法词法、句法律法者颇多,逐渐建立起诗法词法理论,弥补了宋之前文论批评对艺术形式有所忽略的重质轻文偏向。黄庭坚讲究法度,正如王若虚在《滹南诗话》中所批评的:"山谷之诗,有奇而无妙,有斩绝而无横放,铺张学问以为富,点化陈腐以为新,而浑然天成,如肺肝中流出者不足也。"②这与苏轼"不择地而出"的行云流水、浑成自然的风格迥异。黄庭坚则批评苏轼"东坡文章妙天下,其短处在好骂,慎勿袭其轨也"③,但自己不免也陷入法度对创作的约束之病。因为法度不仅偏重于形式技巧之法而有忽略思想内容之弊,而且以度论法而强调了限度会产生约束之义。《答洪驹父书》曰:"凡作一文,皆须有宗有趣,终始关键,有开有合";"诸文亦皆好,但少古人绳墨耳";"老夫绍圣以前,不知作文章斧斤,取旧所作读之,皆可笑";"文章最为儒者末事,然索学之,又不可不知其曲折,幸熟思之"。④《跋书柳子厚诗》曰:"予友生王观复作诗有古人态度,虽品格已超俗,但未能从容中玉佩之音、左准绳、右规矩尔";《与王观复书》曰:"所送新诗,皆兴寄高远,但语生硬不谐律吕,或词气不逮初造意时";"所寄诗多佳句,犹恨雕凿功多耳。但熟观杜子美到夔州后古律诗,便得句法简易,而大巧出焉"⑤,等等,使其法度着重于对句法、字法、律法的规矩、规范的讨论上,强调了诗法理论对艺术形式特征和创作特点的重视。

(二) 主张推崇杜甫以规摹古人

黄庭坚的规摹古人观点很大程度是建立在对杜甫的推崇上,因为杜甫

---

① 刘克庄:《江西诗派小序》,转引自王运熙、顾易生主编《中国文学批评史》中册,上海:上海古籍出版社1981年版,第71页。
② 王若虚:《滹南诗语》,见郭绍虞主编《中国历代文记选》第二册,上海:上海古籍出版社1979年版,第445页。
③ 黄庭坚:《答洪驹交书》,见郭绍虞主编《中国历代文论选》第二册,上海:上海古籍出版社1979年版,第316页。
④ 同上。
⑤ 黄庭坚:《与王观复书》,见郭绍虞主编《中国历代文论选》第二册,上海:上海古籍出版社1979年版,第322、324页。

作诗讲究格律和诗法,严谨而规范,为学诗和作诗的楷模。《答洪驹父书》曰:"老杜作诗,退之作文,无一字无来处";《赠高子勉》曰:"拾遗句中有眼,彭泽意在无弦"①;《与王观复书》曰:"观杜子美到夔州后诗,韩退之自潮州还朝后文章,皆不烦绳削而自合矣";《大雅堂记》曰:"子美诗妙处,乃在无意于文"②等,几乎将杜甫作为评论的标准,其目的在于规摹古人,推崇杜甫。《答洪驹父书》曰:"少加意读书,古人不难到也";《与王观复书》曰:"此病亦只是读书未精博耳。长袖善舞,多钱善贾,不虚语也";《跋书柳子厚诗》曰:"予友生王观复作诗有古人态度";《与徐师川书》曰:"诗政欲如此作。其未至者,探经术未深,读老杜、李白、韩退之诗不熟耳";《论作诗文》曰:"作文字须摹古人,百工之技,亦无有不法而成名者也"等。但师法古人并不等于规摹古人,故而与规制法度一样,倘若过分强调,反为古人所囿而难以创新,故而在规摹古人的基础上应力求自成一家。

(三) 提倡"点铁成金"、"夺胎换骨"之论

黄庭坚讲究法度、规摹古人的结果就是点铁成金,夺胎换骨,其命题既有继承之意,也有在继承基础上有所变化、创新之意。故而就继承而言,他非常强调用典,强调"来处"和渊源,强调以字眼和句眼来确立诗眼。《答洪驹父书》曰:"古之能为文章者,真能陶冶万物,虽取古人之陈言入于翰墨,如灵丹一粒,点铁成金也。"③论其本义,确实含有点陈言之铁变新语之金之含义,但或许与其法度、规摹古人之论联系,过多倾向于"点铁"而非"成金"了。惠洪《冷斋夜话》中引黄庭坚云:"诗意无穷,而人之才有限;以有限之才,追无穷之意,虽渊明、少陵,不得工也。然不易其意而造其语,谓之换骨法;窥入其意而形容之,谓之夺胎法。"④夺胎换骨的本义与点铁成金相似,也有偏重于"胎"和"骨"而忽略"夺"和"换"之嫌。故而后人对点铁成金、夺胎换骨之论颇有争议,大抵都是对其理论观点的积极性与消极性各执一端而论的结果,当然也包含有对当时文坛的各种学派流派不同见解的论辩,以及对江西诗派劲峭奇巧而又拘谨规摹风气的不满。

---

① 黄庭坚:《赠高子勉》,见郭绍虞主编《中国历代文论选》第二册,上海:上海古籍出版社1979年版,第320页。

② 黄庭坚:《大雅堂记》,见郭绍虞主编《中国历代文论选》第二册,上海:上海古籍出版社1979年版,第325页。

③ 黄庭坚:《答洪驹文书》,见郭绍虞主编《中国历代文论选》第二册,上海:上海古籍出版社1979年版,第320页。

④ 惠洪:《冷斋夜话》,北京:中华书局1988年版,第15—16页。

三、江西诗派的诗学观

江西诗派因吕本中作《江西诗社宗派图》始创立"江西诗派"之名,并列黄庭坚、陈师道、潘大临等 25 人为成员。这些人诗风皆起于黄庭坚,黄为江西豫章人,故而以江西籍及与其有师友关系和大致相似创作倾向者构成江西诗派,并在发展中不断扩大范围。杨万里《江西宗派诗序》曰:"江西宗派诗者,诗江西也,人非皆江西也。人非皆江西,而诗曰江西者何? 系之也。系之者何? 以味不以形也。"[①]说明江西诗派并非仅仅是一个区域性流派。而江西诗派之所以形成态势,一方面与"一祖三宗",即以杜甫为祖,以黄庭坚、陈师道、陈与义为"三宗"有关;另一方面与其明确的宗旨有关,这可在吕本中《江西宗派图序》中提出"活法"和"悟入"见出大略。《夏均父集序》曰:"学诗当识活法。所谓活法者,规矩备具,而能出于规矩之外;变化不测,而亦不背于规矩也。是道也,盖有定法而无定法,无定法而有定法。知是者,则可以与语活法矣。"[②]所谓活法,是指作诗之方法及其活用法度之用法,相对于拘泥规矩的法度而言,活法自然灵活变化,但又不悖于法度。这显然是针对黄庭坚强调"法度"而过于偏向于规矩、定法提出的活法,其中不乏吸收苏轼"行云流水、初无定质"的自然之法因素。《与曾吉甫论诗第一帖》曰:"《楚辞》、杜、黄,固法度所在,然不若偏考精取,悉为吾用,则姿态横出,不窘一律矣。如东坡、太白诗,虽规摹广大,学者难依,然读之使人敢道,澡雪滞思,无穷苦艰难之状,亦一助也。"[③]故而黄苏之法各有利弊,只有将两者结合,才能互补互用,由"法度"提升为"活法"。那么如何才为"活法"而不泥于死法呢? 吕本中又提出"悟入"之说:"要之,此事须令有所悟入,则自然越度(应乙)诸子。悟入之理,正在工夫勤惰间耳。"[④]《童蒙诗训》曰:"作文必要悟入处,悟入必自工夫中来,非侥幸可得也。如老苏之于文,鲁直之于诗,盖尽此理也。"[⑤]所谓"悟入"指感悟领会,也就是说要掌握

[①] 杨万里:《江西宗派诗序》,见郭绍虞主编《中国历代文论选》第二册,上海:上海古籍出版社 1979 年版,第 391 页。

[②] 吕本中:《夏均父集序》,见郭绍虞主编《中国历代文化选》第二册,上海:上海古籍出版社 1979 年版,第 367 页。

[③] 吕本中:《与曾吉甫论诗第一帖》,见郭绍虞主编《中国历代文论选》第二册,上海:上海古籍出版社 1979 年版,第 369 页。

[④] 同上。

[⑤] 吕本中:《童蒙诗训》,见郭绍虞主编《中国历代文论选》第二册,上海:上海古籍出版社 1979 年版,第 370 页。

"活法",就必须"悟入"。诗文讲"悟入"正如禅宗讲"参禅"一样,带有以禅论诗的色彩,这与严羽《沧浪诗话》中提倡以禅喻诗的"妙悟"说有异曲同工之妙。由此可见,吕本中通过《江西诗社宗派图》推崇黄庭坚,并以其为领袖,集结倡导"法度"的一大批学者,对江西诗派的形成和发展起了重要的推动作用;他所倡导的"活法"、"悟入"又对江西诗派的发展、蜕变发生重大影响。尽管他对江西诗派也有微词,观点也有不同于江西诗派之处,但他对江西诗派的贡献是不言而喻的。与此相似的还有杨万里增补吕本中《宗派图》为《江西续派》,作《江西续派二曾居士诗集序》以及《江西宗派诗序》,此外还有刘克庄《江西诗派小序》等,也在对江西诗派的理论总结中有所超越和发展。

第三节 严羽《沧浪诗话》和元好问《论诗三十首》

一、严羽《沧浪诗话》批评观

严羽字仪卿、丹丘,号沧浪逋客,邵武(今属福建)人,著有《沧浪集》、《沧浪诗话》。《沧浪诗话》在宋代文论批评中是一部最有系统的诗学理论之作,"它的出现标志着以诗话形式探讨诗歌艺术理论进入更自觉的阶段"[1]。罗根泽认为:"从诗学的观点衡量宋代诗话,当以严羽沧浪诗话为巨擘。"[2]全书分为五章,《诗辨》为总论,从总体上提出论诗的基本观点;《诗体》专章讨论诗歌的体制理论;《诗法》专章讨论诗歌的创作方法;《诗评》专章评论历代诗人诗作;《考证》对一些作者、作品进行考证辨订。书后附录《答出继叔临安吴景仙书》对其主旨作了说明和补充,可视为作者自序。全书提出许多重要观点和理论命题,总体而论可概括为"以禅喻诗"。《答出继叔临安吴景仙书》曰:"仆之《诗辨》,乃断千百年公案,诚惊世绝俗之谈,至当归一之论。其间说江西诗病,真取心肝刽子手。以禅喻诗,莫此亲切。是自家实证实悟者,是自家闭门凿破此片田地,即非傍人篱壁、拾人涕唾得来者。"[3]他在一针见血地表明"以禅喻诗"的主旨的同时,又进一步说明其理论的创新价值和意义。此外,提到其创作动机中也有补江西诗派之弊的

---

[1] 王运熙、顾易生主编:《中国文学批评史》中册,上海:上海古籍出版社1981年版,第122页。

[2] 罗根泽:《中国文学批评史》第三册,上海:上海古籍出版社1984年版,第245页。

[3] 严羽:《答出继叔临安吴景仙书》,见郭绍虞主编《中国历代文论选》第二册,上海:上海古籍出版社1979年版,第430页。

意图,其指向也对宋代理学的诗文观进行批判,为当时文坛注入一剂强心针,以"以禅喻诗"为核心建立起诗学理论系统。

(一)"以禅喻诗"的诗学观

严羽《沧浪诗话》虽专事评论而不言创作论,但在其评论中实则对诗歌理论进行了深入阐发,不仅对评论鉴赏,而且对创作都有重要意义。其诗学理论框架和支点就是"以禅喻诗"。《答出继叔临安吴景仙书》曰:"妙喜自谓参禅精子,仆亦自谓参诗精子。尝谒李友山论古今人诗,见仆辨析毫芒,每相激赏,因谓之曰:'吾论诗,若那吒太子析骨还父,析肉还母。'友山深以为然。"①严羽自喻为"参诗精子",显然不仅是以"参禅"的"参"的方式论诗,而且也将自己视为"参禅"主体,并将评论对象视为"禅诗"或具有"禅意"之作,从而在方法、主体、对象等因素关系中建立"以禅喻诗"的理论系统。

《诗辨》中他坦言创作动机曰:"故予不自量度,辄定诗之宗旨,且借禅以为喻,推原汉魏以来,而截然谓当以盛唐为法,虽获罪于世之君子,不辞也。"②明确表达"以禅喻诗"及以"妙悟"、"兴趣"论诗会获罪于当世君子及其理学主流的大无畏批判精神。《诗辨》曰:"夫学诗者以识为主;入门须正,立志须高;以汉魏晋盛唐为师,不作开元、天宝以下人物。"③学诗者须从讲"识"开始,辨识和选择最佳作家作品奠定基础,才能更好地作诗评诗。故而"以禅喻诗"首先必须识禅论禅:"禅家者流,乘有小大,宗有南北,道有邪正;学者须从最上乘,具正法眼,悟第一义。若小乘禅,声闻辟支果,皆非正也。"识禅可推及识诗,"论诗如论禅:汉魏晋与盛唐之诗,则第一义也。大历以还之诗,则小乘禅也,已落第二义矣。晚唐之诗,则声闻辟支果也。学汉魏晋与盛唐诗者,临济下也。学大历以还之诗者,曹洞下也"④。这是严羽"以禅喻诗"的范例,从而揭示出其理论宗旨和动机目的。他围绕"以禅喻诗"为核心建立其理论体系,包括"妙悟"、"兴趣"、"别才别趣"、"熟参"、"直截根源"、"本色"、"当行"、"活句"诸说等,其理论范畴和命题中都贯穿和渗透禅意,如"参"、"悟"、"顿门"、"本色"、"当行"、"法眼"等。

---

① 严羽:《答出继叔临安吴景仙书》,见郭绍虞主编《中国历代文论选》第二册,上海:上海古籍出版社1979年版,第431页。
② 严羽:《沧浪诗话》,见郭绍虞《沧浪诗话校释》,北京:人民文学出版社1983年版,第27页。
③ 同上书,第1页。
④ 同上书,第11—12页。

(二) 本于"禅道"的"妙悟"说

"以禅喻诗"的要义集中于"妙悟"说。《诗辨》云:"大抵禅道惟在妙悟,诗道亦在妙悟。且孟襄阳学力下韩退之远甚,而其诗独出退之上者,一味妙悟而已。惟妙悟乃为当行,乃为本色。"①所谓"妙悟"是在禅道"悟"的基础上针对文学的特性特征而提出"妙"之"悟",指以直观感悟而进入心灵沟通的领悟式鉴赏评论方法,此后也延伸为创作方法以及作品的特征。冒春荣《葚原诗说》曰:"以禅喻诗,非以禅入诗。所谓臭味在酸咸外是也,所谓不参死句是也,所谓不拖泥带水活泼泼地是也,所谓脱胎换骨是也,所谓意足于彼、言在于此、使人领悟即得、不可以呆相求之是也。"②此言将"以禅喻诗"的"妙悟"说的含义与意义扩大到严羽的诗学理论系统,具有"言已尽而意无穷"的心领神会的诗学内涵和特征。继而严羽曰:"然悟有浅深,有分限,有透彻之悟,有但得一知半解之悟。汉魏尚矣,不假悟也。谢灵运至盛唐诸公,透彻之悟也;他虽有悟者,皆非第一义也。"③也就是说"悟"还须"妙悟",作诗评诗第一步讲"悟",更进一步讲"妙悟",因为"悟有浅深,有分限",只有"深彻之悟"才是"妙悟",而非"一知半解之悟"或非"第一义"之悟。从诗法角度而言,"妙悟"也是"活法"而非死法,《诗法》曰"须参活句,勿参死句",由此可见,"妙悟"也有灵活自由、不见痕迹之意。

(三) 归于诗性的"兴趣"说与"别趣"说

严羽倡导诗歌追求"趣",以"趣"论诗评诗,以"趣"作为文学评价标准,这是严羽诗学的一大特色。《诗辨》曰:"诗之法有五:曰体制,曰格力,曰气象,曰兴趣,曰音节。"④这不仅是"诗之法",而且是诗之"本色""当行"所在,故而成为评诗论诗的一条重要标准。他赞扬"盛唐诸人惟在兴趣,羚羊挂角,无迹可求。故其妙处透彻玲珑,不可凑泊,如空中之音,相中之色,水中之月,镜中之象,言有尽而意无穷";他批评"近代诸公乃作奇特解会,遂以文字为诗,以才学为诗,以议论为诗。夫岂不工,终非古人之诗也。盖于一唱三叹之音,有所歉焉"。⑤ 这一褒一贬的评价,其标准就是"兴趣",盛

---

① 严羽:《沧浪诗话》,见郭绍虞《沧浪诗话校释》,北京:人民文学出版社1983年版,第12页。
② 冒春荣:《葚原诗说》卷四,参见郭绍虞《沧浪诗话校释》,北京:人民文学出版社1983年版,第15页注。
③ 严羽:《沧浪诗话》,见郭绍虞《沧浪诗话校释》,北京:人民文学出版社1983年版,第12页。
④ 同上书,第7页。
⑤ 同上书,第26页。

唐之诗好在有"兴趣",近代诸公之诗劣在无"兴趣"。所谓"兴趣"是指能激发读者和论者感兴的言已尽而意无穷的韵味和旨趣所表达的艺术特征。"兴趣"与才学、道理及理学的不同点在于它是文学品质的特性和特征。故而严羽又提出"别趣"说,认为:"夫诗有别材,非关书也;诗有别趣,非关理也。然非多读书,多穷理,则不能极其至。所谓不涉理路,不落言筌者,上也。诗者,吟咏情性也。"①所谓"别",指的是特殊性,诗有不同于才学的"别材"、不同于道理的"别趣"。这显然是针对宋代理学提倡才学、穷理而言的"以理入诗"的偏向作出的批评。严羽认为文学不是理学,文学有其自身规律和特征,这集中表现在"兴趣"和"别趣"上,表明他对宋代理学对文学造成负面影响的批判。

严羽以"妙悟"、"兴趣"理论和标准来评论诗人诗作,充分体现了他着重从文学特性特征出发来识辨、评价作家作品优劣的宗旨。《诗评》曰:"大历以前,分明别是一副言语;晚唐,分明别是一副言语;本朝诸公,分明别是一副言语。如此见,方许具一只眼"②;"唐人与本朝人诗,未论工拙,直是气象不同"③;"诗有词理意兴。南朝人尚词而病于理;本朝人尚理而病于意兴;唐人尚意兴而理在其中;汉魏之诗,词理意兴,无迹可求"④;"少陵诗法如孙吴,太白诗法如李广。少陵如节制之师"⑤,等等。这既在比较对比中鉴别优劣,又在其理论指导下抓住了各自特点。由此可知,"以禅喻诗"及其"妙悟"、"兴趣"诗学观具有理论价值的同时也具有批评实践意义。

二、元好问《论诗三十首》诗学观

元好问(1190—1257),字裕之,号遗山,太原秀容(今山西忻县)人。曾任金尚书省左司员外郎等职,著有《遗山集》。其《论诗三十首》是继杜甫《戏为六绝句》之后以诗论诗的典范之作,系统阐发其诗学观及创作观,对汉魏至北宋的杰出作家作品进行品评,在中国文学批评史上颇有影响。

《论诗三十首》的主旨在第一首中就有所表露:"汉谣魏什久纷纭,正体

---

① 严羽:《沧浪诗话》,见郭绍虞《沧浪诗话校释》,北京:人民文学出版社1983年版,第26页。
② 同上书,第139页。
③ 同上书,第144页。
④ 同上书,第148页。
⑤ 同上书,第170页。

无人与细论。谁是诗中疏凿手？暂教泾渭各清浑。"①其意在于通过对汉魏以来诗歌流变的评论，辨析作家作品优劣和特点，指明诗歌创作发展的正确方向。在最后一首中他对自己的诗作进行总体评价的同时也期待后人的评论，表白论诗至晚年后的感叹和心态："撼树蚍蜉自觉狂，书生技痒爱论量。老来留得诗千首，却被何人校短长。"这前后两首诗可谓揭示其诗学观、创作观、评论观的点睛之作，也可谓对其诗评的自我评论，将其创作动机、目的、意图、心态表达了出来。《论诗三十首》诗学观归而言之有四方面：

（一）"由诚而言"的诗学观

元好问十分注重诗歌抒情言志的特征，从而要求诗歌必须有真情实感。《杨树能小亨集引》曰："故由心而诚，由诚而言，由言而诗也。三者相为一。情动于中而形于言，言发乎迩而见乎远，同声相应，同气相求，虽小夫贱妇孤臣孽子之感讽皆可以厚人伦、美教化，无它道也。故曰不诚无物。夫惟不诚，故言无所主，心口别为二物，物我邈其千里，漠然而往，悠然而来，人之听之，若春风之过马耳，其欲动天地，感鬼神，难矣！其是之谓本。"②"何谓本？诚是也"，他将诗视为心、诚、言三位一体和相互作用的整体，其"诚"是真实、真诚、自然之意，诗之"诚"表现为作者心之"诚"和言之"诚"。"在心为志，发言为诗"，心言同一而为"诗言志"。更为重要的是以"诚"作为诗之"本"，揭示出诗歌抒情言志的本质特征以及"动天地，感鬼神"的审美效果。以"诚"论诗，他高度赞扬了阮籍的高远情怀和诚挚坦荡的创作心态。《论诗》之五曰："纵横诗笔见高情，何物能浇块磊平？老阮不狂谁会得？出门一笑大江横。"以"诚"论李白，《论诗》之十五曰："笔底银河落九天，何曾憔悴饭山前。世间东抹西涂手，枉著书生待鲁连。"他对李商隐《锦瑟》的缠绵深情表示向往，《论诗》之十二曰："'望帝春心托杜鹃'，佳人锦瑟怨华年。诗家总爱西崑好，独恨无人作郑笺。"他在称道"由诚而言"的同时也批评虚伪之作，《论诗》之六批评潘安曰："心画心声总失真，文章宁复见为人。高情千古《闲居赋》，争信安仁拜路尘。"《论诗》之十九批评陆龟蒙曰："万古幽人在涧阿，百年孤愤竟如何！无人说与天随子，春草输赢较几多。"这说明元好问之"诚"要求抒情言志必须有社会内容，有感而发而不作无病呻吟。

---

① 元好问：《论诗三十首》，见郭绍虞主编《中国历代文论选》第二册，上海：上海古籍出版社 1979 年版，第 449—450 页。

② 元好问：《杨叔能小亨集引》，见郭绍虞主编《中国历代文论选》第二册，上海：上海古籍出版社 1979 年版，第 463—464 页。

（二）自然朴实的"真淳"观

与"诚"所强调的抒情言志之真诚相应，元好问以"真淳"强调自然朴实的审美观。《论诗》之十一曰："一语天然万古新，豪华落尽见真淳，南窗白日羲皇上，未害渊明是晋人。"自注云："柳子厚唐之谢灵运，陶渊明晋之白乐天。"也就是说，无论是以后人论前人，还是以前人论后人，都以"天然"、"真淳"作为标准。朱熹评："陶渊明诗，人皆说平淡，据某看，他自豪放，但豪放来得不觉耳。"①严羽评："渊明之诗质而自然耳。"②这些评价都与元好问的评论旨趣相吻合。他依其"真淳"批评江西诗派，《论诗》之二十八曰："古雅难将子美亲，精纯全失义山真。论诗宁下涪翁拜，未作江西社里人。"江西诗派虽以杜甫为宗，崇扬古雅，但失却杜诗风貌；虽以李商隐的精纯为范摹，但又失却真淳之意；这里批评了江西诗派只注重形式而忽略风貌神意的偏颇。诸如此类的诗论还有《论诗》之十三云："万古文章有坦途，纵横谁似玉川卢？真书不入今人眼，儿辈从教鬼画符"；之八云："沈、宋横驰翰墨场，风流初不废齐、梁。论功若准平吴例，合著黄金铸子昂"；之二十七曰："百年才觉古风迥，元祐诸人次弟来。讳学金陵犹有说，竟将何罪废欧、梅"，等等。以此树立起自然、真淳的评价准则。

（三）刚健雄浑、慷慨古雅的风格取向

以风格论诗是中国古代批评的传统，司空图《二十四诗品》通过论诗诗的方式对二十四种风格类型进行归类和评说，偏向于对"冲淡"、"飘逸"、"含蓄"、"超诣"一类风格的推崇。元好问多以风格论诗，而偏向于对"雄浑"、"高古"、"自然"一类风格的推崇。《论诗》之二曰："曹、刘坐啸虎生风，四海无人角两雄。可惜并州刘越石，不教横槊建安中"，之三曰："邺下风流在晋多，壮怀犹见缺壶歌。风云若恨张华少，温、李新声奈尔何"，之七曰："慷慨歌谣绝不传，穹庐一曲本天然。中州万古英雄气，也到阴山敕勒川"，之十八曰："东野穷愁死不休，高天厚地一诗囚。江山万古潮阳笔，合在元龙百尺楼"，等等，高度赞扬魏晋建安文学慷慨多气之风格，西北大漠敕勒歌豪放大气之风格，并以抑孟郊穷愁苦吟之诗风而褒韩愈豪爽率直之诗风，表达对刚健、雄浑、慷慨的审美风格的追求。他还在《杜诗学引》中对

---

① 朱熹：《清邃阁论诗》，见郭绍虞主编《中国历代文论选》第二册，上海：上海古籍出版社1979年版，第412页。
② 严羽：《沧浪诗话》，见郭绍虞《沧浪诗话校释》，北京：人民文学出版社1983年版，第151页。

为江西诗派所遮蔽的杜甫诗风表示推崇:"窃尝谓子美之妙,释氏所谓学至于无学者耳。今观其诗,如元气淋漓,随物赋形;如三江五湖,合而为海,浩浩瀚瀚,无有涯涘;如祥光庆云,千变万化,不可名状;固学者之所以动心而骇目。"①这就意味着杜甫诗不仅有严谨、规范、沉郁的一面,也还有蓬勃恢宏的一面,才能使读者和评者"动心"和"骇目"。

第四节　李清照《论词》和张炎《词源》

一、李清照《论词》的词学观

李清照(1084—约1155),号易安居士,山东济南人,为李格非之女、赵明诚之妻,北宋末南宋初著名女词人,著有《漱玉词》。其《论词》是一篇专门讨论词学理论的文章,载入《苕溪渔隐丛话》中,被誉为"有组织条理的第一篇词论,并且是我国妇女作的文学批评第一篇专文"②。

《论词》的主旨和核心观点是"词别一家",主要针对当时文坛的两种词学观有感而发:一方面是针对长期以来视词为"诗余"、"艳科"的倾向;另一方面是苏轼一反"依红偎翠"、"浅斟低唱"的轻浮侧艳风气而走向"以诗入词"倾向,将诗的题材、风格、语言、方法、境界引入词中,从而扩大了词的内容的同时却也忽略了词的声律、格调,导致诗词混体而削弱了词的本色和特征。故而"词别一家"之说目的在于提升词的独立性以及强化词区别于诗的本色和特征,这对当时词及词学理论的发展具有贡献和意义。围绕"词别一家",李清照建立起从声律艺术形式着眼的纯美词学观。

(一)"词别一家"的词学观

长期以来诗词因具有许多的共性而常常混淆,而在宋词兴盛之前诗至唐代已成鼎盛之势,故而将词视为"诗余"之论是较为普遍的。正如《论词》所言,"乃知别是一家,知之者少"③,当时不仅诗坛而且词坛大都将词视为诗的余绪或者诗发展的结果,从而忽略了词不同诗的本色和特征,混淆了诗与词的区别,导致"以诗入词"的倾向,故而针对这种倾向建立起独立自主

---

①　元好问:《杜诗学引》,见郭绍虞主编《中国历代文论选》第二册,上海:上海古籍出版社,1978年版,第462页。
②　郭绍虞主编:《中国历代文论选》第二册,上海:上海古籍出版社1979年版,第354页。
③　李清照:《论词》,见郭绍虞主编《中国历代文论选》第二册,上海:上海古籍出版社1979年版,第351页。

的词学观就十分重要。李清照身为词人,深知词的创作规律和特征,一方面她坚持唐五代词以来发展的传统;另一方面她也深知北宋以来宋词地位的逐渐提高,已形成文坛主流发展态势,故而急需建立"词别一家"的词学观,以利于形成词的本色和特征从而确立词的地位。整体观之,"词别一家"的词学观意义在三方面:一是从文学发展流变中强调了诗词必分的观念。首先,在唐代,"乐府声诗并著,最盛于唐开元、天宝间,有李八郎者,能歌,擅天下……";其次,在唐末之后,"五代干戈,四海瓜分豆剖,斯文道熄。独江南李氏君臣尚文雅……";再次,"逮至本朝,礼乐文武大备,又涵养百余年,始有柳屯田永者,变旧声作新声,出《乐章集》……"①在叙述词由唐至五代、再到北宋的发展历史后,认定"变旧声作新声",既强调了发展中的变革创新观念,又强调了"新声"不同于"旧声",即诗与词的区别,从而确立词的独立性和本色特征。二是着重从词的本色特征角度强调词不同于诗之处,提出词要"高雅"、"浑成"、"协乐"、"典重"、"铺叙"、"故实",不仅在形式上而且在内容上对词的整体风貌进行了规范和要求,同时也确立起评词的角度和标准。三是突出了婉约、缠绵、高雅的词风取向,既有别于"艳科"及其"词语尘下"的侧艳俚俗风格倾向,又有别于"以诗入词"的警拔、豪放风格倾向。

(二) 以批评针砭词格词风的不足

《论词》对当朝词人词作进行了批评,评柳永"而词语尘下";评张先、宋祁等"而破碎何足名家";评晏殊、欧阳修、苏轼等"然皆句读不葺之诗尔,又往往不协音律者";评王介甫、曾子固"文章似西汉,若作一小歌词,则人必绝倒,不可读也";评晏几道、贺铸、秦观、黄庭坚"又晏苦无铺叙。贺苦少典重。秦则专主情致,而少故实,譬如贫家美女,非不妍丽,而终乏富贵态。黄即尚故实,而多疵病,譬如良玉有瑕,价自减半矣"②,等等,既指出"以诗为词"和"以文为词"的词学观之不足,又指出即使知"词别一家"之词人,在创作中存在着少"铺叙"、"典重"、"故实"、"音律"的不足,其批评精神和大无畏勇气由之可见一斑。这既使李清照的词作和词论能在词坛上独树一帜,又能推动词及其词学的更好发展。

---

① 李清照:《论词》,见郭绍虞主编《中国历代文论选》第二册,上海:上海古籍出版社 1979 年版,第 350 页。
② 同上。

(三) 强调词的音律形式特征

李清照开篇就以"乐府声诗并著"强调了诗词的音律特征,尤其是列举出李八郎酒行乐作而歌所取得的音律效果,"及转喉发声,歌一曲,众皆泣下"①,强调了诗词协律的重要性。她批评苏轼等"往往不协音律",为了更好地说明原因,进而深入细致地探讨曰:"盖诗文分平侧,而歌词分五音,又分五声,又分六律,又分清浊轻重。"②古时"五音"与"五声"往往混称,张炎《词源》认为"五音"指唇齿喉舌鼻,后人也有认为"五音"指发声部位,"五声"指宫商角徵羽的。李清照区别"五音"与"五声"对于词的音律及其发声方式是有意义的,其价值在于"分",包含有区分、分辨、分别之义,这与"词别一家"的"别"是有联系的,也就是说不仅诗词有别,而且音律有分。归而言之,诗的音律与词的音律应有所区别,其目的是说词须协音律。继而李清照具体讨论词的押韵特征:"且如近世所谓《声声慢》《雨中花》《喜迁莺》,既押平声韵,又押入声韵。《玉楼青》本押平声韵,又押上去声,又押入声。本押仄声韵,如押上声则协,如押入声,则不可歌矣。"③词的格律有其自身的规律和特征,如果不遵循格律规律,不仅词不协格律,而且也不能歌唱,故而词人每每作词,都是交歌者吟唱,能否协合音律就成为词成功与否的关键。由此可见,李清照重格律、音律,强调文学形式的重要性,这对于重质轻文、重内容轻形式的偏向而言无疑是一种反拨和纠偏。

总观李清照"词别一家"之论,对词及词学理论发展是有积极意义的;但也存在着就词论词从而忽略词与诗及其他文学形式的联系的问题,有可能缩小词的视域和境界;另则过于强调词的格律、音律,也有可能带来对创作的束缚和形式主义的偏向。

二、张炎《词源》的词学观

张炎(1248—1320),字叔夏,号玉田,宋末元初人。原籍天水,家寓临安(今浙江杭州),著有《山中白云》词八卷及词论《词源》二卷,上卷专论音律,下卷论述作词原则及对词人词作的评论。袁济喜认为"其词学理想可以概括为:倡'雅正',主'清空'和讲'意趣',成为唐宋词学的总结和后代

---

① 李清照:《论词》,见郭绍虞主编《中国历代文论选》第二册,上海:上海古籍出版社 1979 年版,第 350 页。
② 同上书,第 305 页。
③ 同上书,第 350—351 页。

词学的指南"①。王运熙、顾易生指出:"张炎论词,强调协律、雅正、清空,强调'深于用事,精于炼句'和'意趣高远,风流蕴藉'等等,表现出格律派词人艺术观点。"②《词源》可谓格律派词学的代表。

(一) 强调"合律"论

张炎继承和发展格律派词学传统,论词首先强调协律;同时,他也继承曾祖张镃、父张枢擅长填词、通晓音律的家学传统,"昔在先人侍侧,闻杨守斋、毛敏仲、徐南溪诸公商榷音律,尝知绪余,故生平好为词章,用功四十年"③,对词律颇为用功。《词源·杂论》曰:"词之作必须合律,然律非易学,得之指授方可。若词人方始作词,必欲合律,恐无是理;所谓'千里之程,起于足下'当渐而进可也。"④与李清照论词强调协律,强调五音、五声、六律一样,张炎强调协音、合谱,按律制谱,以词定声,才合"声依永、律和声"之道,从而使合律成为学词作词评词的基本标准。当然张炎深知合律并非易事,因而一方面他强调要循序渐进,逐步提高合律水准;另一方面他也深知按谱填词乃死法并非活法,故而又主张"音律所当参究,词章先宜精思,俟词句妥溜,然后正之音谱,二者得兼,则可造极玄之域"⑤。这就说明,他强调合律的同时也强调词章,不能因音律而受约束,致使文理词章不通;只有音律与词章相互协调,才能二者兼得,进入词的最高境界。这与格律派词学有所不同并有所发展。

(二) 坚守"雅正"观

"雅正"是儒家及其文人传统的观念和志趣,也是相对于"俚俗"而提出的正统主流思想导向。张炎在《词源》中探讨了词发展的大致脉络后确立其"雅正"观,但与儒家思想有所不同,他认定"雅正"既是对词的思想内容的要求,也是对词的形式,尤其是格律、音律的要求。《词源·序》曰:"古之乐章、乐府、乐歌、乐曲,皆出于雅正。粤自隋、唐以来,声诗间为长短句,至唐人则有《尊前》、《花间集》。迄于崇宁,立大晟府,命周美成诸人讨论古音,审定古调,沦落之后,少得存者。"⑥故而"雅正"之声,不唯指思想内容的

---

① 袁济喜:《新编中国文学批评发展史》,北京:中国人民大学出版社2006年版,第241页。
② 王运熙、顾易生主编:《中国文学批评史》中册,北京:人民文学出版社1998年版,第159页。
③ 张炎:《词源》,见《词源注、乐府指迷笺释》,北京:人民文学出版社1998年版,第9页。
④ 同上书,第26页。
⑤ 同上。
⑥ 同上。

"雅正",而且也是指艺术形式、音律格律的"古音"、"古调"之"雅正"。与"雅正"相近的还有"古雅"、"骚雅"、"和雅"等,《词源·序》曰:"美成负一代词名,所作之词,浑厚和雅,善于融化诗句"①,《词源·清空》曰:"白石词如《疏影》、《暗香》、《扬州慢》、《一萼红》、《琵琶仙》、《探春》、《八归》、《淡黄柳》等曲,不惟清空,又且骚雅,读之使人神观飞越"②,又曰:"清空则古雅峭拔"③等等,均可见他以"雅正"评词论词,将其作为一条衡量优劣褒贬的重要标准。他对不符合"雅正"标准的词作进行批评,"作词者多效其体制,失之软媚而无所取"④,"软媚"实则也是"雅正"的反义词。"中间如秦少游、高竹屋、姜白石、史邦卿、吴梦窗,此数家格调不侔,句法挺异,俱能特立清新之意,删削靡曼之词,自成一家,各名于世"⑤,所言"靡曼之词"也可谓是"雅正"之词的反义。

(三) 倡导"意趣"说

《词源》专列《清空》一节与《意趣》一节,其目的在于倡导"清空"和"意趣"说,足见张炎词学观也为司空图、严羽诗学观的余脉。他认为:"词要清空,不要质实。清空则古雅峭拔,质实则凝涩晦昧。"⑥将"清空"与"质实"对举,明确表达倡导"清空"反对"质实"的观点。其理由在于"清空"一是符合"古雅"、"雅正"之标准;二是不"凝涩晦昧",具有清新、空灵的特征,能表现神韵和意趣。为此,他以姜夔、吴文英为例:"姜白石词如野云孤飞,去留无迹。吴梦窗词如七宝楼台,眩人眼目,碎拆下来,不成片段。此清空质实之说。"⑦姜夔词之所以"清空",就是因为能表达出空灵、深远的意趣,故而"白石词不惟清空,又且骚雅","清空则古雅峭拔",包含有"去留无迹"的神韵;吴文英词之所以"质实",就是因为流于雕凿堆砌,故而凝涩晦昧,表面华丽繁缛,而只不过是空中楼阁,碎片堆砌。他举例曰:"梦窗《声声慢》云:'檀栾金碧,婀娜蓬莱,游云不蘸芳洲。'前八字恐亦太涩。"⑧

张少康、刘三富指出:"'清空'和'意趣'是不可分割的,有'清空'之要

---

① 张炎:《词源》,见《词源注·乐府指迷笺释》,北京:人民文学出版社1998年版,第9页。
② 同上书,第16页。
③ 同上。
④ 同上。
⑤ 同上。
⑥ 同上。
⑦ 同上。
⑧ 同上。

妙,始有'意趣'之盎然。"①《意趣》曰:"词以意为主,不要蹈袭前人语意。"②以此评论苏轼等词云:"此数词皆清空中有意趣,无笔力者未易到。""意趣"可谓有言已尽而意无穷之意味和颇富个性特征的趣味韵致。

以"清空"、"意趣"论词,在一定意义上也是对中国古代批评"虚"、"实"对举之论的继承和发展。概而言之:"清空"带有"虚"之意,"质实"带有"实"之意;词"虚"而"清空",从而有韵致意趣;"实"则涩,亦"质实"而无神韵和意趣。故而"清空"与"意趣"是互为作用、相得益彰的。

综上所述,张炎《词源》所表达的"合律"、"雅正"、"清空"、"意趣"词学观是宋代格律派词学的延续和发展,他的词学观对词学发展有一定的积极推动作用,但也由于受正统思想影响而带有一定的局限性,在评论作家作品时难免稍欠准确和公允。

【导学训练】

一、学习建议

学习本章应结合宋代理学思潮兴起及儒学复兴的背景来理解宋代词学、诗学、文论批评的发展状况,并在儒、道、释分立与合流的多维视野中来考察"以理入诗"和"以禅喻诗"的不同观点和方法。其中重点学习苏轼、黄庭坚、李清照等著名作家的文论批评思想和严羽《沧浪诗话》、元好问《论诗三十首》、张炎《词源》等文论批评著作及其批评理论成就,并对这一时期的关键词加强理解和记忆。

二、关键词释义

宋代理学:宋代兴起的旨在复兴和发展儒学,重构儒、道、释糅合的哲学思想及其重建社会秩序的学派和思潮。以"理"为中心建立起理学思想体系,其影响至明,故而又称宋明理学,代表人物有程颢、程颐、朱熹、陆九渊、王阳明等。

作文害道:这是相对于"文以明道"、"文以载道"、"文道统一"的不同认识的一种观点,宋代理学家程颐提出"作文害道",认为文为"玩物",玩物丧志,专意于文有害于道,表达了理学家重道轻文、文道对立的偏向,对宋代文学产生消极作用。

诗中有画:苏轼在论王维诗画时提出"味摩诘之诗,诗中有画;观摩诘之画,画中有诗",将作为语言艺术的诗与作为造型艺术的画联系起来讨论,产生书画互释的赏评效果,说明艺术之间的关联和互动,表现了中国艺术理论批评的特质和特色。

---

① 张少康、刘三富:《中国文学理论批评发展史》下册,北京:北京大学出版社1995年版,第146页。

② 张炎:《词源》,见《词源注、乐府指迷笺释》,北京:人民文学出版社1998年版,第18页。

夺胎换骨：黄庭坚及其江西诗派提出"点铁成金"、"夺胎换骨"之论，指规摹古人，严守法度，强调用典，主张"无一字无来处"，故而"然不易其意而造其语，谓之换骨法；窥入其意而形容之，谓之夺胎法"。

活法：指江西诗派针对黄庭坚主张"法度"而展开并发展的旨在用法的观点，吕本中云："所谓活法者，规矩备具，而能出于规矩之外；变化不测，而亦不背于规矩也。是道也，盖有定法而无定法，无定法而有定法。知是者，则可以与语活法矣。"可见，"活法"与"死法"相对，指灵活机动运用法而不拘泥于法的约束。

《沧浪诗话》：宋代严羽撰。该书是一部以禅喻诗、着重于从形式和艺术性上讨论诗的诗学理论著作。全书分为"诗辨"、"诗体"、"诗法"、"诗评"、"考证"五章，以"以禅喻诗"为核心建立起"妙悟"、"兴趣"、"别材"、"别趣"说的理论体系。

妙悟：严羽《沧浪诗话》曰"诗道亦在妙悟"，妙悟与"以禅喻诗"相关，禅道讲妙悟，以此喻诗，指诗因其特质和特征应该通过直观感悟而进入心灵领悟的赏评方式，从而反对"以理入诗"的倾向。

兴趣：严羽《沧浪诗话》将"兴趣"列入诗之法，并认为"盛唐诸人惟在兴趣"，指诗歌的个性特征和言外之意能引发人们的审美感受的兴致和趣味。

别材：严羽《沧浪诗话》曰"诗有别材，非关书也；诗有别趣，非关理也"，认为诗具有不同于理和书的特质和特征，故而宋代理学主张穷理与读书并不能真正领悟诗的"别材"、"别趣"，从而也就无法理解文学的特质和特征。

《论词》：宋代李清照撰。该文围绕"词别一家"之说讨论了诗词发展历程和现状，指出诗词分流的必然性和必要性，强调了词不同于诗的声律形式特质和特征，使词学纠正"诗余"、"艳科"及其"以诗入词"的偏向，确立词的独立性和本色，对中国词学及其理论发展有重要作用和影响。

《论诗三十首》：金代元好问撰。这是以论诗诗形式讨论诗创作、鉴赏和评论的诗学作品。在这三十首诗中，作者强调"正体"、"古雅"的价值取向，"天然"、"真淳"的创作态度，"慷慨"、"风流"的文学风格，"心声"、"高情"的作者情怀，"自神"、"精神"的作品魅力，从而构成独特新颖的评论诗歌的内容和形式，继承和发扬了中国古代批评以诗论诗的传统。

《词源》：元代张炎撰。全书分为"序"、"制曲"、"句法"、"字面"、"虚字"、"清空"、"意趣"、"用事"、"咏物"、"赋情"、"离情"、"令曲"、"杂论"等十四节，着重从创作角度论及词的内容与形式诸方面，其中"清空"、"意趣"、"杂论"较集中讨论其词学观，受婉约派影响，偏重于对声律、语言的强调和对"清空"、"意趣"等婉约风格的推崇。

清空：元代张炎《词源》专列"清空"一节，提出"词要清空，不要质实"之说，其原因为"清空则古雅峭拔，质实则凝涩晦昧"。所谓"清空"指"野云孤飞，去留无迹"的清远、虚空、自然、超诣的风格和意境，具有言已尽而意无穷的审美想象空间和艺术魅力，这是宋代婉约派词人所追求的创作境界和评论标准。

意趣：元代张炎《词源》专列"意趣"一节，曰："词以意为主，不要蹈前人语意"，并列举作家作品讨论"意趣",以"意趣"作标准评论,"此数词皆清空中有意趣,无笔力者未易到"。所谓"意趣"指有意之趣,或意与趣的有机结合,从而产生意境、趣味的效果。张炎论"意趣"较为注重创意而不因袭,清空中含有意趣,意趣中见笔力。

三、思考题

1. 试论宋代理学对文学批评的主要影响。
2. 苏轼与黄庭坚的文论批评观有何区别?
3. 严羽"以禅喻诗"的内涵和特征是什么?
4. 李清照"词别一家"的价值和意义如何理解?
5. 张炎"清空"与"意趣"的内涵及其关系如何?

四、可供进一步研究的学术选题

1. 宋代理学家程颐提出"作文害道"的实质是什么?

提示:中国古代文论批评历代对文道关系均有讨论,在"文以明道"、"文以载道"、"文道统一"的各种观点中"作文害道"的要害是在文道对立中表达重道轻文的极端片面观点。

2. 黄庭坚"点铁成金"、"夺脱换骨"之论有何偏颇?

提示:黄庭坚及其江西诗派固守"法度"、"规摹"、"用典",过分强调规摹古人与典故,倡导"无一字无来处",对文学约束的负面影响显而易见。可结合苏轼的批评观加以对比辨析。

3. 李清照为何提出"词别一家"之说?

提示:针对文坛视词为"诗余"、"艳科"及其苏轼等豪放派词人"以诗入词"的倾向提出诗词有别,其目的为确立词的独立性和声律形式特征。

4. 严羽"妙悟"说有何文论批评意义?

提示:严羽"以禅喻诗"的目的是为了强调诗有别于穷理和读书,其特征之一就是妙悟,可结合其"兴趣"、"别材"、"别趣"说加以分析。

5. 元好问《论诗三十首》有何价值、意义?

提示:应将元好问《论诗三十首》与杜甫《戏为六绝句》以及其他论诗论加以比较,认清中国古代文学批评以诗论诗的传统及其诗学的主要特征和价值。

【研讨平台】

一、诗穷而后工

提示:"诗穷而后工"源于欧阳修《梅圣俞诗集序》"盖愈穷则愈工",即认为只有当诗人官场失意、人生不得志,穷困潦倒之时情有郁积、兴有怨刺,方能有更深刻的感悟和真情实感的流露,诗作方能愈精致。此说承接司马迁"发愤之所为作"与韩愈"穷苦之言易好"、"不平则鸣"之说,均揭示出作家创作动机及"愤怒出诗人"的道理。

1. [宋]欧阳修《梅圣俞诗集序》（选注）

予闻世谓诗人少达(人生仕途得意)而多穷(失意)。夫岂然哉？盖世所传诗者，多出于古穷人之辞也。凡士之蕴其所有，而不得施于世者，多喜自放于山巅水涯，外见虫鱼草木风云鸟兽之状类，往往探其奇怪；内有忧思感愤之郁积(情感郁结)，其兴于怨刺(怨愤批评)，以道羁臣(罪贬官吏)寡妇之所叹，而写人情之难言；盖愈穷则愈工精致。然则非诗之能穷人，殆穷者(不得意之诗人)而后工也。

2. [唐]韩愈《荆潭唱和诗序》（节选）

从事有示愈以《荆潭酬唱诗》者，愈既受以卒业，因仰而言曰：夫和平之音淡薄，而愁思之声要妙；欢愉之辞难工，而穷苦之言易好也。是故文章之作，恒发于羁旅草野。至若王公贵人，气满志得，非性能而好之，则不暇以为。

3. 郭鹏《从欧阳修对梅尧臣诗的品评看北宋诗学的发生》（节选）

欧阳修对梅尧臣诗的品评，如果从明道元年算到嘉祐六年，有三十余年。这段时期是梅诗创作的发展期，亦是北宋诗学的发轫期。这三十余年正处于北宋仁宗朝，仁宗朝是北宋复古意识和变革意识纠结兴替的发展期，从庆历新政到嘉祐取士，一种新的自觉精神在士大夫阶层酝酿而出，诗文革新亦随之走向高潮。诗歌创作从浮艳雕摘和浅俗鄙俚的弊陋转向古雅平实和创意造言，逐渐产生出宋诗的新变。欧阳修对梅尧臣诗的品评比较早地解释了这一新变，揭示了这一诗体新变的某些重要历史渊源，阐发了北宋诗学发展中的一些核心性思想。

就诗学发生的思想背景而言，这个时期，"濂洛之徒方萌芽而未出"，融粹儒释道三教而生新的道学尚未兴起，但以儒为主，兼修佛老的精神气质在士大夫身上是普遍的。欧以"醇儒"命世，排击佛老，"以修身治人为急，而不穷性以为言"。但他有时对道教的态度却很和缓，欧集里留有养丹砂以祛病强身的文字，表明其精神世界的复杂性。梅尧臣虽家世儒业，却追慕魏晋人物，当下逃禅，心系老庄"淡泊"之道。这种人生理想的综合色彩给他们的审美理想带来了复杂的面目。表现在诗学内容的构成上，他们既重诗教诗用，亦重诗艺诗美；表现在对旧有概念和命题的解释上，则往往辗转出新义，比如"淡"的思想里便融合着儒家古雅之"淡"，道家道教淡泊之"淡"，禅宗空静绝尘之"淡"的意思，体现出了一种新的审美趣味。

(《社会科学战线》1997年第2期，第148—149页)

二、点铁成金

提示："点铁成金"说源于黄庭坚《答洪驹父书》曰："古之能为文章者，真能陶冶万物，虽取古人之陈言入于翰墨，如灵丹一粒，点铁成金也。"即要求作诗须多用典，将古人典故之"铁"点化为今人创作之"金"，这固然有江西诗派拘泥法度、过分用典之弊，但也有继承因袭中有所创新的含义。此说可联系惠洪《冷斋夜话》中引黄庭坚"夺胎换骨"之论——"然不易其意而造其语,谓之换骨法;窥入其意而形容之,谓之夺胎法"来讨论。

1. [宋]黄庭坚《答洪驹父书》(选注)

自作语最难,老杜(杜甫)作诗,退之(韩愈)作文,无一字无来处(来源出处),盖后人读书少,故谓韩、杜自作此语耳。古之能为文章者,真能陶冶(融汇化合锤炼)万物,虽取古人之陈言典故入于翰墨(写作),如灵丹一粒,点铁成金也。

2. [宋]范温《潜溪诗眼》(节选)

山谷言文章必谨布置,每见后学,多告以《原道》命意曲折。后予以此概考古人法度,如杜子美《赠韦见素诗》云:"纨绔不饿死,儒冠多误身",此一篇立意也,故使人静听而具陈之耳。自"甫昔少年日",至"再使风俗淳",皆儒冠事业也。自"此意竟萧条",至"蹭蹬无纵鳞",言误身如此也。则意举而文备。故已有是诗矣,然必言其所以见韦者,于是有厚愧真知之句。所以真知者,谓传诵其诗也。

3. 杨庆存《黄庭坚"点铁成金""夺胎换骨"说新论》(节选)

黄庭坚把诗词的点化推向了峰巅。他的传世名作几于"无一字无来历"而天运神化,本以新意。名篇《题竹石牧牛》"石吾甚爱之,勿遣牛砺角。牛砺角尚可,牛斗残我竹",山谷"自谓平生极至语",然实仿李白《独漉篇》"独漉水中泥,水浊不见月。不见月尚可,水深行人没",清代吴景旭以为"语言甚新"(《历代诗话》卷五十九)。山谷诗、词点化熔铸前作的例子也很多,我们无法备举。

山谷为文强调独创,有"文章最忌随人后"、"自成一家始逼真"之名言。由此出发,他把学习模仿和借鉴作为创新必不可少的重要手段,明确提出了规摹古人的主张:"作文字须摹古人,百工之技,亦无有不法而成者"(《论作诗文》)。他指导后学:"闲居熟读《左传》、《国语》、《楚辞》、《庄周》、《韩非》诸书,欲下笔先体古人致意曲折处,久乃能自铸伟辞,虽屈、宋不能超此步骤也"(《跋自画枯木道人赋后》)。其与杨明叔论诗谓"盖以俗为雅,以故为新,百战百胜如孙吴之兵,棘端可以破镞如甘蝇飞卫之射"(《再次韵杨明叔》诗序)。晚年贬宜州,与兄深论作诗,云"庭坚笔老矣,始悟抉章摘句为难,要当于古人不到处留意,乃能声出众上"(蔡絛《西清诗话》引)。山谷充分肯定了学习模仿的合理性和重要性,同时也指出了必须以创新为目的,所谓"领略古法生新奇"(《次韵子瞻……画天马》),这就区别了简单的蹈袭剽窃。山谷还精通释老禅学。他是临济宗黄龙派祖心禅师的入室弟子,佛家经典,烂熟于胸,《五灯会元》专为立传。其与老庄之学,亦能"涣然顿解"(《书〈老子注解〉及〈庄子内篇论说〉后》),曾作《庄子内篇论》阐发意旨。黄庭坚正是在综合历代创作经验的基础上,融纳了自己的深切体验,用佛道妙语,向人揭示了一条诗歌创新的具体门径——"点铁成金"、"夺胎换骨"。

(《齐鲁学刊》1992年第1期,第44—45页)

三、以禅喻诗

提示:"以禅喻诗"说源自严羽《沧浪诗话》曰"论诗如论禅",《答出继叔临安吴景仙书》曰"以禅喻诗,莫此亲切",即指诗具有"妙悟"之特征,故而诗有禅意,甚至出现禅诗,评诗者应以禅解诗,发掘蕴涵于诗中的禅意。这引发文坛对文学与禅宗关系的关注以及对文学特性和特征的深度讨论。

1. 严羽《沧浪诗话》(选注)

禅家者流(流派),乘有小大(小乘、大乘),宗有南北(南宗、北宗),道有邪正;学者须从最上乘,具正法眼(正法),悟第一义。若小乘禅,声闻辟支果(仅为自度之小乘),皆非正也。论诗如论禅:汉、魏、晋与盛唐之诗,则第一义也。大历以还之诗,则小乘禅也,已落第二义矣。晚唐之诗,则声闻辟支果也。学汉、魏、晋与盛唐诗者,临济(当时特盛的临济宗)下也。学大历以还之诗者,曹洞(曹洞宗)下也。大抵禅道惟在妙悟,诗道亦在妙悟。

2. [清]冯班《严氏纠缪》(节选)

以禅喻诗,沧浪自谓亲切透彻者。自余论之,但见其漫漶颠倒耳。……沧浪之言禅,不惟未经参学南北宗派大小三乘,此最是易知者,尚倒谬如此,引以为喻,自谓亲切,不已妄乎?至云"单刀直入",云"顿门",云"活句""死句"之类,剽窃禅语,皆失其宗旨,可笑之极。

3. 钱锺书《谈艺录》(节选)

"喻诗以禅始严氏"云云,亦非探本知源。宋人多好比学诗于学禅。如东坡《夜直玉堂携李之仪端叔诗百余首,读至夜半,书其后》云:"每逢佳处辄参禅"。《诗人玉屑》卷十五引范元实《潜溪诗眼》论柳子厚诗有云:"识文章当如禅家有悟门。夫法门百千差别,要须自一转语悟入。如古人文章须直悟得一处,乃可通于他处。"(按亦见《渔隐丛话》前集卷十九。)又《渔隐丛话》前集卷五亦引《潜溪诗眼》云:"学者先以识为主,禅家所谓正法眼藏。"韩子苍《陵阳先生诗》卷一《赠赵伯鱼》七古末四句云:"学诗当如初学禅,未悟且遍参诸方。一朝悟罢正法眼,信手拈出皆成章。"《诗人玉屑》卷五引子苍《陵阳室中语》云:"诗道如佛法,当分大乘、小乘、邪魔、外道。"《沧浪诗话》开首:"禅家者流,乘有小大,宗有南北,道有邪正"等数语,与此正同。《诗人玉屑》卷一又载赵章泉、吴思道、龚圣任三人"学诗浑似学参禅"七绝九首(按都元敬《南濠诗话》亦有和作三首)。陆放翁《赠王伯长主簿》诗云:"学诗大略似参禅,且下工夫二十年。"……盖比诗于禅,乃宋人常误。

(北京:中华书局1984年版,第257—258页)

四、词别是一家

提示："词别是一家"源自李清照《论词》曰："乃知别是一家,知之者少。"即指词并非"诗余",而是有别诗的一种独立的体裁形式,故而李清照反对苏轼等"以诗入词"从而导致诗词混淆的倾向,并站在"婉约"派立场上批评"豪放"派,这既有强化词的本体地位从而更深入地探讨词的内部规律和声律形式特征的一面,又有过于强调"婉约"词风而排斥"豪放"词风、过于强调形式而忽略内容的偏向。

1. [宋]李清照《论词》(选注)

乃知别是一家,知之者少。后晏叔原、贺方回、秦少游、黄鲁直出,始能知之。又晏苦无铺叙(铺陈细叙)。贺苦少典重(典雅庄重)。秦则专主情致,而少故实(实在内容),譬如贫家美女,非不妍丽,而终乏富贵态。黄即尚故实,而多疵病,譬如良玉有瑕,价自减半矣。

2. [宋]王灼《碧鸡漫志》(节选)

古人初不定声律,因所感发为歌,而声律从之,唐、虞禅代以来是也,余波至西汉末始终。西汉时,今之所谓古乐府者渐兴,晋、魏为盛,隋氏取汉以来乐器、歌章、古调并入清乐,余波至李唐始绝。唐中叶虽有古乐府,而播在声律则鲜矣;士大夫作者,不过以诗一体自名耳。盖隋以来,今之所谓曲子者渐兴,至唐稍盛,今则繁声淫奏,殆不可数。古歌变为古乐府,古乐府变为今曲子,其本一也;后世风俗益不及古,故相悬耳。而世之士大夫,亦多不知歌词之变。

3. 施议对《李清照词论研究》(节选)

由此可见,从苏轼到辛弃疾,宋词的发展并无不必协律和不分疆界的趋势。相反,随着宋词的不断发展,词在协音律方面,却越来越趋严谨。夏承焘先生对于唐宋词字声的演变情况,曾有过全面而精细的考察。夏先生指出:温庭筠已分平仄,晏殊渐辨去声,柳永分上去,尤其严于入声,周邦彦"用四声,益多变化",到了南宋,某些作家更有分辨五音,分辨阴阳的现象。而且,诗词疆界也是由于不同文学体裁本身在形式方法上的差别,它们的不同分工所造成的。在文学发展的历史进程中,诗和词在反映现实、抒写情性方面已经各自形成了一整套独特的规律,它们各有自己的特点和审美特征。文学史上,有的作家仅工于诗而不工于词,有的作家却工于词而不工于诗,诗词兼工是极个别的;即使诗词兼工,其所作诗词的格调也是不同的。因此,主张"词别是一家",词必须要有不同于诗的种种特色,这是无可非议的。

总之,李清照在宋词发展的具体历史进程中,提出了"词别是一家"的主张,为"词"正名,这对于矫正不良偏向,维护词在文学史上的独立地位,还是有着一定的积极作用的。当然,由于时代的和阶级的局限,尤其是李清照本身社会经历和创作实践的限制,她的《论词》还是带有一定局限的。李清照把儒家"温柔敦厚"的传统诗教,作为立论的基础,把高雅、典重当作论词的思想境界,她蔑视为"流俗人"所喜爱的柳永词,嘲笑苏轼词,对于苏轼在词坛上的革新未能给予公正的历史的估价,这都带着一定的偏见。因而,这在无形之中就为词的发展划了某些"禁区",从这一点看,李清照的主张,对于词在题材、风格多样化发展方面,是有一定的束缚作用的。在此,对于李清照的词论,必须采取两点论。笼统地否定一切,这对于批判地继承古代文学遗产是极为不利的。今天,我们仍然有必要本着实事求是的科学态度,对于李清照关于"词别是一家"这一论题进行认真研究,批判其糟粕,吸取其精华,以为发展今天的新体抒情诗提供有益的借鉴。

(《文学评论丛刊》第 7 辑,中国社会科学出版社 1980 年版,第 86—87 页)

【拓展指南】

一、宋金元文学批评重要研究资料简介

1. 任继愈:《中国哲学史》第三册,北京:人民出版社 1964 年版。

简介:该书为隋唐五代宋元明部分,其中宋明理学部分分章节对周敦颐、张载、程颢、程颐、朱熹、陆九渊、王守仁等理学家进行系统全面的论述,揭示出理学观的哲学内涵和思想体系。

2. 张岱年:《中国文化的基本文献——哲学卷》,武汉:湖北人民出版社 1994 年版。

简介:该书为哲学史资源汇编,按总论、宇宙生成论、本体论、动静观、矛盾观、形神论、心性论、人生理想论、名实论、知行说分类,辑录宋代理学《太极图说》、《二程遗书》、《朱子语类》、陆九渊《语录》等文献资料,并加以注释和题解。

3. 霍然:《中国美学主潮——宋代美学思潮》,长春出版社 1997 年版。

简介:该书从美学主潮的视角对宋代美学思潮进行诗意性的理论描述,在较为宽阔的思想、文化、艺术背景下讨论宋代美学思潮形成的原因及其理论范式,分别对宋代理学、文学、艺术中的美学思想进行分析,确立社会时代的主导价值取向和核心价值体系。

4. 黄鸣奋:《论苏轼的文艺心理观》,福州:海峡文艺出版社 1987 年版。

简介:该书从文艺心理学角度对苏轼文艺思想进行系统研究,包括观察论、构思论、传达论、鉴赏论、批评论、诗画论六章,在论及文学活动的创作、鉴赏、批评过程中主体心理活动过程的同时也系统地分析了苏轼的文学思想及其批评理论的构成。

5. 郭绍虞:《沧浪诗话校释》,北京:人民文学出版社 1961 年版。

简介:该书对严羽《沧浪诗话》进行校释,在"校释说明"中系统、全面地介绍了严羽,说明了校释《沧浪诗话》的动机、目的和方法,并对《沧浪诗话》的主要内容和观点进行概括。除对《沧浪诗话》全文进行校释外,还附有《答出继叔临安吴景仙书》和附辑,在附辑中收有严羽传记、序跋提要、评论、题咏等各种文献资料,对严羽思想的研究具有重要参考价值。

二、其他重要研究资料索引

(一) 著作

1. 潘立勇:《朱子理学美学》,北京:东方出版社1999年版。
2. 杨海明:《唐宋词论稿》,杭州:浙江古籍出版社1988年版。
3. 朱靖华:《苏轼新论》,济南:齐鲁书社1983年版。
4. 王水照:《苏轼研究》,石家庄:河北教育出版社1999年版。
5. 《严羽学术研究论文选》,厦门:鹭江出版社1987年版。
6. 张健:《沧浪诗话研究》,台北:台湾五南图书有限公司1988年版。
7. 李正民:《元好问研究论略》,北京:社会科学文献出版社1999年版。

(二) 论文

1. 李泽厚:《宋明理学片论》,《中国古代思想史论》,天津:天津社会科学出版社2004年版。
2. 邬国平:《朱熹的接受文学观》,《古代文学理论研究》(第二十三辑),上海:华东师范大学出版社2005年版。
3. 房日晰:《词论家对苏辛词比较说略》,《古代文学理论研究》(第二十三辑),上海:华东师范大学出版社2005年版。
4. 项楚:《论〈庄子〉对苏轼艺术思想的影响》,《四川大学学报》1979年第3期。
5. 陶文鹏:《论苏轼的自然诗观》,《中国文学史研究集》,上海:上海古籍出版社1989年版。
6. 阮国华:《苏轼对意境论的贡献》,《天津社会科学》1987年第6期。
7. 王达律:《再论严羽妙悟说》,《福建论坛》1986年第1期。
8. 童庆炳:《严羽诗论诸说》,《北京师范大学学报》1997年第2期。
9. 张毅:《论"妙悟"》,《文艺理论研究》1984年第4期。
10. 杨海明:《论〈词源〉的论词主旨——兼论南宋后期的词学风尚》,《文学遗产》1993年第2期。
11. 罗仲鼎:《张炎与浙西词派》,《杭州师范学院学报》1987年第3期。
12. 张思齐:《词的文质及理论探微——从〈词论〉到〈词源〉》,《海南大学学报》1995年第1期。

第六章 明代文学批评

明代文学批评在整个中国文学批评史上占有重要地位。明代文学批评的理论基础是王阳明心学。阳明心学是儒学在明代的发展。明代的文学批评有两条线索。一条是复古思潮影响下形成的以格调为核心的复古理论。另外一条是在阳明心学影响下形成的文学理论范畴，如李贽的"童心"说、公安派的"性灵"说、汤显祖的"至情"说等。

第一节 从程朱理学到阳明心学

一、程朱理学的禁锢

理学在中国被称为义理之学或道学，创始人为北宋的周敦颐、邵雍和张载。程朱理学，主要指宋朝以后由程颢、程颐、朱熹等人发展出来的儒学流派。程朱理学认为理是世界的本体，是宇宙万物的起源，从万事万物的物理到人类社会的伦理，到心理性情的性理，都必须唯"理"是尊。"存天理，灭人欲"成为普遍的信条和基本理念。

明朝初年，程朱理学成为统一思想的理论工具。程朱理学是对个体生命、个体心灵的压抑，带有浓厚的禁欲色彩。"理"成为人之为人的根据，人的价值和意义要从"理"上呈现出来。"理"呈现在生活中，便具有了实践理性的特征。明代以理学开国，朝廷弘扬理学，明令将《四书》、《五经》和《性理大全》颁布两京、六都、国子监和天下府州县学。统治者在科举制度上实行八股取士，严密控制文人的思想。明代文坛上充斥着形式主义潮流。明前期的统治者采取行政干预的手段来维护程朱理学的权威，极大地钳制了士人的思想和创造性。统治者还通过封建伦理纲常加强专制统治，伦理道德规范成为人人遵奉的法则。明代的贞节牌坊立得最多，《明史·烈女传》实收录308人，统计全国烈女至少5万以上。文人学者们感到了程朱理学的压抑，纷纷开始寻找出路。陈献章对程朱理学提出了大胆的怀疑，倡导心学，引发了明代学术思想的转变。弘治、正德年间，王阳明在继承前人理论成果的基础上建立了系统完整的心学体系,打破了程朱理学一统天下的局面。

二、阳明心学的兴起

王阳明(1472—1529),明朝著名的哲学家、教育家,名守仁,字伯安,浙江人。因筑室于阳明洞中,世称阳明先生。著有《王文成公全书》。针对明初社会功利主义盛行和理学压抑的状况,王阳明希望重建新的道德规范来改变现状。王阳明不满于僵化的"理"对人的主体性与个体心灵的压抑,建构了"心学"理论,为理学重新寻找赖以存在的依据。这就把程朱理学的压制与束缚转化为个体发自内心的认同。王阳明的思想在一定程度上影响了当时的文学创作和文学理论,引发了追求心灵自由、追求个性解放的潮流,促进了明代文学创作和文学理论的蓬勃发展。其主要思想要点如下:

(一)"心即理"

程朱理学主张"理"本体。理在程朱理学中指派生万物的绝对精神本体,具有客观性和独立性。王阳明提出"心即理","心外无理"。理存在于人的内心;心才是天地万物之主,是宇宙的本体。"心者,天地万物之主也。"(《答季明德》)"心外无理,心外无事。"(《〈传习录〉上》)是"心"而非"理"成为衡量一切的标准。他指出,一切的是非,应以心为标准,不以权威为准则。"夫学贵得于心,求之于心而非也,虽言出于孔子,不敢以为是也,而况其未及孔子者乎?求之于心而是也,虽其言出于庸常,不敢以为非也,而况其言出于孔子者乎?"(《传习录》中)王阳明的学说中"心"的内涵也具有很大的包容性。"喜、怒、哀、惧、爱、恶、欲,谓之七情,七者俱是人心合有的。"(《传习录》下)王阳明又把"心"分为"道心"和"人心","道心"依赖"人心"而存在。可见,王阳明的心学肯定了人欲和情感,突破了程朱理学对人欲规范的蔑视,消解了程朱理学的理本体,具有思想解放和个性解放的积极意义。

(二)"致良知"

在确立"心"本体的基础上,王阳明建构了"良知"理论。何为良知?指人生而有之的良善之心;良知即天理,即天理在心中的体现。"天理在人心,亘古亘今,无有始终,天理即是良知。"(《传习录》下)"知是心之本体,心自然会知。见父母自然知孝,见兄自然知悌,见孺子入井自然知恻隐之心。此便是良知,不假外求。"(《传习录》上)他强调:"真知即所以为行,不行不足谓之知。"(《传习录》中)可见,王阳明强调知行合一的良知论。"所谓致知格物者,致吾心之良知于事事物物也。吾心之良知,即所谓天理也。致吾心之良知之天理于事事物物,则事事物物皆得其理矣。致吾心之良知者,致知也;事事物物皆得其理者,格物也。是合心与理而为一者也。"(《答顾东桥书》)"是非之心,不虑而知,不待学而能,是故谓之良知。是乃天命之性,吾心之本体自然明明觉者也。"(《大学问》)王阳明的"良知"是人人都有的。"良知之在人心,不但圣贤,虽常人亦无不如此"(《答陆原静书》);"良知良能,愚夫愚妇与圣人同"(《传习录》中);"人皆可以为尧舜"(《传习录》上);"满街都是圣人"(《传习录》下)。王阳明的"良知"说具有强烈的平等意识。这种平等意识对程朱理学等级分明、尊卑有序的伦理纲常造成了巨大冲击,激发了平民百姓的主体意识和平等观念。"良知"作为心学体系的最高范畴,打破了"天理"主宰一切的格局,在客观上打破了"天理"对人性的钳制,从而高度肯定了人的主体意识和独立人格,充分重视了主体在价值判断中的主观作用。

(三)阳明心学的发展

泰州学派发展了王阳明的心学思想,其创始人为王阳明的弟子王艮。他对王阳明的心学体系加以发挥,更为彻底地扫荡了程朱理学的伦理纲常。泰州学派理论的要义有:第一,良知之心转换为自然本性之心。"天性之体,本是活泼,鸢飞鱼跃,便是此体","良知之体,与鸢鱼同一活泼泼地。……自然天则,不着人力安排","凡涉人为,便是作伪"(《语录》)。王艮以这种纯真自然的人之本性来对抗程朱理学仁义道德的"天理"决定论,消解了伦理因素,使对心学的理解由"良知"走向了"自然"。第二,提出"百姓日用为道",认为圣人之道就在普通百姓的生活之中:"圣人之道,无异于百姓日用。凡有异者,皆是异端","百姓日用条理处,即是圣人之条理处,圣人知,便不失;百姓不知,便会失"(《语录》)。王艮肯定世俗生活的价值,肯定人欲,其思想理论带有鲜明的平民化色彩。第三,以身为本的理论哲学。王艮主张以"身"为本,偏重于人身,偏重于人的物质存在。"身也者,天地万物之本也;天地万物,末也。""修身,立本也;立本,安身也。"(《语录》)身是生命的物质存在形态。保存生命、延续生命是人的合理要求。王艮将王阳明的心本体转化为身本体,使心学走向自然感性,发展了儒学的理论。

除了泰州学派,李贽受到王阳明心学的影响,建立了自然人性论的哲学。李贽肯定人的私欲,他认为,真正的人伦物理,并不是程朱理学所极力宣扬和维护的那个"天理",而是老百姓的自然要求。人的私欲、物欲乃至好货、好色等都具有合理性,因为"夫私者,人之心也,人必有私,而后其心乃见;若无私,则无心矣"(《德业儒臣后论》)。李贽对假道学的批判和对人欲的高扬,打破了理学教条强加在人们头上的枷锁,启发人们意识到自己在物质上、精神上一切自然追求的合理性。

王阳明心学突破了程朱理学的禁锢,强调了个体在道德实践中的主观能动性,激发了自我意识的觉醒,具有积极意义。同时,心学也具有唯心主义的倾向、非理性的色彩。王阳明心学对明代的文学创作和文学理论产生了重要的影响。在诗文领域,李贽倡导童心,袁宏道提出性灵说。在小说戏曲领域,开始描写百姓生活、市民生活,描写物欲、情欲享受。同时,涌现了大批以表现情理冲突、宣扬情的解放为宗旨的作品,作品中出现了大量具有人格独立精神和个性的人物形象。

第二节 前后七子与公安三袁

一、前后七子

前七子指李梦阳、何景明、徐祯卿、边贡、康海、王九思、王廷相,而以李、何为首,活跃于弘治、正德间。后七子指李攀龙、王世贞、谢榛、宗臣、梁有誉、徐中行、吴国伦,而以李、王为首,活跃于嘉靖、隆庆间。他们对于诗文的见解大体一致,即强调"文必秦汉,诗必盛唐",主张模拟古人。这对于打击"台阁体"雍容典雅、千篇一律的文风有一定积极意义;但把诗文写作引上复古道路,产生了许多毫无生气的假古董诗文。前后七子也被称为"复古派",他们文学批评理论的核心是复古。格调说是明代复古理论的核心。

(一)复古与创新

在中国文学批评史上,有过两次大的复古运动。一次是唐代的古文运动,另一次是明代的复古主义思潮。明代弘治、正德年间,政治腐败,各种阶级矛盾突出。政治上掀起了打击宦官、革除弊政的运动;思想上,程朱理学和八股文紧密结合,严重束缚人们的思想;文学上,台阁体粉饰太平,性气诗派宣扬道学,迂腐空虚。这些因素共同促成了明代前后七子的复古运动。

明代以前后七子为代表的复古派,要回归怎样的传统呢?李梦阳提出"文必秦汉,诗必盛唐"。《楚辞》、汉赋和盛唐的诗歌成为其效法的典范。李攀龙指出:"文自西京,诗自天宝而下俱无足观。"(《明史·李攀龙传》)"李梦阳、何景明倡言复古,文自西京,诗自中唐而下,一切吐弃。"(《明史·

文苑传》)王世贞称:"诗知大历以前,文知西京而上矣。"(《艺苑卮言》)

前后七子是否一味学古呢？当然不是。他们强调在学古的基础上要有所创新。何景明在《与李空同论诗书》中说:"今为诗不推类极变,开其未发,泯其拟议之迹,以成神圣之功,徒叙其已陈,修饰成文,稍离旧本,便自杌陧,如小儿倚物能行,独趋颠仆。虽由此即曹、刘、即阮、陆、即李、杜,且何以益于道化也？佛有筏喻,言舍筏则达岸矣。"在这里,何景明用舍筏登岸的比喻来说明不能一味拟古,而应该有创新。学古的同时还要出古,学古只是入门的途径,而变化出新才是学古的出路。后七子的王世贞主张学古而不拟古,倡导"文必秦汉,诗必盛唐,大历以后书勿读",批评中晚唐的诗歌和宋诗。在学古方面,王世贞主张专事模仿古语古字,其诗文也常用古诗、古调。但是,他反对模拟,认为剽窃模拟乃诗之大病;主张熟读古之佳作,一师心匠。

在前后七子风靡之时,唐宋派与之抗衡,提出了不同的文学主张,反对复古主义的弊端。唐宋派包括唐顺之、王慎中、茅坤、归有光等散文家。在文论观点上,他们标举"唐宋八大家"散文,与前后七子"文必秦汉"相对峙。在"八大家"中,推崇欧阳修和曾巩。唐顺之提出"本色"论。"本色"的内涵是以自然率真的语言,直抒胸臆地抒发自己的真知灼见,主要表现在两个方面:第一,散文应该直接抒发情感,"但直抒胸臆,信手写出,如写家书,虽或疏卤,然绝无烟火酸馅之气,便是宇宙间一样绝好文字(《答茅鹿门知县第二书》)"。第二,作家应有独立的见解,即应有"真精神与千古不可磨灭之见"。其后,李贽、袁宏道等人也提出了他们的文学主张,进一步批判复古运动。

(二) 格调说

格调说是明代复古理论的核心。"'格调'也是并列结构的范畴。……'格'指一定的量度、式样和标准,中唐起诸家论文各标风格,多用以指作品的体制体格,故有'格法'、'格制'、'格度'等后序名言。'调'指音调和调声,用以论文则指作品音调和基于作者才性气质而形成的作品体象,故有'体调'、'才调'和'气调'等。'格'、'调'整合为范畴,指称的是一种基于格制体调基础上的高古遒举而不逸雅规矩的作品品格,因其之于文学创作的意义较'兴象'、'风神'等为实在具体,故称实性构成。"[①]"格调"一词在

---

① 汪涌豪:《中国文学批评范畴及体系》,上海:复旦大学出版社2007年版,第679页。

以前曾经出现过。那么明代复古派的格调说又有哪些新的特点呢？其主要理论要点如下：

1. 格古调逸

李梦阳提倡学习古人格调。他赞赏的格调是什么？有何特征呢？"高古者格，宛亮者调。"（《驳何氏论文书》，《空同集》卷六十二）"夫诗有七难，格古、调逸、气舒、句浑、音圆、思冲、情以发之，七者备而后诗昌。"（《空同集·潜虬山人记》）在这里，"格古"被列为七难之首。楚骚、汉赋、唐诗等代表各体文学的最高水平，它们完美地体现了该体文学的法式和规格，是后人学习的典范。调即诗歌的音乐性。李梦阳从调的角度提出尊唐抑宋的主张。如在《缶音序》中说："诗至唐，古调亡矣。然自有唐调可歌咏，高者由足被管弦。宋人主理不主调，于是，唐调亦亡。"（《空同集》卷五十二）可见，李梦阳更推崇格调高古的唐诗。前后七子规定了最高层次的对象和标准，但是容易使诗歌传统凝固，并不利于诗歌的发展。

2. 格调与才思

在前后七子的格调理论中，格调与才情、才思是紧密联系在一起的。在强调"格古调逸"的同时，李梦阳同样指出了"情以发之"的作用。格调须与才情相结合，"情以发之"才能成为好诗，这是以情为本的格调论。李梦阳在明代文学批评中首次把情提高到决定性的高度，对以后情感论的发展有积极的影响。但是，他对情的理解还缺乏新的内容，并没有超出儒家传统观念。后七子的领袖王世贞提出"才、思、格、调"说。"才生思，思生调，调生格；思即才之用，调即思之境，格即调之界。"（《艺苑卮言》）简而言之，才指才能、性情、个性特征。思是情感和意义的生成和存在。在这里，王世贞的格调论将才思和格调紧密联系在一起。格调是建立在才思基础上的格调，离开了才思便没有格调。但是，王世贞的才思并非是如汤显祖等人任意挥洒的才情。王世贞从法制约情的角度立论："夫格者，才之御也；调者，气之规也。"（《沈嘉则诗选序》）在格调与才情之间，王世贞主张敛才以就格，调气以规范。他一方面认为有才气方能有格调，对诗人的才气非常重视，另一方面又强调格调对才气的制约作用。诗歌的格、调与诗人的才情思想在王世贞这里达到了有机的结合。此外，王世贞在"才、思、格、调"说的基础上谈到了意境问题。什么是佳境呢？"阮公《咏怀》，远近之间，遇境即际，兴穷即止，坐不着论宗佳耳。"（《艺苑卮言》）即人的才情融于诗兴中。

3. 格调与诗法

"格调"之"格"也是指诗文体制、结构等的形式要求。诗歌有诗法，即一套艺术法则，包含诗歌的章法、句法、字法、音韵等表现手法和组织结构。李梦阳等人在强调格调的同时，结合字法、句法和声律等形式因素具体地说明了格调的内容。如"有操有纵，有正有变"，"开合呼唤，悠扬委曲"，"前疏者后必密，半阔者半必细，一实者必一虚，叠景者意必二"。(《再与何氏书》，《空同集》卷六十一) 王世贞主张诗文学写作当从形式法度入手。在《艺苑卮言》中有大量关于"篇法"、"句法"、"字法"的描述："首尾开阖，繁简奇正，各极其度，篇法也。抑扬顿挫，长短节奏，各极其致，句法也。点缀关键，金石绮彩，各极其造，字法也。""字法，有虚有实有沉有响，虚响易工，沉实难至。"(《艺苑卮言》卷一) 论析了创作中字法、句法、篇法等方面应遵循的具体法则。但是，王世贞的"法"与前七子有所不同，他讲到作文"夫意在必先，笔随意到。法不累气，才不累法。有境必穷，有证必切"。可见，王世贞并非拘泥于法度，而是在此基础上强调意气和才情的挥洒。前后七子对诗法的情调，具有明辨文体的意义。

格调是明代前后七子论诗的核心范畴。复古派的格调强调高古、情感和形式的法则。清代以沈德潜为代表的格调说发展了复古派的理论，成为成熟的格调理论。明代前后七子掀起的复古思潮有拟古的倾向，但是，明代王世贞等人的艺术见解已经突破了复古主义的框架，影响了性灵、神韵等理论。

二、公安三袁

公安三袁指袁宗道、袁宏道、袁中道兄弟三人。袁宗道(1560—1600)，字伯修，著有《白苏斋集》；袁宏道(1568—1610)，字中郎，万历二十年进士，著有《袁中郎全集》；袁中道(1570—1624)，字小修，著有《珂雪斋集》。兄弟三人是湖北公安人士，以他们为代表的文学流派被称为"公安派"。三人中以袁宏道的成就最大。

(一) 文学发展观

针对复古派模拟古人、取法汉魏盛唐的主张，公安派提出"变"的文学发展观，主要表现为：

1. 文随时变

时代推动文学的发展变化，"世道既变，文亦因之"(《与江进之》)。袁宏道提出自己的通变观:"夫古有古之时,今有今之时,袭古人语言之迹而冒以为古,是处寒冬而袭夏之葛者耶。"(《雪涛阁集序》)他反对盲目崇古,批判复古模拟之风,认为复古者脱离现实生活,单纯从字句法则入手,泯灭了作家的个性才情。所以,"古有不尽之情,今无不写之景,然则古何必高,今何必卑哉!"古之文与今之文各有其价值,所以不必一味拟古而忽视现实。文学的"变"是文学自身发展规律的必然。"法因于敝而成于过。"所谓"法因于敝",是指新的文学法则是为了纠正旧文学的弊端而形成的。所谓"成于过",是指新文学形成后,很容易因矫正过头,产生新的矛盾。而这种新的矛盾需要新变化来更新。文学也是在这种否定之否定规律中变化发展的。

2. 独创之变

袁宏道在《答张东阿》中说:"唐人好处,正在无法耳。如六朝、汉魏者,唐人既以为不必法;沈、宋、李、杜者,唐人虽慕之,亦不肯法。此李唐之所以度越千古也。"唐诗的成就是创新所得。"代有升降,而法不相沿,各极其变,各穷其趣,所以可贵。"(《叙小修诗》)

(二) 性灵说

公安派的核心范畴是性灵说。在《叙小修诗》中,袁宏道称赞其弟之作"大都独抒性灵,不拘格套,非从自己胸臆流出,不肯下笔。有时情与境会,顷刻千言,如水东注令人夺魄。其间有佳处,亦有疵处;佳处身不必言,即底处亦多本色独造语。然则予极喜其疵处,而所谓佳者,尚不能不以粉饰蹈袭为恨,以为未能尽脱近代文人气习故也"。"独抒性灵,不拘格套"的性灵说成为公安派文学批评理论的核心。

"性灵"一词早已运用于文学批评。庾信《庾子山集》中说"四始六义,实动性灵"。刘勰说:"惟人参之,性灵所钟,是谓三才,为五行之秀,实天地之心。"(《文心雕龙·原道》)"综述性灵,敷写物象。"(《文心雕龙·情采》)钟嵘《诗品》评阮籍诗云:"咏怀之作,可以陶性灵,发幽思。言在耳目之内,情寄八荒之表。"北齐颜之推《颜氏家训·文章》亦云:"夫文章者……陶冶性灵,从容讽谏,入其滋味,亦乐事也。"在以上论述中,"性灵"最主要的含义就是性情。宋明两代受理学的影响,"性情"实际上指的是合乎儒家礼教规范的心性之情。晚明公安派袁宏道提出"性灵论",使符合道德伦理规范之情感演化为对自然情性的抒写。清代袁枚提出了更为成熟的性灵说。

什么是性灵? 简言之,性灵是一种真性情的流露,是一种本色的、自然的、无拘束的表达,是富于个性的独创性表现。"独抒性灵,不拘格套",强调在创作中要抒发作者个人内心的真情实感,打破各种固有的格套的禁锢、礼教的规范,倡导自由抒写。性灵说包含着重视作家的主体性和创作个性的内容,其要义如下:

1. 真

"真"是性灵说的灵魂。性灵说提倡抒写作家内心的真情实感,反对因袭模拟。在中国文论中,"真"的内涵很复杂。性灵说中的"真"可以从以下几个层面来把握。第一,真我。作家应该是具有主体性的人,充满个性,不同流俗,任性而为,自由抒写情性。真我不是伪道学,是能特立独行于天下者。"大抵物真则贵,真则我面不能同君面。"(《与丘长孺书》)袁宏道认为"人各有性,率性而行,是为真人"(《读张幼于箴铭后》)。第二,真法。在文学创作的方法上,是"师物"与"师心"统一,即文学创作要尊重客观物理之真,同时也要尊重内在的真实。这和"外师造化,中得心源"有异曲同工之妙。《叙竹林集》中说:"善画者,师物不师人;善学者,师心不师道;善为诗者,师森罗万象不师先辈。法李唐者,岂谓其机格与字句哉? 法其不为汉、不为魏、不为六朝之心而已,是真法者也。"第三,真诗。在文学创作的内容与艺术表现上,袁宏道推崇民俗民谣而鄙视"文人诗文",崇尚语言通俗易懂的诗文。在《叙小修诗》中,袁宏道指出:"故吾谓今之诗文不传矣,其万一传者,或今闾阎妇人孺子所唱《擘破玉》、《打草竿》之类,犹是无闻无识真人所作,故多真声,不效颦于汉魏,不学步于盛唐,任性而发,尚能通于人之喜怒哀乐嗜好情欲,是可喜也。""大概情至之语,自能感人,是谓真诗,可佳也。"这些通俗易懂的民俗民谣才是世间真声,它们"宁今宁俗,不肯拾人一字"(《又与冯琢庵师》)。有真情实感的诗才是真诗。

2. 趣

公安派提倡趣。袁宏道在《叙陈正甫会心》中说:"世人难得者唯趣,趣如山上之色,水中之味,花中之光,女中之态,虽善说者不能下一语,唯会心者知之。……夫趣得之自然者深,得之学问者浅。当其为童子也,不知有趣,然无往而非趣也。……山林之人,无拘无缚,得自在度日,故虽不求趣近之。愚不肖之近趣也,以无品也。品愈卑故所求愈下,或为酒肉,或为声伎,率心而行,无所忌惮,自以为绝望于世,故举世非笑之不顾。此又一趣也。迨夫年渐长,官渐高,品渐大,有身如桎,有心如棘,毛孔骨节俱为闻见知识所缚,入理愈深,然其去趣愈远矣!"这里的"趣"可以从这样几个层面来理解。首先,这是一种平民百姓日常生活的情趣。这种趣并非高雅的情趣,而是"或为酒肉,或为声伎",或者说是"喜怒哀乐、嗜好情欲",具有浓重的世俗化倾向。其次,与"官高品大"、"闻见知识"不同,趣是与生俱来的一种自然本性,是无拘无束的人生姿态,是自得自在的自我体验。再次,趣有多种存在方式,有童子之趣,有山人之趣等。只要是率性而为,即是一趣。

3. 奇

"奇"阐述了文学的独创性。袁宏道所谓的"奇"指不模仿前人,而又非常自然。奇人,指不受任何礼教束缚的人。奇文,并非是人文造作之文,而是真正的抒写性灵的文字。"文章新奇,无定格式,只要发人所不能发,字法句法调法,一一从自己胸中流出,此真新奇也。"(《答李元善》)

4. 淡

淡是文学批评的标准。袁宏道指出:"苏子瞻酷嗜陶令诗,贵其淡而适也,凡物酿之得甘,炙之得苦,惟淡也不可造,无不可造,是文之真性灵也,浓者不得薄,甘者不辛,唯淡也无不可造,无不可造,是文之变态也,风值水而波生,日薄山而风生,虽有顾吴,不能设色也,淡之至也,元亮以之,东野长江欲以人力取淡,刻露之极,逐成寒瘦,香山之率也,玉局之放也,而一累於理,一累於学,故皆望岫彦而却,其才非不至也,非淡之本色也。"后期的袁宏道认识到其主张俚俗、真白的弊端,开始与含蓄蕴藉的诗学传统相结合。他指出这种淡然无极、含蓄蕴藉的"淡"是"文之真性灵也"。"淡"的特点是"无不可造"。人力、刻露、寒瘦和理、学都不是"淡"。淡既是作者所要表现的东西,也是评价作品高下的主要标准。

性灵说不同于"文以载道"的诗学传统和"乐而不淫、哀而不伤"的中和审美理想,是产生于明代的新的诗学原则,在文学批评史上具有重要的意义。性灵说打破了前后七子"文必秦汉,诗必盛唐"的樊篱,启发了之后的竟陵派。清代袁枚更是继承并发展了这一观点,明确提出"性灵说",使之成为与沈德潜"格调说"、王士祯"神韵说"并重的诗论主张之一。袁宏道的性灵说高扬人的主体性,肯定了人的欲望,倡言抒写真性情,讲求诗文之变,对明代文学产生了积极意义。然而,袁宏道追求个性自由,却又放浪不羁,缺乏社会责任感;追求士大夫的闲情逸致,缺少对社会的真正关注。这些是袁宏道诗文理论的局限。

第三节 李贽的"童心说"与《水浒传》评点

李贽(1527—1602),初名载贽,号卓吾,又号宏甫、思斋,福建泉州人。泉州是温陵禅师住地,因又号温陵居士。李贽的思想具有极大的叛逆性和顽强的战斗性。著作主要有《焚书》、《续焚书》、《藏书》、《初谭集》等,评点《西厢记》、《水浒传》等戏曲小说多部。

李贽在中国思想史上是一个重要人物。他提出了许多和传统观念不同的思想,具有强烈的批判色彩,主要有:第一,肯定私欲。李贽肯定人的自然需求和物质利益。他公然为人的私心张目,肯定人存有私心的必然性和合理性。他认为,私心是人的自然秉性。"趋利避害,人人同心。是谓天成,是谓众巧。"(《答邓明府》,《焚书》卷一)私者人之心,无私则无心。程朱理学的"存天理,灭人欲"具有很大的片面性,虚伪的道德是对人欲、私欲的严重禁锢。这是对人的自然本性的肯定。第二,平等思想。程朱理学的一套伦理道理规范具有明显的等级性,三纲五常的等级性尤为明显。李贽打破了这种等级,公开与尊圣尊孔的正统思想相对抗,指出:"尧舜与途人一,圣人与凡人一"(《明灯道古录》),"天下之人,本与仁者一般,圣人不曾高,众人不曾低"(《复京中友朋》),人人都是平等的。他认为,"市井小夫"、"百姓夫妇"等都是应该尊重的对象。李贽的这种思想代表了新兴市民阶层的愿望。第三,独立精神的张扬。"夫天生一人,自有一人之用,不待取给孔子而后足也。若待取足于孔子,则千古以前无孔子,终不得为人乎?"这种独立精神和自由意识的言说在当时是振聋发聩的,震惊了当时的思想界。他指出:"人各有心,不能皆合。喜者自喜,不喜者自然不喜;欲览者览,欲毁者毁,各不相碍,此学之所以为妙也。"(《复邓石阳》,《焚书》卷一)

一、"童心说"

(一)"童心说"的内涵

什么是童心呢?张少康先生认为:童心"即是天真无暇的儿童之心","它没有一点虚假的成分,是最纯洁最真实的,没有受过社会多少带有某种偏见的流行观念和传统观念的影响"。① 陈洪认为:"'童心说'所论接近于

---

① 张少康:《中国文学理论批评发展史》下册,北京:北京大学出版社1995年版,第197页。

现代精神分析学派的创作心理动力说","指人的基本欲望和不加雕饰的情感状态"。① 童心说的理论要点如下：

1. 绝假纯真

童心说主张追求内心的真实,追求"绝假纯真"的"最初一念之本心"。"夫童心者,真心也。若以童心为不可,是以真心为不可也。夫童心者,绝假纯真,最初一念之本心也。若失却童心,便失却真心;失却真心,便失却真人。人而非真,全不复有初矣。"童心是一种纯真的思想感情,是一种人心的本然状态。在此基础上,李贽批判了"道理闻见",指出儒家经典和程朱理学遮蔽了童心。"童心既障,于是发而为言语,则言语不由衷;见而为政事,则政事无根柢;著而为文辞,则文辞不能达。非内含以章美也,非笃实生辉光也,欲求一句有德之言,卒不可得。所以者何？以童心既障,而以从外入者闻见道理为之心也。"没有真情实感写不出真正的好文章。李贽贵真反假,反对假道学、假诗文。他认为童心的丧失在于"道理闻见日以益多","道理闻见,皆自多读书识义理来"。他指出,《六经》、《论语》、《孟子》等都是"假言"、"假文",违背人的真实情性。人应该保持心灵的本然状态,摒弃外在的"闻见道理"的束缚,自由展示一个具有真实个性与自然生命情感的独立的主体。童心的真是一种人心的本然状态,它同时也是一种纯真的思想感情,与矫揉造作、虚假伪饰的情感相对立。

2. 重情轻理

童心说强调最初一念之本心,要求摆脱封建道德规范和理学禁欲主义的束缚,任凭个性、才情自由发展;在文学创作上表现真情实感。这不仅是对儒家经典教条的批判,也是对顺应人的自然情性的大力倡导。李贽反对的"理"包含两个层面:一是"道理闻见"之理,这是知识学问;一是以"天理"为出发点的礼教、一切的伦理道德规范。与之相对,李贽的"情"主要有这样几个层面:一是自然之情。同温柔敦厚、"为文而造情"的情感不同,自然之情源于自然人性,不附加任何的礼仪的束缚,讲求情感的自然流露,真实而不虚伪。二是个体之情。"故性格清澈者音调自然宣扬,性格舒缓者音调自然舒缓,旷达者自然浩荡,雄迈者自然壮烈,沉郁者自然悲酸,古怪者自然奇绝。有是格,便有是调。"(《读律肤说》)个体的差异带来情感的差异,导致了审美情趣的多样化。三是世俗之情。李贽一反程朱理学"存天

---

① 陈洪:《中国小说理论史》,合肥:安徽文艺出版社1992年版,第68页。

理,灭人欲"的论调,肯定人欲的合理性,肯定情感的世俗化。"……所谓'童心'的内涵,既不是佛家所谓的空明,也不是道家所谓的清净,更不是理学家所谓的'天理',而是世俗的自然情感、正当的生活欲求。它不是抽象的心,而是一个普通百姓的心、一般市民的心。"①

3. 自然化工

李贽倡导顺乎自然本性,批判"发乎情,止乎礼仪"的儒家美学观。他认为文学创作应该自然发乎情性,自然止乎礼仪。《读律肤说》曰:"盖声色之来,发于性情,由乎自然,是可以牵合矫强而致乎?故自然发于情性,则自然止乎礼仪,非情性之外复有礼义可止也。惟矫强乃失之,故以自然之为美耳,又非于情性之外复有所谓自然而然也。"李贽反对用外在的礼教规范来限制对情性的抒发,提倡个性情感的自由抒写。

那么,文学艺术的最高境界是什么呢?在提倡自然本性的基础上,李贽提出了"化工"、"画工"之论。"化工"也就是造化之工,即"不作意,不经心,信手拈来,无不是矣"。要达到这种境界,须"追风逐电之足,决不在于牝牡骊黄之间;声应气求之夫,决不在于寻行数墨之士;风行水上之文,决不在于一字一句之奇"。也就是不从形迹上追求,不留斧凿之痕,而以出神入化之艺传达人情物理之神。"画工"则恰恰相反,是指人为的雕琢之工,不是取之造化,而是取之人为,不能传达神韵而词尽意竭。他认为高明的《琵琶记》就是一部典型的"画工"之作。李贽是尊"化工"而贬"画工"的,认为只有造化自然之功,方是艺术的真境。李贽承认人性之自然,同时强调对这种人性之自然应该不加限制,任其发展。

4. 尊今卑古

同明代复古派的拟古、学古不同,李贽对"经典"与"权威"呈现出强烈的解构倾向。他说:"诗何必古选,文何必先秦。降而为六朝,变而为近体,又变而为传奇,变而为院本,为杂剧,为《西厢曲》,为《水浒传》,为今之举子业,皆古今至文,不可得而时势先后论也。故吾因是而有感于童心者之自文也,更说什么《六经》,更说什么《语》《孟》乎?"他认为作文不必师古,不必学经典,而应直抒胸臆,摆脱束缚,任童心真情自然流露。古人有古人的襟怀,今人有今人的情愫,只要是怀有童心,面对现实,自然抒发自己的情性,体现自己的独特性而创作出的作品都是美的文艺;每一时代各有体现时代

---

① 李壮鹰、李春青主编:《中国古代文论教程》,北京:高等教育出版社2005年版,第285页。

风骚的文艺,无论是先秦散文,还是汉赋、唐诗、宋词、元曲,它们都各成其美,难辨高下,相互之间不可替代。李贽从历史发展的角度肯定了文体演变的事实,为通俗文学争得了地位。

(二)"童心说"的理论意义

童心说具有重要的意义:第一,大力倡导人的自然本性,反对文学艺术的道德教化功能,具有个性解放的鲜明特点,给文学创作提供了巨大的自由空间。第二,反对僵化的复古论调,激活了创作的真情实感和生命体验,使文学重新焕发活力。第三,冲击了以诗文为核心的正统文学观,为小说、戏曲等通俗文学争取到了应有的地位。童心说对后世的文学也产生了重大的影响。如公安三袁的性灵说、汤显祖的至情说等都深受其影响。在现代意义上,对于挽救失落的文学本心,提升当代混杂的当代文化的价值具有重要的意义。当然,童心说也有鲜明的局限,它的非理性倾向、把创作与读书相互对立的观点都有明显的偏颇。

二、《水浒传》评点

现存的标明为李卓吾评点的《水浒》主要有两种版本:一是容与堂一百回本《李卓吾先生批评忠义水浒传》,二是袁无涯一百二十回刻本《李卓吾评忠义水浒全传》。两本书是否是李贽所作,目前尚无定论。李贽主要观点如下:

(一)"发愤之所作"说

李贽在《忠义水浒传序》一文中提出"发愤之所作"说。"太史公曰:'《说难》、《孤愤》,贤圣发愤之所作也。'由此观之,古之贤圣,不愤则不作矣。不愤而作,譬如不寒而颤,不病而呻吟也,虽作何观乎?《水浒传》者,发愤之所作也。"

发愤说在中国文学史上有着悠久的历史。屈原《惜诵》有"发愤以抒情";《淮南子·训齐俗》也有"愤于中而形于外"。司马迁根据自己的切身遭遇,提出了"发愤说"。司马迁认为,历史上的优秀作品,都是由于作者在社会生活中遭遇到重大不幸,"意有所郁结,不得通其道","发愤之所为作"(《报任少卿书》)。唐代韩愈主张"不平则鸣",宋代欧阳修说"诗穷而后工",清代王国维说"物之不得其平而鸣者也;故欢愉之词难工,愁苦之言易巧",都是这一观点的引申和发挥。宋、元以后,小说创作日趋繁荣,很多人又认为优秀小说也都是发愤之作。如李贽说《水浒传》的作者"虽生元日,实愤宋事",是"发愤之所作";金圣叹说《水浒传》作者"发愤作书"、"怒毒著书",是"天下无道"所激起的"庶人之议";张竹坡说《金瓶梅》作者"乃一腔愤懑而作此书";蒲松龄说他的《聊斋志异》是"孤愤之书",等等。

李贽"发愤之所作"说的特点有:第一,"发愤"与小说创作的联系。前代在论述"发愤"时是和诗文等联系在一起,如司马迁著《史记》、韩愈写散文。李贽的"发愤之所作"是针对小说而言的,"发愤之所作"成为小说创作的动机。第二,强烈的现实性与批判性。为何"发愤"呢?李贽指出:"施、罗二公身在元,心在宋;虽生元日,实愤宋事。是故愤二帝之北狩,则称大破辽以泄其愤;愤南渡之苟安,则称灭方腊以泄其愤。敢问泄愤者谁乎?则前日啸聚水浒之强人也。"李贽批判了"小贤役人,大贤役于人"的社会现实。可见,"发愤之所作"说具有强烈的现实针对性和批判色彩。第三,"发愤"的主体是忠义之士。"敢问泄愤者谁乎?则前日啸聚水浒之强人也。"施、罗二人也是"虽生元日,实愤宋事",借助水浒这帮人,来抒写他们的愤懑。可以这样说,《水浒传》一书是施、罗二人借助此书来抒发心中之不满。他们的愤怒不是个人的不幸遭遇,而是忠义之士对国家民族命运的深切关注。

在这篇序文中,李贽对《水浒传》思想意义的认识存在明显的局限。如把《水浒传》的客观效果归之于忠义,变"忠义在水浒"为"忠义在君侧、在朝廷、在干城腹心"。对于宋江"忠义之烈"的推崇也反映了李贽本身时代的局限性。在他的内心深处,忠义与反叛形成了一对矛盾。

(二) 艺术成就

1. 人物塑造论

《水浒传》能抓住人物的特点来创造,突出人物的典型性格。同时,刻画传神,具有"化工肖物"的特点。

第一,"同而不同处有辨"的典型性格。

容与堂本第三回总评中说:"描画鲁智深千古若活,真是传神写照妙手。且《水浒传》文字妙绝千古,全在同而不同处有辨。"同,即性格的相似性;不同,即性格的差异性。或者说,"同而不同处有辨"揭示了人物塑造中的共性与个性统一的典型性格。从共性而言,《水浒传》能抓住人物的特点来创造,"说淫妇便像个淫妇,说烈汉便像个烈汉,说呆子便像个呆子,说马泊六便像个马泊六,说小猴子便像个小猴子。但觉读一过,分明淫妇、烈汉、呆子、马泊六、小猴子声音在耳,不知有所谓语言文字也"(《容与堂本李卓吾先生批评水浒传第二十三回末评》)。除了"同"之外,《水浒传》善于描写人物的"不同",即个性差异。第三回的回末总评说:"描写鲁智深,千古若活,真是传伸写照妙手。且水浒传文字妙绝千古,全在同而不同处有辨。如鲁智深、李逵、武松、阮小七、石秀、呼延灼、刘唐等,众人都是急性的。渠形容刻画来,各有派头,各有光景,各有家数,各有身份,一毫不差,半些不混,读去自有分辨,不必见其姓名,一赌事实就知某人某人也。"《水浒传》还善于描写不同性格的人物相互对立的性格特征。如第九回回末总评云:"李卓吾曰:施耐庵、罗贯中真神乎也,摩写鲁智深处,便是个烈丈夫模样;摩写洪教头处,便是忌嫉小人底身份,至差拨处,一怒一喜,倏忽转移,咄咄逼真,令人绝倒,异哉!"可见,李贽注意到了小说创作中人物刻画的共性与个性的问题。在类型的"同"中突出性格的概括性,在"不同"中突出人物的个性,只有在"同"的基础上写出不同,才能创造出栩栩如生的人物形象。

第二,"化工肖物"的人物塑造。

第二十一回的回末总评中说:"此回文字逼真,化工肖物。摩写宋江、阎婆惜并阎婆处,不惟能画眼前,且画心上;不惟能画心上,且并画意外。顾虎头、吴道子安得到此?至其中转转关目,恐施、罗二君亦不自料到此,余谓断有鬼神助之也。"李贽将中国古代的这种重神韵之美、轻形迹之似的批评理论发展到极致,读者"但见性情,不睹文字",作品的形式与内容极度和谐,形成一个完整有机的艺术生命。

2. 艺术真实论

李贽的小说评点在一定程度上表现了文学理论中的艺术真实。这主要表现在两个方面:

第一,生活的真实。艺术应该来源于现实生活,反映现实生活。人物应有其生活的基础,并非是虚幻的捏造的生活。《水浒传》第八十八回为"颜统军阵列混天象　宋公明梦授玄女法"。本回总评中说:"混天阵竟同儿戏,至玄女娘娘相生相克之说,此三家村里死学究见识。施耐庵、罗贯中尽是史笔,此等处便不成材矣!"这些事件没有现实基础,因而没有生命力。

第二,写出人物的情理,即生活化的语言、行为和心理。如容与堂本第九十七回总评说:"《水浒传》文字不好处,只在说梦、说怪、说阵处,其妙处都在人物情理上,人亦知之否?"以第二十三回武松打虎为例。容与堂本评说:"人以武松打虎到底有些怯在,不如李逵勇猛也。此村学究见识,如何读得《水浒传》,不知此正施、罗二公传神处。李是为母亲报仇,不顾性命者,武乃出于一时,不得不如此耳。俗人何足言此,俗人何足言此!"

第三，艺术虚构。文学不只是生活的摹写，更是艺术的虚构，讲究艺术的逼真。容与堂本第一回总评："《水浒传》事节都是假的，说来却似逼真，所以为妙。常见近来文集乃有真事说做假者，真钝汉也，何堪与施耐庵、罗贯中作奴！"第十回总评又说："《水浒传》文字原是假的，只为他文字描写的真情出，所以便可以与天地相终始。"艺术真实也是艺术的创造。

3. 意义和影响

李贽开创的小说评点是独具特色的批评鉴赏的美学形式。小说评点成为一种文学批评的独特形式，开拓了小说研究的新天地。李贽的小说评点奠定了小说评点的基本形态。如开头有序，序后有总纲，正文有眉批和夹批，回末有总评。金圣叹、张竹坡等人的评点就是在此基础上发展起来的。这种评点形式适应了时代和小说美学发展的需要，影响了明清两代的小说评点家，推动了明清小说创作和小说理论批评的深入发展。

第四节　汤沈之争与王骥德《曲律》

一、汤沈之争

明代隆庆、万历朝即公元16世纪中叶之际，在江苏、浙江、江西一带，传奇创作特别繁荣，作家、作品均大量涌现，逐渐形成作品风格迥异、创作理论和批评标准各有偏重的戏曲流派。其中以沈璟为首的吴江派和以汤显祖为代表的临川派尤其引人瞩目。这两派的剧作家和批评家就戏曲创作和批评中的若干理论问题展开热烈的论争，为戏曲论坛增添了活力。

（一）沈璟与吴江派

沈璟（1553—1610），字伯英，号宁庵，又号词隐生，江苏吴江人。戏曲流派吴江派的开创者。吴江派的主要成员有卜世臣、吕天成、汪廷讷、袁于令、沈自晋等。

沈璟戏曲理论的主要观点为：

1. 重视格律，追求曲调的雅化

不谐音律的戏曲很难得到沈璟褒奖，他也反对讹音俗调。其格律论的内容主要有：辨平仄、严句法、守古韵。即平声字区分阴平和阳平，仄声字要分出上声和去声等；句法上，强调要有顺句和拗句的区别；用韵上，严格遵循元代周德清《中原音韵》，确定其韵谱为南戏曲韵的规范。

2. 本色论

沈璟在语言上"僻好本色"。他尊崇宋元旧戏,赞赏它们的质朴浅俗的语言风格。

(二) 汤显祖和临川派

汤显祖(1550—1616),字义仍,号若士、清远道人,江西临川人。著有传奇五种:《紫箫记》、《紫钗记》、《牡丹亭》、《南柯梦》、《邯郸梦》。后四种合称为"临川四梦"。

汤显祖戏曲理论的主要论点为:

1. 至情论

同沈璟的严守音律不同,汤显祖更强调"情"的作用。比如"董以董之情而索崔、张之情于花月徘徊之间,余亦以余之情而索董之情于笔墨烟波之际"(《董解元西厢题词》)。《牡丹亭还魂记》中第一出标目《蝶恋花》诗云:"白日消磨断肠句,世间总有情难诉。玉茗堂前朝复暮,红灯迎人,俊得江山助,但是相思莫相负,牡丹亭上三生路。"《宜黄县戏社清源师庙碑》中说:"人生而有情,思欢怒愁,感于幽微,流乎啸歌,形诸动摇。"可见,在汤显祖的眼中,文学艺术的本质就是一个"情"字。"情"是汤显祖戏曲理论的核心。

汤显祖的"情"不同于古代的"情",有其鲜明的特征。

第一,情是文学艺术的本质,是文学艺术创作的动因和内驱力。所谓"世总为情,情生诗歌"。为了追求情的解放,艺术家可以在幻想境界中充分发挥艺术创造力,突破生死界限,创造出理想的有情之天下。

第二,情与理的对立。《牡丹亭记题词》中说:"嗟夫!人世之事,非人世所尽,自非通人,恒以礼相格耳。第云理之所必无,安知情知所必有耶?"这里的"理"即是程朱理学的"理"。"情"应该大胆突破"理"的束缚,表达真情。《牡丹亭记题词》中又说:"情不知所起,一往而深。生者可以死,死可以生。生而不可与死,死而不可复生者,皆非情之至耶。"这种至情是有悖于常理的。汤显祖在《寄达观》也说:"情有者,理必无;理有者,情必无;真是一刀两段语。"

第三,情与法的对立。他指出,当代是"有法之天下",而非"有情之天下";盛唐是"有情之天下"。他尊崇"唐人受陈、隋风流,君臣游幸,率以才情自胜,则可以共浴华清,从阶升,游广寒"(《青莲阁记》),反对明代"灭才情而尊吏法"的做法。

2. "意趣神色"论

不同于沈璟的拘泥于音律,汤显祖对词曲的要求更强调"意趣神色"。《答吕姜山》云:"凡文以意趣神色为主,四者到时,或有丽词俊音可用,尔时能一一顾九宫四声否?如必按字模声,即有窒滞迸拽之苦,恐不能成句矣。"可见,他更重意趣,反对在戏剧创作中过分追求九宫四声。"如果从狭义来理解,大概可以这样看:'意'即戏曲以情为主,'趣'指戏曲结构、戏曲冲突机趣充盈,'神'人物刻画传达神韵气质,'色'指戏曲的声色之美。"① 汤显祖论戏剧崇尚真性情,反对假道学;提倡性灵,反对模拟。其主情理论对明代剧坛产生了深远影响。

(三) 汤沈之争

1. 背景与发生

明代出现的资本主义萌芽,促进了商品经济的发展,出现了新型的市民阶层,对戏曲的创作产生了重要的影响。哲学思想在明代中期发生了很大的变化,程朱理学的"理"本体发展为王阳明的"心"本体,泰州学派又从阳明的"心即理"发展到"性即理",为戏曲创作提供了带有近代色彩的理论基础。文人士大夫纷纷涉足戏曲创作,大大提高了戏曲的地位。戏曲创作逐渐呈现出文人化的倾向。

汤沈之争也就是吴江派和临川派的论争。论争的导火线是对汤显祖著名剧本的不同评价。汤显祖创作了剧本《牡丹亭》,他根据作品思想内容的需要,按照自己的"意趣"制曲遣词,不墨守传统曲律的成规,为戏曲创作开辟出一条崭新的途径。沈璟等吴江派作家认为《牡丹亭》不谐音律,不太符合舞台表演的需要。于是吴江派作家根据自己的要求篡改汤显祖的作品。沈璟批评说"临川生不踏吴门,学未窥音律,艳往哲之声名,逞汗漫之词藻,局故乡之闻见,按亡节之弦歌,几何不为元人所笑乎广"(《玉若堂传奇引》)。在理论上,吴江派抓住汤显祖作品不谐音律的弱点,认为汤显祖不懂音律,指责其作品不过是"案头之书,非场中之软"。汤显祖则反唇相讥,以为吴江派不知"曲意"。

2. 论争的实质

吴江派与临川派的分歧表现在多个方面:从戏曲思想上看,汤主情,沈

---

① 孙秋克:《中国古代文论新体系教程》,杭州:浙江大学出版社 2007 年版,第 90 页。

主理;从戏剧手法上看,汤重浪漫,沈多写实;从戏曲语言上看,汤重文词,沈重本色;从戏曲审美效果上看,汤重文学剧本,沈重舞台艺术。吴江派偏重于戏剧的舞台性,临川派偏重戏曲的文学性。

关于汤沈之争的实质,许多人提出了不同的看法。吕天成认为汤沈之争的实质是两种不同志趣的争论。"光禄尝曰:'宁律协而词不工,读之不成句,而讴之始叶,是曲中之工巧。'奉常闻之,曰:'彼恶之曲意哉!予意所至,不妨拗折天下人嗓。'此可以观两贤之志趣矣。"(《曲品》)在此基础上,吕天成总结了两人的争论,提出了"合之双美"的主张。王骥德对此采取了折中的态度。他指出:"临川之于吴江,故自冰炭。吴江守法,斤斤三尺,不欲令一字乖律,而毫锋殊拙;临川尚趣,直是横行,组织之工,几与天孙争巧,而屈曲聱牙,多令歌者齚舌。"(《杂论下》)"夫曰'神品',必法与词两擅其极。"(《杂论下》)"法,指音律、声调等。词主要指文词与才情。'必法与词两擅其极'就是要求戏曲作品音韵格律、唱腔曲调和文词、情趣都尽善尽美,而不应该此长彼短。"①他指出戏曲创作的最高境界是"不在声调之中,而在句字之外",也就是所谓的风神、韵致。这种提法是对汤沈之争的总结。我们认为,汤沈之争是一个问题的两个方面,只是有所侧重而已。俞为民从文人剧作家追求戏曲雅化的角度立论,指出他们分别代表了文人剧作家对戏曲典雅化的追求。"在这场论争中,汤显祖与沈璟都表明了自己的戏曲主张,而联系当时曲坛上所出现的戏曲文人化的现状来看,两人所提出的戏曲主张,也正是分别代表了文人剧作家们对戏曲典雅化的追求。汤显祖是从戏曲内容与语言的典雅化的角度,提出自己的戏曲主张……"②"与汤显祖不同,沈璟则是从曲调的雅化与精致化的角度提出了自己的见解……"③汪超从戏曲文体的角度立论,指出汤显祖和沈璟二人提出各自的"尊体"和"遵体"观。汤显祖坚持"尊体"第一的准则,"在这一'尊体'的过程中,汤显祖无疑也确定了自己心目中戏曲文体的性质,即在内容上主情一路,文词上婉丽,并且坚持'文词第一,格律第二'的标准等"④。"沈璟则侧重于'遵体'的角度,通过'遵体'来达到'尊体'的目的,即对戏曲格律声腔

---

① 蒋凡、郁源主编:《中国古代文论教程》,北京:中华书局2005年版,第292页。
② 俞为民:《明代戏曲文人化的两个方面——重评汤沈之争》,《东南大学学报》2004年第1期,第99页。
③ 同上,第100页。
④ 汪超:《重评"汤沈之争"》,《戏剧文学》2009年第1期,第92页。

等体制的确立和规范,来达到推尊戏曲地位的目的。"①

3. 论争的影响

汤沈之争形成了两个戏曲流派,即吴江派和临川派。在明清的剧坛上出现了两派合流的局面。这使得当时及后来的文人剧作家们将才情的抒发、文辞的华美、音律的谐合作为文人化戏曲创作的最高境界,推动了戏曲的进一步精细化,促进了戏曲的发展。

二、王骥德《曲律》

王骥德(? —1623),字伯良、伯骥,号方诸生,别署秦楼外史,会稽(今浙江绍兴)人。有曲学专著《曲律》四卷,杂剧、传奇多种,诗文集《方诸馆集》。

《曲律》是我国古代曲论中第一部有着完整、严密体系的理论专著。《曲律》对晚明万历年间及此前三百多年的古代曲学成果作了全面的总结,对后世的戏曲创作和戏剧学的研究产生了很大的影响。根据叶长海先生的提法,《曲律》的理论构架大致可以分解成声律论、修辞论、作法论和剧戏创作法论几个部分。起先的两章具有绪论性质:《论曲源》阐述"曲"的渊源及其流变;《总论南北曲》比较了南、北曲的风格特征并概括了其形成的历史。第三到三十八章为戏曲创作论部分。其中,第三到十二章侧重于声律,第十三到二十一章侧重于修辞,第二十二到二十九章论词曲的作法,第三十到三十八章重点论戏剧创作法。

《曲律》中体现的主要"曲学"思想有:

(一) 本色说

"本色"是中国古代文论的一个专用术语,"本"指物品原来的颜色、本来面目,后来演变为某种文学样式固有的审美特征。元代以后,戏曲理论家用"本色"一词形容戏曲的艺术特色。在明、清两代的戏曲理论中,"本色"被赋予不同的内涵。

1. 徐渭的本色说

徐渭《南词叙录》是第一部论南戏的专著。针对当时文坛上出现的"以时文为南曲"的不良创作倾向,徐渭提出了本色论。他指出《香囊记》的弊端,赞赏南戏佳作,认为如《荆钗记》、《拜月记》等都是"句句是本色语,无今

---

① 汪超:《重评"汤沈之争"》,《戏剧文学》2009 年第 1 期,第 92 页。

人时文气","世事莫不有本色,有相色。本色,犹言正身也;相色,替身也。替身者,即书评中'婢作夫人终觉羞涩'之谓也。婢作夫人者,欲涂抹成主母而多插带,反掩其素之谓也。故余于此本中贱相色,贵本色"(《西厢序》,《徐文长佚草》卷一)。"本色"涉及戏曲创作的各个方面,并不只是就文辞而言。徐渭本色论的内涵主要有:

第一,戏曲语言的通俗化。戏曲语言应该家常自然,不加雕饰。同时,戏曲语言要适合于表演,适合于普通观众。"语入紧要处,不可着一毫脂粉,越俗越家常越警醒。此才是好水碓,不杂一毫的糖衣,真本色。"(《题昆仑奴杂剧后》)可见,通俗即是本真。

第二,创作个体的本真性。徐渭以人鸟学言作比喻,指出要学而不失其真性。言由性出,言行一致;言不由性出,则言性分裂。因此,要以真性情为诗。文学艺术也应是人真性的表现与宣泄。徐渭主张不加修饰地表达自己的主观思想,表达真实自我,表现个性,反对矫揉造作和理学的束缚。针对作品的表现方式,徐渭提出了要"天机自动,触物发声"的积极主张,就是以晓畅通脱之文字,传达晓畅通脱之性情。这种"天机自动"的艺术成了"真性"、"真情"的物化,在表现形式上则未必要拘于一格。

第三,戏曲选材的大众化。徐渭强调从民间文化中汲取营养,反映原汁原味的生活。他提倡南戏"即村坊小曲为之"的本色,反对"文而晦暗"的藻绘风气;主张"歌之使奴、童、妇女皆喻",使"畸民市女顺口可歌"。

2. 王骥德的本色说

不同于何良俊的以平易通俗为本色、徐渭的以表现真我面目为本色、沈璟的以宋元之旧为本色,王骥德把各家本色论兼收并蓄,坚持本色与文辞的统一,从而创造出一种新的本色论。其要点主要包括:

第一,戏曲语言之俚俗与文辞的结合,本色在浅深浓淡雅俗之间。他肯定平易通俗的本色,认为"做剧戏,亦须令老妪解的,方入众耳,此即本色之说"(《曲律·杂论上》)。同时,也肯定文采为本色,"曲以婉丽俏俊为上"(《曲律·杂论上》)。两者应该有机结合起来。所以,戏曲语言的本色在"在浅深、浓淡、雅俗之间","雅俗浅深之辨,介在微茫,又在善用才者酌之而已"(《曲律·论家数》)。戏曲的语言应该是雅俗浅深浓淡的完美和谐。戏曲应该做到本色与文辞的结合,俚俗与文辞的结合。

第二,以悟为当行本色。王骥德认为妙悟是戏曲之本色,主张戏曲应该表现真我性情。本色的戏曲是"模写物情,体贴入理,所取委曲婉转,以代说词,一涉藻缋,便蔽本来"(《曲律·论家数》)。本来即是真我的性情。不论是俚俗还是藻绩,只要能很好地表现人物的情理就是本色。

(二) 戏曲创作论

《曲律》论述了戏曲创作的问题,其中包含主题、取材、结构、剪裁等各个方面。在戏曲主题上主张"关风化",对时世有所教益;认为戏曲创作要"立主脑",戏曲应该是一个完整的有机体,以头脑来统一全剧,提炼主题;强调重视戏曲的结构。《论套数》中说:"套数之曲,有起有止,有开有合。先须定下间架,立下主意,排下曲调,然后遣句,然后成章,切忌凑插,切忌将就。"《论章法》中以"工师作室"为例,先规划设计,然后动工兴建,说明剧作家在动笔之前,应该对剧本结构进行周密的布局和安排。在文章剪裁方面,要求对素材加工取舍,使之详略得当。在文词方面,强调宾白的重要性,要求"定场白","稍露才华,然不可深晦"。对口白,也就是人物的对话、散语等,应该"明白简质","令情意婉转,音调铿锵,虽不是曲,却要美听"。既强调积累,多读书,多阅世,同时又强调创新。

【导学训练】

一、学习建议

学习本章应注意结合程朱理学、王阳明心学的哲学思潮和明代资本主义萌芽产生时期经济发展的时代背景,来理解各时期各种文论观点的理论内涵、形成原因以及产生的影响。其中重点学习阳明心学、性灵说、童心说、格调说、本色说等。对这一时期文学理论中的一系列关键词应能理解并记忆。

二、关键词释义

阳明心学:创始人是明代学者王阳明。阳明心学的基本观点:一是心即理、心外无理的心本体。二是致良知,建构了良知之学。三是知行合一,重视实践。阳明心学对明代的文学创作和文学理论产生了重要的影响。

泰州学派:泰州学派是阳明心学的发展,创始人是明代学者王艮,也被称为"左派王学"。其学说的特点是强调心学的自然性。泰州学派提出"百姓日用即道",肯定世俗生活的价值,肯定人欲的合理性,具有强烈的平民色彩。此外,强调了以身为本的理论哲学,重视人的自然感性。泰州学派作为阳明心学的发展,进一步扫荡了程朱理学的伦理纲常。

前后七子:明代中叶的诗文流派。前七子指李梦阳、何景明、徐祯卿、边贡、康海、王九思、王廷相,而以李、何为首,活跃于弘治、正德间。后七子指李攀龙、王世贞、谢榛、宗臣、梁有誉、徐中行吴国伦,而以李、王为首,活跃于嘉靖、隆庆间。他们对于诗文的见解大体一致,即强调"文必秦汉,诗必盛唐",主张模拟古人。对于打击"台阁体"雍容典雅、千篇一律的文风有一定积极意义,但把诗文写作引上复古道路,产生了许多毫无生气的假古董诗文。李梦阳、王世贞等的格调说及其文体理论建构具有重要的意义。

格调说:明清时期提倡的一种论诗主张。格调,即体格声调,最早的解释内容包含思想内容和声律形式两个方面。明代前后七子在诗歌理论中论述了格调说。李梦阳强调"格古,调逸",称"高古者格,宛亮者调"(《驳何氏论文书》)。后七子的代表人物王世贞提出"才、思、格、调"说,即"才生思,思生调,调生格。思即才之用,调即思之境,格即调之界"。他们提倡"文必秦汉,诗必盛唐",主张融格调入手去模拟汉唐的诗歌。清代前期,沈德潜重新提倡格调说。他强调作者必须"学古"和"论法",对诗歌作了严格的规定,目的是为了保证诗歌内容温柔敦厚的宗旨。袁枚对沈德潜的格调说提出了很多批评。

《艺苑卮言》:中国明代文论著作,王世贞著。该书表明作者的文学观,主张文必秦汉,诗必盛唐。但持论不似李攀龙那样偏激;虽强调以格调为中心,但也认识到思想才情与格调之间的关系,提出了"才、思、格、调"说;主张学古,特别注意博采众长,最终要求"一师心匠";讲究文章的形式法则,但又不拘泥于此。这些观点显然与一味模古者不同,显示了王世贞的文学观点较前七子已有较大变化。

唐宋派:中国明代文学流派。代表人物有嘉靖年间的王慎中、唐顺之、茅坤和归有光等人。前后七子崇拜秦汉是模拟古人,唐宋派则既推尊三代两汉文章的传统地位,又承认唐宋文的继承发展。唐宋派变学秦汉为学欧(阳修)曾(巩),易佶屈聱牙为文从字顺。唐宋派还重视在散文中抒发作者的思想感情,主张文章要直写胸臆,具有自己的本色面目。唐宋派中散文成就最高的当推归有光。

性灵说:明代后期,前后七子的复古之风盛行,湖北公安袁宏道等人则倡言"独抒性灵,不拘格套"(《叙小修诗》),以批评七子模拟秦汉古文之风,提出了"性灵"说。"真"是性灵的规定;"趣"、"奇"、"淡"都是以性灵为中心的。由于各个时代有不同的面貌,因而反映时代真面貌的诗歌必然而且应该有变化,所以袁宏道又主张诗歌要"变",变是真的必然结果。袁宏道的性灵说对清代袁枚的性灵说有一定影响。

童心说:"童心"是李贽在他的《童心说》一文中提出来的。什么是"童心"呢?根据他"夫童心者,真心也……夫童心者,绝假纯真,最初一念之本心也。若失却童心,便失却真心;失却真心,便失去真人"的论述,所谓童心即童子之心,是不含一丝一毫虚假的真心,是不受"道理"、"闻见"熏染的心。他认为童心是一切作品创作的源泉,是评价一切作品价值的首要甚至是唯一的标准。从这种观点出发,他给予《西厢记》、《水浒传》等戏曲、小说以很高评价,认为是"古今至文"。

本色说:"本色"这一概念来自诗论,意为本然之色。明代一些戏曲理论家把本色的概念引入曲论。徐渭认为生活中就有本色与相色之分,戏曲作家应该"贱相色,贵本色",讲究戏曲语言的通俗化。徐渭反对传奇创作中那种文仿经义、语用排偶的"时文气",主张"句句是本色语"。其次,强调创作个体的本真性。再次,在戏曲内容上,强调大众化,要求戏曲艺术反映的生活是天然的没有雕饰的真实。王骥德也指出,戏曲以"模写物情,体贴人理"为其特点,"一涉藻缋,便蔽本来"(《曲律》)。王骥德在《曲律》中说,本色就是通俗易懂,主张本色与文藻兼而用之,"雅俗浅深之辨,介在微茫"。

汤沈之争:《牡丹亭》的音律问题直接引发了明代戏剧史上所谓的汤沈之争。明万历年间,戏曲界同时出现了汤显祖和沈璟两位大家。他们之间,在戏曲创作及其有关理论问题上,存在着尖锐的分歧,甚至达到针锋相对的地步。后人称之为"汤沈之争"。因为汤显祖籍属临川,沈璟乃吴江人氏,所以戏曲史上又名之为临川派与吴江派的论争。汤沈之间的理论纷争以及由此引起的讨论,在当代的古典戏曲研究中,仍是一个颇有争议的话题。

《曲律》:《曲律》是我国古代曲论中第一部有着完整、严密体系的理论专著,对晚明万历年间及此前三百多年的古代曲学成果作了全面的总结,对后世的戏曲创作和戏剧学的研究产生了很大的影响。王骥德的戏曲理论深受徐渭影响。他重本色,认为戏曲要"模写物情,体贴人理",剧本写作应做到"词格俱妙,大雅与当行参间",才是上乘之作。《曲律》在中国戏曲史上占有重要的地位。

三、思考题

1. 试论阳明心学对明代文学批评的影响。
2. 试述前后七子的文论主张及其影响。
3. 试述性灵说的内涵及其影响。
4. 试述童心说的内涵及其现代意义。
5. 试述汤沈之争的分歧及其实质。

四、可供进一步研讨的学术选题

1. 试论中国文学中的复古运动及其影响。

提示:在中国文学中至少有两次大的复古运动,唐朝的古文运动和明代前后七子的复古运动。可以比较两次复古运动的异同。进一步也可以思考这种复古运动和西方古典主义的异同。

2. 试论公安派的性灵说的理论渊源。

提示:性灵说的提出和阳明心学、李贽哲学等有很深的渊源。同样,道家、佛教等也对性灵说有影响。这些哲学与文化思想是怎样影响性灵说的,是一个值得思考的问题。

3. 袁宏道的文学发展观同刘勰、叶燮等人文学发展观的比较。

提示:中国文学理论中论述文学发展观的理论家很多。将袁宏道的文学发展观放入整个文学发展观的体系中,可以区分出其特点,并揭示中国文学理论家对文学发展的看法。

4. 李贽的童心说的理论渊源及其现代价值。

提示:"童心"是明代文论中很重要的一个概念。童心说的产生与李贽的自然人性论、阳明心学、佛学有着紧密联系。从哲学层面对童心说进行梳理具有重要的意义。

5. 明曲本色论的渊源。

提示：本色说在诗文、词曲等中都有提及。明曲本色论渊源于文学批评。梳理"本色"在各类批评中的含义和特征，对我们更好地理解这一范畴具有重要的意义。

【研讨平台】

一、格调

提示：格调是中国文学批评的重要概念。以格调论诗有着悠久的历史。不同时期、不同人物的格调说的内涵有所不同。应该在历史中去把握格调说的内涵。

1. [明]李梦阳《潜虬山人记》（节选）

山人商宋梁时犹学宋人诗，会李子客梁，谓之曰：宋无诗，山人于是遂弃宋而学唐。已，问唐所无，曰：唐无赋哉！问汉，曰：无骚哉！山人于是则又究心赋骚于唐汉之上。山人尝以诗视李子，李子曰：夫诗有七难，格古、调逸、气舒、句浑、音圆、思冲、情以发之，起者备而后诗昌矣。

2. [明]王世贞《艺苑卮言》（选注）

世人选体（唐宋以来皆称《昭明文选》所选之五言古诗为选体），往往谈西京（西汉）、建安，便薄陶、谢（陶渊明、谢灵运）。此似晓不晓者。毋论彼时诸公，即齐、梁纤调，李、杜变风，亦自可采，贞元（唐德宗年号）而后，方足覆瓿（盖瓦罐）。大抵持以专诣（独到的见地和感受）为境，以饶美（充满美，富于美的事物）为材，师匠宜高，捃拾（拾取、采撷）宜博。

才生思，思生调，调生格。思即才之用，调即思之境，格即调之界。

阮公（阮籍）《咏怀》，远近之间，遇境即际（际会），兴穷即止，坐（因、用）不着论宗（理论观点）佳耳。人乃谓陈子昂胜之，何必子昂，何必阮公，宁无感兴乎哉？

3. [清]翁方纲《格调论》（节选）

诗之坏于格调也，自明李、何辈误之也。李、何、王、李之徒，泥于格调而违体出焉。非格调之病也，泥格调者病之也。夫诗岂有不具格调者哉？《记》曰："变成方，谓之音。"方者，音之应节也，其节即格调也。又曰："声成文，谓之音。"文者，音之成章也，其章即格调也。是故噍杀、啴缓、直廉、和柔之别由此出焉。是则格调云者，非一家所能概，非一时一代所能专也。古之为诗者，皆具格调，皆不讲格调。格调非可口讲而笔授也。唐人之诗，未有执汉、魏、六朝之诗以目为格调者；宋之诗，未有执唐诗为格调；即至金、元诗，亦未有执唐、宋为格调者。独至明李、何辈，乃泥执《文选》体以为汉、魏、六朝之格调焉；泥执盛唐诸家以为唐格调焉。于是不求其端，不讯其末，惟格调之是泥；于是上下古今，只有一格调，而无递变递承之格调矣。至于渔洋，变格调曰神韵，其实即格调耳。而不欲复言格调者,渔洋不敢议李、何之失,又惟恐后人以李、何之名归之,是以变而言神韵,则不比讲格调者之滋弊矣。然而又虑后人执神韵为是,格调为非,则又不知格调本非误,而全坏于李、何之泥格调者误之,故不得以不论。

4. 黄果泉《李梦阳诗学思想的格调说》(节选)

在李梦阳诗论中,"调"与"格"是分别使用的,说到"调"的地方有"主理不主调"、"唐调"、"调逸"等,特指诗歌的音乐性。诗歌的音乐性中既包涵"情调"因素,也包涵声调格律一类形式因素,因这一概念本身并不确定,有时兼指"格调"。在诗情与格调的关系上,李梦阳认为诗歌的声调由情思激发而生,并和情思互为表里共同构成了诗歌激动人心的审美特色:情思在诗歌中形成独特的声调,声调的特异性恰又传达出特定情思的内涵,二者具有微妙难言的对应关系。

……

李梦阳所谓诗"格",大略有二义。第一重意义指诗文体制结构一类形式要求,和他的狭义的诗法相近似,认为"格"是诗文体式固有的内在规律性:"生有此体,即有此法,"人们只能遵守,不能悖违:"文自有格,不祖其格,终不足以知文。"

……

"格"的第二重意义指诗文章的时代风格,而且是第一义之格,即各种体式的诗歌作品中的标准格,以此作为该体的范式;对于认为不合其范式的作品则一律摒弃,毫不容情地逐出文学的殿堂。

……

显然,李梦阳的诗歌创作思想具有双重性:一方面认为诗歌创作要"情以发之"、情是诗歌的生命之源;另一方面又要求创作必须符合诗格,而楚骚、汉赋、唐诗因最完美地体现了该体的诗格诗法,毋庸置疑,只能一丝不苟地模拟以取其格,做到情与格的统一结合。

(《河南师范大学学报》1994年第2期,第53—55页)

二、性灵

提示:性灵是明代公安派提出的一个重要的范畴。性灵的内涵是什么呢?什么样的作品才称得上是独抒性灵的作品呢?这些应该作为重点来思考。

1. [明]袁宏道《叙小修诗》(选注)

弟小修(袁中道字)诗,散逸(散失)者多矣,存者仅此耳。余惧其复逸也,故刻之。弟少也慧,十岁馀即著《黄山》、《雪》二赋,几五千馀言,虽不大佳,然刻画钉饾(原指食品的堆积,引申为辞藻的铺陈或堆砌),傅(加之)以相如、太冲之法,视今之文士矜重(端庄持重)以垂不朽者,无以异也。然弟自厌薄之,弃去。顾独喜读老子、庄周、列御寇诸家言,皆自作注疏(注释疏通),多言外趣(言外之意趣),旁及西方之书(由印度传来的佛学书籍)、教外之语(儒家之外的思想)备极研究。既长,胆量愈廓,识见愈朗,的然以豪杰自命,而欲与一世之豪杰为友。其视妻子之相聚,如鹿豕之与群而不相属也;其视乡里小儿,如牛马之尾行而不可与一日居也。泛舟西陵,走马塞上,穷览燕赵、齐鲁、吴越之地,足迹所至,几半天下,而诗文亦因之以日进。大都独抒性灵,不拘格套,非从自己胸臆流出,不肯下笔。有时情与境会,顷刻千言,如水东注,令人夺魂。其间有佳处,亦有疵处,佳处自不必言,即疵处亦多本色独造语。然予则极喜其疵处。而所谓佳者,尚不能不以粉饰蹈袭为恨,以为未能尽脱近代文人气习故也。

盖诗文至近代而卑极矣,文则必欲准于秦、汉,诗则必欲准于盛唐,剿袭模拟,影响步趋,见人有一语不相肖者,则共指以为野狐外道。曾不知文准秦、汉矣,秦、汉人曷尝字字学《六经》欤?诗准盛唐矣,盛唐人曷尝字字学汉、魏欤?秦、汉而学《六经》,岂复有秦、汉之文?盛唐而学汉、魏,岂复有盛唐之诗?唯夫代有升降,而法不相沿,各极其变,各穷其趣,所以可贵,原不可以优劣论也。且夫天下之物,孤行则必不可无,必不可无,虽欲废焉而不能;雷同则可以不有,可以不有,则虽欲存焉而不能。故吾谓今之诗文不传矣。其万一传者,或今闾阎妇人孺子所唱《擘破玉》、《打草竿》之类,犹是无闻无识真人所作,故多真声,不效颦于汉、魏,不学步于盛唐,任性发展,尚能通于人之喜怒哀乐、嗜好情欲,是可喜也。

盖弟既不得志于时,多感慨;又性喜豪华,不安贫窭;爱念光景,不受寂寞。百金到手,顷刻都尽,故尝贫;而沉湎嬉戏,不知樽节(嗜酒而不知节制),故尝病;贫复不任贫,病复不任病,故多愁;愁极则吟,故尝以贫病无聊之苦,发之于诗,每每若哭若骂,不胜其哀生失路之感。予读而悲之。大概情至之语,自能感人,是谓真诗,可传也。而或者犹以太露病之,曾不知情随境变,字逐情生,但恐不达,何露之有?且《离骚》一经,忿怼(愤恨)分之极,党人(楚怀王时结党营私的小人)偷乐,众女(一群小人)谣诼(毁谤与谗诬),不揆(推测揣度)中情(内心本心),信谗齌怒,皆明示唾骂,安在所谓怨而伤者乎?穷愁之时,痛哭流涕,颠倒反覆,不暇择音,怨矣,宁有不伤者?且燥湿异地,刚柔异性。若夫劲质而多怼,峭急而多露,是之谓楚风,又何疑焉!

2. [清]袁枚《随园诗话》(节选)

杨诚斋曰:"从来天分低拙之人,好谈格调,而不解风趣。何也?格调是空架子,有腔口易描;风趣专写性灵,非天才不办。"余深爱其言。须知有性情,便有格律;格律不在性情外。《三百篇》半是劳人思妇率意言情之事;谁为之格,谁为之律?而今之谈格调者,能出其范围否?况皋、禹之歌,不同乎《三百篇》;《国风》之格,不同乎《雅》、《颂》,格岂有一定哉?许浑云:"吟诗好似成仙骨,骨里无诗莫浪吟。"诗在骨不在格也(卷一)。

熊掌、豹胎,食之至珍贵者也;生吞活剥,不如一蔬一笋矣。牡丹、芍药,花之至富丽者也;剪彩为之,不如野蓼、山葵矣。味欲其鲜,趣欲其真;人必知此,而后可与论诗(卷一)。

3. 金庭希《袁宏道性灵说研究》(节选)

……问题在于,"性"和"灵"与宋明理学的"性情"主要差异表现在"人心"部分,在上面也提到过,宋明理学中的"情"包含"善恶、辞让、是非"等主观的情感和心理状态,是群体的道德意识,与此相反,袁宏道的"灵"指的是"私心,情欲等个体的感情"。因此,袁宏道的"性灵"区别于"性"主宰"情"的宋明理学,又区别于"性"依赖于"情"的阳明心学。

……

如果先讲结论,袁宏道指的真与其说是单纯的真实性,不如说是性灵即将展现在作品之中时的状态。也就是说,真,意味着性与灵的存在,成为文学创作的依据,因此,"我与曾今前相同之处只能是'真'"。在这里,性灵,是构成人内心的因素,真,是性灵成为具体文学作品的存在形式。因此,性灵只有通过真,才能表现出来,又因灵之间的差别,表现在诗、散文等不同形式中,就会产生"甘"、"苦"、"雅"、"朴"等不同的特点。

……

袁宏道认为,真是性灵的存在方式,质是把它表现为文学作品的形式。所有的文学作品只有通过质的运用,才能把真表现出来,创作出更能体现性灵的作品。

(《中国人民大学学报》1997年第5期,第93—96页)

三、童心

提示:童心是李贽《童心说》中的重要概念。童心的思想基础是什么?童心的基本内涵是什么?童心说究竟有哪些现代意义呢?从童心说到性灵说有什么内在关联吗?

1. [明]李贽《童心说》(选注)

龙洞山人(或以为是李贽的别号;或以为是明代哲学家颜钧,字山农)叙《西厢》,末语云:"知者勿谓我尚有童心可也。"夫童心者,真心也。若以童心为不可,是以真心为不可。夫童心者,绝假(与假隔绝)纯真(原先的自然淳朴的状态),最初一念之本心也。若失却童心,便失却真心;失却真心,便失却真人。人而非真,全不复有初矣。

童子者,人之初也;童心者,心之初也。夫心之初,曷可失也!然童心胡然而遽失(为什么会突然失去)也?盖方其始也,有闻见从耳目而入,而以为主于其内而童心失。其长也,有道理从闻见而入,而以为主于其内而童心失。其久也,道理闻见日以益多,则所知所觉日以益广,于是焉又知美名之可好也,而务欲以扬之而童心失;知不美之名之可丑也,而务欲以掩之而童心失。夫道理闻见,皆自多读书识义理(指程朱理学)而来也。古之圣人,曷尝不读书哉!然纵不读书,童心固自在也。纵多读书,亦以护此童心而使之勿失焉耳,非若学者反以多读书识义理而反障之也。夫学者既以多读书识义理障其童心矣,圣人又何用多著书立言以障学人为耶?童心既障,于是发而为言语,则言语不由衷;见而为政事,则政事无根柢;著而为文辞,则文辞不能达。非内含以章美也,非笃实生辉光也,欲求一句有德之言,卒不可得。所以者何?以童心既障,而以从外入者闻见道理为之心也。

夫既以闻见道理为心矣,则所言者皆闻见道理之言,非童心自出之言也。言虽工,于我何与?岂非以假人言假言,而事假事、文假文乎?盖其人既假,则无所不假矣。由是而以假言与假人言,则假人喜;以假事与假人道,则假人喜;以假文与假人谈,则假人喜。无所不假,则无所不喜。满场是假,矮人何辩也?然则虽有天下之至文,其湮灭于假人而不尽见于后世者,又岂少哉!何也?天下之至文,未有不出于童心焉者也。苟童心常存,则道理不行,闻见不立,无时不文,无人不文,无一样创制体格文字而非文者。诗何必古《选》,文何必先秦。降而为六朝,变而为近体(近体诗,指唐代成熟的格律诗体),又变而为传奇(唐代传奇小说),变而为院本(金元时期"行院"演剧所用的脚本,亦指宋杂剧),为杂剧,为《西厢曲》,为《水浒传》,为今之举子业(应举士子要学、要考的课业,此指明代科举考试要考的八股文),皆古今至文,不可得而时势先后论也。故吾因是有感于童心者之自文也,更说甚么六经,更说甚么《语》《孟》乎?

2. [明]袁宏道《叙陈正甫〈会心集〉》(节选)

世人所难得者唯趣。趣如山上之色,水中之味,花中之光,女中之态,虽善说者不能下一语,唯会心者知之。今之人慕趣之名,求趣之似,于是有辨说书画、涉猎古董以为清;寄意玄虚,脱迹尘纷以为远。又其下,则有如苏州之烧香煮茶者,此等皆趣之皮毛,何关神情!

夫趣得之自然者深,得之学问者浅。当其为童子也,不知有趣,然无往而非趣也。面无端容,目无定睛;口喃喃而欲语,足跳跃而不定。人生之至乐,真无逾于此时者。孟子所谓"不失赤子",老子所谓"能婴儿",盖指此也。趣之正等正觉最上乘也。山林之人,无拘无缚,得自在度日,故虽不求趣,而趣近之。愚不肖之近趣也,以无品也。品愈卑,故所求愈下。或为酒肉,或然声伎;率心而行,无所忌惮,自以为绝望于世,故举世非笑之不顾也。此又一趣也。迨夫年渐长,官渐高,品渐大,有身如桔,有心如棘,毛孔骨节,俱为闻见知识所缚,入理愈深,然其去趣愈远矣。

余友陈正甫,深于趣者也。故所述《会心集》若干卷,趣居其多;不然,虽介若伯夷,高若严光,不录也。噫!孰谓有品如君,官如君,年之壮如君,而能知趣如此者哉!

3. 孙昌武《从"童心"到"性灵"》

很显然,这不为见闻觉知染污的最初一念之心就通于禅的自性清净心、本来心。禅宗的"见性"即在于对这每个人与生俱来,圆满具足的本来心的体认。李贽强调守护这"真心",正与禅宗一再宣扬的护持自性的观点相通。主张文学是真心的发露,也正通于禅宗"作用见性"的观念。

……

统观李贽的"童心"说,其中不无矛盾之处,他也不能最终与道学绝裂,但他的文学观是具有尖锐的现实批判精神的。如果说他的"一念之本心"渊源于禅,其发挥的思想却又远远超越了禅。

然而,李贽的"童心"是针对道学传统与教条的,具有强烈的思想、政治意义,三袁的"性灵"说却缺乏这样积极的社会内容,而多是空泛地强调表现真"性情"。

……

从文学史上看,李贽与三袁同时反复古,主新变的。然而李贽主要是从历史发展的角度肯定文体演变的事实,为市井通俗文学争地位,其主旨仍在突出文学的社会意义;而三袁却强调文学在艺术上的独创,认为一时代有一时代的文学,不是剿袭模拟,厚古而贱今。……

(《中国文学研究》1993年第3期,第47—51页)

四、本色

提示:本色在明代戏曲理论批评中经常出现。在这里,注意比较几个戏曲理论家本色说的不同。

1. [明]徐渭《南词叙录》(选注)

南易制,罕妙曲;北难制,乃有佳者。何也?宋时,名家未肯留心;入元又尚北,如马、贯、王、白、虞、宋诸公,皆北词手;国朝虽尚南,而学者方陋——是以南不逮北。然南戏要是国初得体。南曲固是末技,然作者未易臻其妙。《琵琶》尚矣,其次则《覚江楼》、《江流儿》、《莺燕争春》、《荆钗》、《拜月》数种,稍有可观,其余皆俚俗语也;然有一高处:句句是本色语,无今人时文气。

以时文为南曲,元末、国初未有也;其弊起于《香囊记》。《香囊》(明邵璨所作传奇剧本)乃宜兴老生员邵文明作,习《诗经》,专学杜诗,遂以二书语句匀入曲中,宾白亦是文语,又好用故事作对子,最为害事。夫曲本取于感发人心,歌之使奴、童、妇、女皆喻,乃为得体;经(经典)、子(诸子)之谈,以之为诗且不可,况此等耶?直(仅)以才情欠少,未免矬补成篇。吾意:与其文而晦,曷若(不如)俗而鄙(低、平易)之易晓也?

填词如作唐诗,文既不可俗,又不可不自有一种妙处,要在人领解妙悟,未可言传。名士中有作者,为予诵之,予曰:"齐、梁长短句诗,非曲子何也?"其词丽而晦。

2. [明]王骥德《曲律》(节选)

曲之始,止本色一家,观元剧及《琵琶》、《拜月》二记可见。自《香囊记》以儒门手脚为之,遂滥觞而有文词家一体。近郑若庸《玉玦记》作,而益工修词,质几尽掩。夫曲以模写物情,体贴人理,所取委曲宛转,以代说词,一涉藻绩,便蔽本来。然文人学士,积习未忘,不胜其靡,此体遂不能废,犹古文六朝之于秦、汉也。大抵纯用本色,易觉寂寥;纯用文调,复伤琱镂。……雅俗浅深之辨,介在微茫,又在善用才者酌之而已。(《论家数》第十四)

3. 左东岭《从本色论到童心说》(节选)

先看本色论与童心说的相同之处。李贽与唐顺之在历史上虽没有过任何实际的交往，但因二人同属心学体系，从而使李贽的童心说与荆川的本色论有许多相似之处。比如二者都强调文章的内容因素，尤其以主观心性作为文章的首要因素，而对形式技巧不屑一顾。唐顺之认为只懂得绳墨布置而缺乏真精神与千古不可磨灭之见，是断断写不出好文章的。

……

唐顺之的本色论之所以与李贽强调真实自然的童心说具有较大区别，其关键是由于其儒家道德中心主义所决定的。尽管他承认秦、汉以前，儒家、老庄、纵横家、名家、墨家、阴阳家皆有其本色，故而"其言遂不泯于世"，但他显然并不是要将诸子与儒家一视同仁，所以在承认其各有本色的同时，又指出其"为术也驳"的缺陷。荆川的本色说实可分为两个层面，一是必须有自我的特性，二是在本色之中又有高低之别。这意味着他可以承认其他各家皆有其见解(即本色)，但他不可能承认其本色与儒家具有同等的位置。因此荆川的本色严格讲仍停留在道德论层面而未进入审美论境界，所以他谈起自己所倾慕的前代诗人时，便对宋儒邵雍情有独钟，其原因便是邵夫子非但有超然求乐的境界，而且不失儒者的品格。

(《社会科学战线》2000 年第 6 期，第 108—109 页)

【拓展指南】

一、明代文学批评重要研究资料简介

1. 廖可斌:《明代文学复古运动研究》,北京:商务印书馆 2008 年版。

简介:《明代文学复古运动研究》是一部明代文学专题研究著作,把明代文学复古运动分为三次高潮来叙述,即前七子、后七子和明末陈子龙的三次复古运动,将其放到明代文学思潮以至整个中国文学思潮发展史的广阔背景中进行考察,论述复古运动的意义与价值。

2. 王英志:《性灵派研究》,沈阳:辽宁大学出版社 1998 年版。

简介:本书探讨性灵派的构成、兴衰、价值与影响,勾勒出性灵派的总体风貌与性灵派诗的共性特征,并具体分析其主要成员的建树与不足。

3. 周群:《儒释道与晚明文学思潮》,上海:上海书店出版社 2000 年版。

简介:本书侧重于同时代的宗教、哲学对晚明文学的影响这一横向研究,并注意文学与哲学、理学批评与创作、文人性格与审美情趣之间的结合。研究的是晚明文学思潮中最具有代表性的文学批评家、作家。

4. 黄卓越:《佛教与晚明文学思潮》,北京:东方出版社 1997 年版。

简介:本书通过详尽的资料占有与细致的学术梳理,揭示了晚明文学思潮与百年来

心学、进而是佛学之间的内在关联,由此勾勒出其于思想汲用过程中不断递进的四个阶段,及存在于各种命题中的许多复杂脉络,为认知晚明文学思潮的深层机制提供了一个有说服力的阐释框架。

二、其他重要研究资料索引

(一) 著作

1. 宋克夫、韩晓:《心学与文学论稿:明代嘉靖万历时期文学概观》,北京:中国社会科学出版社 2002 年版。
2. 吴承学:《晚明小品研究》,南京:江苏古籍出版社 1998 年版。
3. 周群:《袁宏道评传》,南京:南京大学出版社 1999 年版。
4. 廖可斌:《明代文学复古运动研究》,上海:上海古籍出版社 1994 年版。
5. [清]黄宗羲:《明儒学案》,北京:中华书局 1985 年版。

(二) 论文

1. 许总:《王学分化与明代文学思潮》,《云南社会科学》2000 年第 1 期。
2. 陈文新:《公安派诗学的重新考察》,《社会科学研究》2000 年第 1 期。
3. 孙学堂:《论谢榛诗学》,《华侨大学学报》2000 年第 3 期。
4. 魏中林:《20 世纪公安派文论研究》,《内蒙古社会科学》2003 年第 1 期。
5. 童庆炳:《"童心"说与"第二次天真"说的比较研究》,《东疆学刊》2003 年第 4 期。
6. 李庆立:《谢榛研究三议》,《文艺研究》2004 年第 1 期。
7. 宋克夫:《论晚明文学思潮的消歇》,《文学评论》2004 年第 2 期。
8. 许建平:《李贽非理性主义文学思想论——以万历十九年夏至二十四年夏为论述中心》,《文艺研究》2004 年第 6 期。
9. 雷建平:《略论袁宏道对晚明文学发展的推动》,《兰州学刊》2005 年第 4 期。
10. 任继愈:《李贽思想的进步性》,《首都师范大学学报》1994 年第 5 期。

第七章　清代文学批评

清代文学批评一般分为明清之际、前期和中期三个阶段。明清之际指由明入清和顺治年间，康熙、雍正年间为前期，乾隆、嘉庆和道光初（鸦片战争之前）则为中期。作为最后一个封建王朝，清代文学批评并未呈现出末世的衰飒之气，反而大家云集、流派迭出、著述繁富，被公认为传统文学批评的集大成阶段。众多文论家以学问修养为论文根柢、以师古创新为理论追求、以经世致用为现实目标，在众多领域均能兼取众长，把各类文体的理论建设推向了高峰，使中国古代文学批评在谢幕之前挥洒出了耀眼的余晖。

第一节　经世之学与文化的总结

明清之际是中国历史上最为风云激荡的时期之一，农民起义、清军入关、山河异姓、国破家亡，这种"天崩地裂"的惨痛经历唤起了士人强烈的社会责任感。众多文人在反思明朝灭亡原因时，均把嘉靖以来流行的王守仁"心学"视为罪魁祸首。顾炎武说：

> 刘、石乱华，本于清谈之流祸，人人知之，孰知今日之清谈有甚于前代者。昔之清谈老、庄，今之清谈孔、孟，未得其精而已遗其粗，未究其本而先辞其末。不习六艺之文，不考百王之典，不综当代之务，举夫子论学、论政之大端，一切不问而曰"一贯"、曰"无言"，以明心见性之空言，代修己治人之实学。（《日知录》卷七《夫子之言性与天道》）

"心学"主张"心外无物"、"心外无理"，提倡通过内省来达到圣人的境界，其流弊在于以"空言"代"实学"。顾炎武把明朝灭亡归咎于王学也许与历史事实不合，但却代表了清初学者的基本态度。黄宗羲、王夫之、朱舜水等清初思想家均有类似主张，关注现实、崇尚实学成为当时文人的共同宗尚。顾炎武《日知录》、《天下郡国利病书》、《音学五书》等著作涉及政治、经济、学术及民俗风情等内容，游学无根、空谈心性之风涤荡无余。黄宗羲《明儒学案》、《明夷待访录》与王夫之《读鉴通论》、《张子正蒙注》均主张学问与事功的合一，贯穿着强烈的经世精神。

与此相关，清初文学思潮也呈现出鲜明的经世特征。在中国传统文学观念中，文学与社会是互动关系。社会现实状况决定了文学的基本内容，但文学并非完全被社会所左右。文学可以塑造心灵，人心善恶可以影响社会治乱。因此，清代文人在反思明亡原因时大多从文学上寻求原因。钱谦益说："近代诗病，其证凡三变：沿宋、元之窠臼，排章俪句，支缀蹈袭，此弱病也；剽唐、《选》之余瀋，生吞活剥，叫号臲卼，此狂病也；搜郊、岛之旁门，蝇声蚓窍，晦昧结愲，此鬼病也。"(《题怀麓堂诗钞》，《初学集》卷八十三) 所谓"弱病"，乃是取法宋元，故格调不高；所谓"狂病"，乃是拟古不化，故性情虚假；所谓"鬼病"，乃是流于卑靡，故变而失正。三者实是针对明代台阁体、七子派和竟陵派而发。钱谦益还批评竟陵派说："唐天宝之乐章，曲终繁声，名为入破；钟、谭之类，岂亦五行志所谓诗妖者乎！"(《列朝诗集小传》丁集中) 把竟陵派斥为明朝灭亡的罪魁祸首。

基于儒家正统文学精神完全衰落这一现实，钱谦益呼吁文学应当重新回归到抒情的立场，提倡"尊情"，认为明七子重视格调与古人相合而不讲性情，流于虚伪，正是使诗歌误入歧途的原因。同时，钱谦益主张诗歌要"有本"，《周元亮赖古堂合刻序》曰："古之为诗者有本焉，《国风》之好色，《小雅》之怨诽，《离骚》之疾痛叫呼，结轖于君臣夫妇朋友之间，而发作于身世逼侧、时命连蹇之会，梦而噩，病而吟，春歌而溺笑，皆是物也。故曰有本。"(《牧斋有学集》卷十七) 所谓"本"，即是遵从传统之正轨，关注性情的政教内涵。之后王夫之、黄宗羲均对此加以强调，极力排斥作品中所抒发的那些不符合儒家传统伦理规范的个人私情。此外，钱谦益还注意到了性情的陶铸，指出诗人不能师心自用，要学有根柢。钱氏人品虽受当时文人的非议，但他所倡导的"反经求本"说却成为清初文坛的主流观念。

康熙、雍正时期，社会渐趋稳定昌盛，清政府开始通过文化整理加强封建伦理建设。一方面开设博学鸿词考试，通过编撰明史和整理图书的名义把那些有一定影响力的著名学者吸纳进政权之中。另一方面大力提倡程朱理学，把"崇儒重道"作为基本国策。此期的文化建设成就巨大，编撰整理了《渊鉴类涵》、《佩文韵府》、《全唐诗》、《康熙字典》、《古今图书集成》等众多典籍，直接开启了乾嘉朴学对儒家经典大规模整理的风气。成就最为突出的是阎若璩所著《古文尚书疏证》，列举128条证据使梅赜所献《古文尚书》为伪作大白于天下。受此影响，《周易》、《周礼》、《大学》、《中庸》、《诗经》等众多儒家经典成为学术研究的热点,朱彝尊、王士禛等众多文人在学术研究领域也取得了相当可观的成就。在诗学理论方面,王士禛、施闰章、叶燮等众多诗论家重提儒家传统诗教理论,表现出强烈的回归原始儒学意识。与此相应,杜甫作为儒家诗教的化身和忠君爱国的典型,成为清初诗坛顶礼膜拜的偶像,对杜诗注释、研究成为诗坛的焦点。方苞在古文创作方面主张"义法",提倡雅洁的文风,桐城派开始崛起。以朱彝尊所代表的浙西词派推尊姜夔、张炎,提倡淳雅清空。总体来看,清初的经世精神开始减弱,在"求雅"的前提下,文论家更为重视艺术境界和创作技巧的探索。

乾隆时期,政府对思想文化领域的控制逐渐严密,因"影射"现实而罹祸竟为文坛常态。乾隆虽提倡程朱理学,但对假托道德性命之学而欺世盗名的伪道学家严加惩戒,并大力褒奖潜心经学的纯朴渊通之士。此期文字狱大盛,言论控制趋于极端。在双重刺激下,文人们虽然发扬了清初学者顾炎武、黄宗羲所提倡的实学之风,却不得不放弃其中的经世精神,研究重点转向文字训诂、名物考证、国故整理,形成了学术史上著名的乾嘉考据学风。以惠栋为代表的吴派推崇汉代经说,遵循汉代经学研究重名物训诂、典章制度的传统。以戴震为首的皖派从音韵、文字入手,重视《周礼》、《仪礼》和《礼记》中的名物制度的考证。此期众多文论家或兼有学者身份,或与学者交往频繁,普遍学术素养深厚,其理论趋于严谨和系统,呈现出鲜明的"集大成"面貌。以沈德潜为代表的"格调说"立足于明七子注重辨体、师法高格的立场,又鲜明地尊崇儒家诗教。翁方纲"肌理说"对王士禛"神韵说"加以改造,以考据弥补"神韵"之空虚,客观上与官方支持的汉学相契合。袁枚的"性灵说"虽反对"格调"和"肌理"论诗,但与明代公安三袁的"性灵说"也有不同,更重视师古与读书。古文理论方面,随着乾嘉考据学的兴盛,戴震、段玉裁、钱大昕等人从经学家的立场出发强调经学对文学的规范作用。桐城派刘大櫆、姚鼐吸收了传统诗论和考据学的内容,明确提出了桐城派文论的纲领,使得桐城一派在文坛的统领地位经久不衰。此期词论也有极大发展,以张惠言、周济为代表的常州词派吸收了经学家探求微言大义的做法,倡言"意内言外"、比兴寄托,反对片面追逐形式的"雕琢曼辞",大力提高词的品格,完全突破了"诗庄词媚"的传统观念,使词学成为显学之一。

嘉庆、道光之际,社会危机日益加重,衰败之象处处可见。龚自珍、魏源、林则徐等众多有识之士敏锐地意识到身处由盛转衰的历史巨变之中,匡济天下的宏伟抱负使他们不再满足于"毕生治经,无一言益己,无一事可验诸治者"(《魏源集·默觚上·学篇九》)的远离现实的书斋生活,立足现实、通经致用逐渐得到嘉道士人的普遍认同。诗歌方面,龚自珍大力倡导"尊情",尊重自己的个性和产生于这个特定时代的忧患意识。古文方面,管同把古文辞分为文士之文和圣贤之文两类,文士之文只是"得乎山川之助者",而圣贤之文"穷则见诸文,达则见诸政",主张全力为圣贤之文。魏源辑录《皇朝经世文编》,注重古文的实用,主张经术、政事和文章三者的统一。表面来看,仍然是强调文以贯道及传统诗教说,其实更加突出"政事"的中心地位,强调文学必须为救世济时服务。伴随着经世意识的逐步复苏,中国古代文学批评迎来了近世的曙光。

第二节 王夫之、叶燮的诗论

清代诗论主要是围绕格调与性情、雅正与新变、宗唐与宗宋这几组范畴而展开的。清初诗坛影响最大的是钱谦益,他对明代诗学的偏失进行猛烈的抨击,主张诗歌应该性情优先,并应当具有雅正的内涵。之后王士禛的"神韵说"继承了司空图、严羽的诗学思想和南宗的画论,对王、孟所代表的山水田园诗的艺术传统进行了总结。沈德潜"格调说"和袁枚"性灵说"对明代的相关理论主张也有巨大发展,翁方纲"肌理说"则是传统以学问为诗的总结。由于王士禛等人在诗坛的政治地位和巨大影响,四家诗说风靡一时。比较而言,王夫之和叶燮的诗学在当时略显冷寂,但随着清代诗学研究的深入,越来越受到学界的重视。

一、王夫之的诗论

王夫之(1619—1692),字而农,号姜斋,学者称船山先生。湖南衡阳人。崇祯十五年(1642)举人,入清未仕。康熙十四年(1675)之后,定居在湖南湘西石船山下,专力于著述研究,直至康熙三十一年(1692)去世。作品现存有《船山遗书》八十册,文学研究和文学理论批评著作主要有《诗广传》、《楚辞通释》、《诗译》、《夕堂永日绪论》内外编、《南窗漫记》,以及《古诗评选》、《唐诗评选》、《明诗评选》等。后人把《诗译》、《夕堂永日绪论》内外编与《南窗漫记》合在一起,称为《姜斋诗话》。

(一)主情崇正的基本诗学立场

王夫之诗学的出发点源于对明代诗学的反思。他认为明七子派一味模拟复古,作品的情感流于虚假,而公安派和竟陵派固然主张抒发性情,格调却低俗卑靡,两者皆不可取。优秀诗作不仅是对真情的抒发,而且性情的内涵须合乎儒家雅正的传统。他在评点徐渭《严先生祠》时说：

> 诗以道性情，道性之情也。性中尽有天德、王道、事功、节义、礼乐、文章，却分派与《易》、《书》、《礼》、《春秋》去，彼不能代诗而言性之情，诗亦不能代彼也。（《明诗评选》卷五）

王夫之认为人类关于"天德""王道"等的认识成果分别以《易》、《书》等哲学、历史等形式来表现，而人的情感活动主要是以"诗"这种文辞形式来体现。与传统的"诗言志"理论相比，王夫之特意用"诗以道性情"的说法，正是强调对情进行严格的规范和约束。他要求诗歌写"通天尽人之怀"（《古诗评选》卷四阮籍《咏怀》评语），"通天"是合于天理，"尽人"指人人所共有，即诗中的情感要超越个人的私欲，体现出普遍的天理人情，这与公安、竟陵的性灵主张有本质的区别。

从重情的立场出发，王夫之特别痛恨立门户派别。他说："诗文立门庭使人学已，人一学即似者，自诩为'大家'，为'才子'，亦艺苑教师而已。高廷礼、李献吉、何大复、李于鳞、王元美、钟伯敬、谭友夏，所尚异科，其归一也。才立一门庭，则但有其局格，更无性情，更无兴会，更无思致；自缚缚人，谁为之解者？昭代风雅，自不属此数公。"（《夕堂永日绪论》内编）一旦流派成立，就会形成共有的形式规范，写诗时就会很容易从字句上进行学习和模仿，难免会影响真实性情的抒发。

从诗歌的抒情本质特点出发，王夫之主张应对诗歌和历史严格区分，并对宋人以"诗史"推崇杜甫表示不满。他在《古诗评选》中评古诗《上山采蘼芜》时说："诗有叙事叙语者，较史尤不易。史才固以隐括生色，而从实著笔自易；诗则即事生情，即语绘状，一用史法，则相感不在永言和声之中，诗道废矣。此《上山采蘼芜》一诗所以妙夺天工也。杜子美仿之作《石壕吏》，亦将酷肖，而每于刻画处犹以逼写见真，终觉于史有余，于诗不足。论者乃以'诗史'誉杜，见驼则恨马背之不肿，是则，名为可怜悯者。"（卷四）诗歌作为艺术有其特殊性，完全用写史的方法来写诗，就会使诗歌丧失其形象性特点，无法起到应有的抒情效果。

王夫之在强调诗歌的本质是表达人的感情时，没有把它和理对立起来，他不否定诗歌中也有理，也不认为诗歌创作中完全不能有理语。不过诗歌中的理和一般的理不同，它不是抽象的、概念化的学者之理，而是与生动的艺术形象紧密地结合一起的。诗歌创作中不是不能说理，只是不能变成僵化的死理。文学艺术创作中作家的感情和思想，都是能够抓住描写对象的特征,在形象地再现自然和社会生活过程中体现出来的,诗歌中的情和理都不能离开对外界景和事的描写。

对传统的兴、观、群、怨的论述,王夫之也赋予了新意。他说:"于所兴而可观,其兴也深;于所观而可兴,其观也审。以其群者而怨,怨愈不忘;以其怨者而群,群乃益挚。出于四情之外,以生起四情;游于四情之中,情无所窒。作者用一致之思,读者各以其情而自得。"(《诗译》)指出兴、观、群、怨四者不是各自独立,而是紧密联系、相互补充的:兴中可观,观中有兴,群而愈怨,怨而益群,四者配合而使之更有艺术的感染力量,每一方面只是一个特殊的角度而已。因此对一个完整的艺术形象来说,随着读者的情况不同,各人从中所体会到的内容也往往各不相同。这样,在传统诗学中,兴观群怨原是指诗歌的社会功能,但在王夫之看来,他们都是以情为本来触发读者的兴观群怨四情的。

(二) 情景关系论

王夫之对"情""景"内涵的理解与前人基本一致,"情"指创作主体的主观情感,"景"指作为审美对象而存在于主体之前的外界事物。不过王夫之对两者关系的认识与前人有明显不同,他认为诗歌的本质特点是抒情,景物既是触发主体情感的媒介,也是表现情感的媒介,内在的情感与外在的景物之间存在着必然的相感关系。他说:"情景虽有在心在物之分,而景生情,情生景,哀乐之触,荣悴之迎,互藏其宅。"(《诗译》)在诗歌创作中,情景完全是在兴会状态中自发地结合的,不需要诗人有意识地安排营造。因此,他反对前人论诗把情景关系归纳为"一情一景"或"上景下情"等固定的模式,认为这样强行割裂两者的内在联系,反而不利于情感的抒发。

王夫之还精辟地分析了诗歌中情景两个要素融洽为一的情形,他说:"情景名为二,而实不可离。神于诗者,妙合无垠。巧者则有情中景,景中情。景中情者,如'长安一片月',自然是孤栖忆远之情;'影静千官里',自然是喜达行在之情。情中景尤难曲写,如'诗成珠玉在挥毫',写出才人翰墨淋漓、自心欣赏之景。凡此类,知者遇之;非然,亦鹘突看过,作等闲语耳。"(《夕堂永日绪论》内编)王夫之把情景交融分为两种情况:最高境界是"妙合无垠",即作品的思想感情与外界景物相互触发,水乳交融。其次是"情中景"和"景中情"两种情况。"景中情"指诗人受外界景物触发而产生的情感,这是一个由物至情、情以景生、心物交感的过程。"情中景"指诗人内在的情感借外在景物而表现,这是一个由情至物、景以情生、心物交感的过程。"景中情"和"情中景"中,"情""景"结合的具体方式和途径能够清晰可辨,所以为"巧者"。另外,王夫之还指出在"心物不相准"的状态下,情景生成方式可以相反相成,"以乐景写哀,以哀景写乐"(《诗译》),抒情效果反而更佳。总之,情景结合并没有固定的模式。

如何创作"情景交融"的诗歌艺术境界呢？王夫之提出了"即景会心"的"现量"说。"现量"为佛学用语,即用直觉来把握世界。和现量对立的是"比量"和"非量","非量"是通过回忆和想象来把握世界,"比量"是脱离感性的逻辑判断,是"现量"直觉性的对立物。王夫之借佛学的"现量"来说明情景交融的艺术境界是心目相应的一刹那自然地涌现出来的,因此对"僧敲月下门"的争论是"如说他人梦","推""敲"的选用取决于贾岛一刹那的直觉,而不是后人的理性分析。创作"情景交融"的艺术境界还取决于主体的人格和审美修养。王夫之认为作品的思想内容不可能超出诗人的亲身经历和实际体会,"身之所历,目之所见,是铁门限"(《夕堂永日绪论》内编)。优秀诗作取决于诗人的丰富生活实践,所论颇具合理性。

二、叶燮的诗论

叶燮(1627—1703),字星期,号已畦,江苏吴江(今苏州)人。康熙九年(1670)进士,康熙十四年(1675)任扬州宝应知县,被免官后寓居吴县横山(今苏州),授徒为生。著作主要有《已畦文集》、《已畦诗集》等,影响最大的是《原诗》。《原诗》不同于传统诗话体,是一部理论性、系统性和逻辑性很强的论诗专著。

(一) 由崇正到重变的诗学立场

清初钱谦益、王夫之等人非常重视恢复儒家诗论的政教传统,对明人创作流于虚假、卑靡表示强烈不满,表现出推崇雅正的共同追求。叶燮则认为变是一切事物发展的内在规律和必然趋势,诗道也应该随着时代的变化而变化,其诗论以重变为主要特征。

由于重变,叶燮对宋诗的评价异于前代。长久以来,宗唐贬宋为诗坛习论。清人虽肯定宋诗,多从唐诗传统的角度而立论,如吴之振《宋诗钞序》说:"黜宋诗者曰腐,此未见宋诗也。宋人之诗,变化于唐,而出其自得,皮毛落尽,精神独存。"叶燮论历代诗歌发展时,视宋代为诗歌艺术上最成熟的阶段。他说:"譬诸地之生木然,《三百篇》,则其根;苏、李诗,则其萌芽由蘖;建安诗,则生长至于拱把;六朝诗,则有枝叶;唐诗,则枝叶垂荫,宋诗则能开花,而木之能事方毕。"(《原诗》内篇下)他又以屋中陈设比喻说:"汉魏诗,如初架屋,栋梁柱础,门户已具;而窗棂楣槛等项,犹未能一一全备,但树栋宇之形制而已。六朝诗始有窗棂楹槛、屏蔽开阖。唐诗则于屋中设帐帏床榻器用诸物,而加丹垩雕刻之工。宋诗则制度益精,室中陈设,种种玩好,无所不蓄。"(《原诗》外篇下)显然把宋诗看成是诗歌发展中的顶峰。

在考察历代诗人时,叶燮对新变特征明显的杜甫、韩愈和苏轼最为推崇。他认为杜甫"乃合汉、魏、六朝并后代千百年之诗人而陶铸之者",韩愈"为唐诗之一大变;其力大,其思雄,崛起特为鼻祖。宋之苏、梅、欧、苏、王、黄,皆愈为之发其端,可谓极盛",苏轼"其境界皆开辟古今之所未有,天地万物,嬉笑怒骂,无不鼓舞于笔端,而适如其意之所欲出。此韩愈后之一大变也,而盛极矣"(《原诗》内篇上)。三人均能集前人之大成,又能不为古人所限,自出新意,故代表诗歌发展的鼎盛。可见叶燮论诗完全不同于前代把《诗经》置于不可企及的最高地位的做法,对处于流变地位的后代诗作并不鄙视。

(二) 理、事、情和才、胆、识、力的主客体论

叶燮认为诗歌创作不外乎主体和客体两个方面,主体方面主要有才、胆、识、力四要素,而客体方面则有理、事、情三要素,主客体的有机结合就产生了文学作品。

"理"指的是事物的内在本质及其发生发展的客观规律,"事"是事物按照"理"发展而呈现出的具体物象,"情"则是事物所具有的独特的客观属性。理、事、情是构成事物的三要素,也是诗歌中所描写的客观物象之三要素。在理、事、情之上,还有一个最高的范畴:道。理是各个事物的内在本质,不同的事物各有其理,这形成了事物的特殊性。但各种事物之理还有共同性的一面,天下的事物共有的理就是道。传统诗学是把抒情作为诗歌的基本属性,叶燮通过对事物三要素的分析,赋予诗歌说理议论以合理的解释。

主体四要素中,"才"是指作家的才能,"才者,诸法之蕴隆发现处也"。包括认识和把握宇宙间各种事物,并能发现其独特之处的才能,也指作家艺术地表现社会生活、描绘自然事物的能力。"胆"指作家敢于突破传统观念、不囿于一般流行之见,而善于提出具有独创性新见的胆略,"无胆则笔墨畏缩"。"识"是指对世界万物是非美丑的辨识能力。叶燮非常重视通过对前代优秀作品的研读来增强作家的这种识别能力,无识之人是非颠倒、美丑混淆,很难写出优秀作品。"力"指作家的艺术功力及自成一家的气魄。四者并非彼此割裂,而是互相联系,相对而言,以"识"最为重要。

诗人创作的成功依赖于主观的"才、胆、识、力"来观察、体验、表现客观

的"理、事、情",但叶燮同时指出,诗歌所表现的"理、事、情"与其他事物有所区别。他说:"惟不可名言之理,不可施见之事,不可径达之情,则幽渺以为理,想象以为事,惝恍以为情,方为理至事至情至之语。"(《原诗》内篇下)"名言之理"指能够用概念准确无误地直接表达、推论的"理",而诗歌所表现的"理"却是独特的,具有情感性、主观性和不确定性。"施见之事"是完全符合生活实际、可以验证之事实。诗歌则不然,它只是符合生活的内在逻辑,不一定符合生活中的具体事实。"径达之情"是可以直接明确表达之情,诗中之情却是朦胧迷离、只可默会。叶燮所论涉及诗歌创作是以形象思维为基本思维方式,通过艺术想象和多种艺术手法,营造一种深邃充盈、含蓄蕴藉的审美内涵,这是对诗歌审美本质和艺术思维特点的精确概括。

总之,叶燮《原诗》对诗歌的源流正变、因革盛衰和创作的主客体因素进行系统的阐述,并从主变的立场出发,对宋诗进行高度的推崇。其论诗注重论证的逻辑性、思辨性和准确性,完全不同于传统诗话"以资闲谈"的特点。就诗论内容和方法体制而言,均有巨大的创新。

第三节 桐城派的古文理论

清代散文的创作和理论均十分兴盛,明清之际的钱谦益、黄宗羲、顾炎武等人的散文理论以汲古返经、经世致用为主,体现了此时期所共有的倾向。清代前期,侯方域论文标举气骨,偏尚才思;汪琬主张道统和文统的合一,代表了正统派的文论;魏禧论文系统地提出了尚用、立本、贵变的文章理论。稍后有戴名世与方苞,他们论文"以古文为时文",强调文章的雅洁精练和行文之法,开桐城派的理论先河。清代中期,桐城文论经刘大櫆、姚鼐而发扬光大。戴震、段玉裁、钱大昕等人更重视考据和经学对文学的规范作用,代表了经学家的文论主张。此时期,骈文与散文之争也成为文论的焦点,袁枚、孔广森、彭兆荪、阮元等人为骈体辩护,使骈文理论不断丰富成熟。

清代散文理论中就影响的广泛性和理论的深刻性而言,无疑首推桐城派。桐城派的得名是由于三位主要代表人物方苞、刘大櫆和姚鼐都是安徽桐城人。姚鼐在《刘海峰先生八十寿序》中说:"曩者鼐在京师,歙程吏部、历城周编修语曰:'为文章者,有所法而后能,有所变而后大。维盛清治迈逾前古千百,独士能为古文者未广。昔有方侍郎,今有刘先生,天下文章,其出于桐城乎?'"姚鼐文中征引的这段话被弟子广为宣扬,于是"桐城派"之名便流播天下。但桐城派和宋代的江西诗派一样,因共同的文学主张及创作风尚而得名,流派中人并非全为桐城人氏。

一、方苞的古文理论

方苞(1668—1749),字凤九,号灵皋,晚号望溪,人称望溪先生。康熙四十五年(1706)进士,累官翰林院侍讲学士、内阁学士兼礼部侍郎。有《方望溪文集》。方苞是桐城派的创始人,其理论核心是标举义法,强调雅洁。

(一) 标举义法

"义法"是从司马迁《史记·十二诸侯年表》中评论孔子"西观周室,论史记旧闻,兴于鲁而次《春秋》,上记隐,下至哀之获麟,约其辞文,去其烦重,以制义法,王道备,人事浃"而来的,主要指《春秋》鲜明的褒贬原则,也指叙事方法的尚简去繁。方苞所用的义法基本上是这个含义。在《又书货殖传后》中,方苞对义法加以详细解释:

> 《春秋》之制义法,自太史公发之,而后之深于文者亦具焉。义即《易》之所谓"言有物"也,法即《易》之所谓"言有序"也。义以为经而法纬之,然后为成体之文。

这段话对义法说的源流、内涵及两者关系进行了集中阐述,是桐城派古文理论的纲领和基石。方苞认为,义法源于《春秋》,出于儒家至圣,在《史记》中得到最完美的体现,这是后世古文家所遵从的一个源远流长的优秀传统。

所谓"言有物","言"指各种体裁的文章,包括纪事的史书、说理的议论文以及求取功名的时文等。"有物"是对作品思想内容的要求,文章可以是对客观社会现象和事件的描写,也可以是作者志向、品德、精神等主观因素的表达。不过,方苞还明确指出:"若古文则本经术而依于事物之理,非中有所得不可以为伪。"(《答申谦居书》)"本于经术"即文章不能违背儒家经典所表述出来的观念准则。因此,"言有物"指文章应以儒家典籍为基本准则,叙事、说理或思想表达得充实完备。所谓"言有序",从方苞评点所举的例证来看,乃是指文章具有高超的技巧和方法,包括文章布局严密、段落转折自然、题材取舍详略得当等等。方苞认为,文章题材繁富、体裁各异,如果把文章创作的方法理解得过死,难免有生搬硬套的弊端;如果理解得过虚,又会让读者无所依从。他认为法应随义的变化而变化,根据文章内容、题材的需要来调整结构、详略、言辞等写法,最终创作出思想内容和艺术形式兼善的优秀作品。

（二）提倡清真古雅

清真古雅是对义法说的具体发挥，这是方苞在论时文创作时提出来的。他在《四书文选凡例》中指出，文章的内容必溯源六经而穷究宋元诸儒之说，也就是要合乎理学的思想原则，这就是"理之是"；文章的言辞必须贴合题意而取材于三代两汉之书，这就是"辞之是"；作者通过对前代典范的学习，表情达意时做到理是辞当，这就是"气之昌"。三者兼备就能够做到"清真古雅而言皆有物"，就能做到雅洁。具体而言，雅就是语辞的雅驯规范，猥佻鄙俚最为伤雅；洁就是文体的纯正精炼，繁杂芜累最为伤洁。即以纯正古雅的文学语言，简明而扼要地记事言理，体现出辞约义丰、风格澄净的风格特点。

方苞所讲的雅洁是以《春秋》、《左传》和《史记》为典范的。雅与洁相互依存，密切相关。离洁求雅，就是那些只求语辞复古的明七子文章；离雅求洁，则是"宋五子之语录"（《答程夔州书》）。两者都不符合古文艺术的要求。方苞反对以语录语、佛氏语、藻俪语、纤佻语入古文，是针对南宋以来古文流弊而言的。但他把雅洁理解过死，将以口语入文视为伤雅、认为柳宗元文章辞繁伤洁，就不太符合文学发展的实际和规律了。

二、刘大櫆论古文的神气、音节、字句

刘大櫆（1689—1779），字才甫，又字耕南，号海峰。屡举不第，年逾六十为黟县教谕。著有《海峰诗集》、《海峰文集》、《论文偶记》等。他是桐城派在方苞和姚鼐之间承前启后的重要人物。刘大櫆未曾中举，论文不像方苞那样具有浓厚的官方色彩，而是侧重于古文创作规律的探讨。

刘大櫆论文相当重视文章的写作技巧，从而赋予创作能力以独立的价值。他说："义理、书卷、经济者，行文之实，若行文自另是一事。"（《论文偶记》）他以木工为喻，认为材料不等于器物，必须依赖匠人的才能方可做成器物。也就是说，各种素材成为作品取决于作者的写作能力。刘大櫆所论涉及文学具有独立的艺术价值，是对前代古文理论的重大突破。

刘大櫆论文最鲜明的特点是主张神气、音节和文字的结合。他说：

> 神气者，文之最精处也；音节者，文之稍粗处也；字句者，文之最粗处也。然论文而至于字句，则文之能事尽矣。盖音节者，神气之迹也；字句者，音节之矩也。神气不可见，于音节见之；音节无可准，以字句准之。（《论文偶记》）

神是指文章所蕴涵的作者的精神气质,气是指这种精神气质在文章中的具体体现。神气是文章最深层的要素,也是文章成功的关键。音节是文章的浅层要素,但音节的急促舒缓、抑扬顿挫直接决定了神气的面貌。字句是文章的最粗浅层次,文字的四声、平仄对音节又起到了决定作用。由音节来求神气靠的是诵读,所谓"合而读之,音节见矣;歌而咏之,神气出矣",这样就给初学者指明了一条领会经典的途径。刘大櫆把音节作为把握文章的关键,这是一个创举。从理论来源而言,中国传统诗论一直重视诗歌的声韵内容,至唐代逐渐形成比较完备的诗歌音律学。清人也曾致力于探讨古诗的艺术魅力是否与声调有关,稍早于刘大櫆的王士禛著有《五古平仄论》、《七古平仄论》,赵执信著有《声调谱》,古诗声调成为清代诗论的一个焦点问题。刘大櫆把诗歌的艺术技巧移植到古文领域,虽然两者的体制存在巨大的差异,古文的审美效果绝不只是一个音调铿锵的问题,但论文至于音节和字句,对于初学者来说易于操作,因此成为后世桐城作家代代相沿的不易之论。

刘大櫆还对文章的艺术美提出了具体的要求,即"十二贵":贵奇、贵高、贵大、贵远、贵简、贵疏、贵变、贵瘦、贵华、贵参差、贵去陈言、贵品藻等。概括而言,有以下三点:一是强调创新与变化。所谓"珍爱者必非常物",要做到"神变、气变、境变、章节变、字句变"。二是要具有高朴简远的审美意味。他认为文章"神远而含藏不尽则简",要做到"微情妙旨,寄之笔墨蹊径之外"。三是风格不能过于简质,应朴中见华,如《左传》、《庄子》那样"不著脂粉而精彩浓丽"。这些看法与传统诗论也有相通之处,朴中见华是宋代以来欧阳修、梅尧臣"平淡论"的基本内涵,"高朴简远"是司空图、严羽、王士禛等人论诗相当重视的审美效果,贵新贵变则是刘勰以来的诗坛习论。总体而言,刘大櫆对文章的写作技巧和艺术特点进行了集中阐发,对桐城派的发展起到了相当重要的作用。

三、姚鼐的古文理论

姚鼐(1732—1815),字姬传,又字梦毂,室名惜抱轩,从其学者称惜抱先生。乾隆二十八年(1763)进士,累官至刑部郎中,乾隆三十八年(1773)为四库全书编修官,次年辞官告归,先后掌教扬州"梅花"、安庆"敬敷"、歙县"紫阳"、江宁"钟山"等书院四十余年。有《惜抱轩全集》、《古文辞类纂》等。姚鼐建立了比较完备的桐城派古文理论体系,并具有明确的开宗立派意识,对桐城派的形成、光大起到了决定性的作用。

（一）文学本原论

姚鼐认为文学创作不必依附于考据之学、义理之学，它不是雕琢文辞的余事末技，具有独立的价值。文学创作的最高境界是通过先天秉赋和后天学习的完美结合，创作出发乎自然、通乎神明的作品。他说："夫文者，艺也。道与艺合，天与人一，则为文之至。"（《敦拙堂诗集序》）"道"指天地自然变化规律，"艺"指才能，特指人对艺术规律的掌握。"天"是指人的自然秉赋，"人"是指人的后天学习。文学本于天地自然之道，最优秀的创作必然与造化相合。在创作中，天赋固然重要，但后天对创作规律的掌握却是文人成就的决定因素。姚鼐所论比较重视文学创作的特殊性，既不同于重视社会政教功能的传统儒家观念，也不同于朴学家偏重后天功夫的时代思潮。这种论述与方苞的义法说和刘大櫆的神气音节字句说相比，气魄更为宏大；与传统文以载道说相比，更加重视文学的艺术价值。

（二）义理、考据和文章的统一

姚鼐生活于乾嘉时期，汉学大盛，故论文非常重视从学术角度充实古文的内容。他在方苞"义法"论的基础上，明确提出了桐城派文论的纲领：义理、考证、文章的统一。既有精深而不芜杂的义理，又有翔实而不繁碎的考证，能用鲜明、生动、准确的语言来表达，这样才是最理想的完美文章。姚鼐所讲的"义理"与方苞"义法说"中的"义"内涵较为接近，都是侧重儒家的伦理道德。"考证"的提出明显受到乾嘉考据学的影响，重视确凿的事实材料对观点的决定作用。"文章"是强调古文要具有艺术美，重视修辞表达。姚鼐强调要善用三者使"足以相济"，即优秀作品应该具有鲜明的思想观点、确凿的事实材料和精练的文字表达。姚鼐从文章的角度批评了考据家、理学家那种质木无文的语录体和烦琐的笺注文字，又从学术的角度批评了文士的虚浮不实之风，这对文风和学风都起到了良好的调和与促进作用，因此具有积极的意义。

（三）神理气味与格律声色

姚鼐赞同刘大櫆所主张的诗文有其互相贯通的一面，因此在论及古文创作时，有意吸收了诗歌的一些艺术技巧。《古文辞类纂》是姚鼐编选的一部重要古文选本，按体裁把古文分为十三类：论辨、序跋、奏议、书说、赠序、诏令、传状、碑志、杂记、箴铭、颂赞、辞赋、哀祭。在《古文辞类纂序目》中，姚鼐又把文章的创作方法和艺术技巧归纳为八个字：神、理、气、味、格、律、声、色。"神、理、气、味，文之精也，格、律、声、色，文之粗也；然苟舍其粗，则精者亦胡以寓焉？学者之于古人，必始而遇其粗，中而遇其精，终则御其精者而遗其粗者。""神"与刘大櫆所说含义一样，指文章所蕴涵的作者的精神气质。"理"指文章的思想内容。"气"指文章所体现的个人特征。"味"指文章含蓄丰富的韵味。四者均是"文之精"处，属于比较虚的、难以把握的方面。"格"指文章的体制风格。"律"指文章的法度。"声"指文章的声韵之美。"色"指文章的修辞之美。四者是"文之粗"处，属于比较实的方面。但"文之精"处寓于"文之粗"处，因此应当重视文章的音节、字句，这是对刘大櫆的神气、音节、字句说的继承和发展。不过，刘大櫆主张由字句求音节，于音节求神气，姚鼐也主张由"精"入"粗"，但终其目的，是追求自己的神、理、气、味。故姚鼐强调文如其人，文随世变，较刘大櫆之因袭古人显得圆融合理一些。

（四）阳刚之美和阴柔之美

姚鼐对文章的风格进行了归纳，他在《复鲁絜非书》中认为文章虽然千姿百态，但大致可分为阳刚之美和阴柔之美两大类。阳刚之美的文章如霆、如电，呈现出慷慨悲壮、雄劲有力、崇高庄严之美。阴柔之美的文章如初日、如清风，呈现出温婉深长、纤巧秀丽、优美柔和之美。姚鼐吸收了《周易》的阴阳理论，把阳刚与阴柔作为文章风格的两个基本要素，它们的不同结合，就形成丰富多样的文学风格。姚鼐认为，后世文人尽管做不到圣人"统二气之会而弗偏"，但应该取长避短，有所取舍，同样能够形成自己的风格之美。

总之，方苞、刘大櫆和姚鼐均致力于探讨如何用完美的语言形式充分地表达思想内容，并对古文的创作经验进行了系统归纳，为我国的古文理论作出了卓越贡献。姚鼐生前弟子众多，其中管同、梅曾亮、方东树和刘开四人被称为"高门弟子"（后来曾国藩易刘开为姚莹）。之后桐城派在曾国藩、吴汝纶等人的推动下，直至晚清仍有很大影响。

第四节　金圣叹与清代小说评点

金圣叹（1608—1661），本名采，字若采，又名人瑞，字圣叹。江苏吴县（今江苏苏州）人。明末诸生，入清不仕。顺治十八年（1661）因哭庙案而遇害。金圣叹把《离骚》、《庄子》、《史记》、杜诗、《水浒》、《西厢》称为"六才子书"，非常推重。在评点《第五才子书施耐庵水浒传》时，金圣叹利用序言、读法、回评和文中小字夹批等批评方式，大大丰富了评点内容，比较深刻地阐述了他的小说理论,使以往的《水浒传》评点黯然失色,成为中国古代成就最高的小说理论家。

一、金评的思想特点

金评在思想方面最重要的特点是既反对农民起义,又体现出极其强烈的民本思想。他说:"若夫耐庵所云'水浒'也者,王土之滨则有水,又在水外则曰浒,远之也。远之也者,天下之凶物,天下之所共击也;天下之恶物,天下之所共弃也。……其幼,皆豺狼虎豹之姿也;其壮,皆杀人夺货之行也;其后,皆敲朴剚刵之余也;其卒,皆揭竿斩木之贼也。"(《水浒传序二》)李贽把此书定名为"忠义水浒传",认为作者本意是指忠义不在朝廷而在梁山。金圣叹则认为"水浒"指王土之外,是凶物和恶物的聚集地。以宋江为首的梁山义军根本不是忠义的代表,而是凶恶的强盗。他还以古本的名义把一百二十回本的《水浒传》截去后面的四十九回,又将第一回改为"楔子",成为七十回本,并且虚构了七十回后半节卢俊义"惊恶梦"作为全书的终结,幻化出一个"其身甚长,手挽宝弓"的嵇康来将梁山英雄斩尽杀绝,表现出对农民起义的极端仇恨。

不过,金评也对天下无道、乱自上作的黑暗现实进行了批判。金圣叹指出高俅是在小苏学士、小王太尉、小舅端王这样群小当权的环境里得势的,正是上层的腐败,才导致王进、林冲这样的好人走上梁山。金圣叹提出了一个读《水浒》的三段论法:"高俅来而王进去矣。王进去而一百八人来矣。则是高俅来而一百八人来矣。"谴责了乱自上作、官逼民反的黑暗现实。对阮氏、解氏兄弟等下层百姓的遭遇,他也十分同情并评点道:"官即是贼,贼是老爷","百姓之遇捉船(官差),乃更惨于遇贼",对贪官污吏的横行及其对普通民众的伤害进行了大胆的揭露。金圣叹的评点比较典型地反映了一个有良知的知识分子的内心矛盾,既痛恨黑暗的政治现实,又受封建伦常的束缚反对暴力革命。

二、论小说的创作原理

小说在传统观念中被视为"小道",历代批评家多从"羽翼经史"、"正史之补"的角度来提高小说的地位,重视与历史的联系。金圣叹着重分析了文人之史和官史的不同,认为同为历史,《史记》与官修史书有重大不同,他说:"马迁之书是马迁之文也,马迁书中所述之事则马迁之文之料也。"(二十八回评)官史是实用性的,只是为了叙事。《史记》所代表的文人之史则不然,史实只是表达情感的素材,重在审美艺术性。因此文人之史属于艺术范畴,与《庄子》、《离骚》、杜诗、《水浒传》、《西厢记》并列。不过,同为艺术化的叙事,小说与文人之史还有根本性的区别。他在《读第五才子书法》中说:"某尝道《水浒》胜似《史记》,人都不肯信,殊不知某却不是乱说。其实《史记》是以文运事,《水浒》是因文生事。以文运事,是先有事生成如此如此,却要算计出一篇文字来,虽是史公高手,也毕竟是吃苦事。因文生事即不然,众是顺着笔性去,削高补低都由我。"认为史书的写作是"以文运事",即把已经存在的历史事实用有文采的笔写下来,即使是《史记》这样的绝世奇文,也要尊重史实,不能随意改变。小说则是"因文生事",不受现实或历史中是否实有的限制而进行的想象和虚构,"事为文料"得以彻底实现,文人可以更加充分地表情达意,展示才情。这就比较明确地揭示了小说虚构性和艺术化的文体特征,与史书划清了界限。

在论及虚构时,金圣叹指出小说"皆未必然之文,又必定然之事",应该合乎人情物理,给人以"必定然"的真实感。这是对文学创作中的艺术真实和生活真实的关系的恰当概括。金圣叹借用佛学与儒家的一些概念,对此问题进行了深刻阐发。他说:"耐庵作《水浒》一传,直以因缘生法为其文字总持。"(五十五回评)"因缘生法"为佛家术语,"因缘"指现象所依附的原因和条件,"法"指现实世界的各种现象,佛家认为任何现象都依靠一定的原因和条件而产生。金圣叹认为施耐庵《水浒传》在构思人物时,能够深刻地把握人物行为举止的原因和条件,所以准确地写出了人物的特点。施耐庵不可能既是豪杰,又是奸雄,又是偷儿,又是淫妇,由于他做到了因缘生法,因此笔下的各种人物形象十分逼真传神。与因缘生法相联系,金圣叹还相当重视格物和忠恕。这两个都是传统儒家论人格修养时常用的范畴,格物指通过对事物的具体分析从而获得对事物原理的深刻认识。金圣叹侧重于小说家创作时要对人物的性格特点认真揣摸,使他们的行为举止符合人情物理。忠恕也是儒家常用的概念,朱熹说:"尽己之谓忠,推己之谓恕。"(《四书集注》)金圣叹认为天下的人物事件的存在和发生都有其必然性和独特性,小说家在构思人物事件时,要忖己度物,将心比心,作品自然就真实可信了。

三、论小说的人物塑造

金圣叹小说理论中最享盛誉的部分是有关人物塑造的理论,他首次把"性格"引入小说批评范畴,认为《水浒传》的艺术价值就在于成功塑造了一批具有鲜明性格特征的艺术形象。他在《读第五才子书法》中说：

> 别一部书，看过一遍即休，独有《水浒传》，只是看不厌，无非为他把一百八个人性格都写出来。
>
> 《水浒传》写一百八个人性格，真是一百八样。若别一部书，任他写一千个人，也只是一样，便只写得两个人，也只是一样。
>
> 《水浒传》只是写人粗卤处，便有许多写法。如鲁达粗卤是性急，史进粗卤是少年任气，李逵粗卤是蛮，武松粗卤是豪杰不受羁靮，阮小七粗卤是悲愤无说处，焦挺粗卤是气质不好。

李贽等人对《水浒传》的评点已经涉及人物形象的个性化问题，金圣叹则把它提升为小说创作的首要任务，使之成为评价小说艺术价值的头条标准，完全不同于传统小说理论偏重于教化功能和情节离奇曲折，这标志着小说观念的重大进展。

金圣叹对《水浒传》塑造人物形象的具体途径进行了系统总结。首先，《水浒传》善于通过具有典型意义的外貌特征描写来表现人物性格。金圣叹《水浒传序三》说："《水浒》所叙，叙一百八人，人有其性情，人有其气质，人有其形状，人有其声口。"所谓"形状"就是人物的外貌。如第三十七回写李逵出现时："一个黑凛凛大汉上楼来。"金圣叹就评点"黑凛凛"三字说："不惟画出李逵形状，兼画出李逵顾盼，李逵性格，李逵心地来。"其次，《水浒传》善于通过人物独特的语言表现人物性格。"人有其声口"就是人物语言的个性化。如第三十七回，李逵不认识宋江，就直接问戴宗："哥哥，这黑汉子是谁？"金圣叹评道："写李逵如画。"认为此语传神地体现了李逵不通世故、直率粗鲁的性格。第三，《水浒传》还善于通过人物独特的行动来表现人物性格。第三十七回写李逵得知眼前是宋江时，"扑翻身躯便拜"，金圣叹评点道："写拜亦复不同。扑翻身躯字，写他拜得死心搭地。便字，写他拜的更无商量。"分析得相当细腻深刻。

金圣叹还总结出一套行之有效的塑造人物形象的艺术手法，如通过次要人物来衬托主要人物。小说第二十六回写武松在杀西门庆后到阳谷县自首，又被解到东平府，府尹陈文昭有感于武松是个烈汉，故特加照顾。金圣叹评道："此篇写武松既写得异常，则写四边人定不得不都写得异常。譬如画虎者，四边草木都须作劲势，不然，便衬不起也。不知文者竟漫谓难得陈文昭，真痴人说梦！"指出描写重点在突出武松，而不是赞美府尹等人。还可以从反面下手来突出人物性格，第五十三回评语中说："要写李逵朴至，便倒写其奸猾;写得李逵愈奸猾,便愈朴至,真奇事也。"也可以通过对比刻画人物,金圣叹归纳为"背面铺粉法"。《读第五才子书法》说:"如要衬宋江奸诈,不觉写作李逵真率;要衬石秀尖利,不觉写作杨雄糊涂是也。"这都是在精研作品之后的精到总结。

四、论小说的艺术结构

金圣叹关于《水浒传》的艺术结构也提出了一些很有价值的看法。金圣叹特别重视艺术结构的整体性。他在《水浒传序一》中说:"才之为言裁也。有全锦在手,无全锦在目;无全衣在目,有全衣在心;见其领,知其袖;见其襟,知其帔也。""才之为言裁"是指作家创作的才能主要体现在剪裁上,小说创作在动笔之前应胸有全局,才能使各部分合成一个有机的整体。他在《读第五才子书法》中说:"只看宋江出名直在第十七回,便知他胸中已算过百十来遍。"全局整体性的安排正是《水浒传》取得巨大成功的关键,这是对传统"意在笔先"理论的具体运用。另外,金圣叹指出结构是为性格塑造而服务的。《读第五才子书法》中谈到他评点此书的原因是:"只是贪他三十六个人,便有三十六样出身,三十六样面孔,三十六样性格,中间便结撰得来。"小说情节的结撰安排正是为了突出各人的性格。金圣叹特别重视小说情节的生动丰富。他批评《西游记》结构存在巨大的缺陷,"每到弄不来时,便是南海观音救了"。他在读法中所归纳的"倒插法"、"夹叙法"、"草蛇灰线法"、"横云断山法"、"鸾胶续弦法"等众多技巧多是围绕情节的丰富多变而言的。总体来看,金圣叹对《水浒传》的评点涉及小说理论的诸多重要问题,就理论的深刻性、广泛性而言,堪称中国古典小说理论的高峰。

金圣叹之后,清代比较重要的小说评点家还有毛纶、毛宗岗父子,他们对《三国演义》进行系统修订和评点,删削了无关主题的冗长繁文,修正了明显的情节纰漏,对原书的语言进行了润饰,使原书面目一新,成为后世最流行的版本。在修订时,毛氏父子有意加强了蜀汉正统的思想,视魏、吴为窃国的乱臣。比如在原本的基本上增加了"管宁割席分坐",痛斥忠于曹操的华歆,歌颂割席分坐的管宁。又如原本第八十回《废献帝曹丕篡汉》,原文是曹后痛斥汉献帝:"吾父扫清海内,吾兄累有大功,有何不可为帝?"毛本却改为曹后痛骂曹丕:"吾兄嗣位未几,辄思篡汉,皇天必不祚尔!"并评点说:"曹后深明大义","不意曹瞒老贼,却有如此一位贤女"。修订之后的《三国演义》"拥刘反曹"的色彩尤为鲜明。毛氏父子对《三国演义》人物形象塑造的评点尤为精彩,指出此书之所以令人喜爱,正是写出了一大批杰出的历史人物,尤其是以诸葛亮、关羽、曹操为代表的"三奇"、"三绝"。诸葛亮是"古今来贤相中第一奇人",关羽是"古今来名将中第一奇人",曹操是"古今来奸雄中第一奇人"。由于历史小说人物众多,毛氏父子强调通过次要人物来衬托主要人物,要以宾衬主,这种人物塑造的方法是比较适合历史小说创作实际的。结构问题也是毛氏父子评点的重点,毛氏父子归纳此书的结构说:"总起总结之中,又有六起六结。"(《读三国志法》)并细致分析了《三国演义》结构安排的巧妙严谨,相对于金圣叹小说结构理论有不少新的发展。

张竹坡(1670—1698),字自得,号竹坡,彭城(今江苏铜山)人。他认为《金瓶梅》是一部描写世态人情的著作,寄寓着作者的愤懑之情。他在《批评第一奇书金瓶梅读法》中说:"凡人谓《金瓶》是淫书者,想必伊只知看其淫处也。若我看此书,纯是一部史公文字。"又说:"《金瓶》一部,有名人物不下百数,为之寻端竟委,大半皆属寓言。"认为作者是借西门庆等人的描写来表达对当前社会的不满,因此应当从揭露社会黑暗的角度理解把握作者的本意,不应该看成是一部渲染淫秽的色情作品。这是对《金瓶梅》思想价值的高度推崇。张竹坡还对《金瓶梅》的艺术价值进行了深刻阐发,誉为"得天道",《批评第一奇书金瓶梅读法》说:"读之,似有一人亲曾执笔在清河县前西门家,大大小小,前前后后,碟儿碗儿,一一记之,似真有其事,不敢谓为操笔伸纸做出来的。"以《金瓶梅》为代表的世情小说不同于历史演义和英雄传奇小说,人物性格的刻画是体现在日常生活的描写过程之中的。这些评点都是相当准确的,对提高《金瓶梅》的社会地位起到了重大作用。

脂砚斋对《红楼梦》的评点也相当重要。这些评点均见于《红楼梦》早期的抄本,署名的评者有脂砚斋、畸笏叟、梅溪等十多人,由于材料的缺乏,我们不知道这些人的具体情况,但从内容推断,他们与曹雪芹关系相当密切,学界泛称为"脂评"。"脂评"涉及《红楼梦》的成书,研究者往往借此考证曹雪芹生平和《红楼梦》一书八十回后的情节发展。不过,"脂评"对《红楼梦》艺术成就的分析也有很高的价值。"脂评"指出,《红楼梦》对人物言行举止的描写合情合理,使人感到十分真实自然,并且善于运用虚实结合的手法,对人物性格的刻画特别生动传神。在刻画人物时,《红楼梦》不是按照理念去塑造人物,而是努力从审美方面去表现人物。庚辰本评道:"按此书中写一宝玉,其宝玉之为人,是我辈于书中见而知有此人,实未目曾亲睹者。……合目思之,却如真见一宝玉,真闻此言者,移之第二人万不可,亦不成文字矣。"与现实人物不同,作者可以通过艺术加工手段创作出高于生活原型的人物形象来寄寓自己的审美理想，"脂评"的这种看法是对金圣叹等人关于人物形象塑造理论的重大发展。

第五节　李渔与清代戏曲理论

李渔（1610—1680），初名仙侣，后改今名，字笠鸿，又字谪凡，号笠翁，别号笠道人、新亭客樵、随庵主人等。祖籍浙江兰溪，生于江苏如皋，晚年居于杭州西湖。李渔曾组建由姬妾子婿组成的家庭剧团到处演出，亲自编写剧本，因此积累了很多戏曲创作和舞台演出经验。著有《闲情偶寄》六卷和《笠翁十种曲》、小说集《十二楼》等。《闲情偶寄》包括词曲、演习、声容、居室、器玩、饮馔、种植、颐养八个部分，涉及戏剧理论、园林建筑等多方面的内容。有关戏剧的论述集中在词曲、演习、声容三个部分中，包括剧本创作、演员表演以及导演艺术等重要问题。

一、论戏曲的审美特性

李渔认为戏曲作品是通过舞台演出而发挥其审美效用的，他说："填词之设，专为登场。"（《演习部·选剧第一》）明确指出戏曲是一种舞台艺术，戏曲的艺术魅力是通过演员在舞台的演出而实现的，因此，剧本的编写要立足于戏曲的演出和观众的接受能力。李渔还十分重视戏曲的教化功能，他在《词曲部·结构第一·戒讽刺》中说：

> 传奇一书，昔人以代木铎。因愚夫愚妇识字知书者少，劝使为善，诫使勿恶，其道无由，故设此种文词，借优人说法，与大众齐听。谓善者如此收场，不善者如此结果，使人知所趋避，是药人寿世之方，救苦弭灾之具也。

认为戏曲更能有效地起到广泛的教育作用，它通过演员的表演直接呈现给观众，因此有没有文化都能够欣赏，与其他文体相比更容易起到教化作用。

从重教化的立场出发，李渔认为戏曲创作要"戒讽刺"、"戒荒唐"，不能把戏曲变成泄私愤的工具，或写些荒诞不经的内容，这些都会影响戏曲劝善惩恶的教育作用。他说："凡作传奇者，先要涤去此种肺肠，务存忠厚之心，勿为残毒之事。以之报恩则可，以之报怨则不可；以之劝善惩恶则可，以之欺善作恶则不可。"（《词曲部·结构第一·戒讽刺》）李渔对讽刺的否定在后世曾引起较多非议，但就戏曲而言，娱乐与教化是基本功能，如涉及讽刺就会引起相关读者的反感,也会为剧作家招来不必要的是非。李渔还说:"凡作传奇,只当求于耳目之前,不当索诸闻见之外";"凡说人情物理者,千古相传;凡涉荒唐怪异者,当日即朽"(《词曲部·结构第一·戒荒唐》)。如果情节荒唐怪异,违反人情物理,难免会引起观众的反感,也无从发挥其教化功能了。

二、论戏曲的结构布局

李渔特别重视戏剧文学剧本的创作,明确地提出了"结构第一"的思想。李渔所说的"结构"包括"戒讽刺"、"立主脑"、"脱窠臼"、"密针线"、"减头绪"、"戒荒唐"、"审虚实"七个方面,概括起来主要涉及戏曲的题材、思想主题和情节安排。李渔对剧本的结构布局发表了很多精彩的见解,首先,他主张戏曲创作要"立主脑"、"减头绪",即明确中心思想,避免线索过于杂乱。李渔说:

> 一本戏中,有无数人名,究竟俱属陪宾;原其初心,止为一人而设。即此一人之身,自始至终,离合悲欢,中具无限情由,无穷关目,究竟俱属衍文;原其初心,又止为一事而设。此一人一事,即作传奇之主脑也。(《词曲部·结构第一·立主脑》)

他认为戏曲中的众多人物应该"止为一人而设",众多事件也应该"止为一事而设",这"一人一事"就是戏曲的"主脑",也就是全剧的主要人物和戏剧冲突。如《琵琶记》的主要人物是蔡伯喈,其主要事件则是重婚牛府。《西厢记》的主要人物是张生,主要事件是白马解围。两部戏曲的诸多冲突与思想主旨都是由此而展开的。

与"立主脑"相关,李渔还提出要"减头绪",他说:

> 头绪繁多,传奇之大病也。《荆》、《刘》、《拜》、《杀》之得传于后,止为一线到底,并无旁见侧出之情。三尺童子观演此剧,皆能了了于心,便便于口,以其始终无二事,贯穿只一人也。(《词曲部·结构第一·减头绪》)

观众欣赏戏曲时是通过演员的表演而实现的,如果头绪繁多,必然造成观众对戏剧冲突不能了然于心;剧中人物如果忽上忽下就不能给观众留下深刻的印象。这些都会影响戏曲功能的实现。

"密针线"与"脱窠臼"是李渔对戏曲情节的要求。他认为戏曲的情节不但要合乎生活的实际和逻辑,相互之间还要有照应和联系。《琵琶记》中蔡伯喈中状元,家人一直不知;赵五娘千里寻夫,孤身无伴;这些均违背生活常识,就属于针线不密。戏曲作家要把情节安排得周密细致,各折之间应该有所照应。此外,情节不能落入俗套,他说:"填词之难,莫难于洗涤窠臼。"创新才能引起观众的兴趣,才有流传的价值。

李渔还论及戏曲创作中的开场、冲场、出脚色、小收煞、大收煞,相当于现代所说的开端、进展、高潮、结尾。李渔认为戏曲的开端应该"一本戏文之节目全于此处埋根",并非只把人物、时间、地点等等都交代清楚,更重要的是要总括全剧的发展前途,使观众从开端就能预感到它和后来高潮的联系。对于角色安排,李渔认为主角的出场不能太迟,以免配角喧宾夺主。李渔所说的小收煞和大收煞谈的是结尾,小收煞指传奇上半部的结尾,要做到"令人揣摩下文,不知此事如何结果",也就是我们常说的要制造悬念。全部的结尾叫大收煞,他说:"全本收场,名为大收煞,此折之难,在无包括之痕,而有团圆之趣。""无包括之痕"指结局自然而然,水到渠成。有"团圆之趣"指结局要圆满,同时也要避免平淡乏味。

三、论戏曲的题材

李渔认为戏曲题材可以分为古、今、虚、实四个方面,他说:

> 传奇所用之事,或古或今,有虚有实,随人拈取。古者,书籍所载,古人现成之事也;今者,耳目传闻,当时仅见之事也。实者,就事敷陈,不假造作,有根有据之谓也;虚者,空中楼阁,随意构成,无影无形之谓也。人谓古事多实,近事多虚。予曰:不然。传奇无实,大半皆寓言耳。(《词曲部·结构第一·审虚实》)

古今是选取题材的范围,虚实指运用所选的题材来安排情节、塑造人物的方法。李渔认为戏曲大部分是虚构的,但他也同意"古事多实,近事多虚"的看法,认为戏曲可以从古代的生活中去选材,也可以从当前的生活中来选材,但是都必须给以入情入理的提炼、制作。也就是说,生活决定创作,内容决定形式。这些主张无疑是十分合理的。他还指出,按照生活的本来面目写人物,并不是照抄生活,"欲劝人为孝,则举一孝子出名,但有一行已纪,则不必尽有其事,凡属孝亲所应有者,悉取而加之",也就是说,戏曲作家在塑造人物形象的时候,可以以现实生活中某一人物为模特,通过艺术虚构和想象,依据生活本身的逻辑,进行集中、概括、提炼和升华,最后创造出一个比生活原型更强烈、更理想、更带普遍性和必然性的艺术典型。李渔的这些理论已经涉及了典型化的理论。

李渔对于历史题材和现实题材的论述相当精彩,他认为现实题材可以完全是虚构的,因为这类题材尚未形成定势,观众可以接受虚构的情节。"若记目前之事,无所考究,则非特事迹可以幻生,并其人之姓名亦可以凭空捏造,是谓虚则虚到底也。"但历史题材则不同,从主角到配角,必须有史籍记载的依据。如果作者虚构一些内容,就会与观众所了解的史实有所不同,就会失去真实感。因此"若用往事为题,以一古人出名,则满场脚色皆用古人,捏一姓名不得;其人所行之事,又必本于载籍,班班可考,创一事实不得",必须"实则实到底",强调历史题材严格的真实性。

四、论戏曲的语言

关于戏曲的语言和文风,李渔在《闲情偶寄·词曲部·词采第二》中提出了四点要求:"贵显浅"、"戒浮泛"、"重机趣"、"忌填塞"。他认为戏曲与诗文不同,诗文是写给读书人看,应雅致蕴藉,读者如果感到费解可以反复体味。戏曲是给读书和不读书人看,而且靠听觉来把握,如果过于深奥观众就很难理解,自然会影响对剧情的把握。因此戏曲的语言贵在雅俗共赏、浅显通俗。他对汤显祖《牡丹亭》"袅晴丝吹来闲庭院,摇漾春如线"这类苦心经营的辞句并不看好,认为戏曲应当做到"意深词浅,全无一毫书本气"。"戒浮泛"是指戏曲语言风格应当与角色相符合,不能因追求浅显而使语言变得粗俗。他说:"在花面口中,则惟恐不粗不俗;一涉生、旦之曲,便宜斟酌其词","生、旦有生、旦之体,净、丑有净、丑之腔"(《词曲部·词采第二》)。"戒浮泛"还指戏曲中要避免无谓的景物描写,景物一定要和人物、情节有密切的联系。"重机趣"是指戏曲语言要能体现剧中人物的精神气质个性,缺少"机趣",剧中人物就会"如泥人、土马,有生形而无生气"(《词曲部·词采第二》)。一部戏曲风格要统一,"勿使有断续痕",剧情要血脉贯通,互相有所照应。"忌填塞"是指戏曲语言不可过多运用生僻典故,堆砌词藻,"其事不取幽深,其人不搜隐僻,其句则采街谈巷议。即有时偶涉诗书,亦系耳根听熟之语,舌端调惯之文,虽出诗书,实与街谈巷议无别者"(《词曲部·词采第二》),要用通俗易懂的语言来展示剧情。总之,李渔强调戏曲是舞台艺术而不是案头文学,故语言要考虑到演出的效果和观众的接受能力。

李渔对宾白也很重视,他提出八个方面的要求:"声务铿锵"、"语求肖似"、"词别繁减"、"字分南北"、"文贵洁净"、"意取尖新"、"少用方言"、

"时防漏孔"。即音调要响亮且富有音乐美,要符合人物的身份,要做到长短适度,要注意人物的方言,宾白文字要简炼,表达要醒目,内容要与剧情吻合。

传统剧作家对科诨较为忽略,往往靠演员的临时发挥。李渔则不然,他把科诨视为"人参汤",在观众欣赏戏曲感到疲倦时很好地起到振奋精神的作用,是戏曲创作重要组成部分之一。他对科诨的语言提出了四个原则:"戒淫亵"、"忌俗恶"、"重关系"、"贵自然"。要契合剧情的发展,符合人物的身份,另外不能过于粗俗,充满低级趣味。

综上可知,李渔的戏曲理论主要围绕剧本创作、舞台表演而展开,具有严密的理论体系,代表了中国古代戏曲理论的最高成就。

李渔之外,金圣叹对《西厢记》(即《贯华堂第六才子书西厢记》)的人物形象、结构安排和主题思想进行了全面的分析,是戏曲评点派的巅峰之作。孔尚任著有《桃花扇》,在为此书所写的《小引》、《小识》、《本末》和《凡例》中,对戏曲的真实性、情节结构、人物刻画以及曲词创作等问题进行了探讨,在《凡例》中谈到《桃花扇》的创作时说:"朝政得失,文人聚散,皆确考时地,全无假借。至于儿女钟情,宾客解嘲,虽稍有点染,亦非乌有子虚可比。"主张历史剧创作大处和史迹描写要符合史实,小处和情趣描写可以虚构,对今天编写历史剧仍有参考价值。焦循是清代著名经学家,但在戏曲理论方面颇有建树,代表作是《剧说》和《花部农谭》。《花部农谭序》说:"花部原本于元剧,其事多忠孝节义,足以动人;其词直质,虽妇孺亦能解;其音慷慨,血气为之动荡。"从内容、语言和声腔三个方面给"花部"以高度评价,开创了重视和研究民间地方戏曲的风气。

【导学训练】

一、学习建议

学习本章应结合明末清初、清代前期和中期三个阶段的不同学术思潮以及戏曲小说的创作趋于鼎盛这一背景,来理解各家的理论观点及其"集大成"的表现。重点掌握桐城派为代表的古文理论,王夫之、叶燮、王士禛、沈德潜、翁方纲、袁枚所代表的诗歌理论,李渔所代表的戏曲理论,金圣叹所代表的小说理论。能够概述和简要评论上述文论家的基本理论观点,识记其主要概念术语。

二、关键词释义

乾嘉考据学:乾嘉考据学是指清代乾隆至嘉庆年间,以朴实的考证手段用于经学、历史、地理、天文、音律、典章制度等众多领域的研究。因具有实事求是、无证不信的严谨治学态度，又称为"实学"或"朴学"。因其特重两汉经学，又有"汉学"之称。清初顾炎武等人已开启此风，至乾嘉之际变得异常繁荣。代表人物有吴派的惠栋，皖派的戴震，扬州学派的王念孙、王引之父子和浙东学派的章学诚等人。

以文运事与因文生事：这是金圣叹关于小说特点的论述。"以文运事"是说《史记》中的"事"都是先已有的，作者不能任意改变或虚构，只是要用有文采的笔把它写出来。而《水浒》的创作则是"因文生事"，是为了构想一篇小说而虚拟若干人和事，小说中的"事"不一定是真实的历史事实，是由作家在概括大量生活现实的基础上按照自己的理想构想出来的，对有文学色彩的历史著作和小说作了明确的区分。

立主脑：这是李渔关于戏曲创作的要求。所谓"立主脑"，便是要求戏剧创作必须有明确的中心思想以及体现这个中心思想的主要人物和主要事件，而其他的人物和事件则是围绕着主要人物和主要事件而展开的。这体现"作者立言本意"的"一人一事"，集中地反映了剧本的主要矛盾冲突。

虚则虚到底：这是李渔关于戏曲题材的论述。李渔认为在处理现实题材时，可以完全虚构。应以现实生活中某一人物为模特，通过艺术虚构和想象，依据生活本身的逻辑，进行集中、概括、提炼和升华，最后创造出一个比活原型更强烈、更理想、更带普遍性和必然性的艺术典型。

现量说：王夫之在论述如何创造情景交融的诗歌艺术境界时提出了"现量说"。"现量"为佛学用语，即用直觉来把握世界。王夫之认为诗歌的情景应按照其自身的规律自发地运动而构成意象，强调情景的当下独特性和创作过程的自发性，这就从审美对象和审美表现过程两方面保证了诗歌的独特性和创造性。

义法说："义法说"是方苞论文的理论核心，这一名词源于《史记》对《春秋》的评述，"义"即"言有物"，"法"即"言有序"。方苞强调古文写作要做到有内容、有条理，结构谨严，合乎体制。同时，又提出义法是相辅相成的主次关系，要求形式服从于内容，追求内容和形式的统一，所论对后世刘大櫆、姚鼐均有重大影响。

神韵说：清初王士禛论诗提倡"神韵说"。"神韵"一词原指人的风神韵致，后来被广泛用于评文。王士禛强调主体情感的抒发应有一种含蓄深远、意在言外的审美特征，在对事物进行描写时也不必全面精细地刻画，而应体现出事物的本质特征。另外，王士禛认为神韵是兴会神到的产物，苦吟强作必无神韵。

格调说：清代中期沈德潜论诗提倡"格调说"。以格调论诗源于严羽，完备于明七子，主张从音节、字句来辨别体制，师法高格。沈德潜的"格调说"与明七子有所不同，既强调诗歌应该遵从儒家诗教传统，又重视诗人的人格修养，避免诗中的性情显得虚假。在取法对象上，相较明七子"古体宗汉魏，近体宗盛唐"也较为宽广一些。

肌理说：翁方纲是乾嘉时期的考据家，他有感于王士禛"神韵说"的空疏，故论诗主张"肌理说"。"肌理"出于杜甫《丽人行》"态浓意远淑且真，肌理细腻骨肉匀"，认为诗歌创作不能流于空疏而要讲究切实，如人的肌肤之有具体清晰纹理。他认为诗中要有渊博的学问和精深的义理，创作要讲究严格的诗法，以此来补救神韵说的空寂之弊。

性灵说：袁枚是清代中期"性灵说"的倡导者。他要求诗歌表现出诗人的真性情，这是诗人摆脱庄严的道德政治面孔之后的个性表现。在表现方式上重视"兴会"和天分，不过并不否认后天的积学和功力的作用，这是他和明代公安三袁"性灵说"的重大不同所在。

意内言外：这是清代常州词派张惠言对词体特点的论述，语出《词选序》。他批评浙西词派一味追求清空，作品流于空疏无物，认为词应重比兴寄托，包含有充实的内容。

非寄托不入，专寄托不出：这是常州词派关于词体特点的论述，语出周济《宋四家词选目录序论》。所谓"非寄托不入"，是指词的创作应包含作者的深刻寓意，而不是泛泛的即兴之作；所谓"以无寄托出"，是指从词的表面上不易直接看出作者之寓意，也就是所谓"意内而言外"，必须对词作反复涵咏，方能体会其中之深意。

三、思考题

1. 试述金圣叹关于文学虚构和人物性格塑造方面的理论。
2. 试述李渔"结构第一"的理论内涵。
3. 试述王夫之的情景理论及其历史价值。
4. 论述袁枚与公安派"性灵说"的异同。
5. 试述桐城派古文理论的主要内容及其对唐宋古文运动理论的发展。

四、可供进一步研讨的学术选题

1. 论清代唐宋诗之争。

   提示：唐宋诗之争是中国诗学的核心问题之一，钱谦益、吴之振多是在肯定唐诗的立场上肯定宋诗，尤其是吴之振认为从继承唐诗精神的角度而言，宋人学唐优于明七子。叶燮、袁枚等人从通变的角度肯定宋诗，认为宋诗善变。翁方纲则从"肌理"的立场肯定了宋诗说理的特点。

2. 论清代诗学对传统诗论的整合与蜕变。

   提示：王士禛的神韵说、沈德潜的格调说、袁枚的性灵说和翁方纲的肌理说被视为清代四大诗说，他们的诗学主张对前人多有继承，但均能弥补前代相关论述的不足，纠偏补弊，呈现出集大成的特征。应结合前代相关诗说考察其整合与蜕变的特征。

3. 清代词论的雅化特征与不同宗尚。

   提示：清代词论以阳羡派、浙西派和常州派为代表，三派论词突破了"诗庄词媚"的传统，在表现方式上对传统诗论多有吸收，呈现出不同的审美风尚。可结合传统诗论加深对清代词论的理解。

4. 李渔戏曲论与西方戏曲理论的比较。

   提示：李渔戏曲论涉及众多重要的戏曲问题，如戏剧真实、戏剧典型、舞台性特点、结构布局等，西方理论家亚里士多德、狄德罗、莱辛等人亦有相关论述。通过比较能够看出中西方戏剧理论有内在的共通性，也可以看出李渔理论的价值所在。

5. 清代小说理论中关于人物形象塑造的不同。

提示:金圣叹、毛宗岗、脂砚斋分别阐述了《水浒传》、《三国演义》和《红楼梦》在人物形象塑造方面所取得的重大成就。应结合英雄传奇、历史演义和世情小说的不同题材比较人物塑造手法的差异。

【研讨平台】

一、情景论

提示:王夫之关于诗歌情景关系的论述有很多创新,他扩大了景的内涵,并把抒情作为诗歌的基本属性。应结合前人对此问题的论述,从情景关系的分类和情感表达效果两方面来理解王夫之的情景论。

1. [清]王夫之《姜斋诗话》(选注)

兴在有意无意之间,比亦不容雕刻。关情者景,自与情相为珀芥(琥珀磨擦生电,可吸引芥草,此喻情和景相互感应映衬)也。情景虽有在心在物之分,而景生情,情生景,哀乐之触,荣悴之迎(遇到繁荣与衰败),互藏其宅(包含在诗的情和景当中)。天情物理,可哀而可乐,用之无穷,流而不滞;穷且滞者不知尔(卷一《诗译》)。

情景名为二,而实不可离。神于诗者,妙合无垠。巧者则有情中景,景中情。景中情者,如"长安一片月"(李白《子夜歌》句),自然是孤栖忆远之情;"影静千官里"(杜甫《喜达行在所》句),自然是喜达行在(天子所在地)之情。情中景尤难曲写,如"诗成珠玉在挥毫"(杜甫《和贾至舍人早朝大明宫》句),写出才人翰墨淋漓、自心欣赏之景。凡此类,知者遇之;非然,亦鹘突(糊涂,不明事理)看过,作等闲语耳(卷二《夕堂永日绪论内编》)。

近体中二联,一情一景,一法也。"云霞出海曙,梅柳渡江春。淑气催黄鸟,晴光转绿苹"(杜审言《和晋陵陆丞早春游望》句),"云飞北阙轻阴散,雨歇南山积翠来。御柳已争梅信发,林花不待晓风开"(李峤《和圣制从蓬莱向兴庆阁道中留春雨中春望之作应制》句),皆景也,何者为情?若四句俱情,而无景语者,尤不可胜数。其得谓之非法乎?夫景以情合,情以景生,初不相离,唯意所适。截分两橛,则情不足兴,而景非其景。且如"九月寒砧催木叶"(沈佺期《独不见》句),二句之中,情景作对;"片石孤云窥色相"(李颀《题璿公山池》句)四句,情景双收;更从何处分析?陋人标陋格,乃谓"吴楚东南坼"(杜甫《登岳阳楼》句)四句,上景下情,为律诗宪典,不顾杜陵九原(墓地)大笑。愚不可疗,亦孰与疗之?(卷二《夕堂永日绪论内编》)

2. [清]王闿运《论诗示黄鏐》(节选)

词章莫难于诗,而人皆喜为之。诗以养性,且达难言之情,既不讲格调,则不必作,专讲格调,又必难作。于是人争避难,多为七绝、七律,以为易成,而又易入格也。不知愈为其难,虽名手无名篇焉。凡为文求工便俳优,诗不求工何如敛手,故诗与诸文不同,必求动人者;动人而何以免俳优之贱,以其处于至尊至贵,而无夭冶之心也。以人求之,唐以前人,尚不徇人,宋以后人,知者稀矣。杜子美语必惊人,便有徇人之意,而所谓惊人者,只是如陶、谢,仍是论格律,非炼字句也。陶诗可惊人乎?惊当是胜。文有朝代,诗有家数。文取通行,故一代成一代之风;诗由心声,故一人有一人之派。论文而分班、马,论诗而区唐、宋,非知言也。陈、隋南北绝而宗派同,王、骆家数殊而音韵近,亦有间相染者,细辨乃能分之。则诗究殊于文,文不易分,诗易分矣。明人拟古,但律诗可乱真,古体则开口便觉。诗亦自有朝代,唐以前诗,不能伪为,宋以后诗,大都易似,此又先辨朝代后论家数也。近人卤莽,谬许明七子为优孟,以杨诚斋、陆务观配苏、黄,不知七子之全不能《文选》,杨、陆之未足成家数也。

3. 吴文治《论王夫之的诗歌理论》(节选)

他肯定情和景在诗篇中的"妙合无垠",是艺术升华入神的最高境界。这种境界,由于情景交融,已很难分辨哪是写景,哪是抒情。而这种"妙合无垠"的境界的产生,关键在于以"意"贯之,所谓"烟云泉石,花鸟苔林,金铺锦帐,寓意则灵"(《夕堂永日绪论·内编》)。有了"意"的寄托,景物才能获得生命,才能在作品中"活起来"。他认为情与景一在心一在物,原来都有相对性和独立性,但客观景物往往能触发人们内心的思想感情,因而使诗人笔下的景物,抹上了各种不同的感情色彩;甚而使有些难以言喻的复杂感情,也能通过"以写景之心理言情",把它巧妙地描摹出来。王夫之在《唐诗评选》卷三评王绩《野望》一诗时说:"当其为景语但为景语,故高。"也就是说,景中有情又不能把情写得太实,太死;应该空灵不滞,所谓"兴在有意无意之间",不能强为比附牵合。当然,如果把情、景"截分两橛",没有"寓意"统帅,那样就"情不足兴,而景非其景",自然也就谈不上创造出入神的艺术境界。所以他说:

> 诗文俱有主宾。无主之宾,谓之乌合。……立一主以待宾,宾非无主,主宾者乃俱有情而相浃洽。(《夕堂永日绪论·内编》)

这里所说的"主",即指诗人主观的思想感情,而"宾"则是客观景物。"立一主以待宾",说明诗歌中一切景物的描写,都应该是为达情而设的。"以乐景写哀,以哀景写乐","天情物理,可哀可乐",而作为主宰的都是诗人当时的思想感情。即使是似乎纯粹写景的诗句,也不能例外。王夫之这种情、景一体之说,是对我国传统艺术长期积累的创作经验的概括,它比了后来吴乔在《围炉诗话》中所说的以情为主、以景为佐,似更符合抒情诗创作的艺术规律。而王国维"一切景语皆情语"的理论,显然是曾经受到王夫之的影响的。

(《文学遗产》1980年第2期)

二、义法说

提示:义法说是方苞古文理论的核心,奠定了桐城派论文的基础。应结合清代政治思潮和刘大櫆、方苞的相关主张加深对义法说的理解。

1. [清]方苞《古文约选序》(选注)

太史公(司马迁)《自序》,年十岁,诵古文,周以前书皆是也。自魏、晋以后,藻绘(辞彩华美)之文兴,至唐韩氏(韩愈)起八代(东汉、魏、晋、宋、齐、梁、陈、隋)之衰,然后学者以先秦、盛汉辩理论事,质(质朴)而不芜(繁芜)者为古文。盖六经及孔子、孟子之书之支流余肄(枝条、余脉)也。……盖古文所从来远矣,六经《语》《孟》其根源也。得其支流,而义法最精者,莫如《左传》《史记》,然各自成书,具有首尾,不可以分剟(duō,分割)。其次《公羊》《穀梁传》《国语》《国策》,虽有篇法可求,而皆通纪数百年之言与事,学者必览其全而后可取精焉。惟两汉书疏及(郭绍虞主编《中国历代文论选》注:原本作两汉书及疏,误)唐、宋八家之文,篇各一事,可择其尤。而所取必至约,然后义法之精可见。故于韩取者十二,于欧十一,余六家或二十、三十而取一焉。两汉书疏,则百之二三耳。学者能切究于此,而以求《左》《史》《公》《谷》《语》《策》之义法,则触类而通,用为制举之文(科场应试之文),敷陈论策,绰有余裕矣。虽然,此其末也。先儒谓韩子因文以见道,而其自称,则曰"学古道,故欲兼通其辞"(韩愈《题欧阳生哀辞后》语)。群士果能因是以求六经《语》《孟》之旨,而得其所归,躬蹈仁义,自勉于忠孝,则立德立功以仰答吾皇上爱育人材之至意者,皆始基于此。是则余为是编以助流政教之本志也夫。

2. [清]钱大昕《与友人书》(节选)

六经三史之文,世人不能尽好,间有读之者,仅以供场屋饾饤之用,求通其大义者罕矣。至于传奇之演绎,优伶之宾白,情词动人心目,虽里巷小夫妇人,无不为之歌泣者,所谓曲弥高则和弥寡,读者之熟与不熟,非文之有优劣也。以此论文,其与孙鑛、林云铭、金人瑞之徒何异?文有繁有简,繁者不可减之使少,犹之简者不可增之使多。《左氏》之繁胜于《公》《谷》之简,《史记》《汉书》互有繁简,谓文未有繁而能工者,非通论也。太史公汉时官名,司马谈父子为之,故《史记·自序》云"谈为太史公",又云"卒三岁而迁为太史公",《报任安书》亦自称太史公,"公"非尊其父之称,而方以为称"太史公曰"者,皆褚少孙所加。《秦本纪》《田单传》别出它说,此史家存疑之法,《汉书》亦间有之,而方以为后人所附缀。韩退之撰《顺宗实录》,载陆贽阳城传,此实录之体应尔,非退之所创,方亦不知而创妄讥之。盖方所谓古文义法者,特世俗选本之古文,未尝博观而求其法也。法且不知,而义于何有?

3. 邬国平、王镇远《中国文学批评通史·清代卷》(节选)

就其具体的内容而言,则"义法"经常表现为要求作文遵循文章的体例和某些写作的规则,如对材料的取舍、结构的安排以及遣词造句的要求等问题。这些看来都是偏重于写作形式的问题,但方苞认为它是受到文章内容的制约,并体现了内容及其意义的。……"有物"、"有序"是方苞自己对"义法"所作的最为简明的诠释。自然,其中借重《易经》为自己立论张本,比较准确地说明了"义法"的含意及"义"与"法"两者的关系。

……

然在方苞说到"义"与"法"的关系时,更多地强调了它们的统一,"义以为经而法纬之,然后为成体之文",就指出文章内容对表现形式的指导作用。他认为"义"通过"法"而表现,这正如《春秋》通过具体的"义例"、"书法"来表现微言大义一样。

(上海:上海古籍出版社 1996 年版,第 417—420 页)

三、才胆识力

提示:叶燮反对把艺术家的创作能力神秘化,他认为这种创造能力包含才、胆、识、力四个因素。应结合前代理论家关于作家主体论的论述,理解四个范畴的具体内涵与相互关系。

1. [清]叶燮《原诗》(选注)

大凡人无才,则心思(思维能力)不出;无胆,则笔墨畏缩;无识,则不能取舍;无力,则不能自成一家。而且谓古人可罔(欺蒙),世人可欺,称格称律,推求字句,动以法度紧严,扳驳铢两(矫正细微末节)。内既无具,援一古人为门户,藉以压倒众口;究之何尝见古人之真面目,而辨其诗之源流、本末、正变、盛衰之相因哉!(内篇下)

惟有识,则是非明;是非明,则取舍定。不但不随世人脚跟,并亦不随古人脚跟。非薄古人为不足学也;盖天地有自然之文章,随我之所触而发宣之,必有克肖其自然者,为至文以立极(树立准则)。我之命意发言,自当求其至极者(内篇下)。

文章千古事,苟无胆,何以能千古乎?吾故曰:无胆则笔墨畏缩。胆既诎(qū,屈缩)矣,才何由而得伸乎?(内篇下)

立言者,无力则不能自成一家。夫家者,吾固有之家也;人各自有家,在己力而成之耳,岂有依傍想象他人之家以为我之家乎!是犹不能自求家珍,穿窬(偷窃)邻人之物以为己有,即使尽窃其连城之璧,终是邻人之宝,不可为我家珍。而识者窥见其里,适供其哑然一笑而已。故本其所自有者而益充而广大之以成家,非其力之所自致乎!(内篇下)

大约才、识、胆、力,四者交相为济(互相作用),苟一有所歉,则不可登作者之坛。四者无缓急,而要在先之以识;使无识,则三者俱无所托。无识而有胆,则为妄,为卤莽,为无知,其言背理、叛道,蔑如(不足称道)也。无识而有才,虽议论纵横,思致挥霍,而是非淆乱,黑白颠倒,才反为累矣。无识而有力,则坚僻(固执邪僻)、妄诞(虚妄荒谬)之辞,足以误人而惑世,为害甚烈。若在骚坛,均为风雅之罪人。惟有识,则能知所从、知所奋、知所决,而后才与胆、力皆确然有以自信;举世非之、举世誉之,而不为其所摇。安有随人之是非以为是非者哉!其胸中之愉快自足,宁独在诗文一道已也!(内篇下)

2. [清]沈珩《原诗叙》(节选)

星期先生,其才挥斥八极,而又驰骋百家。读《已畦诗》,风格真大家宗传。其铦锋绝识,洞空达幽,足方驾少陵、昌黎、眉山三君子。乃复悯学者障锢于淫詖,怒焉忧之,发为《原诗》内外篇。内篇,标宗旨也;外篇,肆博辨也。非以诗言诗也;凡天地间日月云物、山川类族之所以动荡,虬龙杳幻,魋魈悲啸之所以神奇,皇帝王霸、忠贤节侠之所以明其尚,神鬼感通、爱恶好毁之所以彰其机,莫不条引夫端倪,摹画夫毫芒,而以之权衡乎诗之正变、与诸家持论之得失,语语如震霆之破睡,可谓精矣神矣!其文之牢笼万象,出没变化,盖自昔《南华》、《鸿烈》以逮经世观物诸子所成一家之言是也。而不惟是也。若所标胸襟品量之说,不特古人心地之隐,由诗而较然千古;抑朝廷可以得国士,交游气类中可以得豪杰硕贤,尘俗世故之外可以得浩落超绝之异人。功在学术流品,岂小哉!读先生是编,使知古人严为论诗之旨、与作者慎为属诗之义,则诗之亡者以存。诗存而距塞其逢世欺人之浸淫,则世道人心之系,亦以诗存。

3. 蒋述卓《〈原诗〉的诗人主体论》(节选)

叶燮认为,在创作过程中,诗人的"胸襟"是最首要的,它是创作之基,有了"胸襟",诗人的性情智慧、聪明才辨才能得到充分表现,诗人也才能随处产生创作的触兴。他十分推崇杜甫,认为杜诗"随所遇之人、之境、之事、之物,无处不发其思君王、忧祸乱、悲时日、念友朋、吊古人、怀远道,凡欢愉、幽愁、离合、今昔之感,一一触类而起;因遇得题,因题达情,因情敷句,皆因甫有其胸襟以为基。"(《原诗》内篇上)叶燮推崇杜甫不是没有理由的。杜甫作为一个忧国忧民的诗人,他常能以博大的胸襟去看待生活中的所遇之事、之人、之景,而创作出充满着人民性和爱国精神的光辉诗篇。像著名的《自京赴奉先县咏怀五百字》、《春望》、《羌村》、《北征》以及"三吏"、"三别"和《秋兴八首》,倘若杜甫无忧国忧民的深厚感情和胸襟,是无论如何也写不出来的。叶燮此处所说的"胸襟"是诗人世界观和艺术观的统一,它统领"才、胆、识、力",而尤以"识"与"胸襟"的联系最直接。叶燮强调以"胸襟"为基和以"识"为先,都是在强调诗人世界观、艺术观为创作的指导性、制约性,强调诗人主体的创造性和能动性。

(《古代文学理论研究》第11辑,上海:上海古籍出版社1986年版)

四、结构第一

提示:李渔论戏剧不同于前人"首重音律",而是"独先结构",这种由"曲"到"戏"的转变反映了清代戏剧意识的重大进步。应掌握"结构第一"的基本内涵,并通过与明代和西方戏剧理论的比较来加深对李渔戏剧理论的理解。

1. [清]李渔《闲情偶寄》(选注)

古人作文一篇,定有一篇之主脑。主脑非他,即作者立言之本意也。传奇亦然。一本戏中,有无数人名,究竟俱属陪宾(配角),原(推究)其初心(本意),止为一人(主角)而设。即此一人之身,自始至终,离合悲欢,中具无限情由、无穷关目(情节的安排),究竟俱属衍文(陪衬的文字);原其初心,又止为一事(主要戏剧冲突)而设。此一人一事,即作传奇之主脑也。然必此一人一事果然奇特,实在可传而后传之,则不愧传奇之目;

而其人其事与作者姓名皆千古矣！(《结构第一·立主脑》)

编戏有如缝衣,其初则以完全者剪碎,其后又以剪碎者凑成。剪碎易,凑成难,凑成之工,全在针线紧密。一节偶疏,全篇之破绽出矣。每编一折,必须前顾数折,后顾数折,顾前者欲其照映,顾后者便于埋伏。照映埋伏,不止照映一人、埋伏一事,凡是此剧中有名之人、关涉之事,与前此后此所说之话,节节俱要想到。宁使想到而不用,勿使有用而忽之(《结构第一·密针线》)。

吾谓填词之难,莫难于洗涤窠臼；而填词之陋,亦莫陋于盗袭窠臼。吾观近日之新剧,非新剧也,皆老僧碎补之衲衣(用陈旧杂碎的布片缝制的僧衣),医士合成之汤药。取众剧之所有,彼割一段,此割一段,合而成之。即是一种传奇,但有耳所未闻之姓名,从无目不经见之事实。语云"千金之裘,非一狐之腋",以此赞时人新剧,可谓定评！但不知前人所作,又从何处集来？岂《西厢》以前,别有跳墙之张珙？《琵琶》以上,另有剪发之赵五娘乎？若是则何以原本不传而传其抄本也？窠臼不脱,难语填词,凡我同心,急宜参酌！(《结构第一·脱窠臼》)

2. [清]尤侗《西堂杂俎·名词选胜序》(节选)

词者,诗之余也。词之近调,即为曲之引子。慢词即为过曲。间有名同而调异者,后人增损,使合拍耳。偷声减字,摊破哨令,不隐然为犯曲之祖乎？太白之箫声咽,乐天之汴水流,此以诗填词者也。柳七之晓风残月,坡公之大江东去,此以词度曲者也。由诗入词,由词入曲,正如风起青苹,必盛于土囊；水发滥觞,必极于覆舟；势使然也。而说者断欲剖而三之,不亦固乎！且今之人,往往高谈诗而卑视曲。词在季孟之间,予独谓能为曲者,方能为词。能为词者,方能为诗。何者,音与韵,莫严于曲。阴阳开闭,一字不叶,则肉声抗坠,丝竹随之。词虽稍宽于曲,然每见作者平侧失衔,庚侵杂用,是徒缀其文,未谐其声,犹然古风长短句耳。故以诗为词,合者十一。以曲为词,合者十九。若以词曲之道,进而为诗,则宫商相宣,金石相和,飒飒乎皆《三百篇》矣。笠翁精于曲者也,故其论词,独得妙解,而与予见合如此。然自此选出,人将俎笠翁于花草之间,不复呼曲子相公矣。予又曰：犹未足尽我笠翁也。试与之言诗,笠翁当更进矣。

3. 沈新林《李渔评传》(节选)

李渔所论的结构,"是剧作家在编撰剧本时对全剧的情节、人物、矛盾冲突的设计和安排"(俞为民《李渔〈闲情偶寄〉曲论研究》),其实是指创作构思。可能李渔生活的时代还没有"构思"这个提法,而"结构"的内涵则与今天"构思"相近。李渔把总体构思放在首要地位,是很有见地的。构思是一部作品成败得失的关键。剧作家"绝对不在布局尚未确定以前,就把任何一个枝节的想法落笔"(狄德罗《论戏剧艺术》)。李渔称构思"如造物之赋形","工师之建宅","故作传奇者,不宜卒急拈毫,袖手于前,始能疾书于后"(《闲情偶寄·词曲部上·结构第一》)。这是李渔建立古代戏曲创作完整理论体系的前提。

(南京：南京师范大学出版社1998年版,第371页)

【拓展指南】

一、清代文学批评重要研究资料简介

1. 陈居渊:《清代朴学与中国文学》,南昌:百花洲文艺出版社 2000 年版。

简介:本书分三编,上编为"清理代朴学的萌发和清初文学的经世特征",中编为"清代朴学的鼎盛和乾嘉文学的多元嬗变",下编为"清代朴学的衰微和晚清文学的时代精神",对朴学变迁与清代文学创作、观念、思潮的关系进行深入了研究。

2. 邬国平、王镇远:《中国文学批评通史·清代卷》,上海:上海古籍出版社 1996 年版。

简介:本书是王运熙、顾易生主编的《中国文学批评通史》第六卷,描述历史全面,文献资料翔实,理论分析透彻,是全面了解清代文学批评理论的重要资料。

3. 张健:《清代诗学研究》,北京:北京大学出版社 1999 年版。

简介:本书围绕真伪、正变、雅俗三对范畴探讨了明末清初至清代中期各个阶段诗学发展的不同特点和演变规律,对各个流派的诗歌理论进行了充分的阐述,全书规模宏大、线索清析、论点鲜明、论述细密,是一部颇有深度的清代诗学力作。

4. 孙克强:《清代词学》,北京:中国社会科学出版社 2004 年版。

简介:本书共十一章,前四章对清代词学的背景和特征进行了综合性的考察,后七章论述了明末清初至晚清各个阶段词学流派的人员构成和词学主张。引用资料丰富翔实,但又不流于烦琐的考证,对清代词学的论述尤为全面。

5. 杜书瀛:《论李渔的戏剧美学》,北京:中国社会科学出版社 1982 年版。

简介:这是第一部研究李渔戏剧美学的专著。全书分五章,分别论述了李渔对戏剧真实、戏剧的审美特性、戏剧结构、戏剧语言、戏剧导演五个重要问题的观点。作者能够结合中国古代戏曲创作和西方戏剧理论对李渔的理论得失进行评价,论证深刻。

二、其他重要研究资料索引

(一) 著作

1. 戴鸿森:《姜斋诗话笺注》,北京:人民文学出版社 1965 年版。
2. 霍松林、杜维沫校注:《原诗·一瓢诗话·说诗晬语》,北京:人民文学出版社 1979 年版。
3. 〔日〕青木正儿著、杨铁婴译:《清代文学评论史》,北京:中国社会科学出版社 1988 年版。
4. 吴宏一:《清代词学四论》,台北:联经出版事业公司 1990 年版。
5. 谭帆:《金圣叹与中国戏曲批评》,上海:华东师范大学出版社 1992 年版。
6. 王英志:《性灵派研究》,沈阳:辽宁大学出版社 1998 年版。
7. 王镇远、邬国平:《清代文论选》,北京:人民文学出版社 1999 年版。
8. 陈果安:《金圣叹小说理论研究》,长沙:湖南师范大学出版社 1999 年版。
9. 蒋寅:《王渔洋与康熙诗坛》,北京:中国社会科学出版社 2001 年版。

10. 吴孟复:《桐城文派述论》,合肥:安徽教育出版社 2001 年版。

(二) 论文

1. 马茂元:《桐城派方、刘、姚三家文论评述》,《古代文学理论研究》第 1 辑。
2. 邱世友:《张惠言论词的比兴寄托——常州词派的寄托说之一》,《文学评论》1980 年第 3 期。
3. 王汝梅:《李渔的"无声戏"创作及其小说理论》,《文学评论》1982 年第 2 期。
4. 蒋凡:《论叶燮及〈原诗〉》,《复旦学报》1984 年第 2 期。
5. 萧驰:《王夫之的诗歌创作论——中国诗歌艺术传统的美学标本》,《中国社会科学》1984 年第 3 期。
6. 王英志:《翁方纲"肌理说"探讨》,《中国文艺思想史论丛》第 1 辑。
7. 钱仲联:《清代学风与诗风的关系》,《文史知识》1985 年第 10 期。
8. 高小康:《金圣叹人物理论新探》,《文艺理论研究》1988 年第 5 期。
9. 王达津:《说方苞义法》,《古代文学理论研究》第 12 辑。
10. 高小康:《明清之际文艺思潮的转折》,《文艺评论》1992 年第 1 期。
11. 马焯荣:《笠翁莎翁比较研究导论》,《地方戏艺术》1992 年第 2 期。
12. 陈果安:《根植于民族文化的典型论:金圣叹的性格说》,《湖南师范大学学报》1992 年第 3 期。
13. 刘世南:《论王士禛的诗论与诗》,《文学评论》1992 年第 6 期。
14. 陈居渊:《清代性灵说与王学》,《文史哲》1994 年第 6 期。
15. 吴兆路:《沈德潜"温柔敦厚"说新解》,《文学遗产》1997 年第 4 期。
16. 孙克强:《清代词学的南北宋之争》,《文学评论》1998 年第 4 期。
17. 关爱和:《姚鼐的古文艺术理论及其对桐城派形成的贡献》,《文艺研究》1999 年第 6 期。
18. 陶水平:《析王夫之对诗与其他文体的界分及其诗学理论意义》,《江西师范大学学报》2000 年第 2 期。
19. 钟明奇:《明清小说戏曲批评中的"奇"与"幻"及"真"》,《古代文学理论研究》第 19 辑。
20. 关爱和:《嘉道之际的文学精神与创作主题》,《中国社会科学》2002 年第 5 期。

第八章　近代文学批评

从鸦片战争到五四运动,中国文学进入近代时期,文学批评在中、西文化的交汇和碰撞中,开始向现代迈进。近代文学的前五十年,文学话语总体上因袭着传统的惯性,也表现出求新求变的思想趋向,如刘熙载、陈廷焯等的诗文词批评,在批评的体系与方法上都有所拓展。甲午战争以后,西方思想加速涌入,文学批评也深受影响,梁启超的文学革命理论和王国维对传统文论的现代诠释,代表着近代文论融汇东西方美学思想的最新成果。

第一节　西学东渐与文化转型

自晚明西方教士进入中国以来,在两三个世纪里,西洋新知不断输入,古老的"天道"思想受到了西方的"天学"在宗教信仰与自然科学两方面的挑战。康熙后期,中国政府与罗马教廷发生了所谓"中西礼仪之争",清政府禁止传教活动,西学传播的途径被阻断了。直到19世纪中叶,西方列强以坚船利炮轰开中国的大门,中国才发现,曾经唯我独尊的"天下"不过是夜郎自大的虚构图景,当今世界已然进入弱肉强食的"万国"时代。

鸦片战争以来,以林则徐为代表的中国知识分子开始"开眼看世界"。魏源的《海国图志》和徐继畬的《瀛环志略》是传统知识转型的象征性标志。齐思和论清代学术说:"夫晚清学术界之风气,倡经世以谋富强,讲掌故以明国是,崇今文以谈变法,究舆地以筹边防,凡此数学,魏氏或导之,或光大之。"[①]魏源在《海国图志序》里提出"师夷之长技以制夷"的思想,提倡向西方学习,成为洋务运动的思想前驱。稍后的冯桂芬《校邠庐抗议》明确要

[①] 齐思和:《魏源与晚清学风》,见冯天瑜、邓建华、彭池编著《中国学术流变》,上海:华东师范大学出版社2003年版,第640页。

求:"以中国之伦常名教为原本,辅以诸国富强之术。"①这种思想逐渐形成"旧学为体、新学为用"的近代化纲领。"中学"指以三纲五常为核心的儒家学说,"西学"指近代传入中国的自然科学和商务、教育、外贸、万国公法等社会科学,实质上把传统儒学视为伦理道德和政治统治合理性的终极依据,把西方知识限制在器物与实务层面上。太平天国运动后,中国政局进入所谓的"同治中兴",曾国藩、李鸿章、张之洞等清廷官员,筹办实业,提倡学习西方的自然科学和军事技术,希望通过洋务运动实现富国强兵。洋务运动是传统和现代文化交融的产物,它在维护封建统治的基础上,采取西方的科学技术以及文化教育方面的具体办法来挽救统治危机,对近代中国的经济基础和政治、文化生态发挥了重要的影响。

1895年的中国,在思想史上具有象征意义。中日甲午战争的挫败,事实上已经宣示了洋务运动的破产,使中国知识分子深受震憾,所谓"甲午丧师,举国震动,年少气盛之士,疾首扼腕言'维新变法'"②。他们意识到,中国不仅在器物层面落后,而且在政制与文化上与西方国家有着全方位的落差。此后,康、梁等人以公羊学的意旨,托古改制,倡导立宪法、开议会、开民智、办学校等具有现代意义的政制理想。其"百日维新"借镜日本明治维新的经验,提倡以君主立宪制为目标的制度变革,具有现代启蒙意义。在戊戌变法前后,严复完成《天演论》的翻译工作,宣传"物竞天择"、"适者生存"的生物进化论,向国人发出了与天争胜、图强保种的呐喊,产生了振聋发聩的影响。其著名译著如亚当·斯密的《原富》、斯宾塞的《群学肆言》、孟德斯鸠的《法意》等,第一次把西方的古典经济学、政治学以及自然科学和哲学理论较为系统地引入中国,启蒙与教育了一代国人。桐城派文人林纾等人翻译西方小说达二百部,向中国民众展示了丰富的西方文化,开拓了人们的视野。同时,一些重要的翻译出版机构和现代报业迅速发展,对开启民智、提高国民素质产生了积极的作用。

辛亥革命推翻了统治中国两千多年的帝制王朝,建立了现代意义上的宪政国家,是近代史上的又一重大历史事件。中国的近代化进程始终伴随着思想上的启蒙,但从洋务运动、戊戌变法到辛亥革命,向西方学习的重点尚滞留在器物或政制层面,社会肌体依然麻木不仁。梁启超在《五

---

① 冯桂芬:《采西学议》,见冯桂芬《校邠庐抗议》,郑州:中州古籍出版社1998年版,第211页。
② 梁启超:《清代学术概论》,北京:东方出版社1996年版,第88页。

十年中国进化概论》里把近代文化变迁分为三个时期:第一期"先从器物上感觉不足",促成洋务运动的发展;第二期"从制度上感觉不足",因而有戊戌变法和辛亥革命;第三期便是"从文化根本上感觉不足",他认为,"革命成功将近十年,所希望的件件都落空,渐渐有点废然思返,觉得社会文化是整套的,要拿旧心理运用新制度,决计不可能,最后要求全人格的觉醒"。① 作为历史的参与者,梁启超深刻地认识到从心理上重建思想文化的重要性和迫切性。爆发于1919年的五四运动以"科学"与"民主"为旗帜,把中国的近代化进程引向思想文化的彻底变革,翻开了文化史上新的一页。

近代文学批评在内忧外患的历史情境和西学东渐的进程中,洋溢着深切的忧患意识和救亡图治的经世精神。同时,随着西方的新思想、新术语、新方法的引进和运用,近代文学批评开始了面向现代的深刻转型。它一方面继承和发展传统文论的思想和话语,另一方面模仿和学习西方文学批评的方法和话语,尝试建立适应中国文学批评的新的批评范式。

近代文学批评受西方思想的影响,形成具有现代特征的新思维与新方法。在知识背景方面,近代文学批评受以尼采、叔本华为代表的新人本主义和实证主义的影响。传统文论往往受到儒、释、道文化的浸润,而近代文学批评不但有其"中源",而且有其西学背景,严复对《天演论》的翻译使得进化论深入人心,这不仅关系到对小说、戏曲等俗文学的评价问题,对文学史研究的思维方式也有着深远影响。王国维、鲁迅等则留学日本,受到当时盛行的叔本华、尼采哲学的影响,王国维对叔本华美学在古典文学研究领域驾轻就熟的运用,鲁迅对19世纪欧洲浪漫主义精神的阐扬,彰显出近代文学批评兼贯中西的话语背景。这一时期,西方实证主义与乾嘉考据学的研究方法相印证,得到广泛关注和借鉴,使古典文学的研究逐渐趋向于逻辑化、科学化,严肃的美学或实证研究取代了传统的印象式批评,逐渐发展为文学批评的主流。在书写方式方面,近代文学批评由片断式的书札、诗话向着论文与论著发展,文体结构日趋严谨与整饬,批评语言趋向于通俗化和规范化。这一时期,受西方文化影响,现代报业和出版业的兴起使批评语境及其交流形式得到很大改变,报刊文章代替诗话札记,具有学术规范的专业论著代替了藏之名山的珍密抄本,成为学术活动的载体,涌现出一批具有开拓价值的文学论文和论著。与此同时,文体文风改良运动也蓬勃发展,裘廷梁在

---

① 梁启超:《饮冰室合集》,北京:中华书局1989年版,《文集》卷三十九。

1900年发表的《论白话为维新之本》，正式提出"崇白话而废文言"，梁启超等提倡文学革命，也提出"言文合一"的主张，使得论文与论著的语言形式向着通俗化与规范化发展。在文体样式上，受西方文体观念影响，传统上不登大雅之堂的戏曲、小说受到了广泛的重视。梁启超等倡导的小说界革命和戏曲改良，视小说为"文学之最上乘"，南社文人柳亚子、陈去病等创办《二十世纪大舞台》，把优伶戏剧作为改良社会和启发民众的重要舞台。而王国维则以专业的态度，对《红楼梦》和宋元戏曲史进行了深入细致的研究。戏曲、小说的文学地位的上升和确立，为现代文学创作和批评的发展开拓了广阔空间。

近代文学批评是一个革故鼎新的过程，旧的文学批评和新的文学批评都有较高的成就，展现出新风格和新气象。总体看，从鸦片战争到甲午战争的数十年，文学批评以继承传统为主，但部分作品也表现出日趋成熟的批评风格。这一时期，桐城派的文学和文论仍然在士人群体中有较大影响，姚门弟子方东树的《昭昧詹言》，以桐城派的义法说诠释诗学史，是一部以文论诗的著作。常州词派的词论取得了重要的发展，涌现出以《复堂词话》、《白雨斋词话》和《蕙风词话》为代表的一批重要的词学论著。其中陈廷焯提倡"温厚沉郁"，况周颐标举"重、拙、大"，形成了具有阐释力的理论学说。刘熙载的《艺概》以体分类，史论结合，被认为是继《文心雕龙》之后一部比较系统的文艺美学著作。这一时期的文学批评也烙印着伤时忧世的时代特征，龚自珍、魏源等深切地触摸到了"山雨欲来风满楼"的时代症候，以为"六经皆圣人忧患之书"，强调文学必须经世致用。传统色彩较浓的桐城派文人，也逐渐突破雅洁的书写范式，描写西方社会的风情和民俗，出现要求改革和向西方学习的呼声，而陈廷焯、况周颐对"沉郁"、"沉重"等范畴的美学分析，也映现出这个时代的忧郁情怀。

自90年代以后，由于洋务运动的发展和戊戌变法的兴起，西方文化加快输入，文学思想展现出更为显著的现代色彩。近代文学批评从龚自珍、魏源等人开始，到维新派提倡文学革命，再到革命派的诗文批评，都洋溢着近代的启蒙精神。戊戌变法以后，资产阶级维新派文人提倡诗界革命、文界革命和小说界革命，希望通过文学革命来唤起大众，推动维新运动的发展。梁启超是其理论上的代表，他创办了中国最早的小说期刊《新小说》，和黄遵宪等人一起提倡"杂歌谣"、筹办"诗界潮音集"等。清末的谴责小说和黄遵宪的"我手写我口，古岂能拘牵"的新派诗是文学革命的实绩。资产阶级革命派的文人则明确要求文学成为用革命手段推翻满清的舆论工具。章炳麟提倡"震以雷霆之声"而"为义师先声"。① 柳亚子则"振唐音以斥楚伧,尤重布衣之诗",以此来"扬清激浊",排满反清,又与南社诸子共同发起戏剧改良,"以演光复旧物,推倒虏朝之壮剧快剧"为己任,弘扬民族主义精神。② 这一时期,鲁迅写成《摩罗诗力说》,宣扬以拜伦和雪莱为代表的资产阶级上升时期的积极的浪漫主义诗歌,呼唤"精神界之战士",倡导"新声","立意在反抗,指归在动作",以浪漫派的新文学反对旧文学和旧文化。③ 王国维的《红楼梦评论》和《人间词话》运用西方哲学和美学思想对经典作品的美感特质和文化内涵作出开创性的解读,其《宋元戏曲史》是第一部以现代科学方法对戏曲史进行系统研究的著作。王国维等人的文学批评融贯中西方文化精神,解读古代经典,形成日趋严谨的研究思维,为现代文论发展的奠定了基础,开辟了道路。

总之,近代文学批评在东方与西方、传统与现代、经世与审美的比较与融合过程中,探寻着中国文论的批评范式与发展道路,有着重要的理论贡献与开拓意义。

第二节 刘熙载《艺概》和陈廷焯《白雨斋词话》

《艺概》和《白雨斋词话》是近代较为重要的两部文学批评著作,前者对传统文学进行了颇为系统的总结和批评,后者则在晚清常州词派兴盛一时的背景下,代表了这一派词学批评的成就。它们在形式上和内容上延续着古典文论的结撰方式与问题意识,但在运思方法上却有着系统化的趋向,是传统文论的进一步拓展和深化。

一、刘熙载《艺概》

刘熙载(1813—1881),字伯简,号融斋,又号寤崖子,江苏兴化人。道光二十四年(1844)进士,官至广东提学使,晚年主讲上海龙门书院。著有《古桐书屋六种》、《古桐书屋续刻三种》。《艺概》写成于清同治十三年

---

① 章炳麟:《革命军序》,见舒芜等编选《近代文论选》,北京:人民文学出版社1999年版,第401页。
② 柳亚子:《胡寄尘诗序》、《二十世纪大舞台发刊辞》,见舒芜等编选《近代文论选》,北京:人民文学出版社1999年版,第452、455页。
③ 鲁迅:《摩罗诗力说》,见舒芜等编选《近代文论选》,北京:人民文学出版社1999年版,第776页。

(1873),包括《文概》、《诗概》、《赋概》、《词曲概》、《书概》、《经义概》六个部分,是其《古桐书屋六种》之一。它采取史论并重的方法,梳理古典艺术源流,进行理论上的批评与概括,是一部较为系统的分体文学史论与文艺概论。

(一)体例与方法

《艺概》在书写体例上形成了鲜明的特征。全书六卷,分体阐述文艺创作的源流正变,每卷有三个部分。第一部分以简明扼要的语言点明宗旨,如《诗概》开篇只用两则文献,以少概多,点出作者对诗学的本质看法。第二部分是文学史论,以时代为序,通论文学史上的代表作家和代表作品。论述的范围大体包括从先秦到宋元,论述的详略则以作家作品的重要性和作者的偏好为准。如论述初唐四子的文献只有两则,而论述李白的有十四则,论述杜甫的有十六则,最后以"太白志存复古,少陵独开生面,少陵思精,太白韵高,然真实之志,尤当观其合焉",总揽关于李、杜的论述。[①] 第三部分是理论批评,探讨各种文体的创作特征和写作技巧。例如《诗概》论述了乐府、五七言、律诗、绝句的流变与文体特征,探讨了诗歌创作的篇法、句法、风格和音韵等问题,对情志、气格、比兴、雅俗等诗学理论进行探讨,提出自己的看法。《艺概》纵、横结合,史、论并重,"史以论为依据,论以史为内容"[②],形成较为严谨的书写体例。这使得它成为继《文心雕龙》之后一部较系统的文艺理论著作。

《艺概》在书写方法上也有独特的成就。刘熙载对各体文学的历史及其创作理论进行分梳,具有一定的历史眼光和辩证思维,这使得他能较好地揭示文学演变的规律和各种文体的艺术特质。其主要方法有:

1. 举少概多

如何揭示和阐发文学流变的规律?刘熙载提出"举此以概乎彼,举少以概乎多",让读者"明其指要","触类引申"。所谓概,指概括和抽象,使个别事实上升为具有普遍意义的理论。如他说:"诗为赋心,赋为诗体。诗言持,赋言铺,持约而铺博也。"三言两语,就使得诗赋含义皆现。这使得《艺概》言简意赅,表现出独特的批评个性和撰述风格。[③]

[①] 刘熙载:《艺概》,上海:上海古籍出版社1978年版,第61页。本节凡引自本书者,不再注。
[②] 张少康:《中国文学理论批评史》,北京:北京大学出版社2006年版,第407页。
[③] 叶当前:《论〈艺概〉的文艺批评方法》,《巢湖学院学报》2003年第5期。

2. 考镜源流和比较异同

《艺概》注重在纵向上分析前代与后代文学的渊流关系，在横向上对风格类似的作家进行异同比较，通过追溯法和比较法，凸显出各类文学的独特风貌。如比较王安石与苏轼之文说："介甫之文长于扫，东坡之文长于生，扫故高，生故赡。"又如论王安石说："王荆公诗学杜得其瘦硬，然杜具热肠，公惟冷面。"后者既作溯源，又作比较，使得诗学发展的脉络更为清晰。

3. 运用辩证的观点分析问题

刘熙载在《艺概》中屡次提到"物一无文"。其《经义概》说："《易·系传》言'物相杂故曰文'，《国语》言：'物一无文'，可见文之为物必有对也，然对，必有主是对者矣。""物一无文"在这里有两层意味，一层是万物相互交融（必有对）而有文采；一层是对立的事物必须和谐统一（必有主）才能产生美感。因而文学创作是物与我，即主观与客观相统一的产物，他说："在外者物色，在我者生意，二者相摩荡而赋出焉。"物色与生意、主观与客观辩证统一，才能酝酿出文学作品的艺术美。《艺概》在论及文学艺术时，运用了一系列对应范畴，如正与变、义与法、文与质、结实与空灵、沉着与飘逸等，从这些范畴的矛盾运动和相互作用中追寻艺术创作过程的轨迹，对文学的特质进行了较为深刻的阐释。①

（二）主要文学思想

刘熙载的文学思想以"不偏不倚，平允客观"而见称。② 但是，这种不偏不倚的论述里，也闪烁着启人深思的真知灼见。较为突出的有以下几个方面。

1. "言语亦心学"的文学本质论

刘熙载认为文学作品是物、我相摩荡而产生的，是物与我、迹与心的统一。他说："但有迹者亦见心，但言心者亦具迹也。"因而，文学实质上就是"心学"，所谓"杨子云谓'言为心声'，可知言语亦心学也"。在此基础上，他指出"辞欲丽，迹也；义欲雅，心也"，要求心灵的抒写合乎雅正之道。他以为，"昔人词咏古咏物，隐然只是咏怀，盖其中有我在也"。而这些物我交融、睹物感怀的吟咏，必须"耿吾得此中正"，才是崇高的诗人情怀。显然，陈廷焯关于"言语亦心学"的论述，蕴含着"文以载道"的儒家思想底蕴。

---

① 孙蓉蓉：《"物一无文"与艺概》，《南京大学学报》1998年第4期。
② 黄霖：《中国文学批评通史·近代卷》，上海：上海古籍出版社1996年版，第767页。

2. "诗品出于人品"的风格论

言语是心灵的映现,因而,诗品也是人格的表达。刘熙载认为"言诗格者必及气",与风格相关的是作品中洋溢出来的精神气象。他说:"山之精神写不出,以烟霞写之,春之精神写不出,以草树写之,故诗无气象,则精神亦无所寓矣。"这种精神气象是人格修养的表现,也是文章的风格所在。刘熙载所推崇的气象是"雍容静穆"。如他说:"诗不清则芜,不穆则露,穆如清风,宜吉甫之言合之。"又如论徐幹之文说:"其气亦雍容静穆,非有养不能至焉。"人品与诗品之间有一个"养气"的环节,"雍容静穆"的气象是人格与风格的统一。

3. "寓真于诞,寓实于玄"的创作论

刘熙载崇尚本色与真实,认为"文尚华者日落,尚实者日茂","文惟其是,惟其真,舍是与真,而于形模求古,所贵于古者果如是乎?"因而,他以为杜甫的诗歌"直取性情真",就是最高境界。刘熙载主张文学创作是真与诞、实与虚的统一。他论庄子之文说:"寓真于诞,寓实于玄,于此见寓言之妙。"又论赋说:"按实肖像易,凭虚构象难,能构象,乃生生不穷矣。"只有在生活真实的基础上加以创造和想象,才会创出"生生不穷"的艺术世界。

4. 诗赋文词曲"互补"的文体论

《艺概》注意辨章文体的区别。他论诗、文的区别说:"文所不能言之意,诗或能言之。大抵文善醒,诗善醉,醉中语亦有醒时道不到者。"论诗、赋的区别说:"诗辞情少而声情多,赋声情少而辞情多。"他认为诸种文体各有特质,它们的流变和并存,是各有不足、相辅相成的结果。例如,"词如诗,曲如赋,赋可补诗之不足者也。昔人谓金元所用之乐,嘈杂凄紧缓急之间,词不能按,乃更为新声,是曲亦可补词之不足也"。

5. "文之道时为大"的文学史论

刘熙载认为,文学的发展"与时消息",随着时代的发展而变化。如他叙述古文的发展,以为"自《庄》、《列》出而一变,佛书入中国又一变,《世说新语》成又一变。此诸书人鲜不读,读鲜不嗜,往往与之俱化矣"。刘熙载以发展的眼光考察文学史,往往能揭橥不同时期古文的文学特质,如"秦文雄奇,汉文醇厚","汉魏之间,文灭其质","韩文起八代之衰,实集八代之成,盖惟善用古者能变古,以无所不包,故能无所不扫",俱为精当之论。

总之,刘熙载《艺概》通论文学创作与批评,对许多重要的作家作品进行评价,辨章源流关系,总结艺术发展的规律,在体例和方法上自成体统,不

愧为中国古代文艺美学的殿军。

二、陈廷焯《白雨斋词话》

陈廷焯(1853—1892),原名世焜,字亦峰,江苏丹徒人。光绪十四年举人。终身不仕,专攻词学。早年倾向浙派,编有《云韶集》等,后受其同乡庄棫的影响,认为"复古之功,兴于茗柯(张惠言),必也成于蒿庵(庄棫)乎",遂改宗常州词派,著有《白雨斋词话》、《白雨斋词存》、《白雨斋诗抄》、《词则》等。其《白雨斋词话》十卷,经五易其稿,写成于光绪十年年末。在其去逝后,由许正诗整理、其父陈铁峰审定,删成八卷,于光绪二十年刊行。《白雨斋词话》是中国古代词话中篇幅最大、颇具特色的一部重要著述。

陈廷焯的《白雨斋词话》"专在直揭本原"[1]。他在对清代词学进行批判和总结的基础上,继承常州词派"本与比兴"、"意内言外"的观点,提出"作词贵求本原"的思想,认为"本之所在,未易骤探,第求诸《词选》,尚不足臻无上妙谛"。陈廷焯所谓"本原",是指词体的文学特质和渊源,他在《自序》里揭示了其理论要点:"本诸风骚,正其性情,温厚以为体,沉郁以为用。"[2]概言之,即通常所称的"沉郁说"。其要点如下:

(一)"沉郁"说的生命本质

陈廷焯"所著词话八卷,一本温柔敦厚"[3],要求词能够表现哀而不怨、忧而不伤的"忠厚"性情。"温厚",也被写作"忠厚",指词人的性情、修养。陈廷焯说:"温厚和平,诗教之正,亦词之根本也。然必须沉郁顿挫出之,方是佳境。""温厚和平"是作词的"根本","沉郁顿挫"则是"温厚和平"的适当表现方式,二者在陈廷焯词学里是本末贯通的。

陈廷焯最推崇的词人是王沂孙,以为"南宋词人,感时伤事,缠绵温厚者,无过碧山,白石次之"。那么,王沂孙的词何以"温厚"? 他说:"碧山词性情和厚,学力精深。怨慕幽思,本诸忠厚,而运以顿挫之姿、沉郁之笔。论其词品,已臻绝顶。"显然,温厚是性情涵养的表现。与王沂孙相比,姜夔的词风"雅正",却"未能免俗"。陈廷焯认为"雅正"与"忠厚"不同,"雅正"是

---

[1] 曹保合:《论陈廷焯的"本原论"》,《文学遗产》1996年第4期。
[2] 陈廷焯:《白雨斋词话》,北京:人民文学出版社2005年版,第2页。本节凡引自本书者,不再注。
[3] 包荣翰:《白雨斋词话跋》,见陈廷焯《白雨斋词话》,北京:人民文学出版社2005年版,第225页。

修辞学的外在表象，"忠厚"是性情和学力的呈现。不仅如此，"忠厚"还是文学创作里超越一切风格的人性内涵。陈廷焯说："诚能本诸忠厚，而出以沉郁，豪放亦可，婉约亦可，否则豪放嫌其粗鲁，婉约又病其纤弱矣。"婉约与豪放是词学里权威的分类法，陈廷焯对之嗤之以鼻，而以忠厚沉郁为旨要。他以为，王沂孙的"沉郁"、张炎的"超逸"、陈允平的"淡雅"，彰显出不同风格，却同样地内涵"忠厚"的气质，所以能够"感人之情性"。陈廷焯认为忠厚之词能够感发人心，激发读者的性情之正。他评价冯延巳是"忠厚恻怛，蔼然动人"，评价双卿词是"此词悲怨而忠厚，读竟令人泣数行下"，显然，他的"温厚"说继承和发展了儒家"温柔敦厚"的诗教传统。

（二）"沉郁"说的艺术表现

陈廷焯认为"温厚和平，诗词一本也"。诗贵"平远雍穆"，而词"以温厚和平为本，而措语以沉郁顿挫为正"。他进而认为"舍沉郁之外，更无以为词"。这是他对诗、词在艺术表现方面的界说。陈廷焯在《白雨斋词话》里对"沉郁"有明确的解释：

> 所谓沉郁者，意在笔先，神余言外。写怨夫思妇之怀，寓孤臣孽子之感，凡交情之冷淡，身世之飘零，皆可于一草一木发之。而发之又必若隐若现，欲露不露，反复缠绵，终不许一语道破。匪独体格之高，亦见性情之厚。

"沉郁"说包含内容方面的感慨和哀怨，不外乎"怨夫思妇"、"孤臣孽子"的冷淡情怀。身处乱世的陈廷焯，悲凉的主观情怀构成其提出"沉郁"说的内在因素。但从词学上讲，其"沉郁"主要指艺术表现方面的"意在笔先，神余言外"。主要有几层意思：

第一，沉郁说的核心思想是比兴寄托。所谓怨夫思妇、孤臣孽子之感慨，"于一草一木发之"，这就是比兴寄托。首先是要有深刻的感触。他说："夫人心不能无所感，有感不能无所寄，寄托不厚，感人不深，厚而不郁，感其所感，不能感其所不感。"这种"所感"适当的表现方式是"比兴"。他说："伊古词章，不外比兴。谷风阴雨，犹自期以同心，攘垢忍尤，卒不改乎此度。为一室之悲歌，下千年之血泪，所感者深且远也。"有所感是比兴的情感内容，比兴是"所感者"的表现形式。陈廷焯对"比兴"的蕴涵有着严格的界说。他认为：

> 宋德祐太学生《百字令》、《祝英台近》两篇，字字譬喻，然不得谓之"比"也。以词太浅露，未合风人之旨。如王碧山《咏萤》、《咏蝉》诸

篇,低回深婉,托讽于有意、无意之间,可谓精于"比"义。若"兴"则难言之矣,托喻不深,树义不厚,不足以言"兴"。深矣厚矣,而喻可专指,义可强附,亦不足以言"兴"。所谓"兴"者,意在笔先,神余言外,极虚极活,极沉极郁,若远若近,可喻不可喻,反覆缠绵,都归忠厚。

陈廷焯对"兴"的定义与其对"沉郁"的解释如出一辙,可见"比兴"与沉郁说有着重叠的意蕴。他认为,真正的比兴意蕴深厚而极虚极活,意在言外而极沉极郁,"托讽于有意、无意之间",形成"浑涵"的艺术风貌。此外,"比兴"还需表现以"含蓄不露"的艺术风格。他在评价姜夔时指出:"感慨时事,发为诗歌,便已力据上游。特不宜说破,只可用比兴体。即比兴中,亦须含蓄不露,斯为沉郁,斯为忠厚。"有比兴,故以深厚;有含蓄,故能意在言外,无迹可寻。含蓄是比兴的题中之意。

第二,沉郁的风格还需济之以"顿挫"的笔法。陈廷焯论词学门径说:"沉郁之中,运以顿挫,方是词中最上乘。"何谓顿挫?他论周邦彦词说:"顿挫则有姿态,沉郁则极深厚。既有姿态,又极深厚,词中三昧亦尽于此矣。"在评价辛弃疾时说:"稼轩'更能消几番风雨'一章,词意殊怨。然姿态飞动,极沉郁顿挫之致。起处'更能消'三字,是从千回万转后倒折出来,真是有力如虎。"可见,顿挫是一种能够在"千回万转后倒折出来"的写作艺术,形成了一种欲飞还敛的飞动之姿。如果一往不返,则是浅薄,唯其往复百折,欲飞还敛,才使得"怨夫思妇之怀,寓孤臣孽子之感",极具沉郁顿挫之风致而感人至深。

(三)"沉郁"说的历史源流

陈廷焯认为,"沉郁"是词学的精髓,其精神可以溯源于《变风》与《楚辞》。他说:"作词之法,首贵沉郁,沉则不浮,郁则不薄。顾沉郁未易强求,不根柢于风骚,乌能沉郁。十三国变风、二十五篇楚词,忠厚之至,亦沉郁之至,词之源也。"认为风骚的本质在于"忠厚"和"沉郁",并且对那些只袭其貌,不能探骊得珠的写作,深表不满。

其实,常州派的开山张惠言就标举比兴而上附风骚之旨,周济也"以为词者,意内而言外变风、骚人之遗"[①],陈廷焯进而以"风骚"为源头,以"沉郁"为宗旨,对词学的渊流进行分疏。如他论清代词人,认为"陈、朱之词,佳处一览了然,不能根柢于风骚,局面虽大,规模终隘也",而"樊榭则隐违

---

① 周济:《词辨自序》,见唐圭璋主编《词话丛编》,北京:中华书局1986年版,第1637页。

乎风骚"。在他看来,只有常州词派才能力挽狂澜,所谓"张皋文《词选》一编,扫靡曼之浮音,接风骚之真脉"。常州词派的庄棫是陈廷焯词学思想的启蒙者,陈廷焯以为,庄棫之词"发源于《国风》、《小雅》,所以独绝千古",而自己"自丙子年与希祖先生遇后,旧作一概付丙,所存不过己卯后数十阕,大旨归于忠厚,不敢有背风骚之旨"。陈廷焯把词学精神溯源于风骚的旨趣,一方面是要继承风骚的抒情言志和温柔敦厚的传统,另一方面则要使之摆脱诗余小道的桎梏,跻身诗学的主脉,从而彻底实现"尊体"的意旨。显然,这种"本诸风骚"的"沉郁"说是对常州词派理论的继承与深化。

第三节　梁启超的文学革命理论

甲午战争以后,中国知识分子对西方的认知从物质文化向制度文化、思想文化方面纵深发展,表现在文学批评方面,梁启超和王国维等先觉者融汇东西方文化,进行了具有现代意义的文学批评活动。梁启超(1873—1929),字卓如,号任公,别署饮冰室主人,广东新会人。近代著名的政治活动家和学者。他早年追随康有为,进行维新变法运动。失败后,流亡海外十四年。辛亥革命胜利后回国,参加政党活动,反对袁世凯和张勋的复辟活动,与康有为决裂。晚年,任教于清华大学国学院,从事学术研究,著有《饮冰室合集》。

梁启超在戊戌变法失败后,致力于舆论宣传与思想启蒙,提倡"文学革命",发生了很大影响。其文学革命理论包括诗界革命、文界革命和小说界革命三个部分。

一、梁启超的"诗界革命"理论

梁启超的"诗界革命"理论是近代资产阶级维新派诗歌创作活动的理论概括和纲领。它提出的标志是写于1899年12月的《夏威夷游记》:

> 今日不作诗则已,若作诗,必为诗界之哥仑布、玛赛郎……欲为诗界之哥仑布、玛赛郎,不可不备三长,第一要有新意境,第二要有新语句,而又须以古人之风格入之,然后成其为诗。……吾虽不能诗,惟将竭力输入欧洲之精神思想,以供来者之诗料,可乎,要之支那非有"诗界革命",则诗运殆绝,虽然诗运无绝之时也。今日者,革命之机渐熟,

而哥仑布、玛赛郎之出世必不远矣。①

梁启超的"诗界革命"理论基于维新派诗人的诗歌实践基础之上。在维新运动前后,新诗的写作有两种:一种是夏曾佑、谭嗣同的新学诗。梁启超《饮冰室诗话》说:"盖当时所谓新诗者,颇自喜捃扯新名词以自表异,丙申、丁酉间,吾党数子皆好作此体,提倡之者夏穗卿,而复生亦綦嗜之。"②这种新学诗的创作特征是"捃扯新名词",即运用新语句。梁启超认为,夏曾佑和谭嗣同的新学诗语言晦涩,虽有新语句,却不能把"欧洲之精神思想"清楚地表现出来,"苟非当时同学者,断无从索解"。一种是以黄遵宪为代表的新派诗。黄遵宪是近代资产阶级维新派的代表诗人,主张"我手写我口,古岂能拘牵",他又在1891年的《人境庐诗草序》里提出"以单行之神运排偶之体","以古文家伸缩离合之法入诗"等思想,要求诗歌写作运用"今日官书方册方言谚语",写"古人未有之物,未辟之境"。③梁启超认为,黄遵宪的诗歌能够"以新理想入旧风格",堪为"诗界革命"之旗手。

梁启超对这些诗歌创作的经验进行了批判性总结,指出"诗界革命"的发展方向。这就是他在《夏威夷游记》里提出的"三长兼备"说。

一是要有新意境。梁启超说:"吾尝推公度、穗卿、观云为诗家三杰,此言其理想之深邃宏远也。"但也认为他们在运用"欧洲意境语句"时,多着眼于"物质上琐碎粗疏者",而不能深入其"精神思想"的殿堂。指出诗界革命的要务是"惟将竭力输入欧洲之精神思想,以供来者之诗料"。④"诗界革命"要开辟新意境、表现新理想,意指新诗创作描写和表达古典诗歌的那些未有之物、未有之境、未有之意,反映具有现代意义的新精神、新思想。梁启超激赏黄遵宪的《今离别》,认为这组诗以火车、电报、照相、和东西半球昼夜相反为题材,写传统的离别主题,别开生面,饶有新意,开辟了诗歌写作的新方向。

二是要运用新语句。诗歌要反映现代生活、现代思想,就必须要运现代语言。梁启超称赞黄遵宪说:"人境庐集中有一诗题为《以莲菊花杂供一瓶作歌》,半取佛理,又参以西人植物学、化学、生理学诸说,实足以为诗界开一新壁垒。"提倡采用西方的新学说、新语言入诗。他在评价丘逢甲的新派

---

① 梁启超:《饮冰室合集》,北京:中华书局1989年版,《专集》卷二十二。
② 同上书,卷四十二。本节引自《诗话》者,均不再注。
③ 舒芜等编:《近代文论选》,北京:人民文学出版社1999年版,第169页。
④ 梁启超:《夏威夷游记》,见《饮冰室合集》,北京:中华书局1989年版,《专集》卷二十二。

诗创作时说:"以民间流行最俗最不经之语入诗,而能雅驯温良乃尔,得不谓诗界革命一钜子耶。"赞成以俗语入诗的写作倾向。

三是要保持旧风格。所谓旧风格,指古典诗歌在写作技术上形成的美感,特别注重修辞的凝炼含蓄,讲究音乐感。他主张继承传统诗歌的古典美。①梁启超注意到旧风格与新语句之间的冲突,他论黄遵宪说:"盖由新语句与古风格常相背驰,公度重风格者,故勉避之。"在旧风格与新语句之间,他大体倾向于保持旧风格的美学特质,而反对"捫扯新语句"。

梁启超的诗界革命是一种思想启蒙运动,也是一次诗体改良运动。他认为,只有形式上的古典美与意境上的现代特质融洽无间,"以新理想入旧风格",才是当代诗歌的发展趋向。其重点是输入欧西文思,注重形式与内容的完整性与统一性。但他以为只有旧形式才能保持诗歌的美感特质,怀疑白话诗的艺术表现力和发展前景,这是其消极的方面。梁启超在提出"诗界革命"的口号后,在《清议报》和《新民丛报》上分别开辟"诗文辞随录"和"诗界潮音集"两个专栏,发表新派诗歌,又与黄遵宪一道提倡"杂歌谣",有力地推动了诗界革命的发展,在当时有着较大的影响。

二、梁启超的"文界革命"理论

梁启超在《夏威夷游记》里同时提出"文界革命"的问题。他在谈及日本政论家德富苏峰的著作时认为:"其文雄放隽秀,善以欧西文思入日本文,实为文界别开一生面者,余甚爱之。中国若有文界革命,亦不可不起点于是也。"②所谓"欧西文思",指西方近现代的文化精神。输入西方的现代思想与文化是"文界革命"的起点。从这方面看,梁启超的"文界革命"和其"诗界革命"的基本精神是一致的。

在形式方面,梁启超的文界革命能摆脱旧风格,创造出"新文体"。戊戌变法前后,以梁启超为代表的一批进步作家,突破了桐城古文和八股文的束缚,对旧体散文进行革新,创造出一种适应报章宣传,从内容到形式都得到较大解放的新的散文体式,初曰"报章体"、"时务体"或"新民体",后通称为"新文体"。这种"新文体"的形成,是以梁启超在《时务报》到《新民丛报》时期所发表的大量报章体散文为重要标志的。它是适应宣传维新思想

---

① 梁启超:《晚清两大家诗抄题辞》,见《饮冰室合集》,北京:中华书局1989年版,《文集》卷四十三。

② 梁启超:《夏威夷游记》,见《饮冰室合集》,北京:中华书局1989年版,《专集》卷二十二。

需要而产生的一种舆论工具,也是适应近代散文发展的必然趋势而兴起的文体文风改良运动。梁启超后来曾在《清代学术概论》中专门对"新文体"进行过总结,指出:

> 启超夙不喜桐城派古文,幼年为文,学晚汉魏晋,颇尚矜炼。至是自解放,务为平易畅达,时杂以俚语、韵语及外国语法,纵笔所至不检束,学者竞效之,号"新文体"。老辈则痛恨,诋为野狐。然其文条理明晰,笔锋常带情感,对于读者,别有一种魔力焉。①

在这段话中,梁启超简明而恰切地指出了"新文体"的几个主要特点:

一是"平易畅达"。按照梁启超的要求,新文体比传统古文在语言上更加通俗,在词汇方面更加丰富,在句法上更为灵活。在写作时应该文白相杂,骈散相间,并常杂以俚语、韵语和外国语法,使之成为一种半文半白、半雅半俗、明白晓畅、接近口语的文体形式。这种灵活的通俗化的写作风格,大大地提高了散文的表现力,受到广大民众的欢迎。像梁启超写的《少年中国说》、《呵旁观者文》、《说希望》等,就是这方面的代表作品。

二是"条理明晰"。新文体是一种新体政论文,要求写作时从内容到形式都不受旧文体形式格调的束缚。行文可以不拘一格,放言纵论,洋洋洒洒,直抒胸臆,尽意而罢;可以设喻引类,旁征博引,反复论说。但必须保证文章有条有理、层次清楚、结构严谨、井然有序。像梁启超的《变法通议》、《新民说》等就是这样一些富有条理性和层次感的文章。

三是"笔锋常带情感"。梁启超的"新文体"写得热情洋溢,自由奔放;往往大声疾呼,直抒胸臆,将议论与抒情融为一体,情理交织,气势宏大,动人心魄,具有很强的鼓动性、感染力和说服力。如梁启超的《少年中国说》,就是这样意气风发、富有感染力的文章。

以梁启超为代表的"文界革命"极大地动摇了古文的根基,将散文从文言文中解放出来,成为一种半文半白、半雅半俗、骈散相间的较为浅显的文字。其"新文体"风靡全国,在近代思想启蒙和文学发展中发挥了重要作用。梁启超也被公认为是"新文体"的杰出代表,赢得了"文界革命之健将"、"舆论之骄子"、"天纵之文豪"等桂冠,一时誉满天下。

---

① 梁启超:《清代学术概论》,北京:东方出版社1996年版,第77页。

三、梁启超的"小说界革命"理论

小说,历来被视为街谈巷语、稗官野史,不登大雅之堂。但在近代西方思想和文学的冲击下,维新派的知识分子开始重视小说的社会功用与文学价值,鼓吹新小说创作。1896年,梁启超在《变法通议》里主张革新这种"读者更多于六经"的小说的内容,号召以反映现实的"新编说部"代替旧小说。1897年,严复与夏曾佑发表长文《本馆附印说部缘起》,肯定小说的价值。次年,梁启超又在《清议报》上发表《译印政治小说序》,倡导"政治小说"。戊戌变法以来,以思想启蒙为目标的小说革新,已经成为迫切的问题。而真正拉开新小说理论与创作帷幕的是梁启超的"小说界革命"理论。

1902年,梁启超在《新小说》创刊号上发表《论小说与群治之关系》,提出"小说界革命"问题(当时文人将戏曲归之于"说部"范畴)。其理论含义可以概括为以下几个方面:

(一) 新民与小说:小说的社会价值

梁启超以政论家的身份提倡和鼓吹"小说界革命",其小说理论注重小说的社会功用和启蒙价值。在《论小说与群治之关系》里,梁启超一开始便说:

> 欲新一国之民,不可不先新一国之小说。欲新道德,必新小说;欲新政治,必新小说;欲新风俗,必兴小说;欲新学艺,必新小说;乃至欲新人心、欲新人格,必新小说。何以故?小说有不可思议之力支配人道故。①

梁启超提倡"新民"说,以改造国民性、唤起大众为己任。他认为小说的受众面广,对社会有着巨大影响力。但旧小说的创作,"不出诲淫、诲盗两端",要改良社会,就必须改良小说。他认为,"今日欲改良群治,必自小说界革命始;欲新民,必自新小说始",因而提倡"政治小说",主张"胸中之所摅,政治之议论,一寄之于小说",要求小说能够"振国民精神,开国民智识"。② 梁启超对小说社会价值的鼓吹,夸大了小说的社会功用,却也提高了小说的社会地位,使之由残丛小语而跻身于"文学之最上乘"。

---

① 梁启超:《饮冰室合集》,北京:中华书局1989年版,《文集》卷四。本节凡引自本文者,不再注。

② 梁启超:《译印政治小说序》,见《饮冰室合集》,北京:中华书局1989年版,《文集》卷三。

(二) 理想与写实：小说的创作类型

梁启超认为，小说之所以能够广为传诵且深入人心，有两方面的原因：一是小说能够开辟新人耳目的新境界。他认为，"凡人之性，常非能以现境界而自满足也"，因而对"世界外之世界"充满好奇和渴望，而小说能够创造出离奇迷幻的新世界，"常导人游于他境界，而变换其常触常受之空气"，产生引人入胜的艺术效果。二是小说能够于寻常境界中提炼出新鲜的生存体验。梁启超认为，"人之恒情，于其所怀抱之想象，所经阅之世界，往往有行之不知，习矣不察者"，而小说则对这些日常世界进行典型化描写，往往能够"彻底而发露之"，揭示其内在规律和真实内涵，于寻常中写出新意，引起读者的共鸣。梁启超指出，前者是"理想派"小说的特质，后者是"写实派"小说的特质，并断言"小说种目虽多，未有能出此两派范围外者也"。梁启超的这种类型分析，上承刘熙载"按实肖像"和"凭虚构象"的界说，下开王国维《人间词话》中"理想"与"写实"之论，对浪漫主义与现实主义创作方法作出了具有现代意义的阐释和区分。

(三) 熏、浸、刺、提：小说的艺术功能

梁启超认为，小说通过艺术感染力而达到其社会功能，提出小说"支配人道"的"四种力"。一是"熏"，即熏陶，指全神贯注于作品，不知不觉中受到感动和影响；二是"浸"，即沉浸，指长时间地沉浸于作品所感发的情绪之中；三是"刺"，即刺激，指作品中的大悲大喜引起思想感情的震动；四是"提"，即提升，指读者认同正面人物的精神世界，感受到人格的升华。梁启超的"四种力"说，从心理学的角度分析小说的功能，认为"文字移人，至此而极"。他把小说的社会功能和艺术感染力结合起来，生动地阐明了小说的艺术品质，也客观地论证了"小说界革命"的迫切意义。

"小说界革命"的提出，寄托着中国近代知识分子"改良群治"、"新民"的政治理想，促进了小说的改革，使其在内容上向现实化和政治化、在形式上向通俗化和大众化转型。为鼓吹"小说界革命"，梁启超不但主持《新小说》的编撰工作，而且身体力行地创作了政治小说《新中国未来记》。他的《论小说与群治之关系》在当时产生了很大影响，如狄葆贤的《论文学上小说之位置》发展了梁启超的理论，提出小说有宜繁毋简、宜今毋古、宜泄毋蓄、宜俗毋雅和以虚为实的特征。有人对梁启超的某些观点提出异议和修正。如夏曾佑《小说原理》的基本思想虽与梁启超一致，但质疑小说的"导世"功能；王钟麟的《论小说与改良的关系》则反思和肯定了旧小说的"用

心"和价值。同时,《绣像小说》、《月月小说》和《小说林》等一批有影响的小说期刊呼应而起,以四大谴责小说为代表的一批新小说纷纷在这一时期出版,新小说创作蓬勃发展,取得了重要的成绩。

第四节　王国维与传统文论的现代转型

王国维(1877—1927),字静安,号观堂,浙江海宁人。中国近现代重要的史学家、思想家和文艺批评家。他和梁启超都是在东、西方文化碰撞中孕育出来的学术大师。早年从事哲学与美学研究,对康德、叔本华、尼采的著作发生浓厚的兴趣。1904年,开始致力于文学研究,运用西方文艺理论和近代科学方法撰写了《红楼梦评论》、《人间词话》和一系列戏曲论著,并于1913年完成《宋元戏曲考》的写作。辛亥革命以后,曾流亡日本,又应溥仪之召,任"南书房行走",晚年任教于清华大学国学院。后期主要从事史学与古文字研究,在甲骨文和金文研究方面取得重要成就,相关著作汇编为《观堂集林》。

《红楼梦评论》、《人间词话》和《宋元戏曲史》是其在文学研究方面的主要著述。写于1904年的《红楼梦评论》以西方的哲学与美学思想分析古典小说,具有积极的开拓意义和现代形态的解释学特征。其后写成的《人间词话》和《宋元戏曲考》却采用了相对传统的词话体与考据学。实际上,作为史学家和文学批评家的王国维,正是在中、西文化比较之中,艰难地探索着中国文学研究的现代化道路。从《红楼梦评论》以西学范式对传统文学精神的拷问,到《人间词话》和《宋元戏曲史》以古典文学的文本研究为体,而辅以现代美学的研究思维,体现出王国维严谨的学术气质和不断成熟的研究思路。他在研究领域与研究方法方面的探索,奠定了中国现代文史研究的基本范式。这里分别解读他的几部主要批评论著。

一、《红楼梦评论》

王国维的《红楼梦评论》是其最早的一篇文学评论。这时的王国维正在从事康德和叔本华的哲学思想的研究。这篇论文运用叔本华的哲学与美学理论,剖析《红楼梦》的思想内涵与审美价值,在观念和方法上都有着开创意义。

(一) 论《红楼梦》的思想主旨

《红楼梦》以女娲炼石补天,遗留在青埂峰下的一块石头为全书结撰之灵魂。这块玉石是宝玉的"命根子"。王国维说:"所谓玉者,不过生活之欲之代表而已矣。"①贾宝衔玉而生,阅尽苍桑,而厌倦红尘,最后把玉(欲)还给和尚,获得解脱。王国维认为,生活之欲及其解脱之道,是人生的根本问题,而"《红楼梦》一书,非徒提出此问题,又解决之者也"。在王国维看来,《红楼梦》运用形象语言,以"玉(欲)"为中心,阐释了这种普遍的人生哲学。

王国维以为,文学艺术就是要描写人生的苦难,寻求解决之道,从而使人们在艺术中获得精神的平和与思想的升华。解脱的方式有两种,一种以惜春、紫娟为代表,由"苦痛之知识",从而"求绝去其生活之欲而得解脱之道";一种以贾宝玉为代表,由"苦痛之阅历",最终"以疲于生活之欲故,故其生活之欲不能复起而为之幻影"。王国维说:"前者之解脱,超自然的也,神明的也;后者之解脱,自然的也,人类的也。前者之解脱,宗教的也,后者,美术的也。前者,平和的也,后者,悲感的也,壮美的也,故文学的也,诗歌的也,小说的也。"《红楼梦》的写作就是以自然的、人类的一般命运为内容,通过"通常之人"在生活之欲中的磨难、挣扎而获得解脱的过程,揭示出人类普遍的真理。

(二)论《红楼梦》的美学价值

王国维认为,悲剧能够表现"永远的正义"。中国人的精神是世间的、乐天的,所以,中国的小说戏曲往往表现为"诗歌的正义",即"善人必令其终而恶人必罹其罚"。这种表现往往是庸俗的或浅薄的。《红楼梦》则表现出"永远的正义",所谓"此生活之欲之罪过,即以生活之苦痛罚之,此即宇宙之永远的正义也"。《红楼梦》的主题乃表现生活之欲的苦难及其解脱过程,揭示了"宇宙之永远的正义",符合悲剧所应有的崇高意义。

依据叔本华的美学,悲剧有三种形态:第一种,以恶人构谄而构成悲剧;第二种,以盲目的命运导致悲剧;第三种,在寻常生活中酝酿悲剧。叔本华又"特重第三种,以其示人生之真相,又示解脱之不可已故"。王国维据此认为,《红楼梦》中非有大奸大恶之人,非有人力不可逆转之命运,只是"普通之人物"、"普通之境遇"和"普通之道德",最终却酿成宝黛恋情的悲剧结果。这种悲剧揭示了普通人的生存困境,"躬丁其酷,而无不平之可鸣,此可谓天下之至惨矣"。因而,《红楼梦》乃是"悲剧中之悲剧"。

---

① 王国维:《红楼梦评论》,见王国维《静庵文集》,沈阳:辽宁教育出版社1997年版,第70页。本节凡引自本书者,不再注。

王国维把美感分为优美和壮美。"夫优美与壮美,皆使吾人离生活之欲,而入于纯粹之知识者,若美术中而有眩惑之原质乎?则又使吾人自纯粹之知识出,而复归于生活之欲。""眩惑"指艺术中非本色的绮语、艳语、饰语所造成的审美错觉。审美是非功利的,优美和壮美能使人摆脱对审美对象的功利心理,进入纯粹的美感状态。而"眩惑"使人萌生功利心,加深了生活之欲的困绕,是美感的反面。王国维认为,《红楼梦》里"壮美之部分较多于优美之部分,而眩惑之原质殆绝焉"。这是对《红楼梦》艺术成就的充分肯定。

(三) 论《红楼梦》的研究方法及小说的艺术本质

根据当时索隐派的看法,《红楼梦》是写清初词人纳兰性德事,或是作者"自道其生平"。王国维不满这种胶柱鼓瑟的研究思路,提出"美术之所写者,非个人之性质,而人类全体之性质也。惟美术之特质贵具体而不贵抽象,于是举人类之性质置诸个人之名字之下"。文学创作是具体的而非抽象的,伟大的作品能够从对具体的个别的事物的描写,上升到普遍的一般的主题,通过典型化的个人命运映现出人类普遍的"性质"。因而,他说:"善于观物者,能就个人之事实而发见人类全体之性质,今对人类全体,而必规规焉求个人以实之,人之知力相越,岂不远哉!"针对小说的研究方法,王国维认为,对《红楼梦》这样一部"宇宙之大著述",研究其作者与时代背景是必要的,但小说中的人事对应着某个具体情境,这并非文学研究的要义。文学不是生活素材的东拼西凑,而是经过作者的精心结撰而达至的艺术升华。因而,文学研究关注的不是素材,而是作品所蕴涵的丰富思想与艺术魅力。

王国维的《红楼梦评论》第一次以西方哲学、美学的方法细致地研究古典文学作品,其观点、方法和表述的形式都是全新的,这使它成为一篇真正现代意义上的文学论文。当然,这篇论文把一套现成的西方理论套到一部古典作品上去,难免有主观或附会的成分,如他以生活之"欲"和宝玉之"玉"的一音之转来立论,引出全文主旨,便是值得商榷的。[①] 其后的《人间词话》和《宋元戏曲考》显示出更为成熟的研究趋向。

二、《人间词话》

《人间词话》是王国维最重要、影响最为深远的一部文艺批评著作,其

[①] 黄霖:《中国文学批评通史·近代卷》,上海:上海古籍出版社1996年版,第384页。

写作时间在 1907 到 1908 年间。这部作品摒弃了西方话语,采取了传统的批评范畴和写作形式,在看似随意的批评中注入了现代文论的思想内核,成为承前启后的扛鼎之作。

《人间词话》的主旨是"境界说",他认为"词以境界为上,有境界则自成高格,自有名句"①,其"境界"说其实包含着对诗词戏曲的批评,主要有以下几方面要点:

(一) 能写真景物、真感情者,谓之有境界

什么是有"境界"? 王国维说:"境界非独景物也。喜怒哀乐,亦人心中之一境界。故能写真景物、真感情者,谓之有境界。""境界"在内容上包括景物与感情两种因素,而以真切自然为美。他说:"大家之作,其言情也必沁人心脾,其写景也必豁人耳目。其辞脱口而出,无矫揉妆束之态,以其所见者真,所知者深也。"境界说以传神为美。王国维以为"词之雅郑,在神在貌",他举例说:"'红杏枝头春意闹',著一'闹'字,而境界全出。'云破月来花弄影',著一'弄'字,而境界全出矣。"这里的"闹"字和"弄"字,具有画龙点睛、传神写照的作用。境界说还重视"言外之味"。王国维批评姜夔之词"不于意境上用力,故觉无言外之味,弦外之响",以为有境界者自有韵味,显然参照和融汇了古典诗学的重要内容。在"境界"里,情和景是不能分开的。所谓"一切景语,皆情语也",在优秀的作品中,情中有景,情中有景,两者应当水乳交融地结合在一起。

(二) 隔与不隔

王国维的境界说在审美标准上提出"隔"与"不隔"的区别。他说:"陶谢之诗不隔,延年则稍隔矣,东坡之诗不隔,山谷则稍隔矣。'池塘生春草'、'空梁落燕泥',妙处唯在不隔。词亦如是。即以一人之词论。如欧阳公《少年游》咏春草上半阙云:'栏干十二独凭春,晴碧远连云。千里万里,二月三月,行色苦愁人。'语语都在目前,便是不隔。至云:'谢家池上,江淹浦畔。'则隔矣。"所谓"隔",指用典僻涩,语言雕琢,缺乏真切自然之美;"不隔"指不堆砌典故,清新自然,具有生动传神之美。"隔"与"不隔"的评价标准适用于写景与抒情两方面,如他评价古诗"生年不满百,常怀千岁忧,昼短苦夜长,何不秉烛游"时说:"写情如此,方为不隔";评价陶渊明"采菊东

---

① 王国维:《人间词话》,北京:人民文学出版社 2008 年版,第 191 页。本节凡引自本书者,不再注。

篱下,悠然见南山"又说:"写景如此,方为不隔"。显然,"不隔"是境界说的重要标准,这与其以真切自然为美的倾向是相通的。

(三) 有我之境与无我之境

王国维从美学上对境界的形态进行了分类,提出"有我之境"和"无我之境"两种范畴。他说:"有我之境,以我观物,故物皆著我之色彩。无我之境,以物观物,故不知何者为我,何者为物。""观物"是宋代理学家邵雍提出的命题,这里指诗人主观情志在作品中的界入程度。它既是一种创作的心理态势,也是在作品中呈现出来的艺术风貌。"有我之境"的创作方式是"以我观物",主观感情深度界入到词境之中,因而呈现为情感浓郁的词境。如欧阳修的"泪眼问花花不语,乱红飞过秋千去",秦观的"可堪孤馆闭春寒,杜鹃声里斜阳暮",情在境中而物我为一,这是"有我之境"的表现。"无我之境"的创作方式是"以物观物",诗人在观物时不挟带主观色彩,因而作品表现出淡泊宁静的词境。如"采菊东篱下,悠然见南山",宁静致远而恍若无人,就是"无我之境"的例子。王国维说:"无我之境,人惟于静中得之。有我之境,于由静之动时得之。故一优美,一宏壮也。"优美和宏壮的区别来自康德、叔本华美学,但两种境界的精神意趣主要是中国传统文论的发展。

(四) 造境与写境

王国维运用西方关于浪漫主义和现实主义的理论,把创造境界的基本方法分为"造境"和"写境"两种。前者是理想的,后者是写实的。理想的偏于主观意蕴的表现,往往以虚构之境寄托情志;写实的偏于客观事物的叙写,往往以铺叙自然之境为主。他又认为"大诗人所造之境,必合乎自然,所写之境,亦必邻于理想故也","自然中之物,互相关系,互相限制,然其写之于文学及美术之中也,必遗其关系、限制之处。故虽写实家,亦理想家也。又虽如何虚构之境,其材料必求之自然,而其构造亦必从自然之法则,故虽理想家,亦写实家也"。在创作过程中,主观与客观、自然与理想必然互相渗透、互相作用,两种创作方法只有轻重之别,却相互为用,是不能全然分离的。

王国维的境界说对古典文学的美学特质作出精深的考察,形成了前后一贯的主旨和严密的美学架构,不仅对古典文学理论作出了很好的总结,而且为现代文学理论的产生和发展开辟了道路,成为历史转折时期最具代表性的文学批评论著。

三、《宋元戏曲史》

王国维的《宋元戏曲史》，又名《宋元戏曲考》，完成于1912年。这部著作以翔实的考证、系统的方法，融合西方的文艺思想，对古代戏曲的发展历史、艺术特质和文学价值进行了创造性的研究，不仅是现代戏曲研究的开山之作，而且开一代学术研究新风，与鲁迅的《中国小说史略》一起被称为"中国文艺史研究上的双璧"。其主要内容有：

（一）论戏剧的发展历程

元曲作为通俗文学，自来无史。王国维认为"一代有一代之文学"，而元人所胜在"曲"。其自序论元曲说："能道人情，状物态，词采俊拔，而出乎自然，盖古所未有，而后人所不能仿佛也。"①因而，他对古典戏剧的历史进行了"穷其渊源，明其变化之迹"的深入研究。

王国维把戏剧的发展分为三个阶段：一是萌芽期。他认为，戏剧源自上古的"巫"和"优"，自汉以后开始排演故事，而北齐的《兰陵王》和《踏谣娘》能"有歌有舞以演一事"，成为后世戏剧的直接始源。二是古剧的时代。戏剧发展到宋金时期，综合以前所有的滑稽戏、杂戏的成绩而"始有纯粹演故事之剧"，"但结构与后世戏剧迥异"，且无本存世。三是成熟期。时至元代，一方面乐曲形式上得到解放，另一方面则有代言体的出现，标志戏剧进入成熟时期。王国维又把元杂剧分为蒙古时代、一统时代和至正时代三个阶段，认为蒙古时代杰作辈出，是戏剧的黄金时代。

（二）论戏曲的文体特质

王国维对戏曲的文体特征进行了严谨的区分。首先他区别了"戏剧"与"戏曲"的不同内涵。"戏剧"指戏剧演出，是一个表演艺术概念；而"戏曲"指文学性与音乐性相结合的曲本或剧本，是一个文学概念。他认为，戏剧"必合言语、动作、歌唱以演一故事"，这种戏剧只有到元代才形成完备的形式，而戏曲是为演剧而创作的文学剧本。

王国维认为，只有"代言体"的作品，才可以称得上"真正之戏曲"。他对"叙事体"和"代言体"的概念作出区分，指出"叙事体"是"旁观者之言"，即用第三人称语言，直接叙说故事或描述人物。"代言体"指作品语言必须

---

① 王国维：《宋元戏曲史》，上海：上海古籍出版社2000年版，第1页。本节引自本书者，不再注。

是"所演人物之言",即剧中人物用第一人称说话,以演绎故事。后者才是"真正的戏曲"的文体特质。

王国维进而用西方的悲喜剧理论分析元杂剧,认为"明以后,传奇无非喜剧,而元剧则有悲剧在其中矣","其最有悲剧之性质者,则如关汉卿之《窦娥冤》、纪君祥之《赵氏孤儿》,剧中虽有恶人交构其间,而其赴汤蹈火者,仍出于其主人翁之意志,即列之于世界大悲剧中,亦无愧色也"。受西方戏剧美学和叔本华的厌世思想影响,王国维认为悲剧具有崇高的美学价值。他第一次把西方的悲喜剧理论应用到古典戏曲的分析上;他对古典悲剧的美学价值的揭示对提高中国戏曲的文学地位也有着重要意义。

(三) 论戏曲的文学价值

王国维用饱满的热情赞赏了元剧的艺术成就,认为它的文学价值突出表现在"自然"和"意境"两个方面。他说:"古今之大文学,无不以自然胜,而莫著于元曲。"元剧为什么是自然的?"彼但摹写其胸中之感想与时代之情状,而真挚之理与秀杰之气,时流露于其间。故谓元曲为中国最自然之文学,无不可也。"王国维又论元曲之文章说:"其文章之妙,亦一言蔽之曰:有意境而已矣。何以谓之有意境?曰:写情则沁有心脾,写景则在人耳目,述事则如出其口是也。"其实,"自然"和"意境"是相关的概念,王国维在《人间词话》里以情真、景真为有境界,这里专论戏曲艺术,所以加上"述事",意指戏曲语言要符合人物性格特征及其表演情境。王国维对元剧作家也有杰出的批评,他说:"关汉卿一空倚傍,自铸伟辞,而其言曲尽人情,字字本色,故当为元曲第一。白仁甫、马东篱,高华雄健,情深文明,郑德辉清丽芊绵,自成馨逸,均不失为第一流。"王国维以意境说来批评元剧作家,往往有精当之论,影响深远。但戏曲是文学艺术与音乐艺术的融合,王国维以评价诗词的观念批评戏曲,这与古代戏曲的诗剧形式是契合的,但在戏曲的曲艺研究方面却有着局限性。

王国维的文学批评在诗歌、小说、戏曲方面都卓有建树,从《红楼梦评论》到《人间词话》,再到《宋元戏曲史》,显示出其美学思想和研究方法的不断发展。他对"境界"、"悲剧"、"自然"、"代言体"等文学和美学范畴的阐释,对小说和戏曲的开拓性研究,继往开来,奠定了20世纪文学批评和美学的基础,从此,中国文学批评翻开了新的篇章。

【导学训练】

一、学习建议

学习本章应结合清末至近代救亡图存的历史处境和西学东渐的文化至近代背景，理解各种文论观点的理论内涵、形成原因及其影响。重点学习刘熙载《艺概》、陈廷焯《白雨斋词话》、梁启超的文学革命理论和王国维运用现代理论方法对古典诗词、小说和戏曲的研究成果。

二、关键词释义

西学东渐：指近代西方思想向中国传播的历史过程。从19世纪中叶始，西方的新知识再度开始进入中国。60年代，清政府推行洋务运动，采取"中体西用"的态度来应对西学。甲午战争以后，西方知识大量传入中国，在经济、政治和文化诸层面都有着广泛影响。此后，民国初期的知识分子又提出"全盘西化"的主张，在五四时期影响很大。

中体西用："中学为体、西学为用"的缩略语，是19世纪60年代以后洋务派向西方学习的指导思想。"中体"指以三纲五常为核心的儒家学说为主体，"西用"指辅以近代传入中国的自然科学和商贸、教育、万国公法等社会科学。其理论上的代表是张之洞，他在1898年出版了《劝学篇》，对中体西用的思想作了系统阐述。

《艺概》：著者刘熙载，清代文艺评论著作。全书六卷，分为《文概》、《诗概》、《赋概》、《词曲概》、《书概》、《经义概》，分别论述各种艺术体裁的体制流变、性质特征、表现技巧等，对重要作家作品进行评论。《艺概》既注重各种文体自身的特点和规律，同时又强调作品与人品、文学与现实的联系，是一部史论结合的文艺概论。

沉郁说：清代陈廷焯《白雨斋词话》的论词主旨。陈廷焯在常州词派倡导"寄托比兴"等理论的基础上，提出"忠厚以为体，沉郁以为用"，要求词的创作应当沉郁顿挫、感慨哀怨，将其词学宗旨溯源于"风骚"，形成较为系统的词学理论体系。

诗界革命：发生于戊戌变法前后的诗歌改良运动。在创作上包括夏曾佑、谭嗣同等人的"新体诗"、黄遵宪等人的"新派诗"等。梁启超在1998年的《夏威夷游记》提出"诗界革命"的纲领：要有新理想、新语句和旧风格，提倡"以旧风格含新意境"。他还主办"诗界潮音集"，和黄遵宪共同倡导"杂歌谣"，推动了诗界革命的发展。

文界革命：以梁启超为代表的文体解放运动。1998年，梁启超在《夏威夷游记》里提出"文界革命"，提倡以"欧西文思"注入本国语文，创作雄放隽快、平易畅达的新文体。梁启超在戊戌前后，主持《时务报》、《清议报》等报刊，鼓吹变法维新思想，形成了条理明晰、语式变化、饱带感情的报章文字，影响深远，代表着"文界革命"的成就。

小说界革命：以梁启超为代表的小说（包括戏曲）改良运动。1902年，梁启超在《新小说》创刊号上发表《论小说与群治之关系》，倡导"小说界革命"。他认为小说有着"写实"与"理想"的创作方法和"熏、浸、刺、提"的艺术功能，重视小说"改良群治"的作用。梁启超还主编《新小说》，创作了《新中国未来记》等政治小说。在其影响下，在20世纪初年涌现出一批有影响的小说期刊,小说理论与创作都出现了繁荣的景象。

《红楼梦评论》:著者王国维,这是他以叔本华悲观哲学和美学思想诠释《红楼梦》的专题论文,写于1904年。论文认为,《红楼梦》的主题是写人的生活之欲及其解脱之道;在艺术方面,《红楼梦》用典型化的方法揭示全人类的本质,是"悲剧中之悲剧"。《红楼梦评论》第一次用西方的思想、方法研究古代文论,是中国现代文论的新起点。

境界说:王国维文学批评的精髓。王国维的《人间词话》提出了"词以境界为最上"的观念,认为"能写真景物、真感情者,谓之有境界",有境界的作品,言情必沁人心脾,写景必豁人耳目,形象鲜明,富有感染力。王国维还把境界分"有我之境"和"无我之境"二种,把境界的创造分为"写境"和"造境"二种,对古典文艺美学的特质作出了精辟的论断。境界说不只是王国维对古典诗词的批评标准,也是其戏曲批评的重要准则。

《宋元戏曲史》:王国维的戏曲史专著,一名《宋元戏曲考》。本书不但对戏剧史进行翔实的考证,而且借镜中西文艺理论,提出了许多富有启发性的理论观点。如对戏剧、戏曲的概念进行界说,认为叙事体向代言体的转变是戏曲形成的关键。他运用悲喜剧的观念评价宋元戏曲,把古典诗学中的意境理论移入戏曲批评领域,认为"元曲为中国最自然之文学",对中国古典戏曲研究有重要贡献,开辟了文学研究的新范式。

三、思考题

1. 试述近代西学东渐对文学批评的主要影响。
2. 试述刘熙载的批评体系的建构其及历史价值。
3. 试述刘熙载"沉郁"说对清代词学的继承与发展。
4. 试述梁启超"文学革命"理论与晚清社会思潮的关系。
5. 试述王国维"境界"说的理论体系与思维特征。

四、可供进一步研究的学术选题

1. 刘熙载与陈廷焯的文体观比较。

提示:刘熙载写作《词概》,陈廷焯则专著《词话》,但是两者都有一些关于文体方面的重要论述,可以就其论词部分及其文体观的异同作出梳理和比较。

2. 论陈廷焯的"诗、词一理"说。

提示:陈廷焯多次论及"诗词一理"的问题,认为诗与词同"本"而异"态",可以对陈廷焯的诗、词异同观念进行分梳,并结合刘熙载与王国维的相关论述,进行进一步论证。

3. 论梁启超的文学革命理论对俗语的态度。

提示:梁启超在诗界革命里主张旧风格,在文界革命里倡导"平易畅达"的新文体,在小说界革命里则有通俗化倾向,可结合不同文体的文体特征及文学发展的实际情况,分析其异同与原因。

4. 论王国维《人间词话》与常州派词学理论的渊源关系。

提示:王国维论词体的特质有"要眇宜休"的说法,并且重视词体的"感发"与"感慨",可结合常州词派的相关论述分析其中异同及其原因。

5. 论现实主义与浪漫主义的三种近代形态。

提示：刘熙载认为辞赋创作有"按实肖像"和"凭虚构像"两种方法，梁启超认为小说创作有"写实"与"理想"两种类型，王国维论词有"写境"与"造境"之分。可据此分析现实主义和浪漫主义创作方法在近代的理论建构及其表现。

【研讨平台】

一、沉郁说

提示：陈廷焯的"沉郁"说发展了常州词派的论词宗旨，也映现出对时事的感慨哀怨。同时代词人况周颐论词也标举"沉著"。他们有着相似的审美追求，可以结合词学渊流与时代风气理解"沉郁"说的理论内涵。

1. [清]陈廷焯《白雨斋词话》（选注）

作词之法，首贵沉郁，沉则不浮，郁则不薄。顾沉郁未易强求，不根柢（dǐ 树根，指根源）风骚，乌得沉郁？十三国变风，二十五篇楚辞，忠厚之至，沉郁之至，词之源也。不究心于此，率尔操觚（gū 木简，指写作），乌有是处？

诗词一理，然亦有不尽同者。诗之高境，亦在沉郁，然或以古朴胜，或以冲淡胜，或以钜丽（规模宏大而华丽）胜，或以雄苍胜，纳沉郁于四者之中，固是化境（自然精妙的境界，最高境界）；即不尽沉郁，如五七言大篇，畅所欲言者，亦别有可观。若词则舍沉郁之外，更无以为词。盖篇幅狭小，倘一直说去，不留余地，虽极工巧之致，识者终笑其浅矣。

词至美成（北宋词人周邦彦），乃有大宗，前收苏、秦（北宋词人苏轼、秦观）之终，后开姜、史（南宋词人姜夔、史达祖）之始，自有词人以来，不得不推为巨擘（bò 大拇指，比喻杰出人物）。后之为词者，亦难出其范围。然其妙处，亦不外沉郁顿挫。顿挫则有姿态（诗词中表现出的抑扬曲折的意趣），沉郁则极深厚。既有姿态，又极深厚，词中三昧（佛教语，指奥妙，诀窍）亦尽于此矣。（卷一）

南渡（宋室南迁）以后，国势日非（日渐衰落），白石（姜夔）目击心伤，多于词中寄慨。不独《暗香》、《疏影》二章，发二帝（宋徽宗、宋钦宗，北宋灭亡时被掳）之幽愤，伤在位之无人也。特感慨全在虚处（指意在言外，不说破），无迹可寻，人自不察耳。感慨时事，发为诗歌，便已力据上游，特不宜说破，只可用比兴体（《诗》六义中"比"和"兴"并称，为古典诗歌创作的两种表现手法。比，以彼物比此物；兴，先言他物，以引起所咏之辞），即比兴中亦须含蓄不露，斯为沉郁，斯为忠厚。（卷二）

2. [清]陈廷焯《白雨斋词话自序》

倚声之学，千有余年，作者代出；顾能上溯风、骚，与为表里，自唐迄今，合者无几。窃以声音之道，关乎性情，通乎造化，小其文者不能达其义，竟其委者未获溯其原。樊厥所由,其失有六:飘风骤雨,不可终朝,促管繁弦,绝无余蕴,失之一也。美人香草,貌托灵修,蝶雨梨云,指陈琐屑,失之二也。雕镂物类,探讨虫鱼,穿凿愈工,风雅愈远,失之三也。惨戚僭凄,寂寥萧索,感寓不当,虑叹徒劳,失之四也。交际未深,谬称契合,颂扬失实,遑恤讥评,失之五也。情非苏窦,亦戚回文,慧拾孟韩,转相斗韵,失之六也。作者愈漓,议者益左。竹垞《词综》,可备览观,未尝为探本之论;红友《词律》,仅求谐适,不足语正始之原。下此则务取浓丽,矜言该博。大雅日非,繁声竞作,性情散失,莫可究极。夫人心不能无所感,有感不能无所寄,寄托不厚,感人不深,厚而不郁,感其所感,不能感其所不感。伊古词章,不外比兴,谷风阴雨,犹自期以同心,攘诟忍尤,卒不改乎此度,为一室之悲歌,下千年之血泪,所成者深且远也。后人之感,感于文不若感于诗,感於诗不若感於词,诗有韵,文无韵,词可按节寻声,诗不能尽被弦管。飞卿、端己,首发其端,周、秦、姜、史、张、王,曲竟其绪;而要皆发源於风、雅,推本於骚、辩,故其情长,其味永,其为言也哀以思,其感人也深以婉。嗣是六百余年,沿其波流,丧厥宗旨。张氏《词选》,不得已为矫枉过正之举,规模虽隘,门墙自高,循是以寻,坠绪未远。而当世知之者鲜,好之者尤鲜矣。萧斋岑寂,撰《词话》十卷,本诸风骚,正其情性,温厚以为体,沈郁以为用,引以千端,衷诸一是。非好与古人为难,独成一家言,亦有所大不得已於中,为斯诣绵延一线。暇日寄意之作附录一二,非敢抗美昔贤,存以自镜而已。光绪十七年除夕丹徒陈廷焯。

3. 张少康《中国文学理论批评史教程》(节选)

沉郁说在思想内容上的特点是:"哀怨"、"忠厚"。"哀怨"中充满着"凄婉"与"感慨",这自然是和他所处的时代与现实环境分不开的。陈廷焯生活在封建专制制度极端腐朽,帝国主义列强入侵有民族危亡之秋,每一个有良心的中国人都在为国家前途担忧,陈廷焯也不例外,他所推崇的词的哀怨,正反映了他对国家民族命运的关心。……不过陈迁焯并没有接受多少西方新思想的影响,他对清王朝还是抱有幻想的,所以在提倡"沉郁"的同时,也十分强调"忠厚",主张"哀怨"而不能过分,要求符合"温柔敦厚"的原则,把"诗教"思想运用到词的创作中。他主张:"词贵缠绵,贵忠厚,贵沉郁。"又说:秦观的词"恋恋故国,不胜热中,其用心不逮东坡之忠厚,而寄情之远,措语之工,则各有千古。"他评价周邦彦《满庭芳》说:"但说得虽哀怨,却不激烈,沉郁顿挫中,别饶蕴籍。"说黄公度《眼儿媚》"情见乎词矣,而措词未尝不忠厚。"他的思想没有越出封建正统的范围,然而又是十分希望国家富强兴旺,人民安居乐业的,对当时的现实表示了深深的忧虑和热切的关怀。

沉郁说在艺术上的特征是"意在笔先,神余言外","若隐若现,欲露不露"。……那么什么是词的"本原"和"三昧"呢?他认为就是"沉郁",诗也有"沉郁"的,但词的"沉郁"和诗有所不同。……词由于它的特殊形式所决定,篇幅都比较狭小,没有诗那种五言、七言大篇,所以特别讲究要含蓄、凝练,留有余地,而不可一直说破。诗可以痛快淋漓,也可以平远雍穆,而词不然,它更要求沉郁顿挫,如周邦彦那样"意余言外,而痕迹消融",像秦少游那样"义蕴言中,韵流弦外"。沉郁在艺术上的特点正是在此。

(北京:北京大学出版社 2005 年版,第 416—421 页)

二、小说界革命

提示:梁启超的"小说界革命"肩负着政治启蒙的历史使命,具有鲜明的时代特征和政治意蕴,应当结合当时的政治文化背景理解这一问题,注意分析和把握其小说理论的艺术论和目的论之间的联系。

1. 梁启超《论小说与群治之关系》(节选)

吾今且发一问:人类之普通性,何以嗜(shì 爱好)他书不如其嗜小说?答者必曰:以其浅而易解故,以其乐而多趣故。是固然。虽然(虽然这样),未足以尽其情(实情)也。文之浅而易解者,不必小说;寻常妇孺(rú 幼儿)之函札(信函),官样之文牍(古代写字用的木板,指文书),亦非有艰深难读者存也,顾谁则嗜之?不宁惟是,彼高才赡(shàn 富足、广博)学之士,能读坟、典、索、邱(指三坟、五典、八索、九邱等先秦古籍),能注虫鱼草木,彼其视渊古之文与平易之文,应无所择,而何以独嗜小说?是第一说有所未尽也。小说之以赏心乐事为目的者固多,然此等顾不甚为世所重,其最受欢迎者,则必其可惊可愕可悲可感,读之而生出无量噩梦,抹出无量眼泪者也。夫使以欲乐故而嗜此也,而何为偏取此反比例之物而自苦也?是第二说有所未尽也。吾冥思之,穷鞠(jū 通"鞫",指询问、探究)之,殆有两因;凡人之性,常非能以现境界而自满足者也;而此蠢蠢躯壳(身躯),其所能触能受之境界,又顽狭短局而至有限也;故常欲于其直接以触以受之外,而间接有所触有所受,所谓身外之身、世界外之世界。此等识想,不独利根众生(佛教语,指天性聪敏之人)有之,即钝根众生(佛教语,指天性愚昧之人)亦有焉。而导其根器(佛教语,指天性),使日趋于钝,日趋于利者,其力量无大于小说。小说者,常导人游于他境界,而变换其常触常受之空气者也。此其一。人之恒情,于其所怀抱之想像,所经阅之境界,往往有行之不知,习矣不察者。无论为哀、为乐、为怨、为怒、为恋、为骇、为忧、为惭,常若知其然而不知其所以然;欲摹写其情状,而心不能自喻,口不能自宣,笔不能自传。有人焉,和盘托出,彻底而发露之,则拍案叫绝曰:善哉善哉!如是如是!所谓"夫子言之,于我心有戚戚(心动貌,指心有灵犀)焉"。感人之深,莫此为甚,此其二。此二者实文章之真谛,笔舌之能事。苟能批(刳、削)此窾(kuǎn 空隙)、导(疏通)此窍(孔穴,此两句指顺其规律),则无论为何等之文,皆足以移人。而诸文之中能极其妙而神其技者,莫小说若。故曰:小说为文学之最上乘也!由前之说,则理想派小说尚焉;由后之说,则写实派小说尚焉。小说种目虽多,未有能出此两派范围外者也。

2. 陶曾佑《论小说之势力及其影响》(节选)

咄!二十世纪之中心点,有一大怪物焉:不胫而走,不翼而飞,不叩而鸣;刺人脑球,惊人眼帘,畅人意界,增人智力;忽而庄,忽而谐,忽而歌,忽而哭,忽而激,忽而劝,忽而讽,忽而嘲;郁郁葱葱,兀兀矻矻,热度骤跻极点,电光万丈,魔力千钧,有无量不可思议之大势力,于文学界中放一异彩,标一特色。此何物欤? 则小说是。自小说之名词出现,而膨胀东西剧烈之风潮,握揽古今利害之界线者,唯此小说;影响世界普通之好尚,变迁民族运动之方针者,亦唯此小说。小说! 小说! 诚文学界中之占最上乘者也。其感人也易,其入人也深,其化人也神,其及人也广。是以列强进化多赖稗官,大陆竞争亦由说部,然则小说界之要点与趣意,可略睹一班矣。西哲有恒言曰:"小说者,实学术进步之导火线也,社会文明之发光线也,个人卫生之新空气也,国家发达之大基础也。"举凡宙合之事理,有为人群所未悉者,庄言以示之,不如微言以告之;微言以告之,不如婉言以明之;婉言以明之,不如妙譬以喻之;妙譬以喻之,不如幻境以悦之:而自来小说大家,皆具此能力者也。尽彼小说之义务,振彼小说之精神。必使芸芸之人群,胥含有一种黏液小说之大原质,乃得以膺小说界无形之幸福,于文学黑暗之时代,放一线之光明。可爱哉孰如小说! 可畏哉孰如小说!

3. 钟贤培《梁启超对中国近代小说革新的贡献》(节选)

中国小说理论研究与诗文理论研究不同,起步较迟,这大约与小说的发展比诗文较迟,以及小说在中国传统文学中地位卑微有关。到明朝以后,才出现李贽、张竹坡、金人瑞、毛宗岗等有影响的小说理论家,但明清时期的小说理论,还停留在序、跋、评点阶段,缺乏专门的、系统的研究,只是到了近代才开始出现对小说进行专门的、系统的研究,而开拓对小说专门的、系统的研究,梁启超是主要代表。他在《新小说》里,开辟"论说"专栏,刊载运用西方文学理论,用新的观点阐述小说的专论,要"为中国说部创一新境界,如论文学上小说之价值,社会上小说之势力,东西各国小说学进化之历史及小说家之功德,中国小说界革命之必要及其方法等"。刊载的小说专论主要有《论文学与小说之关系》、《论文学上小说之位置》、《论写情小说于新社会之关系》及《小说丛话》等,而首篇小说专论就是梁启超撰写的《论小说与群治之关系》,就影响而言,此文影响也最大。文中涉及小说的社会性、艺术性和典型性等问题。其中对社会性的论述最为突出。作者认为,小说一是给人以理想,"常导人游于他境界,而变换其常触常受之空气者也",二是给人以知识,使人对其"所怀抱之想象,所经历之境界",知其然,亦知其所以然;三是教育人的作用,认为小说具有支配人道的四种力,即熏、浸、刺、提。熏,即熏陶,是指小说潜移默化的力量;浸,是指"浸入其内",指小说的艺术感染力;刺,是指小说给人的刺激讽谕;提,是指读者自化其身"放于书中,而为其书之主人翁。"四是左右社会人心的风俗好尚。梁启超从而得出结论,小说不是封建文学所说的末道,不是稗官野史,而是大道,是左右社会的力量,所谓"今日欲改良群治,必自小说界革命始,欲新民,必自新小说始。"梁启超夸大小说的社会作用,倒因为果,这是唯心的,但作者从社会效应的角度说明小说的重要性,强调小说为社会改革服务的社会作用,这在长期排斥、鄙视小说的历史条件下,显然有着叛逆"非圣不道"的文坛时尚,促进文学与时代相结合的进步作用。

(《广东社会科学》1996 年第 2 期)

三、境界说

提示:王国维的境界说汲取了古典文论的精粹,又受到德国美学思想的影响。其"境界"说与古代的"滋味"说、"格调"说、"神韵"说、"寄托比兴"说有何异同?又在哪些方面汲取了西方美学思想?从这两方面进行思考,有利于理解"境界"说的内涵及其对中国美学思想的推进。

1. 王国维《人间词话》(选注)

词以境界为最上,有境界则自成高格(超出一般的品格),自有名句。五代、北宋之词所以独绝(杰出、无与伦比)者在此。

有造境(虚构的境界),有写境(写实的境界),此理想与写实二派之所由分。然二者颇难区别。因大诗人所造之境,必合乎自然,所写之境,必邻于理想故也。

有有我之境,有无我之境。"泪眼问花4花不语,乱红飞过秋千去。"(出自冯延巳《鹊踏枝》)"可堪孤馆闭春寒,杜鹃声里斜阳暮。"(出自秦观《踏莎行》)有我之境也。"采菊东篱下,悠然见南山。"(出自陶渊明《饮酒》)"寒波澹澹起,白鸟悠悠下。"(出自元好问《颖亭留别》)无我之境也。有我之境,以我观物,故物皆著我之色彩。无我之境,以物观物,故不知何者为我,何者为物。古人为词,写有我之境者为多,然未始不能写无我之境,此在豪杰之士能自树立耳。

客观之诗人不可不多阅世,阅世愈深,则材料愈丰富,愈变化,《水浒传》、《红楼梦》之作者是也。主观之诗人不必多阅世,阅世愈浅则性情愈真,李后主(南唐后主李煜)是也。

白石(南宋词人姜夔)写景之作,如"二十四桥仍在,波心荡,冷月无声。"(出自姜夔《扬州慢》)"数峰清苦,商略黄昏语。"(出自姜夔《点绛唇》)"高树晚蝉,说西风消息。"(出自姜夔《惜红衣》)虽格韵(格调和韵致)高绝,然如雾里看花,终隔一层,梅溪、梦窗(史达祖、吴文英)诸家写景之病,皆在一"隔"字,北宋风流,渡江遂绝,抑(副词,难道)真有运会(时运、时势)存乎其间耶?

2. 樊志厚《人间词乙稿序》(节选)

去岁夏,王君静安集其所为词,得六十余阕,名曰《人间词甲稿》,余既叙而行之矣。今冬复汇所作词为《乙稿》,丐余为之叙。余其敢辞,乃称曰:文学之事,其内足以摅己而外足以感人者,意与境二者而已。上焉者,意与境浑,其次,或以境胜,或以意胜,苟缺其一,不足以言文学。原夫文学之所以有意境者,以其能观也。出於观我者,意余于境;而出于观物者,境多于意。然非物无以见我,而观我之时,又自有我在。故二者常互相错综,能有所偏重,而不能有所偏废也。文学之工不工,亦视其意境之有无与其深浅而已。

自夫人不能观古之人之所观,而徒学古人之所作,於是始有伪文学。学者便之,相尚以辞,相习以模拟,遂不复知意境为何物,岂不悲哉。苟持此以观古人之词,则其得失可得而言焉:温、韦之精艳,所以不如正中者,意境有深浅也。珠玉所逊六一,小山所以愧淮海者,意境异也。美成晚出,始以辞采擅长,然终不失为北宋人之词者,有意境也。南宋词人之有意境者,唯一稼轩,然亦若不欲以意境胜。白石之词,气体雅健耳,至於意境,则去北宋人远甚。及梦窗、玉田出,并不求诸气体,而惟文字之是务,於是词之道息矣。自元迄明,益以不振。至于国朝,而纳兰侍卫以天赋之才,崛起於方兴之族,其所为词,悲凉顽艳,独有得于意境之深,可谓豪杰之士,奋乎百世之下者矣。同时朱、陈,既非劲敌;后世项、蒋,尤难鼎足。至乾、嘉以降,审乎体格韵律之间者愈微,而意境之溢於字句之表者愈浅,岂非拘泥文字而不求诸意境之失欤?抑观我观物之事,自有天在,故难期诸流俗欤?

3. 佛雏《王国维诗学研究》(节选)

　　王氏"隔"与"不隔"的论点,基于艺术的直观的本性,境界作为"第二自然"必须具备的"自然性"。"隔"则违乎"自然",蒙于"理想",于景物、感情之真,盖两失之,故境界不可复出,清晰生动的"人类的镜子"不复可见,而作为艺术本质的"自由"亦不复可得。"不隔"则"境界全出",主体及其理想"与自然为一",客体的内在本性得到充分的展示,于是其情其景均构成生动的以至深微的直观,读者得由此进窥物的"神理"与人的"真我"。"隔"则"岭树重障千里目"(柳宗元句),"不隔"则"画图省识春风面"(杜甫句),这关系到境界本身的明晦以至存灭,关系到一种文学样式的兴衰以至存灭。

　　……王氏要求诗人对景物、情感"所见者真,所知者深"。"真"则不假涂饰,如同前人所说的"多非补假,皆由直寻"。"深"则直透神理,如同前人所说的"深穿其境"。"中天悬明月"、"长河落日圆"、"甘作一生拚,尽君今日欢"一类的"赋"、"落花时节又逢君"、"斜阳正在烟柳断肠处"之类的"比",其"妙处唯在不隔"。"隔"则反是,搬故实,使代字,种种"矫揉妆束",使得主客体之间横塞着一道雾障。如以"桂华"代"月","真珠"代"泪","红雨"代"桃","谢家池上,江淹浦畔"代"春草"之类,甚至如王氏所云"南宋词则不免通体皆是'谢家池上'矣",这就不能不在各种程度上破坏诗词境界的直观性与自然性。

　　……"'隔'与'不隔'是指诗中运用逻辑思维和形象思维所产生的不同效果。"此种解释只涉及王氏论点的一部分,而非全体。即如白石《疏影》,其中并不缺乏形象和形象思维,何仍如"隔雾看花"?刘熙载所谓"隔则警句亦成死灰"的"隔",亦可以是形象。故知诗境致"隔"之由,不一定都是形象思维少了,而往往是"比兴"多了。"赋"而显不出"第二自然"的艺术匠心,赋中无"兴",即使"不隔",亦浅薄不足观。"比"而使用过多,弄得诗境一片迷糊,所谓"书多而壅,膏乃灭灯","兴"就被"壅"而出不来了。这是一种醉心比兴所造成的"隔",比之"以议论为诗"所形成的"隔",其弊惟均。王氏揭出此点,比当日钟嵘所见,实更具自觉的理论的深度。

(北京:北京大学出版社 1999 年版,第 182—285 页)

【拓展指南】

一、近代文学批评重要研究资料简介

1. 黄霖:《中国文学批评通史·近代卷》,上海:上海古籍出版社1996年版。

简介:《中国文学批评通史》共七卷,这是最后一卷。本书全面描述了近代文学批评的历史进程,资料翔实,分析透彻,是了解近代文学批评状况的重要资料。

2. 舒芜、陈迩冬、周绍良、王利器:《近代文论选》,北京:人民文学出版社1999年版。

简介:本书是近代文学理论文章的选集,较为全面地反映出这一时期文学批评的原貌,内容丰富,选辑精当,是了解近代文学批评原始文献的重要资料。

3. 郭延礼:《中国近代文学发展史》,北京:高等教育出版社2003年版。

简介:本书是一套多卷本的近代文学史,详尽地反映了近代文学发展历程,对近代文论问题也有所论及,对了解近代文学批评的文学背景与内容有着重要的参考价值。

4. 夏晓虹:《觉世与传世:梁启超的文学道路》,北京:中华书局2006年版。

简介:本书系统地回顾了梁启超的文学思想发展历程,对其文学革命理论的思想渊源与脉络进行了较为清晰的梳理,是了解梁启超的文学思想的重要资料。

5. 佛雏:《王国维诗学研究》,北京:北京大学出版社2000年版。

简介:本书翔实地论述了王国维的诗学、美学思想,系统探讨了这些思想形成的社会历史原因及其与西方美学家的思想联系,是了解王国维美学思想的重要资料。

二、其他重要研究资料索引

(一) 著作

1. 王气中:《〈艺概〉笺注》,贵阳:贵州人民出版社1986年版。
2. 屈兴国:《〈白雨斋词话〉足本校注》,济南:齐鲁书社1983年版。
3. 王国维:《静庵文集》,北京:人民文学出版社1995年版。
4. 叶嘉莹:《叶嘉莹说词》,上海:上海古籍出版社1999年版。
5. 金雅:《梁启超美学思想研究》,北京:商务印书馆2005年版。
6. 朱惠国:《中国近世词学思想研究》,上海:上海古籍出版社2005年版。
7. 钱基博:《中国现代文学史》,上海:上海书店出版社2004版。
8. 梁启超:《清代学术概论》,北京:北京大学出版社1997年版。
9. 汪晖:《现代中国思想的兴起》,北京:北京大学出版社1999年版。
10. 葛兆光:《中国思想史》第二卷,上海:复旦大学出版社1998年版。

(二) 论文

1. 陈德礼:《刘熙载〈艺概〉及其辩证审美观》,《北京大学学报》1987年第5期。
2. 徐中玉、萧华荣:《论刘熙载的文艺思想》,《社会科学战线》1988年第4期。
3. 李清良:《从〈艺概〉看古代文论思维方式的现代转化》,《文学评论》2003年第1期。

4. 王学均:《"小说界革命"与小说市场》,《明清小说研究》1997年第3期。

5. 陈大康:《"小说界革命"的预前准备》,《华东师范大学学报》2007年第6期。

6. 郭豫适:《王国维治学的思想和方法》,《红楼梦学刊》1997年第4期。

7. 杜卫:《王国维与中国美学的现代转型》,《中国社会科学》2004年第1期。

8. 李建中:《王国维的人格悲剧与人格理论》,《中南民族学院学报》2000年第1期。

9. 朱伟明:《〈宋元戏曲考〉的学术贡献与影响》,《文献》1998年第4期。

10. 陈伯海:《生命体验的审美超越:〈人间词话〉"出入"说索解》,《文艺理论研究》2002年第1期。

11. 胡遂、郐志伟:《陈廷焯"沉郁"说与况周颐"沉著"说之比较》,《广西社会科学》2006年第12期。

12. 王水照:《况周颐与王国维:不同的审美范式》,《文学遗产》2008年第2期。

13. 王一川:《全球化东扩的本土诗学投影》,《北京师范大学》2008年第2期;

后 记

这是我主编的第三种中国文学批评史教材。

前两种先后由华中师范大学出版社（2002）和武汉大学出版社（2008）出版，华师版的特色是紧紧扣住中国文学批评与儒道释文化的关系，在古代文化的思想背景和精神源流中，把握并阐释古代文学批评的演进脉络和理论精粹，力图在民族文化和民族精神的层面揭示中国文学批评的理论意义和当代价值。而武大版则在保持华师版"文化视野"的同时又新增"文体观照"，亦即从批评文体的角度，重新清理中国文学批评史，在每一章的概述部分，辟专节介绍本时期批评文体的时代风貌，分析本时期文学批评在文体样式（体裁）、批评语言（语体）和批评风格（体貌）等方面的特征。概括起来讲，华师版着重于文学批评的"说什么"（言说内容即批评思想），而武大版在注重"说什么"的同时兼重"怎么说"（言说方式即批评文体）。

其实，教材的编撰也有一个"说什么"与"怎么说"的问题。不同学科不同专业的教材，其"说什么"（教材内容）当然是大不相同的；但各种门类的教材在"怎么说"（教材体例）这一点上却是大同小异。以中国文学批评史教材的"怎么说"为例，大体上是以朝代分章，每一章介绍本时期的文学批评家和文学批评经典。教材是为了满足教学的需要，因而教材的"怎么说"本质上源于教学的"怎么说"。教学"怎么说"？教师在上面讲，学生在下面听；教师主宰着所有的话语权，学生只需要也只能够被动地接受。我曾经将现代大学课堂体制下学生的主要任务概括为"三写"：上课听写，课后抄写，考试默写。虽然"三写"对于基础知识的习得也是有帮助的，但是独立思考和创新意识的培养呢？因而，教材的编撰亟需在"怎么说"上创新。

北大版教材，正是在"怎么说"方面的一次有意义的尝试。读者从目录上可以看出，教材的每一章，除了基础知识（占五分之三）的讲述之外，新增了三个板块（占五分之二）——"导学训练"、"研讨平台"和"拓展指南"，旨在培养学生的问题意识、质疑精神，对学生进行初步却是系统的学术训练，提高学生的理论思辨和学术研究能力，并且为学生的进一步思考和研究提供相关学术史背景和最新学术进展的文献目录。

"导学训练"板块,就本章的课内外学习和训练提出指导性意见,引导学生把握关键,掌握方法,自主研讨、演绎和发挥。本板块的具体内容包括:对本时期文学批评和理论的学习建议,本章关键词释义,本章思考题,可供进一步研讨的学术选题。

"研讨平台"板块,就本章中的重要内容或有争议的理论问题提出讨论,每一个问题又包括"问题提示"和"资料选辑"两项内容:前者简要介绍相关学术史尤其是最新学术进展,为学生的思考提供背景知识;后者围绕要研讨的问题选辑批评史经典中的重要片段,包括立场、观点、视角、方法各不相同的材料,供学生学习、思考,以开阔学生视野,启发学生思维。

"拓展指南"板块,为学生的自主学习提供文献资料,这些资料既有助于学生对本章内容的理解,更有助于学生在熟练掌握基础知识的前提下,去做深入的也是有创造性的专题研究。本板块的具体内容包括:重点文献资料介绍和其他重要研究资料索引。

据我所知,北大版教材的这种"怎么说",在中国文学批评史教材乃至其他专业的教材中都是少见的;或者说,北大版的"怎么说"在教材编撰中具有较高的创新价值。当然,创新的产品使用起来难免有这样那样的缺憾和不足。我们真诚地期待本教材的使用者(高等院校的老师和同学们)以及本教材的广大读者提出宝贵的批评意见。

本书的责任编辑艾英做了大量细致而艰苦的工作,在此谨致谢忱。

最后,将本书作者及其所撰章节分列如下(以章节为序):

李建中:导论

胡海、杨青芝:先秦文学批评

王毓红:两汉文学批评

高文强:魏晋南北朝文学批评

李金坤:隋唐文学批评

张利群:宋金元文学批评

樊宝英、单永军:明代文学批评

王宏林:清代文学批评

杨遇青:近代文学批评

本书体例及章节由李建中拟定,全书由李建中、高文强统稿。

李建中

己丑年盛夏于武昌东湖名居心远斋